Katja Maybach

Die Stunde der Schwestern

Das Haus unter den Zypressen

Über die Autorin:
Katja Maybach war bereits als Kind eine echte »Suchtleserin«, was beinahe automatisch zum eigenen Schreiben führte. Schon mit zwölf Jahren schrieb sie ihren ersten Roman und einige Kurzgeschichten. Doch sie hatte immer schon eine zweite Leidenschaft: die Mode. Und so gewann sie mit fünfzehn Jahren den Designerpreis einer großen deutschen Frauenzeitschrift für den Entwurf eines Abendkleides. Mit siebzehn ging sie nach Paris und wurde zuerst Model in einem Couture-Haus, später eine erfolgreiche Designerin.
Nach einer schweren Krankheit begann sie Romane zu schreiben. Bereits ihr Debüt-Roman »Eine Nacht im November« war ein großer Erfolg und wurde in Frankreich ein Bestseller. Heute lebt die Autorin in München, sie hat zwei erwachsene Kinder.
Mehr über die Autorin erfahren Sie auf ihrer Website:
www.katja-maybach.de

Katja Maybach

Die Stunde der Schwestern

Das Haus unter den Zypressen

Zwei Romane in einem Band

FSC
www.fsc.org
MIX
Papier aus verantwortungsvollen Quellen
FSC® C083411

Einmalige Sonderausgabe März 2015

Die Stunde der Schwestern
Vollständige Taschenbuchausgabe Januar 2012

Redaktion: Herbert Neumaier

Das Haus unter den Zypressen
Originalausgabe März 2013

Redaktion: Gisela Klemt, lüra: Klemt & Mues GbR

Umschlaggestaltung: Daniela Meyer, München
Umschlagabbildung: Shutterstock/Wolfgang Zwanzger
Satz: Wilhelm Vornehm, München
Druck und Bindung: CPI books GmbH, Leck
ISBN 978-3-426-51792-5

2 4 5 3 1

Die Stunde der Schwestern

1

April 2001
Paris und Saint-Emile

Durch den schmalen Spalt der Schlafzimmertür beobachtete Hippolyte seine Frau, wie sie den Kopf ein wenig zur Seite neigte, um aus dem Fenster zu sehen. Müdigkeit und Erschöpfung zeigten sich auf Bérénice' schönem Gesicht, während sie einen Moment still zusah, wie sich der Morgenhimmel über den grauen Dächern von Paris zu einem dunstigen Gelb verfärbte.

Vielleicht dachte sie in diesem Moment an einen anderen Morgen, den auch Hippolyte niemals vergessen konnte. Der Tag, als der Mistral über die Hügel heraufwehte und den Duft der fernen Lavendelfelder herüberbrachte.

Es war der Morgen ihrer Hochzeit gewesen, als Bérénice mit dem Fahrrad den Weg durch die Weinberge herauffuhr. Unentschlossen war sie vor dem alten Steinhaus mit seinen hellblauen Fensterläden, dem *Maison Bleue*, stehen geblieben, verfangen in Zweifel, ob es richtig gewesen war, zu kommen. Sie hatte sich heimlich aus dem Haus ihrer Mutter geschlichen und war losgefahren, um ihren Verlobten vor der kirchlichen Trauung noch einmal schnell zu umarmen. Hippolyte hatte die ganze Nacht vor fieberhafter Erwartung nicht schlafen können und saß bereits seit der frühen Morgendämmerung unter dem alten Olivenbaum, der mit seinen knorrigen Ästen fast die ganze Vorderfront des Hauses verdeckte. Als er Bérénice im hellen Morgenlicht dort stehen sah, fing sein Herz an zu hämmern. Er war aufgesprungen und ihr mit offenen Armen entgegengelaufen, während der Wind heftig an seinen Haaren zerrte und ihm den Atem nahm.

Es war ein Moment vollkommenen Glücks gewesen, ein Augenblick, der die Erfüllung all seiner Träume in sich barg.

Hippolyte ließ sich zurück auf das weiche Kissen fallen und schloss die Augen. Vier Jahre waren vergangen, seit sie das Weingut *La Maison Bleue* verlassen mussten. Damals wollte Bérénice nach Paris, um hier ein neues Leben zu beginnen, weit weg von der Provence. War sie jetzt glücklich? In dieser lauten Stadt, die niemals schlief? Hippolyte wusste es nicht. In diesen vier Jahren, in denen sie sich mit ihren außergewöhnlichen Arbeiten in der Haute Couture zu etablieren suchte und oft die Nächte durcharbeiten musste, war er als Vertreter für südafrikanische Weine durch Frankreich gefahren, um Provisionen kämpfend, die oft gekürzt wurden, wenn ein Kunde nicht bezahlt hatte. War er dann für ein paar Tage zu Hause, redeten sie über Geldprobleme, ihre Miete, das geringe Honorar, das Bérénice in der Haute Couture verdiente. Der tägliche Kampf um die Existenz hatte sie beide ausgelaugt. Jeder war versunken in seinen Problemen, und es gab keine Zärtlichkeit, nur noch Schweigen und Fremdheit zwischen ihnen. Aber vielleicht wollten sie das auch nicht anders: nicht sprechen müssen über die Vergangenheit, über die Geschehnisse jener Nacht, die ihr Leben verändert hatte.

Hippolyte hörte, wie Bérénice sich erhob und die kleine Arbeitslampe auf dem Tisch ausknipste. Da stand er mit einem Ruck auf und trat aus dem Dunkel des Schlafzimmers hinaus seiner Frau entgegen.

»Ich muss mit dir reden.«

Doch als er in das blasse Gesicht von Bérénice sah, die sich fröstelnd den alten Bademantel um die Schultern zog, konnte er nicht mehr von seiner Einsamkeit sprechen, auch nicht über seine Sehnsucht nach der Stille der Weinberge, den intensiven Farben des Lavendels und den Sonnenblumen, über die sich der tiefblaue Himmel der Provence spannte. Wenn er als Kind den Hang hinter seinem Elternhaus hochgestiegen war, musste er sich einen schmalen Weg durch stachelige Brombeersträucher bahnen, begleitet von dem lauten Zirpen der Grillen und dem starken Duft nach Thymian und Basilikum, die im Garten seiner Mutter wuchsen. Diese Erinnerung nahm ihn immer mehr gefangen, ließ ihn nicht los, bis er vor einigen Tagen eine Entscheidung getroffen hatte.

Während seine Gedanken wieder abschweiften, wartete er auf eine Reaktion seiner Frau, vielleicht Interesse an seinen Plänen, Neugierde, was er mit ihr besprechen wollte. Doch Bérénice warf ihm nur einen flüchtigen Blick zu, griff sich den Karton, der auf dem Stuhl neben ihr bereitstand, und stellte ihn auf den Tisch. Vorsichtig schichtete sie die zarten Organzablüten hinein und bedeckte sie mit Seidenpapier. Ihre Stickereien waren kleine Kunstwerke. Dieses besondere Talent hatte sie von ihrer Mutter Denise geerbt, die ausgefallene Stickereien für die »Damen der Gesellschaft« der kleinen Stadt Saint-Emile anfertigte. Vor sechs Wochen hatte Bérénice den Auftrag des Couture-Hauses Maxime Malraux angenommen. Hippolyte wusste, dass sie nur bezahlt wurde, wenn ihre Arbeiten dem Designer gefielen.

»Soll ich dir einen Kaffee kochen?«, bot Hippolyte an, der plötzlich nicht mehr den Mut fand, über seine Entscheidung zu sprechen.

Bérénice schüttelte den Kopf und hastete in das Schlafzimmer. »Nein danke«, rief sie über die Schulter, »ich habe vor einer Stunde geduscht und schon gefrühstückt.«

Hippolyte antwortete nicht sofort. Er lehnte sich gegen den Türpfosten und sah seiner Frau zu, wie sie im Halbdunkel aus dem Bademantel schlüpfte, ihn auf das zerwühlte Bett warf und den schmalen Kleiderschrank öffnete. Das schwache Licht, das durch den Fensterladen hereindrang, gab ihrem blassen Gesicht einen schimmernden Reiz und umspielte die Konturen ihres schlanken Körpers. Rasch schlüpfte sie in ein schmales schwarzes Kleid und zog am Rücken den Reißverschluss hoch. Sie trug es, wenn sie in die Modehäuser ging, um ihre Arbeiten abzuliefern. Schwarz war die Farbe der internationalen Modeszene. Bérénice lief in das angrenzende kleine Badezimmer, fuhr sich mit der Hand schnell durch die kurzen dunklen Haare, legte etwas Rouge auf und zog mit einem tiefroten Stift ihre vollen Lippen nach. Dann kam sie zurück und griff hastig nach ihrer Handtasche und dem großen Karton. Wieder spürte Hippolyte, wie ihr ganzes Wesen von ihm fortstrebte.

»Warum?« Er lief ihr nach, packte sie und grub seine Finger in ihren Oberarm. Bérénice blieb ruhig stehen, und so ließ er sie wieder los. »Ich *weiß*, ich bin schuld, ich *weiß*, ich hätte damals in dieser Nacht nicht nach Saint-Emile in die Kneipe gehen und unser Weingut verspielen dürfen. Ich *weiß*, ich hätte mich nicht betrinken sollen, und ich *weiß* auch, ich bin schuld, dass du in dieser Nacht …«

Jedes »weiß« betonte er, und beim letzten Satz verlor er die Beherrschung und schrie seiner Frau das Wort ins Gesicht. Doch als Bérénice stumm blieb und nichts erwiderte, brach er den Satz abrupt ab und fuhr sich resigniert mit der Hand übers Gesicht. Für einen Moment zögerte Bérénice, dann wandte sie sich ab und öffnete die Wohnungstür. Doch Hippolyte stellte ihr noch eine letzte Frage, jene Frage, die ihn seit vier Jahren quälte: »Du kannst mir immer noch nicht verzeihen, nicht wahr?«

Ohne sich nach ihrem Mann umzudrehen, antwortete Bérénice leise: »Nein, Hippolyte, nein, ich denke, das kann ich nicht.«

Tiefe Hoffnungslosigkeit stand zwischen ihnen, bis Bérénice die Wohnung verließ und geräuschlos die Tür hinter sich zuzog.

*

»Wo ist sie, wo sind die Blumen? Wieso ist diese Frau noch nicht da? Hat sie verschlafen, hat man ihr nicht gesagt, dass ich die Blüten jetzt brauche, jetzt, sofort und nicht irgendwann, wenn es dieser Frau passt?«

Als Bérénice die Stufen hinaufhastete, hörte sie bereits im Treppenhaus die männliche Stimme, die sich ungehalten über sie ausließ. Das musste Maxime Malraux sein, der legendäre Designer, den sie nur von Fotos kannte, denn sonst übergab sie am Empfang ihre Arbeiten einer Mitarbeiterin des Couturiers. Heute aber hatte sie sich verspätet, so hatte man sie hinauf ins »Allerheiligste«, das Atelier des Meisters, geschickt.

»Entschuldigen Sie!«

Außer Atem betrat Bérénice den hellen Raum mit seinen hohen Fenstern, den langen Arbeitstischen und den vielen Wandspiegeln. Hier stand Maxime Malraux, klein und zierlich zwischen Stoffrollen, Kleiderpuppen, Skizzen und Fotos. Alle Augen waren auf Bérénice gerichtet, und ihr Gruß wurde kaum erwidert. Schweigend beobachtete man, wie sie den Karton auf den nächststehenden Tisch schob, den Deckel öffnete und jede einzelne Blüte vorsichtig herausnahm. Jemand war ihr gefolgt, und als sie sich überrascht umsah, stand Maxime dicht hinter ihr. Seine dunklen Augen, umrandet von einem dezenten Lidstrich, weiteten sich in fassungslosem Staunen, als er jetzt so nahe vor ihr stand.

Bérénice fühlte sich unbehaglich und entfernte sich mit einem kleinen Schritt möglichst unauffällig von ihm, während sie ihre Blüten auf dem Tisch ausbreitete. Sie spürte seinen intensiven Blick, der sie nicht loslassen wollte, und sie erschrak über die Blässe seines Gesichts und die Starrheit seines Blicks. Steif und mit einer langsamen Bewegung streckte er ihr die Hand entgegen, die sie nur zögernd nahm.

»Wie heißen Sie?«

Seine Stimme klang heiser, und Bérénice bemerkte, dass die Mitarbeiter das Benehmen des Designers ungewöhnlich fanden und ihn befremdet beobachteten. »Bérénice Mouret. Ich arbeite seit vier Jahren für Ihr Haus.« Sie wurde unruhig. Was wollte er von ihr?

»Ich weiß, ich weiß«, murmelte er. »Ich bewundere jedes Mal Ihre Arbeiten, sie entsprechen genau meinen Visionen. Aber sagen Sie … Bérénice, wo kommen Sie her? Sind Sie in Paris aufgewachsen?«

Sie schüttelte den Kopf. »Ich komme aus Saint-Emile, einer kleinen Stadt in der Provence. Warum wollen Sie das wissen?«

»Saint-Emile«, wiederholte er nervös, ohne auf ihre Frage einzugehen. »Saint-Emile, ja, ja … genau. Wie ist Ihr Mädchenname?«

»Vanessa ist hier.« Die Stimme von Raul, Maximes Assistenten, überschlug sich fast. »Sie hat nur zwei Stunden Zeit, dann muss sie zum Flughafen. Bitte, Maxime, wir müssen die Anprobe mit ihr machen.«

Mit einer Handbewegung brachte Maxime seinen Assistenten zum Schweigen.

»Aubry«, antwortete Bérénice, die auf seine Frage einging, um den launischen Designer nicht zu verärgern, der nervös mit einer der Organzablüten herumspielte. Bérénice spürte, dass ihn etwas beschäftigte und völlig aus der Fassung gebracht hatte …

»Fleur«, flüsterte er, »Fleur …«, und sah sie an.

»Maxime, bitte!« Rauls Stimme kletterte die Skala der Hysterie ganz nach oben, doch der Designer beachtete ihn nicht.

»Wunderschön, ich habe mich schon oft gefragt, wer diese Künstlerin ist, die solche kleinen Meisterwerke kreiert.« Malraux' Hände zitterten, und in Gedanken schien er weit fort zu sein. Immer noch drehte er eine der Blüten in seiner Hand und zerrte nervös an den winzigen kleinen Perlen, mit denen sie besetzt war. Abrupt hob er den Kopf. »Nun, meine liebe Bérénice Mouret, Sie werden es nicht bereuen, für mich zu arbeiten, das verspreche ich Ihnen.«

»Maxime! Bitte!«

Jetzt löste sich der Designer vom Tisch und ging zu den Wartenden, und Bérénice begriff, dass sie entlassen war. Keiner beachtete sie mehr, alle scharten sich um das Model Vanessa, das in der Mitte des Raums stand und in ein schwarzes Abendkleid aus zartem Chiffon schlüpfte, an das Camilla, die langjährige Chefdirektrice des Hauses Malraux, die Organzablüten befestigte.

Unter der Tür drehte sich Bérénice rasch noch einmal um und fing einen nachdenklichen Blick von Maxime auf. Doch als sie ihm zum Abschied zunicken wollte, wandte er sich rasch ab.

Sie werden es nicht bereuen … Malraux' Worte gingen Bérénice nicht aus dem Kopf, während sie langsam die Treppe hinunterging. Was hatte dieser launische Künstler, der längst den Zenit seiner Karriere überschritten hatte, damit gemeint? Was würde sie nicht bereuen?

*

»Hippolyte?«

Als es still blieb, schlüpfte Bérénice rasch aus ihren hohen Schuhen, lief durch den Wohnraum und stieß die Tür zum Schlafzimmer auf.

»Hallo?«

Ungläubig stellte sie fest, dass sämtliche Sachen ihres Mannes fehlten. Die Tür seines Schranks stand weit offen, er war komplett leer, auch sein Koffer und die große Leinentasche fehlten. Bérénice versuchte, durchzuatmen und sich zu beruhigen. Noch am Morgen hatte Hippolyte das Gespräch mit ihr gesucht, doch sie hatte ihn abgewehrt. Aber musste er nicht wissen, wie sehr sie unter Druck gestanden hatte? Hippolyte hatte seinen Job vor zwei Wochen aufgegeben und mehrmals von Plänen gesprochen, die noch nicht wirklich spruchreif seien. Ratlos sank Bérénice auf das breite Bett und schob den achtlos hingeworfenen Bademantel zur Seite. Dabei erfühlte sie ein Kuvert. Verwundert ergriff sie es, doch ihre Hand fing an zu zittern, und ihr Herz raste. Reglos blieb sie sitzen, ahnte bereits, was Hippolyte ihr geschrieben hatte. Er zog die Konsequenz aus ihrer Unversöhnlichkeit, setzte einer quälenden Ehe ein Ende. Lange sah sie auf den Brief hinunter, drehte und wendete ihn zwischen ihren Fingern, bis sie ihn mit einem Ruck öffnete.

Ma chère Bérénice,
nie sind wir glücklich geworden in Paris, der Stadt, der ich nichts abgewinnen konnte und die mir und uns keinen Segen brachte.
Vor einer Woche habe ich mit meinem alten Freund Bernard gesprochen. Er hat mir erzählt, dass das Weingut, unser Maison Bleue, zum Verkauf steht. Du weißt, Bernard ist inzwischen Leiter der größten Bank in Saint-Emile, und er gibt mir einen Kredit, damit ich das Gut zurückkaufen kann. Es scheint ziemlich heruntergewirtschaftet zu sein, doch ich bin überzeugt, ich kann es schaffen. Darin sehe ich die Aufgabe meines Lebens.
Bérénice, heute Morgen wollte ich Dich fragen, ob Du mit mir gehen willst. Aber Deine Ablehnung mir gegenüber hat mir gezeigt, dass diese Frage sich erübrigt hat.

Liebe kann verzeihen, doch Du konntest es nicht.
Also habe ich endlich den Mut gefunden zu erkennen, dass unsere Liebe vorbei ist und dass ich allein gehen muss.
Hippolyte

Bérénice ließ sich langsam auf die Kissen zurückfallen, den Brief an sich gepresst. Hippolyte hatte sie verlassen. Während ihrer Abwesenheit hatte er sich heimlich, still und leise davongeschlichen. Doch Bérénice empfand nichts, gar nichts. Wut oder Schmerz wollten sich nicht einstellen. Sie war einfach nur müde nach der schlaflosen Nacht, in der sie durchgearbeitet hatte. Sie horchte der Stille in der Wohnung nach, lauschte angestrengt auf den Lärm, der gedämpft von der Straße herauf bis zum vierten Stock drang. Irgendwann läutete das Telefon, dann wurde es wieder still, bis es erneut anfing und so lange klingelte, bis Bérénice mit müder Hand nach dem Hörer griff.

Sie war enttäuscht, dass es nicht Hippolyte war, sondern ein Henri Meyer aus der Vertragsabteilung von Maxime Malraux:

»Monsieur möchte Ihnen ein Angebot machen, sind Sie daran interessiert?«

»Was für ein Angebot?« Bérénice verstand nicht.

»Monsieur schlägt Ihnen einen festen Vertrag vor. Sie bekommen ein eigenes Atelier in unserem Haus mit mehreren Stickerinnen, die für Sie arbeiten werden. Das Gehalt ist sehr großzügig, wenn Sie mir die Bemerkung erlauben«, fügte Henri Meyer hinzu, da Bérénice, völlig überrumpelt von diesem Vorschlag, schwieg. Seit vier Jahren arbeitete sie für den Designer, bekam wenig Geld und erntete kaum Anerkennung.

»Wieso so plötzlich?«, fragte sie misstrauisch, sie konnte es nicht begreifen. Heute Morgen war sie Maxime Malraux zum ersten Mal begegnet, und schon bekam sie ein lukratives Angebot. »Wieso? Ich verstehe es einfach nicht.« Noch während sie dies sagte, wurde ihr plötzlich klar, was das bedeutete: keine Existenzsorgen mehr, keine Angst, wenn der Monat zu Ende ging und sie sich fragen musste, ob das Geld für die nächste Miete reichte.

Meyers Stimme klang ein wenig genervt, als sie so zögernd reagierte. »Wahrscheinlich haben Sie Monsieur heute mit Ihrer Arbeit so überzeugt, dass er Ihnen dieses Angebot macht. Er sagte, dass er es Ihnen gegenüber bereits erwähnt habe. Wir schicken Ihnen in den nächsten Tagen einen Vertragsentwurf zu. Sie können sehr zufrieden sein, so ein großzügiges Angebot macht Maxime Malraux selten. Ehrlich gestanden, habe ich einen solchen Vertrag noch nie aufgesetzt, und ich arbeite bereits seit fünfzehn Jahren für ihn.«

»Ja natürlich, danke. Ich freue mich.« Bérénice blieb einsilbig, und als sich Henri Meyer schon längst verabschiedet und aufgelegt hatte, saß sie noch immer auf dem Bett, den Hörer in der Hand.

Irgendwann erhob sie sich endlich und schlüpfte aus ihrem Kleid, brühte sich in der Küche einen Tee auf, stellte Kanne und Tasse auf ein Tablett und ging damit ins Wohnzimmer. Als sie sich aufs Sofa setzte, spürte sie, wie müde sie war. Eingehüllt in ihre warme Decke, dämmerte sie in einen leichten Schlaf hinüber, doch immer wieder schreckte sie hoch, da sie glaubte, Hippolyte sei zurückgekommen.

Und so verstrich langsam der Tag. Es wurde Abend, und Bérénice hatte nicht die Kraft, den Arm auszustrecken und die Lampe neben dem Sofa anzuknipsen. So kam der Moment, in dem der Schmerz sie überwältigte. Heftiger, durchdringender, als sie erwartet hatte.

Erneut klingelte das Telefon, und wieder ließ sie es lange läuten, bis sie endlich abhob. Es war ihre Mutter Denise, und Bérénice unterdrückte den Impuls, einfach aufzulegen.

»Maman? Was gibt's?«

»Was es gibt?«, wiederholte Denise. »Seit Wochen höre ich nichts von dir, und du fragst mich, was es gibt?« Vorwurf schwang in Denise' Stimme mit. »Ist irgendetwas passiert, das ich wissen sollte?«

Von einer Sekunde zur anderen entschied sich Bérénice, nichts von Hippolyte zu erzählen, und so berichtete sie über das Angebot von Maxime Malraux. »Er ist einer der berühmtesten Designer Europas«, setzte sie erklärend hinzu.

»Maxime Malraux?« Denise wiederholte den Namen, während sie jede Silbe, schwer atmend, langsam betonte.

»Maman?«, rief Bérénice besorgt in den Hörer. »Geht es dir gut?«

»Natürlich. Wieso sollte es mir schlechtgehen?« Die Antwort ihrer Mutter klang gereizt und aufgeregt. »Ich bin nur erstaunt, nichts weiter. Ich wusste nicht, dass du für ihn arbeitest.«

»Doch, ich habe es dir irgendwann einmal erzählt.« Bérénice versuchte, sich zu beherrschen. Wie so oft geriet sie bei ihrer Mutter in die schwächere Position und hatte das Gefühl, sich verteidigen zu müssen.

»Nein, nein Bérénice, das hast du mir nie gesagt. Du hast andere Namen genannt. Chanel, Lanvin, aber Malraux …«

»Maman«, unterbrach Bérénice ihre aufgeregte Mutter. »Was ist denn los? Für dich spielt es doch keine Rolle, für wen ich arbeite. Vielleicht habe ich den Namen wirklich nicht erwähnt, aber du kennst die Modemacher doch nur aus den Zeitungen.«

»Und?«, fragte Denise nach einer kleinen Pause, in der sie sich offenbar beruhigt hatte. »Wie sieht das Angebot aus?«

Bérénice erzählte von dem lukrativen Vertrag, dem eigenen Atelier im Hause Malraux. Doch sie hatte das Gefühl, ihre Mutter hörte ihr kaum zu. »Freust du dich nicht für mich?«, fragte sie gereizt.

»Doch, doch natürlich. Dann hast du wenigstens finanziell ausgesorgt. Was sagt Hippolyte dazu?«

»Er ist nicht da, er weiß es noch nicht«, erwiderte Bérénice wahrheitsgemäß.

»Ach so, ja … ja … Aber wieso hat dir Malraux auf einmal dieses Angebot gemacht? Ist irgendetwas passiert?«

Bérénice hörte das Misstrauen in der Stimme ihrer Mutter.

»Ich weiß es nicht. Obwohl ich seit vier Jahren für das Haus Malraux arbeite, habe ich ihn erst heute kennengelernt. Es war irgendwie eigenartig. Als er mich sah, wurde er blass und nannte mich … »Bérénice überlegte, bis ihr der Name wieder einfiel. »Fleur. Ja, er sagte: ›Fleur‹, und er wollte alles genau wissen, woher ich komme, wie mein Mädchenname ist und …«

Aus dem Hörer drang ein gurgelnder Laut, dann war

wieder ein schweres Atmen zu hören. Bérénice wartete besorgt, bis sich Denise offenbar wieder beruhigt hatte und gleichgültig meinte, der Designer habe sie sicher mit jemandem verwechselt, der ihr ähnlich sehe, schließlich habe er tagtäglich mit Frauen zu tun, und der Jüngste sei er wohl auch nicht mehr. »Bérénice, ich muss jetzt Schluss machen, meine Ratatouille brennt an. Salut!«

Denise beendete das Gespräch eilig, und langsam legte Bérénice auf. Die Reaktion ihrer Mutter auf Maxime Malraux war seltsam. Aber vielleicht ging es Denise einfach nicht so gut. Hatte sie nicht neulich über Herzbeschwerden geklagt? Es war jetzt dunkel in der Wohnung, doch Bérénice machte kein Licht an, sondern rollte sich auf dem Sofa zusammen, zog die Decke hoch und vergrub ihr Gesicht in den Kissen. Sie vermisste Hippolyte, sie sehnte sich nach ihm, und sie bereute, dass sie so unversöhnlich geblieben war. Konnte sie ihm wirklich nicht verzeihen, nach all diesen Jahren? *Liebe kann verzeihen …*, hatte er geschrieben. Sie hatte es nicht gekonnt.

War ihre Liebe so wenig wert gewesen?

*

In Saint-Emile stand Denise Aubry-Déschartes reglos in ihrer Diele, noch lange, nachdem sie den Hörer aufgelegt hatte. Mit beiden Händen umschloss sie ihre Kehle, um das trockene Schluchzen zu unterdrücken, das ihren ganzen Körper erbeben ließ und nicht aufhören wollte, auch als sie sich gegen die Wand lehnte und versuchte, ihren Atem wieder unter Kontrolle zu bringen. Der Spiegel auf der anderen Seite warf ihr das Bild einer alten Frau zurück, mit rot gefärbten Haaren, einem verzerrten blassen Gesicht und weit aufgerissenen Augen. Einmal hatte es ja kommen müssen! Sie hatte es immer gewusst. Irgendwann, aber doch nicht jetzt! Irgendwann einmal, vielleicht ... Bérénice hatte eine Spur in die Vergangenheit entdeckt. Sie war arglos, aber wie lange noch? Denise hatte jedes Gefühl für Zeit verloren, bis sie endlich ihre Hände sinken ließ, frei atmen konnte und dann langsam in die Küche ging, um den Topf mit der angebrannten Ratatouille vom Herd zu ziehen. Was sollte sie tun, wer konnte ihr helfen, was sollte sie ihrer Tochter sagen?

Nach einer Weile gab sie sich einen Ruck, verließ die Küche und stieg, vorsichtig auf ihr steifes Bein achtend, die Wendeltreppe hinunter, die direkt in ihre Schneiderei führte.

Am Nachmittag hatte sie das grüne Taftkleid auf den Ständer gehängt, das sie heute Abend noch bügeln wollte. Die Frau des Arztes Julien Devereux hatte es in Auftrag gegeben, um es bei der Hochzeit ihrer Tochter zu tragen. Auf dem langen Zuschneidetisch lag die Rolle mit der kostbaren weißen Spitze, aus der Denise das Brautkleid für die Arzttochter zuschneiden wollte. Eine Familie, beliebt und angesehen in der Stadt, ohne Sorgen, ohne schreckliche Geheimnisse. So hatte sie sich vor Jahren ihre Ehe und ihr Leben vorgestellt, als sie Etienne Aubry, den reichen und geachteten Apotheker heiratete. Doch es war anders gekommen. Auch jetzt noch, mit sechsundsechzig Jahren, musste sie sich ihr Geld mühsam verdienen, indem sie für andere Frauen nähte, stickte und ausbesserte.

Denise schlüpfte in ihren dunklen Mantel, der über

einem Stuhl hing, und ließ ihren Blick achtlos durch den Raum schweifen. Gleichgültig stellte sie fest, dass die Farbe an den dunkelroten Wänden bereits abblätterte und in den barocken kleinen Wandleuchten zwei Glühbirnen fehlten. Hier war sie aufgewachsen, zwischen Stoffrollen, Schnittmustern und Schachteln voller Knöpfe, bei ihrer Mutter Joselle, die auch schon für die »Damen der Gesellschaft« von Saint-Emile nähte. Und hier hatte sie nach der Scheidung ihre geliebte Tochter Bérénice großgezogen.

Denise griff sich ans Herz, das nicht aufhören wollte, hart und heftig zu schlagen. Dann verließ sie entschlossen das Haus und sperrte hinter sich die Eingangstür zu. Die enge Rue Boursicault mit ihren niedrigen weißen Häusern war wie ausgestorben, und Denise' Schritte verlangsamten sich, je näher sie der Place de la Victoire kam. Seit Jahren mied sie diesen kleinen runden Platz mit dem gotischen Rathaus, dem schmalen hohen Haus der Apotheke, dem Hotel Excelsior und dem alten Juweliergeschäft, in dem man seine Eheringe bestellte und das Tafelsilber putzen ließ. Denise ging am Café La Danseuse mit seiner roten Markise vorbei, das bereits geschlossen hatte. Sie warf einen flüchtigen Blick auf das Schaufenster und erinnerte sich an den Duft von Biskuits, frischen Brioches und Schokoladenkuchen, als sie vor vielen Jahren jeden Samstag hier eine Torte gekauft hatte. Sie sah einige Leute, die in die Rue de la Galérie einbogen, um in die alte Rathauskneipe Cochon d'Or zu gehen. An den Samstagen kamen die Männer aus den Weinbergen in die Stadt herunter, verbrachten den Abend in der Gaststube, tranken ihren Pastis und fachsimpelten über die Trauben, das Wetter und den Mistral. In dieser Kneipe hatte

Hippolyte vor vier Jahren gesessen und das Weingut seiner Eltern verspielt.

Schritt für Schritt näherte sich Denise der Apotheke. Es musste schon spät sein, da der Platz ausgestorben dalag, doch in der Apotheke brannte noch Licht, und so drückte Denise die Türklinke hinunter und betrat den Raum.

Nichts hatte sich verändert. Die hohen Regale standen an den mit dunklem Holz vertäfelten Wänden, davor die Medikamentenschränke mit den vielen kleinen Schubladen. Auch die weißen Porzellandosen, gefüllt mit Heilkräutern aus der Gegend, hatten ihren Platz immer noch auf der langen Theke. Dahinter stand Etienne Aubry, über die Waage aus Messing gebeugt, und war dabei, eine kleine braune Tüte mit Lavendelblüten zu füllen. Ein alter Mann in einem weißen Kittel, mit einem grauen, ungepflegt wirkenden Bart. Als sich die Tür öffnete, sah er hoch und starrte Denise aus ungläubigen Augen entgegen, während sie sich am Geländer festhielt und die drei Stufen herunterkam.

»Guten Abend.« Denise' Stimme klang hoch und ängstlich wie die eines Kindes.

»Was willst du?«, fragte Etienne schroff, kniff die Augen zusammen und schob die kleine Brille auf die Stirn. Dabei fiel ihm die Tüte mit den Lavendelblüten aus der zitternden Hand.

»Wir sind uns seit Jahren aus dem Weg gegangen«, begann Denise umständlich. »Ich glaube, es ist Zeit, dass wir miteinander reden.«

»Das glaube ich kaum«, wies der Apotheker ihren Vorschlag hart zurück. »Ich wüsste auch nicht, worüber.«

Denise' Mund war ausgetrocknet, sie hatte das Gefühl, ihr würden die Sinne schwinden und sie müsse ohnmächtig auf den harten Holzboden fallen. Aus ihrem Kopf wich jeder Gedanke, jedes Wort, das sie sagen wollte. Etienne beobachtete sie, jede kleinste Bewegung. Sie krampfte ihre Hände um die Handtasche, die sie wie zum Schutz gegen die Brust gepresst hielt. Mit jedem Atemzug sog sie den Geruch der Vergangenheit ein, den Geruch nach altem Holz und Kräutern. Er erinnerte sie an den Tag, als sie zum ersten Mal diesen Raum betreten hatte und dieser Geruch ihr eine grässliche Übelkeit verursachte. Wie hatte sie ihn und dieses Haus gehasst, und wie sehr hatte sie im Laufe ihrer Ehe gelernt, Etienne zu hassen …

»Bérénice hat angerufen.« Nur mit größter Mühe brachte sie die Worte über die Lippen, bereits in der Gewissheit, einen Fehler zu machen. Sie hätte nicht kommen dürfen.

»Und? Was habe ich damit zu tun?«

»Sie hat eine Anstellung bei Maxime Malraux, und er nannte sie … er nannte sie … Fleur!«

»Irgendwann wird Bérénice es herausfinden, es war immer nur eine Frage der Zeit. Aber das interessiert mich nicht, nicht mehr. Und das weißt du auch. Also, komm nie wieder hierher! Ich sage dir: nie wieder.« Etiennes Gesicht verzerrte sich, und in Denise stieg die alte peinigende Angst wieder hoch.

»Ich weiß nicht, was ich ihr sagen soll.«

Während Denise den Satz aussprach, spürte sie, dass Etiennes Verbitterung genauso tief saß wie vor Jahren. Beharrlich schwieg er, und beharrlich verweigerte er ihr jede Hilfe. In feindseligem Schweigen sah er sie an, doch in seinem Blick erkannte Denise eine gewisse Bewunderung für ihren Mut, gekommen zu sein. Trotzdem wusste sie, dass er niemals aufhören würde, sie zu verachten. Doch konnte sie vergessen, was er ihr angetan hatte? Auch ihr Hass gegen ihn schien grenzenlos, und auch ihre Haltung blieb unversöhnlich.

Die Vergangenheit ließ sich nicht auslöschen, die Erinnerung kam zurück, die Schuld blieb ungesühnt. So drehte Denise sich wortlos um und verließ unter dem heiteren Gebimmel der Türglocke die Apotheke.

Etienne verharrte einen Moment hinter der Theke, dann hastete er ans Schaufenster. Verborgen hinter dem halbhohen weißen Spitzenvorhang, beobachtete er Denise auf ihrem Weg über den Platz. Er ballte die Fäuste in den Taschen seines weißen Kittels und presste die Lippen aufeinander.

»Denise Déschartes«, murmelte er verächtlich und schnaubte durch die Nase. Eine kleine Schneiderin, die sich Designerin nannte. Denise, die ihn in eine Ehe gezwungen hatte, um in die Gesellschaft von Saint-Emile aufzusteigen und in der Stadt eine Rolle zu spielen. Als Madame Aubry, Frau des Apothekers Etienne Aubry, Sohn aus einer reichen und sehr angesehenen Familie des Orts. Freudlos lachte Etienne in sich hinein und starrte Denise weiterhin nach. Sie hatte sich sein Vertrauen erschlichen, ihm Verständnis vorgeheuchelt, er hatte sich ihr geöffnet, und sie? Sie wollte nur eine gute Partie machen. Kein Mann in Saint-Emile hatte sich für Denise interessiert, und nur er war so dumm gewesen, sich von ihr einfangen zu lassen.

Im Licht der Straßenlaterne überquerte sie langsam den kleinen Platz. Sie war dick geworden, und sie versuchte, mit der Länge ihres schwarzen Mantels ihr Gebrechen zu verbergen. Warum war sie gekommen? Warum hatte sie seine Ruhe gestört, die Vergangenheit aufgerührt? Mit ihrem schleppenden Gang, mit dem sie das steife Bein nachzog, erinnerte sie ihn an diesen einen furchtbaren Tag. Doch es war noch viel schlimmer gekommen.

»Ich bin nicht schuldig, nicht schuldig.« Seine Finger krallten sich in seine Handflächen, bis es schmerzte. Nein, es war sie, die den Schaden angerichtet hatte, an ihm und seiner Seele. Einen Schaden, den sie nie mehr gutmachen konnte.

Etienne kehrte zur Waage zurück. Langsam und ächzend ging er in die Knie, sammelte mit beiden Händen die heruntergefallenen Blüten vom Boden auf und warf sie in den Mülleimer. Mühsam zog er sich am Tisch wieder hoch. Er zögerte, dann holte er aus der Tasche seines Kittels einen kleinen Schlüssel und öffnete die Schublade unter der Theke. Er griff hinein und zog ein altes ausgeschnittenes Zeitungsfoto heraus.

»Fleur«, murmelte er. Fleur, die Frau, die ihn abgewiesen hatte, sich über ihn lustig gemacht und ihn verachtet hatte. Der alte Mann stöhnte auf. »Fleur«, flüsterte er, »Fleur …« Und seine von Adern durchzogene und mit Altersflecken bedeckte Hand fuhr zart über das Foto.

2

Ende September 2001
Saint-Emile

Die heiße Septembersonne blendete Hippolyte, als er aus dem Auto stieg und zu den Weinbergen hinübersah. Kein Schatten, kein leichtes Lüftchen brachte Abkühlung, milderte die sengende Hitze.

Auf den Hängen kamen die Arbeiter beim Pflücken der Trauben nur schrittweise voran. Sie mussten sich bücken, hockten mit ihren Scheren auf der Erde, standen wieder auf, musterten sorgfältig jede Traube, bevor sie sie in flache Kisten legten.

Frank, Hippolytes Mitarbeiter, winkte ihm zu und kam von den Rebreihen herüber. Er war erhitzt, strahlte aber Genugtuung aus, als er Hippolyte auf die Schulter klopfte.

»Das gibt einen guten Wein, genau richtig für einen Neuanfang. Wie war's auf der Bank?« Ein scharfer Blick streifte Hippolytes Gesicht. »Hast du Erfolg gehabt?«

Hippolyte nickte und zog ein Kuvert aus der Innentasche seiner hellen Leinenjacke. »Hier steht es schwarz auf weiß, wir bekommen einen weiteren Kredit.«

Mit dem Kuvert fächelte er sich Kühlung zu, er war erschöpft, angespannt, doch sichtlich zufrieden. Vor einem halben Jahr war er zurückgekommen, und die Monate harter Arbeit waren nicht spurlos an ihm vorübergegangen, auch die Unsicherheit vor dem heutigen

Termin bei der Bank hatte an seinen Nerven gezerrt. Jetzt sog er tief die sonnendurchglühte Luft ein.

»Es wird noch einige Zeit dauern, bis wir in die schwarzen Zahlen kommen, aber wir werden es schaffen.«

»Klar«, antwortete Frank und grinste. »Hast du je daran gezweifelt?«

Hippolyte lächelte gleichgültig und zuckte mit den Schultern.

»Ich hole uns einen Pastis«, schlug Frank vor, »zum Anstoßen.« Und er verschwand im Haus.

Hippolytes Blick wanderte über die Weinberge, die Landschaft seiner Kindheit. Er hatte sie genauso wiedergefunden, wie er sie vor vier Jahren verlassen hatte. Sie machte ihn glücklich und gab ihm das Gefühl von Zufriedenheit. Wie hatte er das Haus und die Umgebung vermisst, wie hatte er es nur vier Jahre ohne seine Heimat, sein Zuhause ausgehalten, und wie glücklich war er, dass *La Maison Bleue* wieder ihm gehörte.

»Wie geht es Bérénice?« Frank war mit der Flasche unter dem Arm und zwei Gläsern aus dem Haus gekommen. Er durfte Hippolyte das fragen, denn er war sein ältester und bester Freund, der nach seiner Rückkehr alles stehen und liegen gelassen hatte, um mit ihm zusammen das Weingut wieder auf Erfolgskurs zu bringen.

Hippolyte wartete, bis Frank die Gläser gefüllt hatte, prostete ihm zu und nahm einen kräftigen Schluck. Er atmete durch und ließ sich Zeit, bevor er antwortete: »Ich habe vor einigen Wochen mit ihr telefoniert, es scheint ihr sehr gutzugehen. Finanziell hat sie ausgesorgt. Endlich«, fügte er leise hinzu.

»Und dieser Designer? Ich meine …« Frank zögerte, bevor er weitersprach. »Ist das ihr Freund?«

Frank hatte nicht verstehen können, dass Hippolyte allein aus Paris zurückgekehrt war.

»Vielleicht, ich weiß es nicht. Aber sie hat keine Affäre mit ihm, wenn du das meinst. Er interessiert sich nicht für Frauen. Seine Modenschau im August war nicht sehr erfolgreich; nur die bestickten Abendkleider, die wurden in allen Zeitungen erwähnt. Und das war das Werk von Bérénice«, stellte Hippolyte stolz fest. »Sie liebt Paris, und sie scheint glücklich über die neue berufliche Herausforderung zu sein. Sie bereitet schon die nächste Kollektion für die Show im Februar vor. Sie hat also alle Hände voll zu tun.«

Hippolytes Stimme klang voller Energie, ein wenig zu sehr, wie er fand, doch er wollte nicht zugeben, wie sehr er Bérénice vermisste. Nicht einmal vor sich selbst. Er vermisste sie jeden Tag, jeden Abend. Hier im *Maison Bleue* kamen die Erinnerungen zurück, nicht nur an die Nacht, die ihnen zum Verhängnis geworden war, sondern auch an die langen Spaziergänge in den Lavendelfeldern, an Sonntage, an denen sie in einem idyllischen Gartenrestaurant der Umgebung gegessen hatten. Wie oft dachte er in den letzten Wochen an die Nächte, die so heiß gewesen waren, dass sie nicht schlafen konnten, aufstanden und den kleinen Hügel hinaufliefen. Daran, wie sie sich im Licht des hellen Mondes zärtlich umarmt hatten und schweigend auf das laute Zirpen der Zikaden lauschten.

Er durfte nicht daran denken, nicht jetzt. Heute hatte er einen großen Erfolg verbuchen können, indem er den Direktor der Bank von seinen Plänen überzeugte. Er sollte glücklich sein. Während er sein Glas langsam leerte, ließ er seinen Blick über das alte Steinhaus mit den hellblauen Fensterläden und Türen gleiten, bis er an dem alten knorrigen Olivenbaum hängenblieb, dessen silbrige Blätter in der flirrenden Hitze zitterten und glänzten.

In Gedanken und Erinnerungen versunken, merkte er nicht, dass Frank ihm sofort wieder nachschenkte.

»Ich denke, die Zeit in Paris hat unsere Ehe zerstört«, sinnierte er laut. »Ich hatte immer geglaubt, es ist diese Nacht gewesen, damals … von der ich dir erzählt habe … obwohl …«

»Du meinst, als du das Weingut verspielt hast?«

Hippolyte nickte und trank langsam, Schluck für Schluck. Der Pastis und die Hitze des Nachmittags benebelten ihm die Sinne und lösten seine Zunge.

»Das war es nicht, nicht nur. In dieser Nacht war Bérénice allein im Haus, und da hat sie …« Hippolyte sprach nicht weiter. Er starrte auf sein leeres Glas und drehte es nachdenklich in der Hand. »Es war Paris«, betonte er nach einer kleinen Pause.

Frank klopfte ihm freundschaftlich auf die Schulter, das war seine Art, dem Freund sein Mitgefühl zu zeigen. »Aber du wolltest etwas sagen. Bérénice war allein hier oben, und da …«

»Nicht so wichtig«, wich Hippolyte aus.

Schweigend beobachteten sie die Arbeiter in den Weinbergen, bis lautes Hundegebell die Stille des Nachmittags zerriss. Überrascht drehten sich die beiden um und sahen eine junge Frau den Hügel neben dem Haus herunterkommen. Ein großer Hund lief und tanzte vor ihr her, unbekümmert bellte er die Arbeiter in den Feldern an, drehte sich um sich selbst, schnappte nach seinem Schwanz und rannte dann auf Frank und Hippolyte zu.

»Tristan«, rief die junge Frau, »hierher, sofort!«

Doch der Hund überhörte den Befehl und schnupperte gut gelaunt an den Beinen der beiden Männer.

»Tristan, was für ein hässlicher Name für einen Hund!« Frank grinste.

»Ist ja auch ein hässlicher Hund.« Hippolyte lachte und wehrte das große Tier ab, das an ihm hochsprang, seine Pfoten auf Hippolytes Schultern legte und ihn aus großen braunen Augen ansah.

»Entschuldigung, er ist erst drei Monate alt. Er weiß noch nicht, dass er gehorchen sollte.«

Atemlos stand die junge Frau vor den beiden Freunden. Sie nahm ihren großen Strohhut ab und fuhr sich mit der Hand durch das lange blonde Haar. Fasziniert verfolgten die beiden die Bewegung ihres Kopfes, als sie die schönen Haare in den Nacken warf. Sie trug Jeans und eine karierte Bluse, die sie in der Taille verknotet hatte, und ihre Füße steckten in klobigen braunen Schnürschuhen.

Der Hund schnupperte jetzt interessiert an Hippolytes altem Pick-up, hob das Bein und pinkelte gegen den hinteren Reifen. War es die Sonne, der Alkohol oder die Nähe einer schönen Frau, dass Hippolyte in Lachen ausbrach und sich kaum mehr beruhigen wollte?

»Marie-Luise Winter«, stellte die Frau sich vor und erzählte, dass sie das kleine Haus hinter dem Weinberg gekauft habe. »Nun gibt es ein Problem, und deswegen bin ich hier.«

Beide Männer versicherten bereitwillig, bei der Lösung helfen zu wollen, und so erklärte sie, dass sie ihren Mietwagen bereits abgegeben habe, ihre Freundin aber erst in drei Tagen aus Deutschland kommen könnte.

»Sie bringt mir mein Auto. Aber vor einer Stunde rief sie mich an, dass sie es nicht früher schafft. Und nun brauche ich dringend Glühbirnen, Batterien und Lebensmittel. Fährt einer von Ihnen zufällig in die Stadt und könnte mich mitnehmen?«

Erwartungsvoll sah sie die beiden Männer an. Frank musste zurück zu den Arbeitern, was er zutiefst bedauerte, und so bot Hippolyte sich an, sie in die Stadt zu fahren. Er öffnete ihr die Wagentür, und Tristan sprang unaufgefordert hinten auf, wo er es sich zwischen leeren Kisten bequem machte.

Der Wagen rumpelte über den steinigen Weg hinunter in die Stadt.

»Wir fahren am besten zu Robert, da bekommen Sie fast alles. Daneben gibt es ein Geschäft mit frischem Obst und Gemüse, und die beste Bäckerei von Saint-Emile liegt auch nur zwei Häuser weiter«, erklärte Hippolyte. Er spürte, wie die junge Frau ihn heimlich von der Seite beobachtete. Zunächst war er einsilbig geblieben, hatte sich nur kurz vorgestellt, dann waren sie schweigend weitergefahren.

»Machen Sie Ferien hier?«, fragte er ungeschickt, als die ersten Häuser von Saint-Emile auftauchten.

»Ich werde hier wohnen«, erklärte Marie-Luise schlicht. »Ich habe mich scheiden lassen und von meiner Abfindung das kleine Haus gekauft. Arbeiten kann ich überall.«

Sie machte eine kleine Pause und wartete, bis Hippolyte die Frage nach ihrem Beruf stellte.

»Ich übersetze Romane aus dem Deutschen ins Französische und umgekehrt. Meine Mutter war Französin, und mein Vater ist Deutscher«, fügte sie hinzu. »Und Sie? Was machen Sie?«

Marie-Luise lächelte ihn rasch von der Seite an, doch da waren sie bereits vor Roberts großem Geschäft angekommen, und Hippolyte war erleichtert, aussteigen zu können. Was sollte er ihr auch erzählen? Er war vierundvierzig Jahre alt, seine krausen dunklen Haare begannen sich zu lichten, er lebte von seiner Frau getrennt, er war ein Versager, der versuchte, auf dem Weingut seiner Vorfahren wieder Fuß zu fassen. Er hatte sich bis über beide Ohren bei der Bank verschuldet, und wenn der diesjährige Wein sich nicht wirklich gut verkaufte, hatte er alles verloren.

Rasch lief er um den Wagen herum und öffnete Marie-Luise die Tür, erleichtert, nicht sofort antworten zu müssen.

»Tristan, du bleibst sitzen!«, schärfte Marie ihrem Hund ein. Sie wandte ihm den Kopf zu, und als sie ausstieg, stolperte sie. Hippolyte fing sie auf. Einen kleinen Moment drückte er sie an sich, und er spürte ihren Körper und atmete den zarten Duft ihrer Haut nach Jugend und Sonne ein. Ihre Nähe verwirrte ihn, der Alkohol machte ihm Mut, und so beugte er sich zu ihr und küsste ihre Lippen, die sich bereitwillig öffneten.

Nur langsam ließ er sie nach dem langen Kuss los. Die beiden sahen sich verwirrt an, jeder wollte schnell betonen, dass es eigentlich nicht seine Art war … Doch dann lächelten sie und wussten, dass es gut und richtig gewesen war.

Als Hippolyte ihr leicht die Haare aus dem Gesicht strich, spürte er, dass sie beobachtet wurden, und als er sich rasch umdrehte, sah er direkt in die Augen von Denise Aubry-Déschartes, seiner Schwiegermutter, die auf der anderen Straßenseite stand und feindselig zu ihnen herüberstarrte.

3

Oktober 2001
Paris

Es war Herbst geworden, einer dieser grauen, nassen Tage in Paris. An den Bäumen in der Avenue Montaigne hing kein Blatt mehr, und am Himmel war kein Licht zu sehen. Ein Tag, an dem das Wetter die schlechte Laune im Atelier noch schlechter werden ließ, als sie die letzten Tage bereits gewesen war.

Obwohl es spät am Abend war und jeder nach Hause wollte, peinigte Maxime seine Mitarbeiter mit Launen, Ausbrüchen und ständig neuen Ideen, die er sofort wieder verwarf.

»Die Show ist im Februar, und er führt sich auf, als wäre sie morgen«, flüsterte Raul übellaunig hinter vorgehaltener Hand. Neben ihm stand Jean Bergé, der bekannte Modefotograf, der gekommen war, um mit dem Designer Entwürfe durchzusprechen, die er für die amerikanische *Vogue* fotografieren sollte. Doch Maxime war mit den Skizzen für ein Abendkleid nicht zufrieden, egal, was sein Team ihm vorschlug.

Die Stimmung der Mitarbeiter war aufgeladen mit Hysterie und Aggression gegen Maxime. Bérénice stahl sich leise aus dem Atelier, denn es ging um Entwürfe, die nicht bestickt wurden. Jean Bergé jedoch war ihr nachgelaufen und holte sie auf der Treppe ein. »Haben Sie Lust, heute Abend mit mir essen zu gehen?«

Bérénice blieb stehen und zögerte für einen Moment. Jean sah sehr gut aus. Er war groß, schlank, und die Lederjacke, die er lässig über die Schultern gehängt hatte, passte gut zu seinen blonden Haaren und den blauen Augen. Doch dann lehnte sie freundlich ab und lief weiter. Vor dem Eingang holte Jean sie erneut ein und drückte ihr seine Visitenkarte in die Hand. Er verabschiedete sich rasch und stieg wieder die Treppe hinauf ins Atelier. Achtlos steckte Bérénice seine Karte in ihre Handtasche. Sie hatte es eilig, vor dem nächsten Regenguss nach Hause zu kommen. Aber direkt vor der großen Eingangstür mit den schmiedeeisernen Blumenranken drehte sie sich noch einmal um.

»Vielleicht irgendwann einmal …«, rief sie dem Fotografen nach, bevor die schwere Tür hinter ihr zufiel.

Sie lief rasch die Avenue Montaigne entlang bis zum Rond Point. Ein heftiger Wind war aufgekommen, starker Regen setzte bereits ein, und völlig durchnässt tauchte Bérénice in die Metro-Station ab.

Zu Hause angekommen, ging sie unter die Dusche, kochte sich einen starken Kaffee und setzte sich an den kleinen runden Küchentisch. Unkonzentriert blätterte sie in einer alten Modezeitung, doch ihre Gedanken beschäftigten sich mit Jean Bergé. Seine Einladung war überraschend gekommen. Er wollte mit ihr ausgehen, aber wollte sie das auch? Jean wurden viele Affären nachgesagt. Also lieber nicht, entschied sie und trank einen Schluck von ihrem heißen Kaffee. Im Haus mit den vier Stockwerken war es still, trotz des schlechten Wetters schien an diesem Freitagabend niemand zu Hause zu sein. Wieder lag ein einsames Wochenende vor ihr.

Als das Telefon läutete, blieb sie sitzen. Sicher war es Maxime, der sich über ihr rasches Verschwinden beklagen wollte. So ließ sie es läuten, doch als es ein zweites Mal ansetzte, erhob sie sich, ging ins Wohnzimmer und griff unlustig nach dem Hörer.

Es war ihre Mutter.

»Wie geht es dir?«, fragte Denise in mitleidigem Ton. Seit Bérénice ihr von der Trennung von Hippolyte erzählt hatte, rief sie fast täglich bei ihrer Tochter an, um ihr »beizustehen«, wie sie es nannte.

»Gut, wirklich gut«, antwortete Bérénice automatisch.

»Ach ja? Das wundert mich. Aber dann weißt du es wahrscheinlich noch nicht.«

»Was weiß ich noch nicht?« Bérénice unterdrückte einen ungeduldigen Seufzer.

Denise machte eine kunstvolle Pause, bevor sie weitersprach: »Ich habe es ja schon seit Wochen geahnt, ich wollte dich nur nicht beunruhigen.«

»Maman, was ist denn?« Bérénice wurde ungeduldig.

»Dein Mann hat sich ja schnell getröstet. Mit einer bildhübschen jungen Deutschen. Die ganze Stadt spricht darüber, denn Hippolyte zeigt sich oft und gern mit ihr.«

Denise wartete die Wirkung ihrer Worte ab, doch Bérénice reagierte kaum, blieb einsilbig und erklärte dann, Hippolyte habe doch das Recht dazu, schließlich seien sie bereits seit einem halben Jahr getrennt. Sie beendete das Gespräch mit einer gemurmelten Entschuldigung, bevor Denise noch einmal etwas sagen konnte.

Den Hörer immer noch in der Hand, ließ Bérénice sich aufs Sofa fallen. Ihrer Mutter gegenüber hatte sie

Hippolyte verteidigt, doch jetzt überfiel sie der Schmerz über die Neuigkeit heftig und durchdringend. Sie hatte nicht daran gedacht, dass Hippolyte sich wieder verlieben könnte. Vielleicht irgendwann einmal, aber nicht jetzt, so schnell, so bald nach ihrer Trennung. Offenbar glaubte er, es sei Zeit, ein neues Leben zu beginnen. Das sollte sie vielleicht auch, doch das Gefühl der Enttäuschung war da, und es wäre sinnlos gewesen, es zu ignorieren.

Da griff Bérénice nach ihrer Tasche, die auf dem Tisch stand, holte entschlossen die Karte von Jean Bergé heraus und wählte seine Nummer.

*

»Ich bin gern hier.«

Jean Bergé rückte Bérénice den Stuhl zurecht und nahm ihr gegenüber an dem kleinen Tisch Platz. »Ich mag die familiäre Atmosphäre«, erzählte er weiter, während Bérénice sich neugierig umsah. Sie hatte schon viel von diesem Lokal gehört, das für seine klassische französische Küche bekannt war. Kellner mit langen weißen Schürzen balancierten große Tabletts über die Köpfe der Gäste hinweg, es war eng, heiß und laut, aber es duftete wunderbar. Bérénice fühlte sich sofort wohl. Jean bestellte Champagner, und während sie ihre Hummersuppe löffelten, erzählte er von Fotoaufnahmen in Amerika, in der Karibik und in Asien. Es war lange her, seit Bérénice sich mit einem Mann verabredet hatte. Das lag Jahre zurück, denn es war immer Hippolyte gewesen, mit dem sie ausgegangen war. Doch Jean verstand es, ihr leichtes Unbehagen mit seiner lockeren Unterhaltung zu zerstreuen, und so beantwortete sie bereitwillig seine Frage, ob sie allein lebe oder verheiratet sei.

»Mein Mann und ich haben uns nach zwanzig Jahren getrennt. Die letzten vier Jahre lebten wir in Paris, besser gesagt, *ich* lebte in Paris, mein Mann war beruflich ständig unterwegs.«

»Was ist Ihr Mann von Beruf?«, wollte Jean wissen.

»In dieser Zeit war mein Mann Vertreter für südafrikanische Weine, hielt sich viel in Südafrika auf und bereiste ganz Frankreich. Aber im vergangenen April ist er in die Provence zurückgegangen und konnte dort das Weingut seiner Familie zurückkaufen. Er ist glücklich«, fügte sie nach einer kurzen Pause hinzu. Plötzlich hatte sie keinen Appetit mehr.

»Und Sie, Bérénice? Haben Sie Design studiert? Seit wann arbeiten Sie für Maxime?«

»Wollen Sie das wirklich wissen?« Sie sah hoch und fing ein Lächeln von Jean auf, der sie interessiert beobachtete.

»Sonst hätte ich nicht gefragt«, war seine Antwort.

Bérénice legte ihren Löffel neben den leeren Teller. »Nach dem Gymnasium bin ich in Marseille auf die bekannte Schule für Design und Sticktechnik für Haute Couture gegangen. Doch vier Wochen nach meinem Abschluss habe ich geheiratet und daher meinen Beruf erst einmal nicht ausgeübt. Aber die Leiterin der Schule, die selbst für Couture-Häuser gearbeitet hat, gab Aufträge an mich weiter. Das hat mir sehr viel Freude gemacht, ich konnte zu Hause arbeiten und mir eigene Techniken und auch Routine aneignen. Als ich mich vor vier Jahren dann an sie wandte, weil ich dringend einen Job brauchte, stellte sie den Kontakt zum Haus Malraux her.«

»Und dann verließen Sie nach sechzehn Jahren die schöne Provence und gingen nach Paris. Haben Sie das nicht bereut?«

»Wir mussten«, antwortete Bérénice kurz angebunden. Sie wollte nicht mehr erzählen, schon gar nicht über ihre Ehe. Es riss Wunden auf.

Jetzt wurde das Hauptgericht serviert, Rinderfilet Richelieu mit Schlosskartoffeln und gefüllten Champignons, doch so gut es auch war, Bérénice hatte plötzlich keinen Hunger mehr. Jean spürte ihren Stimmungswechsel, und so erzählte er wieder von Fotoaufnahmen, Models und über Maxime, den Exzentriker.

Bérénice hörte jedoch nicht mehr zu. Ihre Gedanken wanderten zurück in die Vergangenheit. Plötzlich erinnerte sie sich an ihre erste Nacht mit Hippolyte.

Heimlich hatte sie sich aus dem Haus ihrer Mutter geschlichen und war eilig hinauf zum Weingut geradelt. Hippolyte wartete auf sie, und mit klopfendem Herzen schlichen sie, Hand in Hand, hinter dem Haus den kleinen Weg hoch bis zu einer versteckten Wiese. Zwischen Thymian und stacheligen Brombeeren küssten sie sich, und Bérénice erinnerte sich genau an den Moment, als er seine Hand in den Ausschnitt ihres geblümten Kleides schob. An die erste große Erregung, als sie sich auf der Wiese liebten und sie ihm zärtliche Worte ins Ohr flüsterte.

»Immer werde ich dich lieben, Hippolyte, immer … Du bist der Grund meines Lebens, für immer, Hippolyte, für immer …«

Damals war sie neunzehn und Hippolyte dreiundzwanzig Jahre alt gewesen. Sie hatten sich ewige Liebe geschworen, und doch hatte sie ihm seit vier Jahren nicht verzeihen können. *Liebe kann verzeihen …*

Bérénice versuchte, die Erinnerungen abzuschütteln, atmete durch und lächelte Jean zu. Sie hatte nicht gespürt, dass er mit seiner Hand ihre verkrampften Finger umschloss und sich über den Tisch zu ihr beugte. Und Bérénice ließ es zu, dass er sie leicht auf den Mund küsste.

*

Am nächsten Abend ging sie mit Jean zu einer Vernissage, auf der Modefotos aus den fünfziger Jahren gezeigt wurden. »Adrienne, die Witwe des Fotografen, ist eine alte Freundin von mir«, erzählte Jean auf dem Weg in die Rue Bonaparte zur Petite Galerie des Arts. »Es ist nur eine kleine Ausstellung, eine Hommage an einen großen Künstler. Georges Bonnet hatte einen unverwechselbaren und ganz eigenen Stil. Doch plötzlich war seine Art des Fotografierens nicht mehr gefragt. Die Modeszene war damals im Umbruch, London wurde das Maß aller Dinge, junge englische Fotografen machten Karriere und mit ihnen ein anderer Typ Model: dürr und kindlich. Georges Bonnet, der große Verfechter der Eleganz, die er meisterhaft in Szene setzte, geriet schnell in Vergessenheit. »Übrigens gab sich Adrienne am Telefon sehr geheimnisvoll«, fuhr Jean fort. Sie habe Fotos für die Ausstellung herausgegeben, die noch nie öffentlich gezeigt worden seien, sie seien sensationell.«

»Das klingt doch gut«, antwortete Bérénice mehr aus Höflichkeit denn aus Interesse für die Ausstellung. Sie war mitgegangen, um einen einsamen Sonntag zu überstehen. Vielleicht aber auch, um mit Jean zusammen zu sein.

Er zuckte mit den Schultern. »Es scheinen Fotos einer jungen Frau zu sein, eines Mädchens aus der Provinz, das Georges zum Star gemacht hat. Er muss sie sehr geliebt haben, Adrienne ist heute noch eifersüchtig auf sie. Er hat drei Jahre mit ihr gearbeitet, dann verschwand sie plötzlich. Doch wenig später war Georges' Stil ohnedies veraltet. So ist diese Branche eben: Heute ein Star, morgen wirft man dich weg.«

Diese bitteren Worte machten Bérénice nachdenklich. Sie dachte an Maxime Malraux, der sich gegen die jungen Wilden der Modeszene kaum mehr durchsetzen konnte. Seine Eleganz war nicht mehr gefragt. Plötzlich empfand sie Mitleid mit ihm. In seinen Launen und seinem Jähzorn erkannte sie auf einmal seine Angst vor dem Alter und dem Abgleiten in die Vergessenheit.

»Was ist mit der Frau passiert?«, wollte sie noch wissen, als sie bereits vor der kleinen Galerie standen.

»Keine Ahnung«, antwortete Jean achselzuckend, bevor er ihr die Tür öffnete. »Es gab die eigenartigsten Gerüchte, erzählte mir Adrienne. Man sprach von Selbstmord, auch Drogensucht, ich weiß es nicht. Ich habe ja erst vor ein paar Tagen von dieser Frau gehört, ich kenne keines der Fotos. Sie war offenbar sehr einsam wie viele in dieser Branche und wurde schnell vergessen. Ich denke nicht, dass sich für diese Ausstellung eine Menge Leute interessieren, außer einem kleinen Kreis von Insidern.«

Jean hatte offenbar recht. Als sie die kleine Galerie betraten, war diese nur wenig besucht. Zusammen schlenderten sie an den Bildern vorbei. Bérénice gefielen die

Fotos von Georges Bonnet. Für ihr Empfinden setzten sie die Kleider der berühmten Designer der fünfziger Jahre großartig in Szene.

»Da drüben ist Adrienne. Kommen Sie, ich werde Sie vorstellen!« Jean nahm Bérénice am Arm und ging mit ihr in den letzten Raum.

Die Witwe von Georges Bonnet stand an der gegenüberliegenden Wand, ein wenig verdeckt von einem Fotografen und seiner Begleiterin, denen sie Fragen beantwortete. Sie war eine kleine, zierliche Frau mit tiefschwarzgefärbten Haaren, eng und glatt an den Kopf frisiert. Den schmalen Mund betonte die Achtzigjährige mit einem blutroten Lippenstift.

»Grässlich, sie schminkt und kleidet sich genauso wie vor Jahren, sie vergisst, dass sie alt ist. In den Fünfzigern war sie sicher eine attraktive Frau, jetzt wirkt sie leider eher grotesk.« Jean schüttelte missbilligend den Kopf.

Er und Bérénice blieben ein wenig abseits stehen und warteten, bis das Interview zu Ende war und die kleine Gruppe vor den Fotos sich auflöste.

»Sie sind herzlos«, wandte Bérénice lebhaft ein, ohne die Reaktion der Galeriebesucher mitzubekommen, die sie verstohlen beobachteten. Jean hörte ihren Protest nicht mehr, er hatte ihren Arm losgelassen und war auf die Wand mit den Fotos zugegangen. Selbst Adrienne übersah er. Dann drehte er sich langsam zu Bérénice um, die ihm verwundert folgte, bis sie neben ihm stand und die Bilder genauer sehen konnte. Sie zeigten eine schöne junge Frau mit vollen, sinnlichen Lippen, kurzen Haaren und harmonisch geschwungenen Augenbrauen. Die Fotos waren numeriert und nach Kollektionen bezeichnet:

Fleur auf den Stufen vom Montmartre in einem weißen Kleid von Yves Saint-Laurent – Fleur vor dem Café de la Paix in einem grauen Tailleur von Molineux – Fleur im herbstlichen Paris an der Seine in einem dunkelblauen Kostüm von Chanel – Fleur in einem geblümten Seidenkleid von Givenchy nachts auf den Champs-Elysées – Fleur in einem Traum aus rotem Chiffon von Balenciaga im La Coupole.

Die Besucher der Galerie waren verstummt und beobachteten Bérénice jetzt unverhohlen. Sie drehte sich um und starrte verwundert auf die andere Wand. Dort hingen große Porträts, die meisten in Schwarzweiß. Sie zeigten die junge Frau ungeschminkt, ganz in ihrer Verletzlichkeit, mal nachdenklich, dann wieder traurig und einmal lächelnd. Darunter nur ein einziger Name: *Fleur.*

Bérénice fühlte sich unbehaglich unter den neugierigen Blicken der Besucher, doch Jean überspielte die Situation, fasste sie am Arm und stellte sie Adrienne vor. Doch auch Bonnets Witwe machte keinen Hehl aus ihrer Verwunderung und stellte sich direkt vor Bérénice auf die Zehenspitzen, um sie ganz genau zu mustern.

»Das gibt es nicht, das kann nicht sein … Fleur!« Adrienne starrte Bérénice aus schwarzen kajalumränderten Augen an. Der Fotograf neben ihr hob die Kamera und schoss ein Foto von Bérénice.

Erst jetzt wurde ihr bewusst, wie sehr sie dieser Frau auf den Bildern ähnlich sah. Zum Verwechseln ähnlich. Die Besucher der Galerie scharten sich um sie und bedrängten sie mit der Frage, ob sie mit Fleur verwandt sei und ob … Bérénice schüttelte ablehnend den Kopf.

»Jean, bitte, ich möchte gehen.«

»Natürlich.« Er wechselte noch rasch ein paar Worte

mit Adrienne, doch da hatte Bérénice bereits die Galerie verlassen.

Draußen blieb sie einen Moment stehen und atmete tief durch. Dann lief sie weiter, fast hatte sie Jean vergessen, bis er sie einholte.

»Das ist wirklich ein seltsamer Zufall, oder nicht?« Prüfend sah er sie an.

Bérénice war blass geworden, sie dachte an Maxime, der diesen Namen gestammelt hatte, als sie das erste Mal vor ihm stand. Fleur. Auch er hatte fassungslos reagiert. Fleur.

Als Jean sie an sich zog, nahm sie es kaum wahr, denn langsam drängte sich ein vager Moment aus ihrer Kindheit in ihr Gedächtnis: Sie saß im Kinderwagen, und eine Frau beugte sich über sie. Die Frau trug einen kleinen Hut mit einer Feder. Diese Feder wippte hin und her und kitzelte Bérénice an der Wange, als die Frau sie küsste, während ihr Tränen über die Wangen liefen.

»Das ist Fleur, eine Tante«, hatte Denise erklärt.

Wieso hatte sie das vergessen, als Maxime sie Fleur nannte? Fleur, eine Tante …

Aber es gab noch einen anderen Moment, undeutlich, zerrissen, düster und beklemmend. Doch der Nebel der Erinnerung wollte sich nicht auflösen, und was blieb, war ein Gefühl von Angst und panischem Entsetzen.

*

Ende Oktober 2001
Saint-Emile

Denise verbarg sich hinter dem Stamm der Platane und sah über den kleinen Platz hinüber zur Kirche. Die Tür öffnete sich, und die Leute verließen das Gotteshaus. Der Pfarrer hatte eine kleine Abendmesse für die Bauern und Weingutsbesitzer gehalten, einen Dankesgottesdienst für die gute Traubenernte. Weder Mistral noch Dauerregen oder sonst eine Katastrophe hatte die Ernte behindert und die Trauben ruiniert. Denise wartete und sah sich die Leute genau an, doch Hippolyte war nicht unter ihnen. Tiefe Enttäuschung ergriff sie. In den vergangenen Tagen hatte sie sich die Szene oft ausgemalt: Sie würde auf ihren Schwiegersohn zugehen, vor ihm stehen bleiben und ihm ins Gewissen reden. Schließlich sei er verheiratet, und so solle er sich auch verhalten. Denise war es egal, was er oben auf seinem Weingut trieb. Doch im Ort vor allen Leuten mit diesem Flittchen herummachen – diese Demütigung durfte er Bérénice, ihrem Kind, nicht antun.

Die Kirchenbesucher hatten sich jetzt zerstreut, die meisten waren in ihre Autos gestiegen und losgefahren, einige jedoch bogen unter lauten Zurufen in die kleine Gasse neben dem Rathaus ein.

»Um sich im Cochon d'Or volllaufen zu lassen.« Verächtlich schnaubte Denise durch die Nase. Sie blickte sich um. Vielleicht tauchte Hippolyte ja doch noch auf. Aber der Platz blieb leer, und so hinkte sie auf die offene Kirchentür zu.

Am Altar brannten noch die Kerzen in den hohen Leuchtern, daneben standen kleine Kisten, gefüllt mit Trauben als Gaben der Weinbauern.

Denise blieb stehen und starrte auf das große hölzerne Kreuz. Lange war sie nicht mehr hier gewesen.

Nur nicht daran denken, nie mehr! Die Vergangenheit ist vergessen, kann nicht mehr gutgemacht werden, nie mehr, nie mehr. Vergessen der Tag ihrer Hochzeit. Vergeben alle Schuld?

Nein, niemals. Es gab kein Vergessen, und es gab kein Vergeben. Niemals.

4

Mai 1957
Saint-Emile

An einem wolkenlosen Tag im Mai heirateten Denise Déschartes und der ältliche Apotheker Etienne Aubry. Schweigend nahmen die wenigen Gäste in der hohen, dunklen Kirche von Saint-Emile Platz und warteten, bis die Braut am Arm ihres Onkels dem Bräutigam entgegenschritt, der sie mit blassem, verzerrtem Gesicht erwartete. Jeder wusste, dass Etienne hoffnungslos in Denise' schöne Schwester Fleur verliebt gewesen war, doch diese hatte ihn abgewiesen. Die ganze Stadt tuschelte über den Grund für die überstürzte Heirat, und jeder ahnte, dass Etienne Denise aus seinem tiefen Gefühl für Anstand und Pflicht heraus heiratete. Neugierige Blicke folgten der Braut auf ihrem Weg zum Altar, und keinem blieb die sanfte Rundung unter ihrem weißen Kleid verborgen, auch wenn sich Denise krampfhaft den Strauß Maiglöckchen vor die Taille hielt.

Gerade noch rechtzeitig kam Fleur und drückte sich hastig in die letzte Bank, ihren kleinen Koffer stellte sie neben sich. Direkt nach der Trauung wollte sie Saint-Emile verlassen und mit dem Mittagszug nach Paris fahren, um an einer renommierten Sprachenschule zu studieren. Das zumindest war die Version, die ihre Mutter Joselle kannte und den neugierigen Kundinnen ihrer Schneiderei erzählte.

Im Anschluss an die Trauung wurde auf der Treppe der Kirche ein Foto gemacht, dabei stand Fleur mit ihrem Koffer links neben dem Bräutigam, während Denise zu seiner Rechten vergeblich Etiennes Blick suchte. Anschließend gingen die Gäste gut gelaunt in das beste Restaurant der Stadt, um ein üppiges Menü zu genießen. Fleur hatte sich zuvor verabschiedet. Ein leichter Wind wehte von den Weinbergen herunter, als sie in Begleitung ihrer Mutter durch die stille Straße zum Bahnhof von Saint-Emile ging.

»Die Wolken verändern sich«, sagte Joselle. »Sie künden den Mistral an. Schau hinauf!« Ihre Tochter warf nur einen flüchtigen Blick nach oben, sie spürte, dass ihre Mutter den Abschiedsschmerz hinter einem unverfänglichen Gespräch verbergen wollte. Tröstend hängte sie sich bei Joselle ein, und schweigend bogen sie in die Allee mit den alten Platanen ein, die schnurgerade auf die Gare Saint-Emile zuführte. Erst als sie bereits zwischen lärmenden Menschen auf dem Bahnsteig standen, brach Joselle das Schweigen.

»Warum Paris?«, klagte sie. »Glaubst du wirklich, Tante Babette hat dir das Geld vererbt, um Sprachen zu studieren? Und warum Deutsch?«

Fleurs Interesse an der deutschen Sprache hatte nur einen Grund: Alle anderen Kurse waren bereits ausgebucht, aber das verschwieg sie.

Joselle ließ nicht locker. »Warum ausgerechnet diese Sprache? Es ist noch gar nicht so lange her, dass die Deutschen in Frankreich einmarschiert sind und …«

»Maman, der Krieg ist seit zwölf Jahren vorbei«, protestierte ihre Tochter unkonzentriert. Fleur hatte Schuldgefühle, denn ihre Mutter kannte nur die halbe Wahrheit. Vormittags wollte sie schon die Schule besuchen, doch sie hatte noch andere Pläne.

In Paris fing das Leben an, und sie wollte ein Teil davon werden. Paris, das war Dior, der zehn Jahre zuvor seine beispiellose Karriere begonnen hatte, als er mit der Ligne Corolle, dem New Look, eine Sensation ausgelöst hatte. Paris bedeutete Balenciaga mit seinen großen Abendroben sowie Elsa Schiaparelli und ihrem extravaganten Stil. Paris, das war das Herz der Welt, und es schlug zwischen der Place Vendôme und der Avenue Montaigne.

»Aber in den Ferien kommst du nach Hause?«, drängte Joselle auf ein Versprechen. Als Fleur zögerte, redete sie hastig weiter: »Wenn es dir auf der Schule nicht gefällt, kannst du jederzeit bei mir in der Schneiderei anfangen, sie auch übernehmen, wenn ich einmal nicht mehr bin.«

Jetzt wandte sich Fleur ganz ihrer Mutter zu. Joselle Déschartes war eine füllige Frau mit hellem Teint und gekräuselten grauen Haaren, die sie mit Kämmen achtlos hochsteckte. Auf ihrem Gesicht lag der enttäuschte verhärmte Ausdruck einer Frau, die nie von einem Mann wirklich geliebt worden war und die wusste, dass sich das nicht mehr ändern würde.

»Vielleicht komme ich im August«, beantwortete Fleur zögernd Joselles Frage.

»Beide Töchter verlassen mich«, klagte Joselle. »Wie soll es mit mir und dem Salon weitergehen? Ich werde nicht jünger, und meine Kundinnen bleiben vielleicht weg, wenn sie die Stickereien von Denise vermissen. Du weißt, wie begabt deine Schwester darin ist.«

Fleur unterdrückte ein kleines Lächeln, wenn sie an die »Damen der Gesellschaft« in der kleinen Provinzstadt dachte und an die »Entwürfe« ihrer Mutter, die sie Kleidern aus den Modejournalen nachempfand. Nur die Stickereien von Denise waren außergewöhnlich schön und phantasievoll.

»Wenn Denise weiterhin arbeiten will, kann sie das doch«, meinte Fleur.

»Aber nein«, protestierte Joselle rasch. »Denise soll ihre Ehe nicht aufs Spiel setzen. Etienne will nicht, dass seine Frau arbeitet. Die Leute würden anfangen zu reden, wenn Denise in der Schneiderei ihrer Mutter sticken würde.«

»Etienne Aubry ist ein borniertes Muttersöhnchen, und das mit zweiundvierzig«, erklärte Fleur spöttisch. »Denise hat ihre Ausbildung als Stickerin mit Auszeichnung abgeschlossen, sie liebt ihren Beruf, und jetzt darf sie ihn nicht mehr ausüben, nur weil dieser Langweiler es nicht will.«

Joselle rang nach Atem. »Wie kannst du so über deinen Schwager reden! Etienne gehört zur guten Gesellschaft. Im Übrigen will Denise gar nicht mehr arbeiten. Sie genießt ihren sozialen Aufstieg.«

»Maman, mach dich selbst nicht so klein!«, antwortete Fleur leise.

Joselle überhörte die Bemerkung und ereiferte sich: »Glaub mir, mein Kind, wenn du einmal einen Mann liebst, wirst du seine Wünsche auch respektieren und dich unterordnen. Du bist nicht so stark, wie du denkst, ich kenne dich besser.«

Fleur reagierte nicht darauf, sie wollte im Moment des

Abschieds keinen sinnlosen Streit beginnen. Sie wusste, wie stolz ihre Mutter auf die »gute Partie« ihrer Tochter war. Das verschaffte auch ihr mehr Ansehen bei den Kundinnen. Beide schwiegen, denn jetzt, so kurz vor der Trennung, brachten sie kein Wort über die Lippen.

Ich werde sie nicht mehr sehen – eine dunkle Ahnung stieg in Joselle hoch, nahm ihr den Atem und drückte ihr Herz zusammen. Als der Zug einfuhr, wischte sie sich verstohlen rasch mit der Hand übers Gesicht, um die Tränen vor ihrer Tochter zu verbergen.

Ein Gefühl von Schuld und schlechtem Gewissen ergriff Fleur, die die Verzweiflung ihrer Mutter spürte, während sie sich auf ein neues Leben in Paris freute.

»Ich komme in den Sommerferien«, versuchte sie ihre Mutter noch einmal zu trösten, doch Joselles Tränen flossen jetzt hemmungslos. Fleur umarmte sie hastig, stieg in den Zug und suchte in ihrer Tasche nach dem kleinen weißen Tuch, mit dem sie ihrer Mutter Lebewohl zuwinken wollte. Joselle reichte ihr schnell den Koffer durchs Fenster und versuchte, Fleur mit einem Lachen das schlechte Gewissen zu nehmen und ihr vorzugaukeln, dass auch sie sich glücklich fühlte, wenn nur ihre Tochter es war.

Die Türen wurden geschlossen, und Fleur beugte sich weit aus dem Fenster und winkte mit dem Tuch, bis ihr der Arm seltsam schwer wurde und sie ihn sinken ließ. »Maman«, flüsterte sie noch einmal, als der Zug den Bahnhof verlassen hatte und sie Joselle in der Gruppe winkender Menschen nicht mehr erkennen konnte.

*

Denise hatte das Gefühl, ersticken zu müssen, als sie Etiennes Haus betrat und sich in den dunkel getäfelten Räumen umsah. Dicke Perserteppiche schluckten jedes Geräusch, und während sie mit Etienne die breite Treppe zum Schlafzimmer emporstieg, hielt sie sich krampfhaft an dem Geländer fest. Sie spürte seine Nähe auf eine quälende Weise und verlangsamte mit jeder Stufe ihre Schritte. Sie wusste, dass Etienne sie nur geheiratet hatte, weil sie schwanger geworden war. Jeder in der Stadt wusste es, und das war das Beschämende. Er war in ihre Schwester verliebt gewesen. Einmal hatte Fleur seinem ständigen Drängen nachgegeben und sich mit ihm verabredet. Sie wollte ihm dabei klarmachen, er solle mit den ewigen Nachstellungen aufhören, sie könne ihn nicht leiden. Doch Fleur vergaß die Verabredung und fuhr mit einer Freundin nach Marseille. Als Etienne mit einem großen Blumenstrauß vor der Tür stand, bot sich Denise als Ersatz an, und Etienne ging mit ihr in das schöne Restaurant, das er für sein erstes Rendezvous mit Fleur ausgesucht hatte. Denise schürte seine tiefe Enttäuschung und gab sich verständnisvoll, nannte das Benehmen ihrer Schwester rücksichtslos und egoistisch. Und sie hörte ihm zu. Diesem Mittagessen folgten Spaziergänge in den Lavendelfeldern und kleinere Ausflüge in die Umgebung. Denise machte sich immer sorgfältig zurecht und versuchte, sich mit der Brennschere Locken zu drehen, wie Fleur sie von Natur aus hatte. Sie kopierte mit ihrer Kleidung Fleurs unnachahmliche Eleganz und betonte in jeder Hinsicht ihre Ähnlichkeit mit der Schwester. Sie wusste, dass sie Etienne nicht besonders gefiel, doch sie war geduldig, und so schüttete der einsame Junggeselle ihr sein Herz aus. Er erzählte von seiner Liebe zu Fleur, wie sie angeblich mit ihm spiele und ihn hinhalte, bis Denise ihm geschickt zu verstehen gab, dass Fleur kein Interesse an ihm habe. Ihre Schwester wolle nach Paris, erklärte sie, griff nach Etiennes Hand und drückte sie mitfühlend. Vielleicht war das der Moment gewesen, in dem Etienne Denise zum ersten Mal wirklich wahrnahm, vielleicht auch endlich die Ähnlichkeit mit Fleur bei ihr entdeckt hatte. Denise besaß nicht die zarte Schönheit, die dunklen, vollen Locken und die schmale Taille von Fleur. Aber sie hatte die gleiche Haarfarbe und die ovale Form von Fleurs Gesicht. An diesem Nachmittag erkannte Etienne die Aussichtslosigkeit seiner Liebe.

Fleur hätte die erste Frau in seinem Leben sein sollen. Jahrelang hatte er auf den Moment gewartet, ihr endlich seine Liebe zu gestehen, doch niemals hatte er gedacht, dass sie ihn abweisen könnte. Zunächst hatte er in ihrer konsequenten Ablehnung mädchenhafte Schüchternheit gesehen, denn letztendlich war sie nur die Tochter einer kleinen Schneiderin, deren Mann vor Jahren das Weite gesucht hatte. Wieso sollte sie ihn also abweisen?

Aber Denise öffnete ihm die Augen. Voller Verständnis machte sie ihm klar, dass Fleur andere Pläne habe, die nie, aber auch wirklich niemals ein Leben an Etiennes Seite in Saint-Emile beinhalteten. Denise brachte ihm Güte und Verständnis entgegen und sah Fleur sogar ein wenig ähnlich, und so kamen sie sich schließlich bei einem Abendspaziergang im Mondschein näher. Er ließ es zu, dass Denise sanft seine Hand nahm und sie in den Ausschnitt ihrer Bluse legte. Zum ersten Mal umschlossen seine Finger eine warme weibliche Brust, und so kam eines zum anderen. Sie trafen sich immer heimlich, denn Etienne dachte keinesfalls an eine Heirat mit Joselle Déschartes' anderer Tochter Denise. Dann aber kam die Eröffnung, die ihn fast zerschmetterte: Denise war schwanger.

Die Leute in Saint-Emile tuschelten bereits über ihn und die Tochter der Schneiderin, und seine Mutter stellte ihn zur Rede. Er war ein Ehrenmann, und so bat er eines Sonntagvormittags Joselle um die Hand ihrer Tochter Denise. Joselle dachte zuerst, sich verhört zu haben. Wieso Denise, liebte er denn nicht Fleur?

Auch an diesem Tag, dem Tag der Hochzeit, wollte das Getuschel nicht verstummen, Etienne liebe eigentlich Fleur. Während Denise jetzt vor Etienne die Treppe hinaufstieg und sich scheu umsah, erkannte sie schlagartig die Bescheidenheit und Ärmlichkeit, in der sie aufgewachsen war. Die ständige Unordnung, die Enge der Zimmer, in denen Stoffrollen an den Wänden lehnten und Schachteln mit Knöpfen und Bändern den Weg versperrten. Fast konnte sie Etiennes Mutter verstehen, die aus ihrem Unmut über die unscheinbare Schwiegertochter aus kleinsten Verhältnissen keinen Hehl gemacht hatte.

Etienne griff an ihr vorbei und öffnete die Tür zum Schlafzimmer. Auch hier waren die Wände mit dunklem Holz getäfelt, und die schweren Samtvorhänge in braungrüner Farbe vermittelten einen beklemmenden Eindruck.

»Schließ die Tür und setz dich! Ich habe mit dir zu reden«, sagte Etienne ruhig, und Denise folgte sofort seiner Anweisung. Sie ließ sich auf der Kante des Bettes nieder, in dem sie ab jetzt ihre Nächte mit ihm verbringen würde, und drehte nervös ihren schmalen Ehering, den ein kleiner Rubin zierte. Etienne rückte sich den einzigen Sessel zurecht und ließ sich in die weichen Polster fallen.

»Denise«, begann er und machte eine Pause.

»Ja?« Die junge Frau sah hoch und schaute ihn an. Etiennes Rücken war leicht gekrümmt, und über der breiten Stirn war das dünne Haar sorgfältig nach hinten gekämmt. Seine blauen Augen blickten sie streng an, und Denise empfand zum ersten Mal fast Zuneigung für diesen Mann, der mit zweiundvierzig Jahren ältlich und ein wenig absonderlich wirkte, wie sie es in Gedanken formulierte. Sie mochte nicht an jenen ersten Abend denken, als Etienne sie ungeschickt umarmte und sie entjungferte, auch nicht an seine weiteren Umarmungen in den folgenden Wochen. Aber schließlich wusste sie aus Andeutungen ihrer Mutter, dass keine Frau »an diesen Dingen« Spaß oder Freude hatte.

»Denise«, setzte Etienne noch einmal an, »wir beide wissen, welche der Schwestern Déschartes ich liebe. Aber nun bist *du* schwanger, und durch meine Heirat mit dir stehe ich zu meiner Verantwortung. Auch ich möchte eine Familie und Kinder haben. Du bist fleißig, und du wirst lernen, den Haushalt vorbildlich zu führen und mir eine treue und ergebene Ehefrau zu sein. Wenn du dazu bereit bist, werden wir gut miteinander auskommen. Ich gebe dir das, was du wolltest: ein gutsituiertes Leben an der Seite eines geachteten, wohlhabenden Mannes. Dem wirst du Rechnung tragen müssen. Tust du das nicht, werden sich unsere Wege sehr bald trennen. Ansonsten können wir zusammen ein gutes Leben führen. Willst du das?«

Denise konnte nicht sprechen, ihre Brust hob und senkte sich, ihr Atem ging rasch, und eine tiefe Röte überzog ihr Gesicht. Sie sah auf ihre Füße hinunter, die in teuren weißen Satinschuhen steckten. Noch nie hatte sie solche Schuhe besessen. Sie hatte einen angesehenen, reichen Mann heiraten wollen, sie hatte sich ein Kind gewünscht, sie hatte beides bekommen. Das Gefühl des Glücks stellte sich dennoch nicht ein. Sie hatte den Mann haben wollen, der Fleur liebte, sie hatte ihn ihrer Schwester wegnehmen wollen, hatte Siegerin sein wollen in einem ungleichen Wettbewerb.

Doch in diesem Moment begriff Denise: Sie war nicht die Siegerin, sie hatte sich mit dem begnügen müssen, was ihre Schwester verschmäht hatte. Wie immer hatte sie gegen Fleur verloren.

Denise ballte die Hände zu Fäusten. Sie hörte nicht mehr darauf, was Etienne noch über die Pflichten sagte, die auf sie zukamen. Eines Tages, schwor sie sich, eines Tages, Fleur, werde ich die Siegerin sein. Und Denise wusste, dieser Tag würde kommen.

5

Juni 1957
Florenz

»O mio babbino caro – Väterchen teures höre …« Schmeichelnde Töne aus Puccinis Oper Gianni Schicchi drangen durch das offene Fenster von der Straße herauf. Denise lag im abgedunkelten Zimmer der Pension Michelangelo und lauschte auf die Stimme der jungen Sängerin. Jeden Abend erschien sie um sechs Uhr in Begleitung eines Geigers auf dem Platz und sang aus Opern von Puccini. Ihr Repertoire umfasste fünf Arien. Wenn die letzten Töne der fünften Arie, die der Mimi aus La Bohème, »Mi chiamano Mimi«, verklungen waren, fing sie von vorne an: »O mio babbino caro.« Die beiden jungen Leute standen direkt unter den Fenstern der Pension und verließen die Piazza della Signoria gegen neun Uhr Abends wieder. Denise war mit Opernmusik nicht vertraut, sie erinnerte sich nur an die amerikanischen Schlager, die ihre Mutter Joselle beim Nähen und Bügeln hörte. Es war Etienne, der Denise hier in Florenz von dem italienischen Komponisten Giacomo Puccini erzählte, dessen Arien diese junge Frau mit schmelzender Stimme sang, was von den Touristen mit reichlich Münzen belohnt wurde.

Denise streckte sich auf dem breiten Bett, dem *matrimoniale*, aus und ließ sich von der Musik in eine Melancholie versetzen, die ihr Unglück noch verstärkte. Sie war vor dem gleißenden Licht des heißen Nachmittags in die Kühle des Zimmers geflohen, hatte Etienne allein mit den Schwestern Emily und Florence Parry in die Uffizien gehen lassen. Etienne war erleichtert gewesen, als sie Kopfschmerzen vorgab und in der Pension blieb. Schon nach wenigen Tagen hatte Denise erkannt, dass sich Etienne seiner ungebildeten Frau schämte. Sie konnte seine Erwartungen nicht erfüllen.

Aber auch sie fühlte sich um eine romantische Hochzeitsreise betrogen. Die lange Zugfahrt in der ersten Klasse hatte sie noch genossen, aber dann war ihre Enttäuschung groß gewesen, als Etienne sie nicht in ein schönes Hotel, sondern in eine Pension führte.

»Die Lage könnte nicht besser sein, direkt an der Piazza della Signoria«, hatte er seine Wahl gerechtfertigt, während sie in einem schmalen Haus aus der Renaissance in einen wackligen Aufzug stiegen und in den zweiten Stock rumpelten. Dort befand sich die Pension Michelangelo der Signora Maria Sardi, einer Witwe, die ihren Mann bereits in den ersten Tagen des Kriegs verloren hatte. »Er ist für den Duce gestorben«, erklärte sie den Eheleuten Aubry, als sie sie in ihr Zimmer geleitete. Der Raum war hoch, die Wände dunkel gestrichen, und an der Decke konnte man Reste alter Freskenmalereien erkennen. Die beiden Fenster gingen auf die Piazza hinaus, mit dem Blick auf Michelangelos Statue des David. »Eine Kopie«, hatte Etienne seine junge Frau belehrt. »Das Original steht in der Accademia di Belle Arti.«

»Aha.« Das war Denise' uninteressierte Antwort gewesen. Sie kannte Michelangelo nicht, genauso wenig, wie sie von dem Maler Botticelli gehört hatte, dessen Bilder sie bereits am ersten Tag in den Uffizien bewundern musste. Ihr war so übel gewesen, denn vor dem Eingang zu den Uffizien mussten sie über eine Stunde in der Sonne anstehen.

An diesem Abend wurden die Aubrys den anderen Gästen vorgestellt. Sehr schnell hatte Denise erkannt, dass sie hier fehl am Platz war. Die insgesamt zehn Gäste der Signora Sardi besuchten jedes Jahr um diese Zeit Florenz, um »sich den Kunstgenüssen dieser wunderbaren Stadt hinzugeben«, wie Signora Sardi erklärte. Außer einem Pater aus Rom kamen alle anderen Gäste aus England. Etienne saß Denise am Esstisch gegenüber und unterhielt sich mit den Schwestern Parry in einem Englisch, das sogar in Denise' Ohren schauderhaft klang, obwohl sie die Sprache nicht beherrschte. Manchmal kommentierte eine der beiden Schwestern aus London kichernd Etiennes Bemerkungen mit: *»Nice, o, so nice, Mister Aubry.«* Denise konnte die beiden älteren Frauen vom ersten Moment an nicht leiden, denn ihr offensichtliches Interesse an dem gebildeten Mister Aubry grenzte seine schwangere Ehefrau klar aus.

Der schön gedeckte Tisch, geschmückt mit Blumen und einem Kerzenleuchter, die blütenweißen Stoffservietten und das Silberbesteck schüchterten Denise ein, und so war sie dankbar für Etiennes Vorschlag, sie solle auf dem Zimmer bleiben und dort ein leichtes Essen einnehmen. Signora Sardi hatte volles Verständnis für die blasse schwangere Frau und ließ ihr jeden Abend eine besondere Mahlzeit servieren. Denise war erleichtert. Sie liebte diese ausgedehnten Abendstunden, die Etienne mit den englischen Schwestern verbrachte, den alten Jungfern, wie Denise sie in Gedanken boshaft titulierte. Anschließend tranken die drei noch einen Verdauungskräutertee im Aufenthaltsraum. Wenn Etienne dann ins Zimmer kam, war Denise meist schon eingeschlafen.

Die Tage jedoch vergingen nur schleppend. Denise konnte den Museumsbesuchen nichts abgewinnen, und die Stadtbesichtigungen langweilten sie. Einmal ging Etienne mit ihr in eine Trattoria in der Via Rosina, in der es lebendig und laut zuging. Sie aß dort wunderbare Spaghetti, ohne dass jemand ihre Tischmanieren missbilligend zur Kenntnis nahm. Auch der Ponte Vecchio mit den vielen kleinen Schmuckständen hatte ihr gefallen. Leider kaufte Etienne nichts für sie, und sie musste erkennen, dass ihr wohlhabender Mann schlichtweg geizig war. Er gab nie Trinkgeld, wenn sie in einem der kleinen Cafés auf einer Piazza saßen, um kühle Granita di limone oder einen Espresso zu trinken.

So war sie froh, wenn der Tag endlich zu Ende ging und sie hier in der Abgeschiedenheit des Raums in dem breiten Bett vor sich hin träumen konnte. »*Un bel di vedremo …*«, klang es aus *Madame Butterfly* von unten herauf. Es war eine traurige Musik, die Denise' Herz berührte und sie zum Weinen brachte.

Oder war es nicht vielmehr die traurige Hochzeitsreise zweier Menschen, die sich nicht liebten, die nur zusammengefunden hatten, weil sie beide einsam waren? Etienne hatte sie geheiratet, dafür sollte sie dankbar sein, das hatte ihre Mutter schon vor der Hochzeit betont.

»Er ist anständig, nicht jeder Mann hätte so gehandelt«, hatte Joselle ihrer Tochter eingeschärft. »Und durch diese Heirat steigst du gesellschaftlich auf.« Sie hatte recht.

Das war schließlich Denise' Wunsch gewesen. So gesehen war Etienne der Verlierer, denn er hatte eine andere geliebt.

Auch wenn sich ihre Pläne verwirklicht hatten, Glück fühlte sich anders an, das wusste Denise, obwohl sie das große Glück noch nie erlebt hatte.

Sie hing ihren trübsinnigen Gedanken nach, während sie der Musik lauschte, und schreckte hoch, als die Tür heftig aufgestoßen wurde und Etienne hereinkam. Wortlos durchquerte er das Zimmer und blieb vor ihrem Bett stehen.

»Wie war's im Museum?«, fragte sie tonlos und sah beunruhigt zu ihm hoch.

»In den *Uffizien.*« Etiennes Stimme eskalierte. »*Uffizien*, das Museum heißt *Uffizien.* Wie oft soll ich dir das noch sagen! Leider bist du ungebildet und hast nicht den geringsten Ehrgeiz, dir ein gewisses Grundwissen anzueignen.«

Denise schwieg. Bisher war Etienne höflich und distanziert geblieben, aber diese schroffe Art verletzte sie. Schließlich waren die Uffizien ein Museum, warum also war Etienne so aggressiv?

»Emily, Florence und ich blieben nicht lange dort, wir saßen dann auf der Piazza San Lorenzo und haben einen Aperitif getrunken und uns sehr nett unterhalten. Die Schwestern sind wirklich sehr gebildete Frauen.«

Denise erkannte sofort die Spitze gegen sich und schwieg. »Komm, steig aus dem Bett!«

Etienne streckte in einer herrischen Geste die Hand nach ihr aus. »Komm, komm her!«

Fragend sah Denise ihn an, setzte sich auf und schlüpfte in ihre kleinen Pantoffeln.

Etienne zog sie vor den Spiegel. »Hier, schau dich an!«, forderte er sie auf.

Denise wusste, dass die Schwangerschaft sie nicht hatte schöner werden lassen. Die Haare wirkten glanzlos und strähnig, ihr Gesicht war blass, und das rosa Baumwollnachthemd konnte ihre leicht hängenden Brüste nicht verbergen. »Lass mich!« Sie versuchte, sich aus Etiennes Griff zu befreien. Schlagartig veränderte sich die Situation zwischen ihnen. Etienne hatte sie erschreckt, verstört sah sie ihn an, vermied aber immer noch den Blick in den Spiegel.

»Was siehst du, wenn du dich anschaust?« Etienne ließ ihren Arm los, umfasste mit einer Hand ihr Kinn und drehte ihr Gesicht gewaltsam zum Spiegel. Als sie schwieg, beantwortete er selbst seine Frage: »Du siehst eine junge Frau, bleich, ungepflegt, ungebildet und schlecht gelaunt. Du hast keine Tischmanieren und weißt nicht, wie man sich unterhält. Du hast keine Ahnung von Literatur, Malerei oder auch nur vom täglichen Leben, wenn es deinen beschränkten Horizont übersteigt. Ich habe mehr von dir erwartet, mehr Einsatz, mehr Interesse. Mehr Dankbarkeit«, fügte er nach einer Pause hinzu und ließ sie abrupt los.

Dankbarkeit. Das also war es. Sie sollte dankbar sein, dass er sie geheiratet hatte, sie, das ungebildete, unscheinbare Mädchen, obwohl er doch in Fleur verliebt war. Fleur, die jetzt in Paris lebte, frei und ungebunden, die keinem Menschen dankbar sein musste und die sich in der Hauptstadt einen attraktiven reichen Mann angeln würde, der sie liebte und den auch sie lieben konnte.

»Ja, ich bin nun mal nicht Fleur«, reagierte sie heftig, »ich bin Denise, und ich bin deine Frau.«

Fast erwartete sie, dass Etienne das Wort aussprach, das sie auf seinem Gesicht ablesen konnte: leider. Doch er beherrschte sich. »Du bist eine eigenartige Frau«, sagte er nur und beobachtete sie, als sie nervös an ihren Haaren und ihrem zerknitterten Hemd herumzupfte. Langsam ließ er sich auf dem kleinen grünen Samtsofa nieder, das direkt unter dem Fenster stand. »In den vergangenen zwei Wochen habe ich versucht, dir näherzukommen, doch es ist mir nicht gelungen.«

Denise verstand nicht, was er damit sagen wollte. Nachts hatten sie nebeneinander gelegen, jeder auf seiner Seite des breiten Bettes, und Denise war erleichtert gewesen, dass Etienne nie versucht hatte, sich ihr zu nähern.

»Ich meine nicht das Körperliche«, fuhr Etienne fort und räusperte sich. »Während deiner Schwangerschaft würde ich dich niemals anrühren. Ich meine, seelisch, geistig. Doch du verschließt dich und lebst so ganz für dich. Eine Ehe sollte anders sein, man muss sich verstehen, das habe ich dir schon am Abend unserer Hochzeit gesagt. Ich bemühe mich, Denise, obwohl ich dich nicht liebe. Ich habe dich geheiratet und kann Erwartungen an dich stellen, die du erfüllen musst.«

»Was meinst du damit?«, flüsterte Denise.

»Du musst lernen, Denise, lernen«, betonte er. »Du bist so ungebildet, hast von nichts eine Ahnung. Du weißt einfach nichts. In deinem Hirn scheint absolute Leere zu herrschen.« Als Denise schwieg, fuhr er fort: »Du kannst Kontakt zu deiner Mutter halten, doch ich möchte, dass du begreifst, in welcher Beschränktheit du und deine Schwester aufgewachsen seid. Ich will, dass du dich bildest, Bücher liest, die ich dir gebe, dich so kleidest, wie ich es von meiner Frau erwarten kann. Auch musst du lernen, wie man einen perfekten Haushalt führt. Und deswegen«, fügte er nach einer kleinen Pause hinzu, »werde ich meine Mutter bitten, noch bei uns wohnen zu bleiben, bis sie dir all das beigebracht hat, was ich an ihr so bewundere.«

Denise erschrak zutiefst. Sie hatte sich vorgestellt, dass nach der Hochzeit ihr gutes Leben beginnen würde, in einem großen Haus als geachtete Ehefrau Etiennes, die Besuche empfing und ein Hausmädchen hatte. Ihre Schwiegermutter war in ihren Träumen nicht vorgekommen.

»Vor allem musst du kochen lernen.« Etiennes Stimme klang ruhig und bestimmt. »Von meiner Mutter kannst du alles lernen, was du als meine Frau beherrschen sollst.« Etienne erhob sich. Für ihn war alles gesagt, und er zweifelte keinen Moment daran, dass sich Denise fügen würde. »Ich gehe jetzt zum Abendessen, bleibe aber nicht lange. Unser Zug fährt morgen früh um sieben Uhr.«

Nachdem er die Tür hinter sich zugezogen hatte, verkroch sich Denise im Bett und zog die seidene Steppdecke bis zum Kinn. So lag sie auch noch, als das Hausmädchen klopfte und ihr auf einem Tablett Salat, Käse, Salami und Weißbrot brachte. Das hatte sich Denise für den letzten Abend gewünscht, doch sie verspürte keinen Hunger und blieb reglos liegen, das Tablett neben sich. Sie starrte hinauf zur Decke mit dem verblichenen Gemälde zweier Engel, die, verbunden mit einem breiten flatternden Band, auf das Bett herunterlächelten. Denise kam es vor, als grinsten sie höhnisch und als wüssten sie, dass sie Etienne hereingelegt hatte, um ein gutes Leben zu führen, heute aber ihre gerechte Strafe erhalten hatte.

»Mi chiamano Mimi …«, klang es von der Piazza herauf.

*

Zurück in Saint-Emile

Jeden Morgen, bevor Etienne in die Apotheke hinunterging, brachte er Denise das Frühstück ans Bett: Kräutertee, Eisentabletten, dunkles Brot, Butter, Honig und Obst. Er sah ihr zu, wie sie lustlos herumkaute und die Vitamintabletten schluckte. Dazwischen musste sie ihm über das Buch berichten, das sie gerade las.

Bereits am Tag nach ihrer Rückkehr aus Florenz hatte ihr Etienne einen Roman des berühmten Schriftstellers Gustave Flaubert übergeben. Sie sollte *Madame Bovary* lesen und jeden Morgen mit ihm darüber sprechen. Denise quälte sich durch die ersten Kapitel des Buches, dem sie nichts abgewinnen konnte und das so tragisch endete. Es dauerte nicht lange, und Etienne gab aus Ungeduld und Resignation die morgendliche Abfragestunde wieder auf. Für ihn war Denise ein hoffnungsloser Fall.

Denise blieb lange im Bett liegen. Auch von ihrer Schwiegermutter wurde sie nicht gestört. Marguerite Aubry hatte wenig Lust, ihrer ungeliebten Schwiegertochter Kochen und Haushaltsführung beizubringen. Sie wollte nur eines: in dem Haus bleiben, das sie vor siebenundvierzig Jahren am Tag ihrer Hochzeit betreten hatte.

Hier hatte sie ihren einzigen Sohn geboren, und hier war vor dreißig Jahren auch ihr Mann gestorben. Marguerite war immer für Etienne da gewesen, und das sollte auch so bleiben. Und je weniger ihre Schwiegertochter verstand, desto unentbehrlicher wurde Marguerite für ihren geliebten Sohn. Für Denise hatte sie nur Verachtung übrig. Das Mädchen hatte Etienne bösartig in eine Falle gelockt, in die ihr harmloser Sohn hineingetappt war.

Während Marguerite in der Küche ein spätes Mittagessen vorbereitete, quälte sich Denise mühsam aus dem Bett. Schon beim Waschen spürte sie ein leichtes Ziehen im Rücken, doch sie achtete nicht weiter darauf. Sie wollte endlich ihre Mutter besuchen und ihr Fotos von Florenz zeigen. Zu erzählen gab es ja wenig. Denise zog ihr weißes Batistkleid an, das am Saum und an den Ärmeln einen Spitzenbesatz hatte, fuhr sich mit der Bürste durch die Haare und ging ins Erdgeschoss hinunter. Die Tür zur Apotheke war geschlossen, und Denise war froh darüber. Es bedeutete, dass Etienne Kunden hatte und sie ihm nicht begegnen würde. Ihr war ein wenig schwindlig, als sie die Küche betrat, in der Marguerite mit dem Rücken zu ihr vor der Anrichte stand. Als sie ihre Schwiegertochter kommen hörte, drehte sie sich um und wies mit einem Messer auf den Tisch.

»Hier, du kannst mir helfen. Ich zeige dir, wie man ein Kaninchen häutet. Das ist eines von Etiennes Lieblingsgerichten, Kaninchen in Weißweinsauce mit …«

Mit was Etienne das Kaninchen gerne aß, hörte Denise nicht mehr. Der Anblick des toten Tieres, dessen starrer Blick direkt auf sie gerichtet schien, war zu viel für sie. Sie erbrach sich auf den Küchenboden und konnte sich gerade noch an der Tischkante festhalten, bevor sie fast ohnmächtig auf dem Boden zusammenbrach.

Eine Stunde später saß Denise bei ihrer Mutter und erzählte ihr von dem Kaninchen. »Marguerite wollte Blandine häuten«, klagte sie.

Joselle schüttelte verständnislos den Kopf. »Was redest du für einen Unsinn! Du bist überreizt, Kind, dein Kaninchen Blandine ist schon lange tot, und wir haben es doch selbst im Vorgarten begraben. Damals warst du zwölf Jahre alt.«

»Das weiß ich doch«, antwortete Denise eigensinnig und immer noch den Tränen nahe. »Aber dieses tote Kaninchen sah aus wie Blandine.«

»Deine Schwangerschaft macht dich überempfindlich«, wusste Joselle als Einziges zu sagen, während sie in dem dampfig heißen Raum verbissen weiterbügelte.

Denise hatte sich mehr Mitgefühl von ihrer Mutter erwartet, sie wollte hören, wie schwer ihr Leben im Apothekerhaus sei, sie wollte Mitleid und die uneingeschränkte Zuwendung ihrer Mutter.

»Marguerite hasst mich«, brach es aus ihr hervor. »Sie hat mich gezwungen, den Boden aufzuwischen, und gesagt, ich käme in Zukunft nicht ums Häuten herum. Ich will nicht mehr in das Haus zurück.«

Joselle erschrak und hielt inne. »Das geht nicht, du bist verheiratet. Was würden die Leute sagen? Das gäbe einen Skandal. Es wird sich schon alles finden«, fügte sie rasch hinzu und versuchte damit, Denise zu trösten.

»Etienne sagt, ich sei so ungebildet. Ich weiß, dass er mich deswegen verachtet. Warum durfte ich nicht aufs *Lycée des jeunes filles* gehen wie Fleur?«

Joselle wurde ungeduldig. »Weil du nicht gewollt hast. Darum. Du hast dich für nichts interessiert, und schon in der Grundschule waren deine Noten schlecht. Du wolltest ja gar nicht aufs Lyzeum. Aber du hast schon als Kind gerne genäht und gestickt. Darum habe ich dich nach der Grundschule eine Schneiderlehre machen lassen. Das hat dir doch auch gefallen.« Joselle hatte das Gefühl, ihre damalige Entscheidung rechtfertigen zu müssen.

Denise aber hörte nicht auf zu klagen. Sie war zu ihrer Mutter gekommen, um bemitleidet zu werden, und so setzte sie noch nach: »Fleur hatte auf dem Lyzeum ein schönes Leben, während ich den ganzen Tag in einer heißen, stickigen Schneiderei nähen musste.«

Joselle stellte ihr Bügeleisen mit einer heftigen Bewegung auf das Drahtgestell. »Was willst du eigentlich, Denise?«, fuhr sie ihre Tochter an. »Ich habe mein ganzes Leben in einer ›heißen, stickigen Schneiderei‹ verbracht, um euch zu ernähren. Ich weiß, ich war dir als Mutter nicht gut genug, du hast mir sogar die Schuld gegeben, dass euer Vater uns verlassen hat.« Joselles Stimme wurde lauter. »Du hast immer gesagt, du willst nicht so leben wie ich, in der Werkstatt würde man über mich verächtlich reden. Hast du das alles vergessen? Und«, setzte Joselle, wieder ruhiger geworden, hinzu, »du hast immer einen reichen Mann heiraten wollen, das war dein Ziel. Wenn ich es mir recht überlege, hast du schon vor vier Jahren versucht, dir Etienne zu angeln. Das war zu der Zeit, als er anfing, sich für Fleur zu interessieren, ihr unentwegt nachstellte und ihr täglich auflauerte. Es war schon fast eine Besessenheit. Es ist mir bis heute ein Rätsel, wie du es geschafft hast, dass er sich mit dir eingelassen hat. Also sei zufrieden! Du hast bekommen, was du gewollt hast.«

Denise erwiderte nichts. Mit großen Augen und aufgerissenem Mund starrte sie ihre Mutter an. Joselle wurde schlagartig klar, dass sie zu weit gegangen war. So hart war sie ihrer Tochter gegenüber noch nie gewesen. Diese Dinge hätte sie Denise nicht sagen dürfen. Was war nur in sie gefahren?

Sie ging um das Bügelbrett herum, zog sich einen Stuhl heran, setzte sich dicht neben Denise und griff nach ihrer Hand.

»Es tut mir leid, entschuldige, ich hab das alles nicht so gemeint. Ich liebe dich, und zwar genauso, wie ich Fleur liebe. Fleur ist gegangen, aber du bist hier.«

Joselle wollte Denise in den Arm nehmen, doch Denise wich ihr mit einer geschickten Drehung des Oberkörpers aus.

»So also siehst du mich«, stammelte sie fassungslos. Doch da spürte sie wieder den Schmerz im Rücken, spürte, wie ihr der Schweiß ausbrach und ihr schwindlig wurde. Tief atmete sie durch und hörte Joselle nicht mehr zu, die sich erhoben hatte.

»Es tut mir so leid, Denise, *ma petite*, ich wollte dich nicht aufregen. Aber du bist erwachsen, du musst die Konsequenzen deiner Handlungen selbst tragen. Du kannst dich nicht aufführen wie ein kleines ungezogenes Kind. Immer soll man dich bemitleiden. Da hat Etiennes Mutter nicht so unrecht, wenn sie …«

»O nein!«

Denise' Schrei ließ Joselle verstummen, und mit Entsetzen sah sie, wie ihre Tochter sich vor Schmerzen krümmte und ihre Hände verzweifelt auf den Unterleib presste.

»Blut, du blutest, mein Gott, Denise, das Kind!«

Denise wurde schwarz vor Augen, schmerzgekrümmt rutschte sie von ihrem Schemel herunter und hielt sich stöhnend am Bügelbrett fest, so dass es umstürzte und sie ins Leere griff. Sie spürte das Blut, das ihr warm die Beine hinunterlief und durch ihr weißes Batistkleid drang. Wieder zerriss ein Schmerz ihren Körper, wieder schrie sie auf, und ihre Stimme vermischte sich mit dem lauten Klagen ihrer Mutter. Dann sank Denise auf den Boden und verlor das Bewusstsein.

6

Juli 1957
Paris

Flirrende Julihitze lag über Paris.

Vor der Bar des Théâtres in der Avenue Montaigne stauten sich die Autos auf dem Gehsteig, und innen drängelten sich Modejournalisten und Fotografen aus der ganzen Welt.

Die großen Schauen der Haute-Couture-Häuser standen bevor, und alles drehte sich um Mode und Designer. Diors Stern verblasste, er war zudem schwer herzkrank, und man erwartete von ihm nichts Außergewöhnliches mehr. Man war gespannt, was Givenchy, Balenciaga und die anderen zeigen würden. Zwischen den Journalisten standen blasse, dünne Mädchen in schwarzen Wickelkleidern, in die sie zwischen den Anproben schlüpften und die sie schnell wieder ausziehen konnten. Sie tranken erschöpft ihren *café noir*, bevor sie zurück in die umliegenden Modehäuser hasteten, wo die Anproben meist bis spät in die Nacht hinein dauerten. Von Coco Chanel wusste man, dass sie keine Skizzen machte, niemals ein Kleid auf dem Papier entwarf, sondern an den Mädchen selbst ausprobierte, vor ihnen auf dem Boden herumrutschte, Falten steckte, Säume hob und senkte, Stoffe über die Mädchen warf, als seien sie Puppen.

Und mitten in dieser aufgeheizten Atmosphäre stand Fleur an der kleinen Theke der Bar. Unter den Leuten, die dazugehörten, empfand sie schmerzhaft ihre eigenen Misserfolge der vergangenen zwei Monate. An der Modeschule hatte man sie nicht einmal zur Aufnahmeprüfung zugelassen. Und ihre Bewerbungen und die Vorstellungsgespräche bei den großen Couture-Häusern hatten ihr nur Absagen eingebracht. Am Tag zuvor hatte ein Assistent von Pierre Balmain ihr erklärt, seine Zeit sei zu kostbar, um sie mit untalentierten Mädchen aus der Provinz zu vergeuden.

Fleur sah sich in dem lauten Gedränge um, während sie auf Maxime Malraux wartete. Sie trank ihren Kaffee in kleinen Schlucken, denn eine zweite Tasse konnte sie sich nicht leisten, und den Platz direkt an der Theke wollte sie nicht aufgeben. Andere drängelten nach, riefen über ihren Kopf hinweg dem Barkeeper ihre Wünsche zu und stießen sie dabei zur Seite. Fleur holte den Brief ihrer Mutter aus der Tasche und gab vor, konzentriert zu lesen, um nichts mehr bestellen zu müssen. Er war am Morgen mit der Post gekommen, doch sie hatte ihn erst jetzt geöffnet.

Liebe Fleur,
es freut mich, dass es Dir in Paris so gutgeht und Du in der Schule vorankommst. Ich freue mich auch für Dich, dass Du eine schöne Wohnung gefunden hast, die Du mit einer netten Freundin teilst. Obwohl ich dagegen war, dass Du nach Paris gehst, bin ich jetzt beruhigt und auch sehr stolz auf Dich.
Bei uns ist etwas sehr Schlimmes passiert: Deine Schwester hat eine Fehlgeburt erlitten. Sie war im sechsten Monat schwanger, und es wäre ein Sohn geworden. Es war furcht-

bar für sie. Sie ist vor meinen Augen hier in der Schneiderei zusammengebrochen, und obwohl sie sofort ins Krankenhaus gebracht wurde, kam jede Hilfe zu spät. Ihr ging es am Vormittag schon sehr schlecht, vielleicht hätte man ihr helfen können, wenn sie gleich den Arzt gerufen hätte. Aber das weiß man nicht.

Denise ist verzweifelt. Sie hat Angst vor einer Scheidung und glaubt sogar, Etienne wolle die Ehe annullieren lassen. Das ist natürlich alles Unsinn und findet nur im Kopf Deiner Schwester statt. Trotz der Fehlgeburt kann sie wieder schwanger werden.

Denise ist sehr in sich gekehrt, redet kaum und muss sich ständig von ihrer Schwiegermutter herumkommandieren lassen, angeblich, um Haushaltsführung und gutes Kochen zu lernen. Als ob ich das meinen Töchtern nicht beigebracht hätte!

An dieser Stelle musste Fleur lächeln, weil sie an Joselles chaotischen Haushalt dachte. Zu essen hatte es meist Suppe und dazu Baguette gegeben, einmal in der Woche ein kaltes gebratenes Huhn vom Markt oder einfach nur Salat mit einem Dressing ohne Geschmack.

Also, mein Kind, lerne weiter so fleißig, damit Du eine gute Stelle bekommst und Dein eigenes Geld verdienen kannst! Dann bist Du unabhängig von den Männern. In letzter Zeit, wenn ich mir Deine blasse Schwester ansehe, denke ich, nein, ich weiß es, das ist das Allerbeste.

In Liebe

Deine Mutter

Nachdenklich strich Fleur über die Seiten des Briefes. Für Denise empfand sie tiefstes Mitleid. Joselle machte sich Sorgen um ihre beiden Töchter, das konnte Fleur aus den Zeilen herauslesen, und tiefe Scham ergriff sie, als sie an die Lügengeschichte dachte, die sie ihrer Mutter aufgetischt hatte. Meist schwänzte sie den Deutschkurs, und da sie selten Hausaufgaben machte, kam sie im Unterricht nicht mehr mit. Ihre angeblich so schöne Wohnung bestand aus einem kleinen Zimmer im vierten Stock eines alten Mietshauses, direkt unter dem steil abfallenden Dach, in dessen dunkler Nische ihr Bett stand.

Manchmal stellte sich Fleur auf einen der beiden Stühle, um durch das schräge Fenster über die Dächer von Paris zu blicken. Dem Bett gegenüber befand sich eine Kochnische, die Fleur so gut wie nie benutzte, und direkt daneben führte eine Tür ins Bad, das die Verbindung zum zweiten Zimmer darstellte. Auf der anderen Seite in einem größeren Raum wohnte Maxime Malraux. Er war die »Freundin«, von der Fleur ihrer Mutter geschrieben hatte. Malraux interessierte sich nicht für Frauen, aber wusste Joselle überhaupt etwas über Homosexualität? Fleur war sich in diesem Punkt nicht sicher, also hatte sie zu einer Notlüge gegriffen, um Konflikte zu vermeiden.

Maxime war sechs Jahre älter als sie und arbeitete als freiberuflicher Modezeichner für große Couture-Häuser. Er hatte eine Ausbildung an der Modeschule, der Chambre Syndicale de la Haute Couture, mit Auszeichnung abgeschlossen. Sein großer Traum war, Assistent von Christian Dior zu werden, dessen Mythos er verfallen war, auch wenn man Dior gerade vom Thron stieß. Vor kurzem war vom Haus Dior ein persönlicher Assistent für den herzkranken Modeschöpfer eingestellt worden, ein schüchterner junger Mann, gerade mal zwanzig Jahre alt. Sein Name war Yves Saint-Laurent.

»Wer soll *das* denn sein?«, hatte Maxime gelästert, bevor er sich tagelang in seinem Zimmer einschloss.

Fleur hatte den begabten Designer in der Bar des Théâtres kennengelernt, als sie noch in einem Mädchenwohnheim lebte und sich oft stundenlang hier aufhielt, um den »Duft der großen Modewelt« einzuatmen, wie Maxime es spöttisch formulierte. Er hatte neben ihr an der Theke gestanden, während sie die Wohnungsanzeigen studierte. Sein Freund hatte ihn vor einigen Tagen verlassen, und jetzt brauchte er ganz schnell eine Untermieterin.

»Hättest du Lust, bei mir einzuziehen, meine kleine Provinzlerin?«

Er hatte sie geduzt und mit seiner lässigen Pariser Art eingeschüchtert. Doch bereits am nächsten Tag hatte sie das kleine Dachzimmer übernommen.

Später wollte sie wissen, wieso er gerade ihr das Angebot gemacht habe. Und Maxime erklärte: »Du hast das gewisse Etwas, du gehörst in die Modeszene, meine kleine Provinzlerin.«

In Gedanken versunken, legte Fleur jetzt den Brief auf die Theke und strich mit dem Zeigefinger zärtlich über die handgeschriebenen Zeilen ihrer Mutter. Da wurde sie unsanft gestoßen, und schwarzer Kaffee ergoss sich über Joselles Brief. Heftig fuhr Fleur zu dem Mann herum, der sie gestoßen hatte. Er war nicht groß, trug eine dunkle Sonnenbrille, die seine Augen verbarg, doch Fleur spürte den intensiven Blick, mit dem er sie ansah, bevor er sich entschuldigte.

»Es tut mir leid, aber das war eine Kettenreaktion. Ich wurde von hinten angerempelt, und da flog ich gegen Sie. Was ich nicht bereue.« Er lächelte, nahm aber die Brille nicht ab.

Fleur nickte ihm schlecht gelaunt zu und versuchte, mit einer Serviette den Kaffee abzuwischen.

»Mein Name ist Georges Bonnet«, hörte sie die Stimme des Mannes nahe an ihrem Ohr.

»Wie schön für Sie«, antwortete sie spöttisch.

Der Mann lachte amüsiert, bevor er die Gegenfrage stellte: »Und wie heißen Sie?«

»Fleur. Fleur Déschartes«, antwortete sie, ärgerte sich aber sofort über ihre bereitwillige Antwort.

Georges Bonnet griff in die Brusttasche seiner weißen Leinenjacke und legte eine Visitenkarte auf den fleckigen Brief. »Nun, Fleur Déschartes«, wiederholte er ihren Namen, »rufen Sie mich an! Sie haben das Zeug zu einem guten Model. Ich werde Fotos von Ihnen machen. Aber erst, wenn der Trubel der nächsten Wochen vorbei ist, sagen wir Anfang September.« Jetzt schob er seine Sonnenbrille auf die Stirn und beugte sich zu Fleur, um sie flüchtig auf die Wange zu küssen. Sie jedoch wich ihm geschickt aus, und er lachte wieder, nickte ihr gut gelaunt zu und bahnte sich einen Weg zum Ausgang. Fleur entging nicht, dass ihm die Mädchen nachsahen, ihm ein *»Salut, Georges«* zuriefen, *»à bientôt!«*. Alle schienen ihn zu kennen. Bevor er die Bar verließ, signalisierte er Fleur durch ein Zeichen mit der Hand, ihn anzurufen. Fleur reagierte nur mit einem kleinen Achselzucken, bevor sie den nassen, verfärbten Brief vorsichtig in die Tasche steckte. Das Café leerte sich, die Mittagspause in den

Couture-Häusern war vorbei, die Mannequins liefen über die Straße und zerstreuten sich. Auch die Journalisten waren gegangen, sicher um in ihren Redaktionen oder Hotels nachzusehen, ob ihre begehrten Akkreditierungen für die großen Schauen eingetroffen waren. Diese Einladungen und die Sitzordnung zu den Shows wurden jede Saison neu verteilt, hatte Maxime Fleur erzählt. Sie wartete noch einige Minuten auf ihn, dann verließ auch sie die Bar, verärgert darüber, dass er sie versetzt hatte.

Draußen warf Fleur noch einen flüchtigen Blick auf die Visitenkarte. Sie kannte den Namen Georges Bonnet nicht, er gehörte nicht zu den großen Modefotografen wie Richard Avedon oder Irving Penn. Sicher war er nur ein Angeber, der mit jedem Mädchen schlief. Nicht umsonst kannten ihn alle. Achtlos warf Fleur die Visitenkarte auf die Straße und machte sich auf den Heimweg.

Sie ging bis zum Rond Point, dann überquerte sie die Champs-Elysées und blieb in der Mitte auf einer Verkehrsinsel stehen. Sie sah hoch zum Arc de Triomphe, verhangen im Dunst des heißen Sommertags.

Genau an diesem Ort, umgeben vom brausenden Verkehr dieser Stadt und mit dem Blick auf den Arc de Triomphe, fühlte sie sich glücklich. Denn hier, genau hier, war Paris, *ihr* Paris.

*

Die Sonne ging unter und verlor an Kraft, doch in der Dachwohnung wurde es noch heißer und stickiger. Fleur saß im Schneidersitz auf ihrem Bett, einen Block auf den Knien, und rechnete. Mit dem kleinen Erbe ihrer Tante

Babette konnte sie noch einige Monate finanziell überleben, aber was kam dann? Sie zahlte Schulgeld, obwohl sie selten am Unterricht teilnahm. Die täglichen Kosten und die Miete überstiegen den Etat, den sie sich in Saint-Emile ausgerechnet hatte. Zudem war sie überzeugt gewesen, ein Stipendium an der Modeschule zu bekommen. Ratlos fing sie nun an, kleine Püppchen neben die Zahlen zu zeichnen, Entwürfe, wie sie sich die Mode für den Herbst vorstellte.

Dann holte sie den Brief ihrer Mutter hervor. Sie hatte ihn getrocknet, doch die Schrift auf der zweiten Seite war unleserlich geworden. Nachdenklich strich sie darüber. Sie empfand tiefes Mitleid mit ihrer Schwester. Wieso aber hatte Denise ihr nicht selbst geschrieben?

»Denise ... Denise«, murmelte sie kopfschüttelnd. »Du führst jetzt das Leben, das du gewollt hast. Und du bist jung. Es wird eine neue Schwangerschaft geben, ein anderes Kind.« Sollte sie ihrer Schwester schreiben? Denise zeigen, wie sehr sie an ihrem Schicksal teilnahm?

Als ihr Vater vor zehn Jahren die Familie verließ, waren sie zwölf und zehn Jahre alt gewesen. Nachts, wenn ihre Mutter in der Schneiderei noch nähte, kuschelten sie sich im Bett aneinander, erzählten sich Geschichten und naschten Süßigkeiten, die sie sich heimlich von ihrem Taschengeld gekauft hatten.

Sie hatten eine gute Kindheit gehabt, eine schöne, sorglose Zeit, nicht zuletzt weil Joselle ihre Töchter niemals spüren ließ, wie hart sie das Geld verdiente.

Irgendwann aber hatte Fleur den Neid ihrer älteren Schwester gespürt, auch deren Hass auf das Elternhaus, auf die Ärmlichkeit, in der sie lebten. Denise wollte raus

aus diesem Milieu, aufsteigen in die Gesellschaft. Das hatte sie erreicht. Warum verhielt sie sich immer noch so ablehnend?

Ich werde Denise schreiben, nahm sich Fleur fest vor und steckte den Brief ihrer Mutter in das Kuvert zurück. Sie ist doch meine Schwester, sie soll wissen, dass ich sie immer noch liebe.

Fleur hob den Kopf und lauschte auf die Geräusche im Badezimmer, das Maxime von der anderen Seite aus betreten hatte, um leise an ihre Tür zu klopfen. Nach Fleurs mürrischem »Komm rein!« betrat er ihr Zimmer, blieb aber an der offenen Tür stehen. Er trug einen schmal geschnittenen grauen Anzug von Pierre Cardin, einem angesagten Designer. Fleur schämte sich ein wenig, denn sie trug nur Shorts und eine weiße Bluse, die sie aus dem hintersten Winkel ihres Schrankes gezogen hatte und die völlig zerknittert war.

»Wo warst du gestern? Ich habe zwei Stunden in der Bar auf dich gewartet.«

Maxime überging ihren Vorwurf, trat näher und ließ sich auf Fleurs Bett nieder. Elegant schlug er die Beine übereinander und umfasste seine Knie mit beiden Händen. »Finanzielle Probleme?«

»Nein, wieso denn? Mir geht es glänzend«, spottete Fleur. »Ich lebe im Luxus und weiß nicht, wohin mit meinem Geld.«

»Da komme ich gerade richtig«, erklärte Maxime. »Es tut mir ja so leid, dass ich gestern nicht da war, meine kleine Provinzlerin, aber ich mache es wieder gut. Versprochen. Ich habe mich mit meiner neuen Liebe getroffen. Heimlich«, betonte er, um Fleurs Interesse zu wecken. Doch sie reagierte nicht. Wie jedes Mal war sie verärgert über Maximes Anrede. Das wusste er, und das amüsierte ihn.

»Ich habe mich in Albert de Montherlant verliebt«, erzählte er weiter und machte eine wirkungsvolle Pause. »Du weißt schon, *die* Montherlants«, fügte er hinzu, als Fleur immer noch keine Reaktion zeigte. »Albert ist Anwalt und hat sich erst vor kurzem von seiner Frau getrennt. Scheidung soll folgen. Albert war immer ein Hetero, ein unglücklicher Hetero, und nun hat er sich in mich verliebt. Hörst du mir jetzt bitte zu?« Gereizt hob Maxime seine Stimme, weil Fleur weiterhin auf ihren Notizblock starrte. »Das betrifft nämlich auch dich«, sagte er.

Fleur erschrak. »Mich? Wieso? Willst du ausziehen und mich auf der vollen Miete sitzenlassen?«

»Nein«, beruhigte sie Maxime. »Aber es gibt ein Problem. Albert will sich nicht zu seiner Neigung bekennen. Das könne ihm beruflich schaden. Auch seine halbwüchsigen Söhne sollen nicht damit konfrontiert werden. Noch nicht.«

»Und was hat das mit mir zu tun?«

»Albert will dir einen Vorschlag machen, einen lukrativen Vorschlag.«

Fleurs Neugierde war geweckt. »Und der wäre?«

»Du sollst für einige Zeit seine Geliebte spielen. Du bekommst Geld dafür, und er kauft dir bei Chanel ein paar schöne Kleider. Du zeigst dich mit ihm in Restaurants, im Herbst in der Oper, auf Vernissagen und bei anderen Veranstaltungen.«

»Und ich muss sonst nichts dafür tun?«

»Schätzchen, er hat wirklich kein Interesse an dir. Du sollst die Geliebte nur *spielen*, verstehst du? Es soll so aussehen, als habe Albert nach der Trennung von seiner Frau eine schöne junge Geliebte. Ein Ablenkungsmanöver. Allerdings musst du einen Vertrag unterschreiben, dass du absolutes Stillschweigen bewahrst.« Maxime sah sie unsicher an.

Langsam klappte Fleur ihren Notizblock zu. Sie dachte an ihre Mutter Joselle, die sicher entsetzt sein würde, wenn sie erfuhr, dass Fleur eine Affäre mit einem verheirateten Mann hatte, auch wenn er getrennt von seiner Frau lebte. Getrennt ist nicht geschieden. So würde Joselle reagieren. Und sie durfte ihrer Mutter nicht erzählen, dass das Ganze nur ein Geschäft war. Aber wer interessierte sich außerhalb von Paris schon für Albert de Montherlants Liebesleben?

»Ich muss es mir überlegen. Lass mir Zeit!« Fleur zögerte.

»Zwei Stunden, mehr nicht.« Maxime erhob sich. »Dann will ich Albert Bescheid geben.«

Fleur nickte ihm zu, und er ging durch das Bad in sein Zimmer zurück. Auch Fleur stand auf. Sie stellte sich wieder einmal auf den Stuhl und sah über die Dächer von Paris. Sie war ein Teil dieser Stadt geworden, auch wenn die Stadt sie noch nicht aufgenommen hatte.

»Ich werde es schaffen«, murmelte Fleur. »Ich will hierbleiben, und ich werde es schaffen.«

Dann stieg sie von ihrem Stuhl herunter, ging durchs Bad und öffnete nach einem Klopfen die Tür zu Maximes Zimmer. An den Wänden hingen seine Skizzen, an die er kleine Stoffmuster gesteckt hatte. Auch auf dem Arbeitstisch, dem Boden und dem Bett hatte er Entwürfe ausgebreitet, alle sorgfältig geordnet und numeriert. Maxime rastete aus, wenn man sein »System«, wie er es nannte, durcheinanderbrachte, und so blieb Fleur an der Tür stehen.

Erwartungsvoll blickte er ihr entgegen. Er hatte sich umgezogen, trug jetzt ein weißes, enges Seidenhemd mit weiten Ärmeln und eine schmale schwarze Hose. Immer wieder bewunderte Fleur seine Eleganz, seine zierliche Figur und die außergewöhnliche Schönheit seines feingeschnittenen Gesichts. Maximes Mutter war Marokkanerin, und von ihr hatte er die dunklen, mandelförmigen Augen und den vollen Mund geerbt.

»Und?«

»Ich mache es«, erklärte Fleur. »Aber keine Kleider von Chanel, ihr Stil gefällt mir nicht, lieber von Balenciaga.«

»Das geht in Ordnung.«

Maximes Züge entspannten sich, er lächelte strahlend, kam auf sie zu und umarmte sie mit Tränen in den Augen.

»Das werde ich dir niemals vergessen«, sagte er. »Du wirst es nie bereuen, dass du mir geholfen hast. Ich stehe tief in deiner Schuld, meine kleine Provinzlerin.«

*

In den folgenden Monaten geriet Albert de Montherlant mit seiner jungen Geliebten immer mehr in den Fokus der Klatschpresse. Sie wurden beim Verlassen des Tour d'Argent fotografiert, auf einer Vernissage, bei einem Gastspiel der römischen Oper. Aus Saint-Emile schrieb

Joselle empört, dass sie sich ihrer eigenen Tochter schämen müsse. Jede ihrer Kundinnen würde sie auf Fleur und die Affäre ansprechen, denn letztendlich sei Albert de Montherlant noch verheiratet.

Die Zeitungen sind voll mit dieser Affäre. Damit hast Du Dir deinen guten Ruf verdorben, kein anständiger Mann wird Dich mehr heiraten.

Fleur hatte eine tiefe Abneigung gegen den fünfzigjährigen Albert de Montherlant. Er hatte ein glattes, nichtssagendes Gesicht, graue Schläfen, und sobald keine Kamera mehr auf sie gerichtet war, ließ er Fleur seine Geringschätzung spüren und behandelte sie mit herablassender Arroganz. In seinen Augen war sie nur eine kleine Abenteurerin, die sich für ein bisschen Geld verkaufte und ihren guten Ruf damit verspielte. Meist ließ er sie von seinem Chauffeur abholen und zu seiner Wohnung in der Avenue Hoche bringen. Von dort fuhren sie zu einer Veranstaltung, wo die Fotografen bereits auf sie warteten. Dann begann das Spiel, wie er es nannte. Er küsste Fleur auf die Wange, legte seinen Arm um ihre Schultern, und sie lachte ihn zärtlich an, während er ihr durchs Haar fuhr. Fleur fand ihn abstoßend, sein Parfum war zu aufdringlich, und seine Hände, die auf ihren nackten Schultern lagen, ließen sie frösteln.

Nach einigen Wochen bereits wollte sie die sogenannte Affäre beenden und beklagte sich bei Maxime.

»Albert ist charakterlos, eitel und egozentrisch. Wie kannst du diesen Mann nur lieben?«

Doch Maxime verspottete sie. »Schätzchen, du verträgst es nicht, dass er dir nicht zu Füßen liegt.«

Maxime fand den Mann mit den strahlend blauen

Augen und den grauen Schläfen attraktiv und behauptete, er könne sich vorstellen, mit Albert alt zu werden.

»Albert *ist* alt«, entgegnete Fleur und verletzte Maxime damit so sehr, dass er einige Tage nicht mehr mit ihr sprach.

*

Oktober 1957

Anfang Oktober ließ Alberts Frau Georgia in allen Zeitungen verkünden: »Ich will Albert zurück. Ich liebe ihn, und er ist immer noch mein Ehemann. Ich verzeihe ihm die Affäre mit Fleur Déschartes.«

Ein angeblicher Schnappschuss von ihr ging durch die gesamte Presse. Ihre beiden Söhne an der Hand, verließ sie nach einer Aussprache mit ihrem Mann das Haus an der Avenue Hoche. Die Stimmung der Leser schlug um, man bedauerte die Ehefrau und stempelte Fleur zu einem gewissenlosen Mädchen ab, das eine Ehe zerstören wollte. Fleur wagte sich kaum mehr auf die Straße, viele Leute erkannten sie, sprachen sie an und beschimpften sie sogar. Eine Woche später erfuhren Maxime und Fleur aus der Zeitung, dass Albert de Montherlant zu seiner Frau zurückgekehrt war.

Die Presse jubelte, als das glückliche Ehepaar im Restaurant Le Grand Vefour auf seine Versöhnung anstieß und den Kameras ein strahlendes Gesicht zeigte.

»Die vergangenen Monate waren ein großer Fehler«, erzählte Albert bereitwillig den Journalisten. »Ich bin glücklich, dass mir meine Frau verziehen hat. Meine Affäre mit Fleur Déschartes habe ich beendet.«

Nur Fleur wusste, dass er in Wirklichkeit seine Affäre mit Maxime beendet hatte. Für die Presse aber hatte »die Affäre des Sommers« auf ihre Art doch noch ein romantisches Ende gefunden.

Fleur erhielt von Albert die vereinbarte Summe, doch das Modehaus Balenciaga ließ seine Modelle abholen. Wie mit Monsieur de Montherlant abgesprochen, seien die teuren Kleider nur eine Leihgabe gewesen.

»Irgendwann«, schwor sich Fleur, »werde ich mir selbst Haute Couture leisten können, und niemand wird sie mir wegnehmen.«

Sie war wütend auf Albert, doch sie fühlte sich auch erleichtert, dass diese »Affäre« beendet war.

Maxime konnte nicht begreifen, dass Albert zu seiner Frau zurückkehrte. Er litt, weinte und drohte, sich umzubringen. Dann schwor er Rache, rief Alberts Frau an und erzählte ihr die Wahrheit. Doch Georgia blieb kühl und erklärte, Albert habe ihr seinen kleinen Ausrutscher in die Homosexualität gebeichtet, er wisse jetzt ganz genau, dass er nur Frauen lieben könne. Insbesondere sie, Georgia, seine geliebte Frau und die Mutter seiner Söhne.

So wurden Maxime und Fleur zu Verlierern in einem Spiel Albert de Montherlants, der seiner sexuellen Neugier nachgegeben und verborgene Wünsche ausgelebt hatte.

Fleur machte sich große Sorgen um Maxime. Sie versteckte seine Rasierklingen und die große Stoffschere, und sie spülte alle Schlaftabletten, die sie fand, in die Toilette. Maxime tobte, als er sie suchte, doch dann brach er in Fleurs Zimmer weinend zusammen, klammerte sich an sie und nannte sie seine einzige Freundin.

»Niemals werde ich vergessen, dass du für mich da bist«, schluchzte er in ihren Armen.

Als er am nächsten Tag nicht herüberkam, klopfte Fleur beunruhigt an seiner Tür und war erleichtert, als er sie hereinrief. Maxime saß an seinem Tisch und zeichnete. Statt einer Begrüßung schwenkte er eine Skizze in der Hand.

»Schau dir diesen Entwurf an! Damit werde ich berühmt werden, ich, Maxime Malraux, die neue lebende Legende nach Christian Dior.«

Maxime wirkte überdreht, sein Gesicht war stark gerötet, und übergangslos brach er in Schluchzen aus. »Da, lies! *Le roi est mort!*«

Fleur kam an den Tisch heran, hob eine Zeitung hoch und las: *Christian Dior ist tot. Le roi est mort. Der große Modeschöpfer starb am* 24. *Oktober* 1957 *nach einem Herzanfall im italienischen Montecatini.*

Mit der Zeitung in der Hand blieb sie vor Maximes Tisch stehen und wartete geduldig, bis er sich langsam beruhigte, tief durchatmete und aufstand.

»Ich«, sagte Maxime langsam und legte die rechte Hand auf sein Herz, als leiste er den Eid auf die französische Fahne: »Ich, Maxime Malraux, werde der neue Star nach Christian Dior. Auch ich werde zum Mythos werden, ich werde Christians wirklicher Nachfolger sein.«

Maxime vergaß Fleur. Ohne sie weiter zu beachten, setzte er sich wieder auf den Stuhl, nahm seinen Stift und zeichnete. Fleur drehte sich wortlos um und verließ den Raum.

Le roi est mort.

Doch Maxime hatte nur die Schlagzeile gelesen und das kleinere Foto übersehen, das einen schmächtigen jungen Mann mit Brille zeigte, der an einer Mauer lehnte, ganz versunken in seiner Trauer.

Der Nachfolger steht bereits fest: Yves Saint-Laurent. Vive le roi!

7

Oktober 1957
Paris

Die alten Kastanienbäume entlang der Avenue Montaigne reckten ihre kahlen Äste in den trüben grauen Herbsthimmel. In der Nacht hatte es stark geregnet, und der Sturm hatte die gelben Blätter auf die Straße geweht. Zwischen dem nassen Laub lagen die glänzenden braunen Kastanien, und Fleur ging vorsichtig, um nicht auszurutschen. Sie fror, denn ihre Füße waren kalt und nass, als sie die leere Bar des Théâtres betrat.

Nur wenige Gäste saßen um diese Jahreszeit an den kleinen runden Tischen. Ein paar Hausmannequins aßen in ihrer Mittagspause eine Portion Salat. Diese Mädchen führten täglich den reichen Kundinnen die Modelle vor, wenn die Starmannequins längst zu Fotoshootings irgendwo auf der Welt gereist waren. Fleur setzte sich an den letzten Tisch in der Ecke und griff nach der Zeitung, die jemand dort zerknittert zurückgelassen hatte.

Ein Journalist hatte die »Affäre des Sommers« noch einmal aufgegriffen. Man sah Albert mit seiner Frau und den Söhnen an der Côte d'Azur, auf einem kleinen Foto daneben war Fleur mit Albert abgebildet, eine alte Aufnahme vom Juli, als die beiden einen Ball in einem Schloss nahe von Paris besuchten. Fleur trug eine weiße, bestickte Abendrobe von Balenciaga.

Das endgültige Aus einer Sommeraffäre. Albert de Mon-

therlant verbringt glückliche Ferien mit seiner Familie. Die Exgeliebte Fleur Déschartes spielt keine Rolle mehr.

Verärgert warf Fleur die Zeitung auf den Stuhl. Wie lange noch würde sie nur die abgelegte Geliebte eines alternden Mannes sein, der sich letztendlich doch für seine Frau entschieden hatte?

Sie bestellte sich ein Kännchen heißen Tee, um sich aufzuwärmen. Doch dann erschrak sie. Hatte sie überhaupt genügend Geld dabei? Sie griff nach ihrer Handtasche, stellte sie vor sich auf den Tisch und wühlte ihr Portemonnaie heraus. Während sie mit dem Zählen der wenigen Münzen beschäftigt war, rückte jemand einen Stuhl zurecht und setzte sich zu ihr an den Tisch. Unwillig sah sie hoch.

»Kennen wir uns?«, fragte sie distanziert. »Ich habe Ihnen nicht erlaubt, sich zu mir zu setzen.«

Sie griff nach der kleinen, geschwungenen Kanne, goss sich Tee in die Tasse und nahm einen Schluck.

»Du hast mich vergessen?«, fragte der Mann und legte seine Kamera auf den Tisch.

Da fiel es Fleur wieder ein.

Er hatte sie an dem Tag angesprochen, an dem sie auf das Angebot von Albert de Montherlant eingegangen war.

»Ich möchte Fotos von dir machen«, hörte sie den Mann sagen, der sich noch einmal vorstellte: »Georges Bonnet.«

Fleur atmete tief durch. Ein paar Tage zuvor hatte sie bei Maxime die *Vogue* durchgeblättert. »Hier«, hatte Maxime ihr gezeigt, »diese Fotos hat Georges Bonnet gemacht, der neue Star.« Und sie hatte ihn damals für einen kleinen, miesen Fotografen gehalten, der Mädchen ansprach, um mit ihnen ins Bett zu gehen. Ja, sogar seine Karte hatte sie weggeworfen.

Jetzt war sie gehemmt, weil er sie duzte. Aber sie wollte nicht als dummes Provinzmädchen dastehen, und so überhörte sie die Anrede.

Er tastete die Taschen seiner Lederjacke nach Zigaretten ab.

»Du hast einen schlechten Ruf weg.« Mit dem Kopf deutete er grinsend auf die Zeitung, die noch auf dem Stuhl lag.

Fleur schwieg, was sollte sie auch sagen? Dass alles nur ein Geschäft gewesen war, auf das sie sich leichtsinnigerweise eingelassen hatte? Aus Geldnot? Aus Hilfsbereitschaft ihrem Freund gegenüber und aus der Freude heraus, ein paar Haute-Couture-Kleider zu besitzen, die ihr dann weggenommen wurden?

Sie blieb stumm, um die Schweigeklausel in dem Vertrag mit Albert de Montherlant nicht zu brechen. Sie beobachtete Georges, wie er eine Packung filterloser Zigaretten aus der Innentasche seiner Jacke zog und sich eine davon in den Mund steckte.

»Darf ich?« Wortlos nickte Fleur, und er zündete sich die Zigarette an. Er beobachtete jede ihrer Bewegungen, seine Augen wurden schmaler, und ihm schien nicht die geringste Kleinigkeit zu entgehen. Es machte Fleur verlegen, und immer wieder fuhr sie sich nervös durch die langen Haare.

Von Maxime wusste sie, dass Georges zweiundvierzig Jahre alt war. Er hatte ein schmales, braungebranntes Gesicht und viele kleine Fältchen um die graublauen Augen, die er immer wieder zusammenkniff. Er strahlte Unruhe und Nervosität aus, und als er an seiner Zigarette zog, sah es aus, als wäre es seine letzte vor einem Entzug. Der Barkeeper brachte ihm einen Pernod, und Georges prostete Fleur kurz zu. Während er rasch sein Glas leerte, beobachtete er sie weiterhin.

»Hast du morgen Zeit?« Ohne ihre Antwort abzuwarten, holte er eine verbeulte Visitenkarte aus seiner Jacke und schob sie ihr in die Hand. »Nicht verlieren!«, schärfte er ihr ein. »Und morgen früh bist du pünktlich um sieben Uhr an dieser Adresse.« Er stand auf und warf ein paar Geldscheine auf den Tisch. »Du bist eingeladen. *Salut!*« An der Theke wechselte er noch ein paar Worte mit dem Barkeeper, dann verließ er das Bistro.

Fleur überlegte fieberhaft. Sie war aufgeregt und nervös. Was erwartete sie am nächsten Morgen, vor allem, was erwartete sich Georges von ihr? Sie war nach Paris gekommen, um Modeschöpferin zu werden, aber es war ihr bisher nicht gelungen. Doch sie musste Geld verdienen, zumal Maxime zu seinem neuen Freund Thierry gezogen war und sie unbedingt die ganze Dachwohnung übernehmen wollte. Als Mannequin konnte man viel Geld verdienen. Und so trank sie entschlossen ihren Tee aus und wünschte sich in Gedanken eine große Karriere auf den Titelbildern der Modemagazine. Ihre Mutter sollte stolz auf sie sein.

*

Am nächsten Tag regnete es stark. Kein Taxi war frei, und so hetzte Fleur bis zum Boulevard Saint-Germain und dort in die Metro. Völlig durchnässt kam sie an der

Station Gare de l'Est an. Es war immer noch dunkel, und es regnete weiter, als Fleur die angegebene Straße entlanghastete. Es dauerte eine Weile, bis sie begriff, dass die Nummer 11 a das Hinterhaus der Nummer 11 war und sie durch eine Toreinfahrt gehen musste, die in einen verwahrlosten Innenhof führte. Sie sah sich zögernd um. Sie zweifelte daran, dass Georges Bonnets Atelier in einem so heruntergekommenen Anwesen lag. Erst als sie das Schild mit den Initialen G. B. entdeckte, ging sie auf die Holztür zu, an der die dunkelgrüne Farbe abblätterte. Während sie noch die Klingel suchte, wurde die Tür von innen geöffnet, und Georges zog sie in einen großen Raum.

»Endlich!«, herrschte er sie an. »Was glaubst du, wer du bist? Seit einer Stunde warten hier zehn Leute auf dich und … *Mon dieu*, wie siehst du denn aus?«

»Ich hatte keinen Schirm, und ich dachte, ich finde sofort ein Taxi und …« Unsicher und völlig durchnässt stand Fleur vor ihm.

»Ich meine dein Make-up«, antwortete er kopfschüttelnd. »Du siehst ja grauenvoll aus! Elise, übernimm sie, *vite, vite!* Dieser furchtbare Lidstrich, wie kann man sich nur so verunstalten!«

Fleur schwieg beschämt. Sie war um fünf Uhr aufgestanden, um sich die Haare zu waschen und zu schminken.

Elise, eine junge Frau, nahm Fleur am Arm und schubste sie durch den großen Raum. Überall standen Scheinwerfer, von der Decke herab baumelte eine weiße Leinwand, auf mehreren Ständern hingen Kleider, und darunter standen offene Schuhschachteln. Auf einem langen Tisch lagen Hüte, Modeschmuck und Handschuhe in einem wirren Durcheinander. Fleur hatte keine Zeit, sich weiter umzusehen, da Elise sie vor einem Schminktisch auf einen Stuhl drückte. Eine Lampe ging an und leuchtete ihr Gesicht aus. Ein Mann trat hinter sie, griff ihr grob in die Haare, warf im Spiegelbild einen prüfenden Blick auf sie und setzte dann die Schere an. Irgendjemand legte ihr einen hellblauen Kittel um, und während der Mann an ihren Haaren herumschnitt, beugte sich Elise über sie und wischte ihr mit einem feuchten Tuch das Make-up aus dem Gesicht und den dunklen Balken von den Augenlidern. Als sie endlich einen kurzen Blick in den Spiegel riskieren konnte, stieß sie einen Schrei aus. Der Stylist schnitt ihr ungerührt die langen Locken ab, auf die sie seit ihrer Kindheit so stolz gewesen war. Doch da kam Georges, legte ihr beruhigend die Hand auf die Schulter und versicherte, aus ihr einen Star zu machen. Da dachte Fleur an die unbezahlte Miete und die Kleider, die sie kaufen wollte, und wischte sich verstohlen die Tränen aus den Augen.

Nach zwei Stunden wurde eine Pause eingelegt, und Fleur durfte sich im Spiegel ansehen. Sie erkannte sich nicht wieder. Ihre Haare waren ganz kurz geschnitten, die Augenbrauen stark betont. Sie staunte über den schönen Schwung ihrer Brauen. Dazu hatte Elise auf ihr Gesicht zarten Puder aufgelegt, der ihren blassen Teint noch hervorhob, und ihre vollen Lippen mit einem tiefroten Lippenstift betont.

»Das ist die neue Fleur, unverwechselbar, unverwechselbar schön.« Georges stand hinter ihr und sah sie prüfend im Spiegel an, und die Leute im Studio klatschten Beifall, der nicht ihr, sondern Georges galt.

Nach der Pause musste Fleur Kleider anprobieren. Ihre Taille wurde durch breite Gürtel betont, so fest angezogen, dass sie kaum atmen konnte, und dann fing Georges an zu fotografieren.

Aus irgendeiner Ecke rauschte Opernmusik auf. »Wagner«, flüsterte ihr Elise zu. »Georges kann nur bei Wagner fotografieren. Andere Dinge gehen bei ihm übrigens auch nur mit Wagner«, fügte sie anzüglich hinzu. Doch Fleur verstand die Anspielung nicht und hatte auch keine Zeit, darüber nachzudenken.

»Entspann dich, Fleur, zeig's mir, *chérie!* So ist es schön, nicht so steif, den Kopf hoch, nicht *so* hoch, *mon dieu!* Verstehst du denn gar nichts? Öffne die Lippen, öffne die Lippen, habe ich gesagt.«

Georges wurde ungeduldig. Wie durch einen Schleier hindurch sah Fleur die vielen Leute, die um ihn herumstanden und jede Anweisung von ihm sofort befolgten. Anderes Licht, den Scheinwerfer weg, den Scheinwerfer an, nicht so hell, dunkler … Einen Stuhl, einen schwarzen, schlichten Rollkragenpullover, Ballerinas, schmale Hosen … Nicht so steif …

Fleur konzentrierte sich, sie lächelte, sie warf den Kopf in den Nacken, sie ließ sich Kleider anziehen, ausziehen, fast nackt stand sie vor den Leuten. Sie hatte kein Gefühl mehr, was richtig oder falsch war, sie spürte die Konzentration im Raum, und die Erregung von Georges übertrug sich auf sie. Die Scheinwerfer waren auf sie gerichtet, Wagners ekstatische Klänge von *Tristan und Isolde* brausten auf, und Fleur verlor jede Hemmung. Sie folgte den Anweisungen, sie lächelte, sie lachte in die Kamera, sie verbog ihren Körper, sie wirkte unschuldig, erotisch, sie ließ sich in jede Pose fallen, die Georges ihr vorgab. Mehr noch, sie fing an, mit der Kamera zu spielen, mit Georges zu kokettieren. Das hier war eine eigene Welt, und sie spürte, sie war Teil davon geworden.

Nach über zehn Stunden gab Georges seine Kamera an den Assistenten weiter und trocknete sich die Stirn.

»*Ça suffit*, das genügt.« Er kam auf Fleur zu und fuhr der Erschöpften durch die kurzen Haare. Dann wandte er sich an seine Mitarbeiter. *»A new star is born!«*, rief er, und die Leute klatschten Beifall. Als Fleur sich strahlend bedankte, fiel ihr Blick auf eine Frau, die an einem Tisch lehnte und sie aus schrägen Augen beobachtete. Fleur wusste noch nicht, dass dies Georges Bonnets Frau Adrienne war, die ihr von diesem Moment an mit Eifersucht und Hass begegnen würde.

Aber Fleur wusste auch nicht, dass Georges mit jedem Mädchen schlief, das er »gemacht« hatte.

8

November 1957
Saint-Emile

Es war kalt geworden. Regen hatte am Morgen eingesetzt und rauschte in grauen Kaskaden vom Himmel. Denise stand in der Confiserie La Danseuse mit den vielen Ballettfotos an der Wand und wartete geduldig auf ihre Schokoladentorte. Sie vermied den Blick in den goldgerahmten Spiegel hinter der Theke. Sie wollte ihr blasses, unglückliches Gesicht nicht sehen. Sie wusste zudem, dass ihr der dunkelgrüne Hut nicht stand, er passte auch farblich nicht zu ihrem blauen Kostüm, doch sie hatte es sich angewöhnt, niemals ohne Hut aus dem Haus zu gehen – wie alle Damen der Gesellschaft in Saint-Emile. Und zu denen wollte sie gehören, denn das war ihr Ziel gewesen, als sie Etienne geheiratet hatte.

Während sie wartete, sah sie durch das Schaufenster hinaus in den tristen Samstagnachmittag. Der November fing an, und jetzt wäre ihr Kind zur Welt kommen. Sehnsucht und tiefer Schmerz ergriffen sie. Erst nach der Fehlgeburt hatte sie erkannt, wie leidenschaftlich sie sich dieses Kind gewünscht hatte.

Etienne verhielt sich ihr gegenüber distanziert, machte ihr aber nach der Fehlgeburt unmissverständlich klar, dass er bald wieder ein Kind haben wollte. Schließlich hatte der Arzt erklärt, Denise könne jederzeit wieder schwanger werden. Für sie war es nicht leicht, wieder zur

Tagesordnung überzugehen. Sie weinte oft nachts heimlich in ihr Kissen, während Etienne auf seiner Seite des Bettes mit dem Rücken zu ihr laut schnarchte. Sie konnte den Verlust nicht so schnell verkraften, wie es Etienne offenbar tat.

Marguerite Aubry wohnte noch immer im Haus, obwohl Denise der Meinung war, bereits genug von ihr gelernt zu haben. Als sie ihren Mann darauf ansprach, erklärte er kurz angebunden: »Sie bleibt. Wenn es häusliche Probleme gibt, sprecht euch aus! Ich will damit nichts zu tun haben.«

Jede der beiden Frauen fürchtete, von Etienne vor die Tür gesetzt zu werden, und so einigten sie sich in feindseligem Stillschweigen auf ein weiteres Zusammenleben. Sie arrangierten sich, keine sprach schlecht über die andere. Marguerite kümmerte sich um das Kochen und den gesamten Haushalt, und Denise ging ihr dabei zur Hand.

»Madame Aubry, Ihre Torte. Ich lege das kleine Brot mit hinein.«

Denise schreckte aus ihren Gedanken hoch, und bevor sie den runden Karton in Empfang nahm, streifte sie noch schnell ihre gehäkelten Handschuhe über. Als sie die Confiserie verließ, hatte es aufgehört zu regnen, und so hängte sich Denise den Schirm über den Arm und balancierte die Tortenschachtel nach Hause.

Heute war Samstag, und wie jede Woche würde sie heute mit Etienne schlafen. Es gab keine Zärtlichkeit zwischen ihnen, und wenn Etienne zu ihr kam, schloss Denise die Augen, um ihre Tränen zu verbergen. Er tat ihr weh, und wenn er mit seinen Knien ihre Beine auseinanderdrückte, steigerte sich ihre Scham ins Unerträgliche.

Denise war jedes Mal erleichtert, wenn »es« vorüber war. Über das »es« hatte sie mit ihrer Mutter gesprochen, zögernd nur und in Andeutungen. Sie hatte nicht gewusst, wem sonst sie sich anvertrauen konnte. Joselle hatte sie auch sofort verstanden.

»Da müssen alle Frauen durch«, erklärte sie ihrer unglücklichen Tochter. »Halte die Luft an und denke an etwas Schönes!«

»Es … ist so demütigend, so …«, hatte Denise voller Scham gestammelt, doch Joselle hatte nur die Achseln gezuckt.

»Sei froh, dass er nur jeden Samstag zu dir kommt, dein Vater dagegen …«

Denise hielt sich die Ohren zu. Sie wollte nichts wissen über das Liebesleben ihrer Eltern, das nur zwölf Jahre gedauert hatte, bis sich ihr Vater »aus dem Staub machte«, wie Joselle es nannte. Er entzog sich der Verantwortung für die Familie, setzte sich in den Zug nach Marseille und kam nie mehr zurück. Irgendwann hatte Joselle dann erfahren, er sei mit einer Schlangentänzerin nach Mexiko durchgebrannt, und Jahre später erreichte sie die Nachricht, dass er dort in einem Etablissement mit schlechtem Ruf einem tödlichen Herzanfall erlegen war.

Denise ging die paar Stufen zur Apotheke hinunter. Im Schaufenster stand eine große Tafel, auf der die Pilze der Umgebung abgebildet und beschrieben waren. Die Pilzsorten, deren Verzehr tödliche Folgen haben konnte, waren mit einem schwarzen Kreuz gekennzeichnet. Um diese Jahreszeit schossen die Pilze in den nahe gelegenen Wäldern förmlich aus der Erde, und es gab kaum jemanden in Saint-Emile, der nicht Pilze sammelte. Anschließend brachten die Leute sie in die Apotheke, um sie von Etienne begutachten zu lassen. Man wollte ganz sichergehen und sich nicht mit einem guten Pilzragout vergiften.

»Ich habe dein Lieblingsbrot gekauft«, rief Denise in die stille Apotheke hinein, als sie die Tür öffnete. »Das dunkle, das du so gern zur Bouillabaisse isst.«

Doch Etienne war nicht da. Auf der Theke lag ein ausgebreitetes kariertes Handtuch mit Pilzen darauf. Daneben stand ein Korb, an dem Etienne einen großen Zettel befestigt hatte: *Mme Javier, acht Uhr.* Offenbar prüfte Etienne die Pilze hinten im Labor, und Madame Javier holte sie um acht Uhr ab.

Unschlüssig blieb Denise einen Moment stehen und wartete auf Etienne. Er schien die Türglocke nicht gehört zu haben. Es wurde bereits dunkel im Raum, und draußen rauschte wieder der Regen vom Himmel. Während Denise noch unschlüssig dastand, fiel ihr Blick auf einen Zeitungsausschnitt. Sie stellte den Karton ab, blickte sich verstohlen um und griff neugierig danach. Es war ein Foto von Fleur, sie lächelte einem Mann zu, der den Arm um ihre nackten Schultern gelegt hatte. An den Rand hatte Etienne das Datum gekritzelt, es war ein Ausschnitt aus der Pariser Tageszeitung, die Etienne abonniert hatte. Hier wurde die »Affäre des Sommers«, wie es in der Unterschrift hieß, noch einmal aufgewärmt. Verwundert legte Denise den Zeitungsausschnitt zurück auf den Tisch. Da entdeckte sie eine offene Schublade unter der Theke, die randvoll mit Zeitungsausschnitten war. Es dauerte einen Moment, bis sie begriff, dass ihr Ehemann Fotos von Fleur ausschnitt und sammelte.

Denise beugte sich mit rasendem Herzschlag über die Schublade und griff wahllos nach einem der ausgeschnittenen Fotos.

Albert de Montherlant mit seiner jungen Geliebten. Es war ein großes Bild, auf dem Fleur ein schulterfreies, besticktes Abendkleid trug.

Alberts Geliebte trägt Couture von Cristóbal Balenciaga. Nichts scheint ihm für dieses junge Mädchen aus der Provinz zu teuer zu sein.

Ich liebe meinen Mann, diese Frau hat sich in meine Ehe gedrängt. Wieder war Fleur abgebildet, diesmal allein, wie sie eine Straße überquerte.

Etienne hatte also nie aufgehört, sich nach Denise' Schwester zu verzehren. Nach der schönen Fleur, die ihn abgewiesen hatte und jetzt in Paris ein aufregendes Leben führte. Wieder griff Denise in die Schublade und zog ein weiteres Foto heraus. Mit einer Mischung aus Bewunderung und Neid betrachtete sie ihre Schwester in einem bestickten weißen Abendkleid. Sie lächelte ihren Begleiter an, der sie zärtlich auf die Schulter küsste. Darüber hatte Etienne mit dickem Stift ein Wort geschrieben: *Hure!*

»Was machst du da?«

Erschrocken fuhr Denise herum. Ihr Mann stand in der Tür und starrte zu ihr herüber.

»Nichts«, log sie hastig, »gar nichts, ich habe mir die Pilze angesehen und wollte dir sagen, dass ich für heute Abend eine Schokoladentorte gekauft habe.«

Ihr gelang ein freundliches, harmloses Lächeln, während sie das Foto rasch in die Schulbade zurückgleiten ließ und das Klopfen des eigenen Herzens im ganzen

Körper spürte. Etiennes Züge entspannten sich kaum merklich, doch er ließ Denise nicht aus den Augen, als er sich ihr näherte. Schnell griff sie nach dem runden Karton mit der Schokoladentorte, doch als sie zu den vier Stufen ging, die zur Wohnung der Aubrys führten, packte Etienne sie plötzlich am Arm.

»Etienne, lass mich los! Gleich fällt mir die Schachtel aus der Hand. Außerdem tust du mir weh.«

»Es geht dich nichts an, Denise, hörst du?« Seine Stimme klang leise und heiser. Denise hörte eine gefährliche Drohung heraus, die sie erschaudern ließ. »Es geht dich nichts an«, wiederholte er, und sein Griff um ihren Arm wurde härter. So fest, dass sie einen Schrei ausstieß. »Du wirst mir nicht mehr nachspionieren. Sollte ich dich noch mal dabei erwischen …«

»Du hast recht«, fiel sie ihm hastig ins Wort. »Es geht mich nichts an. Nichts, was du machst, geht mich etwas an. Auch wenn ich wirklich nicht weiß, was du jetzt gemeint hast. Ich habe dir nicht nachspioniert.«

Es war eine schwache Lüge, und Etienne durchschaute sie. Doch er schwieg und ließ Denise' Arm abrupt los. Wie gehetzt lief sie die vier Stufen zur Wohnung hoch und öffnete mit dem Ellbogen die Tür. Als sie sich umsah, stand Etienne mit dem Rücken zu der offenen Schublade und sah ihr nach.

Denise war zutiefst verstört. Etienne hatte ihr eine Seite von sich offenbart, die sie nicht kannte und die ihr Angst einjagte. Als sie in der Küche den Karton auf dem Tisch abstellte und ihren grünen Hut vom Kopf nahm, zitterten ihre Hände so stark, dass sich das Gummiband des Hutes in ihren Haaren verhedderte.

Sie war hinter Etiennes Geheimnis gekommen. Er verzehrte sich nach Fleur, und der Inhalt dieser Schublade bewies, wie abgöttisch er sie liebte, während er mit ihrer Schwester verheiratet war. Der Ausdruck seiner Augen, sein flackernder Blick, als er unter der Tür stand und zu ihr herübersah, verfolgten Denise noch tagelang. Etienne ängstigte sie, denn sie hatte in diesem kurzen Augenblick seine Besessenheit für Fleur erkannt. Er würde sein Geheimnis schützen und gegen sie verteidigen, egal, was für Folgen dies auch immer haben mochte.

*

Dezember 1957
Paris

An Weihnachten fuhr Fleur nicht nach Hause.

Sie schob wichtige Termine vor, die Wahrheit jedoch war, dass sie nicht zu ihrer Mutter fahren wollte. Joselle hatte ihr in vielen Briefen bittere Vorwürfe über die Affäre mit einem verheirateten Mann gemacht. Ganz Saint-Emile sei immer noch entsetzt, und sie als ihre Mutter habe schwer darunter zu leiden.

Fleur war müde. Sie hatte in den vergangenen zwei Monaten fast pausenlos gearbeitet, Modemagazine und Agenturen rissen sich um sie, seit im November die ersten Fotos von ihr erschienen waren. Eine deutsche Modezeitung mit dem Namen *Constanze* hatte sie kurzfristig für Aufnahmen gebucht. Georges hatte sie der Chefredakteurin empfohlen, und Fleur flog nach München, um vor dem Friedensengel in karierten Sommerkleidern mit enger Taille und weiten Röcken zu posieren. Diese Aufnahmen hatten ihr viel Spaß gemacht, und sie war auf ihre erste Gage sehr stolz. In den folgenden Wochen fotografierte sie Georges bereits für *Harper's Bazaar* und die *Vogue*. Die beste Modelagentur von Paris, Dorian Reed, nahm sie unter Vertrag.

Obwohl es das erste Weihnachten war, das sie nicht zu Hause verbrachte, blieb sie in Paris. Sie hatte ein schlechtes Gewissen und ahnte nicht, wie sehr Joselle und Denise über ihre Abwesenheit erleichtert waren. Joselle, weil man in der Stadt immer noch über Fleurs Affäre mit einem verheirateten Mann tuschelte, und Denise, weil sie ein Treffen zwischen Etienne und Fleur vermeiden wollte. Etiennes Verhalten, als er sie im Herbst vor der offenen Schublade überrascht hatte, beschäftigte Denise in vielen schlaflosen Nächten. Wenn sie dann die Augen schloss, sah sie ihn vor sich: das verzerrte Gesicht, den flackernden Blick. Die Erinnerung daran ließ sie nicht mehr los. Drei Tage vor Weihnachten, als Etienne an der letzten Stadtratssitzung des Jahres teilnahm, schlich sie sich in die Apotheke. Sie bezwang ihre Angst, und ihre Neugierde siegte. Hatte Etienne neue Fotos von Fleur gesammelt? Oder hatte er seine heimliche Leidenschaft aufgegeben? Doch die Schublade war verschlossen und der Schlüssel abgezogen.

*

Frühjahr 1958
Paris

Fleur blieb keine Zeit zum Nachdenken. Sie hetzte von Termin zu Termin. Georges bestimmte ihr Leben. Er ließ für sie eine spezielle Diät zusammenstellen und engagierte einen Tanzlehrer, mit dem sie täglich arbeiten musste. Fotografierten sie den ganzen Tag, arbeitete sie nachts mit ihrem Trainer.

Im Februar machte George mit ihr eine ganze Fotokampagne für die amerikanische und die französische Ausgabe der *Vogue* mit der Überschrift: *Eine Hommage an Paris und seine Haute Couture.*

Fleur arbeitete bis zur Erschöpfung und ging dabei weit über die Grenze ihrer Belastbarkeit. Sie fror erbärmlich, und das ständige Hungergefühl schwächte sie so sehr, dass Georges schließlich anfing, ihr Vitamintabletten und Aufputschmittel zu geben. Sie versetzten Fleur in einen angenehmen, fast euphorischen Zustand, und plötzlich konnte sie arbeiten, ohne müde zu werden. Sie war lustig, aufgekratzt, und es fiel ihr leicht, in jede Pose zu fallen, die Georges von ihr verlangte. Sie nahm sich selbst nicht mehr wahr, sie ließ sich schminken, stylen und frisieren, sie posierte vor der Kamera, lächelte, hetzte von Termin zu Termin. Ihre Karriere war nicht mehr aufzuhalten.

*

Reglos lag Denise in ihrem Bett und starrte durch das offene Fenster hinaus in einen warmen Frühlingsabend.

Vor einer Woche war sie mit dem Krankenwagen hierher in die Frauenklinik gebracht worden, doch es war zu spät gewesen.

Jeden Vormittag kam Joselle, um ihre Tochter zu trösten und ihr über die zweite Fehlgeburt hinwegzuhelfen.

»Du hast das Kind verloren, Denise, aber das ist nicht der Weltuntergang«, sagte sie beim ersten Besuch. »Du bist jung und gesund. Das nächste Mal wirst du es austragen können, ganz sicher.«

Doch Denise drehte ihr nur den Rücken zu und schwieg, bis ihre Mutter auf Zehenspitzen das Zimmer verließ und die Tür leise hinter sich zuzog. Denise verweigerte sich jedem und redete mit niemandem, kein Arzt, keine Schwester konnte sie dazu bewegen, ein Wort zu sagen. Sie verharrte in Sprachlosigkeit. So musste sie auch nicht preisgeben, was der Chefarzt ihr gesagt hatte: Seiner Ansicht nach werde sie nie ein Kind austragen können.

*

Auf dem Gang der Geburtenstation war es ruhig geworden. Die schnellen Schritte, das Lachen, die Unterhaltungen der jungen Väter und Verwandten waren verklungen, die Besuchszeit war vorbei.

Denise stahl sich leise aus ihrem Zimmer, ging die

Treppe hoch und blieb vor dem Fenster stehen, hinter dem die Neugeborenen in ihren kleinen Betten lagen. Sie presste ihre Handflächen gegen die Scheibe und stand reglos davor, bis einige der Babys zu schreien anfingen. Sie hatten Hunger, und Denise wusste, gleich würde man sie ihren Müttern zum Stillen bringen. Neben ihr stand eine ältere Frau. Sie winkte der Schwester in dem Raum zu und sprach dann Denise an:

»Welches ist Ihr Baby? Ist es ein Sohn oder ein Töchterchen?«

»Ein Mädchen«, flüsterte Denise, »ein kleines Mädchen.« Dann drehte sie sich um, rannte die Treppe hinunter und zurück in ihr Zimmer. Sie verkroch sich in den Kissen und wusste nur eines: Sie hatte dieses Kind so sehr gewollt, nicht für Etienne, nicht für ihre Ehe, nur für sich selbst. Ein Kind hätte ihrem Leben einen Sinn gegeben und ihr geholfen, die Tage an Etiennes Seite in ihrer freudlosen Belanglosigkeit zu ertragen.

*

9

Zwei Jahre später
April 1960
Paris

Der Regen hatte am Abend eingesetzt, das Wetter wurde schlecht, die Luft war kalt, und über dem Innenhof des Ateliers lag ein grauer Nebel wie im November. Georges hatte es sich in den Kopf gesetzt, in diesem trostlosen Umfeld Aufnahmen zu machen. Fleur in einem teuren Chiffonkleid vor den Mülltonnen, die Georges als malerisch bezeichnete.

Seit einigen Monaten bereits herrschte eine gespannte Atmosphäre. Fleur konnte nicht mehr. Zweieinhalb Jahre harter Arbeit lagen hinter ihr, Jahre des ständigen Fastens und Arbeitens bis zur totalen Erschöpfung. Immer mehr griff Georges in ihr Leben ein, und seine Frau zeigte ihr offen ihre Abneigung. Einmal hatte Adrienne sogar behauptet, Fleur habe Schuhe am Set gestohlen. Doch Georges verteidigte seinen Star, und plötzlich fanden sich die grauen Wildlederpumps in irgendeiner Ecke wieder.

Fleur erkannte Adriennes großen Hass nicht, doch sie war verwundert über ihre Eifersucht, denn letztendlich hatte sie keinen Grund dazu. Fleur schlief nicht mit Georges, er hatte kein einziges Mal den Versuch gemacht, sie ins Bett zu bekommen.

»Ich habe keine Lust mehr«, klagte Fleur am Set. Sie war müde, und sie wollte nach Hause, sich im Bett verkriechen und einen heißen Tee trinken. Sie hatte Hunger, doch sie durfte ja nichts essen.

»Eine Stunde noch. Hier, *chérie*, nimm einen Schluck Champagner!« Georges verständigte sich durch ein Zeichen mit seiner Frau, die Fleur ein volles Glas brachte. Eigentlich wollte Fleur nicht trinken, sie war müde, so furchtbar müde, und sie fror wieder so entsetzlich. Doch Georges überredete sie zu trinken. Ihr wurde schwarz vor Augen, sie spürte, wie ihr die Beine versagten und das Glas aus ihrer zittrigen Hand fiel, sie besaß keine Kraft mehr, es zu halten.

Ihre Gedanken verwirrten sich, sie schloss die Augen und ließ sich fallen. Es war ein angenehmes Gefühl, ein langsames Schweben, durchsetzt mit Bildern. Sie sah sich, wie sie im Jahr zuvor das Brautkleid bei Jeanne Lanvin tragen durfte und damit über den Laufsteg schwebte, sie sah, wie die Leute klatschten, doch sie hörte keinen Ton. Eingehüllt in Stille, fiel sie und fiel, und während sie zu Boden glitt, wusste sie, dass sie nicht einschlafen durfte, und wünschte sich doch nichts so sehr, wie loszulassen. Sie verlor jedes Gespür für Zeit, die Vergangenheit löste sich auf, der Druck, der auf ihr lastete, die Ängste, zu versagen, ausgetauscht zu werden, nicht mehr gut genug zu sein. Es war das Gefühl eines reinen Glücks, als sie weiter sank und sank …

Doch plötzlich war sie wieder da. Frierend lag sie auf dem Pelzmantel, in dem sie Georges hatte fotografieren wollen. Sie spürte, wie jemand eine Nadel aus ihrer Vene zog und einen Finger daraufdrückte. Doch sie rührte sich nicht und hielt die Augen geschlossen. Sie wollte nicht zurück in ihr Leben. Jedenfalls nicht so schnell. Sie hörte

Georges' Stimme, die sie erst nicht erkannte, so dünn klang sie und gepresst:

»Mein Gott, wir dachten, sie stirbt. Es tut mir leid, so furchtbar leid«, wiederholte er immer wieder, »aber in zwei Stunden müssen die Fotos im Kasten sein. Versteh mich bitte, Patrice! Die Aufnahmen müssen morgen früh in der Redaktion von *Vogue* sein, und Adrienne war der Meinung, sie könne eine stärkere Dosis vertragen.«

Eine männliche Stimme antwortete Georges, sie klang scharf und kalt: »Ach? Adrienne kann also beurteilen, wie hoch die Dosis sein darf, ja? Du pumpst das arme Mädchen mit Aufputschmitteln voll, und deine Frau meint, sie könne das verkraften? Du hast Glück gehabt, Georges, dass ich so schnell kommen konnte. Ihr Kreislauf war am Zusammenbrechen, ist dir das klar? Sie muss sofort in ein Krankenhaus.«

Fleur reagierte nicht und ließ die Augen geschlossen.

»Bitte nicht, Patrice!« Georges schien außer sich. »Adrienne und ich haben das Mittel illegal in Amerika gekauft und …«

Fleur hielt den Atem an. Das also war es. Wie hatte sie nur so gutgläubig sein können! Vor den Aufnahmen bot Adrienne ihr immer ein Glas Champagner an. Das war bereits zur Gewohnheit geworden, fast wie ein Ritual, bevor die Musik einsetzte und Georges die Kamera hob. »Nur zum Auflockern, Schätzchen«, hatte Adrienne jedes Mal gesagt und ihr das Glas gereicht. Schon nach wenigen Schlucken fühlte sich Fleur dann wunderbar, voller Energie und Kraft.

»Wenn sie gestorben wäre, hätte ich euch angezeigt, das sage ich euch.«

»*Mon dieu*, jetzt mach nicht so eine große Sache daraus! Sie ist ja nicht gestorben«, erklärte Adrienne. »Reg dich ab!«

Georges dagegen entschuldigte sich immer wieder, und Fleur erkannte an seiner Stimme, dass er zutiefst betroffen war. »Ich verspreche dir, ich werfe das Zeug weg. Ich hatte keine Ahnung, wie gefährlich es ist. Aber bitte, Patrice, lass sie nicht in ein Krankenhaus einliefern! Das gibt einen Skandal, der uns vernichtet. Wir werden uns um Fleur kümmern, nicht wahr, Adrienne? Wir nehmen sie zu uns und werden alles Nötige für sie tun.«

»Nein«, hörte Fleur sich sagen, »nein, ich will nicht.«

Und da wurde ihr bewusst, dass sie zum ersten Mal während der Zusammenarbeit mit Georges diesen Satz formuliert hatte:

Nein, ich will nicht.

Es klang wie eine Befreiung, und als sie die vier Worte ausgesprochen hatte, lächelte sie und schlug die Augen auf. »Ich will nach Hause.«

Neben ihr kniete der Mann, der ihr die Spritze gegeben hatte, und beugte sich jetzt über sie. Er lächelte sie an, als er sich vorstellte: »Dr. Chaubert, Patrice Chaubert.«

»Wir nehmen Fleur zu uns.« Adriennes Stimme klang gehetzt, und Fleur ahnte, dass sie panische Angst vor den Konsequenzen ihres Handelns bekam.

»Nein«, wiederholte Fleur, »ich will nicht. Ich will nach Hause.«

»Natürlich, Fleur, dann machen wir es so«, beruhigte sie Doktor Chaubert.

Und wieder lächelte Fleur und fühlte sich nach langer

Zeit zum ersten Mal gut, fast glücklich. Sie hatte sich in diesem Moment ihre Freiheit zurückgeholt.

*

Juni bis Oktober 1960
Paris

»Wieso kommt Dr. Chaubert immer noch, obwohl du längst gesund bist?«

Ginette lehnte an der Tür und beobachtete Fleur, die ihre Fleischbrühe löffelte. Fleur schoss das Blut ins Gesicht, was Ginettes scharfem Blick nicht entging.

Ginette war die Concierge im Haus und hatte Fleur in den vergangenen Wochen gepflegt und für sie gekocht, wie Dr. Chaubert sie angewiesen hatte.

»Ich kann dich vor ihm nur warnen«, fuhr sie fort. »Dieser Typ ist sicher verheiratet.«

»Woher willst du das wissen?« Fleur versuchte, ihre Verlegenheit zu verbergen.

»Ich kenne die Männer. Er *ist* verheiratet, und, das sage ich dir gleich, er wird sich nicht scheiden lassen.«

»Das geht dich nichts an, außerdem weißt du gar nichts«, entgegnete Fleur.

Ginette lachte nur spöttisch auf.

Jeder im Haus wusste, dass Ginette früher am Boulevard Saint-Denis auf den Strich gegangen war, doch seit sechs Jahren residierte die Vierzigjährige als Concierge in ihrer Loge, und niemand kam ungesehen an ihr vorbei. Das vierstöckige Gebäude in der Rue de Rennes mit seinen ausgetretenen Treppen und dem alten, oft defekten Fahrstuhl gehörte Monsieur Alphonse Perrin, der mit seiner Frau am Boulevard de Charonne in einer gepflegten Wohnung lebte. Er war ein ehemaliger Freier von Ginette, und ihm verdankte sie den sozialen Aufstieg in eine bürgerliche Existenz. Jeden Mittwochnachmittag blieben die geblümten Vorhänge am Fenster der Conciergerie geschlossen, denn Alphonse Perrin machte dann seinen wöchentlichen Hausbesuch. Doch die Mieter mochten die kleine, zierliche Frau mit den rotgefärbten Haaren, die für jede Gelegenheit einen lockeren Spruch bereithielt.

»Sie kleidet sich mit einem gewissen Charme«, hatte Maxime Malraux einmal festgestellt, als er noch hier wohnte. Damals inspirierte ihn ihr nachlässiger, aber phantasievoller Stil zu einer Kollektion in edler »Schlampen-Couture«.

Da Ginette gut zuhören konnte, fanden sich immer wieder Mieter bei ihr ein, um mit ihr über ihre Probleme zu sprechen. Ginette schien das Leben in allen seinen Facetten und Abgründen zu kennen. Fleur war ihr dankbar für die Fürsorge der vergangenen Wochen und hatte sich mit einem Kleid aus der Kollektion Yves Saint-Laurent revanchiert.

»Wieso kommt er immer noch?«, insistierte Ginette jetzt.

»Ich habe keinen Hunger mehr«, wich Fleur der Frage aus. »Und danke, die Suppe war sehr gut. Aber ich bin gesund, und du musst mich nicht mehr versorgen.«

»Dann kommt Dr. Chaubert wohl nicht mehr, wenn du gesund bist.« Ginette kam ans Bett und nahm das Tablett mit dem leer gegessenen Teller.

»Manchmal will er noch nach mir sehen.«

»Na ja, lügen kannst du zwar schlecht, aber mir kann's egal sein, ich hab dich gewarnt. Du handelst dir mit diesem Mann nur Kummer ein. Du bist so ein romantischer Typ, der an die große Liebe glaubt, ein gefundenes Opfer für abgebrühte Männer wie diesen Chaubert. Ich kann dir nur raten: Arbeite wieder, und verdiene dein eigenes Geld! Mach dich nie von einem Mann abhängig!«

Mit den Ellbogen öffnete Ginette die Tür und verließ die Dachwohnung. Fleur hörte sie noch die Stufen zum dritten Stock hinuntergehen, wo sie in den Aufzug stieg, der sie rumpelnd nach unten brachte.

Fleur streckte sich auf ihrem Bett aus. Ginette hatte sie vor Patrice gewarnt, doch es war zu spät. Seit drei Wochen war sie bereits seine Geliebte. Seine heimliche Geliebte, denn Ginette hatte recht, er war verheiratet. Das aber hatte Fleur bis jetzt erfolgreich verdrängt. Er liebte sie, hatte er gesagt, war da nicht die natürliche Folge, dass er sich scheiden ließ?

Nachdenklich erhob sich Fleur. War sie wirklich zu gutgläubig, wenn sie ihn so vorbehaltlos liebte? Nackt ging sie ins Badezimmer und stellte sich auf die Waage. Sie hatte in den vergangenen Wochen drei Kilo zugenommen. Sie war schlank, sehr schlank, aber sie besaß nicht mehr ihre extrem schmale Taille, und auch ihre Wangen waren runder geworden. Georges würde ausrasten, wenn er sie jetzt sehen könnte. Er liebte ihre hohen Wangenknochen, die ihrem Gesicht auf Fotos das Außergewöhnliche verliehen.

Vor sechs Wochen musste sie erst wieder an ein normales Essverhalten gewöhnt werden. Sie erbrach jedes Stück

Fleisch, jedes Gramm Butter, fast jede Suppe, die Ginette nach den strengen Vorgaben von Patrice für sie kochte. Erst seit zwei Wochen aß sie wieder »normal«, wie Patrice es ausgedrückt hatte. Die ganze Zeit über hatte sie nicht an ihre Figur gedacht. Es machte Spaß, wieder einen *gâteau au chocolat* zu essen, den Patrice ihr mitbrachte, und all die Gerichte, die Ginette für sie zubereitete.

Langsam ging Fleur zurück und ließ sich aufs Bett fallen. Fing jetzt alles wieder von vorne an? Diäten, Pillen und Hunger, der zu qualvollen Magenschmerzen führte? Georges bedrängte sie mit Anrufen. Er ließ ihr ausrichten, sie müsse ihre Verträge einhalten, sonst sei er gezwungen, andere Models zu buchen.

Doch Fleur hatte nicht nur wieder Freude am Essen entwickelt, sondern sie empfand auch keine Lust mehr, zu arbeiten und Fotos unter extremen Bedingungen zu machen. Sie sagte die anstehenden Termine ab, da sie immer noch krank sei und für ein paar Monate eine Auszeit nehmen wolle.

Ihre Tage verbrachte sie mit Spaziergängen durch die Stadt, saß im Jardin du Luxembourg und leistete sich bei Angelina, dem berühmten s*alon du thé* unter den Arkaden der Rue de Rivoli, eine heiße Schokolade und Maronentörtchen. Sie schlenderte durch den Louvre und machte eine Stadtrundfahrt. Sie erlebte Paris als Touristin, und das bereitete ihr großen Spaß. Viele Tage aber verbrachte sie zu Hause und wartete auf Patrice. Dann lief sie in ihrer Wohnung herum, beobachtete die Tauben auf den Dächern, hörte ihrem Gurren zu und verlor sich in Träumen. Träumen, in denen sie als Frau von Patrice ein wundervolles Leben führte.

Fleurs Ersparnisse waren nicht hoch und schmolzen schnell zusammen, denn sie hatte eine große Leidenschaft: Haute-Couture-Kleider, die ein Vermögen kosteten. So sagte sie bei Lanvin zu, in der nächsten großen Schau zu laufen. Das Couture-Haus war begeistert, und Jeanne Lanvin versicherte ihr am Telefon, einen großen Teil ihrer Kollektion auf sie abzustimmen.

An einem Freitag sollte Fleur um zehn Uhr zur ersten wichtigen Anprobe dort sein. Sie hatte einige Tage lang gefastet und machte sich sorgfältig zurecht. Doch da hörte sie den Aufzug im dritten Stock halten und die schnellen Schritte von Patrice die letzten Stufen heraufkommen. Bevor er klopfen konnte, öffnete sie die Tür.

»Ich muss weg«, sagte sie bedauernd. »Ich habe gleich eine Anprobe.«

Patrice hörte ihr jedoch nicht zu und schob sie ins Zimmer zurück. »Pack bequeme Sachen ein, schnell! Wir fahren für ein paar Tage in die Normandie.«

Fleur zögerte, denn sie wusste, welche Folgen das haben würde, wenn sie den Termin bei Lanvin einfach platzen ließ. Trotzdem entschied sie sich für eine Woche mit Patrice in der Normandie.

*

Bei ihrer Ankunft fing es zu regnen an. »Das Haus gehört mir, ich habe es von meiner Mutter geerbt«, erzählte Patrice, während sie in einen Kiesweg einbogen. Vorsichtig lenkte er den Wagen zwischen Rosenbüschen hindurch, deren erste Blüten im Regen zitterten.

Das Haus war nicht groß, es bestand nur aus zwei Räumen und einer kleinen Küche, doch Fleur fand es romantisch mit seinen gebohnerten Holzböden, dem großen Kamin und den geblümten Vorhängen.

Es regnete fast die ganze Zeit, aber Fleur war glücklich. Sie und Patrice hatten Zeit füreinander, und bedingt durch das Wetter, verließen sie das einsam gelegene Haus kaum. Sie schliefen miteinander, sie redeten, und Fleur erzählte von ihrer Kindheit und ihrem bisherigen Leben.

Patrice fuhr zum Einkaufen nach Deauville und schärfte Fleur ein, während seiner Abwesenheit niemandem aufzumachen. Keiner durfte wissen, dass der bekannte Arzt dieses Mal nicht mit seiner Frau und der Tochter hier war, sondern mit seiner Geliebten.

Fleur liebte es, morgens neben ihm aufzuwachen, ihm zärtlich die Haare aus der Stirn zu streichen und sich an seine Brust zu kuscheln. Wie schön muss es sein, mit ihm zu leben, dachte sie in diesen Momenten der Stille und einer Zusammengehörigkeit, die nur Illusion war. Die Zeit verstrich schnell, und an dem traurigen letzten Tag liefen sie am Strand entlang. Ein starker Wind war aufgekommen, und sie lauschten auf das einsame Rufen der Möwen, die in den grauen Wolkenhimmel aufstiegen.

Fleur blieb stehen und sah aufs graue Meer hinaus. »Wie schön das ist«, murmelte sie.

Da nahm Patrice sie in die Arme und zog sie an sich. »Ich liebe dich«, flüsterte er. »Ich werde dich lieben, solange ich lebe.«

Solange ich lebe. Es war ein Versprechen für die Zukunft, und Fleur glaubte daran.

*

Zurück in Paris, vergingen für Fleur die Wochen nur langsam, denn sie verbrachte die Zeit mit Warten auf Patrice. Er kam unregelmäßig, und wenn er kam, war er in Eile und hatte meist nur eine Stunde Zeit, die sie dann im Bett verbrachten. Die innige Nähe zwischen ihnen, die zärtliche Vertrautheit von Deauville gab es nicht mehr.

Im August kam Ginette herauf, um Fleur auszurichten, Patrice erwarte sie abends in der Brasserie Lorraine an der Place des Ternes, um acht Uhr. Die Concierge enthielt sich jeden Kommentars, beschwerte sich nur schlecht gelaunt, dass sie es satt habe, für alle Mieter die Telefonate anzunehmen.

»Bei dir muss ich ständig bis hierauf laufen, um dir die Termine deines Liebhabers weiterzugeben.«

»Das musst du Monsieur Perrin sagen«, erwiderte Fleur. »Er soll endlich Leitungen im ganzen Haus legen lassen. Es ist auch für uns Mieter lästig, wenn man nur in der Conciergerie telefonieren kann.«

Fleur war aufgeregt und überlegte lange, was sie anziehen sollte. Es war das erste Mal, dass sich Patrice mit ihr in einem Restaurant treffen wollte. Bedeutete es, dass er mit seiner Frau gesprochen, ihr von Fleur, seiner großen Liebe, erzählt hatte?

Fleur zählte die Stunden, bis sie endlich ein Taxi rufen und zur Place des Ternes fahren konnte.

Patrice erwartete sie an einem Tisch hinter einer Marmorsäule. »Hier laufe ich keinem von meinen Freunden oder meiner Familie über den Weg«, erklärte er bei der Begrüßung, und Fleurs Freude verflog.

Patrice wirkte extrem nervös, zündete sich eine Zigarette an und drückte sie sofort wieder aus. Kaum hatte er bestellt, griff er nach Fleurs Hand.

»Georges sagte mir, dass du bei Jeanne Lanvin einen wichtigen Termin hast platzen lassen. Hoffentlich nicht meinetwegen.« Er schien besorgt.

»Doch, das war an dem Tag, als wir in die Normandie fuhren. Es war mir nicht so wichtig.«

»Das hättest du mir sagen müssen, das konnte ich doch nicht ahnen! Fleur«, seine Stimme wurde eindringlich, »du darfst deine Karriere nicht wegen mir vernachlässigen, hörst du?«

»Ich denke nicht, dass ich das tue.« Doch dann setzte sie hinzu: »Ich weiß nicht, wie es weitergehen soll, ich habe Angst davor, wieder in diesen Kreislauf zu geraten: Diäten, Pillen, die anstrengenden Aufnahmen …«

»Aber das ist doch dein Beruf!«, unterbrach Patrice sie. »Damit verdienst du Geld, viel Geld. Aber du darfst dich nicht mit Aufputschmitteln und Drogen vollpumpen lassen! Werde erwachsen, Fleur, entscheide selbst, wie du leben willst! Sport und eine ausgeklügelte Diät reichen aus. Du bleibst gesund und kannst deinen Beruf ausüben. Du musst dich nicht so manipulieren lassen, wie das in den vergangenen Jahren durch Georges passiert ist.«

Patrice' Stimme klang ernst und besorgt, als er ihre Hände mit seinen Fingern umschloss. Für einen Moment schwieg er, und Fleur spürte, dass es nicht ihre Karriere war, die ihn beschäftigte. Instinktiv zog sie ihre Hand weg, und Patrice lehnte sich auf dem roten Ledersofa zurück. Nervös griff er nach seinem Glas, trank aber nicht, sondern stellte es wieder auf den Tisch.

»Die Tage in der Normandie waren sehr schön, Fleur,

und ich habe dir gesagt, dass ich dich liebe. Das ist die Wahrheit, aber, wie gesagt, ich will nicht, dass du dein Leben für mich aufgibst. Ich bin verheiratet, und das darfst du nicht vergessen … Ich muss dir leider noch etwas sagen …« Er machte eine kleine Pause, nahm ein Stück Brot und zerbröselte es nervös auf seinem Teller.

»Was meinst du?«, fragte Fleur beunruhigt.

»Ich habe es mir nicht leichtgemacht, glaube mir«, begann er, und aus Fleurs Unruhe wurde Angst.

»Morgen früh werde ich für einige Wochen an die Côte d'Azur fahren, mein Schwiegervater besitzt dort eine Villa. Die ganze Familie ist schon dort.« Unsicher sah Patrice sie jetzt an und fuhr sich nervös durch seine dichten blonden Haare.

»Du gehst mit mir aus, um mir das zu sagen?«

»Ich bleibe nur vier Wochen«, fuhr er fort, offensichtlich erleichtert, dass Fleur die Nachricht scheinbar ruhig aufnahm. »Weißt du, Fleur, meine Frau hat gespürt, dass ich sie betrüge, und so habe ich ihr die Wahrheit über uns beide gesagt. Ich musste ihr einfach versprechen, mich von dir zu trennen. Und jetzt machen wir eine zweite Hochzeitsreise, das hat sie vorgeschlagen. Mir bleibt ja keine andere Wahl«, fügte er noch hastig hinzu. »Bitte, Fleur, versteh mich!«

Fleur blieb immer noch ruhig, doch sie fühlte sich leer und verstört. Gleichzeitig empfand sie große Wut, aber auch Mutlosigkeit und Selbstverachtung. Ginette hatte recht gehabt: Sie bedeutete ihm nichts. Er hatte bloß seinen Spaß mit ihr haben wollen, und sie war darauf eingegangen.

»Weißt du«, fuhr Patrice beunruhigt fort, da Fleur immer noch schwieg, »in meiner Ehe geht es doch schon lange nicht mehr um Liebe, so wie wir sie erlebt haben, du und ich, Fleur. Es geht um andere Dinge: unsere Tochter und die Zusammengehörigkeit unserer Familie. Meine Frau hat immer zu mir gestanden.«

»Ich will es nicht wissen, hör auf!«

Fleur sprang auf, griff nach ihrem Täschchen und rannte aus dem Lokal. Draußen musste sie sich erst einen Weg durch die Leute bahnen, die vor der Brasserie warteten, um einen Tisch zu bekommen.

»Hallo Fleur, *comment ca va?*«, grüßte sie ein Kellner auf der Terrasse eilig, bevor er mit einem Stapel Teller im Restaurant verschwand. Er kannte sie von einem ihrer letzten Fotoshootings, das hier gemacht worden war. Georges hatte sie unter der roten Markise vor den hohen Körben mit Muscheln und Austern fotografiert.

Sie reagierte kaum auf den freundlichen Gruß des Kellners und blieb wie betäubt stehen. Ihr Atem ging schnell, und ihre Augen füllten sich mit Tränen.

»Komm, ich bring dich heim.« Patrice tauchte neben ihr auf und nahm sie am Arm. Bevor sie widersprechen konnte, schob er sie auf der Straße weiter zu seinem Auto, und sie ließ es zu.

Während der Fahrt nach Hause blieb sie stumm. Sie hatte ihr Gesicht abgewandt und starrte zum Fenster hinaus, als sie die Avenue Wagram hochfuhren und am angestrahlten Arc de Triomphe vorbei in die Champs-Elysées einbogen. Einmal warf sie einen kurzen Seitenblick auf Patrice. Sein Gesicht war angespannt und blass, doch auch er blieb stumm.

»Ich begleite dich noch«, erklärte er, als sein Wagen vor

ihrem Haus hielt. Ginette war nicht mehr in ihrer Loge, und Fleur ging die Treppe in den vierten Stock voraus. Als sie die Tür zu ihrer Wohnung aufschloss, sah sie Patrice an. Jetzt war der Moment der Trennung gekommen. Sie spürte, wie sich ihr Herz zusammenzog und Tränen der Verzweiflung über ihre Wangen liefen. Patrice stand ihr schweigend gegenüber, bevor er zögernd seine Hände um ihre Taille legte. Er zog Fleur an sich, und sie spürte seine Erregung, als sein Atem schneller ging und er plötzlich fordernd zupackte. Und Fleur wehrte sich nicht. Während Patrice sie bereits küsste, machten sie ein paar Schritte in die Wohnung hinein, und er drückte mit dem Fuß die Tür hinter sich zu. Fleur dachte nicht mehr nach. Sie dachte nicht an die Zukunft, nicht an die Vergangenheit, nicht an das, war er ihr soeben im Restaurant gesagt hatte. Es gab nur die Gegenwart und das verzehrende Gefühl von Leidenschaft. Noch nie hatte Fleur sich so erlebt, noch nie so empfunden, nie gewusst, wie es war, wenn der Körper sich auflöste in Ekstase und Lust. Jetzt gab es nur noch Patrice und sie auf dem breiten Bett.

*

Fleur bewegte sich nicht und hielt ihre Augen geschlossen. Doch durch die Lider hindurch sah sie, dass Patrice sich hastig und leise anzog, um sie nicht zu wecken. Bis zu dem Moment, als er vorsichtig die Tür öffnete, hoffte sie noch, er würde sie in die Arme nehmen und sagen, alles werde gut. Doch Patrice schlich sich verstohlen aus ihrem Bett und auch aus ihrem Leben, denn sie hörte nichts mehr von ihm.

Anfang Oktober flog sie zu einem Shooting für die deutsche Modezeitung *Constanze* nach Düsseldorf. Doch die Chefredakteurin war enttäuscht von ihr. Sie hatte Fleur anders in Erinnerung. »Ein nächstes Shooting für uns wird es erst geben, wenn Sie Ihre alten Maße wiederhaben«, erklärte sie.

Auf dem Heimflug versuchte Fleur, ihre peinigenden Zukunftsängste zu verdrängen. Zwar hatte ihre Agentin sie wieder in die Kartei aufgenommen, doch nur mit der Auflage, die vier überflüssigen Kilos so schnell wie möglich wieder loszuwerden. Fleur hatte es ihr versprochen, obwohl sie wusste, dass sie dieses Ziel nicht erreichen konnte. Zutiefst verzweifelt hatte sie nicht preisgegeben, was sie seit einigen Tagen wusste: Sie war schwanger.

Gegen Abend landete sie auf dem Flughafen Roissy. Im Taxi nach Hause kämpfte sie gegen Müdigkeit, Übelkeit und tiefste Verzweiflung an. Wie sollte es weitergehen, wie konnte sie die Zukunft bewältigen? Als der Wagen vor dem Haus in der Rue de Rennes hielt und sie ausstieg, erschien Ginette an der Tür. Offensichtlich hatte sie auf Fleur gewartet.

»Monsieur Patrice hat angerufen, du sollst heute Abend um acht Uhr in die Brasserie kommen. In welche, hat er nicht gesagt.« Nachdem sie die Freude auf Fleurs Gesicht gesehen hatte, fügte sie spöttisch hinzu: »Du musst wissen, wie du dein Leben verpfuschst. Mir kann es ja egal sein.«

Als Fleur sich rasch umzog, schien die Müdigkeit verflogen. Patrice wollte sie sehen! Sie wusste, welches Restaurant er gemeint hatte: die Brasserie Lorraine. Das war ein gutes Zeichen. Sicher wollte er ihr etwas sagen.

Es konnte auch nur bedeuten, dass er Sehnsucht nach ihr hatte.

Es war noch ein ungewöhnlich warmer Abend, und so entschied sich Fleur für ein rotes Chiffonkleid, das sie bei einem Shooting getragen und anschließend gekauft hatte. Es war schulterfrei, nur ein asymmetrischer Träger hielt das enge, in kleine Fältchen gelegte Bustier. Bei den Aufnahmen hatte man das Kleid noch hinten zusammenstecken müssen, da es ihr zu weit gewesen war. Jetzt passte es, denn obwohl man ihr die Schwangerschaft noch nicht ansah, waren ihre Brüste bereits voller geworden. Der wadenlange, weite Rock umspielte beim Gehen ihre Beine, bauschte sich ein wenig und zeichnete die Konturen des Körpers nach. Es war ein gewagtes Kleid, vor allem für die Brasserie, doch Fleur wollte an diesem Abend besonders schön sein.

Als das Taxi an der Place des Ternes hielt, sah sie Patrice bereits am versteckten Tisch hinter der Marmorsäule sitzen.

»Hallo Fleur, *comment ça va?*«, rief der Kellner ihr wieder zu, der zu dieser Jahreszeit hinter einem langen Tisch stand, auf dem jetzt wieder in großen Körben Austern und Muscheln angeboten wurden.

Patrice erhob sich sofort, als er Fleur kommen sah. Er wollte sie zur Begrüßung umarmen, doch sie wich der Berührung aus und setzte sich auf das abgewetzte rote Sofa neben ihn. Er bestellte Austern und Champagner, aber beim Anblick der Austern befiel Fleur eine heftige Übelkeit. Am Champagner nippte sie, musste aber gegen ihren starken Widerwillen gegen Alkohol ankämpfen. Sofort stellte sie das Glas auf den Tisch zurück.

»Wie schön du bist, Fleur«, flüsterte Patrice ihr ins Ohr und schob mit einer zärtlichen Bewegung eine Haarsträhne aus ihrem Gesicht. »Ich glaube, du wirst von Mal zu Mal schöner, falls das überhaupt möglich ist.« Er nahm ihre Hände und drückte kleine Küsse auf die Innenseite.

»Ich hatte so große Sehnsucht nach dir«, schmeichelte er. »Ich habe unsere letzte gemeinsame Nacht nicht vergessen können.«

»Warum hast du dich dann nie gemeldet?«, fragte sie und sah ihm direkt in die Augen. Auch Patrice sah gut aus, er war braungebrannt und wie immer elegant gekleidet in einen dunklen Anzug und ein hellblaues Hemd, das die Farbe seiner Augen betonte.

»Warum willst du mich sehen?« Fleurs Herz klopfte. War jetzt der richtige Moment, um ihm von der Schwangerschaft zu erzählen? Doch sie wollte zuerst wissen, warum er sie eingeladen hatte.

»Ich muss zu einem Ärztekongress nach Cannes, und ich dachte, ich nehme dich mit, wenn du willst, natürlich. Eine Woche Côte d'Azur, klingt das nicht wunderbar?«, fügte er hinzu, da Fleur nicht sofort antwortete.

Fleur fühlte den tiefen Stich maßloser Enttäuschung. Es hatte sich nichts geändert, er wollte einfach nur eine Gelegenheit nutzen, um mit ihr ein paar Nächte zu verbringen.

»Liebst du mich?« Fleur sah ihn ernst und forschend an. »Ich meine, liebst du mich wirklich?«, fragte sie leise, und da beugte sich Patrice zärtlich zu ihr, schlang den Arm um sie und küsste sie.

Sie sahen den Paparazzo nicht, der sich angeschlichen hatte und sie fotografierte. Erst als das Blitzlicht aufflammte, fuhren sie erschrocken auseinander, doch es war zu spät. Sie waren ertappt worden.

Patrice sprang wütend auf, warf ein paar Geldscheine auf den Tisch, griff nach Fleurs Hand und zog sie unter den neugierigen Blicken der anderen Gäste hinter sich her. In Panik verließen sie die Brasserie. Patrice hielt sich seine Jacke vors Gesicht und flüchtete mit Fleur rasch in eine Nebenstraße. Er war wütend und beschuldigte Fleur, irgendeinem miesen Blatt einen Wink gegeben zu haben.

»Du wolltest damit eine Entscheidung provozieren, gib es zu!«, herrschte er sie an.

Fleur fühlte sich durch diese Anschuldigung so tief verletzt, dass sie nicht sofort reagieren konnte.

»Wie soll ich das jetzt meiner Frau erklären?« Patrice schien außer sich vor Wut, drehte sich grußlos um und lief mit großen Schritten zu seinem Wagen. »Die Côte d'Azur kannst du vergessen«, rief er ihr beim Einsteigen noch zu und ließ sie allein auf der Straße stehen.

Gedemütigt und vor Kummer wie versteinert, sah sie Patrice nach, der mit quietschenden Reifen losfuhr und keinen Blick mehr zurückwarf. Fleur ging zurück und sah sich um. Doch sie konnte keinen Paparazzo entdecken, und so hoffte sie, dass nur ein aufdringlicher Tourist sie erkannt und fotografiert hatte. Allmählich wurde sie ruhiger, überquerte die Place des Ternes und lief die Avenue Wagram hoch. Es war jetzt doch sehr kühl geworden, und sie fror erbärmlich in ihrem Chiffonkleid, bis endlich ein Taxi hielt. Es wird nur ein Tourist gewesen sein, versuchte sie, sich zu beruhigen.

Doch am nächsten Tag zierte das Foto von ihr und Patrice die Titelseite eines Boulevardblattes mit der Überschrift:

Erwischt!
Topmodel Fleur und Chefarzt Patrice Chaubert beim heimlichen Rendezvous

*

Patrice meldete sich nicht. Wie konnte er nur glauben, dass sie einen Fotografen engagiert hatte, um eine Entscheidung zu provozieren. In Gedanken ging sie alle Möglichkeiten durch. Hatte etwa der freundliche Kellner die Zeitung angerufen? Doch das ging zeitlich nicht auf. Gegenüber Ginette hatte Patrice nur von »der Brasserie« gesprochen, sie konnte also nicht wissen, wo sie sich getroffen hatten.

Fleur fühlte sich müde und leer, eine ständige Übelkeit schwächte sie, und sie konnte sich zu nichts mehr aufraffen.

Eine Woche später klopfte es ungeduldig an ihre Tür, und als sie öffnete, stand Patrice vor ihr und trat sofort ein.

»Was willst du?«

Patrice antwortete nicht sofort, er blieb stehen. Als er sich für sein Verhalten in der Brasserie entschuldigte, sah er sie nicht an.

»Du musst mich verstehen.« Jetzt drehte er sich zu ihr um. »Bei mir zu Hause war nach dem Erscheinen des Fotos die Hölle los. Meine Frau hat nicht mehr mit mir geredet, mein Schwiegervater drohte, mich aus der Klinik zu entlassen, und meine Tochter wollte nichts mehr mit mir zu tun haben.«

Fleur antwortete nicht. Sie ahnte, was er sagen wollte,

sie ahnte das endgültige Aus ihrer Beziehung, ihrer Liebe, die so schön begonnen hatte, als Patrice sich an diesem kalten Frühlingsabend für sie einsetzte. Er hatte ihr das Gefühl gegeben, für sie da zu sein.

»Meine Frau hat mir verziehen, und ich habe ihr versprochen, dass ich mit dir Schluss mache, endgültig.«

Er schien verunsichert, weil Fleur immer noch schwieg, sich nur müde gegen die Wand lehnte und ihn ansah.

»Wir wagen einen Neuanfang, und dieses Mal will ich mich an mein Versprechen halten, das ich meiner Frau gegeben habe.«

Fleur wandte sich ab, damit er ihre Tränen nicht sah, und blickte durch das Dachfenster in den grauen Himmel. Sie reagierte immer noch nicht, so als habe sie nichts gehört.

»Hast du mich verstanden?« Die Stimme von Patrice wurde lauter. »Fleur, hast du mich verstanden?«, wiederholte er eindringlicher, weil sie sich nicht bewegte. Da drehte sie sich langsam um.

»Ja«, antwortete sie und atmete tief durch: »Ja, Patrice, ich habe dich verstanden. Und auch ich habe dir etwas zu sagen: Ich bin schwanger.«

Er wurde blass und starrte sie an. Ungläubig, bis sich Wut auf seinem Gesicht zeigte. Er kam auf sie zu und packte sie rücksichtslos am Arm: »Das hast du dir fein ausgedacht. Du versuchst es mit allen Mitteln, meine Familie zu zerstören, ja? Zuerst engagierst du einen Paparazzo, und dann willst du mich mit einem Kind erpressen.«

Seine Reaktion verletzte Fleur tief. Sie schüttelte seinen Arm ab und ging ein paar Schritte auf das Fenster zu.

Als Patrice unsicher hinter sie trat und sie umarmen wollte, stieß sie ihn mit einer heftigen Bewegung zurück. »Geh!«, flüsterte sie heiser. »Geh sofort und komme nie wieder!«

Niemals, das schwor sich Fleur, niemals würde sie sich noch einmal so verletzen lassen, wie Patrice sie verletzt hatte. Aber sie würde auch niemals wieder einen Mann so lieben können, wie sie Patrice liebte.

Sie hörte, dass Patrice in die Tasche seiner Lederjacke griff und etwas herausholte. Er riss eine Seite aus seinem Notizblock und schrieb etwas darauf. Aus dem Augenwinkel heraus sah Fleur, wie er einen Zettel auf den Tisch legte.

»Das ist die Adresse und die Telefonnummer eines Kollegen, der den Eingriff durchführen wird. Du musst mich verstehen, aber dieses Kind kann nicht geboren werden. Du brauchst keine Angst zu haben, er ist ein exzellenter Chirurg. Es wird alles gutgehen, und es wird keine gesundheitlichen Folgen für dich geben. Die Kosten übernehme ich natürlich. Du musst dir keine Gedanken machen, ich bin für dich da. Soweit mir das möglich ist«, setzte er nach einer kleinen Pause hinzu. »Du darfst keine Zeit mehr verlieren«, schärfte er ihr noch ein.

Als Fleur nach wie vor nicht reagierte und in Schweigen verharrte, ging er zur Tür, blieb stehen und redete dann mit abgewandtem Gesicht leise von der Verantwortung, die er schließlich den Menschen gegenüber habe, die ihn liebten. »Manchmal kann man im Leben nicht das tun, was man möchte. Bitte verstehe mich doch, Fleur! Es gibt nun mal Verpflichtungen, denen man sich nicht entziehen kann.«

Fleur wurde schwarz vor Augen, Schweiß brach ihr

aus, und sie konnte kaum atmen. Doch plötzlich brachen Wut und Verzweiflung aus ihr heraus:

»Ständig sprichst du von Verantwortung deiner Familie gegenüber, aber was ist mit deiner Verantwortung für das Kind, das ich erwarte, Patrice, und für mich, die Frau, der du gesagt hast, dass du sie liebst?« Alle Dämme brachen, als sie auf ihn zutrat und mit ihren Fäusten auf ihn einschlug. »Du Feigling, du Mistkerl, du …«

Mit einem geschickten Griff packte Patrice ihre Fäuste und drückte ihre Arme fest an ihren Körper. »Ja, ich weiß, wie du dich fühlst. Fleur, es tut mir leid, wirklich. Ich bin nun mal verheiratet, und das hast du gewusst, auch, dass ich meine Frau nicht verlassen kann. Ich habe dich nie belogen. Ich habe dir nie etwas vorgemacht, war immer ehrlich zu dir. Begreif doch, dass eine Abtreibung die einzige Lösung ist, und ich denke, das weißt du auch.«

»Weiß ich das?« Fleurs Stimme klang jetzt tonlos und verzweifelt, aber Patrice hatte sich bereits umgedreht und öffnete die Wohnungstür.

»Adieu und … und alles Gute.« Seine Stimme klang heiser, und er räusperte sich, verharrte noch einen kurzen Moment, bevor er die Wohnung verließ und die Tür fest hinter sich schloss.

Fleur hörte ihn die Treppe zum dritten Stock hinuntergehen, hörte den Aufzug langsam heraufrumpeln, und sie lauschte ihm nach, als er Patrice nach unten brachte.

»Patrice«, flüsterte sie. »Patrice.«

Wie sollte sie leben ohne ihn, ohne das Glück, ihn zu lieben, ohne seine Umarmung, sein Lächeln, die Stunden mit ihm? Er ist es nicht wert, geliebt zu werden. Ginette hat recht … sie hat recht.

Stille umfing sie, draußen setzte leiser Regen ein, als sie sich endlich aus ihrer Erstarrung löste und sich kerzengerade aufs Bett setzte. Leere und Hilflosigkeit überwältigten sie, und die Angst vor der Zukunft schnürte ihr die Kehle zu.

*

November 1960
Saint-Emile

Im frühen Morgenlicht wirkte die schmale Rue Boursicault noch verlassener als sonst. Ein Polizist, der auf dem Weg zum Dienst war, fühlte sich beobachtet, hob den Kopf und winkte Denise zu, die müde am offenen Fenster lehnte.

Die ganze Nacht hatte sie in der Schneiderei ihrer Mutter durchgearbeitet, um das grüne Cocktailkleid für Madame Binet zu nähen. Sie hatte sogar noch Zeit gefunden, das Oberteil zu besticken, und es hatte ihr Spaß gemacht, die kleinen Steine nach einem selbstentworfenen Muster aufzunähen. Sie war müde, aber sie fühlte sich lebendig wie schon lange nicht mehr. Während sie dem Polizisten nachsah, wie er auf die Place de la Victoire einbog, überlegte sie, ob sie schnell zum Bäcker laufen sollte, um frische Croissants zu holen.

Sie schloss das Fenster und ging zu der Schneiderpuppe, über die sie das Kleid gezogen hatte. Es war die Kopie eines Modells von Givenchy, und Joselle hatte es noch zugeschnitten, bevor der Arzt ihr absolute Bettruhe verordnet hatte.

Seit einer Woche verbrachte Denise die meiste Zeit bei Joselle. Der Zustand ihrer herzkranken Mutter verschlechterte sich dramatisch, und der Hausarzt hatte angedeutet, dass man mit dem Schlimmsten rechnen müsse. An Tagen, an denen der Mistral von Süden wehte, ging es Joselle besonders schlecht. Sie bekam keine Luft mehr, rang nach Atem und konnte auch nicht mehr an der Nähmaschine arbeiten. Denise hatte sie die ganze Nacht husten und keuchen hören, Joselles Atemnot verschlimmerte sich von Tag zu Tag.

Rasch zog Denise ihren Mantel über und lief zur Boulangerie. Sicher würde ihre Mutter sich über frische Croissants freuen. Als sie zurückkam, ging sie auf Zehenspitzen die Wendeltreppe hinauf in die Wohnung, um in der Küche Kaffee zu kochen. Leise warf sie einen Blick in Joselles Zimmer, die endlich in einen unruhigen Schlaf gefallen war. Erleichtert zog sich Denise in die Küche zurück und setzte sich an den kleinen Tisch, um zu frühstücken.

Während sie aß, griff sie nach einer Ausgabe der *Vogue*, von deren Cover Fleur in die Kamera lächelte. Sie trug eine weiße Bluse mit roten Tupfen, ihr Lippenstift hatte die gleiche Farbe.

Daneben lag ein altes Boulevardblatt mit einer groß aufgemachten Überschrift. Auf dem Foto saß Fleur mit einem Mann in einem Lokal, der sich zu ihr beugte und sie küsste. *Erwischt!*, stand darüber. Wie sehr musste ihre Mutter sich aufgeregt haben, als sie dieses Foto gesehen hatte. Denise wusste auch, wie tief enttäuscht Joselle war, dass Fleur sie nie besuchte. Sie lebte in Paris ein freies, ungebundenes Leben als berühmtes Starmannequin, verdiente viel Geld und nahm sich die Männer, wie sie wollte, während ihre Mutter einem langen, qualvollen Sterben entgegensah.

Tiefer Neid auf Fleur ergriff Denise. Was für ein schönes, aufregendes Leben ihre Schwester hatte, während sie in einem düsteren großen Haus mit einem ungeliebten Mann und seiner Mutter ihre Tage verbrachte. Denise ertrug Etienne, sie ertrug Marguerite Aubry, sie ertrug das Leben in Saint-Emile. Sie vergaß, dass sie sich dieses Leben gewünscht, ja es mit einer Schwangerschaft erzwungen hatte. Vor ihrer Hochzeit hatte sie sich als strahlende Ehefrau an der Seite eines geachteten Mannes gesehen, im Kreis einer Familie mit mehreren glücklichen Kindern. Es war anders gekommen.

Ein Gefühl von Kummer und Bedrückung verdrängte den Neid auf Fleur. Auch ein Gefühl von Schuld nistete sich in ihren Gedanken ein. Schuld zu sein, dass sie kein Kind austragen konnte. Denn zwei Monate zuvor hatte sie ihre dritte Fehlgeburt erlitten. Dieses Mal hatte sie das Kind bereits Anfang des dritten Monats verloren. Und mit jeder Fehlgeburt erkannte sie schmerzlicher, wie sehr sie sich ein Kind wünschte, nicht für Etienne, nicht für den Erhalt ihrer Ehe, sie wollte ein Kind, das zu ihr gehörte und dem sie ihre ganze Liebe schenken konnte. Tränen liefen ihr über die Wangen, wie so oft in letzter Zeit.

»Denise?« Joselle rief mit schwacher Stimme nach ihr. Sofort hastete Denise ins Schlafzimmer. Ihre Mutter hatte sich aufgerichtet, sie atmete keuchend und umklammerte den gedrehten Bettpfosten, bis sie sich wieder auf die Kissen zurückfallen ließ.

Die Vorhänge waren fest zugezogen, und die Lampe, die während der ganzen Nacht gebrannt hatte, leuchtete trüb und ließ die schweren, altmodischen Möbel noch beklemmender aussehen.

»Ich mache dir Frühstück und warte dann noch, bis Madame Binet das Kleid abholt«, sagte Denise. »Doch dann muss ich leider gehen. Etienne möchte nicht, dass ich … dass seine Frau in der Schneiderei arbeitet«, fügte sie verlegen hinzu und vermied es, ihre Mutter anzusehen.

»Natürlich. Er hat recht. Du bist die Frau eines geachteten Bürgers. Du gehörst zu ihm«, verteidigte Joselle, nach Atem ringend, ihren Schwiegersohn.

Denise zog die Vorhänge auf und öffnete weit das Fenster. Frische Morgenluft strömte ins Zimmer und erleichterte Joselle für kurze Zeit das Atmen. Sie hielt die Augen geschlossen, bis Denise mit dem Frühstückstablett zurückkam.

»Ich habe zwei Croissants für dich geholt, sie sind ganz frisch.« Denise stellte das Tablett vorsichtig aufs Bett, schenkte Joselle Kaffee ein und zerteilte ein Croissant. Dann zog sie sich den Stuhl heran, auf dem Joselles Morgenrock lag, schob ihn zur Seite und setzte sich dicht ans Bett. Doch sie war zu scheu, um nach der Hand ihrer Mutter zu greifen, und so blieb sie steif sitzen, bis Joselle gefrühstückt hatte.

»Du kannst ruhig gehen«, erklärte Joselle zwischen zwei Hustenanfällen. »In einer Stunde kommt Lisette. Du weißt schon, meine alte Schulfreundin. Sie hilft mir beim Waschen und Anziehen, kocht das Mittagessen und bleibt dann bis zum Abend.«

»Ich sehe dann gegen acht Uhr nach dir«, versprach Denise. Sie stand auf und brachte das Tablett in die Küche, bevor sie nach unten in die Schneiderei ging. Sie musste nicht lange warten, bis Madame Binet kam, die von dem Kleid begeistert war.

»Sie sind eine echte Künstlerin, Denise. Man wird mich um das Kleid beneiden.«

Denise strahlte, denn Madame Binet war Joselles anspruchsvollste Kundin, und ihr Lob machte Denise für einen kurzen Moment glücklich. Nachdem Madame Binet gegangen war, hängte Denise ein Schild an die Tür, dass die Schneiderei wegen Krankheit vorübergehend geschlossen sei.

Ihre Schritte wurden langsamer, als sie die Place de la Victoire überquerte und die Stufen in das Souterrain der Apotheke hinunterging. Sie wollte Etienne Bescheid sagen, dass sie zurück sei, dass es ihrer Mutter aber nicht gutging.

»Etienne?«

Es blieb still. Unschlüssig stand Denise in der Apotheke und sah sich um. Auf der Theke standen mehrere Kartons, wohl die Lieferung einer Pharmafirma. Da fiel ihr Blick auf die Schublade »Fleur«. Der Schlüssel steckte, und ohne nachzudenken, ging Denise zur Theke und zog die Lade auf. Sie war bis zum Rand gefüllt mit Fotos, sorgfältig ausgeschnitten aus Modemagazinen und Zeitungen. Zuoberst lag der Ausschnitt aus dem Boulevardblatt, das sie gerade bei ihrer Mutter gesehen hatte: *Erwischt!* Auch Etienne hatte dieses Foto mit Fleur und ihrem Liebhaber aufgehoben. Wie schön ihre Schwester war und wie glücklich sie darauf aussah! Lange starrte

Denise, von quälendem Neid gepeinigt, auf das Bild in ihrer Hand. Da spürte sie plötzlich, dass sie nicht mehr allein war. Sie erschrak, bewegte sich nicht, doch ihre Knie zitterten, und sie wagte kaum zu atmen. Sie wusste, wer hinter ihr stand.

Nach einem unerträglichen Moment des Schweigens drehte sie sich langsam um. Etienne stand in der Tür zum Labor. Schweißtropfen hatten sich auf seiner Stirn gebildet und liefen über sein blasses Gesicht. Mit ein paar Schritten durchquerte er den Raum, und mit einer heftigen Bewegung stieß er Denise zur Seite. Sie taumelte und hielt sich an der Theke fest. Als Etienne die Schublade hastig zustieß, nutzte sie diesen Moment. Sie hastete die Stufen zur Wohnung hoch und lief weiter die Treppe in den ersten Stock hinauf. Einmal stolperte sie und wäre beinahe gestürzt. Sie hörte Etiennes keuchenden Atem hinter sich, als sie die Tür zum Schlafzimmer aufriss. Doch sie konnte sie nicht mehr schließen, denn Etienne drückte mit aller Kraft dagegen und stand dann im Zimmer. Denise wich rückwärts zum Bett, während sie ihn nicht aus den Augen ließ. Langsam kam er auf sie zu, und sie erkannte die Gefahr, die von ihm ausging. Trotzdem sprach sie aus, was sie so lange zurückgehalten hatte: »Du bist nicht normal, Etienne. Du sammelst Fotos von Fleur, einer Frau, die dich ausgelacht hat, die nichts von dir wissen wollte, die …«

Etienne stand jetzt ganz nahe vor ihr und schlug zu. Er schlug nur einmal, aber mit voller Wucht. Denise taumelte, stieß mit dem Knie an den eisernen Pfosten des Bettes und fiel rücklings auf die Kissen. Sie schrie auf, der Schmerz im Knie schoss durch ihren Körper, und ihr Gesicht brannte von dem heftigen Schlag. Als Etienne sich auf sie warf, versuchte sie, sich auf die Seite zu rollen, doch sein Gewicht drückte sie fest auf das Bett, so dass sie sich nicht mehr bewegen konnte. Dann packte er sie, drehte sie um und riss ihr den Rock herunter. Er schob einen Arm unter ihren Bauch und hob ihren Unterleib hoch, bis sie auf die Knie kam. Mit eisernem Griff hielt er sie fest und drang keuchend von hinten in sie ein, obwohl sie, während sie mit dem Kopf gegen das metallene Kopfteil des Bettes prallte, schrie und wimmerte und ihn anflehte, aufzuhören.

Doch auf ihr Schreien hin wurden seine Stöße noch härter, noch heftiger, bis er sich endlich zurückzog, aber nur, um sie dann grob auf den Rücken zu drehen und ihre Arme mit eisernem Griff aufs Bett zu drücken. Wieder drang er in sie ein und beschimpfte sie wütend: »Du Hure«, keuchte er, »du verdammte Hure!«

Endlich ließ er von ihr ab, und mit letzter Kraft zog Denise die Decke über ihren geschundenen Körper. Als sie wimmernd den Kopf hin und her warf, sah sie Marguerite im Türrahmen stehen, aschfahl im Gesicht, den Mund zu einem Schrei geöffnet, ohne dass sie einen Ton herausbrachte. Sie war Zeugin eines Verbrechens geworden, das ihr geliebter Sohn begangen hatte. Als Denise' verzweifelter Blick sie traf, verschwand sie wie eine gespenstische Vision.

Verletzt und gedemütigt spuckte Denise ihrem Mann ins Gesicht und schrie ihn hasserfüllt an: »Fleur wird dich niemals lieben. Sie verachtet dich, hörst du? Sie verachtet dich«, schrie sie immer und immer wieder. »Fleur kann jeden Mann lieben, nur dich nicht, hörst du? Du bist für sie abstoßend, sie empfindet nur Mitleid mit dir, sie lacht über dich …«

Es verschaffte Denise Genugtuung, zu sehen, zu spüren, wie hart ihre Worte Etienne trafen. Sie wollte ihn verletzten, sie wollte ihn leiden sehen. Doch als sie versuchte, vom Bett aufzustehen, schlug Etienne noch einmal zu.

Sie spürte den Schmerz nicht mehr. Ausdruckslos starrte sie ihn an. Beide schwiegen und rührten sich nicht, sahen sich nur voller Hass an. Und da sprach Denise den einen Satz aus, der ihr Leben verändern und ihr Schicksal bestimmen sollte. Sie wollte sich rächen, Etienne verletzen, demütigen, wie sie selbst erniedrigt worden war.

»Ich bin wieder schwanger«, sagte sie mit plötzlich ruhiger Stimme, während sie auf Knien ihren Rock suchte und mühsam und zitternd zur Tür kroch. Dort richtete sie sich am Griff schwankend auf. »Und vielleicht hast du gerade dein Kind getötet.«

Der Ausdruck auf Etiennes Gesicht veränderte sich und wechselte von Erstaunen und Ungläubigkeit in Scham und Bestürzung.

Denise wankte, ohne Etienne noch eines Blickes zu würdigen, kerzengerade zur Tür hinaus. »Ich gehe zu meiner Mutter«, rief sie über die Schulter. Etienne rührte sich nicht, blieb in der Mitte des Zimmers stehen.

Unten im Erdgeschoss war es still, doch Denise ahnte, dass Marguerite hinter der Tür ihres Zimmers stand und horchte. »Deine Mutter hat uns beobachtet«, rief sie laut. »Sie hat gesehen, was du mit deiner Frau gemacht hast, mit deiner schwangeren Frau!«

Mit einem Gefühl des Triumphes verließ Denise das

Haus. In diesem Moment der Rache fühlte sie keinen Schmerz mehr.

Erst als sie sich Joselles Wendeltreppe hochschleppte und sich am Geländer festkrallte, spürte sie das brennende Stechen im angeschwollenen Knie. Jetzt kamen die Schmerzen wieder zurück, heftig zerrissen sie ihr den Unterleib, brannten im Gesicht, auf dem Hals. Der Kopf dröhnte und tat weh, sie konnte den Mund kaum öffnen.

Beim Anblick ihrer Tochter fuhr Joselle mit einem Schrei aus ihren Kissen hoch. Erst in diesem Moment begriff Denise, dass ihr Gesicht geschwollen sein musste und sich blau verfärbte.

»So hat mich Etienne zugerichtet«, klagte sie, »obwohl ich schwanger bin.«

»Du bist schwanger? Das hast du mir gar nicht erzählt. Und dann tut dir dein Mann so etwas an? Komm her, meine Kleine!« Joselle erhob sich ächzend. »Komm, ich mache dir einen Umschlag, meine arme Kleine«, wiederholte sie und vergaß über das sichtbare Leid der Tochter ihre eigene Krankheit. Zart strich sie mit der Hand über Denise' geschundenes Gesicht. Es war eine zaghafte, hilflose Geste, doch die spröde Berührung brachte Denise zum Weinen. Niemals hatte sie in der Kindheit körperliche Zärtlichkeit von der Mutter erfahren. Joselle aber strich weiterhin ratlos und ungeschickt über das Gesicht und die Haare ihrer Tochter. Ein wenig steif stand Denise vor ihr, voller Erwartung, bis Joselle sie endlich an sich zog. So standen Mutter und Tochter eng umschlungen in der stillen Wohnung, und da begann Joselle zu singen, leise nur, mit sanfter Stimme und ein wenig keuchend. Es war ein Kinderlied, mit dem sie vor vielen Jahren ihre beiden Töchter in den Schlaf gesungen hatte.

»Au clair de la lune, mon ami Pierrot
Prête-moi ta plume pour ecrire un mot.«

Denise weinte und schluchzte, und an den weichen Busen ihrer Mutter geschmiegt, war sie überzeugt, dass jetzt alles anders werden würde. Joselle gab ihr Liebe und Fürsorge, Etienne würde seine Tat bereuen, und sogar Marguerite würde sich ihres Sohnes schämen und alles tun, um der schwangeren Schwiegertochter das Leben zu erleichtern. Endlich bekam sie, wonach sie sich immer gesehnt hatte: Mitleid, Zuneigung und Aufmerksamkeit.

»Je n'ai pas de plume,
Je suis dans ma lit.«

Denise wagte kaum zu atmen, sie wünschte sich, dieser Moment solle ewig dauern, nie zu Ende gehen. Und eingehüllt in den leisen Gesang und die Liebe ihrer Mutter, vergaß sie, dass sie gar nicht schwanger war.

10

Paris

Ginette saß in ihrer Loge und beugte sich über eine aufgeschlagene Zeitung, die vor ihr auf dem Tisch lag. *Bekannter Chefarzt prügelt sich mit dem Modefotografen Georges Bonnet vor dem Hotel Ritz. Geht es um Fleur Déschartes?* Das Foto zeigte die beiden sich prügelnden Männer, die sich vor dem Eingang des Hotels auf dem Boden wälzten.

Alles, was Fleur macht, gerät außer Kontrolle und wird zu einer Katastrophe, dachte Ginette kopfschüttelnd und winkte durch ihr Fenster dem alten Ehepaar Dupont aus dem zweiten Stock freundlich zu. Die beiden blieben stehen und fragten nach Fleur Déschartes aus der Dachwohnung. Sie hatten vor Wochen die Paparazzo-Aufnahme von Fleur und dem Chefarzt und jetzt das neue Skandalfoto in der Zeitung gesehen. Ginette gab sich desinteressiert, doch als das Ehepaar das Haus verlassen hatte, zündete sie sich eine Zigarette zur Beruhigung an. Jeder fragte nach Fleur. Sie stand im Mittelpunkt des Interesses der anderen Mieter, und keiner verstand, warum das berühmte Starmannequin in der kleinen Dachwohnung hier in diesem Haus wohnte und nicht in einem Luxusappartement im achten Arrondissement. Nur Ginette wusste, dass Fleur ihre hohen Gagen in Haute-Couture-Kleidern angelegt hatte und keine großen Ersparnisse besaß. Nach Ansicht der Concierge hätte Fleur jeden

Mann haben können, einen Herzog oder Rennfahrer oder einen der vielen Millionäre, die nach Paris kamen und sich hier die schönsten Mädchen aussuchten. Doch Fleur war eine Romantikerin. Sie hatte an die große Liebe geglaubt und wurde so grausam im Stich gelassen, als sie schwanger wurde. Und jetzt war auch noch ihre Mutter gestorben. Heute fuhr Fleur zur Beerdigung, und wenn sie sich nicht beeilte, verpasste sie noch ihren Zug.

»Na endlich«, murmelte Ginette, als der Aufzug im Erdgeschoss hielt und Fleur mit einem kleinen Koffer ausstieg. Fleur kam die zwei Stufen herunter, und als sie vor Ginette stand, umarmten sie sich, doch Fleur löste sich rasch.

»Ich muss mich beeilen.«

»*Salut* und alles Gute!« Ginette blieb an der offenen Haustür stehen und rief Fleur noch nach: »Pass auf dich auf!«

Fleur hörte sie nicht mehr. Sie hastete die Rue de Rennes entlang und blieb vor der Brasserie Lipp stehen. Auf der anderen Seite des Boulevard Saint-Germain-des-Prés drängelten sich die Leute auf der Terrasse des Deux Magots, um einen Platz an den kleinen Tischen zu ergattern. Fleur sah nur kurz hinüber zu den Menschen, die an diesem Abend lachten und sich amüsierten, während sie zum Begräbnis ihrer Mutter fuhr.

Sie öffnete die Tür des ersten Taxis am Stand vor der Brasserie. Ich fahre nach Hause, schoss es ihr durch den Kopf, als sie auf der Rückbank den kleinen Koffer neben sich verstaute. Das Zuhause, das sie seit drei Jahren mied. Während der Monate mit Patrice hatte Fleur jedes Gespür für Zeit und Realität verloren. Doch die Wirklichkeit holte sie jetzt ein. Ihr Zuhause war für immer verloren, jetzt, da ihre Mutter gestorben war.

*

Saint-Emile

Der Nachtzug aus Paris hatte Verspätung, und so verpasste Fleur in Marseille ihren Anschluss. Als sie endlich in Saint-Emile eintraf, war es bereits drei Uhr nachmittags. Aus Marseille hatte sie Denise ein Telegramm geschickt, doch als sie aus dem Zug stieg, erwartete sie niemand. Mit ihrem Koffer und einem Strauß Lilien, die sie in Marseille gekauft hatte, lief sie die Rue de la Gare entlang. Am Tag von Denise' Hochzeit war sie zum letzten Mal hier gewesen. Diese Straße war sie mit ihrer Mutter entlanggegangen, und sie hatte ihr versprochen, im Juli nach Hause zu kommen. Sie hatte ihr Versprechen damals nicht gehalten, war nie mehr nach Saint-Emile gekommen und hatte auch den letzten Wunsch ihrer Mutter, sie noch einmal zu sehen, nicht erfüllt.

Fleur bog eilig in die Straße zum Friedhof ein, sicher wartete Denise dort auf sie. Doch vor dem großen Tor stand niemand. Fleur ging langsam den schmalen Kiesweg zum Grab der Familie Déschartes entlang. Ihre Schritte knirschten auf dem Kies. Sie legte die weißen Lilien auf das frische Grab, direkt neben einen großen, imposanten Kranz. Sie las die Schrift auf dem breiten weißen Band: *In ewigem Gedenken an meine geliebte Schwiegermutter Joselle Déschartes.* Außer Etiennes auffälliger Ehrung hatte jemand die Tote mit einem großen Strauß Sonnenblumen bedacht. Dann blieb Fleurs Blick an einem außergewöhnlichen Kranz hängen. Er war aus rotem und grünem Weinlaub gebunden, und dazwischen leuchteten ein paar Hagebuttenzweige heraus. Auf der Schleife stand: *Nun aber bleiben Glaube, Hoffnung, Liebe, aber die Liebe ist die Größte unter ihnen.* Fleur beugte sich hinunter, drehte die Schleife herum, doch es stand kein Name darauf. *Glaube, Hoffnung, Liebe*, noch einmal las Fleur den Satz. Er passte auf ihr eigenes Leben. Sie hatte Patrice geglaubt, als er sagte, dass er sie liebe, und sie hatte gehofft, er würde sie heiraten. Doch er hatte sie verlassen.

Am Grab ihrer Mutter empfand sie den Schmerz über die Trennung von Patrice genauso heftig wie den Schmerz über den Tod ihrer Mutter, vielleicht sogar noch stärker. Sie erschrak über ihre Gefühle. Sie war gekommen, um über den Verlust ihrer Mutter zu trauern, und nicht, um ständig an Patrice zu denken, den Mann, der sie verlassen hatte und dessen Kind nicht leben sollte. Er wollte es nicht. Und sie selbst? Was war mit ihr, was wollte sie?

Ein Schwindelgefühl packte sie. Tief atmete sie durch und ließ sich vorsichtig auf dem feuchten Fundament des steinernen Engels nieder, der seine breiten, moosbewachsenen Flügel über das Grab ihrer Familie ausbreitete.

Fleur fühlte sich nach der Nachtfahrt im Zug erschöpft. Sie schloss die Augen und verbarg ihr Gesicht in den Händen, bis sich langsame Schritte auf dem Kiesweg näherten.

Fleur hob den Kopf und sah der Frau entgegen, die mit schleppenden Schritten auf das Grab zuging. Es war Denise. Sie zog das rechte Bein ein wenig nach, sie war dicker geworden, und ihr Gesicht schien aufgedunsen. Fleur erhob sich vom Steinsockel und ging Denise entgegen. Doch ihre Schwester wich einer Umarmung aus und begrüßte sie nur mit einem kühlen Nicken des Kopfes. Es war Fleur unangenehm, wie Denise den Blick über ihr schwarzes Kostüm gleiten ließ, an dem kleinen Hut hängenblieb und dann wieder abwärts zu den teuren Satinhandschuhen wanderte. Fleur erkannte den Neid im Blick ihrer Schwester und fühlte sich beschämt. Sie war zu elegant gekleidet für eine Beerdigung in Saint-Emile. Für die Beerdigung der eigenen Mutter, um die sie sich nicht mehr gekümmert hatte.

»Es tut mir so leid, dass ich nicht rechtzeitig da war, aber mein Anschlusszug in Marseille …«

»Daran bist du selbst schuld, du hättest ja schon gestern kommen können.« Denise' Stimme hatte den streitsüchtigen Ton nicht verloren, den Fleur so gut kannte. »Ich habe nicht gedacht, dass du überhaupt erscheinst«, fuhr Denise fort, »du hast dich hier nie mehr blicken lassen, obwohl Maman es sich so gewünscht hat.« Und mit gesenktem Kopf sprach sie einen Satz aus, der sie große Überwindung kostete: »Maman hat dich geliebt, du warst ihre Lieblingstochter, das weißt du auch. Und trotzdem hast du sie im Stich gelassen.«

Fleur schwieg betroffen. »Das habe ich nicht gewusst«, flüsterte sie mit erstickter Stimme. »Es tut mir ja so leid.« Sofort schossen ihr wieder Tränen in die Augen.

»Du bist egoistisch und feige«, erklärte Denise mit ruhiger Stimme. »Du bist gegangen und hast dein eigenes schönes Leben geführt. An uns hast du nicht mehr gedacht.«

»Das ist nicht wahr«, verteidigte sich Fleur. »Das ist nicht wahr«, wiederholte sie mit leiser Stimme. »Ich habe kein schönes Leben gehabt. Bis auf die letzten Monate, da …« Ihre Stimme verlor sich in der Stille des Friedhofs. Sie sprach nicht weiter, denn Denise hörte ihr nicht zu. Sie hatte sich abgewandt, bückte sich und nestelte die Schleife von Etiennes aufwendigem Kranz zurecht.

Als sie sich wieder aufrichtete, wechselte sie das Thema: »Meine Schwiegermutter Marguerite hat eine sehr schöne Messe für Maman lesen lassen, und Etienne hat ein paar gute Bekannte, alles Honoratioren der Stadt, zu einem festlichen Leichenschmaus eingeladen.« Als Fleur sich nicht beeindruckt zeigte, fügte sie hinzu: »Ins Crocodile, das ist das beste Restaurant in der ganzen Umgebung. Sehr teuer.«

»Das wird Maman sicher freuen«, antwortete Fleur ironisch.

Die Prahlerei ihrer Schwester schien ihr unerträglich. Denise wurde blass und presste ihre Lippen aufeinander. Sofort fühlte sie sich wieder der schönen Schwester unterlegen.

»Entschuldige«, murmelte Fleur, »lass uns nicht streiten! Ich fühle mich auch nicht gut, weil ich Maman nicht mehr besucht habe, glaube mir!«

Denise lachte hart auf.

»Hat sie, ich meine«, fragte Fleur vorsichtig, »musste sie sehr leiden? Ich wusste nicht, dass sie so schwer krank war.«

»Sie hat es dir geschrieben.« Denise' Reaktion war heftig. »Maman hat von ihrer Herzkrankheit erfahren, schon kurz bevor du damals Saint-Emile verlassen hast.

Sie wollte dich nicht beunruhigen. Die Berichte in der Presse über dich waren auch nicht die beste Medizin, glaube mir! Sie hat sich geschämt für dich.« Denise' Stimme wurde lauter. Sie konnte nicht mehr an sich halten. »Du hast Maman im Stich gelassen«, schrie sie ihrer Schwester ins Gesicht. Doch dann presste sie beide Hände auf den Mund und schwieg erschrocken. Sie konnte am Grab ihrer Mutter nicht allen Hass und Neid loswerden, die sie seit Jahren empfand. Auf Fleur, die Frau, die ihr Mann Etienne liebte, der so sehr von ihr besessen war, dass er heimlich ihre Fotos sammelte. Etienne, der sie gedemütigt und vergewaltigt hatte, weil er Fleur nicht bekommen konnte. An ihr hatte er seinen Hass, seine Wut und seine Frustration ausgelassen. Wegen Fleur, die offenbar jeden Mann bekam, Fleur, die Schöne, die Erfolgreiche. Die Egoistin, die sich nahm, was sie wollte. Sogar jeden Mann, den sie wollte, egal ob er verheiratet war.

»Es tut mir so leid«, antwortete Fleur leise und fing zu weinen an. »Wenn ich gewusst hätte, wie schwer krank sie ist …«, wiederholte sie.

»Dann wärst du auch nicht gekommen«, unterbrach Denise sie scharf. Eines gab Denise nicht zu: Sie war froh gewesen, dass Fleur nicht mehr gekommen war. Die todkranke Joselle hatte ihr in der letzten Zeit ihres Lebens die Liebe und Geborgenheit gegeben, nach der sie sich immer gesehnt hatte, von der sie nicht genug bekommen konnte. Und im Stillen dachte Denise jetzt, dass es diese kostbare Zeit nicht gegeben hätte, wenn Etienne sie nicht vergewaltigt und geschlagen hätte. Diese Erkenntnis ließ sie jetzt versöhnlicher werden.

»Sie ist einfach eingeschlafen«, erzählte sie. »Als ich am Morgen kam, war sie tot, sie war noch warm.«

Fleur wurde bei dieser Schilderung sofort wieder übel. Von der langen Zugfahrt übermüdet, wurde ihr schwarz vor Augen, Schweiß lief ihr den Rücken hinunter, und mit einem leichten Stöhnen sank sie zurück auf den Sockel des steinernen Engels.

Misstrauisch beobachtete Denise ihre Schwester. »Geht es dir nicht gut?«

Fleurs Gesicht war blass, und mit einer Hand strich sie über die feuchte Stirn. »Ich habe seit gestern Nachmittag nichts mehr gegessen«, wich sie aus.

»Schade, dass du nicht ins Crocodile gekommen bist, das Essen war wirklich gut. Es gab Fasan mit Trüffeln und vorher eine wunderbare *foie gras.*«

Bei dem Gedanken an Gänseleberpastete überfiel Fleur erneut Brechreiz, den sie kaum noch unterdrücken konnte. Sie atmete tief durch und presste ihre Hand vor den Mund.

Denise musterte sie kritisch, und als es Fleur wieder besserging, zeigte sie auf den großen Kranz. »Ist der nicht schön? Auch da hat Etienne keine Kosten gescheut.«

»Mir gefällt der aus Weinlaub besser, von wem ist der?«, fragte Fleur, um Denise von sich abzulenken.

»Das ist eine lange Geschichte.« Denise gab ihre feindselige Haltung auf und setzte sich neben ihre Schwester. »Lisette, ihre einzige Freundin, hat mir nach Mamans Tod von Pierre erzählt.«

»Wer ist Pierre?« Fleur wurde neugierig.

»Maman hat Pierre Dumont geliebt.«

»Den Weinhändler?« Fleur konnte es nicht glauben. »Und? Wann war das?«

»Ein paar Jahre nachdem unser Vater verschwunden war. Da hatten wir schon von seinem Tod erfahren«, antwortete Denise.

»Und?«

»Nichts und. Pierre Dumont war verheiratet und ist es noch immer, aber sie haben sich geliebt. Maman hat nie eine Affäre mit ihm angefangen. Sie wollte sich nicht in eine Ehe drängen. Für sie war ein verheirateter Mann tabu.« Hier wurde Denise' Tonfall anzüglich. »Sie hat gesagt, sie sei nicht eine von denen, die eine Ehe zerstören. Das könnte sie sich nicht verzeihen, da wolle sie lieber verzichten. Das hat mir jedenfalls Lisette so erzählt.«

»Nun ja«, antwortete Fleur mit schwacher Stimme, »das muss jeder für sich selbst entscheiden. Niemand darf über einen anderen Menschen richten. Dazu hat man kein Recht.«

Denise fuhr hoch: »Maman hat nicht über dich gerichtet, wie du es nennst. Sie war nur traurig, dass du in den Zeitungen als ...«

»Hör auf!« Jetzt war es Fleur, die mit scharfer Stimme reagierte. »Lass es gut sein!«

Denise schwieg und sah in den Himmel hinauf. »Die Wolken verändern sich, sie künden den Mistral an.«

Fleur erschrak. Genau diese Worte hatte Joselle damals auf dem Weg zum Bahnhof gesagt.

»Warum sagst du das?«, fragte Fleur.

»Weil es wahr ist, schau doch hinauf!« Denise deutete mit dem Kinn nach oben. Doch Fleur sah nicht hoch, sie sah ihre Schwester an. Denise wirkte älter als fünfundzwanzig: ein verhärmtes Gesicht, zusammengepresste Lippen und strähnige Haare. »Ich richte nicht über dich«, sagte sie leise, indem sie den Faden wieder aufnahm. Sie sah auf ihre Hände hinunter und drehte ihren schmalen Ehering mit dem kleinen Rubin, längst zur Fessel geworden, aus der sie sich nicht befreien konnte.

»Maman schrieb in ihrem letzten Brief, dass du wieder schwanger bist.« Als Denise schwieg und alle Farbe aus ihrem Gesicht wich, erschrak Fleur. Hatte Denise dieses Kind auch verloren?

Denise fuhr sich ratlos über die Stirn. Durch Fleurs Bemerkung fühlte sie sich in die Enge getrieben, sie wurde nervös. Während sie weiterhin mit ihrem Ehering spielte, sah sie auf das frische Grab, auf das der Schatten des steinernen Engels fiel. Der Friedhof war ein heiliger Ort, da sollte man nicht lügen.

»Weißt du noch«, fragte sie leise ihre Schwester und hielt den Blick auf ihre Hände gesenkt, »als wir Kinder waren, kamen wir hierher, um uns die Wahrheit zu sagen. Wir glaubten, die Seelen der Toten seien hier, und deshalb wäre es eine Sünde, an diesem Ort zu lügen.«

Fleur nickte, während ihr bereits wieder die Tränen in die Augen stiegen. »Ja, irgendwer in der Schule hat uns das erzählt, und wir haben es geglaubt.«

»Weißt du …« Nach kurzem Zögern wandte sich Denise entschlossen an ihre Schwester. Jetzt war die Gelegenheit da, sich jemandem anzuvertrauen. Fleur war ihre Schwester, und sie würde sie nicht im Stich lassen oder sie verraten. Sie musste jemandem die Wahrheit eingestehen, denn die Zeit verstrich, und sie steuerte auf eine Katastrophe zu. Seit jenem furchtbaren Tag rührte Etienne sie nicht mehr an. Weder erwähnte er die Vergewaltigung mit einem Wort, noch kam eine Entschuldigung über seine Lippen. Er blieb kühl, ein wenig abwartend, doch Denise spürte, dass er sie unablässig beobachtete.

»Ich bin gar nicht schwanger«, flüsterte sie und blickte sich scheu um. »Aber Etienne darf es auf keinen Fall wissen«, fügte sie sofort hinzu.

»Was heißt das?«, fragte Fleur verständnislos.

»Ich … ich weiß nicht, wie ich aus der Sache herauskommen soll. Mutter hat sich so gefreut und gehofft, die Geburt noch zu erleben. Aber …«

Denise schwieg, denn der Kiesweg knirschte unter den Füßen einer alten Frau, die in der Nähe Blumen auf ein Grab legte und ein kurzes Gebet sprach. Dann nickte sie den beiden Schwestern zu und entfernte sich wieder.

»Ich habe es nur so gesagt, einfach so.«

Denise wollte ihrer Schwester aus Scham nichts erzählen von dem furchtbaren Tag, geschweige davon, dass Fleur der Auslöser für Etiennes brutale Reaktion gewesen war. Denise hatte sich ihrer Mutter anvertraut, den Vorfall aber verharmlost und Etienne sogar in Schutz genommen. Denn eines wollte Denise auf keinen Fall sein, eine einsame geschiedene Frau. Joselle hatte ihr geraten, die Sache einfach zu vergessen, das sei besser so, Männer seien eben triebgesteuert. Sicher würde es Etienne leidtun, aber Männer könnten sich eben nicht über die eigenen Gefühle äußern.

»Wenn Etienne erfährt, dass ich nicht schwanger bin, dann trennt er sich von mir.« In Denise' Augen standen Verzweiflung und Panik, als sie nach Fleurs Hand griff und sie fest umklammerte. »Er hat es mir schon nach der letzten Fehlgeburt angedroht. Er will ein Kind, ein eigenes. Ich weiß nicht, was ich tun soll.«

Fleur erwiderte instinktiv den Druck von Denise' Hand.

»Ich weiß nicht, Denise, mir scheint, du bist nicht glücklich mit Etienne. Warum hast du dann solche Angst vor einer Trennung?«

»Ich will keine Scheidung, niemals. Ich könnte die Demütigung hier in der Stadt, die Verachtung der Leute nicht ertragen.«

»Unsinn.«

»Das verstehst du nicht«, schnitt ihr Denise das Wort ab. »Außerdem«, setzte sie nach einer kurzen Pause leise hinzu, »wünsche ich mir selbst so sehr ein Kind. Weißt du, damals, als ich schwanger wurde und Etienne mir den Antrag machte, da …«

»Da hast du ihn hereingelegt«, ergänzte Fleur den Satz, als Denise verstummte.

»Ja«, gab ihre Schwester offen zu. »Ja, das habe ich. Ich wollte schwanger werden, damit er mich heiratet. Doch ich verlor das Kind und dann das zweite und auch ein drittes. Erst da habe ich begriffen, wie sehr ich mir immer ein Kind gewünscht habe.« Denise' Stimme war nur noch ein tonloses Flüstern. Als Fleur keine Antwort gab, sondern nur einen erstickten Laut ausstieß, warf Denise ihrer Schwester einen forschenden Blick zu. »Geht es dir nicht gut?«

Fleur war blass geworden und wischte sich den Schweiß von der Stirn.

»Mir ist so schlecht, entschuldige! Gleich geht es mir wieder besser.«

Denise beobachtete sie misstrauisch. Und dann erkannte sie die Wahrheit: Fleur bekam ein Kind. Ausgerechnet ihre Schwester, die sowieso schon alles hatte, Geld, Ruhm und Liebe. Während sie kein Kind austragen konnte und seit Wochen eine Lüge lebte, war Fleur schwanger. Doch sie schien unglücklich zu sein. Scheu griff Denise nach Fleurs Hand. Sie spürte, dass jetzt nicht der Moment war, Fragen zu stellen. Noch nicht.

So saßen die Schwestern auf dem Sockel des steinernen Engels und hielten sich an den Händen, wie sie es als Kinder getan hatten, als noch kein Neid und Hass zwischen ihnen stand.

Sie sahen den Mann nicht, der sich hinter einem hohen Grabstein aus schwarzem Marmor versteckte und die beiden durch die Zweige einer Zypresse hindurch beobachtete. Es war Etienne. Er verbarg sich dort und konnte den Blick nicht von Fleur wenden, der Frau, die in ihm geheime sexuelle Wünsche geweckt hatte, Fleur, die er tief verachtete, aber gleichermaßen begehrte.

Er stand im Verborgenen und beobachtete sie, wie er ihr schon seit zehn Jahren heimlich nachspionierte. Als Fleur dreizehn Jahre alt war, hatte er sie zum ersten Mal bemerkt. Das war in der Kirche gewesen, die sie mit ihrer Mutter und der Schwester sonntags besuchte. Die Mädchen hatten gekichert und geflüstert, und er hatte sie unauffällig, den Kopf über das Gesangbuch gebeugt, beobachtet.

Er belauerte Fleur, wenn sie nachmittags aus der Schule kam. Damals schon hatte er sich vorgestellt, mit seinen Händen ihre kleinen, festen Brüste zu umspannen, mit seinen Lippen ihre weiche Haut zu küssen und sie zu streicheln, dort, wo noch kein Mann sie berührt hatte.

Er hatte Fleur gewollt. Seit zehn Jahren beherrschte sie seine Gedanken und seine sexuellen Phantasien. Sie hatte ihn abgewiesen und ihn sogar ausgelacht. »Jeder Mann kann sie haben«, hatte ihm Denise ins Gesicht geschrien, »jeder, nur du nicht, Etienne. Sie verachtet dich.«

Dafür musste Fleur büßen. Keine Frau durfte ihn auslachen, niemand hatte das Recht dazu. Etienne ballte die Fäuste, während er zu den Schwestern hinüberstarrte, bis sie sich erhoben und auf dem Kiesweg den Friedhof verließen.

Sie hatten ihn nicht bemerkt.

*

Marguerite Aubry war eine einfache Frau. Einfach in ihrem Denken und in der Liebe zu ihrem einzigen Sohn, den sie nie in Frage stellte und den sie immer bewunderte. Als ihr Ehemann starb, war Etienne zehn Jahre alt gewesen, und wie selbstverständlich wuchs er in die Rolle von Marguerites Partner hinein. Sie war glücklich mit ihm und vermisste ihren verstorbenen Ehemann keinen Tag. Doch kurz nach Etiennes zweiundvierzigstem Geburtstag wurde diese Idylle zerstört: Marguerites geliebter Sohn ließ sich von Denise Déschartes, Tochter der Schneiderin Joselle, verführen und mit einer Schwangerschaft erpressen. Selbstverständlich hatte Etienne sich als Ehrenmann erwiesen und sie geheiratet.

Marguerite hasste Denise, denn sie hatte ihr den geliebten Sohn genommen. Doch als sie vor einigen Wochen Zeugin der Vergewaltigung geworden war, änderte sich alles. Marguerites Welt brach zusammen. Wenn sie jetzt die Augen schloss, sah sie ihren Sohn vor sich, der auf seine Frau einschlug und ihr Gewalt antat. Nach diesem entsetzlichen Erlebnis war Marguerite Aubry eine gebrochene Frau.

Heute hatte sie Denise zum ersten Mal wiedergesehen. Ihre Schwiegertochter war an dem »bewussten Tag« aus dem Haus gegangen und bis zu Joselles Tod bei ihrer Mutter geblieben. In dieser Zeit hatte Marguerite tiefe Ängste ausgestanden, Denise könnte ihren Sohn anzeigen oder weitererzählen, was passiert war. Nicht auszudenken, wenn man in Saint-Emile über Etiennes Untat reden und er vielleicht sogar verhaftet würde.

Als sie von Joselles Tod erfuhr, hatte sie Etienne veranlasst, eine teure Beerdigung für seine Schwiegermutter zu bezahlen. Der Schein musste gewahrt bleiben, und offensichtlich hatte Denise Etienne nicht angezeigt und geschwiegen.

Während der Beerdigung und bei dem Essen im Crocodile hatten beide Frauen jeden Blickkontakt vermieden. Denise hatte nur kurz erklärt, Fleur habe ihren Zug in Marseille verpasst, sie würde sie auf dem Friedhof treffen. Aus diesem Grund hatte sie sich noch während des Essens entschuldigt. Kurz vor dem Nachtisch hatte auch Etienne unter einem gemurmelten Vorwand das Restaurant verlassen, während sich die wenigen Trauergäste weiterhin bei gutem Rotwein und Käse bestens unterhielten.

Marguerite stand jetzt am Fenster der Apotheke und wartete ungeduldig auf Etienne. Sie ahnte, dass er zum Friedhof gegangen war, um Fleur zu sehen. Sie wusste, dass ihr Sohn die schöne Fleur verzweifelt liebte, denn auch sie kannte Etiennes Schublade unter der Theke und hatte einen unbeobachteten Augenblick genutzt, um sie zu öffnen. Das war noch vor dem »bewussten Tag« gewesen.

Es wurde bereits dunkel, und die alten, gebogenen Straßenlaternen warfen schon ihr trübes Licht über den leeren Platz, als sie endlich Etienne kommen sah. Er hielt den Kopf gesenkt, ging geradewegs auf das Haus zu und die Stufen zur Apotheke hinunter. Marguerite hörte, wie er die Tür aufschloss und öffnete. Ihr Herz fing heftig zu schlagen an, fast bereute sie die Entscheidung, die sie getroffen hatte.

Überrascht blieb Etienne stehen, als seine Mutter in die Apotheke kam. Sie trug einen kleinen Koffer, und über ihrem Arm hing ihr brauner Mantel.

»Ich möchte mit dir reden.« Marguerites Stimme zitterte, während sie nervös an ihrem Mantel herumnestelte. »Ich habe nicht viel Zeit, mein Zug geht in einer halben Stunde. Ich fahre zu meiner Schwester Françoise nach Avignon. Sie ist einsam und kann mit ihrem Rheuma kaum mehr laufen. Ich werde ihr in den nächsten Monaten zur Seite stehen.« Als Etienne schwieg und sie nur anstarrte, sprach sie weiter: »Ich komme wieder, wenn Denise das Kind bekommen hat. Nachdem sie den … deinen brutalen Angriff überstanden hat, wird sie das Kind austragen können, das hoffe ich zumindest. Für Denise und auch für dich.«

Wieder schwieg Etienne. Seine Gedanken weilten bei Fleur, wie sie auf dem grauen Steinsockel gesessen und nicht auf ihren hochgerutschten Rock geachtet hatte, der den Blick auf ihren Schenkel freigab. Das hatte Etienne erregt, und die Vorstellung, ihn mit seiner Hand zu berühren, entlangzugleiten bis …

»Hast du mir nicht zugehört?« Marguerites Stimme wurde lauter. »Ich habe Lisette Dupont gebeten, den Haushalt zu übernehmen und auf Denise zu achten, während ich weg bin. Denise soll dir nicht ausgesetzt sein«, fügte sie leise hinzu und bemühte sich, das Weinen zu unterdrücken. »Sie kann in meinem Zimmer im Erdgeschoss schlafen, und Lisette wird das kleine Zimmer übernehmen. So ist sie in ihrer Nähe.«

»Willst du mich überwachen lassen?« Etienne reagierte gereizt und war doch froh, dass seine Mutter verreiste. Er empfand tiefe Scham, dass sie Zeugin der Vergewaltigung geworden war. Verstohlen warf er ihr einen Blick zu. Sie schien gealtert, ihr Gesicht wirkte verhärmt, und an den Augen erkannte er, dass sie in den vergangenen Wochen viel geweint hatte. »Es tut mir so leid«, sagte er, als ihm der Kummer bewusst wurde, den er seiner Mutter bereitet hatte.

Doch Marguerite ging schweigend an ihm vorbei. An der Tür drehte sie sich noch einmal um. »Ich möchte, dass du dich Denise gegenüber anständig verhältst, dich entschuldigst und dich von ihr fernhältst. Wir können froh sein, dass sie dich nicht angezeigt hat. Du musst alles tun, damit kein Gerede aufkommt und nichts nach außen dringt. Ist das klar?«

Etienne nickte, doch dann brachen die Worte aus ihm heraus: »Es tut mir wirklich leid, entsetzlich leid. Bitte, Maman, glaube mir!« Er verbarg sein Gesicht in den Händen.

»Das musst du nicht mir, sondern deiner Frau sagen.«

Marguerites Stimme klang hart und unversöhnlich, und Etienne ließ seine Hände sinken.

»Ich möchte aber, dass du mir verzeihst«, bat er eigensinnig wie ein kleiner Junge.

Marguerite schüttelte langsam den Kopf. »Das kann ich nicht vergessen«, sagte sie leise, doch die Qual, die sich auf Etiennes Gesicht zeigte, brach ihr fast das Herz. Er litt, er bereute, das spürte sie, und mit Tränen in den Augen hob sie ihre Hand und strich ihm zart über die Wange.

»Adieu«, murmelte sie zärtlich. Während sie schon in der Tür stand, sagte sie noch über die Schulter hinweg: »Denise wollte mit Fleur in das Haus ihrer Mutter gehen. Ich habe mit ihr vereinbart, dass sie hierher zurückkehrt, sobald Lisette gekommen ist. Bis zur Geburt des Kindes hast du Zeit, deine Ehe in Ordnung zu bringen.«

Ohne weiter auf Etienne zu achten, drehte sie sich um und verließ die Apotheke. Die Tränen liefen ihr übers Gesicht, denn Etienne war ihr Sohn, und sie liebte ihn, egal, was er getan hatte.

Marguerite glaubte, Etienne bereue seine Tat zutiefst. Sie schluchzte in ihr Taschentuch und ahnte nicht, dass ihr geliebter Sohn nichts bereute, außer dass er seiner Mutter Kummer bereitet hatte.

Es war schon fast dunkel und still in der Apotheke. Etienne machte das Licht an. Einen Moment verharrte er, warf einen raschen Blick durchs Fenster, dann ging er zur Theke, holte aus seiner Hosentasche einen kleinen Schlüssel und öffnete die Schublade. Wahllos griff er hinein und zog ein Foto heraus, das Fleur in einem enganliegenden Badeanzug zeigte. Sie bog ihren Körper dem

Fotografen entgegen und lächelte mit leicht geöffneten Lippen in die Kamera. *Georges Bonnet für Vogue*, stand darunter. Etienne nahm das nächste Foto und dann wieder eins und das nächste, bis der Platz auf der Theke nicht mehr ausreichte. Heftig schob er die Waage zur Seite, so dass sie krachend zu Boden fiel. Dann raffte er die restlichen Zeitungsausschnitte aus der Schublade zusammen, ging langsam in die Knie, streckte die Hände in die Luft und ließ die Fotos auf sein Gesicht flattern.

»Du wirst mir gehören«, flüsterte er. »Eines Tages wirst du mir gehören … für alle Ewigkeit, Fleur Déschartes. Und ich werde dich leiden lassen für alles, was du mir angetan hast.«

11

Oktober 2001
Paris

Maxime Malraux erwachte im Zustand panischer Verzweiflung und beschloss, heute nicht aus dem Haus zu gehen. Diese ungewöhnliche Entscheidung entsprang einer tiefen Depression und emotionaler Irritation. Langsam quälte er sich hoch, indem er sich am Rand des großen Bettes abstützte, dann griff er nach dem seidenen Morgenrock, der, achtlos hingeworfen, am Boden lag. Maxime schlief immer nackt, doch heute würde er bei einem zufälligen Blick in den Spiegel den Anblick seines alternden Körpers nicht ertragen können. So schlüpfte er noch im Sitzen in den Morgenrock und stand mit einem Ruck auf. Abgeschlagen tappte er barfuß in sein Arbeitszimmer hinüber und stand dort dem Chaos einer erfolglos durchgearbeiteten Nacht gegenüber. Im grauen Licht des Morgens sah er sich mit Unmengen von Skizzen konfrontiert, die er noch sortiert hatte, bevor er ins Bett gegangen war. Auf dem Boden lagen zerknüllte Zeichnungen, der Papierkorb war randvoll mit unbrauchbaren Ideen.

Maxime machte die Arbeitslampe an und beugte sich über die Skizzen, in der Hoffnung, irgendetwas zu entdecken, was ihn für die nächste Kollektion weiterbringen könnte. Als er sich wieder aufrichtete, spürte er Schmerzen in den Ellbogen, dem Rücken und den Knien. Maxime hasste es, alt zu sein, und er hasste es, sich morgens so schlecht zu fühlen.

Auf blanken Sohlen ging er zu der breiten Fensterfront, zog die Vorhänge auseinander und sah auf die Place Vendôme hinunter, auf der in diesem Augenblick die Laternen erloschen und die Säule in der Mitte in herbstlichen Frühnebel gehüllt war. Maxime lächelte in Erinnerung daran, wie er als Elfjähriger bereits hier über den Platz gegangen war, um sich in den Schaufenstern der Modeschöpferin Elsa Schiaparelli die eleganten Kreationen anzusehen. Elsa Schiaparelli war längst tot und nur noch ein Name aus ferner Vergangenheit. Würde es ihm auch so ergehen?

Unruhig fuhr er sich durch die dichten Haare und lehnte sich müde gegen die Fensterscheibe. Sein Blick streifte das Hotel Ritz und wanderte zum Haus Nummer 12. Hier war der Komponist Frédéric Chopin gestorben, dessen Musik ihn durch die Kindheit begleitet hatte. Als Sohn eines strengen Vaters, eines erfolgreichen Rechtsanwalts, war er in einer großen Wohnung an der Place Saint-Sulpice aufgewachsen. Er liebte und verehrte seine Mutter, eine schöne Marokkanerin, die ganze Tage damit zubrachte, auf dem Flügel zu spielen. Sie liebte Chopin, und Maxime saß auf dem Sofa im Musikzimmer, hörte ihr mit Bewunderung zu und sah sie an. Kurz vor seinem siebzehnten Geburtstag war sie an Brustkrebs gestorben. Seit dieser Zeit wollte Maxime nie mehr Chopin hören, der Schmerz über ihren Tod schien nie verwunden. Immer hatte sie sich nach ihrer Heimat Marokko gesehnt, nach der Sonne und den Farben dieses Landes. Sie war der einzige Mensch gewesen, der ihn selbstlos geliebt hatte, und nach einer solchen Liebe hatte er dann sein Leben lang gesucht. Jetzt im Alter war diese Sehnsucht nach Liebe und echter Zuneigung größer denn je. Er war einsam, er kannte *tout le monde*, wie er gern betonte, doch er hatte keinen einzigen wirklichen Freund. Er lebte allein in einer Wohnung mit den Ausmaßen einer Villa, eingerichtet von einem chinesischen Stararchitekten. Der gesamte Schlafbereich mit seinen vier Räumen und Bädern, der Sauna und dem Whirlpool war im luxuriösen asiatisch-europäischen Stil eingerichtet, der Arbeitsbereich war kühl und minimalistisch gehalten, und die Wohnzimmer und die beiden Speisezimmer waren modern und exklusiv möbliert. An den Wänden hingen Bilder zeitgenössischer Maler und zweier Impressionisten, die ihn ein Vermögen gekostet hatten. Die weitläufige Küche war mit allem technischen Komfort ausgestattet, perfekt in den Farben Silber und Schwarz. Direkt von der Küche aus führte eine Treppe hinauf in das Appartement seiner Haushälterin.

Die Neugestaltung der Räume hatte ihn mehr gekostet als ein Haus an der Côte d'Azur. Damals hatte er sein Label an die Firmengruppe GGIF, die General Group of International Fashion, verkauft, eine Finanzgruppe, die bereits viele berühmte europäische Label kontrollierte. Sie setzten Maxime unter massiven Druck. In den vergangenen Jahren war der Umsatz der Couture Maxime Malraux drastisch zurückgegangen, nur der weltweite Verkauf der exklusiven Parfums, der Taschen und Schuhe brachte einen hohen Gewinn. Maxime wandte sich vom Fenster ab und griff nach dem Hörer des Telefons. Er wählte die interne Nummer, die ihn mit seiner Haushälterin Josephine verband, und hinterließ ihr seine Wünsche auf dem Anrufbeantworter. Er gab Anweisungen für sein Frühstück und legte die Termine für den Masseur und die Kosmetikerin fest. Seinen Butler und Chauffeur Alain brauchte er heute nicht, auch das sollte Josephine weitergeben. Maxime fiel noch etwas ein: »Rufen Sie im Atelier an, ich werde heute nicht zur Anprobe kommen.«

Er legte auf und ging in sein Badezimmer, das ganz in schwarzem Marmor gehalten war. Er vermied jeden Blick in den Spiegel, als er an den beiden Waschbecken mit ihren vergoldeten Armaturen in Form von Schlangen vorbeiging. Vor dem Frühstück wollte er heiß duschen und sich zurechtmachen.

Er spürte einen bitteren Geschmack im Mund, denn er hatte während der Nacht zu viele Zigaretten geraucht. Er verabscheute sich dafür, denn Nikotin schadete seiner Haut und beschleunigte den Alterungsprozess. Doch im Moment brauchte er Nikotin, immer öfter auch Kokain, um kreativ zu sein.

Maxime fühlte sich leer und ausgebrannt. Er wusste selbst, dass er jedem Trend nur noch hinterherlief. Aber was hieß schon Trend, es gab sowieso keine einheitliche Stilrichtung mehr, keine Sensationen wie damals, als Dior den New Look kreierte.

Am Tag zuvor hatte Bérénice Mouret vorgeschlagen, er solle seine erfolgreichsten Modelle aus den fünfziger Jahren neu interpretieren. Das hatte er heute Nacht versucht. Während er alte Skizzen durchsah, musste er an Fleur denken, den einzigen Menschen, der ihm vertraut und ihm bedingungslos seine Zuneigung geschenkt hatte.

Fleur hatte ihn wie einen Bruder geliebt. Er aber hatte

sie hintergangen und betrogen, um Karriere zu machen. Maxime verachtete sich dafür, nie hatte er sich vom Gefühl der Schuld befreien können. Jetzt aber war der Zeitpunkt gekommen, um sich zur Wahrheit zu bekennen. Er wusste es, seit Bérénice zum ersten Mal vor ihm gestanden hatte. Aber er war zu feige dazu. Schon immer litt er unter seiner Feigheit, seiner Unfähigkeit, sich mit anderen Menschen auseinanderzusetzen.

Maxime stellte sich unter die Dusche, und der heiße Strahl prasselte auf seinen Nacken, so dass die Schmerzen allmählich nachließen. Bevor der Masseur kam, wollte er sich noch ein straffendes Kollagenvlies aufs Gesicht legen. Er ahnte, wie er heute aussah: eingefallen und faltig, trotz des mehrfachen Liftings, auch seine Lippen waren im Alter dünn und schmal geworden.

Wie so oft spielte er in Gedanken die Möglichkeit durch aufzugeben. In Würde alt werden, keine Operationen mehr, kein Kollagen, keine Diäten. Er hielt dem Druck nicht mehr stand, jede Saison eine Kollektion entwerfen zu müssen, die besser, schöner, sensationeller war als die der vergangenen Saison.

Du bist alt. Maxime starrte sich jetzt mit selbstquälerischer Verbissenheit im Spiegel an. Alt … alt … alt …

Er sollte den Weg frei machen für junge Talente mit innovativen, frischen Ideen, er sollte sich zurückziehen. Heute konnte er nicht mehr so intensiv arbeiten, wie er es noch vor einigen Jahren gekonnt hatte, denn die Leere in seinem Inneren ließ ihn verzweifeln. Jeder neue Tag machte ihm Angst. Es war so schwer, jeden Morgen aufzustehen, wenn man den Glauben an das eigene Können verloren hatte. Immer hatte er das Mittelmaß gehasst, und doch wusste er längst, dass Maxime Malraux nur noch Mittelmäßiges kreierte, das er dann zu etwas Besonderem aufbauschte. Langsam schlüpfte Maxime in seinen vorgewärmten Bademantel. Als junger Mann hatte er geglaubt, mit dem Alter kämen Weisheit und Abgeklärtheit. Er hatte nicht geahnt, wie erbarmungslos das Altern war und wie sehr es verletzte, ausgetauscht zu werden.

Er hörte, wie Josephine leise sein Schlafzimmer betrat, das große Tablett auf sein Bett stellte und sofort wieder verschwand. Er wartete, bis sie die Tür diskret hinter sich geschlossen hatte, und ging zurück. Er frühstückte gern im Bett. Wie immer trank er morgens Tee und Orangensaft, aß Obst, meist eine indische Mango oder eine Ananas, und dazu gab es einen Naturjoghurt. Er griff nach dem frischgepressten Saft und trank ihn mit kleinen Schlucken, während er einen zerstreuten Blick auf die aktuelle amerikanische *Vogue* warf. Die Modewelt war erbarmungslos, sie ging über ihn hinweg, und das war das Grausamste, was ihm passieren konnte.

Maxime lehnte sich in die schwarzen Seidenkissen zurück und schloss die Augen, während er sich kleine Stücke der Mango in den Mund schob.

Allahu akbar … aschhadu ana lailallaha illahah … Er erinnerte sich an die Klänge aus seiner Kindheit, als er mit seiner Mutter Marrakesch besucht hatte. Dort, wo seine Wurzeln lagen. Die Stimme des Muezzins, so fremdartig und so durchdringend und hoch unter der heißen Sonne Marokkos. Das Leben war so schnell vorbeigegangen, und er war am Ende angekommen. Maxime spürte es und konnte doch nichts dagegen tun.

»Rot, leuchtendes Rot. Maxime will Koralle, nicht dieses Kirschrot, das keiner Frau steht und sie nur älter macht. Ist das so schwer zu verstehen?«

»Das ist Koralle. Bérénice, sag doch auch mal was!« Rauls Stimme überschlug sich fast, als er von Bérénice eine Stellungnahme verlangte.

Um das russische Model Nastassja stand das Team von Maxime: Camilla, Raul, Cathérine und June. June war die Jüngste und beteiligte sich nicht an der Diskussion. Gelangweilt biss sie in einen Apfel. Sie konnte sich alles erlauben, denn sie war die Tochter von Jim Grant, dem alternden amerikanischen Rockstar, der mit sechzig Jahren noch ganze Hallen füllte und einer der reichsten Männer Amerikas war.

Während sich das Team um Farbnuancen stritt, stahl sich Bérénice aus dem Raum und hörte gerade noch, dass Maxime der heutigen Anprobe fernbleiben werde. Sie holte ihre Handtasche aus ihrem Atelier, lief die Treppe hinunter und verließ das Haus. Es war Freitag, und Bérénice schlenderte langsam die Avenue Montaigne entlang bis zum Rond Point. Sie genoss das warme Herbstwetter.

Während der Anprobe hatte jemand erzählt, Jean Bergé sei im Deux Magots mit einer blutjungen Chinesin gesehen worden. Also war er zurück in Paris. Nach der Vernissage von Georges Bonnets Witwe hatte er versprochen, sich zu melden, wenn er aus New York und Schanghai zurück sei. Er hatte sie beruhigend in den Arm genommen, sie nach Hause gefahren und mit ihr noch einen Whiskey getrunken. Dann war er gegangen. Doch er hatte sie zuvor geküsst, als sie nebeneinander auf ihrem alten Sofa saßen. Der Kuss war schön gewesen, und Bérénice hatte ihn nicht vergessen. Aber es war nur ein Kuss gewesen, nichts weiter. Sicher hatte Jean den Abend längst vergessen.

*

Als Bérénice die Petite Galerie des Arts betrat, war Adrienne Bonnet damit beschäftigt, die Fotos ihres Mannes von den Wänden zu nehmen.

»Wir haben geschlossen«, rief sie über die Schulter zur Tür, doch als sie Bérénice erkannte, drehte sie sich um und kam auf sie zu. »Gestern war der letzte Tag der Ausstellung. Sie werden nicht mehr viel sehen«, sagte sie bedauernd.

»Ich weiß, ich bin ein paarmal hier vorbeigegangen«, erwiderte Bérénice. »Ich möchte ein Foto von Fleur kaufen, geht das?«

Adrienne ging zu dem langen Glastisch, auf dem sich die gerahmten Fotos stapelten.

»Ich verkaufe Ihnen nichts«, sagte sie, »aber ich schenke Ihnen eines. Suchen Sie sich was aus!«

Bérénice bedankte sich, und ohne zu überlegen, griff sie nach dem Schwarzweißfoto, das ihr so gut gefallen hatte. Fleur sah ernst und forschend in die Kamera, nur ein kleines Lächeln lag auf ihren Lippen.

»Eine gute Wahl«, versicherte ihr Adrienne. »Das ist Fleur, so wie sie war.«

Sie steckte das gerahmte Bild in eine Tragetasche mit dem Logo der Galerie und drückte diese Bérénice in die Hand. Heute trug sie ein grünes, plissiertes Kleid von Issey Myake. Adrienne bemühte sich, extravagant auszusehen, doch sie hatte ein stark gealtertes Gesicht, das in scharfem Kontrast zu ihren tiefschwarzgefärbten Haaren stand. Ihre Ohrläppchen wurden durch die schweren Amethystohrringe weit nach unten gezogen, und ihre Figur, die sie selbst vielleicht als mädchenhaft zierlich empfand, war ausgemergelt, wenn auch noch sehr agil.

»Nun?«, fragte Adrienne spöttisch. »Gefalle ich Ihnen nicht? Das muss es nicht, ich gefalle mir auch nicht mehr.«

Ihre Bemerkung brachte Bérénice in Verlegenheit, und sie überging sie. »Ich hätte noch ein paar Fragen, will aber nicht aufdringlich sein. Haben Sie etwas Zeit?«

Adrienne lachte laut auf. »Zeit ist genau das, was man in meinem Alter im Überfluss hat. Wissen Sie was? Wir setzen uns in den Hof, denn draußen ist es noch warm. Möchten Sie ein Glas Pouilly Fumé mit mir trinken? Ich mag diesen frischen, leichten Weißwein von der Loire.«

»Gern.« Bérénice nickte. Adrienne verschwand in einer kleinen Küche, die zur Galerie gehörte. Als sie zurückkam, schwenkte sie in einer Hand die Weinflasche und in der anderen zwei Gläser und einen Korkenzieher.

»Kommen Sie!«, forderte sie Bérénice auf, die ihr in den kleinen Innenhof folgte. Während sich Bérénice in einen der alten Korbstühle setzte, öffnete Adrienne die Flasche und füllte die Gläser. Bérénice sah sich um. Ihr gefiel der kleine Innenhof mit seinen dichten Oleandersträuchern, an denen braune Blätter und ein paar letzte rosa Blüten hingen.

»Die Galerie und das Haus gehören mir«, erzählte Adrienne und prostete Bérénice im Stehen zu. »Dort drüben vis-à-vis von hier wohne ich.« Sie zog sich den zweiten Korbstuhl heran und setzte sich. »Georges und ich gingen Anfang der sechziger Jahre nach New York. Wir kauften uns ein Haus in den Hamptons. Damals waren die Preise noch niedrig. Nach Georges' Tod vor zwölf Jahren verkaufte ich es mit großem Gewinn und kam nach Paris zurück.«

Adrienne hatte ihr Glas ausgetrunken und schenkte sich sofort nach. »Schmeckt Ihnen der Wein nicht?« Sie sah Bérénice an und stieß einen kleinen Schrei aus. »Jetzt sehe ich es erst, ich bin ja eine so unaufmerksame alte Schachtel!«, rief sie. »Sie haben sich die Haare schneiden lassen, à la Fleur, stimmt's? Steht Ihnen gut«, fuhr sie fort, bevor Bérénice antworten konnte. »Sind Sie sicher, dass Sie nicht mit Fleur verwandt sind?«

Während Bérénice mit einer Antwort zögerte, sprach Adrienne bereits weiter: »Also, was wollen Sie wissen?«

»Alles, einfach alles über Fleur«, bat Bérénice und sah zu, wie Adrienne sich zum zweiten Mal nachschenkte, während sie selbst an ihrem Glas nur nippte. »Wie war ihr Nachname?«, wollte sie wissen.

»Kindchen, das ist genau die Frage, die ich Ihnen nicht beantworten kann. Wir kannten die Mädchen nur mit ihren Vornamen. Bettina, Suzy, Fleur. Lediglich die Agenturen kannten die vollständigen Namen. Aber um es gleich vorwegzunehmen, Fleurs Agentin war Dorian Reed, die ist Anfang der Siebziger gestorben, und die Agentur wurde nicht weitergeführt. Also bleibt ihre erste Frage unbeantwortet.« Bedauernd hob Adrienne ihre knochigen Schultern. »Aber ich kann Ihnen sonst vieles erzählen«, fuhr sie lebhaft fort. »Interessiert es Sie, wie sie entdeckt wurde?«

Schon bevor Bérénice nickte, fing Adrienne an zu erzählen, als habe sie nur auf dieses Stichwort gewartet.

»Georges hat sie in der Bar des Théâtres aufgelesen. Dann bestellte er sie zu Probeaufnahmen, und ich erinnere mich noch, dass sie völlig durchnässt und viel zu spät zum Termin kam. Sie sah grässlich aus mit ihren Locken, ihrem Make-up und dem schwarzen Lidstrich. Doch Georges machte aus dem kleinen Provinzmädchen in kürzester Zeit eine Göttin der Haute Couture.« Adrienne seufzte tief auf. »Ich war eifersüchtig«, bekannte sie und nahm einen weiteren Schluck. »Es war etwas Besonderes zwischen meinem Mann und ihr, eine Symbiose, sobald Georges seine Kamera auf sie richtete. Fleur gab sich ihm hin, sie machte alles, was er verlangte. Es war eine Hingabe, die weit über jede Sexualität hinausging. Sie müssen wissen«, erzählte Adrienne weiter, nachdem sie noch einmal getrunken hatte, »Georges schlief mit allen Mädchen, die er fotografierte, das machte mir nichts aus, aber mit Fleur schlief er nicht. Zwischen meinem Mann und ihr bestand eine Verbindung, die ich nie zu ihm hatte. Und deswegen habe ich Fleur gehasst, ich muss es ganz offen zugeben. Ich liebte Georges, ich betete ihn an. Mein ganzes Leben lang war ich verrückt nach ihm gewesen. Und dann kam dieses schöne Mädchen, das ihn liebte, ohne es zu wissen. Davon gehe ich aus. Auch er liebte sie, aber er rührte sie nie an. Georges forderte alles von ihr. Alles. Sie waren abhängig voneinander, doch sie wollten es nicht wahrhaben, nicht einmal vor sich selbst. Und dann fing sie eine Beziehung mit Patrice an, einem Arzt und Freund meines Mannes. Georges tobte, denn Fleur erschien einfach nicht mehr zu den Fotoshootings, und bei Lanvin Castillo wartete man stundenlang auf sie, aber sie kam nicht zur Anprobe. Das sprach sich herum, und sie wurde nicht mehr gebucht. Sie gab für diesen Mann alles auf.«

»Wissen Sie, wo Fleur gewohnt hat?«, fragte Bérénice dazwischen, als Adrienne ihre Erzählung kurz unterbrach, um einen Schluck zu trinken.

»Kindchen, ich weiß es nicht, ich habe so ein furchtbar schlechtes Gedächtnis, und es ist ja schon über vierzig Jahre her.« Fast entschuldigte sie sich für ihre Vergesslichkeit. »Georges drehte durch, denn er wusste, dass Patrice verheiratet war und sich mit Fleur nur heimlich in ihrer Wohnung traf. Georges war von der Idee besessen, die beiden auseinanderzubringen. Zum Schutz von Fleur, wie er behauptete. Ja, und dann hat Patrice sie verlassen.«

»Wer war dieser Patrice, wie war sein Familienname?«

Bérénice hatte atemlos zugehört, Adrienne zuckte die Achseln. »Ich weiß es einfach nicht mehr, wirklich, Kindchen, mein Gedächtnis ist so schlecht geworden.«

»Was war dann mit Fleur? Wie hat sie es verkraftet?«

»Irgendwann rief sie Georges an und flehte ihn an, ihr noch eine zweite Chance zu geben, sie brauche dringend Geld, da sie ein Kind erwarte.«

»Sie war schwanger?«, rief Bérénice.

Der Alkohol beflügelte Adrienne, und sie kam in Fahrt. »Als Georges hörte, dass sie schwanger war, raste er vor Eifersucht und verweigerte ihr jede Hilfe. Er fing damals an, mit anderen Mädchen zu fotografieren. Mit der rothaarigen Suzy und …«

»Was ist aus dem Kind geworden?« Bérénice hielt den Atem an.

Adrienne hob bedauernd die Hände. »Ich weiß es nicht. Fleur zog sich zurück, und erst nach Monaten tauchte sie plötzlich wieder auf. Sie erklärte Georges, es gebe kein Kind, sie habe abgetrieben, das sei der Wunsch des Vaters gewesen. Auch das schockierte Georges. Sie müssen wissen, Abtreibung war damals verboten, und Frauen setzten sich oft großer gesundheitlicher Gefahr aus. Nach diesem Geständnis war alles anders. Die Magie zwischen Georges und ihr gab es nicht mehr. Mein Mann konnte nicht verstehen, dass sie sich so billig verkauft hatte, und er hasste seinen Freund Patrice für das, was er Fleur angetan hatte. Er lauerte ihm eines Abends vor dem Hotel Ritz auf, und die beiden prügelten sich. Das ging durch die gesamte Presse. Georges hatte sich unmöglich gemacht. Als er Anfang der sechziger Jahre ein Angebot von der amerikanischen *Vogue* bekam, blieb uns nichts anderes übrig, als nach New York zu gehen. Doch seine große Zeit war vorbei. Die hatte er mit Fleur«, fügte Adrienne im Ton tiefsten Bedauerns hinzu und schenkte sich ein neues Glas ein.

»Die Flasche ist leer, ich hole noch eine.«

Sie erhob sich und schwankte durch den Hof in die Galerie. Es war still, und nur von weitem hörte man das Rauschen des Verkehrs auf dem Boulevard Saint-Germain-des-Prés.

»Denken Sie bitte nach, wie war Patrice' Nachname?«, rief ihr Bérénice entgegen, als sie mit der zweiten Flasche in der Tür stand.

»*Chérie*, ich weiß es nicht. Tut mir leid, ich habe ein so schlechtes Namensgedächtnis, sagte ich das nicht schon?«

Seufzend kam sie zum Tisch und ließ sich vorsichtig auf

ihrem Korbstuhl nieder, den Oberkörper kerzengerade aufgerichtet. Sie zog die Augenbrauen hoch, spitzte die Lippen und seufzte noch einmal, plapperte aber dann weiter: »In den drei Jahren mit Fleur hatte auch ich eine sehr schwierige Zeit. Ich war unglücklich und wollte mich mehrmals von Georges trennen. Bis ich erkannte, dass er uns beide brauchte. Und letztendlich war ich seine Ehefrau, und ich wusste, ich würde Fleur überleben, genau wie ich die vielen kleinen Flittchen überlebt hatte, mit denen Georges schlief. Ich vermisse ihn so sehr, ich vermisse ihn jeden Tag«, klagte sie unvermittelt, senkte den Kopf und strich sich über die dunklen Augenbrauen. Doch dann veränderte sich ihre Stimme, sie wurde sachlich und unpersönlich, als sie Bérénice bat, sie jetzt zu entschuldigen.

»Ich bin müde, ich habe in den vergangenen Tagen einfach zu viel gearbeitet.«

Offensichtlich bereute sie es, aus Einsamkeit und unter dem Einfluss des Alkohols so viel preisgegeben zu haben. Sie erhob sich, indem sie sich an der beschädigten Lehne des Korbstuhls hochzog.

»Einmal«, fügte sie noch hinzu, »und daran erinnere ich mich noch, ich glaube, wir waren damals zu Aufnahmen in Rom, erzählte Fleur meinem Mann und mir von ihrer Schwester und ihrer Kindheit in der Provence. In irgendeinem kleinen Ort …«

»Saint-Emile?« Bérénice' Herz schlug heftig, als sie nach Adriennes Arm griff und sie festhielt.

»Ja, ja, ich glaube, so hieß der Ort. Aber ich habe doch ein so schlechtes Gedächtnis, wie oft soll ich Ihnen das noch sagen?« Adrienne seufzte und befreite sich aus Bérénice' Griff.

»Hallo?«, hörten die beiden eine Männerstimme aus der Galerie.

»Oh, ich habe vergessen abzusperren«, sagte Adrienne verwirrt, flatterte in ihrem Plisseekleid zur Tür und kam sofort wieder zurück.

Hinter ihr tauchte Jean Bergé auf.

»Ihr Freund ist da«, rief sie anzüglich durch den stillen Innenhof. Der Fotograf nahm seine Sonnenbrille ab, kam mit einem Lächeln auf Bérénice zu und küsste sie auf beide Wangen. Ein wenig förmlich, fand sie, wahrscheinlich hatte er den Kuss von damals längst vergessen. Jean trug eine dunkle Lederjacke, deren Kragen hochgestellt war, einen Rollkragenpulli und Jeans. Er war braun gebrannt und sah »verdammt gut aus«, wie Adrienne durch den Hof posaunte.

»Jean wird im Februar eine Ausstellung seiner Fotos in der Galerie machen, Eröffnung ist in der Zeit der Couture-Shows«, verkündete sie.

»Adrienne, Süße, musst du immer alles ausplaudern?«

Die Frage beantwortete Adrienne mit einer koketten Bewegung ihres Kopfes und ließ dabei ihre langen Ohrgehänge klirren.

»Hätten Sie Lust, mit mir essen zu gehen?«, flüsterte Jean Bérénice zu, bevor Adrienne neben ihnen stand.

»Nein, tut mir leid.« Bérénice lehnte ab. In Sekundenschnelle hatte sie eine Entscheidung getroffen. »Ich muss mich beeilen, ich will den Abendzug nach Marseille nehmen und zu meiner Mutter fahren.«

»Ich kann Sie zur Gare de Lyon bringen, und wir essen unterwegs etwas.« Jean blieb hartnäckig. »Ich kenne ein sehr nettes kleines Restaurant in der Nähe des Bahnhofs.«

Wieder lehnte Bérénice ab. Sie wollte sich durch nichts und von niemandem von ihrem Entschluss abbringen lassen, auch von Jean nicht. Gerade von Jean nicht, der sich monatelang nicht bei ihr gemeldet hatte.

Sie küsste Adrienne zum Abschied auf beide Wangen. Doch dann konnte sie sich eine Frage nicht verkneifen: »Wissen Sie, was aus Fleurs Kind geworden ist?«

»Chérie!« Adrienne reagierte genervt und hängte sich bei Jean ein. »Haben Sie nicht zugehört? Es gab kein Kind, Fleur hat abgetrieben.«

*

Bérénice hastete die Rue Bonaparte hinunter bis zum Quai Voltaire. Doch auch hier bekam sie kein Taxi, und fast bereute sie es, Jeans Angebot abgelehnt zu haben. Sie vergaß jede Vorsicht, rannte auf die Straße und winkte mit beiden Armen, bis endlich ein Taxi hielt und der Fahrer sie schlecht gelaunt durch den dichten Freitagabendverkehr nach Hause brachte. Sie hetzte die vier Stockwerke hoch, denn sie konnte es kaum erwarten, Fleurs Foto auszupacken und es genauer anzusehen. Sobald sie aus Saint-Emile zurückkam, wollte sie es aufhängen. Sie setzte sich damit aufs Sofa, aufmerksam prägte sie sich jedes Detail dieses Gesichts ein. In den vergangenen Wochen hatte sie mehrmals an der Petite Galerie des Arts vor dem Schaufenster mit Fleurs großem Foto gestanden.

Wie schon oft suchte sie auch jetzt in ihrem Gedächtnis nach weiteren Erinnerungen. Doch es gab nur diesen einen Augenblick, als sich eine Frau über sie gebeugt hatte und die Feder ihres kleinen Hutes sie an der Wange kitzelte.

»Das ist Fleur, eine Tante«, hatte Denise gesagt, als die Frau sie küsste und ihr die Tränen über die Wangen liefen.

Hier riss der Film der Erinnerung, und was blieb, war ein unbestimmtes Gefühl von dunkler Angst.

Warum aber hatte ihre Mutter die Schwester verleugnet, deren Existenz ausgelöscht?

»Wir haben nur uns, Bérénice, wir brauchen auch niemanden«, hatte sie immer behauptet. Es gab keine Verwandten, keine Tanten und Onkel, der Vater Etienne Aubry war »ein böser Mensch«, und Großmutter Marguerite war gestorben, als Bérénice zwei Jahre zählte.

»Sie war eine böse Frau, die mir das Leben schwergemacht hat, mich ständig kontrollierte und mich belauerte. Etienne hatte zwei Frauen, seine Mutter und mich. Ich war froh, als sie starb«, hatte Denise ihr irgendwann einmal erzählt.

Bérénice musste sich jetzt beeilen. Sie stand auf, legte das gerahmte Foto vorsichtig auf den Tisch und ging ins Schlafzimmer, um ein paar Sachen in ihre Reisetasche zu werfen. Die Entscheidung, zu ihrer Mutter zu fahren, war richtig. Sie musste die ganze Wahrheit über die Vergangenheit erfahren, und die fing in Saint-Emile an, bei Denise Aubry-Déschartes, ihrer Mutter.

12

Saint-Emile

In Marseille hatte Bérénice den Anschlusszug verpasst und musste auf die nächste Verbindung warten. Sie war die Einzige, die nach zweimaligem Umsteigen am frühen Nachmittag in Saint-Emile aus dem Regionalzug stieg. Nur ein alter Mann döste auf der einzigen Bank des Bahnsteigs vor sich hin, sah kurz hoch und tippte mit seinem Finger grinsend an den ausgebeulten Hut. Dann sank sein Kopf wieder auf die Brust.

Bérénice nickte ihm zu, stieg die Treppe zur alten Unterführung hinunter und schlug den Weg in die Rue de la Gare ein. Ihre Mutter ahnte nicht, dass sie kam, und Bérénice zweifelte plötzlich an ihrer Entscheidung. Denise hatte die ganzen Jahre geschwiegen, warum also sollte sie ihr heute die Wahrheit sagen? Gab es überhaupt eine Wahrheit?

Bérénice' Schritte wurden langsamer, je näher sie dem Haus in der Rue Boursicault kam. Einen kurzen Moment zögerte sie, bevor sie entschlossen die Tür öffnete. Tief über eine Seidenbluse gebeugt, saß Denise an der ratternden Nähmaschine. Als die Türglocke schrillte, hob sie den Kopf, und beim Anblick ihrer Tochter fuhr sie mit einem erschrockenen Laut hoch, während die Maschine auf der Bluse weiterratterte. Das entlockte Denise einen weiteren unwilligen Ausruf.

»Hallo«, begrüßte Bérénice ihre Mutter und versuchte, ihrer Stimme einen harmlos munteren Ton zu geben. »Ich dachte, du bist krank.«

»Nun«, Denise war sichtlich verlegen, »es geht mir wieder besser.«

Nervös zog sie die Seidenbluse aus der Maschine. »Wieso hast du nicht angerufen, dass du kommst?« Ihre Stimme klang misstrauisch, als sie ihrer Tochter einen raschen Blick zuwarf und die Fäden aus der Bluse zog.

»Ich wollte dich überraschen. Es war einfach ein spontaner Einfall.«

Mutter und Tochter sahen sich schweigend an. In dem Gesicht von Bérénice war nichts zu erkennen als Freundlichkeit, und Denise entspannte sich.

»Komm, gehen wir rauf in die Küche! Ich mache dir einen Kaffee«, schlug sie vor, und Bérénice folgte ihr die Wendeltreppe hinauf. Oben mussten sie erst einmal Stoffrollen und mehrere Kartons zur Seite schieben, um in die Küche zu gelangen.

»Maman, du musst endlich entrümpeln, das Chaos verschlimmert sich von Jahr zu Jahr. Du musst lernen wegzuwerfen. Seit Jahrzehnten hebst du alte Schnittmuster, Stoffe und alles Mögliche auf. Jetzt kommt man nicht einmal mehr in die Küche. So kannst du doch nicht leben!«

»Das ist nur vorübergehend«, erwiderte Denise abwehrend. »Irgendwann entrümple ich, aber dann werfe ich vielleicht genau die Sachen weg, die ich noch brauche. Das ist schwierig, sehr schwierig.«

Auch in der Küche herrschte Durcheinander, und Bérénice zwängte sich auf den Klappstuhl, der unter dem Fenster an dem kleinen Tisch stand. Sie erzählte von der

Zugfahrt und dass sie den ersten Anschlusszug in Marseille verpasst hatte. Denise kochte Kaffee und stellte ihn mit einem Korb Croissants auf den Tisch. Sie waren nicht mehr frisch, doch Bérénice war hungrig. Denise blieb schweigend an den Herd gelehnt stehen und sah ihrer Tochter zu, wie sie aß und den heißen Kaffee trank. Plötzlich wandte sie ihren Kopf ab und sah durch die fast blinden Fensterscheiben hinaus in den trüben Himmel.

»Ich bin keine Närrin«, begann sie unvermittelt, ohne Bérénice anzusehen. »Du bist gekommen, um mich auszufragen. Du setzt mich unter Druck«, fügte sie klagend hinzu und presste ihre Lippen aufeinander.

Bérénice blieb einen Moment still und legte das zweite Croissant zurück in den Korb.

»Es ist richtig. Ich bin gekommen, um mit dir zu sprechen. Ich will die Wahrheit wissen«, sagte sie ruhig.

»Was soll das sein?« Denise lachte gekünstelt auf. »Du kennst die Wahrheit, du weißt, ich war dir immer eine gute Mutter, auch als dein Vater sich von mir scheiden ließ. Ich weiß nicht, was es sonst noch zu erzählen gibt.«

»Hör auf, so feige zu sein!« Bérénice' Stimme bebte, und ihr Herz schlug heftig. Sie war gekommen, um sich mit ihrer Mutter auszusprechen. Doch jetzt stand Feindseligkeit zwischen ihnen. Denise drehte ihrer Tochter den Rücken zu und machte sich an der Spüle zu schaffen.

»Ich weiß nicht, was du meinst«, flüsterte sie, während sie heißes Wasser über einen Stapel ungespülter Teller laufen ließ.

Bérénice sah, wie die Hände ihrer Mutter zitterten, und sie erkannte, dass auch Denise sich vor diesem Moment gefürchtet hatte. Dem Moment, in dem Bérencie zu ihr kam, um die Wahrheit einzufordern.

»Wer war Fleur?«

Bérénice hörte sich selbst die Frage stellen und war erstaunt, wie ruhig ihre Stimme klang, ruhig und unnachgiebig. Denise drehte den Hahn zu, blieb aber mit dem Rücken zu ihrer Tochter stehen, und trotzdem nahm Bérénice ihre Angst wahr.

»Sag mir einfach, ob Fleur deine Schwester, also meine Tante war.«

Denise atmete ein wenig keuchend, doch dann drehte sie sich abrupt um und sagte, ohne Bérénice anzusehen: »Ja, sie war deine Tante, das ist richtig.«

Sie lehnte sich fest gegen die Spüle und verschränkte die Arme vor der Brust.

»Fleur und ich wuchsen hier auf.« Hastig sprach sie weiter, damit Bérénice keine weiteren Fragen stellen konnte: »Fleur war schön, und sie war der Liebling unserer Mutter. Sie durfte auf das *Lycée des jeunes filles* gehen, während ich eine Schneiderlehre machen musste.«

Denise schlug mit einem Klagelaut ihre Hände vors Gesicht. Schweigend beobachtete Bérénice sie und erkannte, dass Denise ihr ein Theater vorspielte, um ihr Mitleid zu erregen. Doch sie schwieg, und ihre Mutter ließ die Hände wieder sinken.

»Als Fleur zwanzig Jahre alt war«, erzählte Denise nach einem kleinen Seufzer weiter, »ging sie nach Paris. Einfach so. Sie verließ Maman und mich und ging weg. Das war an dem Tag, als ich deinen Vater heiratete. Sie verließ Saint-Emile am Tag meiner Hochzeit. Verstehst du, wie rücksichtslos das war? Sie wollte bei meinem großen Tag nicht dabei sein, und Maman war traurig, dass ihre Lieblingstochter sie verließ. Also hatte auch sie keinen Spaß an dem großen, an *meinem* großen Fest. Fleur war eine Egoistin.«

»Und weiter?« Bérénice ging auf die Klagen ihrer Mutter nicht ein. Denise weinte und putzte sich die Nase, doch Bérénice durchschaute sie. Die Mutter wollte sie nach wie vor daran hindern, weitere Fragen zu stellen.

»Fleur wurde ein Starmannequin«, erzählte Denise schließlich. »Aber wir existierten nicht mehr für sie. Wir waren ihr nicht fein genug, obwohl ich mit Etienne Aubry verheiratet war. Aber sie wollte von uns, von Maman und mir, nichts mehr wissen. Wir erfuhren nur durch die Klatschpresse von ihrem Lebenswandel und den unzähligen Affären. Sie ging ihren eigenen Weg und tauchte erst am Tag von Mamans Beerdigung wieder auf.«

»Und dann?«

»Was, dann?« Denise' Stimme eskalierte in schriller Hysterie. »Was heißt, *dann?* Nichts … nichts … Eines Tages ist sie verschwunden, und ich habe sie nie wiedergesehen.«

»Du lügst, das spüre ich.«

Bérénice versuchte, sich zu beherrschen, obwohl ihre Hände zitterten und ihre Stimme fast versagte.

»Du lügst«, wiederholte sie, »ich sehe es dir an. Ich weiß es, denn ich habe eine Erinnerung an sie. Fleur hat sich über mich gebeugt und mich aus meinem Kinderwagen gehoben. Sie küsste mich, und ich weiß noch ganz genau, dass sie einen kleinen Hut trug und die Feder mich kitzelte.«

Denise' Gesicht wurde aschfahl. »Nein, nein, das bildest du dir ein. Das muss irgendeine Frau hier aus Saint-Emile gewesen sein. Du warst so ein hübsches Kind und ... Nein, nein, nicht Fleur, nein, nein, nicht Fleur.«

»Wo ist Fleur jetzt? Wo lebt sie? Oder ist sie gestorben?«

»Das weiß ich nicht, ich weiß es nicht«, rief Denise gequält. »Hör auf, mir Fragen zu stellen! Fleur war ein ... ein lebenshungriges, egoistisches Ding, eine, die es mit allen trieb. Ja, so war sie. Ich habe den Kontakt zu ihr verloren, und sie hat sich nie mehr gemeldet. Sie ging weg, einfach so. Aber das hat unser Vater ja auch getan. Eines Tages war er verschwunden, und wir haben ihn nie wiedergesehen. So war Fleur auch. Sie fuhr nach Marseille und nahm dort das nächste Schiff nach Nordafrika. Dort wollte sie zuerst einmal bleiben, doch ihr großes Ziel war Brasilien, glaube ich. Das ist alles.« Denise rang nach Atem und presste beide Hände auf ihr Herz.

Bérénice wartete schweigend ab, bis sich ihre Mutter beruhigt hatte. »Warum hast du mir nie von ihr erzählt oder mir Fotos von ihr gezeigt? Das wäre doch normal gewesen.«

»Ich wollte sie vergessen, so wie sie uns vergessen hat. Wir haben sie aus unserem Leben gestrichen.«

»Was heißt *wir?* Ich dachte, Großmutter Joselle war schon tot?« Denise verbarg etwas, und Bérénice spürte es genau.

»Nun, *ich* strich sie aus meinem Leben und später auch aus deinem. Ich wusste ja, dass sie nicht mehr zurückkommen würde.«

»Woher hast du das gewusst?«

»Ich wusste es eben.«

»Wer hat dir erzählt, dass sie mit dem Schiff nach Nordafrika fuhr? Woher weißt du das, hat sie sich mal gemeldet?«

Denise drückte die Hände gegen ihren Busen und atmete keuchend ein. »Ich bekomme Herzschmerzen, schnell, hole mir mein Medikament, es steht auf dem Nachttisch!«

Bérénice erhob sich rasch und ging ins Schlafzimmer, suchte die kleine Flasche und sah sich dabei flüchtig um. Auch hier herrschte Chaos, doch es hielt sich in Grenzen. Auf dem breiten Fensterbrett stapelten sich neben- und übereinander verstaubte Ordner, und Stoffrollen lehnten an den Wänden. Schnell ging sie zurück und sah Denise zu, wie sie einige Tropfen in Wasser auflöste und dann das Glas austrank.

»Also, Maman, woher weißt du, dass Fleur ein Schiff nach Nordafrika nahm und dann nach Südamerika wollte?«

»Ein entfernter Verwandter aus Marseille hat es mir geschrieben. Fleur hatte ihn vor ihrer Abreise noch besucht.«

»Wie heißt dieser Verwandte?«

»Soll das ein Verhör werden?« Wieder brach Denise in Tränen aus. »Ich habe nichts zu verbergen, und dieser Cousin ist längst gestorben.«

Bérénice überlegte, Denise blockte die Fragen geschickt ab, also wechselte sie das Thema. Sie empfand Mitleid mit ihrer Mutter, und doch wollte sie jetzt nicht nachgeben, da sie offensichtlich der Wahrheit auf der Spur war.

»Warum hast du dich scheiden lassen? Hat das etwas mit Fleur zu tun?«

»Es war dein Vater, der sich von mir getrennt hat«, verteidigte Denise sich. »Er ist jähzornig, gewalttätig, er hat mich geschlagen. So, jetzt weißt du auch das. Werde glücklich damit! Ich habe dir alles gesagt, wovor ich dich schützen wollte.«

»Ich bin erwachsen, du musst mich nicht mehr schützen. Ich will einfach nur die Wahrheit erfahren.«

Denise überhörte den Einwand, mit fahrigen Händen fuhr sie sich über die Schürze und nestelte an den Trägern herum.

»Ich musste dich vor ihm schützen«, betonte sie noch einmal, »also verbot ich dir, ihn zu sehen.«

Bérénice' Erinnerung an ihren Vater war ungenau. Hatte er ihr nicht viele Spielsachen geschenkt und sie seine Prinzessin genannt? Hatte er nicht sogar eine Türglocke mit ihrem Lieblingslied installieren lassen?

Frère Jacques, Frère Jacques, dormez-vous?
Sonnez le matines,
Ding, dang, dong …

Dieses *Ding, dang, dong* hatte sie noch im Ohr. Aber einmal, da klang es so unheimlich, oder hatte sie das nur geträumt?

Wieder erinnerte sie sich schemenhaft an einen dunklen Abend. Ihre Mutter rannte über die Place de la Victoire und zerrte sie an der Hand hinter sich her. Bérénice war barfuß, und es war so kalt, dass ihre Füße schmerzten und brannten. Aber sie musste noch sehr klein gewesen sein. Später hatte sie erfahren, dass sie nach diesem Abend sehr lange krank gewesen war. Danach wohnten sie in dem Haus in der Rue Boursicault, und sie durfte nicht mehr zurück zu ihrem Vater in das Apothekerhaus. Bérénice überlegte. Sie war damals schon in den Kindergarten gegangen, also musste sie vier Jahre alt gewesen sein.

»Dein Vater ist böse«, hatte Denise ihrer kleinen Tochter stets eingeschärft. »Er liebt uns nicht, glaube mir!«

Jeden Tag brachte Denise Bérénice zur Schule und holte sie auch wieder ab, während sich die anderen Kinder längst alleine auf den Weg machen durften. Für Bérénice war diese Fürsorge ihrer Mutter peinlich gewesen, erst als sie aufs Gymnasium ging und mit dem Schulbus fuhr, ließ die Überwachung allmählich nach. Doch das Feindbild »Dein Vater ist böse« hielt Denise aufrecht. Und irgendwann hatte sich Bérénice daran gewöhnt, nur eine Mutter, aber keinen Vater zu haben. Manchmal aber hatte sie gespürt, dass Etienne sie beobachtete, dass er sie verfolgte, wenn sie als junges Mädchen aus der Schule kam.

»Willst du Hippolyte treffen?« Da Bérénice in Gedanken versunken schien, lenkte Denise das Gespräch rasch auf die Gegenwart. Wieder drehte sie Bérénice den Rücken zu und holte einen Becher aus dem Hängeschrank über der Spüle. Während sie sich Kaffee einschenkte, sprach sie schnell weiter: »Aber ich warne dich. An deiner Stelle würde ich das nicht tun. Diese Deutsche wohnt mit ihrem Hund bei ihm, obwohl ihr beide noch nicht geschieden seid.«

»Das spielt keine Rolle.« Bérénice verteidigte ihren Mann und wollte nicht zugeben, wie tief es sie traf.

Denise trank ihren Kaffee in langsamen Schlucken aus und stellte den Becher in die Spüle. »Ich muss jetzt weiterarbeiten«, erklärte sie. »Meine Kundin holt die Bluse heute Abend ab. Wenn du was brauchst, sag es mir.«

Sie verließ die Küche und signalisierte damit, dass das Gespräch beendet war. Bérénice erhob sich und folgte ihr. Tief in Gedanken beobachtete sie Denise, wie sie die Treppe hinunterstieg, mit dem gesunden Bein voran, das steife zog sie von Stufe zu Stufe nach. Bérénice ging in die Küche zurück, spülte das Geschirr ab und strich die Krümel von der fleckigen Tischdecke. Dann wandte sie sich zum Bad, dessen Tür angelehnt war. Sie ging aber nicht auf, ohne dass Bérénice energisch dagegendrückte. Der Anblick, der sich ihr bot, entsetzte sie. Auch hier lagerten Stoffrollen, in der Badewanne stapelten sich Schachteln mit Knöpfen und Nähseiden, und nur das Waschbecken war frei. Kopfschüttelnd verharrte Bérénice einen Moment und ging zur Treppe. Direkt daneben lag auf dem Boden ein hoher Stapel alter Modehefte. Offenbar räumte Denise hier ständig um, doch wegwerfen konnte sie nichts. Aber wie schaffte sie das nur jeden Tag mit ihrem steifen Bein?

Bérénice stieg die Wendeltreppe hinunter und blieb auf der letzten Stufe stehen. Stumm sah sie ihrer Mutter zu, die unter dem nachdenklichen Blick ihrer Tochter nervös weiternähte.

»Wenn du willst, bleibe ich zwei Tage hier und miste die Wohnung aus. Du kannst doch nicht in diesem Chaos leben!«

»Nein.« Denise reagierte heftig. »Nein, das will ich nicht! Du musst mich auch nicht wie eine senile Alte behandeln, die nicht mehr ganz richtig im Kopf ist. Alles, was obenauf liegt, brauche ich noch. Ich möchte nicht, dass du irgendetwas anrührst, hast du verstanden?«

»Nun, wenn du nicht willst, dann eben nicht.« Es war

ein Friedensangebot von Bérénice gewesen, doch Denise hatte es als Bevormundung empfunden.

»Ich bringe dann mal meine Tasche hoch.« Bérénice hatte sie auf dem Zuschneidetisch abgestellt, als sie nach oben gegangen waren.

»Wie lange willst du hierbleiben?« Denise ließ die Maschine weiterrattern, ohne ihre Tochter anzusehen.

»Ich weiß nicht, vielleicht bis morgen Abend. Ich muss noch einmal mit dir reden«, fügte sie hinzu.

»Es gibt nichts zu reden, hast du das immer noch nicht verstanden?«, erwiderte Denise heftig.

»Fleur war schwanger. Was ist aus dem Kind geworden?«

Abrupt hörte das Rattern auf. Denise saß erstarrt auf ihrem Arbeitsstuhl und legte die Hände in den Schoß. Doch dann erhob sie sich langsam und rückte den Stuhl an den Nähmaschinentisch. Mit einer Hand fuhr sie sich durch das graue Haar, und mit der anderen strich sie ihre Schürze glatt.

»Es gab kein Kind«, sagte sie, jede Silbe akzentuierend. »Hörst du? Es gab kein Kind. Ja, ich erinnere mich, Fleur war schwanger, aber sie hat abgetrieben. Auch das war eine Sünde, die sie begangen hat.«

»Woher weißt du das so genau?« Bérénice wurde misstrauisch.

Denise kam auf sie zu, packte sie an beiden Armen und schrie schluchzend auf: »Es gab kein Kind, verstehst du? Fleur hatte kein Kind!«

Unwillig befreite sich Bérénice aus dem Griff ihrer Mutter. Denise schien außer sich zu sein.

»War ich dir nicht immer eine gute Mutter? Sag es

mir! War ich dir nicht immer eine gute Mutter?« Denise konnte nicht aufhören zu schreien und zu schluchzen. »Habe ich nicht alles für dich getan, bevor du dich an diesen Weinbauern gehängt hast, einen Versager, ein Nichts, einen Mann, der dich in jener Nacht alleingelassen hat, obwohl er wusste …«

»Sei still!« Jetzt schrie auch Bérénice. »Sei still!«

»Ich bin der einzige Mensch, der dich liebt.« Denise konnte nicht aufhören, sich zu rechtfertigen. »Du hast nur mich, wenn ich sterbe, wirst du allein sein.«

Tief betroffen beobachtete Bérénice ihre Mutter. Zum ersten Mal erkannte sie, dass Denise litt, dass sie seit Jahren gelitten hatte. Aber warum?

»Maman.« Bérénice wurde nachgiebig. »Es tut mir leid, ich wollte nicht, dass du dich so aufregst.«

Doch Denise beruhigte sich nur langsam. Sie lehnte sich an den Holztisch, auf dem die Nähmaschine stand, nahm automatisch die Seidenbluse hoch und legte sie auf das Bügelbrett.

»Wenn du gekommen bist, um mich zu quälen, kannst du gleich wieder gehen.« Denise kniff die Augen zusammen und blinzelte Bérénice feindselig an.

»Gut, dann gehe ich.« Bérénice griff nach ihrer Tasche und ging zur Tür. »Ja, ich denke wirklich, es ist das Beste, wenn ich wieder gehe. *Salut*, Maman.«

Sie wartete an der Tür, doch Denise rührte sich nicht und forderte ihre Tochter nicht zum Bleiben auf. So verließ Bérénice langsam das Haus, blieb aber stehen und beobachtete ihre Mutter durch das Schaufenster. Denise stand unbeweglich an der Nähmaschine und machte keinerlei Anstalten, ihr nachzukommen und sie zurückzuhalten.

So ging Bérénice zur Place de la Victoire. Unentschlossen blieb sie stehen. Sie sollte sich beeilen, wenn sie den Regionalexpress nach Marseille erreichen wollte. Doch dann traf sie eine Entscheidung.

*

Sie war hierhergekommen, um die Lücken ihrer Erinnerung zu schließen. Und es gab noch jemanden, der das ermöglichen konnte, nur einen einzigen Menschen neben Denise. Bérénice zögerte. Der Mut verließ sie, dann aber ging sie entschlossen auf das schmale Haus der Apotheke zu. Heute war Wochenmarkt auf dem Platz, aber Bérénice hatte kein Auge für die üppigen Sonnenblumen und die getrockneten Lavendelsträuße in ihren bunten Töpfen. Kaum nahm sie das Lachen und Feilschen der vielen Leute wahr, die hierherkamen, um einzukaufen, sich zu unterhalten und den neuesten Klatsch zu hören. Bérénice drängelte sich durch die Tische mit frischem Obst, Gemüse und Käse hindurch. Die Terrasse des Cafés La Danseuse war um diese Zeit brechend voll, denn nach dem Einkaufen trafen sich viele Hausfrauen hier und tranken zusammen Kaffee. Bérénice hatte den Markt immer geliebt, und in den Jahren, als sie oben im *Maison Bleue* wohnte, war sie jeden Freitag heruntergeradelt, um hier einzukaufen. Anschließend hatte sie sich mit ihrer Mutter im Café getroffen und kleine überzuckerte Maronentörtchen gegessen.

Bérénice lächelte beim Gedanken an diese Markttage. Sie hatte sich die ganze Woche darauf gefreut. Dann atmete sie tief ein und ging rasch zur Apotheke am Ende des Platzes. Kurz davor verlangsamten sich jedoch ihre Schritte. Seit ihre Mutter sie vor sechsunddreißig Jahren aus dem Apothekerhaus gezerrt hatte, war sie nicht mehr hier gewesen. Noch ein paar Meter, dann stand sie vor dem Gebäude. Sie hatte eine Entscheidung getroffen, und sie wollte sie nicht revidieren. Sie holte tief Luft, bevor sie die Treppe zum Eingang der Apotheke hinunterstieg. Fünf Stufen, vier, drei, dann zwei, jetzt drückte sie vorsichtig die alte Türklinke. *Ding, dang, dong.* Es klang wieder unheimlich, nicht fröhlich wie ein Kinderlied.

Draußen war es noch hell, doch in dem Raum war es dämmrig, ein Geruch nach Moder und Kräutern erfüllte die Luft. Ein alter Mann mit schütterem grauem Haar stand mit dem Rücken zur Tür und sortierte kleine Flaschen in eine Schublade. Als er sich umdrehte, klopfte Bérénice' Herz so laut, dass sie glaubte, man könne es in der tiefen Stille hören. Der alte Mann war Etienne Aubry, ihr Vater.

»Hallo«, flüsterte sie heiser, blieb aber an der Tür stehen, die langsam hinter ihr zufiel, während die Glocke leise bimmelte.

Als Etienne sie an der Tür stehen sah, entrang sich ein gequälter Aufschrei seiner mageren Brust. »Fleur«, stammelte er, während er sich mit seinen Händen an die Theke klammerte.

»Ich bin nicht Fleur«, sagte Bérénice leise und kam langsam näher. »Ich bin Bérénice, deine Tochter.«

»Ja, ja, ich weiß, natürlich. Ich weiß, entschuldige, ich hatte nur plötzlich diese Vision, diese Erinnerung, du siehst ihr so ähnlich.«

Etienne schien sich gefangen zu haben. Er kniff die

Augen hinter der dicken Brille zusammen und blinzelte Bérénice entgegen. Er war grau im Gesicht, und seine Reaktion erschreckte Bérénice, denn sie glich dem Entsetzen ihrer Mutter, als sie diese nach Fleur gefragt hatte.

»Was willst du?«, fragte er tonlos. »Was suchst du hier?«

»Die Wahrheit«, antwortete Bérénice, »einfach nur die Wahrheit.«

»Welche Wahrheit? Was redest du für einen Unsinn?«

Etienne atmete laut, und es klang wie das Schnauben eines angeschossenen Tieres. Vielleicht lag es an diesem Atmen, an der Zerbrechlichkeit des alten Mannes, dass Bérénice sich ihm gegenüber hilflos fühlte. Er war ihr Vater, doch er weckte keine Emotionen in ihr. Aber war dieser schmächtige Mann wirklich gewalttätig gewesen, wie Denise es behauptete?

»Lass die Vergangenheit ruhen!«, sagte Etienne mit müder Stimme. »Du kannst sie nicht mehr ändern. Lebe dein Leben, Bérénice, und komme nicht mehr hierher zurück, hörst du? Nie mehr. Und stelle keine Fragen. Es ist das Beste für dich, glaube mir!«

Bérénice fröstelte. Die Stille des Raums, der Geruch nach Moder, nach Freudlosigkeit und trostloser Vergangenheit erschreckte sie zutiefst. Sie sah an Etienne vorbei, und ihr Blick fiel auf die paar Stufen, die zur offenen Tür der Wohnung führten. Hinter ihr führte die Treppe in den ersten Stock hinauf.

Dort hatte sie gesessen, es war dunkel gewesen und kalt. Maman, wo bist du? Komm nach Hause! Entsetzen hatte sie gepackt, es war so dunkel, und dann …

Wieder entglitt Bérénice die Erinnerung. Sie versuchte, sich gegen diese Gefühle der Angst, des Entsetzens zu wehren, und schaute Etienne an. Die Einsamkeit des alten Mannes schien greifbar, und auch sie glich der von Denise. Obwohl Etienne ein angesehener, reicher Mann war, stand er in seinem hohen Alter noch Tag für Tag in diesem dunklen Raum, um Medikamente und selbstgemischte Kräutertees zu verkaufen. Denise saß in ihrer Schneiderei und nähte für andere Leute. Die beiden waren sich so ähnlich, fast schienen sie verbunden in ihrer Trostlosigkeit, doch bei Etienne spürte Bérénice noch etwas anderes, Rastlosigkeit, Angst und …

Etienne ignorierte jetzt Bérénice, überging ihre Anwesenheit und konzentrierte sich wieder auf seine Fläschchen. Sie blieb stehen, als er sie auch weiterhin nicht beachtete, verließ sie mit einem gemurmelten Gruß die Apotheke und flüchtete von diesem Ort der Hoffnungslosigkeit.

Auf der Place de la Victoire, inmitten des Gedränges und lauten Rufens, des Lachens und Feilschens der Leute, fiel ihr ein, was sie bei Etienne noch gespürt hatte: Schuld.

Ziellos ließ sie sich treiben, lief zwischen den Ständen hindurch, schaute auf das Obst und Gemüse, ohne zu sehen, was vor ihr lag. Im Café La Danseuse setzte sie sich auf die Terrasse und bestellte einen Kaffee. Sie nahm ihre Umgebung kaum wahr, und sie hatte jedes Gefühl für Zeit verloren. Beim zweiten Kaffee beobachtete sie schließlich die Marktfrauen, die anfingen, ihre Waren einzupacken, in Lieferwagen zu verstauen und die Tische zusammenzuklappen. Auch das Café leerte sich allmählich, und die Leute gingen mit ihren vollen Taschen nach Hause.

Der Regionalzug nach Marseille war längst weg, der Anschluss nach Paris nicht mehr zu erreichen. Doch zu ihrer Mutter wollte Bérénice nicht zurück, denn jedes Gespräch würde in Streit ausarten. Sie verließ das Café, überquerte die Place de la Victoire und setzte sich auf eine Bank neben dem abseits gelegenen Boule-Platz. Sie sah den alten Männern zu, die an diesem warmen Herbstabend mit aufgekrempelten Hemdsärmeln ihre Kugeln warfen und dazwischen ein Glas Pastis tranken, von dem sie eine Flasche auf einem wackligen Gartentisch deponiert hatten. Auch das schien sich nie zu verändern. Bérénice erinnerte sich daran, wie sie mit Hippolyte manchmal hier gesessen hatte. Sie musste lächeln, als ihr Hippolytes Worte einfielen: »Wenn ich alt bin, spiele ich hier auch Boule, und du schaust mir zu.«

Ohne nachzudenken, griff sie in ihre Tasche, holte ihr Handy heraus und wählte die Nummer des *Maison Bleue*.

*

Es läutete lange, doch Bérénice wartete, bis Hippolyte schließlich ein gereiztes »Hallo« in den Hörer rief.

»Hippolyte? Ich bin es, Bérénice.«

Eine kleine Pause entstand, und seine Stimme klang zurückhaltend, als er antwortete: »Schön, dass du anrufst. Gibt es irgendeinen Grund?«

»Ja, ich bin in Saint-Emile. Ich habe mich mit meiner Mutter gestritten, mit meinem Vater gesprochen und den letzten Zug nach Marseille verpasst. Das ist die Kurzversion.«

Hippolyte lachte. »Wo bist du jetzt?«

»Unten, auf unserer Bank am Boule-Platz.«

»Bleib dort sitzen! Ich hole dich ab.«

Hippolyte legte sofort auf, und Bérénice ließ ihr Handy langsam in die Tasche gleiten. Dann holte sie ihren kleinen Taschenspiegel heraus. Rasch fuhr sie sich mit der Hand durch die kurzen Haare und zog die Lippen nach. Ob Hippolyte ihre neue Frisur und der dunkelrote Lippenstift auffallen würden? Ihre eigene Mutter hatte ihr kaum einen Blick geschenkt. Und wie würde Hippolyte auf die Veränderung reagieren, würde sie ihm gefallen? Sie hatte ihren Mann seit dem Tag nicht mehr gesehen, an dem er sie verließ.

Nach einer halben Stunde bremste ein Pick-up direkt vor Bérénice, und Hippolyte sprang heraus. Stumm sahen sie sich an und blieben zögernd voreinander stehen, bis er sie an sich zog. Als sie sich vorsichtig voneinander lösten, lächelten beide. »Wie schön du bist«, ergriff Hippolyte das Wort. »Du hast dir die Haare schneiden lassen, das steht dir gut. Und wie immer elegant gekleidet.«

»Unsinn«, wehrte sie ab. »Nur eine Hose und ein Pullover.«

»Du siehst immer elegant aus, egal, was du trägst«, stellte Hippolyte fest. »Auch wenn du ganz einfach gekleidet bist.«

Bérénice unterdrückte ein Lächeln. Der graue Pullover war aus teurer Kaschmirwolle, und die Hose stammte aus Maximes letzter Herbstkollektion. Sie kletterte auf den Beifahrersitz, und schweigend fuhren sie über den Platz und dann die steinige Bergstraße zum *Maison Bleue* hinauf. Hippolyte konzentrierte sich aufs Fahren, und Bérénice beobachte ihn verstohlen. Er hatte sich verändert. Er war wieder schlank und sehnig, sein Gesicht sonnengebräunt, und er strahlte Selbstsicherheit und Energie aus. Er gehört hierher, dachte Bérénice. Er ist glücklich hier.

Als sie an dem alten Olivenbaum vorbeifuhren, zog Hippolyte sie spontan an sich, und beide lächelten. Sie dachten an den Morgen ihrer Hochzeit, als Bérénice den Weg heraufgeradelt kam, um sich noch vor der Zeremonie in Hippolytes Arme zu werfen.

Vor dem Haus hielt Hippolyte an, sprang heraus, ging um den Pick-up herum und half Bérénice beim Aussteigen.

»Schön, dass du da bist«, sagte er und lächelte sie an. »Komm!«

Bérénice fühlte sich befangen, als sie das Haus betrat, in das sie vor zwanzig Jahren als junge Braut gekommen war und das sie vor vier Jahren verlassen hatte. Es roch nach getrocknetem Lavendel und dem Bohnerwachs, mit dem die Holzböden behandelt wurden. Ein Geruch der Vergangenheit, die schön begann und in einem Alptraum endete.

»Ich hätte einen Lammbraten und Rosmarinkartoffeln anzubieten. Hast du Hunger?«

Bérénice nickte. »Sehr sogar«, bekannte sie, »ich habe bei meiner Mutter nur ein altes Croissant gegessen.«

Sie war froh, als Hippolyte ihr vorschlug, sich vor dem Essen noch im Bad frisch zu machen.

»Kann ich bei dir duschen?«, fragte sie, denn jetzt war es Hippolytes Zuhause und sie nur sein Gast.

»Selbstverständlich. Es ist alles so, wie es immer war. Der Mann, der das Weingut übernommen hatte, dieser

Elsässer, stellte unsere Möbel auf den Speicher, und als ich zurückkam, waren sie alle noch da. Ich habe nur ein neues Bett gekauft und verschiedene Küchengeräte installieren lassen. Ansonsten ist es so wie früher.«

Wie früher, hämmerte es in Bérénice' Kopf, während sie die Treppe hochstieg. Nichts war so wie früher, alles hatte sich verändert.

»Du kannst meinen weißen Bademantel anziehen, wenn du magst«, rief Hippolyte aus der Küche herauf, als sie in dem großen, alten Badezimmer stand.

Der Boden war schwarz-weiß gefliest, und unter dem Fenster stand die altmodische Badewanne mit den geschwungenen Füßen. Auf der anderen Seite des Raums befand sich noch immer der große Holzschrank, dessen Tür meist von allein knarrend aufsprang, wenn man daran vorbeiging. Das Holz und das altmodische Schloss hatten sich durch Dampf und Feuchtigkeit verzogen, doch er sah immer noch so schön und beeindruckend aus. Über dem Waschbecken mit dem Sockel hing der Spiegel mit dem breiten Goldrand, der an vielen Stellen abgesplittert war. Bérénice stellte ihre Tasche auf den Korbstuhl neben der Badewanne und zog sich aus. Dann ging sie unter die Dusche, wusch sich die Haare und schlüpfte in Hippolytes weißen Bademantel, der ordentlich auf einem Kleiderbügel am Haken hing. Hippolyte hatte immer streng auf Ordnung geachtet, das hatte von Anbeginn der Ehe zu Spannungen und Streitereien geführt.

Bevor Bérénice nach unten ging, fuhr sie sich mit der Bürste durch die Haare und tupfte sich Parfum auf den Hals, die Handgelenke sowie in die Kniekehlen. Wieder zog sie ihre Lippen mit dem tiefroten Stift nach.

»Bist du fertig?«, rief Hippolyte ungeduldig.

»Ich komme sofort«, antwortete sie, zögerte aber noch. Sie konnte nicht widerstehen und zog die Tür des knarrenden Schranks auf. Sie sah alles rasch durch, hob sogar die korrekt gestapelten Handtücher hoch, doch nirgends gab es ein Anzeichen einer weiblichen Anwesenheit. Nicht einmal eine Zahnbürste stand in dem zweiten Glas auf der Ablage. Auch in dem kleinen Kasten, in dem Hippolyte seine Toilettensachen aufbewahrte, fand Bérénice nichts Entsprechendes.

Sie hatte ein schlechtes Gewissen, weil sie Hippolyte nachspionierte. Eigentlich ging es sie überhaupt nichts mehr an, aber trotzdem fühlte sie sich erleichtert, als sie nichts entdeckte. Offensichtlich wohnte hier keine junge Deutsche, wie ihre Mutter behauptet hatte. Als Bérénice zur Tür ging, sah sie Hippolytes blauen Pullover auf dem Wäschekorb liegen. Es gab diesen Pullover also noch. Bérénice hatte ihn Hippolyte vor acht Jahren geschenkt, auf einer Reise nach Irland. Sie nahm ihn hoch und presste ihr Gesicht in die weiche Wolle. Sie atmete Hippolytes Geruch ein und schloss die Augen. Der Pullover erinnerte sie an ein Erlebnis in Irland, als sie bei strömendem Regen mit dem alten Mietwagen in einer sumpfig weichen Wiese stecken geblieben waren. Bérénice lachte in Gedanken daran auf: Plötzlich war eine Kuhherde aufgetaucht und gezielt auf ihr Auto zugetrampelt. Bérénice hatte aufgeschrien, doch direkt vor dem Wagen bremsten die Kühe und starrten neugierig zu ihnen hinein. Als die Schrecksekunde vorbei war, lachten Bérénice und Hippolyte und konnten kaum mehr aufhören. Es wurde bereits dunkel, und die Kühe drehten wieder um und trotteten über die Wiese davon. Irgendwann kam ein Bauer und bot ihnen ein Zimmer auf seinem Hof an: ein kleiner Raum mit einem schmalen Bett und großblumigen Tapeten. Dort verbrachten sie eine wunderbare Nacht. Und am nächsten Tag hatte Bérénice in einem kleinen Dorf in der Nähe für Hippolyte diesen Pullover gekauft. Selbst gestrickt von der Inhaberin des kleinen Ladens, aus Wolle von einheimischen Schafen, wie sie stolz erklärt hatte. Dachte Hippolyte noch an Irland, wenn er ihn trug?

»Wo steckst du denn? Das Essen wird kalt.«

Hippolytes Stimme riss Bérénice aus ihren Überlegungen. Schnell lief sie die Treppe hinunter in die große Küche. Hippolyte stand mit dem Rücken zu ihr am Herd. Er hatte ein Feuer im Kamin gemacht und auf den langen, dunklen Holztisch Teller und Gläser gestellt, dazu weiße Stoffservietten gelegt.

»Ich habe deinen blauen Pullover gesehen, du hast ihn ja noch.«

»Warum soll ich ihn nicht mehr haben?« Hippolyte warf einen kurzen Blick über die Schulter.

»Nun, ich meine …«

Hippolyte drehte sich zu ihr um und stellte eine Platte mit dem geschnittenen Fleisch auf den Tisch. »Du willst wissen, ob ich mich noch an Irland erinnere, stimmt's?«

Als Bérénice nickte, sah er ihr fest in die Augen. »Natürlich erinnere ich mich.«

Er ging zum Herd zurück und holte die Rosmarinkartoffeln aus dem Backrohr. Bérénice setzte sich und betrachtete die Sträuße aus getrockneten Lavendelblüten und Rosmarin an dem Holzbalken über dem Tisch. Das war neu, stellte sie fest, das war etwas typisch Weibliches.

Hippolyte stellte die Schüssel mit den Kartoffeln auf den Tisch. Er hatte noch frischen Salat zubereitet, den er auf kleine Teller verteilte, und zum Schluss schenkte er Rotwein in die Gläser, in denen sich der Schein des Kaminfeuers spiegelte. Als sie den ersten Schluck tranken, fuhr Bérénice mit einem Schrei von ihrem Stuhl hoch. Ein großer Hund kam unter dem Tisch hervorgekrochen, schüttelte sich und sah Bérénice mit einem unergründlichen Blick aus braunen Augen an.

»Das ist nur Tristan. Er ist zahm und tut dir nichts.«

»Seit wann hast du einen Hund?« Vorsichtig setzte Bérénice sich wieder und beobachtete Tristan, der jetzt aus einer Keramikschüssel Wasser schlabberte.

»Er gehört mir nicht, ich habe ihn nur für eine Woche in Pflege.«

War das der Beweis, dass es in Hippolytes Leben eine Frau gab? Hatte ihre Mutter doch nicht gelogen?

»Und? Wem gehört er?«

»Marie-Luise, meiner … Freundin«, sagte Hippolyte zögernd. »Sie ist für eine Woche nach Deutschland gefahren.«

»Ich hasse Hunde«, erklärte Bérénice ein wenig zu laut.

In Hippolytes Augen blitzte Ironie auf, als er sie jetzt ansah. »Alle Hunde oder nur den von meiner Freundin?«

»Alle Hunde«, behauptete Bérénice und fühlte sich in die Enge getrieben.

Schweigen senkte sich über den Tisch, und Bérénice vermied den Blickkontakt mit Hippolyte.

Da griff er nach ihrer Hand. »Komm, lass uns das Essen genießen, ich freue mich, dass du da bist. Der Moment zählt, sonst nichts.« Er hob sein Glas und prostete ihr zu. »Guten Appetit!«

Das Lamm schmeckte köstlich, wie immer, wenn Hippolyte gekocht hatte. Allmählich löste sich Bérénice' verkrampfte Stimmung und sie erzählte von Fleur, der Fotoausstellung, dem Gespräch mit ihrer Mutter und der Begegnung mit ihrem Vater, den sie seit frühester Kindheit nicht mehr gesprochen hatte, da ihr Denise jeden Kontakt strengstens verboten hatte. Auch ihr Vater hatte nie den Versuch unternommen, sie zu treffen. Hippolyte hörte aufmerksam zu.

»Ist das nicht seltsam? Plötzlich erfahre ich, dass Maman eine Schwester hat. Angeblich weiß sie nicht einmal, ob Fleur noch lebt.«

Hippolyte zuckte die Schultern. »Das ist nichts Besonderes«, war seine Meinung. »In vielen Familien gibt es ein schwarzes Schaf, das irgendwann von der Bildfläche verschwindet, auswandert und zur Familie keinen Kontakt mehr hat. Ich habe mit meinen Eltern auch jahrelang nicht mehr gesprochen, das weißt du doch.«

»Ja, aber irgendwie ist das anders.«

»Vielleicht taucht sie eines Tages wieder auf, wer weiß.«

»Daran habe ich auch schon gedacht«, überlegte Bérénice.

»Erzähle mir von Paris! Wie geht's dir in deinem Job?« Hippolyte wechselte das Thema. Weit mehr als eine unbekannte Tante interessierte ihn Bérénice. Und sie erzählte von Maxime Malraux und seinem seltsamen Verhalten, als er sie zum ersten Mal gesehen hatte.

»Er war der Erste, der mich Fleur genannt hat.«

»Dann ist es doch das Beste, du fragst ihn. Aber überlege es dir! Ich denke, du solltest dich nicht mit der Vergangenheit belasten.«

»Willst du das auch nicht? Dich mit der Vergangenheit belasten?«

Bérénice sah ihn an, doch auf seinem Gesicht konnte sie keine Regung erkennen. Aber sie spürte, dass er glücklich oder zumindest zufrieden war. Er hatte dieses Haus immer geliebt, und jetzt gehörte es wieder ihm.

»Es ist so schön hier«, sagte sie leise, »so friedlich. Das hatte ich fast vergessen.« Und als er schwieg, fragte sie ihn: »Wie geht es deinen Eltern, hast du dich mit ihnen versöhnt?«

»Vor einem Monat habe ich ihnen geschrieben, und da erfuhr ich, dass mein Vater bereits seit drei Jahren tot ist. Stell dir das vor! Meine Mutter hat sich nie bei mir gemeldet. Das ist völlig absurd, mein Vater stirbt, und meine Mutter verständigt mich nicht einmal.«

Hippolyte war sichtlich erregt und warf Tristan ein Stück Fleisch zu, das der Hund in der Luft aufschnappte.

»Wahrscheinlich hatte sie keinen Mut dazu«, meinte Bérénice.

»Ja, das ist es wohl. Ich denke oft daran, wie mein Vater, dieser selbstgerechte Macho, das Weingut in den Ruin getrieben hat. Den aufwendigen Ausbau damals vor unserer Hochzeit hat er mit einem Kredit bezahlt und dafür eine Hypothek aufgenommen. Wenn ich das gewusst hätte …«

»Du warst jung, gerade vierundzwanzig Jahre alt, und wir waren beide froh, dass sie nach unserer Hochzeit in diesen Anbau gezogen sind. Wir hatten das Haus für uns.«

Hippolyte hörte ihr nicht zu. Wieder warf er Tristan ein großes Stück Fleisch hin.

»Mein Vater hat mich zehn Jahre lang im Unklaren gelassen, Bérénice, zehn Jahre. Er hat mich auf Promotion-Tour in ganz Frankreich herumgeschickt und inzwischen hier das Weingut heruntergewirtschaftet.«

»Für uns waren es doch glückliche Jahre«, gab Bérénice zu bedenken. »Hast du das vergessen?«

»Nein. Natürlich nicht. Es war eine wunderbare Zeit. Ich habe dich auf diese Reisen mitgenommen, und meine Mutter hat hier das Haus versorgt. Ja, wir waren glücklich. Aber ich war nur der Handlanger meines Vaters und dann noch …« Wütend griff Hippolyte nach dem Weinglas und trank es in einem Zug aus. »Wir waren naiv und ahnungslos. Wir haben das Leben genossen, und inzwischen ging es mit *La Maison Bleue* steil bergab.«

»Dein Vater hat uns das Gefühl gegeben, alles im Griff zu haben.«

Hippolyte lachte spöttisch auf. »Und dann kaufte er auch noch dieses Haus am Meer, wieder mit einer Hypothek auf die Weinberge. Ich dachte ja, er kauft einen Alterssitz von seinem Ersparten. Weißt du noch, als er uns eines Abends zu sich rief und mir feierlich das Weingut übergab? Ich sei jetzt vierunddreißig, genau im gleichen Alter wie er, als sein Vater ihm das Gut übergeben hatte. Dann reisten sie ab, und erst allmählich wurde mir das ganze Desaster bewusst.«

Bérénice schwieg.

»›Mein Lebenswerk‹«, höhnte Hippolyte. »Genau das

hat er gesagt: ›Ich übergebe dir mein Lebenswerk.‹ Ein verschuldetes, heruntergekommenes Weingut!«

Hippolyte war mit der plötzlichen Leitung und den finanziellen Problemen überfordert gewesen, und auch Bérénice hatte erst mühsam lernen müssen, das große Haus allein zu versorgen. Doch für sie war es das Schmerzlichste, dass Hippolyte sich vor ihr zurückzog und sie den Grund dafür nicht kannte. Er wollte allein mit den Schwierigkeiten fertig werden. Damals hatte sie gedacht, ein Kind würde die Verbundenheit, das Lachen und vielleicht sogar die Sorglosigkeit zurückbringen. Ein Kind …

»Manchmal telefoniere ich inzwischen mit meiner Mutter«, unterbrach Hippolyte ihre Gedanken, denn er hatte sich wieder beruhigt. »Sicher werde ich sie demnächst besuchen. Es ist Zeit, mein Leben in Ordnung zu bringen und mit der Vergangenheit abzuschließen«, setzte er ruhig hinzu und kraulte Tristan die seidigen Ohren.

»Du meinst, auch die Sache mit uns abzuschließen?«

Hippolyte antwortete darauf nicht, sondern zuckte nur vage mit den Schultern. »Du musst unbedingt unseren Weißwein probieren«, lenkte er ab. »Eigentlich hat ihn ja noch mein Vorgänger angebaut, aber ich denke, es ist trotzdem unser erster Wein.«

Feigling!, schoss es Bérénice durch den Kopf. Keine Antwort ist auch eine Antwort.

Hippolyte stand auf, holte eine angebrochene Flasche aus dem Kühlschrank und stellte sie mit zwei neuen Gläsern auf den Tisch. »Probier ihn bitte! Er ist gut. Unser erster Wein. Er schmeckt ein wenig wie Sancerre. Im Katalog bezeichnen wir ihn als jungen Weißwein mit trockener Frische und vielfältigen Aromen von Früchten und wilden Kräutern.«

»Er ist ausgezeichnet. Du weißt, ich mag Weißwein. Wie geht es denn mit dem Weingut?« Sie wagte kaum zu fragen, sie wollte nicht hören müssen, dass sich Hippolyte wieder in Schwierigkeiten befand.

»Gut«, antwortete er. »Wir können sehr zufrieden sein. Frank ist mein Teilhaber, und wir haben den hiesigen Bankdirektor mit ins Boot geholt. Du weißt ja, es ist Bernard, mein alter Schulfreund, und er glaubt an mich. Ich denke, in zwei Jahren haben wir es geschafft.«

»Dann bist du jetzt glücklich?« Bérénice sah ihn an.

»Ja«, antwortete Hippolyte, »ja, ich bin glücklich. Ich habe in der letzten Zeit auch viel nachgedacht. Es gibt für alles im Leben den richtigen Zeitpunkt. Um hierher zurückzukehren, war jetzt genau der richtige Moment. Vor ein paar Jahren wäre ich noch gescheitert.«

Bérénice schwieg und dachte an die vergangenen vier Jahre in Paris. Hippolyte war meist unterwegs gewesen, und wenn sie beisammen waren, konnten sie so schnell nicht zueinander finden. Zwischen ihnen standen der Kampf um die finanzielle Existenz in Paris, sein geringes Einkommen, ihre Traurigkeit und ihre Unfähigkeit, Hippolyte zu verzeihen.

»Magst du noch etwas?«

Als Bérénice verneinte, stand Hippolyte auf und räumte das Geschirr in die Spülmaschine.

»Wann geht morgen dein Zug?«, wollte er wissen.

»Um vier Uhr nachmittags.«

»Ich werde das Gästezimmer für dich herrichten, aber vorher muss ich mit Tristan noch eine kleine Runde drehen.« Er beugte sich zu dem Hund hinunter, der es sich vor dem Kaminfeuer bequem gemacht hatte. »Komm, Kumpel!«, forderte er das Tier auf und nahm es am Halsband.

»Ich komme mit nach draußen und warte auf dich.« Bérénice erhob sich rasch und verließ mit Hippolyte und Tristan das Haus.

»Pass auf, dass du dich nicht erkältest!«, warnte Hippolyte sie. »Geh rein, wenn es zu kühl wird! Wir bleiben nicht lange.«

Bérénice zog den Bademantel fester um ihre Schultern und setzte sich auf die Bank neben der Haustür. Stille umfing sie. Sie atmete die frische Luft tief ein und sah sich um. Hinter den knorrigen Ästen des alten Olivenbaumes ging groß und silbern der Mond auf und weckte Erinnerungen an warme Sommernächte, an das Sirren der Zikaden und den Duft von Lavendel. Vom ersten Moment an hatte sie das *Maison Bleue* geliebt, bis Hippolyte das Weingut übernahm und er sich veränderte, schweigsam wurde und sich abkapselte. Er hatte sie an seinen Schwierigkeiten nicht teilhaben lassen.

»In guten wie in schlechten Tagen, Hippolyte«, hatte sie einmal zu ihm gesagt. »Wir haben's geschworen.« Doch er hatte sich immer mehr zurückgezogen. Dann waren sie nach Paris gegangen, und nach vier glücklosen Jahren war Hippolyte hierher zurückgekehrt, um »im Leben anzukommen«, wie er sich ausdrückte.

War sie auch im Leben angekommen? War sie glücklich in Paris, oder glaubte sie das nur? Hippolyte *war* glücklich, das konnte sie sehen, glücklich wie seit Jahren nicht mehr. War Marie-Luise der Grund dafür?

Jetzt hörte sie Hippolyte mit dem Hund reden, lachen, mit ihm um die Wette laufen. Dann tauchten die beiden zwischen den Rebstöcken wieder auf. Tristan bellte erfreut und schnappte nach einem Stöckchen, das Hippolyte ihm vor die Schnauze hielt. Der Hund tanzte und schwänzelte um Hippolyte herum, bis sie vor dem Haus ankamen. Hippolyte rang nach Atem, und Tristan legte sich schwanzwedelnd zu seinen Füßen.

»Gehst du jeden Abend mit ihm spazieren?«, wollte Bérénice wissen.

Hippolytes Atem beruhigte sich, und er nickte, während er sich zu Tristan hinunterbeugte und ihn kraulte. »Er ist mir ans Herz gewachsen.«

In der Ferne heulte ein Hund, und sofort sprang Tristan auf und antwortete mit lautem Gebell. Hippolyte und Bérénice lächelten sich an, doch Fremdheit stand zwischen ihnen, und so drehte Bérénice den Kopf zur Seite und zeigte auf das Schild, das ihr bei der Ankunft aufgefallen war: *Dégustez nos vins*.

»Veranstaltet ihr Weinproben?«

»Ja, in der Toreinfahrt. Im September war hier einiges los«, erzählte Hippolyte. »Frank und ich überlegen, ob wir nicht den Anbau in ein kleines Restaurant umfunktionieren. Mal sehen, Pläne haben wir genug.«

Er lachte und kam ganz nahe. Er blieb vor ihr stehen und sah sie an. Seine Silhouette hob sich dunkel gegen den Sternenhimmel ab, und da beugte er sich zu ihr herunter, kniete sich vor sie auf den Boden, verbarg sein Gesicht in ihrem Schoß und umschlang ihre Taille. Lange verharrten sie so, bis Bérénice vor Kälte zitterte. Hippolyte ließ sie sofort los. »Komm, lass uns reingehen, du frierst ja.« Er wollte sie von der Bank hochziehen, doch sie wandte ihm nur stumm ihr Gesicht zu. Er berührte mit seinen Lippen zart ihren Mund, sie aber ließ ihre Arme sinken und blieb ruhig sitzen. Da zog er sie zu sich heran, legte den Arm um ihre Schultern, und sie gingen ins Haus und die Treppe hinauf. Tristan blieb in der Küche vor dem Kamin, in dem das Feuer langsam herunterbrannte.

Oben stieß Hippolyte die Tür zum Schlafzimmer auf, und Bérénice folgte ihm wortlos. Im Finstern zogen sie sich aus und fanden blind den Weg ins Bett. Ihre Augen gewöhnten sich an die Dunkelheit, und sie lagen mit dem Gesicht dicht beieinander, spürten den anderen, sogen den vertrauten Geruch ein.

Ich liebe dich, Hippolyte, ich liebe dich so sehr. Ohne dich ist mein Leben sinnlos … Die Worte blieben ungesagt, Bérénice gestand ihre Liebe nicht ein. Wie hatte sie jemals an ihr zweifeln können? Wieso hatte sie ihm nicht verziehen? Wie hatte sie nur zulassen können, dass sie sich fremd wurden und die Liebe vergaßen?

Vielleicht empfand Hippolyte in diesem Moment das Gleiche. »Davon habe ich so oft geträumt«, flüsterte er und zog Bérénice so zart an sich, als sei sie eine Gestalt aus einem Traum und nicht Realität.

»Sag mir, dass du mir gehörst«, stammelte Bérénice und drückte ihren Körper noch enger an ihn.

»Ich gehöre dir«, antwortete Hippolyte. »Heute Nacht gehöre ich dir.«

»Streichle meine Brüste«, flüsterte sie, »mit deiner Zunge, so wie früher.«

Und er küsste sie und berührte sie, und sie liebten sich mit der Leidenschaft ihrer ersten Liebe.

Als Bérénice erwachte, dämmerte der Morgen herauf, und ein fahler Lichtstreifen drang in den Raum. Hippolyte stand nackt im Zimmer und sah durch die schmalen Ritzen des Fensterladens hinaus. Als sich Bérénice bewegte, drehte er sich um und kam zum Bett zurück. Er setzte sich, blieb aber von ihr abgewandt. Sie umschlang ihn mit ihren Armen und legte ihren Kopf an seine Schulter. Da fing Hippolyte zu reden an.

»Ich will es dir sagen. Jetzt und in diesem Augenblick.«

»Was meinst du?« Alarmiert hob Bérénice den Kopf.

»Damals, als ich hinunter in die Stadt ging.« Hippolyte sprach langsam, leise. »Ich hatte meine ganzen Ersparnisse dabei. Es hatte sich an dem Abend in Saint-Emile eine Pokerrunde eingefunden, für die man sich anmelden musste. Ich gehörte dazu. Ich war entschlossen, Geld zu gewinnen, um die Schulden auf dem Weingut zu begleichen.«

»Das hast du mir nie erzählt, Hippolyte.«

»Es hätte nichts genützt. Du wolltest nur glauben, dass ich dich allein ließ, als es dir schlechtging. Du hast mir nicht vertraut, das war das Schlimmste für mich. Aber es war nicht so.«

Bérénice setzte sich abrupt auf. »Wie war es dann?«

»Unser Telefon war gesperrt, weil ich die Rechnung nicht mehr bezahlen konnte. Daher rief ich aus Saint-Emile unsere Nachbarin Mireille an und bat sie, nach dir zu sehen und dich ins Krankenhaus zu fahren, falls es nötig sei.«

»Aber sie ist nicht gekommen.«

»Nein, später hat sie mir gestanden, dass sie es vergessen hat, da ihr Sohn überraschend zu Besuch kam.«

Bérénice ließ sich wieder in die Kissen fallen. Sie zog die Bettdecke hoch und blieb starr liegen, als Hippolyte leise weitersprach.

»Ich war naiv, ich hatte nicht gewusst, dass es sich um Profis handelte, die durch die Städte zogen, verbotene Pokerrunden veranstalteten und die Leute abzockten. So verlor ich mein Erspartes und das Weingut, das haben diese Burschen dann an Hubert Schickele verkauft. Es war entsetzlich, ich hatte mein ganzes Erbe verzockt und uns um unsere Existenz gebracht. Ich war so verzweifelt, und als ich dann nach Hause kam …«

Bérénice lag ganz still. Sie erinnerte sich an jenes Gefühl des Glücks, nach sechzehn Jahren endlich schwanger zu sein, als sie schon nicht mehr daran geglaubt hatte, jemals ein Kind zu bekommen.

Sie war im vierten Monat gewesen, als Hippolyte an diesem Abend hinunter in die Stadt ging und sie allein ließ. Sie hatte bereits seit einigen Stunden ein Ziehen im Unterleib gespürt. Doch Hippolyte verließ sie und war auch nicht da, als die Wehen einsetzten. Sie hatte gespürt, dass das Kind herauswollte, hatte die Beine hochgelegt, mit aller Kraft zusammengepresst und mit beiden Händen verzweifelt dagegengedrückt. Aber das Kind drängte aus ihrem Leib, und keine Macht der Welt konnte es zurückhalten. Sie hatte um Hilfe geschrien, geweint und geschluchzt und wusste doch, dass es vorbei war. Endlich nahm sie die Hände hoch, die voller Blut waren. Reglos war sie in der Dunkelheit liegen geblieben, bis sie wagte, auf das zuckende Bündel Mensch zwischen ihren Beinen zu sehen. Es konnte nicht leben, und sie hatte ihm nicht helfen können, länger in ihrem Leib zu bleiben.

»Es hat geschrien«, flüsterte Bérénice jetzt, »es war schrecklich. Ich bin mir sicher, es hat geschrien. Und das viele Blut …«

Hippolyte neigte sich zu ihr herunter, sein Gesicht war über ihr, und sie spürte die Wärme seines Körpers, den Trost seiner Hände, die sie streichelten.

»Es war ein Sohn, und wir haben nicht auf ihn aufgepasst, wir haben sein Leben nicht geschützt …« Sie konnte nicht vergessen.

Hippolyte umschloss sie fest mit seinen Armen. »Im Krankenhaus hat doch der Arzt gesagt, es sei nicht lebensfähig gewesen, auch wenn du früher eingeliefert worden wärst. Niemand ist schuld, hörst du Bérénice, niemand ist schuld«, betonte er. »Es hat auch sicher nicht geschrien, das war in deiner Phantasie. Bérénice, es war nur in deiner Phantasie. Es war nicht lebensfähig. Du musst endlich vergessen.«

Dann hüllte Schweigen sie ein, und sie umarmten sich und liebten sich und konnten sich nicht voneinander lösen.

Es war fast Mittag, als sie endlich aufstanden. Während Bérénice im Bad war, deckte Hippolyte vor dem Haus den Tisch für ein spätes Frühstück. Wortlos nahm Bérénice Platz und sah zu, wie Hippolyte ihr Kaffee einschenkte.

»Ich habe keinen Hunger«, wehrte sie mit beiden Händen ab, als Hippolyte ihr ein Stück Baguette, bestrichen mit Butter und Marmelade, auf den Teller legen wollte.

»Wann kommt Marie-Luise zurück?«, fragte sie dann, obwohl sie wusste, dass seine Antwort sie verletzen würde.

»Heute Abend«, erwiderte Hippolyte ruhig.

»Wirst du's ihr sagen?«, fragte Bérénice. »Ich meine, dass wir miteinander geschlafen haben.«

Hippolyte zuckte mit den Schultern und pfiff dann Tristan zurück, der einem Schwarm Vögel nachjagte.

Bérénice stellte abrupt ihre Tasse ab. »Lass uns hinaufgehen, jetzt. Bitte.«

»Wenn du willst.«

Hippolyte erhob sich, und sie stiegen zwischen dem duftenden Thymian und dem üppigen Basilikum den steinigen, schmalen Weg den Hügel hinauf. Oben blieben sie stehen und sahen zu den Lavendelfeldern hinüber, dann gingen sie zu dem alten Mandelbaum, unter dem Hippolyte ein kleines Holzkreuz aufgestellt hatte. Es trug die Inschrift: *Für unseren Sohn, der nicht leben durfte.*

Und Hippolyte nahm Bérénice an der Hand, und so standen sie still, bis er ihr mit einer zärtlichen Geste die Haare aus der Stirn strich.

»Es wird alles gut werden, jetzt, da du endlich die Wahrheit kennst, du wirst sehen.«

*

Am Nachmittag brachte Hippolyte Bérénice zum Bahnhof. Schweigend warteten sie auf den Regionalzug nach Marseille.

»Warum hast du nie mit mir gesprochen? Weil du so ein verdammter Dickkopf bist? Weil du glaubst, als Mann müsstest du alles allein mit dir ausmachen?«, brach es plötzlich aus Bérénice heraus. »Oder war es einfach nur falscher Stolz?«

»Nein. Du hast mir nicht vertraut, das war es. Du hättest mir nicht geglaubt, sondern es nur als feige Ausrede angesehen. Das wollte ich nicht.«

»Wir hätten darüber reden sollen.«

»Wann denn?« Hippolyte lachte auf. »Du hast mir keine Gelegenheit dazu gegeben. Die vergangenen vier Jahre hast du mich nur spüren lassen, dass ich ein Versager bin, ein feiger Hund, der sich davonschleicht und sich betrinkt, während seine Frau eine Fehlgeburt erleidet. Und dann auch noch das Weingut, die Existenz, am Pokertisch verzockt.« Hippolyte sah ihr in die Augen. »Ich habe erst nach vielen Jahren mit jemandem darüber gesprochen, und zwar mit Marie-Luise. Das hat mir gutgetan und …«

»Dann ist sie ja genau die Richtige für dich«, unterbrach Bérénice ihn scharf. Da fuhr der Zug ein, und Hippolyte küsste sie noch schnell auf beide Wangen, half ihr beim Einsteigen und hob ihre Tasche hinauf. Als der Zug abgepfiffen wurde und langsam aus dem Bahnhof rollte, winkte er, und Bérénice legte die Hand an das schmierige Fenster und drückte ihr Gesicht gegen die Scheibe.

Er hatte sie nicht mehr gefragt, ob sie ihm verziehen hatte. Doch sicher spürte er, dass sie es endlich konnte. Und sie liebte ihn mehr als je zuvor.

*

Dezember 2001
Paris

Bérénice wartete. Doch die Wochen vergingen, und Hippolyte meldete sich nicht.

»Heute Nacht gehöre ich dir«, hatte er gesagt, aber die Einschränkung »heute« hatte sie nicht wahrhaben wollen. Zweimal rief sie bei ihm an, doch als sich eine Frauenstimme meldete, legte sie jedes Mal rasch wieder auf.

Sie hatte Maxime um ein Gespräch gebeten, doch er lehnte ab, die Kollektion habe absolute Priorität. Beruflich verlangte er ihr alles ab, um seine ausgefallenen Visionen zu realisieren. Doch die Konzentration auf die Arbeit zwang sie, nicht an Hippolyte zu denken und ihre brennenden Fragen nach der Vergangenheit zurückzustellen, bis die Show vorüber war. Doch konnte sie das?

Hatte sie Hippolyte verloren? Jetzt, da sie die Wahrheit kannte? Jetzt, da sie bereit war für einen Neuanfang? Es schien zu spät. Jeder Tag, an dem er sich nicht meldete, brachte sie dieser Gewissheit näher. Ihre Sehnsucht nach ihm wuchs, und der Schmerz, ihn nicht zu sehen, ihn nicht umarmen zu können, wurde unerträglich.

Doch nicht nur Hippolyte beschäftigte ihre Gedanken, sie dachte auch viel an ihre Mutter und Fleur. Ein paar Tage vor Weihnachten rief sie Denise an, aber ihre Mutter behauptete, in Arbeit zu ersticken und keine Zeit zu haben.

»Ich werde auch an Weihnachten in der Schneiderei sitzen, denn an Silvester gibt es in Saint-Emile einen großen Ball, und da muss ich für mehrere Damen das Abendkleid nähen. Also ist es besser, du kommst dieses Mal nicht«, erklärte sie ihrer Tochter nach einer kurzen Pause.

Nachdenklich legte Bérénice auf. Letztendlich war sie froh darüber, nicht nach Hause fahren zu müssen. Auch ein weiteres Gespräch mit Denise würde nichts bringen. Sie kaufte für ihre Mutter eine Kette aus großen Türkisen und einen Schokoladenkuchen. Während sie die Geschenke verpackte, beschäftigten sich ihre Gedanken wieder mit Denise und deren Schwester. »Das ist Fleur, eine Tante.«

Wie Denise hatte ihr auch ihr Vater eindringlich geraten, die Vergangenheit ruhen zu lassen, es sei besser für sie. Oft sah sich Bérénice nachdenklich das Foto von Fleur an, das sie in ihrem Schlafzimmer aufgehängt hatte. Ein schönes Gesicht, ein sinnlicher Mund, große, ernste Augen. Das schien nicht die Frau zu sein, die Denise beschrieb: eine Egoistin, die sich die Männer nahm, wie sie wollte, und die sich nicht um ihre Familie gekümmert hatte, eine Frau, die plötzlich verschwand und von niemandem vermisst oder gesucht wurde.

Am 23. Dezember rief überraschend Jean Bergé an und lud sie zu einem Spaziergang ein. »Und ziehen Sie flache Schuhe an!«

Bérénice freute sich über die Einladung. Bevor sie Bergé traf, wollte sie in Saint-Emile anrufen. Zwanzig Jahre war sie mit Hippolyte verheiratet, sie waren nicht geschieden, und sie hatten im Oktober miteinander geschlafen. Konnte sie ihm da nicht schöne Weihnachten und ein gutes neues Jahr wünschen? Sie ließ es lange läuten, bis endlich auf dem Weingut jemand abhob.

»Hallo? Weingut *La Maison Bleue*, Marie-Luise am Apparat.«

»Ich möchte Hippolyte sprechen.«

Eine kleine Pause entstand.

»Es tut mir leid, er ist nicht da. Er macht noch einen Rundgang durch die Weinberge. Kann ich was ausrichten? Sie sind es doch, Bérénice, oder?«

»Ja, ich bin es. Sagen Sie Hippolyte nur, ich wünsche ihm schöne Weihnachten und ein erfolgreiches neues Jahr. Wenn er will, kann er mich ja zurückrufen.«

»Ich werde es ihm ausrichten«, antwortete Marie-Luise kühl.

Rasch legte Bérénice auf. Sie wartete noch eine Stunde, doch Hippolyte rief nicht zurück.

*

Jean gab sich sehr geheimnisvoll. »Wir gehen in mein Lieblingsviertel«, hatte er angekündigt. Sie fuhren mit der Metro, und als sie am Gare de Lyon umstiegen, wusste Bérénice Bescheid.

»Wir fahren zur Station St. Paul und gehen ins Marais, stimmt es?«

»Genau«, antwortete Jean, »ich liebe das Quartier.«

»Hier«, erzählte er, als sie kurz darauf durch die engen Straßen schlenderten und vor einer jüdischen Bäckerei stehen blieben, »hier, an dieser Ecke, in diesen beiden kleinen Straßen, habe ich im vergangenen Sommer meine schönsten Fotos gemacht. Oder hier, sehen Sie!«

Er nahm sie am Arm, ging mit ihr in die nächste Straße und zeigte auf ein kleines Restaurant. An der Fassade des

Hauses stand *Koscher Pizza* über der Eingangstür. Sie schlenderten weiter durch die schmalen Straßen, und Jean erzählte ein wenig über das Marais.

»Es ist das älteste Viertel von Paris, eine Zeitlang hatte der Adel hier residiert, inzwischen ist es ein vorwiegend jüdisches Viertel. Es ist aber auch sehr in Mode gekommen, das ist schade.«

In einer *Epicerie*, die exotische Kräuter anbot, kaufte Jean frischen Koriander. »Wir könnten in das Picasso-Museum in der Rue de Thorigny gehen«, schlug er vor.

Doch Bérénice schüttelte den Kopf. Es wurde langsam dunkel, und sie fand es schön, an Jeans Seite ohne wirkliches Ziel durch Paris zu laufen. So schlenderten sie weiter bis zur Place des Vosges.

Bérénice erinnerte sich an einen Tag, als sie und Hippolyte auf Wohnungssuche waren. Erschöpft und mutlos hatten sie hier auf dem Sockel eines der Springbrunnen gerastet.

»Dort, im Haus Nummer 6, hat der Schriftsteller Victor Hugo gewohnt«, erklärte Jean, und Bérénice nickte zerstreut.

Damals, an jenem Tag im Sommer, war sie mit Hippolyte schließlich in das Café Hugo unter den Arkaden gegangen, und sie hatten sich von ihrem letzten Geld einen Eisbecher gegönnt.

Nach ihrem ausgiebigen Rundgang durch das Marais ließen sie sich treiben, bis sie an der Rue de Rivoli landeten.

Jean blieb stehen. »Wohin jetzt?«

Obwohl sie allmählich müde wurde, schlug Bérénice vor: »Jetzt zeige ich Ihnen meinen Lieblingsplatz.«

»Da bin ich aber sehr gespannt.«

Sie liefen weiter, bis Bérénice endlich stehen blieb.

»Der Rond Point ist Ihr Lieblingsplatz?«, fragte Jean erstaunt.

Bérénice schüttelte den Kopf. »Abwarten«, sagte sie lächelnd.

Sie überquerten die Champs-Elysées, und hier endlich blieb Bérénice auf einer kleinen Verkehrsinsel in der Mitte der Avenue stehen.

»Hier«, sagte sie, »genau hier. Das ist für mich Paris.«

Der Verkehr brauste links und rechts an ihnen vorbei, und sie sahen die Champs-Elysées hoch bis zum angestrahlten Arc de Triomphe.

»Sieht er nicht phantastisch aus? Jedes Mal, wenn ich hier stehe, fühle ich mich als Teil dieser Stadt, lebendig und … glücklich«, beendete sie den Satz.

Jean lachte, was sie in dem Lärm nicht hören konnte, doch sie sah ihn an und lachte auch. Da zog er sie an sich und küsste sie.

*

Jean hatte die Nacht bei ihr verbracht und war sehr früh gegangen. Jetzt stand Bérénice im Bad und betrachtete sich im Spiegel.

Sie hatte mit einem fremden Mann geschlafen. Denn was wusste sie schon von Jean? Er war berühmt für seine beruflichen Erfolge und für seine vielen Affären. Einmal war sie mit ihm essen gewesen, das zweite Mal hatten sie die Ausstellung von Georges Bonnet in der Petite Galerie des Arts besucht, und er hatte sie geküsst. Über sich hatte er beide Male kaum etwas erzählt. Er verschwand, wann es ihm passte, und tauchte auf, wann immer er wollte.

Als sich Bérénice jetzt im Spiegel erblickte, sah ihr Gesicht rosig und glücklich aus. Die Nacht hatte ihr gutgetan. Sie hatte die tiefe Sehnsucht nach Hippolyte mit einem anderen Mann bekämpft. Überwunden hatte sie sie nicht.

Sie lächelte sich zu, als sie ihre Lippen dunkelrot nachzog, dann schlüpfte sie in ihren Mantel und verließ die Wohnung. Sie hatte Lust, sich einen kleinen Tannenbaum zu kaufen, ihn zu schmücken und auf den Couchtisch zu stellen.

13

Januar 2002
Saint-Emile

Es war noch dunkel. Nach und nach huschten schattenhafte Gestalten in die Kirche zur Frühmesse, die der alte Pfarrer jeden Tag zelebrierte, auch wenn nur noch ein paar alte Frauen und Männer dem Gottesdienst beiwohnten.

Denise saß zusammengekrümmt in der vorletzten Bank. Hier hatte sie schon als junges Mädchen gesessen, wenn ihre Mutter Joselle mit ihr und Fleur in die Frühmesse ging. Manchmal war Denise neben Fleur sogar eingeschlafen und erst aufgewacht, wenn die Schwester ihr einen schmerzhaften Stoß in die Seite verpasste. Dann fingen beide zu kichern an, so dass schließlich der Pfarrer Joselle bat, ihre Töchter zu Hause zu lassen, da es ihnen ja wohl an ernsthaftem Glauben fehle.

Denise lauschte auf die Stimmen der wenigen Gläubigen, die dem Priester im Wechselgesang antworteten. Heute war der Tag, den sie bis ins kleinste Detail vorbereitet und geplant hatte. Sie empfand Ruhe und Heiterkeit, denn sie hatte eine Entscheidung getroffen. Zur Lesung erhob sie sich nicht mit den anderen, sondern blieb sitzen und sah hinauf zu den Fenstern, hinter denen es allmählich heller wurde und ein trüber Januartag anbrach.

Die hellen Glöckchen des Ministranten bimmelten,

und die Köpfe senkten sich zur Wandlung. Die Messe ging dem Ende zu, auf das Denise ungeduldig wartete. Sie konnte nicht mehr zurück. Sie hatte an Bérénice einen Brief geschrieben, den ihre Tochter heute bekommen müsste. Bérénice würde sich nun ihr ganzes Leben lang Vorwürfe machen und tiefe Schuldgefühle empfinden, die sie nicht mehr losließen. Ende Oktober war ihre Tochter in Saint-Emile gewesen, einmal hatte sie kurz angerufen, nicht einmal an Weihnachten hatte sie ihre Mutter besucht, wobei Denise verdrängte, dass sie es so gewollt hatte.

Der Pfarrer hatte den Segen erteilt, die Schritte der wenigen Besucher hallten auf dem Steinboden, als sie dem Ausgang zustrebten. Der Messner löschte die Kerzen auf dem Altar, und nun erhob sich auch Denise. Das letzte Mal ging sie durch den Mittelgang, auf dem sie vor fünfundvierzig Jahren am Arm ihres Onkels auf den wartenden Bräutigam zugeschritten war. Sie hatte glücklich sein wollen wie viele andere Frauen auch, aber das Schicksal hatte es ihr nicht gegönnt.

Vor der Kirche blieb sie stehen, nickte einer Gruppe von alten Frauen zu und bog in die Straße zum Friedhof ein. Der Kies knirschte unter ihren Füßen, als sie den Weg zum Grab der Déschartes entlanghastete. Langsam ließ sie sich auf den kalten, feuchten Sockel unter dem steinernen Engel nieder. Hatte sie hier nicht schon einmal gesessen? Sie konnte sich nur schwer erinnern. War es damals mit Fleur? Am Tag der Beerdigung ihrer Mutter?

»Fleur …«, murmelte sie, und ein trockenes Schluchzen stieg in ihrer Kehle hoch. »Fleur, wie warst du entsetzt, als du erfahren hast, dass unsere Mutter ihre Ersparnisse und das Haus mir vererbt hatte. Aber du hast dich nie um Maman gekümmert, bist auch nicht gekommen, als sie im Sterben lag. Und Bérénice …«, flüsterte sie und sah auf das Grab ihrer Mutter hinunter. »Weißt du, Maman, nicht einmal an Weihnachten hat sie mich besucht. Aber das wird sie bereuen.«

In tiefer Erregung erhob sich Denise wieder und hastete den Kiesweg zurück zum Ausgang des Friedhofs, hetzte weiter und kam, schwer nach Atem ringend, zu Hause an.

Noch während sie die Tür aufschloss, schlüpfte sie aus ihrem Mantel, warf ihn achtlos über das Bügelbrett und stieg die Wendeltreppe zur Wohnung hinauf. In der Küche ließ sie sich auf den wackligen Klappstuhl fallen und streckte ihr linkes Bein aus. Sie kicherte vor sich hin, während sie es abbog und wieder ausstreckte.

Als Etienne sie damals geschlagen und vergewaltigt hatte, war sie mit dem Knie heftig an den Eisenpfosten des Bettes gestoßen. Wochenlange Schmerzen waren die Folge gewesen, sie konnte das Knie nicht abbiegen, denn Wasser hatte sich angesammelt, und es kam zu einer Infektion. Eine Versteifung des Kniegelenks drohte, doch Denise hatte sich behandeln lassen, und das Knie heilte vollständig aus. Aber sie wollte Rache, und so zog sie, wenn sie beobachtet wurde, das linke Bein weiterhin nach. Sie täuschte ein leichtes Hinken vor, und es war jedes Mal eine kleine Befriedigung, wenn sie auf Etiennes Gesicht Betroffenheit erkennen konnte. Es tat gut, ihm jeden Tag die Folgen seines Verbrechens vor Augen zu führen. Als sie nach der Trennung in das Haus ihrer Mutter zurückkehrte und die Schneiderei wieder eröffnete, hinderte ihr »Gebrechen« sie daran, vor den Damen der Gesellschaft auf dem Boden herumrutschen und deren Rocksäume abstecken zu müssen. Diese Demütigung hätte sie nicht auch noch ertragen können. Denn als geschiedene Frau war sie in das Leben zurückgestoßen worden, das sie bei ihrer Mutter so verachtet hatte.

Zuerst bemitleidete man Denise Aubry-Déschartes, die ihr Leben trotz ihres Gebrechens so tapfer meisterte. Einige Frauen gingen nicht mehr in die Apotheke von Etienne Aubry, der seine geschiedene Frau nicht angemessen versorgte, wie sie und das Kind es verdient hätten. Doch letztendlich war Etienne ein angesehener Mann, der sich als Stadtrat für das Wohl der Bürger einsetzte, und bald verstummten die Ressentiments. Er würde, hieß es nun, für sein Handeln vielleicht gute Gründe gehabt haben.

Denise erhob sich jetzt wieder und zog ihren großblumigen Morgenrock an. Die grellen Farben würden sie blass aussehen lassen, aber das war ja dann egal, wenn man sie fand. Aus dem Kühlschrank holte sie den Champagner, den sie am Tag zuvor gekauft hatte. Mit der Flasche und einem Glas setzte sie sich auf das abgeschabte Biedermeiersofa in ihrem Wohnzimmer. Es war still im Haus. Nur aus der Küche hörte man das eintönige *Tick-tock-tick-tock* der Wanduhr.

Sie hatte noch so viel Zeit. Den Champagner wollte sie erst kurz vor zwölf Uhr mittags trinken. Bis dahin würde sie einfach hier liegen und sich die Konsequenzen ausmalen, die ihr Handeln nach sich ziehen würde.

Es dauerte nicht lang, dann fing sie an zu frösteln, denn es war kalt in der Wohnung. Sie sollte sich etwas anderes anziehen. Im Schlafzimmer schlüpfte sie in ihr dunkelrotes, weit geschnittenes Jerseykleid. Sie war in den vergangenen Jahren dick geworden, und eine Taille war nicht mehr vorhanden. Aber die Farbe passte gut zu ihren grauen Haaren, und das Kleid war bequem und warm. Schwer ließ sie sich zurück aufs Sofa fallen und lauschte auf das Ticken der Küchenuhr. *Tick-tock-tick-tock.* Hier hatte sie mit Fleur gesessen, als sie ihr diesen Vorschlag gemacht hatte. Es war ein Geschäft gewesen, mehr nicht … und Fleur hatte es gewusst.

Zäh verrannen die Stunden, und als es endlich zwölf Uhr schlug, war Denise sicher, dass Bérénice ihren Brief bekommen hatte. Samstags war Bérénice immer daheim, das wusste Denise, sie erledigte ihre Hausarbeit.

Es war so weit.

Denise öffnete die Champagnerflasche und goss sich ein Glas ein. Hastig trank sie es aus. Sie mochte keinen Alkohol, doch heute musste sie sich Mut antrinken. Gleich ein zweites Glas, nur schnell, schnell, jetzt nicht mehr nachdenken, sie konnte nicht mehr zurück. Sie schloss die Augen und streckte sich auf dem schmalen Sofa aus. *Tick-tock-tick-tock*, klang es aus der Küche. *Tick-tock-tick-tock.*

Denise hatte in den vergangenen Monaten oft über ihre Tochter nachgedacht. Wieso konnte Bérénice nicht einsehen, dass sie alles für sie getan hatte, immer für sie da gewesen war? Bérénice besaß ihre ganze Liebe. Aber man durfte nichts erwarten, in der Liebe bekam man nichts zurück, das war die bittere Wahrheit.

»Bérénice«, flüsterte sie, »du bist doch mein Kind, mein geliebtes Kind.«

Du wirst es bereuen, dachte sie dann, dass du dich in den vergangenen Monaten nicht um mich gekümmert hast. Du wirst es bereuen, mich mit diesen Fragen bedrängt zu haben. Du wirst alles bereuen: deine Lieblosigkeit mir gegenüber, deinen Egoismus. Du bist genau wie Fleur.

Noch ein Glas, nur schnell, es war schon nach zwölf. Denise wurde schwindlig, aber das war ja gut so. Sie schloss die Augen, atmete schnell und hastig, und ihre Angst wuchs. Die heitere Gelassenheit der vergangenen Stunden war vorbei. Was blieb, war Angst. Aber sie hatte ja keine andere Wahl.

»Jetzt«, entschied sie, »jetzt!«

Der Zeitplan musste stimmen, sie durfte nichts falsch machen. Gleich würde Bérénice anrufen, außer sich vor Verzweiflung und Entsetzen. Und das sollte sie auch sein. Der Gedanke daran tröstete Denise. Schnell das nächste Glas und dann …

Sollte sie auf das Klingeln des Telefons warten? Dann würde sie wissen, dass Bérénice den Brief gelesen hatte. Vielleicht schaffte sie es dann noch, den Hörer abzunehmen.

Das nächste Glas, dann war die Flasche leer. Denise' Gedanken, verworren und zerrissen durch den Alkohol, umkreisten die Vergangenheit, ihre trostlose Gegenwart und die Zukunft, der sie sich verweigerte. Und ihre Angst wuchs noch einmal. Doch sie musste es tun, sie hatte sich entschieden.

Mit zitternder Hand griff sie nach der kleinen Schachtel, in der sie die Schlaftabletten gesammelt hatte. Sie schluckte eine nach der anderen, hastig und schnell. Nur nicht mehr nachdenken, nur noch ausführen, was seit Monaten ihren Sinn beherrschte!

Immer mehr verwirrten sich die Gedanken, noch eine Tablette, die nächste … Bald hatte sie alle geschluckt, obwohl sie anfing zu würgen. Die Schachtel war leer. Das Herz fing zu flattern an, zu rasen, der Atem ging keuchend, Denise' Kopf sank auf die Kissen. Die Uhr schlug … wie oft? Einmal nur?

In plötzlicher Panik tastete Denise nach dem Telefon, das auf dem Tisch neben dem Sofa stand. Ich will nicht … Ich will doch nicht … Ich hab es nicht gewollt … nicht gewollt …

Der Hörer entglitt ihrer Hand.

14

Januar 2002
Paris

Über dem Gare Saint-Lazare wölbte sich der Himmel in einem freudlosen Januargrau. Doch Bérénice gefiel der Ausblick aus den Fenstern von Jean Bergés Loft, das im Obergeschoss eines Hauses direkt gegenüber dem Bahnhof lag.

»Bist du fertig? Ich muss los, mein Flieger geht in drei Stunden.«

»Gleich«, antwortete Bérénice auf Jeans Frage, rührte sich jedoch nicht. Am Freitagnachmittag war sie mit ihm hierhergekommen, und jetzt konnte sie sich nur schwer aus dem Zusammensein lösen. Während sie noch versonnen auf die sonntägliche Straße hinuntersah, hörte sie Jean im hinteren Teil des Lofts die Schiebetüren seines großen Wandschranks öffnen und dabei fluchen, da er irgendetwas nicht fand. Jean fühlte sich wohl in seinem »künstlerisch gestalteten Chaos«. An den weißgekalkten Wänden hingen überdimensional große Schwarzweißfotos, die besten, die er je gemacht und für die er internationale Preise erhalten hatte. Zum Loft gehörte auch eine Küche in teuerstem Hightechstil, doch Jean kochte sich höchstens mal einen Kaffee. Das Zentrum des Lofts bildete ein provisorisches Atelier. Eine Kamera und zwei Scheinwerfer standen hier auf engem Raum beisammen. Auf dem schwarzgestrichenen Boden schlängelten sich

Kabel, über die Bérénice schon mehrmals gestolpert war, und an einer Stange hing eine weiße Leinwand von der hohen Decke herunter. Vor den Fenstern stand ein weißer Holztisch mit gedrehten Beinen, an denen die Farbe abblätterte. Ein Tisch mit »Vergangenheit«, wie Jean es nannte. Auf ihm herrschte ein wildes Durcheinander von Fotos. Kaum verborgen hinter einem japanischen Wandschirm, stand auf einem Podest sein Bett, und davor stapelten sich Bildbände über Architektur, Jeans große Leidenschaft.

Bérénice genoss die Beziehung mit ihm. Alles war einfach und unkompliziert. Wenn Jean sich einige Tage nicht meldete, stellte sie keine Fragen, und Jean erzählte auch nichts. Er sagte nicht, dass er sie liebe, sondern dass sie ihm gefiel. Seine Nähe erregte Bérénice, und so stürzte sie sich in die Affäre, um sich jung und lebendig zu fühlen und um zu vergessen.

Doch die Nacht mit Hippolyte, die tiefe Liebe, die Vertrautheit, die sie empfunden hatte, ließ sich nicht aus ihren Gedanken verbannen, sosehr sie es sich auch wünschte. Was blieb, war tiefe Eifersucht auf Marie-Luise, mit der Hippolyte offenbar das Glück erlebte, das Bérénice ihm seit Jahren verweigert hatte.

»Heute Nacht gehöre ich dir«, hatte er gesagt. Eine Reminiszenz an die erste Zeit ihrer Ehe, mehr offenbar nicht.

»Bleib so stehen, dreh dein Gesicht zur Seite, noch ein wenig«, hörte sie Jean hinter sich sagen. Automatisch folgte sie seiner Anweisung und wandte ihr Gesicht zur Seite. Sie hörte, wie er die Kamera vom Tisch nahm und fotografierte.

»Ich bin nicht geschminkt, und ich mag nicht, dass du mich so fotografierst«, protestierte sie schwach.

Doch Jean beachtete ihren Einwand nicht, sondern machte weiter. »Lass den Bademantel von den Schultern fallen, bis unter die Taille, nicht mehr. Du hast einen wunderschönen Rücken, und dann dieses weiche graue Licht dazu. Phantastisch! Jetzt das Gesicht zu mir, aber dreh dich nicht um! Schenk mir ein Lächeln. Ja, Darling, ja!«

Bérénice verkniff sich ein Lachen. Jean hielt seine Kamera vors Gesicht und ging dabei mit steifem Rücken ein wenig in die Knie, während er ihr weitere Anweisungen gab. Dann senkte er abrupt die Kamera.

»So. Ich hab's. Das werden großartige Bilder, glaube mir!« Er packte seine Kamera vorsichtig ein, kam zu Bérénice und umschloss sie mit seinen Armen.

»Ich liebe den Gare Saint-Lazare«, erzählte er. »Ich muss nur die Straße überqueren und kann mich jederzeit in den Zug nach Deauville setzen.«

»Und? Machst du das oft?« Bérénice wurde neugierig.

»Nie«, gab Jean zu und lächelte strahlend. »Aber ich könnte es tun. Das ist es. Außerdem gefällt mir der Bahnhof. Der Architekt Jules Lisch hat ihn für die Weltausstellung 1889 vergrößert und so gestaltet, wie er heute ist. Er ist schön, findest du nicht?«

»Doch, ja, er ist sehr schön«, bestätigte Bérénice.

Jean ließ sie los, und sie ging nach hinten, um sich rasch anzuziehen. Als sie zurückkam, stand Jean bereits ungeduldig an der offenen Tür des ehemaligen Lastenaufzugs, der direkt in das Loft heraufführte.

»Früher habe ich an der Place des Vosges gewohnt«,

erzählte er, während sie nach unten fuhren. »Aber die Wohnung war mir zu klein, und die Leute im Haus, die ganze Atmosphäre dort waren mir einfach zu bourgeois.«

Bérénice lächelte ironisch. Bourgeois, das war sein Ausdruck für alles, was ihn einengte und ihm unbehaglich war.

»Warum hast du mir das nicht erzählt, als wir dort spazieren gingen?«, wollte sie wissen, bekam aber nur ein Schulterzucken als Antwort.

Vor dem Haus wartete bereits ein Wagen auf Jean. Er verabschiedete sich unkonzentriert mit einem gehauchten Kuss auf Bérénice' Wange, stieg ein und winkte ihr noch kurz zu. Sie sah dem dunklen Mercedes nach, der ihn zum Flughafen Charles de Gaulle bringen sollte, dann überquerte sie die Straße und reihte sich in die lange Schlange derer ein, die vor dem Gare Saint-Lazare auf ein Taxi warteten. Es dauerte eine halbe Stunde, bis sie an die Reihe kam.

Auf der Fahrt nach Hause wühlte sie hektisch in ihrer Tasche nach dem Handy, bis ihr plötzlich einfiel, dass es wahrscheinlich noch in ihrer Wohnung auf dem Tisch lag. Sie hatte ihre Tasche für das Wochenende mit Jean nervös und in Hektik gepackt. Sicher hatte Tom Morton, Maximes Designer für die Taschen, schon mehrmals versucht, sie zu erreichen. Bérénice beugte sich zum Fahrer vor: »Können Sie bitte schneller fahren, ich habe es eilig.«

»Wer nicht«, brummte der Fahrer unfreundlich und zeigte hinaus auf den dichten Verkehr. Ungeduldiges Autohupen änderte nichts daran, dass auf dem Boulevard Haussmann nichts mehr voranging und es früher Nachmittag wurde, bis das Taxi endlich vor ihrem Haus hielt. Sie bezahlte und war erleichtert, dass sie wenigstens ihr Portemonnaie sofort fand.

Rasch stieg sie aus und lief ins Haus, vorbei am Briefkasten, aus dessen Schlitz Werbung quoll. Schnell öffnete sie ihn. Als sie die vielen Prospekte fast achtlos in den Korb unter den Kästen warf, entdeckte sie gerade noch einen Brief ihrer Mutter. Denise hatte ihr noch nie einen Brief geschrieben, nicht einmal an Geburtstagen oder Weihnachten. Verwundert steckte sie ihn ein und stieg die vier Stockwerke zu ihrer Wohnung hinauf.

Kaum hatte sie aufgesperrt, läutete das Telefon. Bérénice nahm ab und klemmte sich den Hörer zwischen Ohr und Schulter, während sie ihre Tasche fallen ließ und den Brief ihrer Mutter auf den Tisch legte. Es war nicht Tom Morton, der sich über ihre Unzuverlässigkeit beschweren wollte, sondern es meldete sich das Städtische Krankenhaus Saint-Emile.

»Madame Mouret? Endlich! Seit gestern Mittag versuchen wir, Sie zu erreichen. Einen Moment, Dr. Passot will Sie sprechen.« Es klickte, und sanfte Klaviermusik ertönte, dann eine Stimme, die Bérénice versicherte, sie werde sofort weitergeleitet. Ihr Atem hatte sich vom schnellen Treppensteigen noch nicht beruhigt, und jetzt schlug auch ihr Herz heftig. Hippolyte!, schoss es ihr durch den Kopf. Hatte er einen Unfall? Er fuhr immer zu schnell, wie oft hatte sie ihm schon …

»Madame Mouret? Dr. Passot hier, es geht um Ihre Mutter.« Und so erfuhr Bérénice, dass ihre Mutter, Denise Aubry, am Tag zuvor versucht hatte, sich mit einer Überdosis Tabletten das Leben zu nehmen. Doch eine

Kundin, eine Madame Levy, habe sie rechtzeitig gefunden. Denise hatte den Zwölfuhrtermin mit ihr offenbar vergessen, und als Madame Levy die Schneiderei betrat und laut rief, antwortete ihr nur ein Röcheln aus der Wohnung. Madame Levy lief hoch und verständigte dann sofort den Notarzt.

»Ihre Mutter hatte Glück«, sagte Dr. Passot. »Bei den Tabletten handelt es sich zwar nur um ein Medikament zur Beruhigung, ihre Mutter erlitt jedoch einen Schwächeanfall. Aber es geht ihr wieder gut.«

Bérénice' Bestürzung war so groß, dass sie kaum ein Wort fand, mit dem sie ihr Entsetzen hätte ausdrücken können.

»Ihrer Mutter geht es den Umständen entsprechend gut«, betonte Dr. Passot noch einmal, als Bérénice in Schweigen verharrte. »Sie wird medikamentös behandelt, und wir werden sehen, welche Art der Therapie für sie die richtige ist. Sie liegt auf der psychiatrischen Abteilung und wird überwacht. Das ist Routine, es soll nur ein weiterer Suizidversuch verhindert werden. Sie fühlt sich hier wohl«, fügte Dr. Passot hinzu, »aber sie spricht wenig. Ist irgendetwas passiert, weshalb Ihre Mutter …«

»Nein, nein«, beteuerte Bérénice rasch und horchte angespannt auf die Stimme des Arztes.

»Ihre Mutter ist offenbar sehr einsam. Sie hat uns erzählt, dass Sie zu beschäftigt seien, um sie zu besuchen, auch an Weihnachten hätten Sie nichts von sich hören lassen. Sie macht Ihnen keinen Vorwurf daraus, aber sie ist sehr verletzt durch Ihr Verhalten.«

»Das entspricht nicht ganz der Wahrheit. Sie wollte nicht, dass ich an Weihnachten komme.« Bérénice verteidigte sich und begriff sofort, dass der Arzt dies als Ausrede empfand. Er ging auf ihre Rechtfertigung nicht ein, entschuldigte sich, er habe gleich einen Termin, und bat sie noch, ihre Mutter nicht zu besuchen.

»Vorläufig jedenfalls will Ihre Mutter Sie nicht sehen. Sie soll sich unter keinen Umständen aufregen. Auch keine Anrufe«, warnte er sie.

»Warum nicht?«

»Ihre Mutter fühlt sich durch Sie unter Druck gesetzt, sagt sie. Warum, werden Sie selbst wissen. Aber ich halte Sie auf dem Laufenden«, schlug Dr. Passot vor.

»Sagen Sie meiner Mutter …«, bat Bérénice, doch dann hielt sie inne. Was sollte sie diesem fremden Mann am Telefon schon sagen? »Richten Sie ihr aus, dass ich an sie denke«, beendete sie ihren Satz.

»Das werde ich tun«, sagte Dr. Passot, »versprochen. Wir bleiben in Verbindung.«

Langsam und wie betäubt legte Bérénice den Hörer auf. War sie schuld, dass ihre Mutter nicht mehr leben wollte?

Hätte sie Dr. Passot sagen müssen, dass ihre Mutter schon mehrere Male angedroht hatte, sich umzubringen? Mit tiefer Beschämung erkannte Bérénice, diese Androhungen nie wirklich ernst genommen zu haben. Das Telefon läutete wieder, und Bérénice hob rasch ab. Doch es war nicht Dr. Passot, der noch einmal anrief, sondern Tom Morton. Er sei krank und könne leider nicht kommen. Bérénice war erleichtert, dass die Besprechung ausfiel. Sie blieb einsilbig und konnte Tom kaum zuhören, der ihr die Symptome seines Infekts genau erläuterte. Während er noch sprach, fiel Bérénice' Blick auf den

Brief ihrer Mutter auf dem Tisch. Sie fiel Tom ins Wort, wünschte ihm gute Besserung und legte auf. Mit zitternden Fingern riss sie das Kuvert auf, zog ungeduldig den Brief heraus und las.

Meine Bérénice,
wenn Du diesen Brief bekommst, lebe ich nicht mehr.
Doch Du sollst wissen, wie sehr ich Dich geliebt habe. Als Du das letzte Mal hier warst, bist Du so voller Misstrauen gegen mich gewesen, so voller Abneigung, das hat mir sehr weh getan. Ich wollte nicht, dass Du weitere Fragen stellst, denn ich wollte Dich nicht belasten mit der Vergangenheit. Aber Du sollst wissen, dass der schönste Augenblick in meinem Leben der gewesen ist, als ich mit Dir auf dem Arm aus Paris nach Hause kam.
Schon während der ganzen Schwangerschaft war ich so glücklich gewesen, obwohl Etienne mich geschlagen und vergewaltigt hatte (am Beginn der Schwangerschaft). Nach dieser schrecklichen Tat benahm er sich in der folgenden Zeit jedoch fürsorglich und ließ mir absolute Freiheit, die ich nutzte, um zu meiner Schwester nach Paris zu fahren und mich dort in die Hände eines sehr berühmten, aber teuren Gynäkologen zu begeben; eine ärztliche Betreuung und Überwachung, die in Saint-Emile nicht möglich gewesen wäre. Etienne hatte keine Einwände, vielleicht war er sogar froh, mich nach seiner verbrecherischen Tat nicht um sich zu haben. Auch er wollte natürlich, dass ich nach drei Fehlgeburten dieses Mal das Kind austragen konnte. Immer wieder hatte er ja betont, er wolle ein eigenes Kind, eine Adoption komme für ihn niemals in Frage. Also fuhr ich nach Paris zu meiner Schwester Fleur, und als ich dann mit Dir, meiner

Tochter, auf dem Arm nach Saint-Emile zurückkehrte, schien über Jahre nichts mehr unser Glück zu trüben, bis Fleur kam und alles zerstörte.
Bitte stelle keine Nachforschungen mehr an, und stelle keine Fragen mehr! Lass es gut sein, es ist besser so. Du sollst mich immer liebhaben. Und bin ich Dir nicht eine gute Mutter gewesen? Daran musst Du denken, selbst wenn Dir irgendjemand etwas anderes erzählen sollte.
Du, meine Kleine, lebe Dein Leben, und werde glücklicher, als ich es letztendlich geworden bin!
Und verzeih mir, verzeih mir, was ich getan habe! Und stelle keine Fragen mehr! Es ist alles gut.
In großer Liebe
Maman

Tief getroffen starrte Bérénice lange auf den Brief. Immer wieder las sie ihn, langsam, Wort für Wort, Zeile für Zeile.

Im vergangenen Herbst hatte Denise zum ersten Mal über Etiennes Gewalttätigkeit gesprochen. Und jetzt war sogar eine Vergewaltigung daraus geworden, und das, als sie bereits schwanger war? Und trotzdem war sie bei ihm geblieben, sprach sogar von glücklichen Jahren. Bis Fleur kam und alles zerstörte. War sie der Grund gewesen, dass ihre Mutter Etienne verließ und er plötzlich zum »bösen Papa« wurde, den Bérénice nicht mehr sehen durfte? Wieso war ihre Mutter schwanger zu ihrer verhassten Schwester gefahren? Der Schwester, deren Existenz sie ihrer Tochter gegenüber eisern verschwiegen hatte? Kam der Bruch mit Fleur erst später? Als Bérénice im Herbst zu Etienne gegangen war, konnte man sein tiefes Entsetzen spüren. Und auch er hatte einen Namen gestammelt: Fleur.

Ihre Mutter war seit gestern in der psychiatrischen Abteilung, um einen zweiten Selbstmordversuch zu verhindern, hatte der Arzt erklärt. Aber vielleicht war ihre Mutter ja auch psychisch krank, und Dr. Passot hatte es ihr am Telefon nicht sagen wollen.

Bérénice las noch einmal den Brief … *Du sollst mich immer liebhaben. Und bin ich Dir nicht eine gute Mutter gewesen?*

Denise hatte den Brief am Freitag abgeschickt. Sie war davon ausgegangen, dass er an dem Tag in Paris ankam, an dem sie sich umbringen wollte. Hatte sie das so geplant? Und war sie so verzweifelt gewesen, dass sie die Anprobe mit ihrer Kundin vergessen hatte? Wieder ging Bérénice den Brief Wort für Wort durch, er barg zu viele Rätsel. Ihre Mutter beschwor sie, ihr eigenes Leben zu leben und die Vergangenheit ruhen zu lassen. Das hatte auch Etienne getan. In diesem Punkt waren sich beide offenbar einig.

War der Brief eine Rechtfertigung? Ein Vorwurf? Stand dahinter: Ich habe dich geliebt, du jedoch hast mich vereinsamen lassen? Hatte ihre Mutter gar nicht sterben wollen, war der Brief nicht vielmehr der Hilferuf einer einsamen Frau nach Aufmerksamkeit, nach mehr Zuwendung?

Doch dann fühlte Bérénice eine tiefe Scham angesichts dieses Gedankens. Sie unterstellte ihrer Mutter erpresserische Absichten. Vielleicht war sie wirklich zutiefst verzweifelt gewesen und hatte keinen Sinn mehr im Weiterleben gesehen. Bérénice musste es herausfinden. Alles

Grübeln führte ins Leere. Nur ihre Mutter konnte ihr sagen, warum sie sterben wollte. Bérénice musste nach Saint-Emile fahren. Sie würde den Nachtzug nehmen, dann konnte sie schon morgen früh im Krankenhaus sein.

*

Saint-Emile

Der Zug nach Marseille war überfüllt gewesen, und Bérénice hatte die Nacht neben einer alten Frau verbracht, deren Kopf immer wieder an ihre Schulter sank. Im Regionalzug war es eiskalt, und als Bérénice in Saint-Emile ausstieg, war sie übermüdet und durchgefroren. Wie immer in dieser frühen Morgenstunde war der Bahnsteig leer und auch die Rue de la Gare nur mäßig belebt. Hier im Süden herrschte bereits Frühling. Als Bérénice in die Rue Boursicault einbog, standen in den Vorgärten der hübschen Villen Jasmin und Mandelbäume in voller Blüte. Nur das Haus ihrer Mutter wirkte schäbig und der kleine Garten ungepflegt. Nicht einmal der Frühling gab ihm ein freundlicheres Aussehen.

Bérénice schloss die Tür auf und trat zögernd ein. Abgestandene Luft schlug ihr entgegen. Sie sah sich in der Schneiderei nicht um, sondern stieg zügig die Wendeltreppe hinauf. Im Wohnzimmer herrschte das übliche Chaos, Stoffrollen an den Wänden, alte Modezeitungen auf einem Stuhl und dem Boden. Der Tisch stand jedoch nicht mehr vor dem Sofa, offenbar hatte ihn jemand weggerückt. Eine leere Champagnerflasche, ein umgefallenes

Glas, eine abgebrochene Ampulle und die aufgerissene Verpackung lagen darauf. Wahrscheinlich hatte der Notarzt Denise noch rasch eine Spritze gegeben, bevor man sie ins Krankenhaus brachte. Bérénice rückte den Tisch wieder vor das Sofa und stellte das Telefon an seinen Platz. Auf diesem Sofa hatte ihre Mutter versucht, sich das Leben zu nehmen. Was war ihr in diesen Momenten durch den Kopf gegangen, woran hatte sie gedacht? War sie so verzweifelt gewesen, dass sie keinen anderen Ausweg sah als den Tod?

»Wieso, Maman, wieso?«, murmelte Bérénice und fröstelte, als sie die eigene Stimme in dem kalten, stillen Haus hörte.

Wieder befielen sie tiefe Bestürzung, Ratlosigkeit und das Gefühl von Schuld. Sie hatte sich nicht genügend um ihre Mutter gekümmert.

Tick-tock-tick-tock, klang es aus der Küche. Ein furchtbares Geräusch, sicher hatte Denise es gehört, als sie hier den Champagner austrank, bevor sie die Tabletten nahm. Maman … Bérénice stiegen Tränen in die Augen, als sie sich die trostlose Stunde vorstellte, die Denise hier verbracht haben musste.

Bérénice räumte den Tisch ab und ging in das kleine Badezimmer. Hier hob sie die Stoffrollen aus der Badewanne, zog sich aus und nahm eine heiße Dusche. Eingehüllt in ein großes Handtuch, wollte sie sich in der Küche Kaffee zubereiten, doch die Dose war leer. Auch im Kühlschrank fand sich nichts Essbares mehr. Denise hatte nichts hinterlassen, nicht einmal eine Scheibe Brot. Das sprach dafür, dass sie wirklich hatte sterben wollen.

Während Bérénice weitersuchte, kreisten ihre Gedanken um die Reise ihrer schwangeren Mutter nach Paris. Wieso hatte sie damals keine Angst gehabt? Hatte sie mit der anstrengenden Reise nicht eine weitere Fehlgeburt riskiert? Warum war sie zu ihrer Schwester gefahren, die sie als Egoistin bezeichnete und mit der sie sich offenbar nicht verstand?

Bérénice ging ins Bad zurück und zog sich an. Wieder überlegte sie. Sollte sie die Wohnung durchsuchen? Aber wonach? Was konnte sie finden?

Sie ging ins Schlafzimmer und zog die oberste Schublade der Kommode auf. Hier verwahrte Denise das Familienbuch. Bérénice schlug die Seite mit ihrem Geburtsschein auf, bestätigt von einem Pariser Standesamt mit der Unterschrift eines Beamten, der Chabrol hieß. Unter der Nummer, mit der die Geburt registriert worden war, stand:

Bérénice Marguerite Aubry, am 16. Mai 1961
Vater: Etienne Olivier Aubry
Mutter: Denise Anne Aubry geb. Déschartes

Es folgte die Urkunde von ihrer Taufe in der Kirche von Saint-Emile am 25. Mai 1961. Bérénice kannte das Stammbuch. Bei ihrer Hochzeit hatte sie es für das Standesamt gebraucht. Sie legte das in Leder gebundene Buch wieder zurück und durchwühlte die kleine Schublade, in der sich alte Quittungen befanden, ein rosa Kuvert mit Bérénice' ersten Locken, ein kleines Spitzentuch und eine Rolle Nähseide, in der eine Nadel steckte, sowie ein Bürstchen für Wollfusseln. Bérénice legte alles zurück und ruckelte ungeduldig, bis sich die Schublade endlich wieder schließen ließ. Was hatte sie erwartet? Sie wusste es nicht.

Eigentlich war sie ja gekommen, um mit ihrer Mutter zu sprechen. Doch als sie jetzt im Krankenhaus anrief und sich mit Dr. Passot verbinden ließ, blockte er ab und blieb konsequent bei seinem Besuchsverbot.

»Ich bin hier in Saint-Emile«, protestierte Bérénice. »Ich will meine Mutter wenigstens kurz sehen.«

Aber der Arzt ging darauf nicht ein. »Ihrer Mutter geht es wirklich gut, sie macht eine Diät, um abzunehmen, und treibt auch ein wenig Sport, eine große Hilfe gegen Depressionen. Dem Krankenhaus angeschlossen ist ein großes Therapiezentrum, in dem den Patienten Massagen, Gymnastik, Yoga und Bewegungstherapie zur Verfügung stehen. Darüber hinaus auch ein Schwimmbecken. Ihrer Mutter macht das Schwimmen große Freude.«

»Meine Mutter schwimmt?« Bérénice war fassungslos. »Kann sie das denn mit ihrem steifen Knie?«

Dr. Passot schien überrascht, als er nachfragte: »Wann hatte Ihre Mutter eine Versteifung im Knie?«

»Sie hatte einen Unfall, sie ist gestürzt. Aber das war noch vor meiner Geburt.« Plötzlich schoss Bérénice ein unsinniger Gedanke durch den Kopf. »Wir sprechen doch von Denise Aubry?«, fragte sie vorsichtig und lachte nervös auf.

Dr. Passot lachte verhalten und versicherte Bérénice, dass es sich wirklich um ihre Mutter handle. »Ich denke, Sie können sie dann in ein bis zwei Wochen besuchen, dann wird sie den Widerstand gegen Sie aufgegeben haben.«

Er verabschiedete sich und legte auf. Bérénice war irritiert. Wieso hatte man im Krankenhaus das steife Knie ihrer Mutter nicht bemerkt? Wieso konnte sie schwimmen?

Und dann kam Bérénice ein Verdacht: Denise hatte überhaupt kein steifes Knie. All die Jahre hatte sie ihr und allen Leuten ein Gebrechen vorgespielt, das nur in ihrer Phantasie existierte. Oder um Zuneigung und Aufmerksamkeit zu erzwingen.

Wut ergriff Bérénice. Ohne zu überlegen, war sie hierhergefahren, um ihre Mutter zu besuchen, und jetzt … Sie würde den Mittagszug nach Marseille nehmen, um dort um fünf Uhr den Anschluss nach Paris zu erreichen.

Auf dem Weg ins Erdgeschoss erinnerte sie sich, wie sehr sie ihre Mutter immer bedauert hatte. »Ich bin in ständiger Behandlung. Manchmal sind die Schmerzen erträglich, und ich kann das Bein normal bewegen, aber immer nur für kurze Zeit.« Hatte ihre Mutter all die Jahre nur simuliert? Wollte sie aus diesem Grund nicht, dass ihre Tochter sie im Krankenhaus besuchte?

Auf der letzten Treppenstufe warf Bérénice ihre Tasche auf den Boden und ging wieder nach oben. Sie musste sich Gewissheit verschaffen. Jeden Monat ging Denise zu einem Orthopäden, der ihr Knie behandelte und ihr Spritzen gab. Es musste also Unterlagen geben, die bewiesen, dass ihre Mutter nicht gelogen, dass sie die Wahrheit gesagt hatte. Wenn sie nur simulierte, gab es keine Arztrechnungen, Quittungen und Belege.

Bérénice ahnte, wo sie suchen musste. Im Schlafzimmer hatte sie im Herbst die verstaubten Ordner auf dem Fensterbrett liegen sehen. Sie nahm sich einen nach dem anderen vor und blätterte ihn sorgfältig durch. Sie fand alte Lieferscheine für die Schneiderei, nur in einem Ordner hatte Denise Arztrechnungen der vergangenen Jahre eingeheftet – aber Belege eines Orthopäden oder Rezepte für Massagen existierten nicht. Langsam klappte Bérénice den Ordner zu und legte ihn zurück auf einen der aufgetürmten Stapel. Da löste sich einer der Ordner und fiel auf den Boden. Als Bérénice ihn aufhob, sah sie ein kleines rotes Buch, das mit hinuntergefallen war. Überrascht hob sie das altmodische Poesiealbum auf und öffnete es. Auf der ersten Seite stand in großer, schwungvoller Schrift:

Für meine Schwester Denise, die morgen heiraten wird.

Eingerahmt war der Text von einem Herz aus aufgeklebten gepressten Lavendelblüten. Bérénice atmete tief durch und ließ sich mit dem kleinen Poesiealbum in der Hand auf das Bett ihrer Mutter fallen. Fleur! Endlich, endlich ein Zeichen von ihr, etwas, das ihre Existenz bewies. Staunend blätterte Bérénice weiter. Auf der nächsten Seite hatte Fleur ein Foto eingeklebt und daruntergeschrieben:

5. Mai 1951
Maman, Du und ich. Maman wollte ein »offizielles« Bild für ihre Schwester Babette zum Geburtstag, weißt Du noch?

Es war die Aufnahme eines professionellen Fotografen, dessen Name unten auf dem Bild weiß eingedruckt war. In der Mitte thronte auf einem Sessel Joselle in steifer Haltung und mit eingefrorenem Lächeln. Die beiden

Mädchen standen rechts und links von ihr. Denise und Fleur hatten eine gewisse Ähnlichkeit, das war nicht zu übersehen. Fleur war mit vierzehn Jahren bereits eine Schönheit, Denise dagegen wirkte wie eine gröbere Ausgabe der zarten Schwester. Beide trugen geblümte Kleider mit einem großen weißen Kragen, aber während Fleurs Haare in üppigen Locken auf die Schulter fielen, rahmten nur dünne, glatte Strähnen das runde Gesicht von Denise ein.

Das Foto auf der nächsten Seite war vom Dezember 1950.

Es zeigte Denise in einem langen Kleid mit einer breiten Schärpe, eine kleine Krone auf dem Kopf. Daneben stand Fleur. Sie war größer als ihre ältere Schwester, sehr dünn und trug Hosen. Auf dem Kopf trug sie ein Samtbarett mit Federn. Darunter hatte Fleur geschrieben:

Das war bei der Theateraufführung der Mädchengruppe unserer Kirche. Du wolltest unbedingt die Prinzessin spielen und hast so lange gebettelt, bis der Pfarrer Dir die Rolle gab. Du wolltest immer eine Prinzessin sein, das Mädchen, das den reichen Prinzen bekommt. Ich spielte in dieser Aufführung den Prinzen, da ich das größte und dünnste Mädchen war. Es wurde eine schöne Aufführung. Maman war so stolz auf uns beide.

Bérénice blätterte weiter. Endlich erfuhr sie ein paar Details aus der Kindheit von Fleur und Denise. Sie stieß auf ein Foto, das die beiden Mädchen eng umschlungen zeigte.

August 1945
Dieses Foto hat Tante Babette während unserer gemeinsamen Ferien in Avignon gemacht. Siehst Du die berühmte Brücke im Hintergrund?

Nachdenklich blätterte Bérénice weiter und fand wieder eine Seite mit eingeklebten Blütenblättern, dieses Mal waren es Rosen. Darunter zwei Fotos, eines von Fleur, eines von Denise.

In unseren Ferien in Marseille bei Tante Babette. Es tat uns so leid, dass Maman nicht mitkommen konnte, weil sie arbeiten musste. Auf dem Foto stehen wir in dem Park mit den Rosen, von denen wir einige Blüten getrocknet und Maman mitgebracht haben. Einige Blütenblätter habe ich behalten. Jetzt schenke ich sie Dir als Andenken an diese Ferien, an unsere Tante Babette und an eine Zeit, in der wir uns so nahestanden.

Hier, hatte Fleur unter das nächste Foto geschrieben, das die beiden Schwestern mit großen Lavendelsträußen zeigte, *hat uns Mamans einzige Freundin Lisette fotografiert. Ich glaube, das war 1950.* Die Mädchen standen neben ihren Fahrrädern und lachten in die Kamera.
Wir waren an diesem Tag in den Lavendelfeldern und brachten die Sträuße zu Maman. Wir schlichen uns leise ins Haus, Maman stand mit dem Rücken zu uns am Bügelbrett, und dann ließen wir die Lavendelzweige auf sie »regnen«. Maman tat so, als erschrecke sie furchtbar, und dann brachen wir alle in Lachen aus. Weißt Du noch, Denise, wir wollten sie glücklich machen. Denn Lisette hatte uns erzählt,

wie einsam Maman sei, wie ausgegrenzt sie leben müsse, weil unser Vater sie verlassen hatte. In der Stadt würde immer noch über sie getuschelt. Mir tat Maman so leid.
Doch als wir abends im Bett lagen, hast Du mir etwas Eigenartiges gesagt, dass Du nämlich niemals ein so trostloses Leben wie Maman führen möchtest. Immer nur schuften und nähen, um die Kinder zu ernähren, ertragen müssen, dass man verachtet wird und die Leute tuscheln.
»Ich will einen Mann, der mir ein gutes Leben bietet«, hast Du gesagt, »eine gesellschaftliche Stellung und dass alle Leute mich einladen und mich auf der Straße grüßen.«
Nun, Denise, jetzt heiratest Du Etienne Aubry. Dein Wunsch ist also in Erfüllung gegangen, und ich hoffe so sehr, dass Du glücklich wirst. Ich weiß, wir haben uns in den letzten paar Jahren nicht mehr gut verstanden. Aber warum, Denise, warum? Habe ich was falsch gemacht, habe ich Dich irgendwann einmal verletzt?

Immer wieder las Bérénice diese Zeilen. Lag hier der Schlüssel zu Denise' Verhalten? Nachdenklich blätterte sie durch die letzten Fotos: Klassenfotos, nach Jahreszahl eingeklebt, jeweils eines von Denise, das andere von Fleur. Dann ein Foto von Joselle. Sie saß in der Wohnung und lächelte ein wenig unsicher in die Kamera. Eine verhärmte Frau mit unordentlichen Haaren und dem Wunsch, auf dem Foto glücklich auszusehen.

Mamans Geburtstag im vergangenen Jahr.
Sie war so glücklich über die Torte, die wir ihr gebacken haben, und sie hat sich über unser Geschenk, den Seidenschal, so gefreut.

Bérénice blätterte weiter. Es gab nur noch ein einziges Foto, das die Mädchen in Shorts und karierten Blusen zeigte. Beide trugen Zöpfe und schirmten ihre Augen mit der Hand gegen die Sonne ab.

Juli 1950
Noch ein Foto, das Mamans Freundin Lisette von uns gemacht hat. Wir sind ganz früh morgens losgeradelt und haben Maman gesagt, wir würden zu den Lavendelfeldern fahren. Doch wir sind weitergeradelt, hinauf in die Berge zur Schlucht. Maman hatte es uns verboten, sie war immer sehr ängstlich. Je höher wir kamen, desto unheimlicher wurde es. Der Wind heulte, und die letzte Strecke mussten wir das Rad schieben. Es ging nur über Felsen, bis wir zur Absperrung kamen. Die Schlucht selbst konnten wir nicht sehen. Es war einsam und kalt dort oben, als wir an dem hohen Kreuz standen, und so rannten wir mit unseren Rädern wieder den Berg hinunter, fielen hin und kamen mit aufgeschürften Knien erst am späten Abend nach Hause, wo uns Maman erwartete und mit einer schallenden Ohrfeige begrüßte.

So, Denise, leider habe ich keine weiteren Fotos finden können. Mit diesem Album will ich ein paar Erinnerungen zurückholen, die zeigen, wie gut wir uns früher verstanden haben. Vielleicht schaust Du Dir manchmal dieses Buch an und versetzt Dich in unsere schöne gemeinsame Kindheit und Jugend zurück. Ich bin überzeugt, Du kannst dies nicht wirklich vergessen haben.
Ich hoffe, Dir gefällt dieses kleine Geschenk, denn morgen ist für uns beide ein wichtiger Tag: Du wirst heiraten, und ich

gehe fort von hier nach Paris. Wir haben beide bekommen, was wir wollten, und ich wünsche Dir von ganzem Herzen, dass du glücklich wirst.
Denise, wir stehen am Beginn eines neuen Lebens, lass uns noch einmal anfangen! Lass uns zurückkehren zu der Verbundenheit unserer Kindheit und Jugend, in der wir unzertrennlich waren!
Ich hoffe es so sehr, sei umarmt, Denise!
Es liebt Dich für alle Zeiten
Deine Schwester
Fleur

Langsam blätterte Bérénice noch einmal das schmale Buch durch, betrachtete lange die wenigen Fotos und las wieder die letzten Zeilen, die Fleur als Abschluss geschrieben hatte. Tränen stiegen Bérénice in die Augen, als sie das Album nachdenklich zuklappte. Warum hatte Denise ihre Schwester so gründlich aus ihrem Leben gestrichen, die ihr so liebevolle Worte geschrieben hatte? Was auch geschehen war, hier bot ihr Fleur eine Versöhnung an, die Denise offenbar ausgeschlagen hatte.

Lange blieb Bérénice sitzen und drehte das Album in ihren Händen. Dann erhob sie sich. Inzwischen war es Mittag geworden, und der Zug nach Marseille war weg. Sie würde den letzten nehmen müssen, der um sechs Uhr abends ging, mit dem erreichte sie wenigstens noch den Nachtzug.

Unschlüssig sah sie auf das Album hinunter, bis sie es entschlossen in ihre Tasche schob. Durfte sie das? Aber würde Denise es überhaupt bemerken? Sie schien das Poesiealbum ihrer Schwester im Wust der alten Ordner vergessen zu haben. Als Bérénice bereits an der Tür stand, sah sie sich noch einmal um. Nachdem sie sich entschlossen hatte, alles zu durchsuchen, wollte sie nichts übersehen. So ging sie zum offenen Schrank und wühlte in den Kleidern ihrer Mutter. Es hingen immer mehrere Sachen auf einem Bügel, einige Kleidungsstücke waren nur dazwischengepresst, andere lagen am Boden des Schranks auf den Schuhen.

Kopfschüttelnd griff Bérénice in das Fach über der Kleiderstange mit den Pullovern und Strickjacken. Als sie sie auseinanderschob, entdeckte sie einen grauen Karton. Neugierig zog sie ihn heraus und stellte ihn aufs Bett. Er enthielt alte Modezeitungen mit Fleur auf dem Cover. Rasch sah Bérénice sie durch, bis sie auf das abgerissene Titelblatt einer Illustrierten stieß. Es zeigte einen damals berühmten Filmstar mit »neuem Begleiter«. Doch eingeblendet war ein kleineres Foto Fleurs mit der Überschrift: *Ist Fleur Déschartes schwanger? Oder trägt sie nur eine Kreation aus Yves Saint-Laurents neuester Kollektion, der A-Linie?*

Fleur schien auf der Flucht vor dem Fotografen, denn sie hielt sich die Hand schützend vors Gesicht. Ihre Figur wirkte unförmig, aber das konnte an dem Mantel in Trapezform liegen. Nichts Ungewöhnliches, wie Bérénice fand. Sie kannte die A-Linie des bekannten Designers, jede Frau sah darin aus, als trüge sie ein Umstandskleid. Direkt hinter Fleur lief eine andere Frau, auch sie hielt sich die Hand vors Gesicht und schien nur versehentlich vor die Kamera des Fotografen gelaufen zu sein. Sie trug ebenfalls einen weiten Mantel, doch der sprang vorne auf und zeigte ein schmalgeschnittenes graues Kleid. Je länger Bérénice auf das Foto starrte, desto sicherer wurde sie: Die Frau im Hintergrund war Denise, ihre Mutter.

Bérénice' Herz fing an zu rasen, als ihr Blick auf das Datum der Illustrierten fiel: 10. Mai 1961.

Sechs Tage vor ihrer Geburt.

*

Die Terrasse des Cafés La Danseuse war voll besetzt, und Bérénice war froh, noch einen kleinen Tisch ergattert zu haben. Die Sonne schien warm, und die Stimmen und das Lachen der Gäste brachten Bérénice in die Normalität zurück. Doch ihre Nervosität blieb. Sie holte das abgerissene Titelblatt aus ihrer Tasche und betrachtete es. Für sie gab es keinen Zweifel, dass die Frau im Hintergrund ihre Mutter war. Bérénice trank ihren Kaffee aus und zwang sich zu einem kleinen Bissen von dem warmen Croissant. Sie spürte keinen Hunger.

Die Besitzerin des Lokals, eine ehemalige Ballerina der Oper von Marseille, kam zu ihr an den Tisch und begrüßte sie mit ausgesuchter Freundlichkeit. Sie sprach ihr tiefes Bedauern über das Geschehen aus, bis Bérénice gereizt antwortete, ihre Mutter sei ja nicht tot und alles nur ein bedauerlicher Unfall gewesen.

»Natürlich.« Die Antwort der ehemaligen Tänzerin klang ironisch, und als Bérénice kein Interesse an einer Unterhaltung zeigte, grüßte sie kurz und ging zurück ins Café. Obwohl Bérénice ruhig und verbindlich wirkte, spürte sie den eigenen Herzschlag im ganzen Körper. Sie zog das Titelblatt erneut hervor und sah es lange an. Sie irrte sich nicht, diese Frau im Hintergrund *war* Denise.

Sie musste mit jemandem sprechen. Vielleicht auch nur, um zu hören, das sei alles Unsinn und sie einfach überreizt und nervös.

Bérénice erhob sich rasch und verließ die Terrasse, die neugierigen Blicke der anderen Gäste im Rücken. Sie überquerte die Place de la Victoire in Richtung Boule-Platz. Es war still hier. In dieser Jahreszeit trafen sich die alten Männer in der Weinkneipe zum Kartenspielen. Bérénice setzte sich auf die Bank und nahm noch einmal das Titelblatt der Illustrierten aus der Tasche. Sie war unsicher geworden.

»Es gab kein Kind«, hatte Adrienne Bonnet ihr versichert. »Fleur hat abgetrieben.«

Bérénice musste mit jemandem reden, und sie wusste auch, mit wem. So holte sie ihr Handy aus der Tasche und tippte Hippolytes Nummer ein. Sie musste nicht lange warten, bis er sich meldete.

»Bitte, Hippolyte, können wir uns sehen? Ich bin unten am Boule-Platz. Es ist einiges passiert. Meine Mutter hat versucht, sich das Leben zu nehmen. Außerdem …« Sie sprach nicht weiter, denn im Hintergrund hörte sie Tristan bellen und die Stimme einer Frau, die mit dem Hund sprach.

»Ich komme«, antwortete Hippolyte, ohne zu zögern. »Ich bin gleich da.«

Das Warten fiel Bérénice schwer. Mehrmals stand sie auf und ging ein paar Schritte ungeduldig auf und ab. Dann endlich bremste Hippolytes Pick-up scharf vor der Bank, und er sprang heraus. Rasch lief er um den Wagen herum und kam auf sie zu.

Seit Oktober hatten sie sich nicht gesehen und nicht

gesprochen. Aber jetzt war er gekommen, weil sie seine Hilfe brauchte.

»Schön, dass du da bist.«

»Das ist doch selbstverständlich«, antwortete Hippolyte steif. Hatte er Marie-Luise damals erzählt, dass er mit ihr geschlafen hatte? Einen Moment sahen sie sich stumm an, dann nahm er Bérénice leicht am Arm. »Komm, setzen wir uns!«, schlug er vor. »Du hast Glück, dass ich zu Hause war.« Und er erzählte von der Weinmesse in einem der Loire-Schlösser, an der sie teilgenommen hatten. »Vor einer Stunde erst sind wir zurückgekommen.« Da sie nicht antwortete, fragte er: »Also, was ist los?«

»Meine Mutter liegt nach einem Selbstmordversuch auf der psychiatrischen Station im Krankenhaus. Aber ich darf sie nicht besuchen, weil sie mich nicht sehen will.«

»Das musst du akzeptieren«, antwortete Hippolyte ruhig. »Der Arzt weiß sicher, was das Beste für deine Mutter ist. Hat sie Tabletten geschluckt?«

»Ja, aber es waren nur Beruhigungstabletten, die nicht lebensbedrohend sind.«

»Nun«, antwortete Hippolyte vorsichtig, »das hört sich für mich nicht unbedingt so an, als hätte sie sterben wollen, sondern …«

»Ich weiß, was du sagen willst«, unterbrach ihn Bérénice. »Dieser Gedanke ist mir auch schon gekommen.«

»Es würde zu deiner Mutter passen. Hast du dich in den vergangenen Monaten nicht um sie gekümmert? Gab es Streit?«

Bérénice zuckte indifferent mit den Schultern. »Ja«, gab sie zögernd zu.

Hippolyte griff nach ihrer Hand und drückte sie sanft. »Weißt du, Denise hat dich immer erpresst. Wie oft bist du zu ihr gefahren, weil sie angeblich krank war oder irgendein furchtbares Leiden hatte, das sich dann plötzlich in Luft auflöste. Hauptsache, du warst bei ihr. Und ihr Knie …«

»Was meinst du mit dem Knie?«

»Manchmal konnte sie doch ganz normal laufen, dann wieder klagte sie über furchtbare Schmerzen, so dass sie ihr Knie nicht abbiegen konnte und hinkte.«

»Ja, ich weiß«, sagte Bérénice langsam. »Du warst stets misstrauisch – aber warum sollte sie denn simulieren? Ich habe ihr immer geglaubt.«

»Natürlich hast du das. Du bist ihre Tochter.«

»Du meinst also, sie wollte mich mit ihrem Selbstmordversuch nur erpressen?«

Hippolyte hob die Achseln. »Diese Frage kann ich dir nicht beantworten, aber es wäre eine Möglichkeit.«

Vorsichtig zog er sie an sich, und Bérénice legte den Kopf leicht an seine Schulter. Es fühlte sich so gut an.

Hippolyte sprach weiter: »Sie muss sehr verzweifelt gewesen sein, wenn sie zu diesem Mittel griff. Sie hat viel riskiert, auch wenn es einigermaßen harmlose Tabletten waren.«

Bérénice drückte ihren Kopf fester an seine Schulter und berührte mit ihrem Gesicht fast seine unrasierte Wange. Auch das tat gut.

»Sie ist alt, Bérénice, alt und einsam. Offenbar hat sie panische Angst, dich zu verlieren.«

»An Weihnachten wollte sie mich nicht sehen. Ich glaube, sie hatte einfach Angst vor meinen Fragen, die zu beantworten sie sich weigerte.« Bérénice hob den Kopf und sah Hippolyte an. »Sie hat mir einen Abschiedsbrief geschrieben. Willst du ihn lesen?«

Hippolyte sah sie an, und in ihren Augen las er die Bitte, es zu tun.

»Nein, Bérénice, dieser Brief ist nur für dich bestimmt. Aber du kannst mir sagen, was dich irritiert.«

Bérénice überlegte. Alles, dachte sie, einfach alles. Nichts fügt sich zusammen, nichts ergibt einen Sinn.

Als Hippolytes Handy klingelte, rückte sie ein wenig ab, und der Moment der Nähe war vorbei.

»Ja, ich komme …«

»Es tut mir leid.« Hippolyte steckte das Telefon wieder ein. »Frank ist mit dem Lkw gekommen. Wir müssen ausladen.«

»Ja, natürlich.« Eigentlich wollte sie ihm das Poesiealbum zeigen und darüber sprechen. Auch über die Vergewaltigung Etiennes und das Verhalten von Denise danach, ihre angeblich »glücklichen Jahre« mit ihrem Mann.

Da aber keine Zeit blieb, griff sie rasch nach der Titelseite in ihrer Tasche.

»Mache dir keine Sorgen!«, versuchte Hippolyte sie zu beruhigen. »Im Krankenhaus ist deine Mutter bestens aufgehoben. Du hast dir nichts vorzuwerfen. Du warst immer eine liebevolle Tochter.«

»Vielleicht in deinen Augen. Aber meine Mutter hat mir schon immer das Gefühl vermittelt, dass sie von mir enttäuscht ist, dass ich ihre Erwartungen nicht erfüllte.«

»Wie ich dir schon gesagt habe, du musst dir keine Vorwürfe machen.«

Hippolyte wollte aufstehen, doch da ergriff Bérénice seine Hand. »Es gibt etwas, das meine Mutter verschweigt«, sagte sie, »und das betrifft Fleur. Da bin ich ganz sicher.«

»Zum richtigen Zeitpunkt wirst du es herausfinden.«

Bérénice spürte, dass er wegwollte, deshalb erzählte sie noch hastig: »Als meine Mutter mit mir schwanger war, ist sie nach Paris gefahren. Sie ging das Risiko einer weiteren Fehlgeburt ein.«

»Und?« Hippolyte verstand nicht. »Worauf willst du hinaus?«

»Sie fuhr zu Fleur, ihrer verhassten Schwester. Irgendetwas stimmt da nicht, das spüre ich.«

»Du machst dir zu viele Gedanken. Was ist das?« Hippolyte zeigte auf das Titelblatt, das Bérénice jetzt in der Hand hielt.

»Hier, bitte schau es dir an!«

Hippolyte warf nur einen flüchtigen Blick darauf. »Das ist Brigitte Bardot, als sie jung war.«

»Ja, die Zeitung ist ja auch aus dem Jahr 1961.« Bérénice wurde ungeduldig. »Aber hier, das eingeblendete Foto, links unten.«

Hippolyte nahm ihr die abgerissene Seite aus der Hand und betrachtete intensiv das kleinere Foto.

»Fleur Déschartes, ist das deine Tante? Sie scheint sehr schön gewesen zu sein, soweit man das erkennen kann. Dieser Mantel sieht ja furchtbar aus!«

Hippolyte sah hoch. In Bérénice' Gesicht erkannte er ihre Enttäuschung. »Habe ich was Falsches gesagt?«

»Schau dir die Frau im Hintergrund an!«, forderte Bérénice ihn eindringlich auf.

Hippolyte blickte lange auf das kleinere Foto.

»Glaubst du, dass das Denise ist?«, half Bérénice nach.

»Deine Mutter?«

»Ja, meine Mutter. Die Zeitung ist vom 10. Mai 1961, und am 16. Mai kam ich auf die Welt. Aber sieh dir meine Mutter an! Sie sieht schlank aus in dem grauen Kleid und hat keinen Bauch.«

Wieder betrachtete Hippolyte aufmerksam das Foto. »Ich weiß nicht. Wenn man genauer hinsieht, kann man schon einen kleinen Bauch erkennen. Was glaubst du denn?«

»Ach, gar nichts«, antwortete Bérénice einsilbig. Der Verdacht, der ihr beim Anblick des Fotos spontan durch den Kopf geschossen war, schien ihr plötzlich absurd, so absurd, dass sie ihn Hippolyte gegenüber nicht aussprechen wollte. So nahm sie ihm das Titelblatt aus der Hand und steckte es in ihre große Tasche zurück, nicht ohne seinen verstohlenen Blick auf die Uhr zu registrieren.

»Ich verstehe einfach nicht, warum meine Mutter mir die Existenz von Fleur verschwiegen hat.«

»Ich habe es dir im Herbst schon gesagt, in fast jeder Familie gibt es ein schwarzes Schaf oder böse Auseinandersetzungen, die zum endgültigen Bruch führen. Vielleicht wollte deine Mutter dich mit alldem nicht belasten.«

»Aber dieses Foto. Denise sieht nicht schwanger aus«, beharrte Bérénice.

»Du glaubst also, Denise sei gar nicht schwanger gewesen, ist es das?«

Bérénice nickte. Endlich hatte er verstanden, worauf sie hinauswollte.

»Denise Aubry ist doch auf dem Standesamt als deine Mutter eingetragen?«

»Ja, ja«, antwortete Bérénice. »Ich bin überreizt und sehe hinter allem einen Betrug oder eine Lüge meiner Mutter.«

»Das ist verständlich. Ich kann dir nur den Rat geben, warte ab, bis du sie im Krankenhaus besuchen kannst! Dann sprich mit ihr, vielleicht in Anwesenheit ihres Therapeuten.« Hippolyte erhob sich, dann beugte er sich zu ihr hinunter und strich ihr zärtlich über die Haare. »Du bist in einer schwierigen Situation, ich weiß. Deine Mutter belügt und erpresst dich, aber warum? Sie liebt dich, und sie will von dir geliebt werden. Wie sehr muss ein Mensch sich selbst hassen und wie gering muss sein Selbstwertgefühl sein, um zu solchen Mitteln zu greifen. Versuche, sie zu verstehen, und vor allem mach dir keine Vorwürfe! Du warst und bist eine gute Tochter.«

Noch einmal strich er über ihre Haare, und unwillkürlich hielt Bérénice seine Hand fest und drückte sie gegen ihre Wange. Doch da zog er sie schnell zurück.

»Wie geht es dir eigentlich in Paris?« Es sollte locker klingen, aber als Bérénice zu ihm hochsah, sah sie die Anspannung auf seinem Gesicht.

»Gut, wirklich gut. Die große Show ist in einigen Tagen, und der Job macht mir viel Spaß.«

»Und sonst? Gibt es einen Mann in deinem Leben? Du siehst irgendwie verändert aus.«

Hörte sie Eifersucht in seiner Stimme? »Ja.« Sie zögerte, doch sie wollte ihn nicht anlügen. »Noch nicht lange, erst seit ein paar Wochen. Es ist nur eine Affäre«, fügte sie rasch hinzu.

Warum sagte sie das? War Jean Bergé wirklich nur eine Affäre? Sie hatte bis jetzt kaum darüber nachgedacht.

»Er ist Modefotograf«, sagte sie, da Hippolyte schwieg.

»Nun, wenn er dich glücklich macht, ist es ja in Ordnung«, antwortete er förmlich. »Also, ich bin sehr müde, und es wartet noch eine Menge Arbeit auf mich.«

Beide erhoben sich. Stumm sahen sie sich an.

In Hippolytes Augen erkannte Bérénice einen heftigen Vorwurf, den er nicht aussprach.

»Wir sind getrennt«, erklärte sie schärfer als gewollt. »Ich bin frei, und schließlich hast du auch wieder eine Beziehung.«

»Ja natürlich, ich habe doch gar nichts gesagt.«

»Du hast mich nie angerufen, Hippolyte. Warum?« Das musste endlich heraus.

»Dasselbe kann ich dich fragen.« Seine Antwort kam prompt.

Ich liebe dich so, und ich habe es ja versucht, dachte Bérénice, doch sie sprach es nicht aus. Denn Hippolyte gehörte jetzt zu einer anderen, zu Marie-Luise.

Auch sie, Bérénice, war eine Beziehung eingegangen, aber sie erkannte in diesem Augenblick deren Bedeutungslosigkeit. Es war nur eine Affäre, die man jeden Tag beenden konnte, ohne dass sie Schmerz oder Enttäuschung hinterließ. Nichts, was es wert gewesen wäre, darüber zu sprechen oder deswegen zu leiden. Sie hätte es nicht erwähnen sollen.

So starrten sie sich an, bis Hippolyte Bérénice an sich zog. Er küsste sie nicht, sondern umfasste mit seinen Händen zärtlich ihr Gesicht. Als sie die Augen schloss, spürte sie seinen Mund, der flüchtig ihre Lippen suchte.

»Du musst die Vergangenheit vergessen«, sagte Hippolyte, als er sich von ihr löste.

Bérénice brauchte einen Moment, bis sie begriff. Sie sollten beide die Nacht im vergangenen Herbst vergessen. Das wollte er ihr damit sagen. Bewegungslos blieb sie stehen und sah ihm nach, als er rasch um seinen alten Wagen herumlief und die Tür aufriss.

»Vergessen?«, schrie Bérénice ihm in aufsteigender Wut und tiefer Enttäuschung nach. Diese Nacht, die Verbundenheit, das Vertrauen und die erlebte Leidenschaft sollte sie einfach so vergessen? Als wäre es nie passiert? Als hätte er sich ihr nie geöffnet und ihr seine andere Seite gezeigt, seine Verletzlichkeit, die Qual, die er in all den Jahren durchgemacht hatte? »Denkst du, was man vergisst, hat nie stattgefunden? Machst du es dir nicht zu leicht?«, schrie sie noch, obwohl er bereits in den Pick-up stieg.

»Du hast mich falsch verstanden«, rief Hippolyte. »Ich meinte die Vergangenheit mit deiner Mutter und auch alles mit Fleur, einfach alles.«

Er knallte die Wagentür zu, fuhr los und wandte sich nicht mehr nach ihr um.

Langsam ließ sich Bérénice auf die Bank fallen. Sie sollte vergessen. Doch sie konnte es nicht. Und plötzlich wusste sie, Hippolyte konnte es auch nicht.

*

Hippolyte raste die Bergstraße hoch und achtete nicht auf die Steine, die unter seinen Reifen links und rechts wegsprangen. Dann bremste er scharf, fuhr an den Wegrand und kletterte aus dem Wagen. Auf dem Beifahrersitz lagen Marie-Luises Zigaretten. Hippolyte rauchte seit zehn Jahren nicht mehr, doch jetzt griff er nach der Packung, zog eine Zigarette heraus und zündete sie sich an. Du Idiot!, beschimpfte er sich selbst. Du verdammter Idiot!

Bérénice brauchte seine Hilfe. Er aber hatte nichts Besseres zu sagen gewusst als den dummen Satz: Du musst die Vergangenheit vergessen! Und den hatte Bérénice auch noch falsch verstanden.

Er hatte ihr raten wollen, endlich mit Denise abzuschließen und zu erkennen, dass sie niemals frei sein würde, solange sie sich von ihrer Mutter manipulieren ließ. Aber er hatte niemals gewollt, dass Bérénice das Wochenende im Oktober vergaß, diese Nacht, die seit damals seine Gedanken und seine Gefühle beherrschte, als er endlich die Barriere niedergerissen hatte, die vier Jahre lang zwischen ihnen stand.

Auch für sie schien diese Nacht von Bedeutung gewesen zu sein, doch sie hatte in Paris eine neue Liebe gefunden. Eine Affäre, wie sie sagte, aber das konnte er nicht glauben. Bérénice und eine Affäre, das passte nicht zusammen. Er sollte sich freuen, dass Bérénice offenbar glücklich war, aber das war ihm nicht möglich.

Hippolyte warf die angerauchte Zigarette auf den Boden und zertrat sie. Dann stieg er wieder in seinen Pick-up, aber er fuhr nicht los.

Er hatte damals mit Marie-Luise gesprochen und ihr alles erzählt. Sie hatte ihn verstanden und ihn nicht verlassen. Sie war davon ausgegangen, dass es ein einmaliger Ausrutscher gewesen war, eine Reminiszenz an die Vergangenheit.

Hippolyte lachte bitter auf. Eine Reminiszenz an die Vergangenheit! Und offenbar auch für Bérénice nichts als eine sentimentale Erinnerung. Er war damals bereit gewesen für einen Neuanfang, doch sie anscheinend nicht. Denn hätte sie ihn sonst nicht angerufen?

15

Februar 2002
Paris

Der Umbau für die Show lief auf Hochtouren. Dieses Mal fand sie in den eigenen Räumen statt und nicht wie sonst im Palais Royal. Das Geschäft wurde vorübergehend geschlossen, die Schaufenster verhängt, und niemand außer den Mitarbeitern kam an dem Bodyguard vorbei, den Maxime am Eingang postiert hatte. Bérénice saß ein wenig abseits der Hektik und sah der PR-Chefin zu, die mit ihrer Assistentin an den Stuhlreihen entlanglief, die Sitzordnung durchsprach und mit Klebeband die Namenskärtchen an den Sitzen befestigte. Dieses Mal hatten sich auch die Chefredakteurinnen der amerikanischen, der englischen und der chinesischen Ausgabe der *Vogue* avisiert. Auf Junes Einladung hin rechnete man mit einem Dutzend reicher junger Erbinnen, It-Girls aus Europa und Amerika, aber keine hatte eine feste Zusage gemacht. Das große Medieninteresse war durch die Ankündigung des Hauses Malraux entstanden, Maxime wolle seine Klassiker in neuer Interpretation zeigen. All seine sensationellen Entwürfe, getragen von Filmstars in großen Hollywood-Produktionen, die Kreationen, die ihn vor Jahren weltberühmt gemacht hatten. Maxime nannte diese Gruppe der Show *Symphonie Classique* und wollte sie zur entsprechenden Musik von Sergej Prokofjew zeigen, doch dann einigte man sich auf Mozart.

Die Probe lief, Scheinwerfer wurden ein- und abgeschaltet, die Musik an- und abgestellt, es wurde gestritten, bis der Choreograph mit den Models die Schritte und den Ablauf ohne Begleitmusik einstudierte. Bérénice gefiel der puristische Rahmen in Weiß, der mit Buketts aus Lilien ergänzt werden sollte. Während sie der Probe zusah, ließ sie den Eingang nicht aus den Augen. Maxime hatte ihr für heute ein Gespräch zugesagt. Obwohl schon seit Stunden geprobt wurde, war der Designer noch nicht aufgetaucht.

»Kennst du die neuesten Gerüchte?« Cathérine stellte sich neben sie. »Ab nächster Saison wird die Haute-Couture-Kollektion eingestellt, es gibt nur noch die Prêt-à-porter.« Auch Bérénice kannte das Gerücht. Es sollten mindestens zweihundert Leute entlassen werden, darunter das gesamte Atelier für Stickereien, das Bérénice erst vor neun Monaten aufgebaut hatte.

»Nun, es steht ja noch nichts fest. Ich denke, der Erfolg dieser Show wird über die Zukunft entscheiden.«

Cathérine reagierte nicht, sie schien zu nervös, um richtig zuzuhören. Sie wirkte übermüdet und enttäuscht. Wenn auch sie entlassen wurde, stand sie mit zweiundvierzig Jahren vor dem Nichts, in ihrem Alter hatte sie keine berufliche Chance mehr.

Oben an der Treppe erschien jetzt das russische Model Nastassja in einem hellgrauen Abendkleid aus Chiffon, dessen Bustier besetzt war mit kleinen wehenden Blütenblättern aus dem gleichen zarten Stoff, bestickt mit winzigen Steinchen, die im Licht des Scheinwerfers aufglühten und wieder erloschen. Nach einer kurzen Pause trat das Starmodel Kate zu ihr. Sie trug die Kreation von Bérénice, eine chinesische Jacke aus gelbem Satin, mit einem theatralisch großen Kragen, bestickt mit Drachen und Vögeln. Bérénice war glücklich, denn dieses Modell war einfach sensationell.

Im Raum machten sich Müdigkeit und Gereiztheit bemerkbar. Die übliche Nervosität ging in Hysterie über, und jeder war unruhig, da zum ersten Mal in der Geschichte des Hauses der Designer den Proben fernblieb und sich nicht einmal entschuldigt hatte. Das ließ die Vermutungen über das Aus der Marke Maxime Malraux eskalieren.

Monate harter Arbeit, oft nächtelanger Überstunden lagen hinter dem großen Stab der Mitarbeiter. Überstunden, die von Maxime nicht bezahlt wurden. Und jetzt ließ er sein Team im Stich, obwohl alle bis zur Erschöpfung für seine Kollektion gearbeitet hatten. In den wichtigsten Stunden vor der entscheidenden Show war Maxime nicht da.

»Jetzt kommt die *Symphonie Classique*«, kündigte Cathérine ironisch an, »alte Klamotten, neu aufbereitet.« Doch auch sie musste zugeben, dass diese Gruppe Maximes Geniestreich war. Zwanzig Models kamen die Treppe herunter. Die ersten trugen Maximes berühmte rote Abendroben, dazwischen wurden die eleganten Kleider, die Hollywood-Kleider gezeigt, und zum Schluss sollten dann noch acht Starmannequins in den legendären schwarzen Kostümen auftreten.

»Bérénice?« Camilla, die Chefdirektrice, drängelte sich zu ihr durch und zog sie zur Seite. »Ich soll dir ausrichten, Maxime wartet draußen auf dich. Du sollst sofort kommen. Aber niemand darf wissen, dass er da ist«, flüsterte sie ihr noch schnell zu. Dann war sie wieder weg und lief die Treppe hinauf in den Backstage-Bereich, in dem ein Team von Stylisten die Frisuren und das Make-up der Models ausprobierten. Bérénice glitt von ihrem Hocker herunter, nickte Cathérine zu und ließ sich die Eingangstür öffnen. Draußen war ein nasser grauer Februartag, an dem kaum Licht am Himmel zu sehen war und jeder Pariser schlecht gelaunt durch die Straßen hastete. Vor dem Gebäude erwartete sie Maximes Chauffeur Alain.

»Kommen Sie! Rasch.«

Er lief ihr voraus zu Maximes Limousine, die er ein paar Häuser weiter vor dem Hotel Plaza geparkt hatte. Er öffnete Bérénice die hintere Tür und forderte sie auf einzusteigen. Er selbst blieb draußen, gegen die Fahrertür gelehnt, stehen.

Maxime saß auf der Rückbank in der Ecke. »*Salut*, Bérénice, wie ist die Probe gelaufen?«, wollte er wissen, kaum, dass sie Platz genommen hatte.

»Gut, ganz gut.« Bérénice blieb reserviert.

»Ich wollte Sie schon lange sprechen«, erzählte Maxime, der keinen Hehl aus seiner schlechten Laune machte. Besorgt fragte sich Bérénice, ob jetzt der richtige Zeitpunkt für dieses wichtige Gespräch war. Maxime wirkte unkonzentriert, sein Gesicht war blass, und tiefe Schatten lagen unter seinen Augen.

»Ich habe nicht viel Zeit«, stellte er klar, während er nervös seine Beine übereinanderschlug. Er schien unruhig und gehetzt, und Bérénice spürte, dass er sich auf kein langes Gespräch einlassen wollte. Aus seiner Jackentasche holte er einen kleinen Schlüsselbund, mit dem er nervös herumspielte.

»Von Camilla habe ich erfahren, dass Sie Fleurs Nichte sind, ist das wahr?«

»Ja, das ist wahr«, antwortete Bérénice. Als sie vor zehn Tagen aus Saint-Emile zurückgekommen war, hatte sie es der Direktrice erzählt.

»Woher wissen Sie das?« Unruhig huschte Maximes Blick über das Gesicht von Bérénice.

»Das ist eine lange Geschichte«, antwortete sie. »Eigentlich will ich nicht darüber reden.« Sie hatte keine Lust, mit Maxime über ihre Familie zu sprechen.

»Nun«, Maxime überging ihre Antwort und sprach weiter, »ich weiß nicht, ob Ihnen bekannt ist, dass Fleur und ich befreundet waren. Wir wohnten sogar einige Zeit zusammen. Doch dann kam es zu einem Streit, und irgendwann hörte ich, dass sie Paris verlassen hatte. Ein paar Wochen später rief mich der Besitzer ihrer Wohnung an. Er wollte wissen, was er mit ihren persönlichen Sachen machen soll, denn er beabsichtigte, die Wohnung zu verkaufen. Er war ein deutscher Industrieller und Fleurs Freund. Ich bot ihm meine Hilfe an und informierte Fleurs Schwester. Bei meinem Anruf erschrak sie, geriet sogar in Panik. Sie wollte die Sachen auf keinen Fall haben.«

»Woher kannten Sie die Telefonnummer meiner Mutter?« Bérénice hatte angespannt zugehört.

»Irgendwann hat Fleur sie mir gegeben, als wir noch zusammen in der Dachwohnung lebten.«

»Und dann?«

»Ich kaufte dem Deutschen die Wohnung ab. Vor der Renovierung bat ich meine damalige Haushälterin, die wenigen Sachen von Fleur in einen großen Schrank zu packen, falls sie zurückkäme. Nun, vielleicht wissen Sie, dass ich diese Wohnung in der Rue Saint-Honoré meinen Freunden zur Verfügung stelle, wenn sie Paris besuchen. Doch das wird mir jetzt zu viel, und ich will die Wohnung verkaufen. Hier.«

Jetzt drückte Maxime Bérénice die Schlüssel in die Hand. »Die Sachen Ihrer Tante befinden sich in dem kleinen Ankleidezimmer. Meine Haushälterin Josephine, die sich auch um die Wohnung kümmert, pflegt die Sachen und hält sie in Ordnung. Es ist nicht viel, aber …«

»Was sind das für Sachen?«

Müde zuckte Maxime mit den Schultern. »Ich weiß es nicht, ich habe mich nicht darum gekümmert. Was ich weiß, ist, dass in dem Schrank einige original Couture-Kleider aus den fünfziger Jahren hängen, Dior, Balenciaga, Givenchy. Neulich ließ ich sie einer Freundin von mir zeigen, sie leitet das kleine Musée de la Haute Couture an der Rive Gauche. Sie war begeistert. Ich denke, Bérénice, es wäre das Beste, wenn Sie diese Kreationen dorthin geben. Aber das müssen natürlich jetzt Sie entscheiden.«

Bérénice sah auf die Schlüssel in ihrer Hand.

»Haben Sie nie nach Fleur gesucht, sich nach ihr erkundigt?«

Sie hob ihr Gesicht und sah Maxime fest in die Augen. »Sie sagen doch, Sie waren befreundet.«

»Ja, das ist richtig«, erwiderte Maxime, »aber wir hatten keinen Kontakt mehr, und wissen Sie, ich stand damals am Anfang meiner internationalen Karriere, und da … Nun«, unterbrach er sich, »wie ich schon sagte, habe ich wenig Zeit.«

Er holte aus der Tasche seines dunklen Anzugs eine

Visitenkarte und übergab sie Bérénice: *Mme Béatrice Bellier. Musée de la Haute Couture.*

»Das ist die Chefin des Museums. Bitte setzen Sie sich, wenn Sie sich entschieden haben, bald mit ihr in Verbindung, ich möchte den Verkauf der Wohnung so schnell wie möglich abschließen.«

»Ja, natürlich.« Bérénice' Herz klopfte, und ihre Kehle war ausgetrocknet, als ihre Finger den Schlüsselbund fest umschlossen.

»Nach der Show werden wir uns ausführlicher unterhalten, das verspreche ich Ihnen.«

Maxime berührte leicht ihre Hand und raffte sich zu einem müden Lächeln auf. Dann klopfte er ungeduldig an die Fensterscheibe. Alain lief um den Wagen herum und öffnete für Bérénice die Tür.

»Danke«, sagte sie, zu Maxime gewandt. »Danke, dass Sie Fleurs Sachen aufbewahrt haben.«

»Ich habe Fleur geliebt«, antwortete Maxime leise, ohne Bérénice anzusehen. »Auf meine Art habe ich Fleur geliebt.«

*

Die Tür zur Wohnung in der Rue Saint-Honoré klemmte, als Bérénice sie aufschließen wollte. Sie musste heftig dagegendrücken, bevor sie aufsprang.

Hier also hatte Fleur vor vielen Jahren gelebt. Fleur, ihre Tante, deren Existenz Denise über Jahrzehnte geheim gehalten hatte. Fleur, das schöne Mannequin, die geheimnisvolle Frau, die verschwand und von niemandem vermisst wurde.

Es war still und kalt in der Wohnung, und Bérénice ging auf Zehenspitzen durch die Räume. Doch sehr schnell wurde ihr klar, dass hier nichts mehr an Fleur erinnerte. Was hatte sie auch erwartet? Die drei großen Räume waren elegant eingerichtet und ähnelten mehr einer Suite in einem Luxushotel. Bérénice warf einen kurzen Blick in die perfekt eingerichtete Küche und das anschließende kleine Esszimmer. Dann sah sie sich in dem Wohnraum um. Zwei große weiße Sofas, davor ein Glastisch, weiße Orchideen in ebenfalls weißen Keramiktöpfen. Ein Kamin, über dem ein großer venezianischer Spiegel hing. Die Tür zum Schlafzimmer stand offen, es hatte einen direkten Durchgang zu einem luxuriös ausgestatteten Bad. Gegenüber befand sich eine schmale Tür: offenbar das Ankleidezimmer. Bérénice' Herz klopfte stark, und ihre Hände zitterten, als sie eintrat und das Licht einschaltete. Sie sah sich um. Eine breite Schrankwand, ein Spiegel, ein Biedermeierstuhl, auf dem ein hoher Stapel von alten Ausgaben der *Vogue* lag. Das Cover des obersten Heftes zierte ein Foto von Fleur. Sie trug eine weiße Bluse mit schwarzen Tupfen und lächelte in die Kamera. Das Magazin war aus dem Jahr 1958. Bérénice sah die Zeitschriften nicht weiter durch, sondern öffnete den Schrank. Unter weißen Nesselhüllen hingen die Kreationen der großen Modeschöpfer der Vergangenheit auf breiten Samtbügeln. Bérénice zog ein Kleid heraus, das sie von einem der Fotos der Georges-Bonnet-Ausstellung kannte.

Fleur in einem Traum aus rotem Chiffon von Balenciaga im La Coupole. Es war eines der schönsten Fotos in der Petite Galerie des Arts gewesen.

Einer plötzlichen Regung folgend, zog Bérénice die Nesselhülle wieder über das Kleid, um es mitzunehmen. Hatte Maxime nicht gesagt, sie habe ein Recht auf Fleurs Sachen?

Flüchtig sah sie die Couture-Abendroben durch. Maxime hatte recht, die Kleider waren am besten in einem Museum aufgehoben. Bérénice öffnete die zweite Tür des Schranks, hinter der Schuhe in allen Farben standen. Dann ging sie in die Knie, denn im untersten Fach standen drei Kartons, angefüllt mit Fotos. Flüchtig wühlte Bérénice sie durch. Wenn sie die Sachen zu Hause hatte, konnte sie sich die Bilder genauer ansehen. In einem der Kartons lagen auch ein paar Bücher. Bérénice sah sie durch. Es waren mehrere deutsch-französische Schulbücher und ein paar Romane.

In der hintersten Ecke fand Bérénice einen länglichen rosa Karton, den sie herauszog und öffnete. Staunend holte sie vorsichtig eine Puppe heraus. Auf dem Köpfchen trug sie einen kleinen Strohhut mit einem seidenen rosa Band und dazu ein passendes Kleidchen, besetzt mit kostbarer Spitze. Die winzigen Schuhe waren aus Lackleder. Hatte diese teure Puppe Fleur gehört? Doch sie wirkte neu und unbenutzt. Vorsichtig legte Bérénice die Puppe zurück in den Karton und entdeckte erst jetzt auf dem Seidenpapier eine schmale Karte: *Meine liebe kleine Bérénice, viele Küsse von Deiner Tante Fleur zu Deinem ersten Geburtstag.*

Warum hatte Fleur diese Puppe für sie gekauft, aber nie abgeschickt? Als Bérénice das Seidenpapier vorsichtig über die Puppe zog, steckte noch ein Brief im Karton. Er war von Denise.

Fleur,
habe ich Dir nicht deutlich genug gesagt, Du sollst uns und unser Kind in Ruhe lassen? Anbei schicke ich Dir diese geschmacklose Puppe zurück und: Rufe nie wieder an! Etienne sieht es nicht gern, wenn Du uns dauernd belästigst. Also, lass uns endlich in Ruhe!
Denise

Das also hatte ihre Mutter geschrieben. Warum? War sie eifersüchtig auf ihre schöne Schwester, befürchtete sie, dass Fleur ihr die Liebe der Tochter stehlen würde? Noch einmal nahm Bérénice vorsichtig die kostbare Puppe heraus. Zart strich sie über das seidene Kleid, legte sie wieder behutsam in den Karton und schob ihn in den Schrank zurück. Doch dann überlegte sie: Diese Puppe war ein Geschenk an sie gewesen, also gehörte sie ihr. Kurz entschlossen nahm sie den rosa Karton wieder heraus, dabei glitt ein Brief aus dem Fach und fiel zu Boden. Jemand schien ihn achtlos zwischen Karton und Schrankwand gesteckt zu haben.

Neugierig hob Bérénice ihn auf, und als sie den Namen des Empfängers las, fing ihr Herz an zu rasen: Patrice Chaubert. Die Adresse war eine Klinik in Passy. Fleur hatte das Kuvert frankiert, aber nicht abgeschickt, nicht einmal zugeklebt.

Plötzlich fühlte Bérénice sich unbehaglich. Sie schnüffelte Fleur nach, durfte sie das? Wenn ihre Tante plötzlich nach Paris zurückkehrte? Doch dann steckte sie den Brief zur Puppe in den Karton. Maxime wollte, dass sie Fleurs Sachen durchsah und bald abholen ließ.

Bérénice ging mit dem Karton und ihrer Tasche in den

Wohnraum zurück und schlüpfte in ihren Mantel. Sie fröstelte und horchte in der stillen Wohnung auf die gedämpften Geräusche, die von der Rue Saint-Honoré heraufdrangen: das Hupen eines Autos, ein paar laute Stimmen, lautes Gelächter.

Zu Hause würde sie Madame Bellier anrufen, um ihr die Kleider anzubieten. Die Modemagazine, die Kartons mit den Modefotos und den wenigen Büchern konnte sie mit einem Kurier abholen lassen. Noch einmal ging sie zurück ins Ankleidezimmer, vielleicht fand sich noch etwas, das sie behalten wollte, oder einen Hinweis, wo Fleur jetzt lebte, eine Adresse in Brasilien vielleicht oder irgendwo sonst auf der Welt. Bérénice blieb vor dem geöffneten Schrank stehen und sah alles noch einmal durch. Sie hatte nichts übersehen. Doch dann konnte sie nicht widerstehen und zog die Nesselhülle von einer der Abendroben. Darunter kam ein langes weißes Kleid zum Vorschein, aus schwerem Duchesse mit einem mit schwarzen Blumen bestickten Bustier und einem weiten Rock. Givenchy.

Bérénice schloss die Augen und atmete tief den zarten Duft eines orientalischen Parfums ein. Und plötzlich wusste sie, sie kannte den Duft aus ihrer fernen Kindheit. Es war aber nicht der Moment, als sich Fleur über sie gebeugt und sie geküsst hatte. Es gab noch eine andere Erinnerung, und die verband sich mit Dunkelheit, mit Kälte und tiefem Entsetzen. Schweiß brach Bérénice aus, ihre Zähne schlugen aufeinander, Panik griff nach ihr und nahm ihr den Atem. Dieser entsetzliche Augenblick, wann war das gewesen? Doch das Erlebnis verharrte in Dunkelheit, und was blieb, war tiefe Angst.

Bérénice warf die Schranktür zu und hastete ins Wohnzimmer zurück. Sie klemmte sich den Karton mit der Puppe unter den Arm, nahm ihre Handtasche, hängte sich das rote Chiffonkleid über den Arm und rannte aus der Wohnung. Sie hetzte die zwei Stockwerke hinunter und rannte durch die große Halle mit ihrem schwarzweiß gekachelten Boden, hinaus auf die Rue Saint-Honoré. Sie hastete weiter, sah niemanden und stieß Leute an, die sich kopfschüttelnd nach ihr umdrehten. Sie lief die lange Straße entlang, am Grand Palais vorbei, die Avenue de l'Opéra hoch, bis sie endlich vor dem Opernhaus anhielt. Mit keuchendem Atem stand sie vor der Treppe, die hinunter zur Metrostation führte. Sie rührte sich nicht von der Stelle und empfand Trost dabei, die Nähe der vielen drängelnden Leute zu spüren, angerempelt zu werden, ihre Stimmen zu hören und inmitten der lärmenden Stadt zu stehen.

Als ihr Atem sich beruhigt hatte, lief sie am Opernhaus vorbei bis zu den Galeries Lafayette. Dann ging sie den Boulevard Haussmann hinunter bis zu ihrer Wohnung. Sie schloss die Tür auf und lehnte sich innen mit einem tiefen Aufatmen dagegen. Sie machte alle Lampen an, holte die Puppe aus dem Karton und setzte sie auf ihr Bett, daneben breitete sie das rote Kleid aus und strich über den zarten Stoff.

Im Wohnzimmer ließ sie sich auf das Sofa fallen. In der Überschaubarkeit der kleinen Wohnung entspannte sie sich allmählich, und das helle Licht vertrieb ihre Ängste und die dunklen Ahnungen einer fernen Vergangenheit.

*

Zu Hause angekommen, ging Maxime sofort ins Bad. Er wollte sich noch zurechtmachen, bevor Aziz kam. Doch seine Gedanken gingen zu dem Gespräch mit Bérénice zurück.

»Ich habe Fleur geliebt«, hatte er zu ihr gesagt. »Auf meine Art habe ich Fleur geliebt.« Es war das Bekenntnis eines müden alten Mannes, aber es entsprach der Wahrheit. Er mochte Fleur sofort, als er in der Bar des Théâtres neben ihr an der Theke gestanden hatte. Ein schönes Mädchen, vielleicht ein wenig zu dünn, aber gerade richtig für die Haute Couture. Das ausdrucksvolle Gesicht, die großen, dunklen Augen, der sinnliche Mund.

»Meine kleine Provinzlerin«, murmelte Maxime versonnen, als er sich zum Spiegel vorbeugte und kritisch übers Gesicht fuhr. Wie schnell die Jahre vergangen waren!

Fleur war der einzige Mensch gewesen, der bedingungslos zu ihm stand. Sie hatte ihn aufgebaut, wenn er an seinem Talent zweifelte, und sie war bei ihm, wenn er seine Depressionen durchlitt. Sie hatte an ihn geglaubt, ihm schließlich die große Chance seines Lebens vermittelt. Maxime et Fleur – und er hatte sie verraten.

»Judas«, sagte Maxime zu seinem Spiegelbild. »Du elender Judas!« Konnte er es jemals wiedergutmachen? Er musste es wenigstens versuchen.

Jetzt aber wollte er nicht an Fleur denken, sondern sich auf seine Verabredung mit Aziz vorbereiten. Vor einigen Wochen erst hatte er den zweiundzwanzigjährigen jungen Mann kennengelernt, als er ihn bei einem Escortservice buchte, und jetzt schien es ihm, als könne er nicht mehr ohne ihn leben. In Aziz' Armen vergaß Maxime die beruflichen Misserfolge der letzten Jahre, die Angst vor der aktuellen Show und die große, alles bestimmende Furcht vor dem Alter und dem Tod.

»Maxime?«

Maximes Herz schlug heftig, als er die weiche Stimme von Aziz hörte. Er war da.

Maxime verließ das Bad und ging hinüber ins Schlafzimmer zu Aziz, der sich rasch auszog und dann nackt vor ihm stand. Die Schönheit des jungen, glatten Körpers, sorgfältig von Haaren befreit, verschlug Maxime den Atem. Aziz kam mit einem Lächeln näher.

»Komm!«, schmeichelte er und streckte die Arme aus. »Wir haben nur eine Stunde.«

Maxime ließ seine Finger bewundernd über Aziz' festen Oberkörper gleiten. Er fuhr über die Brustwarzen, die sich unter seiner zärtlichen Berührung aufrichteten, und den durchtrainierten Bauch bis zu Aziz' Geschlecht, das unter Maximes Händen hart wurde.

Aziz löste den Gürtel von Maximes Morgenmantel.

»Komm!«, flüsterte er ihm ins Ohr. »Lass uns die Stunde genießen!«

Maxime stöhnte auf und folgte dem jungen Mann willenlos zum Bett. In dem Wissen um die eigene vollkommene Schönheit streckte Aziz sich aus. Für Maxime war er eine Droge. Er verschaffte ihm den höchsten Genuss, den der Designer jemals erlebt hatte, und in den Stunden mit ihm gab er dem alternden Mann das Gefühl von Jugend und seiner längst vergangenen Schönheit zurück. Eine kurze Ekstase, ein rasches Aufflackern, ein Aufbegehren gegen das Alter, den Tod, bevor die Angst und die tiefe Depression wieder nach Maxime griffen.

Maxime lag schlaflos in seinem Bett, das einige Stunden vorher Aziz mit ihm geteilt hatte. Noch vier Tage, dann fiel die Entscheidung. Würde die Modewelt ihn feiern oder sich endgültig von ihm abwenden?

Ein Gefühl des Überdrusses und der Langeweile ergriff ihn. Es gab diese Momente des Glücks nicht mehr, die er empfunden hatte, als er jung gewesen war, damals, als er Albert de Montherlant liebte und seinen großen Erfolg erlebte, diesen Erfolg, den er Fleur gestohlen hatte.

Als das Telefon läutete, nahm er ab. Es konnte Aziz sein, der ihn auf seiner Geheimnummer anrief, um ihm eine weitere Stunde in dieser Nacht zuzusagen.

Es war nicht Aziz. Es war Gerard Weinberg, der oberste Chef der GGIF, der ihm mitteilte, dass eine Entscheidung gefallen sei, eine Entscheidung, die sie sich nicht leichtgemacht hätten. Man habe Stunden bis in die Nacht hinein beraten und sei zu dem Schluss gekommen, es wäre unverantwortlich und den Investoren gegenüber nicht mehr zu vertreten, wenn Maxime Malraux weiterhin die Kollektionen für das Label Maxime Malraux entwerfe. Man habe sich für einen jungen Mann, einen begabten Designer, als Nachfolger entschieden. Die Entscheidung werde bis nach der Show zurückgehalten, erst dann solle eine Pressekonferenz einberufen werden.

»Es tut mir leid, Maxime, ich bedaure das sehr, und ich persönlich habe alles versucht, Sie zu halten. Aber genießen Sie die Show, sie wird wunderbar werden. Und, Maxime, alles Gute für die Zukunft!«

16

Bérénice schrak hoch, als das Telefon läutete. Sie saß auf dem Sofa, Fleurs Brief an Patrice lag vor ihr auf dem Tisch. Sie zögerte immer noch, ihn zu lesen. Unbestimmte Angst hatte sie erfasst, Angst, etwas zu erfahren, was sie nicht wissen wollte.

Sie ließ das Telefon lange läuten, bis sie endlich abhob. Es war Jean Bergé.

»Kommst du morgen zur Vernissage?«, wollte er wissen.

»Warum hast du dich so lange nicht gemeldet?«, antwortete Bérénice mit einer Gegenfrage.

»Ich musste die Ausstellung vorbereiten«, sagte Jean ausweichend. »Das ist eine Menge Arbeit, das weißt du doch. Hallo, bist du noch dran?«, rief er dann in den Hörer, da Bérénice schwieg. Es gab ein Gerücht in der Szene, Jean Bergé habe eine Affäre mit dem gerade mal zwanzig Jahre alten chinesischen Starmodel Suzy Choo.

»Ja. Ich weiß es nicht, Jean, vielleicht komme ich.«

»Du bist die Frau auf dem Poster, eines meiner besten Fotos. Du musst kommen, die Leute wollen dich sehen.«

»Du hast das Foto genommen, ohne mich zu fragen«, sagte Bérénice gereizt.

»Nun, dann komm oder komm nicht, wie du willst.« Auch Jean reagierte gereizt und legte grußlos auf.

Bérénice dachte über seine aggressive Stimmung nicht nach, ihre Gedanken kreisten um den Brief, der vor ihr lag. Sie hatte das Gefühl, in Fleurs ganz private Sphäre einzubrechen, und sie zögerte noch, das zu tun. Aber vielleicht enthielt der Brief Hinweise auf das Verschwinden ihrer Tante?

Durfte sie ihn lesen? Der Brief war nicht zugeklebt, also konnte ihn jeder herausnehmen. Langsam faltete sie ihn auseinander, legte ihn vor sich auf den Tisch und glättete ihn behutsam.

Patrice,
nie mehr wollte ich Dich sehen oder auch nur von Dir hören. Doch jetzt schreibe ich Dir, nachdem ich gestern den Artikel mit Deinem Foto im France Soir *gelesen habe.*
Du hast Dein Ziel erreicht: Dein Schwiegervater hat Dir seine Klinik übergeben. Auf dem Foto legst Du den Arm um die Schultern Deiner Frau, und vor Euch stehen die beiden Töchter, die jüngere ist wohl fünf Jahre alt.
Vor fünf Jahren hast Du mich zur Abtreibung unseres Kindes überreden wollen, jetzt endlich kenne ich den Grund: Du hast Dich für das eheliche Kind entschieden und gegen das Kind, das ich erwartete.
Durch diesen Artikel gestern sind mir Deine Lügen bewusst geworden, auch das Ausmaß meiner Naivität, meines blinden Vertrauens in Dich und in die Beteuerungen Deiner Liebe.
Als Du mir damals die Adresse in die Hand gedrückt und Dich aus meinem Leben geschlichen hast, hast du angenommen, ich würde das Kind abtreiben lassen.
Zuerst hatte ich nur eine elementare tiefe Angst vor diesem Eingriff und den eventuellen gesundheitlichen Folgen. Ich hatte schon zu viele Horrorgeschichten gehört, was andere Mädchen in der Modeszene durchgemacht haben, als sie ein Kind abtreiben ließen. Zuerst war nur diese Angst da, ein

Mutterinstinkt stellte sich erst später ein. Vielleicht in dem Moment, als ich meine Schwester nach der Beerdigung unserer Mutter traf.

Da schmiedeten wir einen Plan, zuerst spielerisch, bis Denise, meine Schwester, daranging, ihn konsequent auszuführen. Denise, eine Frau, deren Ehe nach mehreren Fehlgeburten am Ende schien, und ich, voller Angst vor den Konsequenzen einer Abtreibung. Doch dann erkannte ich die Gelegenheit, meinem, unserem Kind, Patrice, die Chance auf sein Leben zu geben. Und darüber war ich glücklich.

Denise ist mit einem wohlhabenden und angesehenen Mann verheiratet, der unbedingt ein Kind wollte – was lag also näher, als ihr mein Baby anzuvertrauen, das ihr Mann dann für sein eigenes halten sollte. Sie versprach mir hoch und heilig, dass ich immer die liebevolle »Tante« sein dürfe, es jederzeit sehen könne und so weiter. Sie versprach mir alles, doch hielt sie in den Jahren danach nichts.

Denise, die vortäuschte, schwanger zu sein, kam damals nach Paris und logierte in einer kleinen Pension in meiner Nähe, ich hielt mich während meiner ganzen Schwangerschaft fast ausschließlich in meiner Wohnung auf. Ginette, die Concierge (Erinnerst Du Dich an sie?), weihten wir ein. Sie besorgte uns einen guten Arzt, den sie aus ihrem Milieu (sie war Prostituierte) kannte und der es mit Personalien nicht so genau nahm. Dafür zahlte ihm Denise eine hohe Geldsumme, fast das ganze Erbe unserer Mutter. Als bei mir die Wehen einsetzten, ließ Ginette ihn kommen. Denise stellte sich ihm als Fleur Déschartes vor und mich als ihre Schwester Denise Aubry, die hochschwanger zu einem Familienbesuch nach Paris gekommen sei. Der Arzt warf einen flüchtigen Blick auf »meinen« Personalausweis

(natürlich war es der Ausweis von Denise), den er als Grundlage für folgende Angaben an das zuständige Standesamt benutzte.
Geburt von Bérénice Marguerite Aubry
am 16. Mai 1961
Zeit der Geburt: 21 Uhr 34.
Mutter: Denise Aubry geb. Déschartes
Vater: Etienne Aubry
Ort: Paris
Einen kurzen Moment hielt ich mein Kind, unser Kind, Patrice, im Arm. Dann nahm Denise die kleine Bérénice und verließ meine Wohnung. Sie blieb noch drei Tage in Paris und fuhr dann mit »ihrer« Tochter nach Saint-Emile zurück, wo ihr Ehemann »sein« Kind glücklich in die Arme schloss.
Ich jedoch verfiel in tiefste Depressionen. Ich war eine Verlorene in der Stadt Paris, einsam suchte ich das Vergessen im Alkohol, in kurzen, wechselnden Beziehungen. Die Unruhe, die Verzweiflung trieben mich in langen schlaflosen Nächten durch die Bars der Stadt, bis ich einen Deutschen traf, der mir eine berufliche Zukunft versprach. Seit einem Jahr wohne ich in einer Wohnung in der Rue Saint-Honoré. Sie gehört diesem Deutschen, dessen Geliebte ich geworden bin. Er finanzierte mir und meinem alten Freund Maxime Malraux ein eigenes Label: Maxime et Fleur.
Doch dann machte ich einen furchtbaren, nie wiedergutzumachenden Fehler: Ich ließ alles stehen und liegen, um kurz vor der entscheidenden Show nach Saint-Emile zu fahren. Ich wollte meine Tochter sehen, nachdem Denise alle meine Kontaktversuche abgeblockt hatte. Ich hatte entsetzliche Angst, der Kleinen könnte etwas zugestoßen sein.
In Saint-Emile hielt ich für einen kurzen Moment mein

Kind im Arm, es war ein Moment des vollkommenen Glücks, für den ich alles geopfert hatte. Denn als ich nach Paris zurückkam, war durch eine böse Intrige meines besten Freundes meine Zukunft zerstört.

Maxime hatte behauptet, ich sei mit einem neuen Liebhaber, einem schönen jungen Mann, in die Provence gefahren, obwohl er wusste, dass ich zu meiner Familie fuhr. Er machte bei meinem Freund eine Amour fou daraus. Maxime war auch der Einzige, der wusste, dass ich das Kind nicht abgetrieben hatte. Dass meine Schwester in Saint-Emile es als ihr Kind ausgab, hatte ich natürlich nicht preisgegeben. Ich sagte, dass es nach der Geburt adoptiert wurde. Er ist der Meinung, dass ich die Adoptiveltern nicht kenne.

Als ich gestern Dein Foto in der Zeitung sah, begriff ich, dass es sich lohnt zu kämpfen: um die Liebe, um die Familie und um mein Kind. Jahrelang habe ich zugelassen, dass andere Menschen mein Leben bestimmten, das fing mit Georges Bonnet an, ging mit Dir weiter und machte auch nicht halt bei meiner Schwester Denise, die sich bei mir das holte, was ihr zu ihrem guten Leben noch fehlte: ein Kind.

Heute, am 23. Februar 1965, fahre ich nach Saint-Emile, um mir meine Tochter Bérénice zurückzuholen.

Manchmal, Patrice, denke ich an unsere kurze Reise in die Normandie. Wir liefen an einem grauen, stürmischen Tag am Meer entlang, und da hast du mich ganz fest in die Arme genommen und mir gesagt, dass du mich lieben wirst, solange du lebst. Patrice, war das alles nur eine Lüge?

Fleur

PS: An der Gare de Lyon werfe ich diesen Brief ein, ich schicke ihn an die Adresse Deiner Klinik.

Bérénice bewegte sich nicht, atmete kaum.

»Fleur«, flüsterte sie unhörbar, »Fleur, was hat man dir bloß angetan, wie hast du gelitten! Fleur, Fleur.« Und dann kam ihr das Wort über die Lippen: *»Maman.«*

Langsam legte sie den Brief auf den Tisch. Doch dann nahm sie ihn wieder und las ihn erneut, einmal, zweimal, immer wieder. Tränen strömten ihr übers Gesicht, doch sie spürte es nicht.

Fleur, ihre *Mutter*, hatte diesen Brief nicht abgeschickt, offenbar war sie in Eile gewesen oder hatte einfach vergessen, ihn in die Tasche zu stecken.

Bérénice weinte und schluchzte und konnte keinen klaren Gedanken fassen. Sie sollte nach Saint-Emile ins Krankenhaus zu Denise fahren … Nein, das war nicht gut. Sie konnte Denise nicht gegenübertreten und ihr sagen, dass sie jetzt die Wahrheit kannte, dass ihr Kartenhaus aus Lügen zusammengefallen war.

Und bin ich Dir nicht eine gute Mutter gewesen?, hatte Denise in ihrem Abschiedsbrief geschrieben.

Bérénice' Tränen versiegten und ließen sie leer zurück. Als das Telefon klingelte, fuhr sie mit einem Schrei hoch. Jetzt erst bemerkte sie, dass es inzwischen Abend geworden war und sie im Dunkeln saß. Nach langem Läuten hob sie ab. Es war noch einmal Jean.

»Es tut mir leid«, sagte er. »Wir waren offenbar beide schlecht gelaunt, aber ich muss mit dir reden, Darling. Es ist etwas vorgefallen, was uns betrifft …«

Bérénice fühlte sich zu schwach, um sich auf eine Unterhaltung mit Jean einzulassen. »Lass mich in Ruhe«, unterbrach sie ihn, »bitte, lass mich einfach in Ruhe! Ich kann, ich will jetzt nichts hören. Und weißt du, warum?«, flüsterte sie in den Hörer. »Weil … weil ich gerade erfahren habe, dass ich Fleur Déschartes Tochter bin.«

»Woher weißt du das?«

»Ich kann jetzt nicht darüber reden. Wenn es geht, komme ich morgen, okay?«

»Ja, natürlich.«

Bérénice hörte die Irritation in Jeans Stimme, doch sie ging nicht darauf ein, sondern legte den Hörer auf.

Reglos blieb sie auf dem Sofa sitzen, frierend in ihre alte Decke gehüllt.

Plötzlich schoss ihr der Gedanke durch den Kopf, dass Fleur gelogen haben könnte, dass sie diesen Brief an Patrice geschrieben hatte, um ihn zu erpressen, vielleicht weil sie Geld brauchte.

Doch dann beschämte der Gedanke Bérénice. Dieser Brief enthielt die Wahrheit. Eine Wahrheit, die nur Denise kannte und der sie sich nicht stellen wollte. Hippolyte hatte bei ihrem Gespräch Denise in Schutz genommen und Verständnis für sie gezeigt. Was aber würde er jetzt sagen, wenn er die Wahrheit erfuhr?

Hippolyte.

Sie musste ihn sprechen, sie musste es ihm erzählen. Sie kramte nach einem Taschentuch, wischte sich die Tränen ab und griff dann entschlossen nach dem Hörer. Angespannt lauschte sie dem Klingeln. Doch auf dem Weingut meldete sich wieder nur Marie-Luise.

Bérénice versuchte, ruhig zu bleiben, als sie nach Hippolyte fragte. »Hier ist Bérénice Mouret, es ist sehr wichtig.«

Ein Zögern am anderen Ende der Leitung, dann erklärte Marie-Luise, dass Hippolyte nicht da sei. »Er wird heute auch nicht mehr zurückkommen. Es tut mir leid. *Salut.*« Rasch legte sie auf.

Bérénice' Hand lag noch auf dem Hörer. Sie überlegte, ob sie noch einmal anrufen und Marie-Luise erklären sollte, sie *müsse* Hippolyte sprechen. Der einzige Mensch, den sie jetzt brauchte und nach dem sie sich sehnte, war er. Es waren seine Arme, in denen sie sich Trost versprach.

Hippolyte war damals nach jener Nacht mit ihr nach Paris gegangen. Obwohl sie ihm nicht verzeihen konnte, war er bei ihr geblieben. Das war ein Beweis seiner Liebe gewesen, und sie hatte es nicht erkannt. Und nun hatte sie ihn verloren.

Langsam zog Bérénice ihre Hand vom Telefon zurück.

*

Es war ein verrückter Einfall gewesen, das rote Chiffonkleid zur Vernissage anzuziehen. Sie wollte nicht provozieren, nicht auffallen, sie hatte es einfach gewählt, weil es Fleur gehörte. Fleur, ihrer *Mutter.*

Als Bérénice die Galerie betrat, richteten sich viele Blicke auf sie. Sofort bereute sie die Wahl ihres Kleides. Sie fühlte sich müde, verstört, verletzbar. Sie hatte sich in ihrer Wohnung verkrochen und war heute nicht zur Probe gegangen. Am Vormittag hatte Dr. Passot sie angerufen. Seiner Einschätzung nach könne sie ihre Mutter jetzt besuchen, die Patientin könne ein Gespräch nun verkraften.

»Verkraften? Was verkraften?«, wollte sie wissen, doch Dr. Passot überhörte den aggressiven Ton, und er verstand auch nicht, als sie erklärte, im Moment könne sie Denise Aubry nicht sehen. Jetzt brauche *sie* Zeit.

Dann eröffnete er ihr, dass man die Patientin leider nicht mehr länger stationär behandeln könne. Aber ihre Ärzte hätten eine Lösung gefunden.

»Unserem Haus angeschlossen ist die exklusive Seniorenresidenz Santa Emilia hier in der Nähe, eine schöne alte Villa. Sie liegt in einem Park, und jeder der Senioren hat ein eigenes, großes Appartement. Die Anlage ist mit Restaurants, einem Fitnesscenter sowie einem Kulturzentrum ausgestattet, also mit allem, was man braucht, um sich wohl zu fühlen. Auch medizinisch wäre Ihre Mutter dort in den besten Händen … Nun, was halten Sie davon?«, fragte er in munterem Ton, da Bérénice schwieg.

»Das klingt alles ganz wunderbar«, antwortete sie, »aber will meine … will sie auch dorthin?«

»Ja, Ihre Mutter ist begeistert, und sehen Sie, deswegen rufe ich an. Eine Wohnung ist dort frei geworden. Die Sache ist nur« – hier machte Dr. Passot eine Pause –, »das Ganze ist nicht gerade billig. Aber Ihre Mutter ist überzeugt, dass Sie ihr das finanzieren können. Sie sei Ihnen doch immer eine so aufopfernde Mutter gewesen.«

»Ach ja? Meint sie das?« Bérénice war so erschöpft, dass sie keine bessere Antwort darauf fand. »Ich komme, sobald ich aus Paris weg kann«, versprach sie schließlich dem Arzt. »Ich muss das durchrechnen. Schicken Sie mir die Unterlagen inzwischen zu.«

An dieses Gespräch dachte Bérénice, als sie inmitten der vielen Besucher stand, die zu Jeans Vernissage gekommen waren. Fleur … Maman … Immer wieder kehrten ihre Gedanken zu Fleur zurück.

»Bérénice!«

Adrienne Bonnet stellte sich auf Zehenspitzen und winkte sie zu sich. Bérénice drängelte sich zu ihr durch, doch kaum stand sie vor Adrienne, stieß die Galeriebesitzerin einen lauten Schrei aus.

»Das rote Kleid! ›Fleur in einem Traum aus rotem Chiffon im La Coupole.‹ Ich habe ein gutes Gedächtnis, auch wenn ich eine alte Schachtel bin, aber mein Gehirn funktioniert noch«, rief sie ihren Bekannten zu, die einen Kreis um sie bildeten und ihr lachend zuprosteten.

»Das ist Bérénice Mouret, das Model auf dem Plakat«, stellte sie Bérénice vor, »und sie ist …« Sie unterbrach sich selbst, um einen weiteren Gast zu sich zu winken, der die Galerie betrat. »Sie ist Fleur Déschartes Tochter«, verkündete sie dann den Umstehenden. »Jean hat mich gestern noch angerufen«, flüsterte sie Bérénice mit einem verschwörerischen Augenzwinkern zu.

Bérénice' Wut auf Jean stieg. »Wo ist er?«, wollte sie wissen.

»Er ist hier, aber nicht allein, sondern in Begleitung.« Adrienne ließ sich jedes Wort auf der Zunge zergehen, während sie Bérénice beobachtete und ihre mit Kajal umrandeten Augen schadenfroh funkelten.

»Ist doch okay.« Bérénice wandte sich ab und schloss sich den Leuten an, die in den zweiten Raum gingen. Adrienne Bonnet hielt Hof, stieß mit jedem mit Champagner an und ließ sich in ihrem auffallenden Kleid bewundern. Sie trug Vintage, ein Kleid von Yves Saint-Laurent aus den frühen Sechzigern, folkloristisch angehaucht mit pink und grünem Muster. Dazu trug sie lange Ohrringe, ebenfalls aus Saint-Laurents Schmuckkollektion der sechziger Jahre.

An der Schwelle zum zweiten Raum hörte Bérénice, dass Adrienne einen Schrei ausstieß, und drehte sich unwillkürlich um. Sie sah noch, wie Adrienne einen großen weißhaarigen Mann umarmte, heftig auf ihn einredete und dann mit dem Kopf zu Bérénice zeigte. Doch die verschwand schnell im zweiten Raum, bevor Adrienne sie einem weiteren Freund als Fleurs Tochter vorstellen konnte.

Sie wollte Jean treffen und sehen, in wessen Begleitung er war. Hatte er eine neue Affäre? Hatte er sich deswegen so lange nicht gemeldet? War es das, was er ihr gestern sagen wollte, ehe sie ihm mit ihrer großen Neuigkeit ins Wort gefallen war?

Im zweiten Raum, der bedeutend leerer war als der erste, hingen Jeans *Pariser Impressionen*, Stimmungen, Gesichter, Menschen auf der Straße, mit seiner Kamera eingefangene Momente. Bérénice lächelte, es waren Fotos aus dem Marais. Das kleine Restaurant an der Ecke, mit seinem Schild *Koscher Pizza*, darunter der kleine runde Tisch mit einem alten Mann, der davor saß und misstrauisch in die Kamera blickte. Jean liebte das alte jüdische Viertel, das hatte er ihr damals gesagt. Aber er hatte ihr nicht verraten, dass er die meisten Bilder dort für seine Ausstellung machte.

»Das ist alles so glatt, so perfekt. Man spürt bei jedem Bild, dass Jean Bergé in der Mode arbeitet. Nur oberflächliche Perfektion, nichts Echtes«, hörte Bérénice einen Mann sagen. Es war Michel Daudet, Redakteur des Kulturteils einer großen Tageszeitung. Bérénice wusste, dass seine Beurteilung für Jean ausschlaggebend war, da dieser in der Fotografie neue Wege gehen wollte. Daudet winkte seine Fotografin zu sich, und zusammen drängelten sie sich zum Ausgang durch, um die Galerie zu verlassen. Sicher eine Enttäuschung für Jean.

Bérénice ging in den ersten Raum zurück. »Das Model vom Plakat«, hörte sie eine Stimme hinter sich tuscheln. »In Wirklichkeit sieht sie aber älter aus.« Sie vermied es, sich umzudrehen, sondern schlüpfte rasch in die leere kleine Küche.

Was machte sie hier überhaupt? Es war ein Fehler gewesen, hierherzukommen, und es war auch ein Fehler gewesen, Fleurs Kleid anzuziehen. Sie stellte ihr Champagnerglas auf den Tisch und warf dabei einen flüchtigen Blick durchs Fenster in den Innenhof. Hier hatte sie mit Adrienne gesessen, bevor sie nach Saint-Emile gefahren war … Hippolyte, immer wieder gingen ihre Gedanken zu ihm zurück.

Im Licht, das aus der Galerie in den Hof fiel, sah Bérénice die verwilderten Flieder- und Hibiskussträucher, die erste Knospen trugen. Adrienne machte sich nicht die Mühe, diesen malerischen Hof zu pflegen. Verdorrte Zweige und trockene Blätter vom vergangenen Herbst lagen zwischen den Beeten und auf der Steinterrasse. Adriennes alte Korbmöbel sahen nach dem strengen Winter noch schäbiger aus als an dem Nachmittag im Herbst. Schon wollte Bérénice sich umdrehen, da erkannte sie in der dunklen Ecke des Hofes ein Paar in enger Umarmung. Und der Mann war Jean Bergé.

Sie atmete tief durch. Das also war es, was Jean mit ihr hatte besprechen wollen. Die Frau in seiner engen Umarmung war nicht zu erkennen, sicher war es das junge chinesische Model.

Bérénice wandte sich vom Fenster ab, lehnte sich gegen die Tischkante und trank ihren Champagner aus. Wie fühlte sie sich jetzt eigentlich? Wieder atmete sie durch, und da wusste sie es: Sie war erleichtert. Sie verspürte kein Bedauern, nichts. Die Affäre war vorbei, und sie war froh darüber.

Entschlossen stellte sie ihr Glas ab und verließ die Küche. Was wollte sie hier überhaupt? Fühlte sie sich besser, wenn sie unter Leute ging, die sie nicht kannte und mit denen sie wenig verband?

Sie war hierhergekommen, um nicht immer an Hippolyte, an Fleur oder Denise denken zu müssen. Auch nicht an die hohen Kosten, die auf sie zukamen, wenn Denise in das Seniorenheim einzog. Aber konnte sie es zulassen, dass Denise in das alte, düstere Haus ihrer Mutter Joselle zurückging, vielleicht noch einmal Tabletten schluckte, um ein Zeichen zu setzen, wie einsam sie war? Oder eines Tages sogar daraus Ernst werden ließ?

Bérénice sah sich um. Auf Jean wollte sie nicht mehr warten. Sie wollte einfach nur nach Hause und sich einen heißen Tee kochen.

Von der Küchentür aus sah sie den weißhaarigen Mann immer noch neben Adrienne stehen. Jetzt spürte er ihren Blick und sah zu ihr herüber. Doch sie reagierte nicht, sondern kämpfte sich durch die Leute dem Ausgang zu. Sie winkte Adrienne noch kurz zu, die ein wenig schwankte und sich am Arm eines Besuchers festhielt. Mit der anderen Hand ergriff sie bereits ein neues Glas Champagner, während ihre Stimme lauter und ihr Lachen schriller wurde.

Als sich Bérénice am Ausgang ihren Mantel geben ließ, stand der Weißhaarige plötzlich neben ihr.

»Madame Mouret?«

»Ja?« Warum fing ihr Herz plötzlich zu rasen an?

Einen Moment, einen langen Moment sah der Mann sie stumm an, dann flüsterte er: »Fleur, Fleur.«

Bérénice schien es, als weiche der Raum mit den vielen Leuten plötzlich zurück. Sie bewegte sich nicht, und sie sagte auch nichts, und doch wusste sie, wem sie gegenüberstand: Patrice Chaubert, ihrem Vater.

*

Er hatte Bérénice um ein Treffen gebeten. Schon von weitem sah sie ihn unruhig vor dem Café de la Paix auf und ab gehen. An der Ampel blieb sie kurz stehen. Noch konnte sie in der Metrostation verschwinden, denn er hatte sie noch nicht bemerkt. Doch er schien ihren Blick zu spüren, blieb stehen und winkte ihr. So überquerte sie die Straße und ging auf ihn zu.

»Schön, dass Sie gekommen sind«, sagte Patrice steif und hielt ihr die rechte Hand hin, die sie nur kurz berührte. »Ich war mir nicht sicher.«

»Ich habe auch nicht viel Zeit«, erklärte sie, als sie zusammen das Café betraten und von einem Kellner zu einem kleinen Tisch auf der verglasten Terrasse geführt wurden.

»Es fängt zu regnen an«, begann Patrice eine ungeschickte Unterhaltung, nachdem er Bérénice aus dem Mantel geholfen und sie sich auf das Sofa gesetzt hatte. Er zog den Stuhl näher an den Tisch heran und rief den Kellner.

»Was möchten Sie?«

»Einen Tee. Ich habe mich gestern erkältet.«

»Das tut mir leid.«

Sie blieben einsilbig, bis der Kellner den doppelten Espresso für Patrice und ihren Tee servierte.

»Wieso sind Sie zur Ausstellung gekommen?«, wollte Bérénice wissen, nachdem sie einen Schluck getrunken hatte.

»Ich hatte das Poster gesehen und Ihre Ähnlichkeit mit Fleur bemerkt. Dann rief mich auch noch Adrienne Bonnet an. Sie müssen wissen, wir hatten seit Jahrzehnten keinen Kontakt mehr, und ihr Anruf allein war schon eine Sensation. Sie schlug mir eine Versöhnung vor, und die beste Gelegenheit dazu sei ihre neue Ausstellung des Fotografen Jean Bergé. Sie versprach mir eine Überraschung.«

»Und dann sind Sie gekommen.«

»Ja, natürlich. Adrienne hatte mich neugierig gemacht. Und als sie mich begrüßte, flüsterte sie mir als Erstes ins Ohr, Sie seien Fleurs Tochter.«

Bérénice war zu müde, um wütend auf Adrienne Bonnet oder Jean zu sein. Sie fühlte sich wie zerschlagen, und ihre Halsschmerzen verstärkten sich.

»Als ich im Herbst in der Petite Galerie des Arts war, sprachen wir über Fleur. Adrienne erwähnte Sie kurz, hatte aber Ihren Nachnamen vergessen«, erzählte Bérénice.

Mit einem kurzen Auflachen antwortete Patrice: »So war Adrienne schon immer. Was ihr nicht passt, vergisst sie, oder sie kann sich gerade nicht daran erinnern.«

Er trank seinen Espresso mit einem Schluck aus und bestellte beim Kellner sofort einen zweiten.

Bérénice beobachtete ihn. Wie alt mochte er sein? Achtzig? Patrice war schlank und wirkte immer noch sportlich. Seine weißen Haare betonten die leicht gebräunte Haut und das intensive Blau seiner Augen.

Sie konnte es kaum glauben, sie saß ihrem Vater gegenüber: Patrice Chaubert. Doch er war ein Fremder, ein Mann, der nicht gewollt hatte, dass sie geboren wurde. Der ihre Mutter verlassen hatte.

Patrice rührte Zucker in seinen Espresso, und als er Bérénice' Blick spürte, sah er hoch. Waren es diese tiefblauen, forschenden Augen gewesen, die Fleur als Erstes fasziniert hatten? Wie hatte er sie angesehen, als er ihr sagte, dass er sie liebte? Hatte er sie geliebt?

»Das rote Kleid, das Sie gestern trugen, war Fleurs Kleid, nicht wahr?«, fragte er. Als sie bejahte, lächelte er. Eine Pause entstand, und jeder suchte nach den richtigen Worten.

»Sie arbeiten mit Maxime Malraux zusammen?«

Bérénice nickte nur. Der Hals tat ihr weh, und sie fröstelte, sicher bekam sie Fieber.

Sie wandte den Kopf zur Seite und sah den Regentropfen zu, die an den Scheiben der Glasveranda herunterliefen und nur einen verschwommenen Ausblick auf den Boulevard des Capucines ermöglichten.

»Jetzt regnet es richtig heftig«, brachte sie mühsam hervor, »und ich habe keinen Schirm dabei.«

»Ich kann Sie heimfahren«, schlug Patrice vor.

»Ich kann auch ein Taxi nehmen.« Bérénice reagierte ablehnend. Nur keine schnelle Annäherung, das hatte sie sich vorgenommen. Sie dachte an den Brief in ihrer Tasche, Fleurs Brief an Patrice, den sie nie abgeschickt hatte. Bérénice hatte ihn zu Hause spontan in ihre Tasche gesteckt. Er war für Patrice bestimmt, also sollte sie ihm den Brief auch geben. Doch sie zögerte, wollte ihn behalten, denn es gab so wenig, was sie an ihre Mutter erinnerte.

»Und jetzt haben Sie sich also mit Adrienne versöhnt?«, fragte sie höflich, ohne wirkliches Interesse.

Patrice lachte kurz auf. »Irgendwie schon oder auch nicht. Bei Adrienne weiß man das nie so genau. Aber ich bin alt, und ich möchte keine Feindschaften mehr. Georges Bonnet war mein bester Freund«, begann er zu erzählen, »aber wegen Fleur kam es zum Bruch. Zuerst, weil er ihr verbotene Aufputschmittel gab, und dann …«

»Was dann?«, fragte Bérénice, da er schwieg.

»Georges war eifersüchtig. Er sah in Fleur sein Geschöpf, niemand durfte sie ihm wegnehmen. Ich bemerkte das nur nicht sofort. Eines Tages erzählte ich ihm, dass ich mit Fleur in die Brasserie Lorraine gehen würde, da lauerte er uns auf, fotografierte uns, ohne dass wir ihn erkannten, und gab das Foto an die Presse weiter. Ja, und das war dann das Ende meiner Beziehung mit Fleur, weil ich … nun, ich will Sie jetzt nicht langweilen.«

Er ist feige, er will nicht gestehen, dass er verheiratet war und dass er von Fleur die Abtreibung verlangt hat, dachte Bérénice enttäuscht. Sollte sie ihm sagen, dass sie einige Details dank des Briefes kannte? Doch sie schwieg.

»Nachdem ich Georges' Urheberschaft erfahren hatte, brach ich den Kontakt zu ihm ab. Als ich ihn vor dem Ritz zufällig traf, stellte ich ihn zur Rede, da rastete er aus, schlug mich, und wir prügelten uns. Das hat dann ein Paparrazzo auf einem Foto festgehalten.«

»Haben Sie Fleur geliebt?«

Bérénice biss sich verärgert auf die Lippen. Keine emotionalen Fragen, hatte sie sich vorgenommen, bevor sie hierherkam.

Patrice sah sie nicht an, er lächelte und rührte wieder mit dem kleinen Löffel in seiner Tasse. »Ich habe mich sofort in Fleur verliebt, in ihre Schönheit, die Zartheit, die sie ausstrahlte, die Unberührtheit. Ich war Fleurs erste Liebe. Sie war so lebendig, so …« Er suchte nach dem richtigen Wort.

»Und Sie wollten sie zur Abtreibung zwingen«, unterbrach ihn Bérénice.

»Ja, ja, das ist richtig«, gab er offen zu, »und ich bin nicht stolz darauf.«

Er nahm ein kleines Päckchen Zucker aus der Dose, zögerte in der Bewegung und steckte es wieder zurück. Er hatte schöne, schmale Hände, und er trug keinen Ehering.

»Ich hatte nicht den Mut, mich zu ihr zu bekennen«, gestand er schließlich. »Ich wollte meine Ehe nicht aufs Spiel setzen, und ich brauchte die Sicherheit, die mir meine Familie gab. Dazu kam mein großer Ehrgeiz«, erzählte er weiter, als Bérénice schwieg. »Ich wollte die Klinik meines Schwiegervaters übernehmen, ich hatte Visionen, Pläne. Als sein Nachfolger wollte ich in der Medizin neue Wege gehen und Außergewöhnliches leisten.«

»Und deswegen haben Sie Fleur im Stich gelassen.«

»Ja«, antwortete er und fügte nach einer kurzen Pause hinzu: »Ich könnte Ihnen jetzt sagen, dass ich bei dieser Entscheidung auch an Fleur gedacht habe, an ihre Karriere, die sie hätte aufgeben müssen, aber das stimmt nicht.

Ich dachte nur an mich und meine Interessen.« Wieder richtete Patrice seine tiefblauen Augen auf Bérénice. »Aber ich konnte sie nicht vergessen. Irgendwann las ich in der Zeitung, dass Fleur Déschartes mit einem deutschen Wirtschaftsboss liiert war, sie schien glücklich zu sein.«

»Glauben Sie, dass sie ihn geliebt hat?«

»Woher soll ich das wissen? Ich denke, sie mochte und brauchte ihn. Er gab ihr Sicherheit und bot ihr Schutz, denn Fleur kam mit dem Leben nicht zurecht.«

»Sie wissen, dass ich Fleurs Tochter bin, aber …« Bérénice zögerte. Sie kannte den Inhalt von Fleurs Brief, aber woher wusste Patrice, dass sie seine Tochter war? »Woher wissen Sie, dass ich auch Ihre Tochter bin?«

»Ich weiß es einfach, außerdem hat mir Adrienne Ihr Alter verraten, und ich kann rechnen.«

Jean, natürlich! Er schien Georges Bonnets Witwe alles über sie erzählt zu haben. Wut stieg in Bérénice hoch, wenn sie daran dachte, dass Adrienne Bonnet, eine fremde Frau, so viele persönliche Dinge über sie zu wissen schien.

»Und? Was hat sie Ihnen noch erzählt?«

»Nur, dass Sie bei Ihrer Tante in einer Kleinstadt der Provence aufgewachsen sind. Wurden Sie von ihr adoptiert?«

»So ungefähr.« Bérénice blieb einsilbig.

»Sicher wollte Fleur für Sie das Beste, wünschte sich für ihre Tochter, dass sie in geordneten Verhältnissen aufwuchs.«

Bérénice gab darauf keine Antwort. Genau das fragte sie sich schon die ganze Zeit: Hatte Fleur aus Liebe zu ihr so gehandelt? Aber nach vier Jahren hatte sie ihre Entscheidung wieder bereut. Sie fuhr nach Saint-Emile, um ihr Kind aus der gewohnten Umgebung zu reißen, weg von den Menschen, die es liebte und die es für seine Eltern hielt. Konnte man da von Liebe sprechen?

»Wo lebt Fleur jetzt?« Patrice' Stimme klang unsicher.

Endlich stellte er die entscheidende Frage, und Bérénice ahnte, dass er Angst vor der Antwort hatte.

»Ich weiß es nicht, ich habe meine Mutter nie kennengelernt«, antwortete Bérénice. »Es gibt so vieles, das ich über sie wissen möchte.« Patrice sah sie erwartungsvoll an, doch sie sprach nicht weiter. Sie fühlte sich krank und müde und hatte keine Kraft mehr, von Denise Aubry zu erzählen oder über die eigenen Gefühle zu reden. Letztendlich war Patrice ein Fremder, und es war nicht einfach, so plötzlich mit ihm über Fleur, ihre Kindheit und ihr Leben zu sprechen. So schwieg sie.

Patrice erzählte noch, dass er in Passy wohne und dass seine Frau ihn nach zwanzig Jahren Ehe verlassen hatte. »Sie lebt jetzt in Amerika, und meine beiden Töchter sind in Boston und Dallas verheiratet.«

War er ein einsamer alter Mann, der den Kontakt zu ihr suchte, zu einer Tochter, von der er bis gestern nicht gewusst hatte, dass es sie gab?

»Und die Klinik?«, fragte sie. »Konnten Sie Ihre beruflichen Vorstellungen verwirklichen?«

Patrice schüttelte den Kopf. »Nein, ich war zu ehrgeizig. Und schließlich konnte ich mich nicht aus dem Mittelmaß herausheben.«

Dann war also alles umsonst, dachte Bérénice, doch sie sprach es nicht aus.

»Glauben Sie mir, ich bereue vieles in meinem Leben. Am meisten jedoch, dass ich Fleur verlassen habe.«

Seine Traurigkeit berührte Bérénice, und so erzählte sie dann doch: »Eines Tages fuhr Fleur nach Saint-Emile, um mich zu holen. Damals war ich vier Jahre alt. Fast vier«, verbesserte sie sich.

»Und?« Gespannt beugte sich Patrice vor.

»Seit diesem Tag ist sie verschwunden.«

»Und?«, wiederholte Patrice. »Hat nie jemand Erkundigungen eingeholt und nach ihr gesucht?«

»Offenbar nicht. Man ging davon aus, sie habe irgendwo in der Welt ein neues Leben angefangen. Ich weiß, es klingt eigenartig«, fuhr Bérénice fort und setzte in Gedanken hinzu: auch für mich. Von dem Gesicht Patrice' konnte sie ablesen, wie unglaubwürdig er diese Erklärung fand. »Mein Großvater verschwand auch eines Tages spurlos, also schien Fleurs Aufbruch in ein neues Leben niemanden zu überraschen. Man schob es offenbar auf ihre Gene.«

Bérénice spürte, wie schwach diese Erklärung klang. Patrice schüttelte den Kopf und schien über ihre Worte nachzudenken. Da schob sie rasch ihre leere Tasse in die Mitte des Tisches.

»Es tut mir leid, aber ich muss gehen. Ich will noch nach Hause, und dann muss ich zur Generalprobe der Show.«

Patrice drehte sich um und sah auf die Straße hinaus. »Der Regen hat aufgehört, aber wenn Sie möchten, bringe ich Sie heim, mein Angebot steht noch.«

Bérénice stand auf, schüttelte den Kopf und ließ sich von ihm in den Mantel helfen. Sie wartete, bis er Geld auf den Tisch gelegt hatte, und dann verließen sie zusammen das Café.

Draußen blieben sie stehen, doch sie konnten sich nicht voneinander trennen. Bérénice gestand sich ein, dass ihr Patrice gefiel. Sie spürte, wie ihre Ablehnung sich langsam auflöste. Er blieb höflich und distanziert, und sie war erleichtert, dass er ihr weder vorgeschlagen hatte, sich zu duzen, noch dieses Treffen dazu benutzt hatte, um sich zu rechtfertigen.

Er war ihr Vater, der nicht gewollt hatte, dass sie geboren wurde, und ihre leibliche Mutter hatte sie dann weggegeben. Vielleicht waren sie beide nur feige gewesen und hatten nicht den Mut besessen, Konsequenzen zu tragen, die ihr Leben gravierend verändert hätten.

Fleur, Denise, Etienne, Patrice. Die vier gehörten zu ihrem Leben, doch jetzt hatte sie alles verloren, da sie die Wahrheit kannte.

»Werde ich Sie wiedersehen?«, fragte Patrice unsicher.

»Ja«, antwortete Bérénice nach kurzem Zögern. »Ich denke schon. Irgendwann – bald«, fügte sie, ohne nachzudenken, hinzu. »Werden Sie mir dann von Fleur erzählen?«, fragte sie, während sie mit einer Hand nach dem Brief in ihrer Tasche griff.

»Natürlich. Alles, was ich weiß.« Patrice' Stimme klang ernst und überzeugend, und Bérénice glaubte ihm.

Jetzt holte sie Fleurs Brief heraus, behielt ihn aber noch in der Hand. Es war schwer, ihn wegzugeben, sie besaß so wenig von ihrer Mutter. Doch sie durfte ihn nicht behalten. Fleur hatte ihn dem Mann geschrieben, den sie geliebt hatte. Er hatte ein Recht darauf. So überreichte sie Patrice nach einem kleinen Zögern das Kuvert. »Hier.«

»Was ist das?« Erstaunt griff er danach.

»Das ist der Brief von Fleur, den sie Ihnen geschrieben hat, bevor sie verschwand. Offenbar hat sie vergessen, ihn abzuschicken.«

»Danke.« Lange sah er auf das Kuvert hinunter, drehte und wendete es in der Hand, bis er den Kopf hob. Wieder traf Bérénice der Blick aus diesen forschenden blauen Augen.

»Ich habe ihn gelesen«, sagte sie. »Er war offen, und ich habe ihn entdeckt, als ich Sie noch nicht kannte.«

»Das hätte ich auch getan. Aber …« Patrice schaute an ihr vorbei ins Nichts. »Es passt nicht zu Fleur, dass sie einfach verschwindet, um irgendwo in der Welt ein neues Leben zu beginnen. Sie hätte nicht den Mut dazu gehabt.«

Patrice hatte recht. Auch Bérénice hatte sich immer wieder gefragt, wieso Fleur nach Saint-Emile fuhr, um ihr Kind zu holen, sich aber dann plötzlich entschloss, ohne die Tochter Frankreich den Rücken zu kehren.

Denise und Etienne müssen sie unter Druck gesetzt haben, drohten ihr vielleicht mit der Polizei, schoss es Bérénice jetzt durch den Kopf. Vielleicht gaben sie ihr Geld, damit sie verschwand.

»Lesen Sie erst einmal den Brief!«, forderte sie Patrice auf. »Ich muss mich jetzt beeilen.«

»Sie sehen blass aus. Sie sollten besser zu Hause bleiben«, ermahnte Patrice sie eindringlich, als sie sich verabschiedete.

Sie spürte, dass er ihr nachsah, und da lächelte sie und empfand ein kurz aufflackerndes Gefühl von Glück. Schnell überquerte sie die Straße und hastete die Treppe zur Metro hinunter.

17

Das Fieber stieg. Bérénice befolgte Patrice' Rat und legte sich, sobald sie in ihrer Wohnung ankam, sofort ins Bett. Am nächsten Tag versuchte sie, aufzustehen und sich anzuziehen. Es ging nicht. So traf sie die Entscheidung, nicht zur Show zu gehen.

Es schien ihr nicht mehr wichtig, ob sie dabei war oder nicht. Im Moment lebte sie ein Leben auf zwei Zeitebenen. Seit sie Fleurs Brief an Patrice gelesen hatte, sah alles anders aus, jetzt, da sie die Vergangenheit kannte. Die Gegenwart, ihr Beruf, Maxime oder auch Jean hatten an Bedeutung verloren.

Sie kochte Tee und machte es sich auf dem Sofa bequem. Dann rief sie Madame Bellier an und vereinbarte mit ihr einen Termin für die Abholung der Kleider aus Maximes Wohnung. Madame Bellier schlug Bérénice vor, ihr mit einem Kurier die restlichen Sachen zuzuschicken, und Bérénice war einverstanden.

Nach dem Telefonat ließ sie den Kopf erschöpft auf die Kissen fallen. Dann wählte sie Camillas Handynummer, um für die Show abzusagen.

»Das ist schade«, sagte die Chefdirektrice, »aber alles läuft sowieso anders als geplant. Maxime ist verschwunden.«

Camilla saß im Ladurée an der Madeleine und musste sich mit fünf *macarons* in verschiedenen Geschmacksrichtungen beruhigen. Dazu trank sie starken Mokka.

In wenigen Stunden begann die Show, und Maxime blieb verschwunden. Er ging nicht ans Handy, und seine

Haushälterin hatte ihn seit drei Tagen nicht mehr gesehen.

Gestern hatte Cathérine sie auf das Gerücht angesprochen, Maxime sei entlassen und ein junger Spanier sein Nachfolger. Sicher würde der Neue ein eigenes Team zusammenstellen, und sie alle würden auf der Straße stehen.

Camilla wählte Junes Nummer. Vielleicht wusste die junge Designerin schon mehr als die anderen? Als Tochter eines millionenschweren Rockstars hatte sie immer einen Sonderstatus genossen.

*

June stand am Fenster ihrer neuen Wohnung. Von hier oben konnte sie fast ganz Paris überblicken, die geraden Linien der Boulevards, die breiten Champs-Elysées, die wie eine Schneise durch Paris gingen, sie konnte den Lauf der Seine verfolgen, und wenn sie sich weit aus dem Fenster lehnte, sah sie die goldene Kuppel des Invalidendoms in der Sonne glänzen.

Als das Handy klingelte, suchte sie es in der großen Penthouse-Wohnung, doch es schien verschwunden, und irgendwann hörte das Läuten auf. Es war egal. Sie würde sich sowieso nicht melden. Sie behielt ihr Geheimnis für sich. Sie kannte den Namen von Maximes Nachfolger, und ihr selbst hatte die GGIF eine eigene Kollektion zugesichert, die unter dem Label See by Maxime Malraux herauskommen würde. Eine neue, junge Linie, finanziert von Big Daddy für seine begabte Tochter June.

Als sie sich in ihre zerrissenen Designerjeans zwängte, hoffte sie inständig, dass diese letzte Show für Maxime zu einem sensationellen Erfolg werden würde. Für Maxime Malraux, der in Junes Augen einer der größten Modeschöpfer des zwanzigsten Jahrhunderts war.

*

Alle waren sie gekommen, die Chefredakteurinnen der großen Modemagazine, berühmte Stars aus aller Welt, alle saßen heute bei Maxime Malraux.

Als endlich das erwartungsvolle Stimmengewirr verstummte und die Scheinwerfer aufleuchteten, setzte leise Musik von Mozart ein und begleitete die Models, die rasch die Treppe herunterkamen, über den Laufsteg schritten, vor den Fotografen posierten, dann wieder die Stufen hochliefen und rechts und links im Backstage-Bereich verschwanden. Freundliches Klatschen begleitete die ersten Modelle. Bei den Abendkleidern steigerte sich der Beifall, bis Kate auf hohen Plateauschuhen und in dem gefährlich engen Rock vorsichtig die Treppe herunterstieg und den Laufsteg entlangtrippelte. Sie war geschminkt wie eine Geisha, und sie sah wunderbar aus in dem engen, langen Kleid und der mit Drachen bestickten Jacke. Der Beifall steigerte sich weiter, und einige Bravorufe begleiteten den Gang des Starmodels über den Catwalk.

Dann kam die Gruppe der Klassiker. Elegante Tageskleider und große Abendroben im Stil der fünfziger Jahre. Im schnellen Anschluss traten acht Starmodels auf. Sie trugen die legendären schwarzen Kostüme, die Maxime vor Jahren über Nacht berühmt gemacht hatten, dazu große Organzahüte und elegante Handschuhe. Sie liefen den Catwalk zurück und blieben hintereinander auf den Stufen der Treppe regungslos stehen.

Eine Pause entstand, erwartungsvolle Stille trat ein.

Und plötzlich war er da. Maxime verharrte oben an der Treppe, dann tänzelte er die Stufen herunter, vorbei an den Models in den schwarzen Kostümen. Frenetischer Applaus erhob sich, als er langsam den Laufsteg entlangging, und Standing Ovations begleiteten ihn auf dem Weg zurück. Wieder oben auf der Treppe drehte er sich noch einmal um, und im gleißenden Licht der Scheinwerfer breitete er die Arme aus und dankte seinem Publikum. Plötzlich erlosch das Licht, im ganzen Raum wurde es dunkel, und der Beifall erstarb. Als die Scheinwerfer wieder aufleuchteten, war Maxime verschwunden.

*

Die Entlassung des Designers aus dem eigenen Label wurde in allen Nachrichtensendungen gebracht. Am nächsten Morgen schrieb *France Soir* in seiner Ausgabe:

Maxime Malraux ging in dem Moment seines größten Triumphes. Verneigen wir uns vor ihm, einem der genialsten Designer des zwanzigsten Jahrhunderts.

Die französische und die deutsche Ausgabe der *Vogue* widmeten ihm eine Hommage mit dem Titel:

Das letzte große Genie hat sich verabschiedet.
Chanel schenkte den Frauen die Freiheit, Maxime Malraux den Triumph der Weiblichkeit.

Bérénice hatte eine starke Angina, und täglich kam ein Arzt, um nach ihr zu sehen und ihr eine Aufbauspritze zu geben.

»Sie sollten ins Krankenhaus«, ermahnte er sie bei jedem Besuch, da sie sich nicht wirklich erholte.

Völlig lethargisch verbrachte sie die Tage im Bett, nur selten stand sie auf. Sie konnte sich auf nichts konzentrieren und interessierte sich für nichts. Nur den kurzen Bericht über die Pressekonferenz der GGIF sah sie sich im Fernsehen an.

Maximes Nachfolger war der sechsundzwanzigjährige Spanier Cristobàl Cortez, der mit seinen Entwürfen für ein anderes Modelabel bereits Aufsehen erregt hatte. Schüchtern trat er vor die Journalisten, klein und zierlich, gekleidet in Jeans und Shirt, dazu trug er Turnschuhe.

Er habe Maxime schon als Kind verehrt, hauchte er ins Mikrofon und schien verwirrt von den vielen Kameras, die auf ihn gerichtet waren. Dann bedankte er sich bei seiner Mutter und seinen drei Schwestern, die ihn immer unterstützt hatten, und zuletzt bei den Verantwortlichen der GGIF, die ihm das ungeheure Vertrauen schenkten, Nachfolger des großen Maxime Malraux zu werden. Freundlicher Applaus begleitete den jungen Mann, als er rasch den Raum verließ, wo zwei Bodyguards hinter der Tür auf ihn warteten.

»Ob die Fußstapfen seines Vorgängers für Cristobàl zu groß sind, wird sich zeigen«, kommentierte der Moderator den unspektakulären Auftritt des jugendlichen Designers.

Langsam sickerten Einzelheiten über Maxime Malraux durch. Er habe sich auf sein Anwesen in Capri zurückgezogen. Aber nicht allein, begleitet werde er von einem unbekannten jungen Mann, Aziz Al Nadim. Während Raul und Cathérine entlassen wurden, behielt Camilla ihre Stelle als oberste Direktrice, und auch Bérénice bekam das Angebot, weiterhin die Chefin des allerdings sehr verkleinerten Stickateliers zu bleiben. Sie erbat sich Bedenkzeit.

Ihre Gedanken kreisten ausschließlich um Fleurs Brief an Patrice und um Fleur selbst, das junge, naive Mädchen, das nach Paris gekommen war, um berühmt zu werden.

18

Eine Woche war vergangen. Bérénice schlenderte die Avenue Georges V hinunter und lief weiter bis zum Pont d'Alma. Es war ein schöner Frühlingstag, und sie hatte keine Lust, sofort nach Hause zu fahren, sondern setzte sich auf die Terrasse eines Cafés mit Blick über die Brücke und die Seine bis hinüber zum Eiffelturm. Während sie einen Espresso trank und ihr Gesicht in die warme Sonne hielt, versuchte sie, ihre Gedanken zu ordnen.

Gerade war sie bei einem Anwalt namens Bernard Laval gewesen, der Maxime Malraux seit Jahrzehnten in allen rechtlichen Fragen beriet. Er hatte sie vor ein paar Tagen angerufen, worauf sie zwar verunsichert, gleichzeitig aber überwältigt war: Der Designer hatte ihr seine Gewinnbeteiligung am weltweiten Verkauf der MM-*Parfums* übertragen. Bérénice wusste, dass der Klassiker MM Trois seit Jahrzehnten zu den bestverkauften Parfums der Welt zählte.

»Durch diese Abtretung wird Maxime nicht ärmer«, hatte der Anwalt ihr erklärt. »Aus den Medien wissen Sie sicher, dass sein Privatvermögen weit über einhundert Millionen Dollar beträgt. Also, bitte, keine Skrupel. Er will auch keine Dankbarkeit von Ihnen, er betont, er habe das nicht für Sie und auch nicht für Fleur getan.«

»Für wen dann?«, hatte Bérénice verständnislos gefragt.

»Für sich selbst. Maxime macht alles nur für sich selbst. Er will mit der Vergangenheit abschließen, und dazu gehört für ihn, dass er sein schlechtes Gewissen beruhigt. Das hat er mit dieser Abtretung getan, mehr nicht.«

»Weiß Maxime, dass ich Fleur Déschartes' Tochter bin?«, hatte sie den Anwalt noch gefragt, als er sie bereits zur Tür seiner luxuriösen Kanzlei brachte.

»Er ahnte es, als er Ihnen das erste Mal gegenüberstand. Er erschrak entsetzlich, wie er mir erzählte, denn mit Ihnen kamen die Geister der Vergangenheit zurück.«

»Wie geht es ihm jetzt?«, hatte sie noch wissen wollen.

»Nun, sagen wir, er leckt auf Capri seine Wunden. Aber er ist ja nicht allein«, hatte Bernard Laval noch ein wenig ironisch hinzugefügt. »Maxime ist hart im Nehmen, glauben Sie mir! Ich wäre nicht erstaunt, wenn er plötzlich wie Phönix aus der Asche aufersteht.«

Auf der Terrasse wurde es kühl, die Sonne verschwand hinter dem Eiffelturm, und Bérénice verließ das Café. Sie fühlte sich noch so schwach auf den Beinen, dass sie ein Taxi heranwinkte und nach Hause fuhr.

In ihrer Wohnung ließ sie sich erschöpft aufs Sofa fallen. Die Krankheit hatte sie mehr geschwächt, als sie gedacht hatte.

Seit sie wusste, dass sie Fleurs Tochter war, versuchte sie vergebens, zur Normalität ihres Lebens zurückzufinden. Denn die gab es nicht mehr. Alles hatte sich verändert. Maxime lebte jetzt auf Capri, ein junger Designer ersetzte ihn, und sie verdiente plötzlich Geld, ohne dafür zu arbeiten. Sie hatte die Wahl, sie konnte den Job als Atelierleiterin annehmen, musste es aber nicht. Paris fühlte sich plötzlich anders an.

Sie hätte glücklich sein können, doch sie war es nicht. Sie sollte Denise verzeihen, doch sie konnte es nicht, jetzt, da sie die Wahrheit kannte. Sie sollte auch ihrem Vater verzeihen, der nicht gewollt hatte, dass sie geboren wurde, und jetzt den Kontakt zu ihr suchte, da er ein einsamer alter Mann war.

Und Hippolyte hatte sie im vergangenen Herbst offenbar das Gefühl vermittelt, das gemeinsame Wochenende sei nur eine Reminiszenz an die Vergangenheit gewesen, und für einen Neuanfang sei es längst zu spät. Und das konnte sie sich selbst nicht verzeihen.

*

Am nächsten Morgen fühlte sie sich besser. Sie bereitete sich in der Küche Kaffee, röstete Toast und ging mit dem Tablett zurück ins Bett. Während sie das knusprige Weißbrot mit Butter bestrich, fiel ihr Blick rein zufällig auf die schöne Puppe auf dem kleinen Tisch unter dem Fenster. Fleurs Geschenk an sie. Hätte sie als Kind damit gespielt?

Sie erinnerte sich, wie sehr Denise es immer bedauert hatte, dass sie im Gegensatz zu ihren Schulfreundinnen nie mit Puppen spielen wollte. In Erinnerung daran lächelte Bérénice. Die Freundinnen waren so oft zu ihr gekommen, doch nicht, um sie, sondern um Denise zu besuchen. Die kleinen Mädchen liebten sie, und Denise lud sie oft ein.

Sie hatten es *les fêtes des poupées* genannt, kleine Feste für ihre Puppen. Denise hatte vorher einen großen Kuchen gekauft, und dann ging es los. Die Mädchen brachten ihre »Kinder« mit und durften sich in den vielen Schachteln Knöpfe, Spitzen und Bordüren aussuchen und die Stoffe bestimmen, aus denen sie Kleider für ihre Puppen haben wollten. Und Denise ließ sie gewähren. Die Mädchen wühlten und warfen alles durcheinander, wenn sie aufgeregt ihre Auswahl trafen. Denise aber lachte nur dazu. An diesen Nachmittagen war sie glücklich gewesen, sie saß inmitten der vielen Mädchen, und sie nähte für alle Puppenkleider.

Nachdenklich legte Bérénice ihren Toast auf den Teller. Wie hatte sie diese *fêtes* nur vergessen können?

Und die Busreise von Marseille nach Paris, als sie elf Jahre alt gewesen war? Sie hatten in einem guten Hotel übernachtet, sich die Gemälde im Louvre angesehen und waren nach Versailles hinausgefahren. Das hatte alles viel Geld gekostet, das sich Denise in zusätzlicher Nachtarbeit verdienen musste. Wieso hatte sie diese schönen Erinnerungen verdrängt? Wieso hatte sie in den vergangenen Monaten nur an Denise' Lügen gedacht? Wie konnte sie so herzlos sein? Denn eines war klar: Denise hatte sie geliebt, und um ihr eine schöne Kindheit zu ermöglichen, hatte sie Tag und Nacht geschuftet.

Seit ein paar Tagen war Bérénice eine wohlhabende Frau. Sie konnte sich eine schöne Wohnung mieten, Reisen machen, sie konnte sich viele Dinge kaufen, aber sie konnte auch eines tun: Denise einen komfortablen Lebensabend finanzieren.

Bérénice lehnte sich in den Kissen zurück und schloss die Augen. Und zum ersten Mal seit langer Zeit fühlte sie sich wieder ruhig und zufrieden.

*

Am Nachmittag rief sie Dr. Passot an und teilte ihm mit, dass sie ihr Einverständnis für den Umzug von Denise Aubry in die Seniorenresidenz gebe und alle Kosten wie Miete, Kaution und weitere Behandlungen übernehme. Das Wort Mutter brachte sie nicht über die Lippen.

»Sobald ich nach Saint-Emile komme, unterschreibe ich den Vertrag. Ich bin aber noch nicht ganz gesund«, setzte sie hinzu. Sie wusste, einem Treffen mit Denise war sie nicht gewachsen, sie brauchte noch Zeit.

Doch ihre bloße Zusage reichte dem Arzt nicht. »Es eilt, sonst ist das Appartement vergeben, und die Wartezeiten für die Residenz sind sehr lang. Eigentlich war der Umzug für übermorgen geplant. Vor ein paar Tagen war Ihre Mutter mit einem Pfleger in ihrem Haus und hat ausgesucht, was direkt in die Seniorenresidenz geschickt werden sollte. Alles andere, auch die Möbel, kommt in einen Container, bevor Ende der Woche die Versteigerung über die Bühne geht.«

»Welche Versteigerung?« Bérénice horchte alarmiert auf.

Dr. Passot zeigte sich überrascht. »Ich dachte, die Bank Ihrer Mutter hätte Sie informiert. Aber das sind Dinge, die mich als Arzt nichts angehen, ich habe sie nur durch unsere Verwaltung erfahren.«

Bérénice beendete sofort das Gespräch und rief bei der Bank an. Doch es dauerte eine Weile, bis sie endlich den Filialleiter ans Telefon bekam. Von ihm erfuhr sie, dass Denise schon seit Jahren hoch verschuldet war und die Bank nun die Zwangsversteigerung angeordnet hatte.

»Warum haben Sie mich nicht informiert?«, wollte Bérénice wissen, der dieser Schock tief in die Knochen fuhr. Das Haus in der Rue Boursicault war ihr Zuhause gewesen, Denise und Fleur waren dort aufgewachsen.

Sie hatte nicht einmal gewusst, dass das Haus mit Hypotheken belastet war, geschweige denn, dass Denise die Zinsen schon längere Zeit nicht mehr zahlen konnte.

»Die Schulden werden durch die Versteigerung getilgt, in diesem Punkt kann ich Sie beruhigen«, erklärte der Filialleiter.

»Warum haben Sie mich nicht benachrichtigt, bevor Sie den Termin ansetzten?«

»Das Haus gehört Ihrer Mutter. So sahen wir keine Veranlassung dazu. Als ich bei ihr im Krankenhaus war, um die Sache zu besprechen, erwähnte sie mit keinem Wort, dass eventuell Sie …«

»Nein.« Bérénice reagierte heftig. »Nein, das ist allein Denise Aubrys Entscheidung, und ich will das Haus nicht, ganz sicher nicht.« Sie verabschiedete sich rasch und legte den Hörer auf.

Sie lehnte sich wieder in die Kissen zurück. Wenn jetzt das Telefon läutet, gehe ich nicht mehr ran, nahm sie sich vor. Doch es blieb stumm, und nach einer Weile stand sie auf. Sie wollte mit Denise sprechen und ein letztes Mal in das Haus in der Rue Boursicault gehen. Sie hatte sich spontan gegen die Rettung des Hauses ausgesprochen, aber war diese Entscheidung richtig gewesen?

Sie musste noch einmal in das Haus ihrer Kindheit.

19

Saint-Emile

Vorsichtig, um Marie-Luise nicht zu wecken, stieß Hippolyte die schweren blauen Holzläden auf. Tief sog er die nächtliche Frühlingsluft ein, während er sich mit den Händen auf dem Fensterbrett abstützte und weit hinauslehnte. Er versuchte, so leise wie möglich zu sein, denn er wollte nicht, dass Marie-Luise aufwachte und ihm noch mal die Fragen stellte, mit denen sie ihn den ganzen Abend bedrängt hatte. Er wollte nicht nach seiner Vergangenheit gefragt werden und vor allem nicht nach Bérénice. Er war es nicht gewohnt, eigene Stimmungen zu beobachten und Gefühle zu analysieren, wie Marie-Luise es tat.

Was sollte er ihr über Bérénice erzählen? Es wäre ihm als Verrat erschienen, und so schwieg er, schwieg auch, da er mit Bérénice' unergründlicher Weiblichkeit nicht zurechtkam. Nie mehr hatte sie sich gemeldet, und oft hatte er sich Vorwürfe gemacht, dass er sie am Boule-Platz damals so schnell verlassen hatte, um nach Hause zu Marie-Luise zu fahren. War es nicht wie eine Flucht gewesen?

Leise zog Hippolyte die Läden wieder zu, blieb aber unschlüssig stehen. Erst als er ein Geräusch hinter sich hörte, drehte er sich rasch um. Marie-Luise stand, eingehüllt in ein Laken, am Bettpfosten und sah zu ihm herüber. Ihre Gestalt war im Dunkel kaum wahrzunehmen, nur der schwache Schein, der durch die Läden fiel, schien sich auf ihrem Oberkörper zu spiegeln. Ihre nackten Schultern, die langen Haare, alles übte einen Reiz auf ihn aus, so dass er auf sie zuging. Doch Marie-Luise wich zurück.

»Ich will endlich mit dir reden«, ihre Stimme klang verdrossen, während sie das Laken noch enger um ihren Körper schlang.

»Jetzt? Um diese Zeit?« Hippolyte reagierte unwillig. »Komm, lass uns zurück ins Bett gehen! Wir können morgen früh reden.«

»Morgen früh ist es vielleicht zu spät.«

Hippolyte bemühte sich um ein kleines Lachen, das die Situation auflockern sollte, doch es klang gekünstelt und verärgert.

Marie-Luise schlüpfte zurück ins Bett und zog das Laken bis zum Kinn. Hippolyte sah auf sie hinunter, dann hob er seine Decke und schob sich ins kalte Bett. Reglos lagen sie im Dunkel nebeneinander, bis er versuchte, die Spannung zwischen ihnen aufzulösen.

»Entschuldige«, erklärte er, »aber mir geht so vieles durch den Kopf. Frank bedrängt mich, einen weiteren Kredit aufzunehmen, um Bauer Gaston Leblanc die beiden Äcker abzukaufen, die sich meinen Weinbergen anschließen. Am Freitag sollen bereits die Traktoren anrücken, um die Felder zu pflügen, und am Montag darauf werden dann die Weinstöcke gesetzt, die Frank bestellt hat.«

»Und warum bedrückt dich das?«

»Weil ich mich noch mehr verschulde, darum.«

»Vielleicht kann dir ja deine Nochehefrau finanziell unter die Arme greifen.«

Hippolyte hörte Eifersucht und Aggression aus Marie-Luises Stimme heraus. Sie wollte ihn dazu bringen, seine Gefühle endlich zu offenbaren und eine Entscheidung zu treffen. Er fühlte sich in die Enge getrieben, Marie-Luise wollte mit ihm zusammenleben und ein Kind mit ihm haben. Das hatte sie ihm gestern eröffnet. Aber ein Kind mit einer anderen Frau, das wäre wie ein Verrat an Bérénice gewesen.

Er wollte jedes Gespräch über Bérénice vermeiden, so schwieg er und drehte sich um. »Ich bin noch müde«, murmelte er. »Es wird bald hell, also lass uns noch ein wenig schlafen!«

Marie-Luise antwortete nicht, auch sie wandte sich von ihm weg. Er hörte sie unruhig mit den Füßen gegen die Bettdecke scharren, bis es still wurde und ihr Atem sanft und regelmäßig ging.

Als sie eingeschlafen war, stahl sich Hippolyte wieder leise aus dem Bett, stieg hastig in seine Hose und griff nach einem Pullover, den er sich überzog, während er bereits die Treppe hinunterlief. Unten schlüpfte er noch in Strümpfe und Schuhe. Als er seine dicke Steppjacke vom Haken nahm, stieß Tristan die angelehnte Küchentür von innen auf und stand schwanzwedelnd vor ihm.

»Komm, Alter!« Zerstreut kraulte Hippolyte ihn kurz hinter dem Ohr und verließ mit ihm das Haus. Der Hund rannte voraus, kam zurück, leckte kurz Hippolytes Hand und verschwand wieder zwischen den Büschen des Gartens. Am Horizont wurde es heller. Über den Weinbergen hing noch der Frühnebel. Hippolyte schritt kräftig aus, er kannte jeden Meter hier, jeden Strauch, jeden Thymian- und Basilikumbusch, jeden Lorbeerbaum. Seine Mutter hatte den großen Garten den Hügel hinauf angelegt, und sein Vorgänger hatte nichts daran verändert. Es war alles so, wie die Natur es wachsen ließ, von der Hand seiner Mutter damals nur ein wenig geordnet, wie sie es genannt hatte. Kurz blieb er stehen und betrachtete den Mandelbaum, der in voller Blüte stand. Sein Vater hatte ihn gepflanzt, als Hippolyte acht Jahre alt gewesen war.

Neben dem Anwesen führte der öffentliche Weg entlang, den Marie-Luise vor einem halben Jahr mit Tristan heruntergekommen war. Sie war zum richtigen Zeitpunkt in Hippolytes Leben getreten. Sie hatte ihm eine Heiterkeit, eine Leichtigkeit geschenkt, die er vorher nie gekannt hatte. Jetzt wollte sie eine feste Beziehung, aber wollte er das auch? Waren seine Gefühle stark genug?

Hippolyte blieb stehen und pfiff zerstreut Tristan, der den Hügel heraufhechelte und folgsam hinter ihm hertrottete. Hippolyte blieb immer wieder stehen, um die klare Luft einzuatmen und den Nebelschwaden zuzusehen, die sich auflösten, während der Himmel sich rosa färbte. Oben ging Hippolyte zu dem Kreuz unter dem Mandelbaum. Hier hatte er im Herbst mit Bérénice gestanden, und Hand in Hand hatten sie ihres Sohnes gedacht, der nicht leben durfte. Endlich hatten sie über die Nacht des Unglücks vier Jahre zuvor gesprochen, endlich war er bereit gewesen, sich Bérénice zu öffnen. Doch was blieb, waren Leere und Enttäuschung, auch nach dem kurzen Wiedersehen im Januar unten auf dem Boule-Platz. Aber war er nicht selbst schuld? Er hatte sie einfach stehenlassen und war davongebraust.

Langsam ließ sich Hippolyte auf einem Felsen nieder,

den folgsamen Tristan zu seinen Füßen. Stille umfing ihn, und er wartete, bis sich die Schatten der Nacht zurückzogen und hinter den Bergen die Sonne aufstieg. In ihrem Licht breitete sich die Schönheit der Landschaft vor seinen Augen aus. Hippolyte hatte diesen Anblick so oft erlebt, und doch berührte er ihn jedes Mal aufs Neue. Einsamkeit umfing ihn, die er genoss und die ihm tiefen Frieden schenkte. Er gehörte hierher, hier waren seine Wurzeln, und hier war seine Heimat. Nirgendwo sonst konnte er leben und wollte es auch nicht mehr versuchen.

Und doch … seine Gedanken waren beherrscht von Bérénice, er dachte an ihre Verletzlichkeit, an ihre rückhaltlose Hingabe an ihn während der Zeit ihrer Ehe, an das Schweigen zwischen ihnen in den Jahren in Paris. An diesem Wochenende auf dem Weingut hatte alles danach ausgesehen, als hätte sie ihm verziehen. Doch offenbar konnte sie es immer noch nicht, sonst hätte sie längst angerufen. Wütend schlug er mit der Faust auf den Stein, auf dem er saß, sprang auf und rannte den Hügel hinunter, rannte und stolperte, bis er keuchend stehen blieb und auf *La Maison Bleue* hinuntersah. Es war sein Weingut, und das erfüllte ihn mit Stolz. Doch ohne Bérénice erschien es ihm leer und sein Leben ohne Sinn.

*

Bis zum frühen Nachmittag gingen sie sich aus dem Weg, Hippolyte führte Telefonate mit seiner Bank, dann rief er Frank an, und schließlich sprach er noch mit dem Bauern Gaston. Er hörte oben im Schlafzimmer Marie-Luise hin und her laufen, doch sie kam nicht herunter.

Hippolyte ging in die Küche und kochte sich Kaffee. Mit einem mürrischen Gruß erschien Marie-Luise endlich in der Tür, dicht gefolgt von Tristan. Während sie die Dose Hundefutter öffnete und den Inhalt in Tristans Schüssel füllte, sah ihr Hippolyte zu. Um endlich das Schweigen zu beenden, schlug er vor, hinunter nach Saint-Emile zu fahren. »Wir müssen einkaufen, und wenn du Lust hast, essen wir im La Danseuse Maronentörtchen, die magst du doch so gern.«

»Bemüh dich nicht«, antwortete Marie-Luise reserviert. »Du kannst ja einkaufen fahren, aber ich bleibe hier und warte auf Frank.«

Sie warf die Dose in den Müll, verschränkte die Arme vor der Brust und sah ihn herausfordernd an. Wie immer trug sie eine Hemdbluse, dazu Jeans und knöchelhohe Stiefel.

Überrascht sah er sie an. »Auf Frank?«

Sie ließ die Arme sinken, seufzte leise und setzte sich ihm gegenüber.

»Er wird mich in mein Haus bringen und dann hinunter zum Bahnhof fahren. Ich nehme den Vier-Uhr-Zug nach Marseille. Ich fliege noch heute nach Deutschland.«

Hippolyte war so überrascht, dass er sie nur anstarrte, ohne etwas zu erwidern.

»Ja, ja … schau nicht so!«, fuhr sie ihn an. »Darum wollte ich heute Nacht eine Entscheidung, aber dein Zögern war ja bereits die Entscheidung.«

»Wieso fliegst du nach Deutschland? Wann kommst du zurück?«

Hippolyte konnte es nicht begreifen, dass sie ging.

»Ich habe das Angebot eines Verlags, für ein Jahr als Lektorin zu arbeiten, als Vertretung für eine Kollegin, die in der Elternzeit ist. Was danach sein wird, weiß ich noch nicht.« Sie sah Hippolyte an, und er begriff, dass sie hoffte, er würde sie zurückhalten, sie in die Arme schließen und ihr sagen, dass er sie liebe und mit ihr ein Kind haben wolle.

»Du willst mich erpressen«, sagte er langsam, »das ist es.«

»Nein, das ist es nicht.« Marie-Luise beugte sich zu Tristan hinunter und kraulte ihn hinter den Ohren. Sie sah Hippolyte nicht an, als sie leise weitersprach: »Ich liebe dich, Hippolyte, das habe ich dir oft genug gesagt. Aber ich gehe, weil ich gehen muss. Ich gehe, weil ich es nicht ertragen kann, wie du leidest. Wie wir beide leiden. Denn du liebst Bérénice und nicht mich. Ich wollte es nicht wahrhaben, doch heute Nacht habe ich es begriffen.« Jetzt richtete sie sich auf und sah zu ihm herüber. »Darum gehe ich. Mir bietet sich eine berufliche Chance, und ich werde sie ergreifen.«

Sie sah ihn voller Erwartung an, doch er sprach den Satz nicht aus, den sie hören wollte.

»Nun …« Nachdem Hippolyte schwieg, wandte sie sich mit einem Ruck von ihm ab. »Ich hole dann schnell meine Tasche.« An der Tür drehte sie sich noch einmal um. »In meinem Haus wohnt ab Mai eine Freundin. Kann ich dir meine Schlüssel dalassen?«

»Natürlich.« Rasch sagte ihr Hippolyte seine Hilfe zu. »Ich kann auch mal nach dem Rechten sehen, wenn du willst.«

Jetzt lächelte ihn Marie-Luise an. Es war ein trauriges

Lächeln, das ihn tief berührte. »Ja, das wäre nett von dir. Danke.«

Er sah ihr nach, als sie die Treppe hinaufging, und wartete in der Küche. Als er Franks Auto die Straße heraufkommen hörte, ging er hinaus und blieb vor der Eingangstür stehen. Er stand noch da, als Frank bereits aus seinem alten Peugeot stieg und Marie-Luise mit ihrer Tasche aus dem Haus kam.

»Das geht alles so schnell«, versuchte er halbherzig, sie zurückzuhalten. »Wollen wir nicht noch einmal darüber reden?«

»Wozu?« Ihre Antwort kam rasch, und in ihren Augen erkannte Hippolyte ihren sehnlichen Wunsch nach einer Umarmung, nach einer Beteuerung von ihm. Doch er brachte das »Ich liebe dich« nicht über die Lippen. Er hätte lügen müssen, wenn er die Worte ausgesprochen hätte.

Frank begrüßte die beiden und verstaute Marie-Luises große Tasche im Kofferraum. Schweigend standen sich Hippolyte und Marie-Luise gegenüber. Sie zwang sich zu einem Lächeln, doch als Hippolyte sie küssen wollte, wich sie ihm aus und beugte sich zu Tristan hinunter.

»Komm!«, lockte sie ihren Hund, der aber neben Hippolyte sitzen blieb und keine Anstalten machte, ihrer Aufforderung zu folgen.

»Willst du Tristan behalten, bis im Mai meine Freundin kommt?«, fragte Marie-Luise plötzlich. »Ich werde in der Stadt leben, und Tristan wäre sehr viel allein.«

»Ich nehme ihn gern. Du weißt, er ist mir ans Herz gewachsen.«

»Wir können telefonieren, und du sagst mir dann, wie es ihm geht.«

Der Hund stellte eine Verbindung zwischen ihnen dar, und Hippolyte erkannte, dass es das war, was Marie-Luise jetzt brauchte: eine schwache tröstliche Hoffnung für die Zukunft.

»*Salut*, Tristan!« Sie ging vor dem Hund in die Knie und küsste ihn auf die feuchte Schnauze und auf die dicken, langen Ohren. Dann verbarg sie plötzlich ihr Gesicht in seinem Fell, um ihre Tränen zu verbergen. »*Salut, mon ami, je t'aime … je t'aime …*«

Hippolyte wandte sich ab und fühlte Franks vorwurfsvollen Blick auf sich gerichtet. Als er den Freund ansah, schüttelte der missbilligend den Kopf. Beiden war klar, dass Marie-Luise nicht den Hund gemeint hatte. Dann half Frank Marie-Luise ins Auto und stieg ein. Grußlos brauste er davon.

Hippolyte sah ihnen nach, bis das Auto verschwunden war. Dann drehte er sich um und ging ins Haus zurück.

»Komm, Kumpel!«, rief er dem Hund zu, der ihm mit einem müden Wedeln seines Schwanzes folgte.

In der Küche holte Hippolyte eine Flasche Pastis vom Regal und schenkte sich ein Glas ein.

»*Santé!*«, prostete er dem Hund zu, der jede seiner Bewegungen mit traurigen Augen verfolgte. »Ja, ich vermisse sie auch«, sagte Hippolyte laut zu ihm. Als er sein Glas auf den Tisch stellte, fiel ihm ein Zettel auf, den Marie-Luise gut sichtbar auf eine umgekippte Schüssel gelegt hatte.

Verzeih mir,
Bérénice hat mehrmals angerufen, doch ich habe es Dir nicht gesagt. Ruf sie an, Du liebst sie doch!

Am späten Nachmittag kam Frank zurück. Hippolyte saß am Tisch vor dem Haus und versuchte, sich auf seine Bankunterlagen für den Kredit zu konzentrieren. Frank warf ihm nur einen kurzen Gruß zu, verschwand im Haus und kam mit der Flasche Pastis und zwei Gläsern zurück.

»Eine solche Frau gehen zu lassen«, fing er an und zog sich einen Stuhl an den Tisch heran. Missbilligend schüttelte er den Kopf. »Ich versteh dich nicht, was ist falsch an ihr? Sie ist jung, schön, sie liebt dich, Mann.«

»Ich möchte jetzt nicht darüber reden«, erklärte Hippolyte eigensinnig und schenkte beiden ein. So sprachen sie über die Felder, über Gaston, der bereit war, mit dem Preis herunterzugehen, und nach zwei Gläsern Pastis hatte Hippolyte sich entschieden: »Ich nehme einen weiteren Kredit auf, ich riskiere es.«

Darauf stießen sie erneut an. Dann setzte Hippolyte sein Glas ab und sah seinen besten Freund an.

»Es wäre auf Dauer nicht gutgegangen«, sagte er. »Ich mag Marie-Luise wirklich, aber ich liebe sie nicht. Leider habe ich zu spät erkannt, wie ernst sie unsere Beziehung nahm. Das tut mir leid. Marie-Luise wollte mehr, sie wollte, was ich nur mit *einer* Frau teilen möchte.«

»Und was ist das?« Frank sah ihn missbilligend an.

»Mein Leben«, antwortete Hippolyte leise. Da griff Frank schweigend nach der Hand seines Freundes und drückte sie. »Ich weiß.«

»Aber Bérénice hat jetzt ihr neues Leben, sie braucht die Stadt, sie braucht Paris, sie würde hier nicht glücklich werden. Es ginge niemals gut«, sinnierte Hippolyte weiter.

»Und du gehörst hierher«, antwortete sein Freund,

nahm die Flasche Pastis und schenkte nach. Sie tranken sich noch einmal zu, und als sie ihre Gläser auf den Tisch stellten, rückte Frank mit seiner Neuigkeit heraus: »Bérénice ist hier. Ich habe sie vor dem Krankenhaus gesehen. Wenn du sie liebst, fahr runter oder ruf sie wenigstens an!«

»Ja, das mache ich«, versprach Hippolyte seinem Freund, der sich leicht schwankend erhob und dann verabschiedete.

Hippolyte sah ihm nach, wie er in den Peugeot stieg, eine rasante Wende riskierte und die Bergstraße hinunterbrauste.

Ich hätte ihn aufhalten müssen, machte Hippolyte sich Vorwürfe und horchte dem Wagen nach, bis sich das Geräusch des Motors in der Ferne verlor. Dann stand er auf und trug Gläser und Flasche in die Küche.

»Weißt du …«, Hippolyte beugte sich zu Tristan hinunter, der hinter ihm hergetrottet war. »Sie hat angerufen, weil sie sich endgültig für Paris entschieden hat. Für Paris und diesen … diesen Modeaffen, diesen Fotografen. Das ist es, was sie mir sagen wollte.«

*

Denise saß im Innenhof des Krankenhauses auf einer Bank im Schatten der großen, knorrigen Platanen.

Bérénice stand hinter der Glastür, die in den Hof führte, und beobachtete sie. Denise trug ihr altes weißes Kleid, am Saum besetzt mit Häkelspitze, und in ihre grauen Haare hatte sie sich eine frische Rose gesteckt. Versunken in sich selbst, blickte sie auf ihre Füße hinunter, die sie baumeln ließ. Als Bérénice sie in diesem schäbigen Kleid auf der Bank sitzen sah, war sie froh, in den Galeries Lafayette für Denise Kleider, Schuhe und Wäsche eingekauft zu haben. Sie sollte sich unter den Bewohnern der Villa Emilia wohl fühlen und sich ihrer Kleidung nicht schämen müssen.

Vor einer Stunde hatte Bérénice in der Verwaltung den Mietvertrag für Denise unterschrieben, die Kaution bezahlt und die Erklärung unterschrieben, alle zusätzlichen Kosten zu übernehmen.

Daraufhin hatte sie Dr. Passot persönlich kennengelernt, der ihr bestätigte, dass die Villa Emilia die richtige Entscheidung für Denise sei. Diese werde im Moment wegen ihrer starken Depressionen medikamentös behandelt, aber leider verweigere sie jedes Gespräch über ihre Vergangenheit, bedauerte der Arzt. »Sie hat sich in einen Kokon zurückgezogen. Aber in der Residenz Villa Emilia wird Ihre Mutter von einer sehr guten Psychotherapeutin behandelt, die auf traumatische Erlebnisse spezialisiert ist«, hatte Dr. Passot abschließend erklärt. »Hier wird Ihre Mutter aufblühen und sich sehr wohl fühlen.«

Ja, Denise, du hast es dir verdient …

Hätte sie dem Arzt sagen sollen, dass Denise nicht ihre Mutter war?

Und bin ich Dir nicht eine gute Mutter gewesen?, hatte Denise in ihrem Abschiedsbrief geschrieben.

»Ja«, murmelte Bérénice hinter der Glastür, »ja, Denise, du bist mir eine gute Mutter gewesen. Du hast mich beschützt, und du hast mich geliebt. Du hast mich unter finanziellen Entbehrungen großgezogen, und dafür danke ich dir. Und trotzdem weiß ich nicht, ob ich dich noch lieben kann. Du hast alles für mich getan, für mich, das Kind, das nicht dein Kind war. Du warst für mich eine Mutter, obwohl ich bereits eine Mutter hatte. Und ob ich dir dein Schweigen und deine Lügen verzeihen kann, das weiß ich nicht, Denise, ich weiß es einfach noch nicht.«

Liebe kann verzeihen, hatte Hippolyte gesagt. Doch liebte sie Denise genug, um ihr jemals zu verzeihen? Sie konnte nicht mit Denise sprechen. Noch nicht. Irgendwann vielleicht, jetzt nicht.

Langsam drehte Bérénice sich um und ging den Gang zurück, den sie gekommen war.

*

Es war später Nachmittag, als Bérénice in der Rue Boursicault ankam. Vom Filialleiter der Bank hatte sie erfahren, dass Joselle Déschartes' Haus abgerissen werden sollte, um einem Neubau Platz zu machen. Bérénice blieb vor dem Haus lange stehen und sah es an.

Ein alter grauer Bau mit Fensterläden, deren blauer Anstrich abblätterte, und einem kleinen verwilderten Garten davor, in dem das Unkraut wucherte. Die ungepflegten Rosensträucher rankten sich inzwischen über fast das ganze Schaufenster des Modesalons Joselle, wie die Schneiderei immer noch hieß. Ein Haus, in dem die Frauen der Déschartes unglücklich gewesen waren und doch auch mutig um ihre Existenz und die ihrer Kinder gekämpft hatten.

Es war gut, dass es abgerissen wurde, und es war die richtige Entscheidung gewesen, es nicht von der Bank zurückzukaufen. Langsam löste sich Bérénice von dem Anblick, ging zur Tür und schloss auf.

In der verlassenen Schneiderei sah sie sich genauer um. Sofort fiel ihr auf, dass die alte Nähmaschine fehlte, an der Denise jahrzehntelang für die Damen der Stadt genäht hatte. Denise hatte ihre Tätigkeit immer als erniedrigend empfunden, nahm sie jetzt ausgerechnet die alte Nähmaschine, das Symbol für ihre Demütigung, mit ins neue Leben? Kopfschüttelnd stieg Bérénice die Wendeltreppe hinauf. In der Küche hatte sich nichts verändert, alles war noch an seinem Platz. Die wenigen abgeschabten Möbel, das Geschirr und die Töpfe würden in den nächsten Tagen in den Container wandern und auf der Müllhalde enden.

Auch im Kinderzimmer hatte Denise nichts verändert und nichts mitgenommen. Flüchtig sah Bérénice sich um. Es gab keinen Gegenstand, den sie als Erinnerung haben wollte. Doch dann blieb ihr Blick an der Stoffpuppe auf dem Fensterbrett hängen, die ihr Denise zum sechsten Geburtstag gefertigt hatte. Gelbe Zöpfe aus Wolle, ein Gesicht mit gestickten Augen und einem roten Mund. Denise war enttäuscht gewesen, dass Bérénice nie mit dieser Puppe spielte. Mit einem letzten Blick auf sie schloss Bérénice die Tür, doch dann hielt sie in ihrer Bewegung inne.

Auch diese Puppe würde im Müllcontainer landen. Da ging sie ins Zimmer zurück, nahm die Puppe und steckte sie in ihre Tasche.

In der winzigen Diele fiel Bérénice auf, dass Denise das kleine Ölgemälde von der Brücke in Avignon mitgenommen hatte. Sie hatten es in einem kleinen Laden direkt an dieser Brücke gekauft, als sie gemeinsam dort gewesen waren. Seit Bérénice' Kindheit hatte es hier gehangen, für Denise offenbar ein kostbares Stück Erinnerung, das sie ins Seniorenheim mitnahm.

Es wurde bereits dunkel, und Bérénice überlegte, ob sie noch in das Schlafzimmer gehen sollte. Hatte sie dort nicht schon alles gesehen, als sie die Ordner durchgeblättert und das rote Poesiealbum gefunden hatte? Doch dann öffnete sie die Tür. Nur noch einen kurzen Rundumblick, nahm sie sich vor.

Auf dem Bett lagen zwischen aufgetürmten zerschlissenen Kissen ein paar alte Zeitungen. Und neben diesem Durcheinander entdeckte Bérénice das Familienbuch. Wollte Denise es wirklich wegwerfen? Als sie näher kam, sah Bérénice den großen Zettel, den Denise auf das Buch gelegt hatte.

Verwundert griff sie danach.

Liebe Bérénice,
heute bin ich noch einmal hier in diesem Haus, in dem ich mein Leben verbracht habe. Mein Leben, das nur durch Dich lebenswert gewesen ist. Ich bin froh, dass es versteigert und womöglich abgerissen wird, es hängen doch zu viele tragische Erinnerungen daran. Ich freue mich auf die Villa Emilia, und ich danke Dir, dass Du mir ein neues Leben in dieser schönen Umgebung ermöglichst. Hab mich immer lieb!
In diesem Buch kannst Du noch einmal nachlesen, dass ich, Denise Aubry, Deine Mutter bin.
Maman

Kopfschüttelnd ließ sich Bérénice auf das alte Bett fallen. Noch nie in ihrem Leben hatte sie sich so hilflos gefühlt. Denise wollte sie auch jetzt noch glauben lassen, dass sie ihre Tochter sei, eisern hielt sie diese Lüge aufrecht.

Doch dann atmete Bérénice durch, nahm das Familienbuch und den Zettel und steckte beides in ihre Tasche. Sie musste sich beeilen, um den Sechs-Uhr-Zug nach Marseille zu erreichen. Mit der letzten Maschine wollte sie zurück nach Paris fliegen.

Irgendwann, Denise, werden wir wieder zusammenfinden, ich verspreche es dir. Du musst keine Angst haben, ich werde dich lieben, trotz … Entsprach das der Wahrheit? Ja, dachte Bérénice, es war die Wahrheit. Doch sie brauchte noch Zeit.

Ehe sie das Schlafzimmer verließ, ging sie zum Schrank, dessen Tür weit offen stand. Aber nach was sollte sie hier noch suchen? Sie hatte wenig Lust, den Berg alter Kleider und Schuhe durchzustöbern, den Denise auf dem Boden aufgetürmt hatte. Alles für den Container bestimmt.

Offenbar hatte Denise nur wenige Sachen mitgenommen. Wie gut, dass sie in den nächsten Tagen mehrere Pakete von den Galeries Lafayette bekam.

Ein letzter Blick streifte den Bettkasten. Irgendetwas reizte Bérénice, ihn zu öffnen. Zuerst klemmte er und ließ sich nur schwer herausziehen, doch dann schaffte sie es. Ein unglaubliches Durcheinander von Kissenbezügen und verstaubten Decken schreckte sie ab, auch nur mit einer Hand hineinzugreifen. Hier hatte Denise offenbar seit Jahren nichts mehr angerührt, es schien, als habe sie die Sachen in dem Kasten einfach vergessen. Doch bei näherem Hinsehen erkannte Bérénice ein haariges Etwas, eingewickelt in ein altes Leintuch. Mit zwei Fingern zog sie neugierig daran. Erst kam ein Ärmel zum Vorschein, und dann hielt Bérénice eine kleine Jacke aus kostbarem Chinchilla in der Hand. Staunend wendete sie die Jacke und stieß auf der Innenseite auf das Etikett: *Christian Dior*.

Dieser elegante Bolero hatte niemals Denise gehört. Als Besitzerin kam nur Fleur in Frage. Hatte Denise es von ihr bekommen? Aber warum hatte sie es dann versteckt? Offenbar hatte sie es vergessen, hatte es nicht weggeben können oder in ihrem Chaos nie mehr gefunden.

Das Fell war weich und … Bérénice drückte die Jacke an ihr Gesicht und sog den zarten Duft eines orientalischen Parfums ein. Ihr Herz fing an zu klopfen, und sie schloss die Augen. Der Duft erinnerte sie an Fleur, an den Moment, als diese sich über sie beugte und sie aus dem Kinderwagen hob … Doch es gab noch diesen anderen Moment …

Denise hatte sie in diesen Bolero gehüllt. Oder war sie selbst hineingeschlüpft? Das war an diesem Abend gewesen, als sie mit Denise aus dem Apothekerhaus lief, nein, Denise hatte sie mit sich gezerrt, obwohl sie keine Schuhe trug und ihre nackten Füße die Kälte des nassen Kopfsteinpflasters spürten. Steine rissen ihre Sohlen auf, und sie weinte, und sie rannte, rannte und weinte …

Daran hatte sie sich schon einmal kurz erinnert, doch … Bérénice setzte sich aufs Bett, die Pelzjacke in der Hand. Damals in jener Nacht, als Denise sie aus dem Haus zerrte, was war da passiert? Sie presste ihr Gesicht wieder in das Fell. Der Pelz war so weich, und er roch so gut, so wunderbar.

Ja, sie war hineingeschlüpft und hatte neugierig auf der untersten Stufe der Treppe gesessen, um auf ihre Maman zu warten. Wie alt mag sie gewesen sein? Vier Jahre? War es, bevor sie so lange krank gewesen war?

Jetzt wusste sie es wieder. Sie war eines Abends aufgewacht und hatte nach ihrer Maman gerufen. Doch Denise war nicht gekommen, und der kleinen Bérénice fiel ein, dass ihre Mutter ins Theater gegangen war. Aber Papa war ja da und würde auf sie aufpassen. Sie hatte sich gefürchtet, denn das Licht in der Diele war ausgeschaltet, obwohl Maman ihr doch versprochen hatte, es anzulassen, bis sie zurückkam. Oder war sie schon da?

Bérénice war aus ihrem Bett geklettert und im Nachthemd in Mamans Schlafzimmer geschlichen. Doch das Bett war leer. Dann hatte sie die Tür zu Papas Zimmer geöffnet, doch auch er war nicht da. Ratlos hatte sie in der Diele gestanden, bis sie unten Stimmen hörte, die aus dem Zimmer kamen, in dem Großmutter Marguerite bis zu ihrem Tod gewohnt hatte. Vor einem halben Jahr hatte ihre Maman ein schönes Esszimmer daraus gemacht.

Bérénice zitterte vor Kälte, doch ins Bett zurück wollte sie nicht mehr, lieber auf der Treppe warten, bis Maman nach Hause kam. Langsam war sie im Dunklen die Stufen hinuntergestiegen. Auf dem Treppenabsatz hing eine Jacke, die vom Geländer fiel, als Bérénice sie staunend berührte. Sie fühlte sich ganz weich an, und Bérénice schlüpfte hinein, da ihr doch so kalt war. Die Jacke roch sehr gut und war sehr warm, eigentlich war sie ihr ja viel zu groß, reichte bis zu den Knöcheln und weit über die Hände, doch Bérénice kuschelte sich hinein und setzte sich auf die letzte Stufe der Treppe, um auf ihre Maman zu warten, denn Papa hatte ja Besuch.

Da wurde die Esszimmertür aufgerissen, und eine schöne Frau lief heraus. Ihr Oberkörper war nackt, und der enge Rock war hochgeschoben. Sie schwankte und hielt sich am Türpfosten fest.

»Denise«, schluchzte und rief sie, »Denise!« Da packte Papa sie grob am Arm und zerrte sie ins Zimmer zurück. Bérénice' Herz klopfte, und sie presste ihr Gesicht zwischen die gedrechselten Stäbe der Treppe, doch sie konnte, obwohl die Tür offen blieb, nichts sehen. Sie hörte nur ihren Vater, der schrie: »Du Lügnerin … du … du … du …« Die anderen Worte verstand Bérénice nicht. Sie hörte die Frau stöhnen und weinen. Bérénice zitterte und hielt sich voller Angst die Ohren zu. Lieber Gott, hatte sie gebetet, lass Maman doch kommen!

Sie sollte besser nach oben gehen, bevor Papa sie fand. Leise drehte sie sich um und kroch auf Knien und Händen ein paar Stufen hoch. Da hörte sie einen erstickten Laut, dann einen verzweifelten Aufschrei, einen dumpfen Fall auf den Steinboden und ein Stöhnen, das in ein leises Wimmern überging. Starr hielt Bérénice inne, dann konnte sie nicht anders, als die paar Stufen zurückzuschleichen, so aufgeregt, dass sie fast über die lange Jacke fiel, die sie trug. Sie setzte sich wieder lautlos auf die unterste Stufe. Sie sah nicht alles, was im Zimmer vor sich ging, und hörte wieder einen erstickten Laut. Sie blinzelte, wollte nichts sehen, und doch presste sie ihr Gesicht an die Stäbe des Treppengeländers. Als sie einen gurgelnden Schrei hörte, riss sie die Augen wieder auf, und jetzt sah sie ihren Vater, der im Zimmer die Hände um den

Hals der Frau gelegt hatte. Die Frau schlug mit den Armen, wimmerte, doch da nahm ihr Vater ihren Kopf und schlug ihn mehrmals auf den Steinboden.

Bérénice bekam grauenvolle Angst, ein tiefes Entsetzen hatte sie gepackt, ihr wurde schlecht, sie musste würgen. Sie sollte schreien, rufen, doch sie brachte keinen Ton heraus.

Die schöne Frau wehrte sich nicht mehr, ganz ruhig lag sie da, und ihr Kopf fiel zur Seite, als der Vater endlich von ihr abließ.

Jetzt war es so still im Haus, so beängstigend still, dass Bérénice glaubte, der Vater könnte hören, wie ihre Zähne aufeinanderschlugen. Starr saß sie da, rührte sich nicht und atmete kaum.

Lieber Gott, lass Maman nach Hause kommen!

Jetzt sah Bérénice, wie ihr Vater die schöne Frau hochhob und auf den langen Esstisch legte. Ihr Kopf war zur Seite gefallen, ihr Gesicht der Tür zugewandt. Ihre starren Augen schienen auf das Kind gerichtet, dessen bleiches kleines Gesicht an die Stäbe des Geländers gepresst war. Die Frau blickte sie an. Tiefes Grauen erfasste Bérénice, denn jetzt sah sie, wie Blut auf den hellen Steinboden tropfte und dort eine Lache bildete. Blut, rotes Blut, grauenerregendes Blut. Und ihr Vater strich der Toten zärtlich die wirren Haare aus der Stirn.

Doch da spürte Bérénice eine Bewegung neben sich, und ein erstickter Laut ließ sie aus ihrer Erstarrung auffahren. Ihre Mutter stand neben ihr, ohne das Kind auf der dunklen Treppe zu bemerken. Denise würgte, sie stieß einen gurgelnden Laut aus, einen unterdrückten Schrei, bis sie endlich die Sprache wiederfand: »Fleur!

Mein Gott, Fleur!« Und dann: »Du … du Ungeheuer, du hast sie umgebracht, du hast meine Schwester umgebracht!«

Der Vater erwachte aus seiner Entrückung, und sein Gesicht veränderte sich. Wut und Hass verzerrten es, als er mit geballten Fäusten auf Denise losging.

»Auch du hast mich betrogen. Du hast mich um mein Kind betrogen, und dieses Kind, Fleurs Kind, dieser Bastard … Ich bringe euch beide um.«

Bérénice hatte einen kleinen hilflosen Laut ausgestoßen, voller Angst und qualvollem Entsetzen. Da fuhr ihre Mutter erschrocken herum und sah das zitternde Kind auf der Treppe sitzen. Jetzt kam Leben in Denise, sie packte das Kind am Arm, zerrte es von der Treppe und dann die Stufen zur Apotheke hinunter, lief und stolperte mit ihm durch den Raum, riss die Tür auf …

Ding, dang, dong, erklang die Glocke fröhlich. Daran erinnerte sich Bérénice genau, die Töne aus dem Kinderlied: *Ding, dang, dong.*

Denise rannte und zerrte das Kind hinter sich her, immer weiter über den verlassenen Platz. Bérénice war hingefallen, sie hatte sich die Knie aufgeschlagen, sie fing zu weinen an. Da nahm Denise das Kind auf den Arm, rannte weiter und bog in die Rue Boursicault ein, bis sie mit keuchendem Atem endlich vor dem Haus ihrer verstorbenen Mutter Joselle stehen blieb.

»Es wird alles gut«, hatte sie Bérénice zugeflüstert, immer wieder, während sie den Schlüssel unter der Matte hervorholte und mit zitternder Hand die Tür aufsperrte. »Es wird alles gut«, schluchzte und keuchte und stöhnte Denise. Bérénice aber war erstarrt in angstvollem Entsetzen, denn sie sah das Gesicht der Frau vor sich, den Kopf, der zur Seite fiel, die Augen, die auf sie gerichtet waren, und das Blut, das rote Blut, das vom Tisch heruntertropfte und auf dem hellen Steinboden eine Lache bildete.

Es wird alles gut … Es wird alles gut …

*

»Es wird alles gut. Es wird alles gut.« Bérénice kauerte auf Denise' Bett und hatte ihr Gesicht in der Pelzjacke vergraben. »Es wird alles gut«, flüsterte sie immer wieder in das weiche Fell. Tränen rannen ihr über das Gesicht, die Zähne schlugen aufeinander. Lange saß sie da, bis sie sich aufraffte, die Pelzjacke packte, nach ihrer Tasche griff und hinunterlief. Sie stolperte auf der Wendeltreppe, doch sie konnte sich gerade noch am Geländer festhalten. Unten warf sie die Eingangstür hinter sich zu, hastete ein paar Schritte weiter und blieb stehen. Dann drehte sie sich langsam um. Sie warf einen letzten Blick auf das Haus, das es in einigen Tagen nicht mehr geben würde.

Unschlüssig ging sie zur Place de la Victoire. Wo sollte sie hin, was tun? In der Mitte des Platzes blieb sie stehen und sah sich um. Doch sie nahm nichts wahr, sie erkannte niemanden, obwohl einige Leute sie freundlich grüßten. Bérénice achtete nicht auf sie, die Pelzjacke fest an sich gepresst, blieb sie unbeweglich stehen, froh über die offenen Geschäfte rund um den Platz, die Lichter, die vielen Menschen.

Sollte sie zur Polizei gehen und erzählen, dass sie als Vierjährige einen Mord gesehen hatte, einen Mord, den

Etienne Aubry begangen hatte? Die Chance, dass man ihr glaubte, war gleich null. Etienne Aubry, einer der angesehensten Honoratioren von Saint-Emile, ein Mörder? Er, dem jeder Bürger Respekt und Achtung entgegenbrachte? Sie hatte keine Beweise, und letztendlich war sie ein Kind gewesen. Und Denise würde schweigen, so wie sie selbst im Krankenhaus schwieg, wenn man ihr Fragen über die Vergangenheit stellte.

Wo hatte Etienne die tote Fleur hingebracht? Was hatte er mit ihr gemacht? Bérénice schauderte bei dem Gedanken.

Plötzlich stieg ein furchtbarer Verdacht in ihr auf. Vielleicht hatte sie als Kind das alles nur geträumt, vielleicht hatte die Pelzjacke die Erinnerung an einen Alptraum ausgelöst?

»Hippolyte«, flüsterte sie, »Hippolyte.« Sie musste sich ihm anvertrauen, erzählen, was sie gesehen hatte oder was sie glaubte, gesehen zu haben. Sie suchte in ihrer vollgestopften Tasche nach ihrem Handy, doch dann zog sie ihre Hand langsam wieder zurück. Mehrmals hatte sie angerufen und nur Marie-Luise erreicht. Sie hatte um einen Rückruf gebeten, doch Hippolyte hatte sich nicht gemeldet.

Die Häuser, die Menschen, alles verschwamm Bérénice vor den Augen. Ihr wurde schwindlig, und ihre Hände griffen ins Leere, als sie sich an der alten Laterne auf dem Platz festhalten wollte.

Da hörte sie eine weibliche Stimme neben sich, die in besorgtem Ton fragte: »Geht es Ihnen nicht gut? Kann ich helfen? Kommen Sie, ich bringe Sie in die Apotheke. Etienne Aubry kann Ihnen etwas geben oder einen Arzt rufen.« Die Stimme der Frau klang freundlich, und Bérénice fühlte sich fürsorglich am Arm genommen. »Wir sind gleich da.«

»Ich möchte nicht in die Apotheke«, wehrte Bérénice die Frau ab, doch die hatte sie schon energisch untergefasst und führte sie Richtung Apotheke.

Bérénice atmete tief durch, die Dunkelheit vor ihren Augen löste sich allmählich auf, und vor den Stufen blieb sie stehen.

»Danke, es geht wieder, ich kann allein hinuntergehen«, versicherte sie und hielt sich am Geländer fest.

»Sie haben mir einen schönen Schrecken eingejagt«, erklärte die junge Frau. »Sie sind aber immer noch blass, soll ich Sie nicht doch begleiten?«

»Nein, nein, es geht schon. Wirklich. Und vielen Dank.«

Die junge Frau ließ Bérénice' Arm los und verabschiedete sich. Bérénice sah ihr noch nach, atmete tief durch und wusste plötzlich, dass sie genau hierher wollte. Denn in diesem Moment erkannte sie, dass es zwei Menschen auf der Welt gab, die die Wahrheit jener Nacht kannten: Denise und Etienne.

Denise verweigerte sich der Vergangenheit, aber hier, an dem Ort, an dem der Mord geschah, konnte sie Gewissheit finden, dass sie keinen Traum durchlebt hatte, sondern die Realität, die furchtbarer war als der schlimmste Alptraum.

Einen Augenblick noch zögerte sie, dann stieg sie die Stufen hinunter und öffnete die Tür.

Ding, dang, dong, der heitere Klang der Türglocke.

Frère Jaques dormez vous, dormez vous … Ding, dang,

dong, ein Klang aus ferner Kindheit, einer Zeit der kindlichen Geborgenheit, die Erinnerung an einen Vater, der sie geliebt hatte, der sie verwöhnte und sie seine Prinzessin nannte.

Bis Fleur kam und ihm sagte, das Kind sei nicht seine Tochter und sie wolle es wiederhaben. Bis alles ein grausames Ende fand. Und es war noch nicht vorbei …

Bérénice wartete. »Hallo?«, rief sie. Ihre Stimme klang fremd in ihren Ohren, als sie sich umsah. Doch niemand antwortete, kein Laut unterbrach die Stille.

Langsam durchquerte sie den Raum, ging die Stufen hinauf in die Wohnung. Sie stand jetzt direkt gegenüber der steilen Treppe, die zu den Schlafzimmern und dem ehemaligen Kinderzimmer führte. Hier hatte sie auf der letzten Stufe gesessen, das Gesicht an die Stäbe des Geländers gedrückt, und hatte einen Mord miterlebt, den Mord an ihrer eigenen Mutter. Doch in diesem Moment hatte sie keine Kraft, die Tür zum Esszimmer zu öffnen, und so drehte sie sich um und lief rasch wieder die Stufen hinunter in die Apotheke. Unbeschreibliche Angst ergriff sie und nahm ihr den Atem.

»Was willst du?«

Mit einem Schrei fuhr sie herum. Hinter ihr stand Etienne Aubry. Er stand direkt vor ihr, ein gebückter, hagerer Mann, der seit ihrem letzten Besuch noch mehr gealtert war. Er schien bis auf die Knochen abgemagert, die Haut wirkte schlaff und gelb. Hinter den dicken Brillengläsern sah er sie unverwandt an.

In diesem Moment verstand Bérénice die Jahre seines Leidens, die Demütigung einer zurückgewiesenen Liebe, das Ertragen der Verachtung jener Frau, die er liebte und nach der er sich verzehrte. Er fand einen Ersatz, ein Ventil für seine Liebe: die Tochter. Doch dann kam jene Frau, um ihm sein Kind wegzunehmen. Er war hintergangen worden, betrogen und vielleicht sogar verlacht. Er hatte Rache geübt. Schreckliche, alles vernichtende Rache. Er hatte Fleur getötet, in einem Moment des aufgestauten Hasses und der seit Jahren ertragenen Erniedrigung. Bérénice konnte die Qualen seiner Einsamkeit und die Qualen seiner Schuld nachvollziehen. Und er teilte sie mit einem einzigen Menschen: mit Denise.

»Was willst du?«, wiederholte er. »Habe ich dir nicht gesagt, du sollst nicht mehr kommen und die Vergangenheit ruhen lassen?«

Erst jetzt fiel sein Blick auf die Pelzjacke, die Bérénice noch immer an sich presste. Aber auf seinem Gesicht zeigte sich kaum eine Regung. Mit einer müden Bewegung strich er mit der knochigen Hand über sein schütteres Haar.

»Ich habe dich damals in der Nacht gesehen«, brachte Bérénice flüsternd heraus.

Etienne antwortete nicht. Er sah sie an, und Bérénice drehte das Gesicht zur Seite, da sie den Blick seiner wässrigen, kalten Augen nicht ertragen konnte.

»Ich dachte, du bist erst heruntergekommen, als Denise nach Hause kam.«

»Du hast Fleur getötet. Und vorher hast du Fleur …« Sie musste es wissen, sie wollte jede Einzelheit seiner grausamen Tat erfahren, aus seinem Mund hören, was er ihrer Mutter angetan hatte.

Sie sahen sich an, schweigend, eingeschlossen in die Stille des großen Raums. Unwillkürlich wich Bérénice zurück, ging rückwärts ein paar Schritte Richtung Eingangstür.

»Fleur kam, um mir mein Kind zu nehmen. In diesem Moment zerstörte sie mein Leben. Ich musste sie dafür bestrafen.«

Bérénice sah ihn voller Grauen an, diesen zierlichen Mann, höflich und in der ganzen Stadt hoch geachtet. Doch er war ein Mörder. Und auch ein Vergewaltiger?

»Willst du zur Polizei gehen?«, fragte Etienne fast gleichgültig.

»Ich will nur die Wahrheit.« Bérénice' Stimme klang fest, als sie ihn ansah. »Ich möchte von dir hören, dass du sie umgebracht hast und ich es nicht nur geträumt habe.«

Ein unfrohes Lächeln umspielte Etiennes dünne Lippen. »Soll ich dir sagen, du hast es geträumt? Bist du dann beruhigt? Aber ich sage dir: Ich habe sie getötet. Und das ist die Wahrheit«, fügte er hinzu, als Bérénice ihn nur in stummem Entsetzen ansah. »Ich habe die Frau getötet, die ich liebte. Und vorher gehörte sie mir, ein einziges Mal gehörte sie mir.«

Ein Zittern lief durch Bérénice' Körper, und sie glaubte, jedes Haar auf ihren Armen einzeln zu spüren.

»Ich war überrascht, dass es so leicht gegangen ist und dass nie ein Verdacht gegen mich geäußert wurde.« Noch immer klang seine Stimme ruhig und emotionslos.

»Wieso hat sich niemand in der Stadt nach Fleur erkundigt? Wieso hat sie niemand vermisst?«

»Wer sollte Fleur vermissen?«, antwortete Etienne, und Hohn klang in seiner Stimme mit. »Sie hatte keine Freunde hier. An diesem Abend gab es eine Theateraufführung in der Aula des Gymnasiums, irgendein Gastspiel. Die halbe Stadt war dort, auch Denise. Und in der Kneipe drüben lief ein Fußballspiel im Fernsehen. Die Tür stand offen, und die Stimme des Reporters schallte über den ganzen Platz. Niemand hat Fleur kommen sehen. Und wer sollte sie vermissen? Sie lebte nicht mehr in Saint-Emile.«

»Und Denise?«

»Sie wollte nicht, dass der Betrug um deine Geburt aufflog. Sie wusste, dass sie dich verloren hätte. So einigten wir uns auf die Version, ihre Schwester sei hier gewesen und habe sich nach einem Familienstreit entschlossen, Frankreich zu verlassen – so wie schon ihr Vater. Jeder in der Stadt kannte diese Geschichte. Doch es hat nie jemand nachgefragt.«

Etiennes Erklärung klang so banal. Furchtbar banal. Er beging einen Mord, und seine Frau hatte geschwiegen.

»Nun«, Bérénice fand kaum den Mut, die wichtigste Frage zu stellen: »Wo … ich meine … wo …«

Etienne verstand sofort. »Oben, in die Spalte des Felsplateaus. Ich brachte Fleur noch in der Nacht dorthin und warf sie hinunter.«

Bérénice spürte einen Schmerz durch ihren ganzen Körper jagen, ein Frösteln überzog ihre Haut.

»Ich wusste, dass die Absperrung an einigen Stellen defekt war«, fuhr Etienne fort, »das war schon lange ein Thema im Gemeinderat. Ich kannte die Stellen, da kurz zuvor eine Besichtigung stattgefunden hatte.«

»So bist du ohne Strafe davongekommen.«

Etiennes Stimme verriet keine Irritation, als er antwortete: »Vielleicht ist es dir eine Genugtuung, dass die Hölle, die ich in mir trage, schlimmer ist als jede Strafe der

Justiz. Ich lebe im Gefängnis meiner Erinnerung, meiner Reue, meiner Qual. Kein Gefängnis kann schrecklicher sein.«

»Warum hast du dich nie gestellt?«, flüsterte Bérénice.

»Das sagte ich dir doch gerade. Mein Gefängnis ist in mir, das war die Strafe, die ich mir selbst auferlegt habe. Ich könnte jetzt auch behaupten, ich habe mich nicht gestellt, um dich zu schützen, dich, das kleine Mädchen, dem ich letztendlich nur Gutes wünschte, das ich liebte.« Etienne machte eine kleine Pause. »Aber so war es nicht.«

Bérénice beobachtete ihn, wie er zur Theke ging und nervös mit seinen dünnen, langen Fingern an der Waage herumnestelte. Mit diesen Händen hatte er Fleur festgehalten, auf den Boden gedrückt, als er sie vergewaltigte. Diese dünnen weißen Finger hatten sich um ihren Hals gelegt und langsam zugedrückt. Doch diese Hände hatten auch sie, Bérénice, gestreichelt, und er hatte sie seine Prinzessin genannt.

Bérénice konnte sich nicht bewegen, das Entsetzen lähmte sie. Erst als Etienne auf sie zukam, erwachte sie aus ihrer Erstarrung. Rückwärts ging sie weiter zur Tür, Schritt für Schritt. Sie tastete nach der Klinke, drückte sie herunter, immer noch mit dem Blick auf Etienne.

»Ich tue dir nichts«, erklärte der ironisch. »Du musst vor mir keine Angst haben. Ich bin ein alter, gebrechlicher Mann.«

Ding, dang, dong.

»Ich werde nicht zur Polizei gehen«, erklärte Bérénice. »Und das tue ich nicht für dich, sondern für Denise, für die Frau, die in diesem Moment des Grauens so viel Mut und Geistesgegenwärtigkeit besaß, um mich aus diesem Haus zu zerren.«

»Ich weiß, dass du mir nie verzeihen und mich nicht verstehen kannst. Ich habe Fleur so sehr geliebt, ich habe sie so unendlich geliebt. Und auch dich.«

Da flüchtete Bérénice aus der Apotheke und sah nicht mehr zurück.

*

Ihre Beine versagten. Sie war nicht weit gekommen. Sie schaffte es gerade noch die vier Stufen hoch und sank auf den Stein, an dem die Kunden der Apotheke ihre Hunde festbanden. Etienne hatte hinter ihr zugesperrt und das Schild *Geschlossen* in die Tür gehängt.

Doch schnell erhob sie sich wieder und lief weg, weg von der Apotheke, weg von diesem Mann. Sie stolperte, fing sich und rannte um die Place de la Victoire herum, bis sie sich vor der Bank am Boule-Platz wiederfand.

Den alten Pick-up, der langsam hinter ihr herfuhr, hörte sie nicht, bis der Wagen direkt in ihrem Rücken anhielt. Erst da drehte sie sich um.

»Hippolyte«, flüsterte sie, »Hippolyte.«

Er stieg aus, kam auf sie zu und nahm sie in seine Arme. Wortlos legte sie ihren Kopf an seine Schulter.

Ewig, dachte sie, ewig soll dieser Moment dauern.

Als sie endlich den Kopf hob, umschlossen seine Hände zart ihr verzerrtes, blasses Gesicht.

»Was ist los, was ist passiert?«

»Es war furchtbar«, brachte sie über die Lippen. »Aber wieso bist du hier, Hippolyte?«, fragte sie nach einer Pause.

»Frank hat dich gesehen, da bin heruntergefahren. Ich umkreise schon die ganze Zeit den Platz, ich habe gespürt, dass ich dich hier treffe.«

»Ich bin so froh, dass du da bist. Danke! Es ist so viel passiert.«

»Komm, dann lass uns gehen! Das kannst du mir später alles erzählen.« Mit einem Arm umschloss er ihre Taille und führte sie zu seinem Wagen. Vorsichtig half er ihr auf den Beifahrersitz, da ihr immer wieder die Beine versagten.

»Ich habe die Jacke vergessen. Ich habe die Jacke in der Apotheke liegen lassen, sie ist mir runtergefallen. Ich muss zurück, ich muss …«

»Wir holen sie morgen, versprochen.«

Hippolyte schnallte sie an, und Bérénice ließ es geschehen. Sie hörte nicht, wie sich Tristan auf dem Rücksitz mit lautem Gähnen ausstreckte, doch als er seine Schnauze zwischen die beiden Vordersitze schob, fuhr sie mit einem Schrei hoch.

»Tristan, Platz!«, befahl Hippolyte dem Hund, der sich folgsam wieder auf dem Sitz zusammenrollte.

»Ist Marie-Luise im *Maison Bleue?*« Bérénice' Stimme klang fremd, spröde, eher wie ein Wispern.

»Wir haben uns getrennt«, antwortete Hippolyte ruhig. »Den Hund kann ich behalten, vorläufig jedenfalls.«

Er ließ den Wagen an und steuerte ihn in Richtung der Weinberge. Als sie auf der steinigen, schmalen Straße hochfuhren, schwiegen sie beide, aber Hippolytes rechte Hand lag fest auf dem Schenkel von Bérénice, die das Zittern ihrer Beine nicht mehr unter Kontrolle hatte. Er warf ihr immer wieder einen besorgten Blick zu, doch sie wandte ihr Gesicht ab und starrte ins Leere. Am *Maison Bleue* angekommen, trug Hippolyte sie die Treppe hinauf ins Schlafzimmer und ließ sie aufs Bett gleiten.

»Ich mache dir einen heißen Tee, oder magst du eine Suppe?«

»Geh nicht weg!«, stammelte sie und klammerte sich an ihn. »Bleib bei mir, bitte!«

So legte sich Hippolyte neben sie, zog sie an sich, und eine Weile lagen sie ganz still da, bis Bérénice leise anfing zu erzählen. Immer wieder wurde sie von Weinkrämpfen geschüttelt, so dass sie Pausen machen musste. Sie zitterte wieder heftig, als sie den Mord schilderte und erzählte von dem Blut, das aus der Wunde an Fleurs Kopf quoll und auf dem Boden eine Lache bildete.

»Etienne hat Fleur oben in die Felsspalte geworfen.« Einmal mehr ließen sich die Tränen nicht mehr zurückhalten. Bérénice schluchzte, während sie weiter erzählte. Sie wollte jetzt über alles sprechen, was passiert war und was sie empfand. Sie erzählte auch von Maxime, Maxime und Fleur, von ihrem Vater und von Fleurs Brief an ihn. Auch von seinem Wunsch, sie zu treffen.

»Jetzt, da er alt und einsam ist, sucht er den Kontakt zu mir. Damals wollte er mich nicht haben.«

»Vielleicht konnte er nicht anders«, gab Hippolyte zu bedenken. »Und Fleur hat gewusst, dass er verheiratet war.«

Bérénice war zu erschöpft, um zu widersprechen.

»Es ist viel Zeit vergangen. Rede mit ihm, gib ihm eine Chance«, riet ihr Hippolyte, »dann kannst du immer noch eine Entscheidung treffen. Du musst jetzt erst einmal alles verkraften.«

»Vielleicht hast du recht«, sagte sie, längst bereit dazu, ihren Vater wieder zu treffen. Denn er, Patrice, konnte ihr viel über Fleur erzählen, über Fleur, ihre Mutter.

Hippolyte ging ins Bad und holte ihr ein leichtes Schlafmittel, das er in einem Glas Wasser auflöste und das sie trank. Endlich konnte sie sich entspannen, und während sie noch einmal von Etienne, der Pelzjacke und ihrer Erinnerung erzählte, die plötzlich wieder da war, glitt sie in einen unruhigen Schlaf.

Hippolyte strich zart über ihre wirren Haare. Ihr Mund war leicht geöffnet, und auf ihrem blassen Gesicht zeichnete sich tiefste Verzweiflung ab. Da legte er sich neben sie und zog sie sanft an sich. Er lauschte auf die gequälten Seufzer, die über ihre Lippen kamen, und wachte über ihren Schlaf. Er umschloss sie mit seinem Körper, bis sie nicht mehr zitterte und ihre Atemzüge gleichmäßig wurden.

Mitten in der Nacht wachte sie auf und fing an zu weinen. Doch als sie Hippolyte spürte und er mit seinen Küssen ihren Mund verschloss, beruhigte sie sich wieder. »Liebst du mich? Du hast es mir nicht gesagt«, murmelte sie. Da zog er sie heftig an sich und küsste sie wieder und immer wieder. Er liebte Bérénice und konnte ihr seine Liebe doch nicht gestehen. Sie schien ihm so groß, dass keine Worte diese Liebe ausdrücken konnten. Warum verstand sie das nicht?

*

Später in der Nacht schreckte Hippolyte aus seinem leichten Schlaf auf. Das Fenster stand weit offen, und als er sich aufrichtete, schien der Nachthimmel heller als sonst. Eine unruhige gelbrote Färbung, ein paar Wolken, die sich ballten und wieder auflösten. Hippolyte schob sich leise aus dem Bett und ging zum Fenster. Das Schrillen des Telefons ließ ihn zusammenzucken. Bérénice saß aufrecht im Bett. Er nahm den Hörer ab, sagte nur wenig, während Bérénice ihn anstarrte.

»Was ist passiert?«

»Das war die Polizei. Da wir noch verheiratet sind, riefen sie hier an und …«

»Was ist los?« Bérénice spürte, dass er ihr Zeit geben wollte. »Hippolyte, was ist passiert? Hat Denise noch einmal … hat sie sich …«

»Dein Vater, Etienne Aubry, hat sich mit Benzin übergossen und angezündet, nachdem er die Apotheke in Brand gesteckt hat. Als die Feuerwehr kam, war er bereits …«

»Tot?«

»Ja, Bérénice, er ist tot.«

»Er hat sich selbst gerichtet«, sagte Bérénice tonlos. »Nach Jahren des Schweigens hat er selbst die Höchststrafe ausgesprochen und sie auch vollstreckt.«

Hippolyte legte sich wieder zu ihr und hielt sie fest im Arm. So lagen sie schweigend und sahen hinaus in den Himmel, an dem Rauchfäden hochstiegen, und sie warteten, bis die Konturen der Berge sich im sanften Licht der Nacht verloren.

Sie konnten nicht mehr einschlafen, und jeder horchte auf die Atemzüge des anderen. Als sich ein heller Streifen am Horizont zeigte und die Sterne verblassten, richtete Bérénice sich auf.

»Lass uns hinauffahren«, flüsterte sie, »bitte.«

Er sah auf seinen altmodischen Wecker, der auf dem Nachttisch stand. Es war fünf Uhr.

»Gut«, antwortete er.

Sie standen auf, zogen sich schweigend an, und Hippolyte kochte Kaffee, den er in eine Thermoskanne füllte. Dann gab er Bérénice eine warme Steppjacke und dicke Stiefel, die so groß waren, dass sie noch Wollsocken anziehen musste, damit sie einigermaßen passten. Hippolyte pfiff Tristan, der sich nur widerwillig erhob und hinter ihnen in die Dunkelheit hinaustappte. Sie stiegen in den Wagen, und Hippolyte fuhr langsam los.

»Wir fahren direkt hinauf, nicht an den Lavendelfeldern vorbei.« Hippolyte warf Bérénice einen besorgten Blick zu. »Wie fühlst du dich? Sollen wir wirklich hochfahren?«

»Es geht mir gut«, antwortete sie kurz, »und ich muss jetzt hinauf.«

Hippolyte wusste, dass sie log und dass sie Angst hatte, da oben zu stehen, an dem Ort, an dem Etienne Aubry in einer Nacht vor siebenunddreißig Jahren ihre tote Mutter in die Schlucht warf.

Sie schwiegen, bis sie die letzten Lärchen und Lorbeersträucher passierten und nur noch über Geröll fuhren. Hippolyte steuerte den Pick-up vorsichtig über das felsige Plateau.

»Da vorne ist die Absperrung«, erklärte er. »Wir müssen warten, bis die Sonne aufgeht.«

Als sie ausstiegen, umfing sie Kälte. Ein starker Wind heulte über das Felsplateau und zerrte an ihren Haaren. Hippolyte legte den Arm um Bérénice' Schultern, da sie fror und zitterte. Auch als sie von dem heißen Kaffee aus der Thermoskanne trank, den ihr Hippolyte reichte, wurde ihr nicht warm.

Sie blieben stumm, bis die Dämmerung am Horizont einem leichten Gelb wich. Dann gingen sie bis zur Absperrung und blieben stehen. Die tiefe Spalte im Boden, die enge Schlucht, konnten sie kaum erkennen. Nichts als flache Felsen, von der aufgehenden Sonne in tiefrotes Licht getaucht.

Vor der Absperrung stand ein hohes eisernes Kreuz. In Vasen, die am dicken Drahtzaun befestigt waren, steckten Frühlingsblumen.

»Es ist zum Wallfahrtsort geworden«, erzählte Hippolyte. »Aus den umliegenden Dörfern kommen Leute herauf, beten für die Abgestürzten, die seit Jahren dort unten liegen, und bringen ihnen Blumen. Manche Frauen im Dorf nennen es auch einen heiligen, einen magischen Ort.«

Der Gedanke an die Menschen, die heraufkamen, den Toten Blumen brachten und für sie beteten, gab Bérénice Trost und erfüllte sie mit einem tiefen Frieden. Sie lauschte auf den Wind und sah im Morgenlicht den Rand der Schlucht. Sie nahm Abschied von ihrer Mutter.

Sie nahm auch Abschied von ihrer Kindheit, die auf einer schrecklichen Lüge aufgebaut war.

Als sie sich umwandte und über die Felsen hinunter auf die Lavendelfelder blickte, spürte sie eine neue Kraft in sich, die ihr den Mut gab, die richtigen Entscheidungen für die Zukunft zu treffen, jetzt, da sie endlich die Wahrheit kannte.

Der Wind heulte über die Felsen, so dass sie laut rufen musste, damit Hippolyte sie verstand: »Wenn du willst, bleibe ich hier, bei dir, jetzt.«

Er sah die Unsicherheit auf ihrem Gesicht, die Angst, er könne ablehnen. Da lächelte er, lief auf sie zu und umschloss sie mit seinen Armen. Vielleicht zog es Bérénice irgendwann wieder nach Paris, doch dieses Jetzt war Verheißung für die Gegenwart und ein Vielleicht für die Zukunft, und das war mehr, als sie beide sich erhofft hatten.

Das Haus unter den Zypressen

Für meine Schwester,
gestorben am 31. März 2012

TEIL

I

1

Rom, Juni 1940

Giovinezza … giovinezza … Primavera di bellezza … Giuliana hetzte die Marmortreppe in den vierten Stock hinauf und schloss mit zitternden Händen die Tür zur Wohnung auf.

Nel Fascismo è la salvezza …

Das Lied der Faschisten verfolgte sie bis nach Hause, aus jedem Radio schallte es auf die Straßen. Leute sangen enthusiastisch mit, die Hände zum Gruß der Faschisten erhoben, nachdem Benito Mussolini im Radio verkündet hatte, er habe heute Frankreich und England den Krieg erklärt.

Ihre Mappe noch fest an sich gedrückt, glitt Giuliana innen an der Tür entlang zu Boden, die Knie versagten ihr, sie war völlig außer Atem. Nur langsam beruhigten der vertraute Geruch nach Bohnerwachs und die Stille in der Wohnung ihre überreizten Nerven.

Nach einer Weile erhob sie sich, ließ die Mappe achtlos auf dem Boden liegen und warf ihren Schlüsselbund auf die Konsole, direkt neben die vielen Kondolenzbriefe, die sie nach der Beerdigung von Alessandro Bastiani, ihrem Großvater, erhalten hatte. Vor sechzehn Tagen war er im Alter von neunundsiebzig Jahren an akutem Herzversagen gestorben. Viele teure Blumensträuße, Gestecke und Kränze waren am Tag seiner Beerdigung eingetroffen, die Giuliana aufs Grab hatte legen lassen. Nur ein einziger Strauß stand hier auf der Konsole. Er unterschied sich in seiner Einfachheit von den exklusiven Gestecken, und darum gefiel er ihr besonders gut. Ein üppiger Strauß Margeriten, der durch einen Boten anonym gebracht worden war. Sie blühten in frischem, leuchtendem Rosa, und zum wiederholten Male fragte sich Giuliana, wer ihrem Großvater diesen letzten Gruß geschickt haben mochte. Direkt darunter hatte sie ein Foto von ihm in einem Silberrahmen aufgestellt. Sie nahm es hoch und schob den schwarzen Trauerflor beiseite. Bis zuletzt war er ein gutaussehender Mann gewesen, groß, schlank, weißes volles Haar und ein Lächeln, das Giuliana jetzt die Tränen in die Augen trieb. Wie hätte ihr Großvater auf die heutige Kriegserklärung reagiert? Alessandro Bastiani, früher Anhänger von Benito Mussolini, war seit dem Abessinienfeldzug fünf Jahre zuvor schärfster Gegner des Duce geworden. Nachdenklich stellte sie das Foto zurück und zupfte gerade ein paar verwelkte Margeriten aus dem Strauß, als am anderen Ende des langen Ganges die Tür aufgerissen wurde.

»Da bist du ja endlich. Warum schleichst du dich so heimlich in die Wohnung?« Paula, die Haushälterin, kam auf Giuliana zugelaufen und umarmte sie. »Ich habe mir solche Sorgen gemacht! Warum kommst du so spät? In der Stadt scheint ja der Teufel los zu sein.«

»Ich bin kaum durchgekommen, alle drängen zur Piazza Venezia, wo der Duce sprechen will.« Halbherzig erwiderte Giuliana die Umarmung. »Die Schule ist auf Anordnung der Mutter Oberin geschlossen worden«, erzählte sie. »Wenn der Krieg vorbei ist, wird sie wieder geöffnet. Die Mutter Oberin meint, er dauert höchstens ein paar Monate. Und bis dahin seien die Mädchen bei ihren Familien zu Hause besser aufgehoben.«

»Ihre Entscheidung ist sicher richtig«, stimmte Paula zu und richtete sich schnell die graumelierten Haare, die in Wellen das Gesicht der Fünfzigjährigen einrahmten. »Ich will rasch zu den Winters rüberlaufen, ich habe nur noch auf dich gewartet. Sie überlegen, ob sie nach Amerika zurückkehren sollen, wenn in ganz Europa der Krieg ausbricht«, erzählte sie.

»Jaja, geh nur«, sagte Giuliana und wartete noch, bis die Tür hinter Paula zufiel. Die Euphorie der Menschen auf den Straßen, ihre Gewaltbereitschaft, die bedrohliche Stimmung, die von ihnen ausging, und die wehenden Fahnen der Faschisten an Gebäuden und Fenstern hatten Giuliana Angst eingejagt. Sie ging in die Küche, schenkte sich ein Glas Johannisbeersaft ein und trat damit auf den kleinen Balkon.

»Viva il Duce!«, schallte eine helle, durchdringende Kinderstimme vom Innenhof herauf. Unwillkürlich beugte sich Giuliana über das schmiedeeiserne Geländer. Die vier Söhne von Dr. Aristoteles Magnani schwenkten die grün-weiß-rote Fahne mit dem Emblem der römischen Axt durch die Luft. Der eine hob sein Spielzeuggewehr. »Peng, peng, du bist tot! Du bist ein Feind, ein Engländer, du bist tot!«, rief er. Sein kleiner Bruder ließ sich zu Boden fallen, krümmte sich am Boden und spielte den Toten.

Giulianas Unbehagen wuchs. Zurück in der Küche, verschloss sie die Balkontür, trank ihren Saft und stellte das Glas im Spülbecken ab. In der Stadt hatten die Menschen die Läden gestürmt und Panikeinkäufe getätigt. Ob es wohl besser war, wenn sie sich auch Vorräte zulegen?

Sie verließ die Küche und lief unruhig den langen Flur entlang, an den acht dunkelrot lackierten Türen vorbei, drehte wieder um und blieb vor dem Arbeitszimmer ihres Großvaters stehen. »Herrenzimmer« hatte er es genannt. Wie oft hatte sie zögernd davorgestanden, dann erst angeklopft und ihren Kopf zur Tür hineingesteckt … Sie wusste ja, dass ihr Großvater an seinem Schreibtisch saß und arbeitete. Doch jedes Mal hatte er sie zu sich ins Zimmer gewunken und sich für sie Zeit genommen. Gleichgültig, wann sie zu ihm kam. Als ihr heute die entfesselten Menschen auf den Straßen Angst einjagten, war ihr erster Impuls gewesen, nach Hause zu laufen und sich in dieses Zimmer zu ihm zu flüchten. Doch dann war ihr wieder schmerzlich bewusst geworden: Nie mehr konnte sie mit ihm sprechen, nie mehr seine beruhigende Stimme hören. Tränen stiegen ihr jetzt in die Augen, als sie an der Tür verharrte. Sollte sie wirklich hineingehen, sollte sie sich diesem Schmerz stellen?

Giuliana atmete tief durch und drückte entschlossen die Messingklinke hinunter. Dunkelheit und der Geruch nach kaltem Rauch empfingen sie. Die schweren Samtvorhänge waren zugezogen, wie an dem Abend, als Alessandro Bastiani in diesem Raum starb. Er hatte an seinem Schreibtisch gesessen, eine Zigarre geraucht und war dann mit dem Oberkörper auf dem Tisch zusammengesunken. Sein Freund Monsignore Arcurio fand ihn tot auf, als er zu einer Partie Schach kam.

Seit diesem Tag hatten weder Giuliana noch Paula dieses Zimmer betreten. Giuliana fröstelte vor Nervosität, während sie den Raum durchquerte, rasch die Vorhänge auseinanderzog und eines der drei hohen Fenster öffnete. Dann sah sie sich um. Alles war wie immer.

Auf dem Schreibtisch stand ein leeres Glas, vergessen seit dem Zeitpunkt des Todes. Alessandro hatte also noch einen Kognak getrunken, bevor er starb. Darauf wollte er nicht verzichten, obwohl er bereits seit Jahren herzkrank gewesen war. Wieder kämpfte Giuliana gegen ihre Tränen an. Was mochte er in seiner letzten Stunde gefühlt haben, welche Gedanken waren ihm durch den Kopf gegangen? Hatte er Panik empfunden, plötzliche Schmerzen gehabt, gewusst, dass der Moment des Sterbens gekommen war?

Lange stand sie bewegungslos neben dem Schreibtisch, bis sie nach einem der Fotos im Silberrahmen griff, die darauf standen. Es zeigte sie am ersten Tag in der Privatschule, in der ihr Großvater sie angemeldet hatte. Sie war so stolz auf ihren dunkelblauen Blazer und den grauen Faltenrock gewesen, beides passte so gut zu ihren tizianroten Haaren! Ihr Großvater hatte sie zur Schule begleitet und dieses Foto von ihr gemacht. Dann war er mit ihr in das Gebäude gegangen und stellte seine Enkelin ihrer neuen Klassenlehrerin vor. Wie erleichtert sie damals war, dass sie diesen Gang nicht allein machen musste. Alessandro holte sie am Nachmittag wieder ab und ging mit ihr in ein Café, in dem sie sich am Büfett so viel Kuchen aussuchen durfte, wie sie wollte.

»Heute hat für dich ein neuer Lebensabschnitt begonnen«, hatte er gesagt, »ich weiß, es ist nicht leicht, in eine neue Schule zu gehen, ohne dort jemanden zu kennen. Es ist eine Privatschule, in der man viel von dir verlangen wird. Doch du wirst es schaffen und eine gute Schülerin werden, und ich bin jetzt schon sehr stolz auf dich.«

Mit einem nachdenklichen Lächeln stellte Giuliana das Foto an seinen Platz zurück und griff nach dem nächsten Bild.

Die Aufnahme zeigte sie mit ihrem Großvater, ein Jahr nach dem tödlichen Unfall ihrer Eltern, bei einem Urlaub auf Capri. Er hatte den Arm um ihre Schultern gelegt, und sie lächelte, noch sehr schüchtern, zu ihm hoch. Giuliana erinnerte sich gut an diese heißen Wochen am Meer und auch an die Frau, die das Foto machte. Sie trug einen großen Sonnenhut, darunter einen schwarzen Schal, der im Nacken zusammengebunden war, und eine riesige Sonnenbrille. Auf dem Foto schien es, als würde Alessandro nicht in die Kamera sehen, sondern nur sie anlächeln. Wieso war ihr das noch nie aufgefallen? Hatte er sie gekannt und wollte es vor seiner Enkeltochter nicht zugeben? Gab es überhaupt in den vergangenen zehn Jahren eine Frau in seinem Leben? Wenn ja, war er offenbar sehr diskret gewesen.

Neben diesem Bild stand eine Reihe Fotos von Alessandros Sohn Angelo, der im Alter von achtzehn Jahren an Krebs gestorben war. Sorgfältig waren die Aufnahmen entsprechend dem Alter des Jungen geordnet. Angelo als Baby auf einem Spitzenkissen im Jahr 1898. Angelo am ersten Schultag – davon hatte ihr Großvater erzählt, als er ihr zum ersten Mal diese Fotos zeigte. Angelo in der Schuluniform seines Internats am Genfer See. Auf dem nächsten Bild war er als hübscher junger Mann im Tennisdress zu sehen, der in die Kamera strahlte. Es war das letzte Bild, ein halbes Jahr später starb er an Leukämie. Alessandro hatte selten über Angelo gesprochen, und Giuliana wusste nur wenig über ihn. Er war ein exzellenter Internatsschüler, der nach dem Abitur in Oxford studieren sollte. Angelo habe mit seinem Charme die Menschen für sich einnehmen können, hatte ihr Großvater erzählt. Und er sei ein exzellenter Tennisspieler gewesen.

Das hob Alessandro hervor, doch es waren nur dürftige, fast spröde klingende Informationen. Instinktiv hatte Giuliana immer gespürt, dass er den Verlust des Sohnes nie ganz verwunden hatte und so wenig wie möglich über ihn sprechen wollte. Vor allem nicht über seine Krankheit und seinen Tod.

Ein wenig abseits standen zwei Fotos von Gina, Angelos jüngerer Schwester, Giulianas Mutter. Ein Bild zeigte sie als zierliches Kind am ersten Schultag in dem Schweizer Internat, in das sie mit acht Jahren geschickt wurde. Ihr ovales Kindergesicht, eingerahmt von dünnen Zöpfen, starrte ohne ein Lächeln in die Kamera. Das zweite Foto zeigte sie als Vierzehnjährige in Kniebundhosen, dicken Strümpfen und Bergstiefeln mit einem Rucksack über der Schulter. Sie stand vor dem gewaltigen Bergpanorama der Alpen und lächelte strahlend in die Kamera, während sie mit der Hand die Augen vor der Sonne schützte. Gina wirkte glücklich.

Als Mutter und Ehefrau war sie es nicht mehr gewesen. Zumindest konnte sich Giuliana an keine glücklichen Momente mit ihrer Mutter erinnern.

Nachdenklich glitten Giulianas Finger über die glatte Oberfläche des Tisches bis zu Alessandros dunkelgrüner Schreibunterlage. Ein Bogen Papier lag darauf, offensichtlich ein Brief, daneben Alessandros Füllfederhalter. Scheu griff Giuliana danach. Durfte sie so indiskret sein, diesen Brief zu lesen? Und damit in die Privatsphäre ihres Großvaters eindringen, die er stets konsequent geschützt hatte?

Doch als sie sah, an wen das Schreiben gerichtet war, krampfte sich Giulianas Magen zusammen, und ihr Herz schlug schneller. Mit zitternder Hand nahm sie den Brief von der Unterlage.

Sophia,
es ist vierundzwanzig Jahre her, dass unser geliebter Sohn Angelo starb. Wir hätten gemeinsam um ihn trauern sollen, aber Du hast den Schmerz über seinen Verlust zu Deinem Schmerz erklärt, an dem ich keinen Anteil hatte. Stattdessen bist Du zu einem anderen Mann gegangen, und ich hoffe für Dich, dass Du es niemals bereut hast. Selbst als Gina bei dem tragischen Unfall ums Leben gekommen ist, hast Du Dich nie gemeldet. Warum? Hast Du mich so sehr gehasst?
Ich habe vor kurzem Nachforschungen über Dich anstellen lassen und erfahren, dass Du mit diesem Mann, Mattia Alesi, immer noch zusammenlebst. Ach Sophia, wie konnte das alles passieren, wie konnten wir uns im Hass verlieren und vergessen, was uns einmal

Giulianas Herz raste, und das Zittern ihrer Hände wollte nicht aufhören. Ihre Großmutter Sophia lebte!

Sie wusste fast nichts über diese Frau. Nur einmal, kurz nach ihrem elften Geburtstag, hatte sie ihren Großvater nach ihrer Nonna gefragt. Gab es denn kein Foto von ihr? Kein einziges? Vielleicht Briefe, irgendetwas? Als sie ihn mit ihren Fragen bestürmte, hatte sie ihn das einzige Mal wütend erlebt. Er wolle nicht darüber sprechen, hatte er scharf erwidert, und das habe sie zu respektieren. Seine Frau sei gestorben, mehr brauche sie nicht zu wissen. Giuliana hatte sich gefügt, doch die Neugier war geblieben.

Schon ihre Mutter Gina hatte niemals über Sophia reden wollen, sondern nur einsilbig erklärt, ihre Mutter sei gestorben. Oder hatte sie es damals so ausgedrückt: Die Großmutter sei *so gut* wie gestorben? Auf jeden Fall hatte Gina hinzugefügt: »Giuliana, wenn du größer bist und viele Dinge besser verstehen kannst, erzähle ich dir, was ich weiß, aber ich sage dir gleich, es ist nicht viel.« Doch zu dieser Aussprache war es nicht mehr gekommen.

Giuliana nahm den Brief und setzte sich auf das Sofa, dem Schreibtisch gegenüber. Immer wieder las sie ihn. Sie konnte es nicht fassen, nicht begreifen. Ihre Großmutter hatte ihren Mann wegen eines anderen verlassen! Und er hatte diesen Schmerz offensichtlich nie überwinden können. Aber was wusste sie schon über ihren Großvater, der so gut schweigen konnte?

Erst kurz nach ihrem zehnten Geburtstag hatte sie ihn überhaupt kennengelernt. Zusammen mit ihren Eltern besuchte sie ihn in dieser Wohnung, durch die sie staunend gelaufen war. Nie, so schien es ihr damals, hatte sie etwas Schöneres gesehen. Die großen Räume, das glänzende Parkett, die weichen Teppiche, und überall standen Blumen in großen Vasen.

»Mein Vater und ich haben uns nie gut verstanden«, hatte ihre Mutter ihr am Nachmittag vor diesem Besuch erklärt. »Aber jetzt sollst du ihn kennenlernen, wer weiß schon, was die Zukunft bringt.«

Und nur wenig später erwiesen sich die Worte der Mutter als unheilvolles Orakel. Auch heute noch stellte sich Giuliana die Frage, ob Gina ihren Tod geahnt oder ihn sogar gesucht hatte. Denn nur drei Monate später unternahmen ihre Eltern eine Bergtour in der Schweiz, stürzten im Nebel ab und konnten nur noch tot geborgen werden.

Schon am Abend nach dem Unfall holte Alessandro seine Enkelin zu sich. Ihre Mutter hatte ihr viel Negatives über ihn erzählt, er sei arrogant, gefühllos, kein Wunder, dass ihn seine Angestellten hassen würden, jeder fürchte ihn. Doch als sie an jenem Abend stumm ihre Sachen zusammenpackte, ein verängstigtes kleines Mädchen, dem man gerade gesagt hatte, seine Eltern seien tot, da hatte er sie fest an sich gezogen und sie getröstet. Sie wusste nicht mehr, welche Worte er wählte, doch sie halfen ihr über den ersten großen Kummer hinweg. Er hatte seine Tochter verloren, doch für ihn schien nur der Schmerz der Enkelin zu zählen.

In der ersten Nacht in seiner Wohnung war sie schreiend aufgewacht, schweißgebadet und tränenüberströmt. Da kam Alessandro zu ihr ins Zimmer, nahm ihre zitternden kalten Hände und gab ihr ein Versprechen: »Giuliana, ich werde immer für dich da sein, immer!«

Und Alessandro Bastiani hatte sein Versprechen gehalten. Wenn sie als Kind Alpträume hatte, ging er mit ihr in die Küche, kochte für sie beide eine heiße Schokolade und erzählte ihr Geschichten, um sie abzulenken. Es waren langweilige »Erwachsenengeschichten«, wie sie ihm später einmal amüsiert erklärt hatte, doch seine Stimme tröstete sie, und seine Nähe nahm ihr die Angst.

»Ich werde immer für dich da sein …« Dieser Satz gab dem verzweifelten, ratlosen Kind, das sie damals gewesen war, Kraft und Trost. Von diesem Moment an schenkte sie ihm ihr volles Vertrauen, und niemals hatte Alessandro Bastiani seine Enkelin enttäuscht. Sein Tod hinterließ eine Leere in ihr, und in diesem Moment, als sie auf dem Sofa in seinem Herrenzimmer saß, empfand sie seinen Verlust so heftig, dass sie sich an der Lehne festhalten musste und sich auf die Lippen biss, um nicht laut zu schluchzen. Seit seinem Tod hatte sie sich nicht so verlassen gefühlt wie in diesem Augenblick.

Doch dann las sie noch einmal die wenigen Zeilen des Briefes. Ein kostbarer Fund, denn er enthielt die letzten Gedanken ihres Großvaters im Moment seines Todes. Und sie galten seiner Frau Sophia.

Giuliana erhob sich vom Sofa und ging wieder zum Schreibtisch. Nachdenklich legte sie den Brief zurück auf die Unterlage und glättete ihn mehrmals, bis ihr Blick auf das Kuvert fiel, das ebenfalls dort lag.

Alessandro hatte mit seiner markanten, schwungvollen Schrift eine Adresse geschrieben.

Signora
Sophia Fabiani / Casa Sophia
Campodoglio bei Florenz

Giuliana holte tief Luft. Ihre Großmutter lebte in einem Ort in der Nähe von Florenz. Mit immer noch zitternden Händen faltete sie den Brief zusammen und steckte ihn samt dem Kuvert in die Tasche ihres Kleides. Langsam reifte in ihr ein Entschluss.

Sie musste wissen, warum Sophia ihren Mann und ihre sechzehnjährige Tochter im Stich gelassen hatte. Nur wegen eines Mannes? Und wenn ja, wer war er, dass sie alles für ihn aufgab?

Sie würde in die Toskana fahren. Aber wie würde Sophia auf ihr Erscheinen reagieren? Würde sie versuchen, sich zu rechtfertigen, die Enkelin abweisen? Oder freute sie sich vielleicht über ihr Kommen, hatte bereits seit Jahren darauf gehofft? Wer wusste das schon? Alessandros Brief würde sie mitnehmen, letztendlich war es sein letzter Wunsch, mit seiner Frau wieder Kontakt aufzunehmen.

In diesem Moment hörte sie, wie die Eingangstür geöffnet und zugeschlagen wurde. Paula war zurück, hastete in die Küche und stieß einen lauten Schrei aus. »Das Risotto ist angebrannt, wie konnte ich das nur vergessen? Giuliana, hättest du nicht aufpassen können?«

*

Erst am nächsten Morgen erzählte Giuliana Paula von dem Brief. Am Abend zuvor war sie noch einmal ins Herrenzimmer gegangen, hatte Schubladen geöffnet und Schränke durchsucht, doch es fand sich nichts, was auf Sophia hinwies. Kein Foto, keine Briefe, nichts.

»Hat mein Großvater nie über seine Frau gesprochen, sie nie erwähnt?«, wollte sie jetzt wissen. Paula schüttelte den Kopf.

»Nein. Er hat mich eingestellt, als er dich zu sich holte. Er erzählte nur von seiner Tochter und dem tragischen Unfall. Ich war gerade Witwe geworden und froh über die Aufgabe, hier den Haushalt zu übernehmen und für dich sorgen zu können. Durch meine vielen Neffen und Nichten wusste ich mit Kindern umzugehen, das war deinem Großvater sehr wichtig. Über sich hat er wenig erzählt.«

»Und die Leute im Haus? Wieso kannte niemand meine Großmutter?« Paula zuckte die Schultern.

»Die Winters haben erst vor fünf Jahren die Wohnung gegenüber gekauft, und du weißt selbst, dass die anderen Leute im Haus überwiegend Mieter sind und oft wechseln.«

»Ich möchte in die Toskana fahren«, erklärte Giuliana ruhig, »ich will meine Großmutter kennenlernen.«

»Ich verstehe dich«, antwortete Paula nach einer Pause. »Trotzdem ist es vielleicht besser, du wartest noch. Wir wissen alle nicht, was jetzt auf uns zukommt. Gestern erst hat mein Bruder ein Telegramm geschickt. Er ist sehr besorgt. Ich soll auf keinen Fall in Rom bleiben, sondern nach Hause kommen. Er schlägt vor, mich nächste Woche abzuholen. Du sollst mitfahren, du bist herzlich eingeladen.«

Paulas drei Brüder bewirtschafteten mit ihren Frauen und den Kindern das elterliche Weingut ganz in der Nähe von Frascati.

Giuliana lächelte Paula an. »Danke, das ist lieb von deiner Familie, aber ich habe mich entschieden: Ich werde in den nächsten Tagen in die Toskana fahren. Ich will nicht warten. Im Radio habe ich heute Morgen gehört, dass die Züge normal verkehren. Ich muss einfach herausfinden, was damals geschehen ist. Was ist das für eine Frau, die ihre sechzehnjährige Tochter und ihren Ehemann wegen eines anderen Mannes verlässt? Ich muss es wissen, ich kann nicht warten, bis der Krieg vorbei ist.«

Der Widerstand, den Giuliana von Paulas Seite gefürchtet hatte, blieb aus. Paula umschloss Giulianas Finger fest mit ihrer Hand und drückte sie.

»Ich verstehe das. Wenn du unbedingt fahren willst, dann ist es auch richtig so.«

Giuliana erwiderte den Händedruck. Paula war weit mehr als nur eine Haushälterin, sie war für Giuliana eine mütterliche Freundin und das seit dem Tag, als Alessandro sie engagiert hatte.

»Wie lange willst du bleiben?«

Giuliana zuckte mit den Schultern. »Ich weiß nicht, eine Woche?«

»Und dann?«

Als Giuliana zögerte, schlug Paula vor, ihrerseits noch in Rom zu bleiben und auf ihre Rückkehr zu warten. Doch nach einigem Hin und Her vereinbarten sie schließlich, dass Paula in einer Woche nach Hause fahren sollte, wenn auch Giuliana nach Florenz aufbrach.

»Wenn du aus der Toskana zurückkommst, melde dich sofort. Mein Bruder wird dich abholen, du sollst auf keinen Fall hier allein bleiben, versprich es mir«, schärfte Paula Giuliana ein, und sie versprach es. »Und am besten schickst du deiner Großmutter ein Telegramm, damit sie weiß, dass du kommst.«

»Nein«, wehrte Giuliana ab, »gerade das will ich nicht. Ich möchte sie überraschen.«

*

Einen Tag vor ihrer Abreise ging Giuliana in das Café Albertina's, das in einer Seitenstraße der Via Condotti lag.

Der große kühle Raum mit den gemalten Fresken an den Wänden und den roten Marmorsäulen in der Mitte war heute fast leer, und nur das Klappern der silbernen Kuchengabeln auf den Porzellantellern und die gedämpfte Unterhaltung der wenigen Gäste durchbrachen die Stille.

Hierher war sie jeden Donnerstagnachmittag mit ihrem Großvater gegangen. Seit ihrem zwölften Lebensjahr war der wöchentliche Besuch im Albertina's zur festen Gewohnheit geworden. An »ihrem« Tisch am Fenster sprachen sie über wichtige und unwichtige Dinge. Vielleicht war es die Atmosphäre, die Alessandro entspannen ließ. So hatte er hier mit Giuliana, als sie dreizehn Jahre alt war, auch ein wenig über Gina gesprochen, ihre Mutter. Sie sei ein unruhiges, unbeherrschtes Kind gewesen und hätte das Internat in den Bergen geliebt.

»In jeden Ferien kam sie für ein paar Tage nach Hause, um Angelo zu sehen, doch dann wollte sie auch schon wieder zurück«, erzählte Alessandro. »Und auch nach Angelos Tod setzte sie ihren Willen durch und fuhr bereits einen Tag nach seiner Beerdigung wieder in ›ihre‹ Berge. Unmittelbar nach ihrer Schulzeit lernte sie in Rom im Alpenverein einen sehr viel älteren Krawattenhändler, deinen Vater, kennen. Als sie von ihm schwanger wurde, gab es nur eine Lösung, sie musste ihn heiraten. Eine furchtbare Mesalliance«, fügte Alessandro hinzu, »aber was sollte ich machen? Um einen Skandal zu vermeiden, willigte ich ein.«

»Und deswegen habt ihr zehn Jahre lang nicht miteinander gesprochen?«, wollte Giuliana damals wissen.

»Darüber möchte ich nicht reden«, hatte er gesagt.

Jetzt schob Giuliana ihren Teller mit der Schokoladentorte in die Mitte des Tisches. Sie hatte keine Lust mehr zu essen. Einmal, daran erinnerte sie sich wieder, hatte der Großvater sie vorsichtig gefragt, ob sie ihm über ihre Kindheit und ihr Zuhause erzählen wolle. Doch da hatte sie heftig den Kopf geschüttelt. »Nein, das möchte ich nicht.«

»Siehst du«, sagte Alessandro nach einer kleinen Pause, »auch du hast deine Geheimnisse, über die du nicht sprechen willst. Also respektieren wir beide das Schweigen des anderen.« Wann war das gewesen? Vor vier oder schon vor fünf Jahren? Nun, es spielte keine Rolle mehr, ihr Großvater war tot.

Giuliana erhob sich rasch, legte Geld auf den Marmortisch und verließ fast fluchtartig das Café. Sie hätte nicht hierherkommen dürfen, zumindest jetzt noch nicht, der Schmerz um ihren Großvater war noch zu frisch und saß zu tief.

2

Toskana, eine Woche später

Am späten Nachmittag stand Giuliana auf dem überdachten Vorplatz des neuen Florenzer Bahnhofs Santa Maria Novella. Von hier aus fuhren Busse in mehrere Richtungen, und Giuliana stellte sich an das Halteschild des Busses Nummer 154 nach Campodoglio.

Der Schnellzug Rom–Florenz war ausgefallen, und Giuliana hatte den überfüllten Regionalzug nehmen müssen, der mit dreistündiger Verspätung sein Ziel erreichte. Gedrängt zwischen Reisenden mit Koffern, Taschen und Rucksäcken, hatte sie die Fahrt auf dem Gang stehend verbracht, zwischen Leuten, die fluchtartig die Hauptstadt verließen, seit Benito Mussolini in den Krieg eingetreten war. Beißender Rauch der Lokomotive kam durch ein offenes Fenster, da der Zug mit Kohlen angetrieben wurde und sich das Fenster nicht schließen ließ.

Hier am Bahnhof war Giuliana zuerst zur Hotelvermittlung gegangen, doch diese war geschlossen, und an der Tür hing ein großes Schild mit dem Hinweis, alle Hotels seien belegt.

Sie war zu naiv gewesen, hatte nicht daran gezweifelt, in Florenz ein Hotel zu finden. Sie hatte dort übernachten und sich am nächsten Morgen entscheiden wollen, wann sie zu ihrer Großmutter fahren würde. Auf keinen Fall hatte sie mit dem Koffer in der Hand vor Sophias Tür stehen wollen.

»Kann ich Ihnen helfen?«

Giuliana fuhr aus ihren Gedanken hoch. Ein junger Mann stand vor ihr und lächelte sie an.

»Nein, ich brauche keine Hilfe, danke«, erklärte sie abweisend.

»Sie haben mehrere Rußflecke auf der Wange«, antwortete der junge Mann und konnte ein breites Lächeln nicht unterdrücken. »Hier rechts … darf ich?« Bevor Giuliana reagieren konnte, zog er ein blütenweißes Taschentuch aus der Jacke seines eleganten dunkelblauen Anzugs. Zart fuhr er ihr damit über das Gesicht. »Wo sind Sie denn gewesen, in einem Kohlenkeller?«

Jetzt lachte auch Giuliana. »So ungefähr, im Regionalzug von Rom hierher.«

»Besuchen Sie jemanden in Florenz?«, wollte er wissen.

»Sie sind ganz schön neugierig, aber ich sage es Ihnen: Ja, ich besuche meine Großmutter.«

Der junge Mann lächelte sie immer noch an. »Ich wohne auch in Rom und habe hier Freunde besucht«, erzählte er, »jetzt fahre ich zurück, weil ich einen Stellungsbefehl erhalten habe. Ich muss mich melden.« Er drückte Giuliana das Taschentuch in die Hand. »Als Erinnerung«, erklärte er, »an einen Mann, der an die Front muss. Leider geht mein Zug in ein paar Minuten. Luca, Luca Berardi«, stellte er sich vor. Impulsiv beugte er sich vor und hauchte ihr einen Kuss auf die Wange.

Da dröhnte eine Stimme durch den Lautsprecher bis hinaus auf den Vorplatz, der Zug nach Rom sei auf Bahnsteig eins eingefahren. Ein schneller trauriger Blick, ein bedauerndes Achselzucken von Luca Berardi, dann drehte er sich um und lief durch die Drehtür in die Halle. Ohne nachzudenken, folgte Giuliana ihm, blieb drinnen aber zögernd stehen. An der Treppe wandte Luca seinen

Kopf und sah sich suchend um, bis er sie in dem Gedränge entdeckte. Giuliana stellte sich auf die Zehenspitzen und winkte ihm mit seinem Taschentuch zu.

»Wie heißt du?«, schrie er über die Köpfe der Leute hinweg.

»Giuliana Angelini!«

»Giuliana … Giuliana … ich liebe dich! Giuliana, bleib mir treu …«

Ein paar Leute lachten und nickten Giuliana wohlwollend zu, die immer noch winkte, obwohl Luca bereits auf der Treppe nach unten verschwunden war. Erst als der Lautsprecher die Abfahrt des Schnellzugs nach Rom bekanntgab, steckte sie das Taschentuch ein, nahm ihren Koffer hoch und verließ die Halle erneut.

Luca Berardi. Würde sie ihn jemals wiedersehen? Unwahrscheinlich. Es war ein emotionaler Moment gewesen, in dem ein junger Mann versuchte, seine Angst vor dem Grauen des Krieges und dem Tod zu überspielen und auf eine Zukunft zu hoffen. Ein junger Mann, der vielleicht nie mehr zurückkam.

Bedrückt stellte sich Giuliana wieder neben das Schild für den Bus nach Campodoglio. Sie war tief in ihren Gedanken versunken und bemerkte deshalb nicht, dass sie die Einzige war, die auf den Bus wartete.

»Wollen Sie nach Campodoglio?« Ein kleiner Lieferwagen mit der Aufschrift *Panetteria Cortesi* hatte angehalten, eine junge Frau war herausgesprungen und vor Giuliana stehen geblieben. Sie trug eine weite Hose, die sie bis über den Knöchel hochgekrempelt hatte, dazu derbe Schuhe und eine weiße Bluse. Die schwarzen, gekräuselten Haare hatte sie zu einem Pferdeschwanz gebunden.

»Ja, ich warte schon seit einer Stunde, aber der Bus scheint Verspätung zu haben.«

»Der Fahrplan ist nicht mehr aktuell.« Die junge Frau beobachtete Giuliana neugierig und ignorierte die Blicke der Leute, die sich kopfschüttelnd nach ihr umdrehten. Auch Giuliana war erstaunt, sie konnte sich nicht erinnern, schon jemals eine Frau gesehen zu haben, die eine Hose trug.

»Der Bus geht nur noch am Morgen und am frühen Nachmittag, Sie haben ihn verpasst. Die meisten laufen oder fahren mit dem Rad, Campodoglio ist eine gute Stunde von hier entfernt. Wenn Sie wollen, nehme ich Sie mit.« Bevor sich Giuliana bedanken konnte, griff die junge Frau bereits nach ihrem Koffer und der kleinen Handtasche und stellte beides hinten in den Kofferraum zwischen leere Backbleche und große Körbe. »Kommen Sie, und geben Sie acht mit Ihren hohen Schuhen.« Ein neugieriger Blick traf Giulianas elegante Pumps mit den Knöchelriemen. »Ziemlich gewagt, mit solchen Schuhen aufs Land zu fahren«, bemerkte die junge Frau, während sie hinter dem Lenkrad Platz nahm und Giuliana vorsichtig auf den Beifahrersitz kletterte.

»Nun ja, Sie sind aber auch ungewöhnlich angezogen«, antwortete Giuliana mit einem Lächeln. Ihr gefiel die junge Frau, die sich nicht um die Meinung anderer Leute zu kümmern schien.

»Hosen sind praktisch, warum sollte ich sie nicht tragen, auch wenn es für Frauen als unanständig gilt? Wem es nicht gefällt, soll wegschauen. Übrigens, wenn es Ihnen zu warm wird, kurbeln Sie das Fenster runter«, redete die junge Frau weiter, da Giuliana schwieg. Bevor sie den Wagen startete, streckte sie ihr die Hand hin. »Maria Cortesi.«

»Giuliana Angelini.«

Jetzt umfasste Maria das Lenkrad und fuhr mit quietschenden Reifen los. »Halten Sie sich fest, ich bin berühmt für meinen Fahrstil«, warnte sie Giuliana.

Schnell hatten sie die Stadt verlassen und gelangten auf eine schmale, schnurgerade Landstraße, gesäumt von Zypressen, deren Zweige mit Staub bedeckt waren. Schweigend fuhren sie eine Weile lang, bis Maria Cortesi Giuliana neugierige Blicke zuwarf.

»Besuchen Sie jemanden in Campodoglio?«

»Gibt es in Campodoglio ein Hotel?«, antwortete Giuliana mit einer Gegenfrage.

»Ja und nein«, antwortete Maria. »Wir haben das *La Montanara*, das gehört Paolo, aber es ist geschlossen. Es kommen keine Gäste, und so ist er zu seiner Tochter gefahren. Das tut mir leid für Sie.«

»Das ist ärgerlich. In Florenz ist alles ausgebucht.«

»Wollen Sie jemanden besuchen?«, wiederholte Maria ihre Frage.

Ihre Neugier ärgerte Giuliana ein wenig, gleichzeitig fragte sie sich besorgt, wo sie jetzt übernachten sollte.

»Ich möchte zu Sophia Fabiani«, antwortete sie schließlich.

»Da setze ich Sie doch gleich an der *Casa Sophia* ab. Wenn es Ihnen recht ist.«

»Ja, das wird wohl das Beste sein«, antwortete Giuliana, in Gedanken noch bei dem Problem der Unterkunft. Der Besuch bei ihrer Großmutter ließ sich schwieriger an als gedacht.

»Kennen Sie Sophia gut?«, fragte sie Maria.

»Jeder kennt sie«, antwortete die junge Frau und konzentrierte sich für einen Moment auf die Straße, bevor sie wieder gesprächiger wurde. »Sie kommen aus Rom, nicht wahr?«

»Sieht man das?«

»Irgendwie schon. Ich habe noch nie eine so elegante Frau gesehen, auch in Florenz nicht.«

Giuliana sah an sich hinunter und strich unwillkürlich über den zerknitterten Faltenrock des schwarzen Kostüms. Unter der geschlossenen Jacke trug sie eine weiße Seidenbluse mit kleinen schwarzen Tupfen.

»Warum tragen Sie Schwarz?«, wollte Maria wissen.

»Mein Großvater ist gestorben.«

»Oh … das tut mir leid, mein herzliches Beileid.«

»Danke.« Giuliana versank in Schweigen. Je näher sie dem Haus von Sophia kamen, desto nervöser wurde sie. Was würde sie erwarten, wie würde ihr Sophia entgegentreten?

»Ich habe gerade einen jungen Mann getroffen, der an die Front musste«, erzählte sie Maria, um sich abzulenken.

»Alle jungen Männer müssen in den Krieg«, antwortete Maria. »Gestern hat unser Pfarrer Monsignore Antonio einen Gottesdienst abgehalten, um für die Männer aus Campodoglio zu beten. Aber ich war nicht dabei. Ich habe keinen Mann oder Verlobten, um den ich weinen könnte.«

»Dann seien Sie froh, es muss schrecklich sein, einen geliebten Menschen an der Front zu wissen.«

»Sind Sie verlobt?«

Giuliana schüttelte den Kopf. »Sind alle Leute hier so neugierig?«, fragte sie mit leichter Ironie in der Stimme.

»Wir leben hier auf dem Land, nicht in der Großstadt«, antwortete Maria spitz. »Wir interessieren uns eben für unsere Mitmenschen.«

»Ja, natürlich«, antwortete Giuliana. »Entschuldigen Sie, ich wollte nicht unhöflich sein.«

»Ist schon in Ordnung.«

Maria schwieg, und Giuliana sah durch die staubige Fensterscheibe auf die Landschaft. Im schwächer werdenden Licht konnte sie hinter den hohen Zypressen nur niedrige Büsche erkennen, die sich in der Weite einer hügeligen Landschaft verloren.

»Was sagen denn Ihre Eltern dazu, dass Sie allein verreisen, gerade jetzt?«

»Meine Eltern sind tot«, erklärte Giuliana leise.

»Oje, wie furchtbar.«

Aus Marias Stimme klang echte Anteilnahme, während sie Giuliana immer wieder einen Seitenblick zuwarf. Trotz ihrer Neugierde war sie Giuliana sympathisch.

»Meine Eltern«, nahm Maria nach einem kurzen Schweigen das Gespräch wieder auf, »leben in San Gimignano bei meinem Bruder. Ich führe die *Panetteria Cortesi* ganz allein. Einmal in der Woche fahre ich nach Florenz zu zwei Cafés, denen ich meinen Nusskuchen liefere. Aber das wird künftig nicht mehr gehen.«

»Warum nicht?«, fragte Giuliana mehr aus Höflichkeit als aus Interesse.

»Wissen Sie es nicht? Die Regierung konfisziert alle Autos, ich muss den Lieferwagen abgeben. Und mit dem Bus kann ich die Kuchen nicht wegbringen. Hier«, fuhr sie im selben Atemzug fort, »biegt die Straße nach Campodoglio ab. Ich bringe Sie noch vor bis zur *Casa Sophia*, sie liegt an einer kleinen Straße, die ins Nirgendwo führt. Ich bin jedenfalls noch nie dort entlanggefahren.«

Giulianas Nervosität wuchs. Der Moment kam unerbittlich näher, in dem sie ihrer Großmutter gegenüberstehen würde. Wie sollte sie ihr plötzliches Erscheinen erklären? Wie würde sie auf die Nachricht vom Tod ihres Ehemanns reagieren? Letztendlich war sie noch mit ihm verheiratet gewesen. Sollte sie Sophia gleich bei ihrer Ankunft seinen Brief geben?

»War Ihr Großvater sehr krank?«, fragte Maria weiter.

»Ja, aber sein Tod kam unerwartet«, antwortete Giuliana leise.

»Das war sicher schmerzhaft für Sie. Als meine Großmutter vor drei Jahren starb, habe ich wochenlang geweint. Schon als Kind habe ich bei ihr in der Backstube gestanden und einfache Rezepte gebacken«, erzählte Maria. »Damals träumte ich davon, eines Tages in Rom meine eigene *panetteria* zu eröffnen. Meine Großmutter fand das eine gute Idee, ich glaube, deshalb hat sie mir das Geheimrezept für ihren Nusskuchen vererbt, sie wollte, dass ich damit einmal berühmt werde.« Maria seufzte tief auf.

»Aber das können Sie doch noch, Sie sind jung.«

»Ich bin dreiundzwanzig Jahre alt, und jetzt ist ja erst einmal Krieg.«

»Ja, natürlich … Ich bin übrigens zwanzig«, fügte Giuliana hinzu, um Marias nächster Frage zuvorzukommen.

»Jetzt sind wir da, sehen Sie die Mauer da vorn? Dort beginnt das Grundstück von Sophia. Sie stellt übrigens das beste Olivenpesto der ganzen Umgebung her. Und sie verkauft es an Restaurants in Florenz, Pisa und Arezzo. So, da sind wir.«

Maria bremste scharf.

»Danke fürs Mitnehmen.« Giuliana kletterte vorsichtig aus dem Auto, während Maria mit einem Satz von ihrem Sitz heruntersprang, um den Wagen herumging und das Gepäck aus dem Kofferraum holte.

»Also dann … Ciao, war nett, Sie kennenzulernen, und besuchen Sie mich mal in meiner *panetteria*. Ins Dorf ist es nicht weit.«

»Das mache ich«, versprach Giuliana.

»Sie können ruhig reingehen, das Tor ist immer offen, und bissige Hunde gibt es auch nicht.«

»Ja, danke.« Giuliana blieb noch stehen, sah Maria bei ihrem waghalsigen Wendemanöver zu und wartete, bis der kleine Lieferwagen hinter einer Staubwolke verschwand.

Stille umfing Giuliana. Sie lauschte auf das Zirpen der Grillen, auf das Bellen eines Hundes in der Ferne. Die Dämmerung ging bereits in den Abend über, und nur noch ein gelber Streifen zeigte sich am Horizont.

Während der Zugfahrt hatte sich Giuliana den Moment ausgemalt, wenn sie ihrer Großmutter gegenüberstehen würde. Würde sie ablehnend reagieren, ihre Enkelin auffordern, ihr Haus zu verlassen? Giuliana atmete tief durch, nahm ihren Koffer hoch und drückte mit dem Ellbogen die Gartentür auf, die quietschend nachgab.

Die *Casa Sophia* lag versteckt hinter hohen, schlanken Zypressen, und der Weg dorthin war überwuchert von dichtem Gras. Mit raschen Schritten ging Giuliana auf das Haus zu. Plötzlich flammte im Erdgeschoss ein Licht auf.

3

Kurz vor der Abenddämmerung war sie durch den Garten gegangen. Verborgen im Halbdunkel, blieb sie zwischen den Zypressen stehen und beobachtete ihn durchs Fenster. Er bemerkte sie nicht, oder er gab vor, sie nicht zu sehen, während er, nur mit einer Leinenhose bekleidet, mit nacktem Oberkörper vor der Staffelei saß und malte. Er bewegte sich dabei, beugte sich der Leinwand entgegen, straffte seinen Oberkörper wieder, ließ seine Muskeln spielen.

Sophia konnte den Blick nicht von ihm wenden – sein schöner gebräunter Körper, die dunklen Haare, die ihm in die Stirn fielen und die er ungeduldig mit der Hand zurückschob. In seinem Mundwinkel hing stets eine Zigarette, manchmal erlosch sie, wenn er sich zu sehr auf seine Arbeit konzentrierte. Irgendwann nahm er sie dann aus dem Mund und warf sie in den Aschenbecher aus irisierendem Opal.

Wie schön er ist, dachte Sophia voller Wehmut, und so unglücklich. Sie wusste, dass Mattia nicht mehr malen konnte, nicht so wie früher, als sich die Galeristen in Florenz und Mailand um seine Bilder rissen. Sie waren opulent gewesen, farbig, auch bizarr und immer ungewöhnlich. Doch jetzt malte Mattia fast nur noch in Schwarzweiß oder in abschattierten Grautönen, er malte düstere weiße Gesichter, Häuser in verzerrter Perspektive oder abstrakte finstere Motive. Sophia vermutete, dass er oft nur irgendetwas auf die Leinwand warf, wütend, verzweifelt, weil er in einer Krise steckte, die schon seit drei Jahren andauerte und die er nicht überwinden konnte.

Sie ahnte, dass diese Krise an sich nichts mit der Malerei zu tun hatte. Schweigen stand zwischen ihnen. Waren sie gescheitert? War es Zeit, ihn gehen zu lassen? Mattia, ein Mann von dreiundvierzig Jahren, und sie eine Frau von achtundsechzig. Ein immer noch junger Mann und eine alte Frau, dachte sie voller Bitterkeit.

Aber auch wenn sie ihn losließ – Mattia würde nicht gehen. Für ihn hatte sie vor vielen Jahren ihre Familie verlassen, für ihn war sie zur Außenseiterin der Gesellschaft geworden, hatte ihr gesichertes Leben aufgegeben, einen Skandal provoziert. Sophia war beschimpft worden, geächtet, und das alles für ihn, Mattia. Er fühlte sich ihr verpflichtet. Und deshalb würde er sie nicht verlassen. Ein Mann und eine Frau, aneinandergefesselt durch die Vergangenheit, eine schicksalhafte Verbindung, stärker, als jede Ehe es sein konnte.

Lautlos drehte sich Sophia um und verschwand zwischen den Zypressen. In der Dämmerung wirkte der Garten größer, als er in Wirklichkeit war, und das Haus aus groben, bräunlichen Backsteinen bekam im Licht des schwindenden Tages einen Hauch Geheimnisvolles. Nur noch der Gesang der Zikaden war zu hören, der Sophia traurig und mutlos werden ließ. Sie ging über die Terrasse ins Haus und schaltete im Wohnraum das Licht an. Dann lief sie in die angrenzende dunkle Küche, doch bevor sie auch dort die Lampe anmachte, hörte sie das Quietschen der Gartentür. Sophia blieb im Dunkeln stehen und sah durch das Küchenfenster hinaus auf den Weg. Es war ungewöhnlich, dass um diese Uhrzeit jemand aus dieser Richtung kam. Leute aus dem Ort benutzten die kleine Tür hinten in der Gartenmauer.

In dem Lichtschein, der aus dem Wohnraum auf den

Weg fiel, sah Sophia die schlanke Gestalt einer jungen Frau, die auf das Haus zukam und einen Koffer trug. Automatisch griff sie nach dem Schalter und ließ auch in der Küche das Licht aufflammen. Dann verließ sie rasch den Raum und öffnete die Haustür, bevor die junge Frau vergeblich nach der Glocke suchte.

»Guten Abend«, sagte Giuliana ein wenig unsicher. »Ich … ich bin …« – tief atmete sie durch –, »… ich bin Giuliana Angelini.«

Sophia brauchte einen Moment, bis sie sich gefangen hatte.

Das konnte nicht sein, dass plötzlich wie aus dem Nichts Giuliana hier auftauchte! Warum, was wollte sie? Hatte sie Rom verlassen, wie so viele Menschen, und suchte sie auf dem Land jetzt eine Zuflucht vor den Gefahren des Krieges in der Hauptstadt? Doch woher hatte Giuliana ihre Adresse? Und wieso kam sie ausgerechnet zu ihr? Oder wollte sie mit ihr über die Vergangenheit sprechen, über Alessandro, den Großvater, über Gina, ihre Mutter?

Innerlich aufgewühlt und durcheinander, bemühte sie sich um Fassung, und als sie antwortete, klang ihre Stimme ruhig und sicher. »Guten Abend.«

»Es tut mir leid, dass ich einfach so hereinplatze, aber ich habe in Florenz kein Hotel bekommen. Eigentlich wollte ich ja ein Telegramm –«

»Willkommen«, unterbrach Sophia sie mit klopfendem Herzen. »Es ist schön, dass du hier bist. Ich habe dich bereits vom Fenster aus gesehen. Komm rein. Ist der Koffer sehr schwer?«

Giuliana verneinte mit einem Kopfschütteln und folgte Sophia ins Haus. In der Helligkeit standen sie sich einen

Moment lang schweigend gegenüber, jede betrachtete die andere mit abwartender Neugier.

Giuliana, die ihren Herzschlag im ganzen Körper spüren konnte, forschte im Gesicht von Sophia nach Ablehnung oder Zustimmung. Aber sie konnte keine Regung erkennen. Giuliana hatte sich in der vergangenen Woche oft ausgemalt, wie ihre Großmutter aussah, doch die Frau, die ihr gegenüberstand, entsprach in nichts ihrer Vorstellung von einer älteren, etwas gesetzten Frau, die ihr Leben gelebt hatte. Sophia war groß, sehr schlank, und ihre Haut von der Sonne gebräunt. Die wenigen grauen Strähnen fielen in den dichten blonden Haaren kaum auf. Das Auffälligste an Sophia aber waren ihre Augen, groß und dunkel richteten sie sich forschend auf Giuliana, die unter ihrem Blick verlegen wurde.

»Ich freue mich, dass du hier bist.« Sophia streckte ihr die Hand entgegen, und Giuliana nahm sie, ein schneller, hastiger Druck, dann zog Sophia die Hand wieder zurück.

»Hast du Hunger?«, fragte sie. »Ich mache gerade Ravioli mit Basilikum-Ricottafüllung, ich hoffe, du magst das.«

»Ja, ich habe Hunger.«

»Das ist gut.« Jetzt lächelte Sophia. »Aber zuerst werde ich dir das Gästezimmer zeigen. Du bleibst doch hier, oder?« Auch sie schien jetzt nervös zu sein.

»Wenn ich darf, gern.«

»Natürlich. Hier neben der Treppe ist die Küche, und rechts folgen der Wohnraum und ein Speisezimmer, das wir aber nur selten benutzen. Das Gästezimmer ist oben.«

Giuliana nahm ihren Koffer wieder hoch und folgte Sophia, die schnell und leichtfüßig die schmale steile

Holztreppe emporstieg. Es gab drei Türen. Vor der letzten blieb Sophia stehen und öffnete sie.

»Da wären wir.«

Sophia schaltete das Licht ein, durchquerte den stickigen Raum und öffnete weit das kleine Fenster. Die natürliche Gelassenheit, mit der Sophia ihr entgegentrat, nahm Giuliana die Scheu. Doch ihre widerstrebenden Gefühle zwischen Neugierde und kritischer Zurückhaltung gegenüber der Großmutter blieben.

»Wie bist du hergekommen?« Sophia drehte sich vom Fenster ab und kam wieder zurück zu Giuliana.

»Mit dem Regionalzug, der Schnellzug fiel aus, und an der Bushaltestelle hat mich Maria Cortesi aufgegriffen und brachte mich hierher.«

»Soso, Maria.« Sophia lachte. »Sie ist ein tüchtiges Mädchen, doch leider interessiert sie sich ein wenig zu sehr für das Leben anderer. Ihre Tratschereien haben schon manche Verwirrung gestiftet. Aber ich mag sie trotzdem.« Während Sophia erzählte, holte sie aus der Kommode aus dunklem Nussbaumholz weiße Bettwäsche heraus und überzog rasch die Kissen. »Frische Handtücher lege ich dir im Bad zurecht, es ist auf dem Flur gegenüber. Lass dir Zeit. Ich warte in der Küche auf dich.«

Sie wandte sich zum Gehen, drehte sich dann aber noch einmal um. »Schön, dass du gekommen bist«, wiederholte sie.

Die Tür schloss sich hinter ihr, und Giuliana setzte sich langsam auf die Kante des breiten Himmelbettes, das den Raum fast ganz beherrschte. Die gedrehten Pfosten waren vergoldet, und obendrauf saßen geschnitzte Putten mit gold angemalten Locken und goldenen

Flügeln und lächelten auf Giuliana herunter. Sie konnte nicht anders, als ebenfalls zu lächeln, bevor sie ins Bad hinüberging.

Kurz darauf stieg sie die Treppe hinunter, die bei jedem Schritt knarrte, und klopfte leise an der angelehnten Küchentür.

»Komm nur rein und nimm Platz, die Ravioli sind gleich fertig. Du hast dich umgezogen? Hübsch.« Ein schneller Blick von Sophia glitt über Giulianas dunkles Leinenkleid. »Trägt man das in Rom?«, wollte sie wissen.

Giuliana nickte und erzählte, dass ihr Großvater immer für sie Kleider eingekauft hatte, seit sie sechzehn Jahre alt war. »Es hat ihm große Freude gemacht.«

Sophias Lächeln verschwand, und rasch wandte sie Giuliana den Rücken zu, um in einem großen Topf die Ravioli umzurühren. Giuliana biss sich auf die Lippen. Sie hätte nicht von ihrem Großvater sprechen dürfen, nicht in den ersten Momenten ihrer Bekanntschaft. Wahrscheinlich nahm Sophia jetzt an, dass er noch lebte.

»Ich habe in *La Stampa* die Todesanzeige von Alessandros früherer Kanzlei gelesen. War er … war er krank?«

»Er ignorierte seine Herzkrankheit und rauchte bis zuletzt«, antwortete Giuliana vorsichtig. »Er nahm sie einfach nicht zur Kenntnis.«

»Das passt zu ihm.« Sophias Antwort kam schnell. Doch dann drehte sie sich zu Giuliana um und sah sie mit einem ernsten, forschenden Blick an. »Lass uns nicht gleich über die Vergangenheit reden, einverstanden?«, schlug sie vor. »Wir wollen den Abend genießen. Mein … Mann Mattia weiß übrigens schon, dass du da bist, ich bin vorhin zu ihm ins Atelier gelaufen, er wird gleich hier sein.«

Giuliana war erleichtert, dass der erste Abend nicht mit Fragen belastet wurde, und so lehnte sie sich etwas entspannter auf ihrem Stuhl zurück.

Da hörte sie draußen schnelle Schritte auf dem Kies. Giuliana sah gespannt zur Hintertür, die jetzt von außen geöffnet wurde. Und da stand der Mann, für den Sophia alles aufgegeben hatte, ihre Ehe, ihre Tochter und ihre Sicherheit.

Giuliana spürte, dass Sophia sie scharf beobachtete, auch wenn sie vorgab, sich ausschließlich mit den Ravioli zu beschäftigen. Denn die Überraschung war Giuliana geradezu ins Gesicht geschrieben. Mattia war ein gutaussehender, noch junger Mann, sehr groß, schlank, und das weiße Hemd, das er trug, betonte seinen dunklen Teint. Er begrüßte Giuliana mit ungezwungener Herzlichkeit und nahm ihr gegenüber am Tisch Platz. Seine Bewegungen waren harmonisch, ein wenig lässig, als er nach der Korbflasche griff und ihnen Wein einschenkte, während Sophia die Ravioli in einer blauen Keramikschüssel auf den Tisch stellte und sie anschließend verteilte.

Mattia erzählte von dem Weingut, bei dem er immer den Chianti bezog, und Giuliana erkundigte sich, wo sie das Himmelbett, das in ihrem Zimmer stand, gekauft hatten.

»Wir haben es bei einem Trödler in Florenz entdeckt«, erzählte Sophia. »Der Inhaber behauptete, es habe einmal Madame Pompadour, der Geliebten von Ludwig dem Fünfzehnten, gehört. Auf welche Weise es allerdings von Frankreich nach Florenz gekommen sein soll, blieb sein Geheimnis.«

Das Gespräch plätscherte ungezwungen dahin. Nur

einmal kam Sophia auf Rom und Alessandro zu sprechen, als sie fragte, woher Giuliana ihre Adresse habe.

»Ich fand sie bei den Unterlagen meines Großvaters«, antwortete Giuliana nach einem Zögern. Sie wollte Alessandros Brief noch nicht an Sophia weitergeben. Sie würde abwarten. Ihre Großmutter hakte zu Giulianas Erleichterung nicht weiter nach und wechselte das Thema.

Mit einem Blick auf Giulianas Hände fragte sie: »Bist du Linkshänderin?«

Giuliana nickte. »Ja, in der Schule haben die Lehrer versucht, es mir abzugewöhnen, doch Großvater erhob Einspruch. Da ließ man mich in Ruhe.«

»Es gibt große Maler, die Linkshänder waren«, warf Mattia ein. »Es ist unverantwortlich, wenn man es einem Kind abgewöhnt.«

»Mattia ist Maler«, wandte sich Sophia erklärend an Giuliana. »Er malt wunderschöne Bilder.«

»Nur eigenartig, dass sie niemand mehr kaufen will«, fügte Mattia mit einem spöttischen Auflachen hinzu.

»Mattia steckt in einer Krise, aber sicher wird er sie bald überwunden haben.«

»Ich denke, ich bin alt genug, um für mich zu sprechen, meinst du nicht auch?« Mattias Ton sollte amüsiert klingen, doch Giuliana hörte unterdrückte Aggression heraus. So erzählte sie rasch von ihrer Tätigkeit als Lehrerin und dass die Schule geschlossen habe, weil die Mädchen zu Hause jetzt sicherer aufgehoben seien.

»Du bist Lehrerin?« Auf Sophias Gesicht zeigte sich tiefes Erstaunen. »Dein Großvater hat dir erlaubt, einen Beruf zu erlernen?«

»Ja, er hat mich sofort unterstützt, als ich ihm von meinen Plänen erzählte.«

»Nun, dann muss er sich sehr geändert haben. Ich kannte ihn nur als konservativen und konventionell denkenden Mann. Dass eine Frau einen Beruf ergreift, war für ihn undenkbar. Sie durfte sich höchstens mit Musik oder Malerei beschäftigen. Aber das ist lange her«, fügte sie rasch hinzu, als sie Giulianas Ablehnung spürte. »Entschuldige, ich wollte nicht kritisieren, es steht mir wirklich nicht zu.«

Für den Rest des Abends bemühten sie sich um unverfängliche Themen, und Giuliana war froh, als das Essen beendet war. Als sie sich erhob, fiel ihr Blick auf einen Strauß blauer Blumen, der auf dem Fensterbrett stand.

»Ein schöner Strauß.«

»Ja«, antwortete Sophia lächelnd, »das finde ich auch. Das ist Rittersporn, ich pflanze ihn im Garten an. Ich liebe einfache Wiesen- und Gartenblumen.«

»Tatsächlich?« Giulianas Herz klopfte ein wenig stärker, als sie Sophia fragte: »Zu Großvaters Beerdigung kam ein Strauß rosafarbener Margeriten. Hast du ihn geschickt?« Der kleine Hoffnungsschimmer, ihre Großmutter habe vielleicht mehr Anteil an der Familie genommen, als sie vorgab, glomm in ihr auf.

Doch Sophia schüttelte den Kopf. »Nein, ich war das nicht.« Ihre Stimme klang ruhig und bestimmt.

Mattia hatte sich erhoben, als Giuliana aufstand. Er wünschte ihr eine gute Nacht.

An der Treppe holte Sophia sie ein. »Ich freue mich über deinen Besuch. Es wäre schön, wenn du länger bleibst und wir uns kennenlernen können. Sicher willst du mit mir über früher sprechen, denn ich glaube nicht, dass dein Großvater viel erzählt hat.«

»Er hat nie über dich gesprochen«, antwortete Giuliana ehrlich. Er wollte mich schützen, dachte sie, doch sie sprach es nicht aus. Und während sie die Treppe hinaufging, überlegte sie, ob es nicht vielleicht andersherum gewesen war, ob Alessandro mit seinem Schweigen nicht sie, sondern sich selbst hatte schützen wollen.

Im Gästezimmer warf sie sich müde auf das breite Himmelbett mit den kühlen weißen Leinenkissen und starrte auf das Gemälde im Baldachin. Hellblau gemalter Himmel, weiße Wölkchen und zwei Engel, die ein Band in den Händen flattern ließen. Sie wollte jetzt nicht nachdenken, keine Spekulationen anstellen, sondern einfach abwarten, wie sich alles entwickeln würde. Giuliana setzte sich auf, nahm das Handtuch und ging über den Gang hinüber ins Bad. Kurz blieb sie stehen und horchte nach unten. Aus der Küche kam noch Licht, doch es war still.

*

Mattia war gegangen.

Sophia lauschte seinen Schritten auf dem Kiesweg nach, bis sie verhallten.

Oben hörte sie Giuliana, die das Zimmer verließ und ins Bad ging. Wer hätte gedacht, dass *sie* plötzlich hier auftauchen würde? Alessandros Enkelin.

Offensichtlich hatte Alessandro ihr nichts über sie erzählt, und jetzt war sie gekommen, um die Wahrheit einzufordern – was ihr zustand. Doch konnte sie die Wahrheit verkraften? Sie war so jung, so verletzbar! Und sie hatte Alessandro offensichtlich sehr geliebt, das war aus jedem ihrer Worte über ihn herauszuhören.

Sophia griff nach Mattias Glas und trank den kleinen Rest Rotwein darin aus. Während sie es langsam zurück auf den Tisch stellte, war sie in Gedanken weiterhin bei Giuliana. Sie war Linkshänderin, genau wie ihr Großvater. Erinnerungen wurden wach.

Alessandro Bastiani …

4

Rom, 1892–1916

Dass Alessandro Linkshänder war, fiel Sophia erst auf dem Standesamt auf. Er griff nach dem Federhalter, den ihm der Beamte reichte, und als er mit der linken Hand seine Unterschrift unter das Dokument setzen wollte, brach die Feder. Sophia erschrak und drehte sich zu ihrer Mutter um, die auf einem Stuhl hinter ihr saß. War das ein schlechtes Omen? Jeder hatte das kleine Missgeschick mitbekommen, doch ihre Mutter nickte ihr beruhigend zu. Keine Sorge, das bedeutet gar nichts, sei nicht abergläubisch, schien dieses Nicken zu bedeuten. Während der Standesbeamte im Nebenraum nach einem anderen Federhalter suchte und die wenigen Leute hinter dem Brautpaar mit den Stühlen rückten und hüstelten, erinnerte sich Sophia an den Nachmittag, als ihr Vater außer sich vor Freude nach Hause kam und erzählte, Alessandro Bastiani habe heute um die Hand seiner Tochter angehalten.

»Aber wir kennen uns doch kaum«, hatte Sophia eingewandt. »Ja, er gefällt mir, ich bewundere ihn, aber ich war noch nie mit ihm allein.«

»Das wäre auch noch schöner, du bist ein anständiges Mädchen«, hatte ihre Mutter Erminia gesagt. »Nach der Hochzeit habt ihr genug Zeit, euch kennenzulernen. Er will dich heiraten, der erfolgreiche Anwalt will dich, die Tochter seines Bürovorstehers, und nicht ein Mädchen aus seiner Gesellschaftsschicht.«

»Und warum?«

»Weil er in dich verliebt ist, darum.«

»Aber ich weiß nicht, ob ich es auch bin.«

Sophia sprach an diesem Nachmittag von der großen Liebe, während ihre Mutter Erminia von finanzieller Sicherheit und gesellschaftlicher Stellung redete, sich über ihr eigenes Leben beklagte, das geprägt war von der täglichen Sorge, ob das Geld noch für ein Kilo Tomaten reichte. Wie glücklich könne sich die Tochter schätzen, dass Alessandro Bastiani sie heiraten wolle!

Und nun saß sie also hier und wartete, dass der Standesbeamte einen Ersatzfederhalter fand. Sophia sah zu ihrem Mann hoch – groß, schlank, gutaussehend. Als er ihren Blick bemerkte, lächelte er beruhigend zu ihr herunter, und da entspannte sich Sophia.

Jetzt kam auch der Standesbeamte unter vielen Entschuldigungen und Verbeugungen mit einem zweiten Federhalter aus dem Nebenzimmer zurück und drückte ihn Alessandro Bastiani in die linke Hand.

Sophia sah zu, wie ihr Mann seine Unterschrift unter das Dokument setzte. Jetzt war sie mit ihm verheiratet. Wie ungewohnt es sich anhörte, als der Beamte ihr die Hand schüttelte und der Signora Bastiani viel Glück wünschte! Dann gingen sie mit langsamen Schritten die breite Treppe im Rathaus hinunter.

Sophia erinnerte sich selbst heute noch gut an den Ausspruch ihrer Großtante, der Avvocato hätte nur deshalb ein einfaches Mädchen geheiratet, um es formen und aus ihm die Frau machen zu können, die er an seiner Seite haben wollte. Schön, elegant, mit Stil und Geschmack. Oft dachte Sophia später an ihre scharfzüngige Großtante, vielleicht hatte sie recht gehabt.

Aber es funktionierte nicht, denn Sophia war zwar schön, aber alle Bemühungen seitens Alessandro, aus ihr eine Frau mit Stil und Eleganz zu machen, scheiterten.

Am frühen Nachmittag des 8. August 1892 fand die kirchliche Trauung statt. Sophia trug ein hochgeschlossenes Kleid aus weißer Spitze und einen Brautkranz aus Mimosen, verflochten in ihren blonden Haaren. Ihr meterlanger Schleier wurde von kleinen Mädchen feierlich getragen. Als ihr Vater sie zum Altar führte, kamen ihr bei der Musik die Tränen.

»Lohengrin, Hochzeitsmusik von einem deutschen Komponisten«, flüsterte ihr Vater ihr zu, stolz über sein Wissen.

Die Kirche war über und über mit weißen Lilien geschmückt, und durch die hohen, bunten Glasfenster warf die Nachmittagssonne ihre Strahlen direkt auf das Holzkreuz über dem Altar.

Sophia war aufgeregt, sie spürte die Blicke der vielen Gäste hinter sich, und so stand sie verkrampft neben Alessandro. An die Rede des katholischen Paters erinnerte sie sich später nicht mehr, nur einen Satz vergaß sie niemals: »Bis dass der Tod euch scheide.« Dieser Satz verfolgte sie, als sie unter den brausenden Klängen der Orgel die Kirche verließen, die Verwandten ihr um den Hals fielen und ihr versicherten, wie glücklich sie sich schätzen könne, dass ein Mann wie Alessandro Bastiani sie geheiratet habe. Sie sei ja auch bereits zwanzig Jahre alt. Alle waren begeistert, und die ganze Familie fühlte sich geschmeichelt. Doch sie, Sophia?

Es war alles so schnell gegangen. War das Liebe, was sie empfand? Aber wie fühlte sich Liebe an? Liebte Alessandro sie?

Bis dass der Tod euch scheide …

Für Sophia klang es fast drohend, so endgültig. Verbunden bis in den Tod. Wie lange war das, vierzig, fünfzig Jahre oder sogar sechzig?

Auch ihre Mutter fiel ihr nach der Trauung um den Hals, während ihr Tränen der Rührung über das Gesicht liefen und sie ihrer Tochter zuflüsterte, sie wünsche ihr alles Gute für die Hochzeitsnacht. »Da muss eine Frau durch«, murmelte sie noch schnell, bevor ihr Mann sie zur Seite schob und ebenfalls seine Tochter umarmen wollte.

Ihre Mutter Erminia hatte Sophia viel über die gesellschaftliche Stellung ihres Mannes erzählt, über die finanzielle Absicherung durch diese Heirat, doch sie hatte sie nicht darauf vorbereitet, was in der Hochzeitsnacht passierte.

Alessandro und Sophia verbrachten sie in einem luxuriösen Hotel am Meer. Während Alessandro seine Frau ungeduldig auszog und mit Verschnürungen und Knöpfen kämpfte, küsste er sie bereits, doch sein Kuss war drängend und herrisch, und erst als Sophia anfing, sich zu wehren, versprach er ihr, rücksichtsvoll zu sein. Als sie nackt vor ihm stand und tiefe Scham empfand, hob er sie hoch und legte sie auf das breite Bett. Sophia fror, sie versuchte, die Decke über sich zu ziehen, doch Alessandro hielt sie davon ab. Seine hastigen Zärtlichkeiten wehrte Sophia zunächst ab, aber sie spürte seinen Unwillen, und so wandte sie den Kopf, damit er ihre Tränen nicht sah. Sie spürte seinen Körper, der sich an sie presste, und als er in sie eindrang, stieß sie einen schmerzvollen Schrei aus und schrie weiter, bis Alessandro ihr die Hand auf den Mund legte.

Was folgte, waren Ernüchterung und tiefste Enttäuschung. Es war nicht die Liebe, von der sie geträumt hatte. Alessandro Bastiani nahm gegen ihren Willen von ihrem Körper Besitz, so empfand sie es damals, und das änderte sich auch in all den Jahren ihrer Ehe nicht. Sie blieben sich fremd, und ein tiefer Abgrund des Schweigens klaffte schon bald zwischen ihnen. In der folgenden Zeit versuchte Sophia manchmal, mit ihm über ihre unbefriedigende Sexualität zu sprechen, doch über einige klägliche Versuche kam sie nicht hinaus. Sie war zu schüchtern, und ihre Erziehung hinderte sie daran, ihm offen zu sagen, dass sie sich mehr Zärtlichkeit wünsche und auch mehr Gespräche über ihre Gefühle und einen Austausch von Gedanken.

Alessandro nahm zudem sofort eine Abwehrhaltung ein, wenn sie das Gespräch auf dieses Thema lenkte, und so glaubte Sophia irgendwann, eine anständige Frau dürfe keine derartigen Bedürfnisse haben.

*

Sophia schenkte sich noch ein Glas Chianti ein, es tat ihr gut und wärmte sie. Sie dachte daran, dass Alessandro es nie mochte, wenn seine Frau Alkohol trank. Er mochte es auch nicht, wenn sie laut lachte, das entsprach nicht seiner Vorstellung von einer Dame, oder wenn sie den langen Gang in der Wohnung entlangschlitterte, als sei sie auf der Schlittschuhbahn.

Sophia erhob sich, ihr Glas in der Hand. Sie ging ins Wohnzimmer, schaltete das Licht an und blieb vor dem Kaminsims stehen. Hier standen ihre Fotos von Angelo. Ihr Wunsch nach einem Kind war im Laufe der Jahre übermächtig geworden, und sie hatte geahnt, dass auch Alessandro jeden Monat die gleiche Enttäuschung empfand wie sie. Wie glücklich war sie gewesen, als nach sechs Jahren Ehe endlich Angelo geboren wurde!

Er war ein hübscher kleiner Junge, der seine Mutter anbetete und ihr kaum von der Seite wich. Diese ersten Jahre mit ihrem Sohn – waren das nicht die schönsten ihres Lebens gewesen?

Doch dann traf Alessandro eine Entscheidung. Einen Tag nach Angelos achtem Geburtstag eröffnete er ihr kurz angebunden, dass ihr Sohn ab September ein strenges Internat in Genf besuchen würde. »Du verweichlichst ihn«, warf er seiner erstarrten Frau vor. »Er soll ein Mann werden und kein verwöhntes Muttersöhnchen.«

Sophia hatte sich aus ihrer Starre gelöst, war auf ihn zugelaufen und hatte mit ihren Fäusten auf ihn eingeschlagen. »Du kannst mir meinen Sohn nicht nehmen!« Sie schrie und schluchzte, und doch half es nichts. Alessandro blieb bei seiner Entscheidung und brachte seinen Sohn Anfang September in das Genfer Internat.

Von diesem Tag an verschärfte sich das Schweigen zwischen ihnen. Sophia zog sich ganz zurück und zählte die Wochen und Monate bis zu den Ferien, wenn Angelo nach Hause kam. Später begann sie, ihren Sohn in der Schweiz zu besuchen, erst selten, bald jedoch fuhr sie jeden Monat für ein Wochenende zu ihm. Sie unternahmen Ausflüge in die Berge, machten mit dem Schiff Rundfahrten über den See, und jedes Mal, wenn Sophia anschließend nach Hause kam, fiel sie in eine tiefe Depression. Alessandro quittierte ihre Reisen mit schweigender Ablehnung, trotzdem ließ sie sich nicht davon abbringen.

Zwei Monate vor seinem Abitur besuchte sie ihn wieder, und da klagte Angelo über Übelkeit, Müdigkeit und Kopfschmerzen. Sophia erschrak und nahm ihn übers Wochenende mit nach Rom, wo ein Freund Alessandros, ein bekannter Internist, ihn untersuchte.

»Der Junge soll nicht so viel lernen, sondern an die frische Luft gehen und viel Milch trinken. Dann wird es ihm bald wieder bessergehen«, riet der Arzt.

Sophias Unruhe wuchs dennoch, und sie fieberte dem Tag entgegen, an dem Angelo nach dem Abitur heimkommen würde. Eine Woche vor seinen Prüfungen läutete am frühen Morgen das Telefon. Sophia schrak hoch und hörte, wie das Dienstmädchen Elena mit verschlafener Stimme das Gespräch annahm und dann an Alessandros Schlafzimmertür klopfte.

Sophia setzte sich kerzengerade auf. Ein Anruf zu dieser frühen Stunde bedeutete nichts Gutes. Sie presste ihre Hände gegen die Brust. »Angelo …«, flüsterte sie. Sie lauschte angestrengt nach draußen und hörte, wie Alessandro am Telefon einsilbig blieb, sehr leise sprach und sich dann verabschiedete.

Durch das offene Fenster ihres Zimmers vernahm Sophia Rufe von der Straße herauf, den Motor eines Autos, dann herrschte wieder Stille. Auf das leise Klopfen an ihrer Tür konnte sie kaum antworten, denn ihre Stimme versagte. Alessandro kam zu ihr. Er setzte sich auf den Rand des Bettes, griff schweigend nach ihrer Hand und hob sie an seine Wange.

»Was ist los, was ist passiert?«, flüsterte sie. Und da geschah das Unfassbare: Alessandro weinte.

»Angelo wird sterben, Sophia. Unser Sohn wird sterben.«

»Was … wieso? Das kann nicht sein, nicht Angelo …«,

stammelte sie. So grausam konnte das Schicksal nicht sein.

»Er hat Leukämie, Blutkrebs, und zwar im Endstadium«, flüsterte Alessandro heiser. Schweigend senkte sie ihren Kopf und lehnte ihn an Alessandros Schulter. So verharrten sie lange bewegungslos. Es war der innigste Augenblick in ihrer Ehe.

»Warum?«, flüsterte Sophia schließlich.

»Er brach gestern Nachmittag zusammen und wurde sofort in eine Klinik gebracht, sie ist eine der besten in ganz Europa. Aber die Krankheit wurde zu spät erkannt.«

»Wie lange hat er noch?« Sophia sprach fast tonlos. »Wie lange, Alessandro, sag es mir, ein Jahr, ein halbes, drei Monate?«

»Höchstens vier Wochen.«

Von dieser Stunde an lebte Sophia wie in einem Alptraum. Alessandro fuhr nach Genf, redete mit den Ärzten und brachte seinen sterbenden Sohn nach Hause.

Tag und Nacht wachte Sophia an Angelos Bett. Sie las ihm vor, tupfte ihm den Schweiß von der Stirn, fütterte ihn, und manchmal sah sie ein Lächeln über sein blasses Gesicht huschen. Dann schlug er die Augen auf und blickte sie mit einer Zärtlichkeit an, die ihr das Herz brach.

»Ich liebe dich, Mama. Es ist nicht so schwer zu sterben, aber dass ich dich allein lassen muss, das ist das Schlimmste …« Es waren seine letzten Worte.

»Angelo, ich liebe dich so, du darfst nicht sterben! Du hast noch dein ganzes Leben vor dir!«

Doch Angelo hörte sie nicht mehr. Er starb in ihren Armen.

*

Die Monate nach Angelos Tod vergingen, doch Sophias Schmerz blieb so stark wie in der Stunde seines Todes. Wenn die Dämmerung heraufzog, wünschte sie sich, der Tag solle schnell zu Ende gehen, und in schlaflosen Nächten sehnte sie das tröstliche Morgenlicht herbei. Doch dann wurde der Tag wieder zum grausamen Warten auf den Abend.

Sie zog sich ganz in ihr Zimmer zurück und sprach kaum mit jemandem. Schon vorher hatte sie sich in der Wohnung mit den hohen Räumen, verbunden durch riesige Flügeltüren, nie zu Hause gefühlt, sondern war hier immer eine Fremde geblieben. Jetzt hatte Alessandro die Möbel mit schwarzen Tüchern verhängen lassen. Überall Schwarz, an jedem Gemälde ein Trauerflor, überall Lilien, überall Fotos von Angelo. Sophia konnte es nicht ertragen, durch diese Wohnung zu gehen.

So vertiefte sich das Schweigen zwischen Alessandro und ihr noch mehr, und der Abgrund zwischen ihnen wurde unüberwindbar. Das Schlimmste waren die Vorwürfe, die sich Sophia machte und von denen sie wusste, dass auch Alessandro darunter litt. Er sprach mit dem Internisten, den er scharf angriff, die Krankheit nicht erkannt zu haben. Er überlegte sogar, juristische Schritte gegen den einstigen Freund einzuleiten. Doch der Arzt legte Gutachten vor, die bewiesen, dass die Krankheit nicht erkennbar gewesen war. Diese Diagnose sei schwierig, das könne jeder Arzt ihm bestätigen. Müdigkeit und Übelkeit deuteten nicht zwangsläufig auf Leukämie hin.

Aber vielleicht wäre die Krankheit früher erkannt worden, wenn Angelo in Rom aufgewachsen wäre und nicht im Internat. Dieser Gedanke quälte Sophia und wurde fast zur Besessenheit. Hatte Alessandro ihr nicht auch zehn Jahre Zusammensein mit dem Sohn genommen?

Drei Jahre nach Angelos Tod, als Sophia das Trauerhaus verließ, stand sie noch einmal vor Alessandros gemaltem Porträt im Herrenzimmer, und da wurde ihr bewusst, dass Alessandro ihr in den siebenundzwanzig Jahren ihrer Ehe nicht ein einziges Mal gesagt hatte, dass er sie liebe.

5

Casa Sophia, Toskana, 1940

Sophia fror und erhob sich langsam vom Tisch. Es war nicht gut, diese Erinnerungen zurückzuholen. Sie ging durch die offene Hintertür und lief leise über den Kiesweg zum Atelier. Es brannte noch Licht, dennoch zögerte sie, hineinzugehen. Mattia war nach dem Essen nicht im Haus geblieben, das bedeutete, er wollte allein sein.

So blieb sie vor dem Fenster stehen und sah ihn auf seinem Hocker sitzen. Doch er malte nicht, sondern starrte vor sich auf den Boden, in der Hand ein Glas Wein.

Er trank zu viel. Sophia hatte ihn schon oft ermahnt, sich zu mäßigen. »Du bist nicht meine Mutter.« Wie oft hatte sie in letzter Zeit diese Antwort von ihm bekommen! Das traf sie tiefer, als sie gedacht hatte. Sie wollte doch nur sein Bestes, sie wollte, dass es ihm gutging, warum verstand er das nicht? Warum konnte sie jetzt nicht zu ihm, sich neben den Hocker auf den Boden kauern und ihn mit ihren Armen fest umschlingen?

Mattia, du warst der Mann, der mich nach Angelos Tod ins Leben zurückgeholt hat, der mir Kraft gab. Ich brauche dich doch, Mattia, und ich liebe dich so …

Doch Sophia ging nicht zu ihm und sprach die Worte nicht aus, die sie so gern sagen wollte. Sie drehte sich um und ging leise zurück ins Haus.

*

Die alte Holztreppe knarrte, und Giuliana hörte im Halbschlaf, wie Sophia heraufkam und in ihr Zimmer ging. War sie noch bei Mattia gewesen?

Giuliana drehte sich im Bett herum und schaffte es nicht, sofort wieder einzuschlafen. Der Abend vor ihrer Abreise ging ihr durch den Kopf. Paula und sie hatten die Winters zum Essen eingeladen. Das Ehepaar versprach, sich während ihrer Abwesenheit um die Wohnung zu kümmern. Paula und sie zeigten ihnen alle Zimmer und erklärten, worauf sie besonders achten sollten. Dem amerikanischen Ehepaar blieb nicht verborgen, dass sich Giuliana und Paula angesichts der politischen Situation Sorgen machten, und sie versuchten, sie zu beruhigen.

»Die Haustür unten ist absolut sicher«, erklärte Mrs. Winter, »und der Innenhof ist nur für die Bewohner des Hauses zugänglich, das wissen Sie doch. Machen Sie sich also keine Gedanken.«

»Es wird nichts passieren«, bestätigte auch Mr. Winter noch einmal, bevor sie gingen. »Es sei denn, die Engländer oder die Franzosen werfen Bomben auf Rom … Das war ein Scherz«, versuchte er, seinen Satz abzuschwächen, als Giuliana und Paula ihn in stummem Entsetzen ansahen. Seine Frau Lucy schüttelte missbilligend den Kopf und erklärte, Paul mache immer so unmögliche Witze. Rom werde sicher niemals bombardiert werden, nicht wahr?

*

Am Morgen, als die Sonne durch die Vorhänge drang und direkt auf Giulianas Gesicht schien, öffnete sie verschlafen die Augen. Es war erst sieben Uhr, doch sie entschloss sich, aufzustehen und ihren Koffer auszupacken. Sie hatte nicht viel mitgenommen – ihre beiden Schränke in Rom gaben auch nicht viel her, was für einen Aufenthalt auf dem Land geeignet war. Giuliana streckte und dehnte sich, sprang dann auf und packte ein Baumwollkleid, zwei dunkle Röcke, weiße Blusen, einen Pullover und eine Strickjacke aus. Am Schluss hatte sie noch ein Kleid dazugelegt, das sie noch nie getragen hatte. Ihr Großvater hatte es ihr im Frühjahr gekauft. »Für unsere nächste Reise nach Capri.« Es war ein weißes Leinenkleid mit einem Einsatz aus kostbarer weißer Spitze und stammte von der berühmten Designerin Simonetta Scalia.

Wehmütig strich Giuliana über den Stoff und hängte das Kleid auf einem Bügel vorsichtig in den schmalen Holzschrank. Ob sie es hier jemals tragen konnte? Und wie lange würde sie überhaupt bleiben?

Sie ging zum Fenster, zog die Vorhänge zurück und öffnete es. Hinter der Mauer der *Casa Sophia* erstreckte sich ein Feld mit blühenden Mohnblumen in sattem Rot, und als sich Giuliana weit aus dem Fenster beugte, blickte sie über niedrige Büsche und sanfte Hügel, die sich bis zu fernen Weinbergen hinzogen. Ringsum war für sie alles ungewohnt still, bis aus der Küche im Erdgeschoss das Klappern von Geschirr heraufdrang. Also war jemand aufgestanden, und so beschloss Giuliana, sich anzuziehen und nach unten zu gehen.

Als sie kurze Zeit später die Küche betrat, stand eine dicke, sehr kleine Frau auf einem niedrigen Schemel am Herd und schwenkte ein Omelett in einer großen Eisenpfanne.

»Buon giorno«, empfing sie Giuliana mit tiefer, rauher Stimme und einem herzlichen Lächeln. »Ich bin Marta, die Haushälterin. Sie sind Sophias Enkelin? Sie hat mir einen Zettel hingelegt, ich soll Ihnen ein schönes Frühstück machen, falls sie selbst noch schläft. Hoffentlich mögen Sie Omelett.«

Fast gleichzeitig mit Giuliana hatte Mattia die Küche durch die hintere Tür betreten und warf ihr nun einen warnenden, aber amüsierten Blick zu.

»Martas berühmtes Kräuteromelett in Olivenöl verträgt nicht jeder am frühen Morgen.«

Marta ignorierte ihn, während sie das Omelett auf einen Teller gleiten ließ und vor Giuliana auf den Tisch stellte. Doch Giuliana hatte keinen Hunger, vor allem nicht auf ein Omelett, das in Öl schwamm. Aber sie aß ein paar Bissen, da Marta mit verschränkten Armen am Herd stand und sie nicht aus den Augen ließ.

»Schmeckt gut«, bestätigte Giuliana mit einem erzwungenen Lächeln, während Mattia schmunzelnd seinen Kaffee austrank.

»Marta Calderisi ist unsere Haushälterin und kommt drei Tage in der Woche«, stellte er sie dann vor. »Und ihr Mann Ovide kümmert sich um den Garten.«

Mattia unterhielt sich mit Marta, und während sich Giuliana ein wenig Weißbrot abbrach und in ihren Milchkaffee tunkte, kam Sophia herein. Sie lehnte ein Omelett ab, sie habe heute Morgen keinen Hunger und wolle nur einen starken Kaffee trinken. Anschließend schlug sie Giuliana vor, sich nach dem Frühstück ein wenig in Haus und Garten umzusehen.

»Schau dir ruhig alles an. Ich hole dich später und zeige dir die Manufaktur. Jetzt musst du mich entschuldigen, ich werde dort dringend gebraucht.«

Sie erhob sich rasch, trank im Stehen ihren Kaffee aus, nickte Giuliana zu und verließ die Küche durch die Hintertür. Gleich danach murmelte Mattia, auch er wolle sich an die Arbeit machen, aber wenn sie etwas wissen wolle, solle sie einfach zu ihm kommen. Der Bungalow sei sein Atelier.

Giuliana blieb noch einen Moment lang sitzen, dann erhob sie sich und schlenderte durchs Haus. Die Einfachheit der Einrichtung, die gekalkten rustikalen Wände, die verrußten Kamine und die dunklen Holzböden gefielen ihr auf Anhieb.

Überall an den Wänden hingen Bilder, die Mattia gemalt und signiert hatte. Landschaften, Häuser und Porträts. Im Wohnzimmer blieb sie lange vor dem Kamin stehen und sah sich die Fotos auf dem Sims darüber an. Es waren Aufnahmen von Angelo. Fast identisch mit denen, die bei Alessandro auf dem Schreibtisch standen. Angelo … Angelo. Doch von Gina gab es kein einziges Foto.

Wollte Sophia nicht an ihre Tochter erinnert werden? Aber warum nicht? Hatte Sophia sie so wenig geliebt? Arme Gina, arme Mama, wenn es so gewesen war. War sie darum –

Giulianas Gedanken wurden unterbrochen, als Marta hereinkam und sie verscheuchte, da sie den Wohnraum jetzt putzen müsse.

Ich will es wissen, schoss es Giuliana durch den Kopf, als sie das Haus verließ. Deshalb war sie schließlich hierhergekommen.

Sie fühlte sich verunsichert. Sophia wirkte so warmherzig, vielleicht besaß sie einfach kein Foto von Gina? Das konnte sein, entschied Giuliana in diesem Moment zugunsten Sophias, auch wenn es unwahrscheinlich schien.

Sie lief den Kiesweg entlang, unter hohen Zypressen durch, die sich zu einem kleinen, runden Platz öffneten, auf dem unter einer Pinie einige Gartenmöbel standen. Hohe Korbsessel, ein wenig alt, vom Regen verwittert und mit vielen farbigen Kissen belegt, gruppierten sich um einen runden Tisch. Darauf befand sich eine Keramikvase mit hellblauem Rittersporn. Hinter dem Sitzplatz stand der Bungalow, das Atelier, wie Mattia gesagt hatte. Früher sicher strahlend weiß, waren seine Mauern nun bräunlich grau, und von den verblassten hellblauen Fensterläden blätterte der Anstrich ab. Trotzdem hatte dieses Haus, wie alles hier, seinen besonderen Charme. Ein wenig abseits davon entdeckte Giuliana noch ein langgezogenes niedriges Haus, das musste die Manufaktur sein. Es war in Ockergelb gestrichen. Auf der anderen Seite wuchsen hinter der Pinie mehrere knorrige Olivenbäume, denen sich Obstbäume anschlossen. Dahinter lag ein Garten voller Blumen und Beete mit üppigen Kräutern. Er wurde von einer verwitterten Mauer begrenzt, an der wild wuchernde Johannisbeer- und Himbeersträucher emporrankten. Giuliana konnte sich nicht sattsehen, das große Anwesen besaß einen ganz eigenen Charakter. Nichts war perfekt, alles wirkte ein wenig provisorisch, aber alles passte zusammen. War das Sophias Handschrift?

Während sich Giuliana noch neugierig umsah, hörte sie Sophia nach ihr rufen. Sie stand vor dem langgezogenen Gebäude. Als Giuliana bei ihr ankam, ergriff sie ihren Arm. »Komm, ich stelle dich meinen Frauen vor.«

Der niedrige Bau bestand aus einem einzigen Raum. Hier arbeiteten mehrere Frauen an Holztischen, entkernten schwarze und grüne Oliven oder sortierten frisch gepflückte Beeren. Leere Gläser warteten auf blütenweißen Handtüchern auf einer Ablage unter den Fenstern.

Als Sophia mit Giuliana hereinkam, hoben die Frauen die Köpfe und sahen ihnen neugierig entgegen.

»Ich möchte euch meine Enkelin vorstellen, Giuliana Angelini!«, rief Sophia in den Raum. Die Frauen ließen alles stehen und liegen und kamen auf Giuliana zu, viele Hände streckten sich ihr entgegen, und alle Frauen redeten durcheinander. »Warum hast du uns nie von einer Enkelin erzählt?«

»Weil ich sie erst gestern kennengelernt habe«, antwortete Sophia auf die erstaunten Fragen. Alle Frauen umringten Giuliana, nur eine hielt sich im Hintergrund. Sie war mager und groß. Auch sie sah zu Giuliana herüber, ihre schmalen zusammengepressten Lippen konnten sich kaum zu einem Lächeln entschließen, und als sich ihre Blicke trafen, erschrak Giuliana über die Kälte in diesen Augen.

»Das ist Beatrice«, flüsterte Sophia ihr zu. »Sie ist etwas eigen, also kümmere dich nicht um sie, irgendwann werdet ihr euch schon noch kennenlernen.«

Nach der herzlichen Begrüßung führte Sophia ihre Enkelin an den langen Tischen entlang, gefolgt von den neugierigen Blicken der Frauen. Sie alle trugen hellblaue Schürzen und hellblaue Mützen, die ihre Haare verbargen. Sophia brach ein Stück von einem frischen Weißbrot ab und bestrich es mit dem Olivenpesto, das Giuliana unbedingt probieren sollte. Es schmeckte köstlich.

»Wir ernten die Oliven im Herbst und legen sie dann ein, damit wir das ganze Jahr über frisches Pesto daraus machen können«, erklärte Sophia.

Kaum hatte Giuliana aufgegessen, reichte ihr Sophia bereits das nächste kleine Stück Weißbrot, diesmal mit Artischockencreme, auch ein sehr beliebter Artikel, wie sie betonte. Giuliana probierte alles, was die Frauen ihr anboten, sogar die Brombeermarmelade, die auf dem Herd vor sich hin köchelte und noch heiß war.

»Im Herbst stellen wir eines unserer besten Produkte her, Birnen in Essig und Zimt«, erzählte Sophia. »Und das hier ist mein Logo, *Sophia a Casa.*« Sie nahm ein abgefülltes Marmeladenglas hoch und zeigte auf das Etikett.

Giuliana war nach dem Rundgang durch die Manufaktur tief beeindruckt. Die unterschiedlichen Produkte, das Logo, die Erfolgsgeschichte von Sophia, die in diesem Raum spürbar war, das alles flößte ihr tiefsten Respekt ein.

»Ich weiß nicht, was ich sagen soll«, bekannte sie ehrlich.

»Ja, wir sind stolz auf den Erfolg, aber ich hatte auch von Beginn an drei außergewöhnliche Mitarbeiterinnen. Fiona, Marcella und Leontina, sie haben dich ja schon begrüßt, auch sie wirst du noch näher kennenlernen.«

»Und wer sind eure Kunden?«, wollte Giuliana wissen.

»Wir beliefern einige sehr gute Restaurants und kleine Osterias in Landgasthöfen«, erzählte Sophia. »Den größten Umsatz aber machen wir mit dem Verkauf auf den Märkten. Aber wie das jetzt werden wird, wissen wir noch nicht. Sicher hast du schon gehört, dass die Regierung alle Autos konfisziert. Unser Bürgermeister hat uns aber versprochen, dass wir unseren uralten Lastwagen behalten dürfen. Ohne ihn könnten wir nicht mehr auf die Märkte fahren.«

»Wie lange bleibt deine Enkelin?«, rief eine Frau in diesem Moment.

Sophia warf Giuliana einen raschen Seitenblick zu. »Mal sehen …«

»Wir könnten eine Mitarbeiterin gebrauchen«, stellte

eine andere fest, »jetzt, da so viele fehlen.« Die Frauen lachten und riefen ihnen noch einen Abschiedsgruß nach, als Sophia und Giuliana die Manufaktur verließen und sich an den Tisch unter der Pinie setzten.

»Die Olivenbäume hinter uns, das ist unser Olivenhain«, sagte Sophia. »Vor vierzehn Jahren hatten wir eine so üppige Ernte, dass ich überhaupt nicht wusste, wohin mit den Oliven. Ovide und seine Brüder brachten sie eimerweise in die Küche. Damals hatte ich dann die Idee, daraus Pesto zu machen und es zu verkaufen. Als wir Gewinn machten, bauten wir den ehemaligen Pferdestall zur Manufaktur um, vorher mussten wir uns mit der Küche im Haus und dem Wohnraum behelfen.«

»Woher hast du die Rezepte? Sind sie von dir?« Giuliana kam aus dem Staunen noch nicht heraus. Sophia hatte mit nichts außer mit ein paar Eimern voll geernteter Oliven angefangen!

»Nein, nein, ich kenne sie von meiner Mutter, und die hat sie wiederum von ihrer Mutter. Alle niedergeschrieben in einem alten Buch. Vielleicht die größte Kostbarkeit, die ich besitze.« Sophia lachte jetzt und strich sich ein paar Haarsträhnen aus der Stirn. »Das Schwierigste war am Anfang, Frauen zu finden, die in der Manufaktur arbeiten wollten. Marcella, Leontina und Fiona waren die ersten, und sie sind meine einzigen festen Mitarbeiterinnen. Die anderen kommen und gehen, sie wechseln sich ab. Viele sind Bäuerinnen, die zu Hause den Hof bewirtschaften und zusätzlich hier noch arbeiten müssen, weil die Landwirtschaft zu wenig abwirft. Im Moment bleiben aber viele Frauen weg, da sie zu Hause auf dem Hof die Männer ersetzen müssen, die an der Front sind.«

»Wann hast du mit deiner Firma angefangen?«

»Ein paar Jahre nachdem wir hierherkamen.«

»Und wann war das?«

Giuliana spürte, dass Sophia sich ihre Antwort gut überlegte, sie wollte sicher nichts Falsches sagen, nichts, was zu sehr auf die Vergangenheit hinwies. Doch dann erzählte sie: »Das Anwesen habe ich vor siebzehn Jahren geerbt. Von einer alten Frau, die im vorigen Jahrhundert ein berühmtes Aktmodell gewesen war und viele reiche Liebhaber hatte. Sie hinterließ es mir und sogar noch Geld, um es renovieren zu lassen. Ich denke, sie wusste gar nicht, wie wertvoll es ist. Oder sie hatte einfach niemanden, dem sie es sonst vererben konnte.«

»War sie eine Freundin von dir?«, wollte Giuliana wissen. »Nein, wir wohnten in ihrem Haus, und zuerst führte ich ihr nur den Haushalt und wurde dann so etwas wie ihre Gesellschafterin. Außer mir kam auch niemand mit der exzentrischen Frau aus, denn sie war launisch bis hin zur Boshaftigkeit. Aber …« – Sophia machte eine Pause und sah zum Atelier hinüber – »… sie tolerierte Mattia und mich als Paar.«

»War es … war es direkt nachdem du meinen Großvater verlassen hast?«, fragte Giuliana zögernd.

»Ja. Ich verließ Alessandro und zog zu Mattia in seine Dachwohnung in Trastevere, es war das Haus von Feodora. Drei Jahre später kamen wir hierher.«

Sie saßen beide in Schweigen versunken, bis Giuliana leise sagte: »Danke, Sophia, dass du es mir erzählt hast.«

Es war nur ein kleiner Teil der Vergangenheit, ein winziges Stück des Mosaiks, das Giuliana zusammensetzen wollte, doch war es nicht bereits ein guter Anfang?

*

In den nächsten zwei Tagen zog es Giuliana immer wieder in die Manufaktur. Sophia weihte sie in die »Geheimnisse der Entstehung des Pestos« ein, wie sie es mit einem Augenzwinkern nannte. Giuliana lernte auch, dass man Marmelade ständig umrühren musste, damit sie nicht anbrannte. Sie gestand den Frauen, dass sie außer Spaghetti noch nie etwas gekocht hatte, und die Frauen lachten und zwinkerten sich zu, versicherten ihr aber, sie würde gewiss rasch dazulernen.

Manchmal hob Giuliana den Kopf, und dann traf sich ihr Blick mit dem von Sophia. Ihre Großmutter verhielt sich ihr gegenüber abwartend, und auch Giuliana hatte es mit einem Gespräch nicht mehr so eilig. Was machten ein paar Tage schon aus? Plötzlich befürchtete sie, dass durch Fragen nach der Vergangenheit die zögernde Annäherung zwischen ihr und Sophia zerstört werden könnte.

Am nächsten Abend erzählte Sophia beim Essen, dass sie mit drei Frauen fortfahren müsse. »Und zwar noch heute Nacht, damit wir am frühen Morgen auf dem Markt in Arrezzo sind. Marta wird die Tage über hier sein und in der Kammer neben der Küche schlafen. Auch Ovide arbeitet jeden Tag im Garten, und dann ist ja auch noch Mattia da«, fügte Sophia nach kurzer Pause hinzu, »also bist du nicht allein. Wenn du willst«, fuhr sie fort, »kannst du mein altes Fahrrad nehmen. Im Obstgarten ist eine kleine Tür in der Mauer, sie führt direkt auf den Weg ins Dorf. Aber pass auf, zieh feste Schuhe an, hier gibt es Schlangen. Hast du welche dabei?«

»Nein, ehrlich gestanden, habe ich daran nicht gedacht.«

Sophia warf einen Blick auf Giulianas Füße, die in leichten, flachen Schuhen steckten.

»In dem Schrank am Eingang stehen mehrere Paar Schuhe, nimm dir welche, ich denke, wir haben die gleiche Größe.«

»Wie lange bleibt ihr fort?«, wollte Giuliana wissen.

»Zehn Tage. Ich wollte eigentlich nicht mehr auf die Märkte mitfahren, es wird mir zu viel. Leider muss ich aber kurzfristig für Emilia einspringen. Ich hoffe, es wird endgültig das letzte Mal sein.«

Bevor Sophia hinauf in ihr Zimmer ging, wandte sie sich noch einmal um. »Du bleibst doch noch, bis ich zurückkomme?«

Ohne zu zögern, antwortete Giuliana: »Aber natürlich, Sophia, ich bleibe hier.«

6

Alte Frauen in schwarzen Kleidern und mit Schultertüchern saßen vor ihren Häusern und steckten die Köpfe zusammen, als Giuliana auf dem Rad auf den stillen Dorfplatz fuhr. Giuliana blickte sich um; hinter einigen Fenstern bewegten sich die Vorhänge, und am Brunnen vor der Kirche spielten ein paar Kinder mit bunten Steinen.

Sie hielt an, stieg ab und schob ihr Rad über den Platz auf ein rot angestrichenes Haus zu, die *Panetteria Cortesi.* Direkt davor befand sich die Bushaltestelle der Nummer 154 nach Florenz.

Während sie ihr Rad an die Hauswand lehnte, erschien Maria Cortesi bereits in der offenen Tür.

»Schön, dass Sie mich besuchen«, sagte sie strahlend und wischte sich rasch die mehligen Hände an ihrer Schürze ab. »Kommen Sie, kommen Sie rein«, forderte sie Giuliana auf. »Ich dachte schon, Sie hätten mich vergessen oder wären schon wieder abgereist.«

Drinnen herrschte brütende Hitze, doch es duftete nach frischem Weißbrot und Kuchen. Ein halbwüchsiger Junge mit erhitztem Gesicht und weißer, gestärkter Haube auf dem Kopf tauchte neugierig aus der Backstube auf. Auch er strahlte Giuliana entgegen.

»Die Signorina aus Rom«, verkündete er, breit grinsend.

»Giuseppe, geh an die Arbeit«, schimpfte Maria, »du weißt, Signora Francini holt in zwei Stunden ihre Torte ab.« Giuseppe blieb jedoch ungerührt stehen, bis Maria ihn energisch in die Backstube schob und die Schiebetür zuzog.

»Setzen Sie sich, ich hoffe, Sie wollen meinen Nusskuchen probieren?«

Giuliana nickte freundlich und ließ sich an dem runden Marmortisch nieder. Sie wartete, bis Maria einen Teller vor sie hinstellte. Darauf lag ein flaches Kuchenstück aus Butterteig mit Birnen und einem dicken Belag aus Mandeln, Krokant und Nüssen.

»Und? Wie schmeckt er Ihnen? Es ist das Geheimrezept meiner Großmutter, davon habe ich Ihnen ja schon erzählt.« Erwartungsvoll zog Maria den zweiten Stuhl heran und setzte sich Giuliana gegenüber.

»Wunderbar«, erklärte Giuliana mit vollem Mund. »Führen Sie die Bäckerei allein?« Giuliana sah sich in dem Raum um, den die verglaste hohe Theke mit den Torten und Kuchen und Broten fast vollständig ausfüllte.

»Ja, und das schon seit zwei Jahren. Meine Großmutter hat sie mir vererbt.«

»Und das schaffen Sie?«

»Ich habe Giuseppe, als Lehrling. Einen Angestellten kann ich mir nicht leisten, nicht nur finanziell nicht. Sehen Sie die Frauen da drüben? Ich stehe unter ständiger Beobachtung, denn ich lebe allein, ohne den Schutz meiner Familie, und bin berufstätig. Das ist sehr schwer für mich. Eine unverheiratete Frau ist hier nichts wert. Manche dieser alten Frauen tuscheln sogar, ich hätte etwas mit Giuseppe. Aber das ist doch lächerlich, er ist fünfzehn.«

»Wo ist Ihre Familie? Lebt sie nicht hier?«

Maria schüttelte den Kopf. »Nachdem ich die *panetteria* geerbt hatte, gab es einen erbitterten Streit. Ich weiß, dass die Leute hier im Ort mich verurteilen, weil ich das

Erbe meiner Großmutter selbst angetreten habe und die *panetteria* nicht meinen Eltern überließ. Viele hier sind der Meinung, ich hätte ihnen nicht den gehörigen Respekt entgegengebracht und sie vertrieben. Sie sind nach San Gimignano gezogen, zu meinem Bruder.«

»Wann war das denn?«

»Vor zwei Jahren, kurz nach meinem einundzwanzigsten Geburtstag.«

Der heiße, stickige Raum nahm Giuliana fast die Luft zum Atmen. Plötzlich sehnte sie sich nach der frischen Luft und nach der *Casa Sophia* mit ihrem großen Garten.

»Ich muss leider zurück«, erklärte sie deshalb rasch. »Aber ich komme Sie jetzt öfter besuchen«, versprach sie noch, während Maria sie hinausbegleitete. Giuliana blickte sich noch einmal auf dem Platz um.

»Das große Haus dort, mit den Fahnen auf dem Dach, was ist das?« Sie zeigte auf ein imposantes Gebäude.

»Das ist unser Rathaus«, erklärte Maria, »und das gelbe Gebäude schräg dahinter, das ist die Schule. Sehen Sie das Schild über dem Eingang? Es ist neu. Unser Lehrer Benito Belgrado ist an der Front, und als Ersatz kam ein Pensionist aus Turin. Er hat es anbringen lassen. Ach ja, und wenn Sie zum Postamt wollen, biegen Sie hier rechts in die Hauptstraße ein. Aber jetzt muss ich zurück in die Backstube.«

Die beiden jungen Fauen verabschiedeten sich herzlich. Giuliana schob ihr Rad über den Platz und wieder vorbei an den alten Frauen, die ihr nachsahen und die Köpfe zusammensteckten. Vor der Schule blieb sie kurz stehen und las die Aufschrift auf dem Schild über dem Eingang: *»Unser Duce liebt die Kinder.«*

Giuliana überlegte kurz, ob sie an einer Schule unterrichten würde, die ihre Kinder mit faschistischer Propaganda erzog. Nein, entschied sie in Gedanken.

Ein wenig abseits gelegen entdeckte sie einen ausgetretenen Sandplatz, auf dem ein paar alte Männer Boccia spielten. Als Giuliana näher kam und ihnen kurz zusah, grinsten sie sie an, zogen die Mützen und hießen die »Signorina aus Rom« in ihrem einfachen Ort willkommen. Giuliana winkte ihnen lächelnd zu, setzte sich aufs Rad und bog schwungvoll in den Weg zur *Casa Sophia* ein. Dort angekommen, schob sie ihr Rad durch das Tor in der Mauer und lief durch den Kräutergarten und den Olivenhain bis vor das offene Fenster des Ateliers. Mattia stand mit dem Rücken zu ihr und warf mit einem breiten Pinsel lustlos Farben auf eine Leinwand, die vor ihm auf der Staffelei stand. Giuliana räusperte sich.

»Kommen Sie nur rein, wenn Sie möchten.« Er drehte sich halb zum Fenster um, und Giuliana lehnte das Rad an die Wand, während Mattia ihr die Tür öffnete. »Sie waren mit dem Rad unterwegs?«

Giuliana bejahte und sah sich neugierig um. An den Wänden des großen Raums hingen oder lehnten Bilder wie im Wohnhaus: Porträts, Landschaften oder abstrakte Kompositionen.

»Schauen Sie sich ruhig alles an«, forderte Mattia Giuliana auf. Er machte sie auf verschiedene Bilder aufmerksam. »Die hier stammen aus meiner ›Baumphase‹. Ich denke, es war meine beste Zeit. Ich habe sie alle hier gemalt, Vorbilder waren die Pinien, die Zypressen, die Olivenbäume. Und diese drei Porträts gehören zu einer Gruppe, von denen eines sogar in einem Berliner Museum hängt. Es muss ungefähr 1926 gewesen sein, als Sophia und ich nach Deutschland fuhren. Berlin war damals eine aufregende Stadt mit einer faszinierenden Künstlerszene. Der Kauf meines Bildes durch das Museum war sicher mein größter Erfolg.«

»Bis jetzt. Sie sind doch noch jung.«

Mattia zuckte die Achseln und zog gierig an seiner Zigarette. »Nett, dass Sie mich trösten wollen.«

»Darf ich?« Giuliana griff nach einem kleinen Gemälde. Es zeigte das Haus. Versteckt hinter den Zypressen, sah man direkt auf den Rundbogen der Eingangstür. Vor den schlanken, dunklen Bäumen standen blühende Mohnblumen und üppige rosa Oleanderstauden.

Sie war ganz in die Betrachtung versunken, doch dann spürte sie Mattias Blick. In dem Moment, als sie hochsah, wandte er sein Gesicht rasch ab.

»Wenn Sie möchten, schenke ich es Ihnen«, schlug er vor, »es bedeutet mir nicht viel. Sophia findet es übrigens ein wenig kitschig.«

»Das kann ich nicht annehmen«, wehrte Giuliana ab.

»Nun, dann lassen Sie es hier stehen und nehmen es mit, wenn Sie nach Rom zurückkehren. Wissen Sie schon, wie lange Sie bleiben werden?« Mattias Stimme klang gleichgültig, doch wieder sah er sie mit einem Blick an, der Giuliana verlegen machte.

»Ich weiß es noch nicht«, antwortete sie.

»Wartet in Rom jemand auf Sie?«

Giuliana schüttelte den Kopf. »Nein, ich lebe mit meiner Haushälterin zusammen, sie ist jetzt aber nach Frascati zu ihrer Familie gefahren, fürs Erste«, fügte Giuliana hinzu. »Man muss sehen, wie sich alles entwickelt.«

»Ich meinte, wartet ein Mann auf Sie?«

Als er Giulianas Verlegenheit bemerkte, lachte Mattia.

»Entschuldigen Sie, ich bin manchmal zu direkt, es geht mich ja nichts an.«

Da hörten sie Schritte auf dem Kies. Kurz darauf stellte sich Marta neugierig auf die Zehenspitzen und sah zum Fenster herein. Ihre flinken kleinen Augen wanderten zwischen den beiden hin und her, als sie Mattia und Giuliana zum Abendessen bat. Der Lammeintopf sei ihr heute besonders gut gelungen.

*

Sechs Tage war Sophia bereits unterwegs, und für Giuliana wurden die Besuche bei Mattia zur Gewohnheit, genauso wie ihre Fahrten ins Dorf zu Maria. Doch am meisten freute es sie, wenn morgens eine der Frauen an die Hintertür klopfte und sie um ihre Hilfe in der Manufaktur bat, da schon wieder zu wenig Mitarbeiterinnen gekommen seien.

Wenn Giuliana nachmittags zu Mattia ins Atelier ging, unterbrach er seine Arbeit, und sie unterhielten sich angeregt. Er freute sich über ihre Besuche und über ihr Interesse an seinen Bildern. Doch an diesem Nachmittag beschäftigte Giuliana etwas anderes.

»Machen Sie sich keine Sorgen um Sophia?«

»Warum?«

»Es gibt sicher Menschen, die versucht sind, den Lastwagen zu stehlen, jetzt, da alle Autos von der Regierung konfisziert wurden. Dadurch ist selbst ein alter Lkw wertvoll geworden.«

Mattia zuckte nur die Achseln. »Beatrice ist doch bei ihnen.«

»Und was bedeutet das?«

»Das bedeutet«, antwortete Mattia und zog an seiner Zigarette, »dass sie sicher sind. Beatrice ist bewaffnet, und sie kann kämpfen und schießen wie ein Mann.«

Giuliana reagierte erstaunt. »Wieso kann sie das? Wo hat sie das gelernt?«

»Ich weiß es nicht, aber sie kann es eben. Ich interessiere mich nicht für die Frauen von Sophia. Doch soweit ich gehört habe, hatte Beatrice eine wirklich furchtbare Kindheit. Ihr Stiefvater war gewalttätig, und als er eines Nachts ihre Mutter halb totschlug und anschließend auch auf sie losgehen wollte, erstach sie ihn mit einem Küchenmesser.«

»Das ist ja entsetzlich.« Giuliana war fassungslos. »Sie hat einen Mord begangen?«

»Es war Notwehr. Ihre Mutter starb an den Verletzungen, und Beatrice kam mit vierzehn Jahren zu Verwandten. Jetzt wohnt sie in einem Haus etwas abseits, sie hat es wohl geerbt. Die Leute meiden sie, nur Sophia nicht. Ich denke, niemand sonst hätte ihr eine Stelle angeboten. Beatrice würde ihr Leben für Sophia geben, wenn es sein müsste. Mir ist diese Frau unheimlich, wenn ich ehrlich bin.«

Mattia zündete sich eine neue Zigarette an und beobachtete Giuliana, die auf dem Stuhl saß und nachdenklich ihre Füße hin und her schob.

»Ich gehe dann mal«, sagte sie schließlich und erhob sich, »ich schaue noch in der Manufaktur vorbei.«

An der Tür drehte sie sich noch einmal um.

»Mir geht es genauso«, sagte sie langsam, »Beatrice hat etwas an sich, das Furcht einflößt.«

*

»Duce … Duce … Duce …« Aus rauhen Kehlen stieg der Ruf in den strahlend blauen Himmel und wurde zu Giuliana getragen, die bei glühender Hitze zum Dorf fuhr.

»… auf dem Feld der Ehre gefallen … Vaterland … für den Duce …«

Hielt ein Mann eine Rede, deren Bruchteile Giuliana entgegenschallten?

Giovinezza, giovinezza
Primavera di bellezza,
Nel Fascismo è la salvezza …

Das Lied schallte über den Platz.

Della nostra civiltà.
È per Benito Mussolini …
Eja … eja … alalà …

Und wieder: »Duce … Duce … Duce …«

Jetzt war Giuliana im Dorf angekommen. Erschrocken stieg sie vom Rad und blieb stehen. Wo war die idyllische Ruhe des Platzes, die feierliche Atmosphäre der Kirche mit ihrem Glockenturm, wo der Charme des alten Brunnens davor? Alles war völlig verändert. Es war fast unmöglich, den Platz zu überqueren, auf dem sich die Menschen bis zum Rathaus drängten. Davor war ein Podest aufgebaut, bedeckt mit der Fahne der faschistischen Partei. Zwei Männer standen darauf, einer von ihnen war Alfredo Casati, der Bürgermeister, der andere ein Mann in Uniform, immer noch den Arm zum Gruß erhoben. Hinter ihnen am Rathaus hing ein überlebensgroßes Porträt von Benito Mussolini.

Giuliana war eingekesselt zwischen Menschen, die auf das Rathaus zudrängten. Und immer wieder skandierten die Bewohner »Duce … Duce … Duce …« und hoben ihre Hand zum Gruß, dem überlebensgroßen Foto Mussolinis entgegen.

Giuliana geriet in Panik, boxte sich an den Rand der Menge zurück, wo sie stehen blieb und wartete, bis sich die Leute schließlich zerstreuten. Als die meisten gegangen waren, entdeckte Giuliana eine kleine Gruppe schwarzgekleideter Personen, die direkt unter dem Podest standen. Eine schluchzende Frau klammerte sich verzweifelt an einen Mann, der selbst mit den Tränen zu kämpfen schien.

»Was ist hier los?«, fragte Giuliana betroffen, als sie vor der *panetteria* auf Maria stieß, die an der Tür lehnte. »Was ist passiert?« Jetzt erst sah sie, dass auch Maria geweint hatte.

»Carlo Cavriargi, der Sohn von Paolo, ist gefallen. Am ersten Tag an der Front in Ostafrika. Da vorn, das sind seine Eltern und seine Schwester. Carlo und ich kannten uns schon als Kinder, er war so ein lustiger Kerl, immer für jeden Spaß zu haben. Unser Bürgermeister hat vorhin eine kleine Rede gehalten. Carlo sei auf dem Feld der Ehre und für sein Vaterland und den Duce gestorben. Aber eigentlich«, setzte Maria ihre Erzählung fort, »war nicht Carlo der Anlass für diese Veranstaltung, sondern heute stellte sich unser neuer Partei- und Polizeichef Manfredo Valli den Leuten vor. Er hat mit Säuberungsaktionen gedroht und betont, mit allen Mitteln gegen die Partisanen vorzugehen.«

»Welche Partisanen?«, fragte Giuliana verwundert.

Maria sah sich um.

»Kommen Sie rein«, flüsterte sie Giuliana zu und zog sie mit sich in die *panetteria.* »Hat Sophia Ihnen das nicht erzählt? Nun ja, es ist nur ein Gerücht. Irgendwo hier in den Weinbergen soll es ein Versteck der Partisanen geben. Man sagt auch« – Marias Stimme wurde fast unhörbar –, »eine Frau kämpfe mit, eine echte Partigiana. Aber ich weiß nichts davon«, fügte sie hastig hinzu. »Auch Sie müssen aufpassen!«

»Wieso? Ich habe doch nichts damit zu tun.«

»Aber Ihre Großmutter hat noch nie ein Hehl daraus gemacht, dass sie Gegnerin von Mussolini ist. Ich denke, viele Frauen arbeiten deswegen nicht mehr in der Manufaktur. Sie haben Angst, oder sie gehorchen ihren Männern, die es ihnen verbieten. Es ist besser, wenn man keinen Kontakt zu Regimegegnern hat.«

»Das wusste ich nicht.« Giuliana war tief betroffen.

»Der Platz heißt übrigens jetzt nicht mehr Piazza Centrale, sondern Piazza Benito Mussolini«, erzählte Maria noch, bevor sich Giuliana wieder auf den Weg nach Hause machte und Maria zu ihrem Hefeteig in die Backstube zurückkehrte.

*

Giuliana schob ihr Rad. Immer wieder blieb sie stehen, doch heute hatte sie keinen Blick übrig für blühenden Ginster, die Schönheit der sanften Hügel und der fernen Weinberge.

Wie schon in den vergangenen Tagen ergriff sie auch jetzt wieder tiefe Unruhe und Sorge um Sophia, die irgendwo mit einem alten Lastwagen durch die Gegend fuhr, um auf Märkten ihre Delikatessen zu verkaufen.

Drohte ihr Gefahr? Oder hatte Maria übertrieben?

Giuliana hoffte, dass alles gutging und die Frauen wohlbehalten am nächsten Tag zurückkamen.

An der *Casa Sophia* angekommen, lehnte Giuliana ihr Rad an die Mauer des Ateliers. Auch an diesem Tag erwartete Mattia sie bereits und bot ihr eine kühle Limonade an. Doch er blieb einsilbig, und so erzählte sie ihm von der Versammlung auf dem Platz, der von nun an Piazza Benito Mussolini hieß.

»Der arme Carlo«, bedauerte sie aus tiefstem Herzen.

»Er wird nicht der Einzige bleiben, der den ›Heldentod‹ stirbt. Es ist Krieg, Giuliana, nur haben wir es noch nicht wirklich verstanden.«

Mit einer heftigen Bewegung griff Mattia nach der halbvollen Weinflasche und goss sich ein Glas ein. Schweigend setzte er sich auf seinen Hocker und wandte ihr den Rücken zu.

»Maria hat behauptet, Sophia liefen die Frauen in der Manufaktur fort, weil sie sich offen gegen Mussolini ausspricht. Stimmt das?«

Mattia drehte sich langsam wieder zu ihr um.

»Fragen Sie Sophia selbst. Sie scheut vor keiner Antwort zurück, glauben Sie mir.«

»Ja, das werde ich machen. Also, ich gehe dann«, sagte Giuliana zögernd und ging langsam zur Tür.

»Entschuldigung«, murmelte Mattia mit abgewandtem Gesicht, »aber mir geht es heute einfach nicht so gut.«

»Natürlich. Wenn ich Ihnen irgendwie helfen kann …«

»Danke, aber es gibt Dinge, mit denen muss man allein fertig werden.« Während er sprach, wandte er sich ihr wieder zu und sah Giuliana mit diesem Blick an, der sie verlegen machte.

»Also, bis später dann, wir sehen uns beim Abendessen.« Hastig verließ sie das Atelier.

Sie setzte sich unter die Pinie, die mit ihrer schirmförmigen Krone kühlen Schatten spendete, und beobachtete zerstreut Fiona, die aus der Manufaktur kam, ihr kurz zuwinkte und zum Haus hinüberging. Inzwischen wusste Giuliana, dass ihr Mann vor fünf Jahren im Abessinien-Feldzug gefallen war. Damals war Fiona zweiunddreißig Jahre alt. Sie war schwanger gewesen und hatte durch den Schock ihr erstes und einziges Kind verloren.

Kurz darauf kam Fiona mit einem Tablett wieder zurück und stellte es vor Giuliana auf den Tisch.

»Ich mache eine Pause«, erklärte sie, »und als ich Sie hier sitzen sah, dachte ich, ein Kaffee würde Ihnen auch guttun.«

»Danke.« Giuliana freute sich über die Gesellschaft der jungen Frau, und während sie ihren Kaffee tranken, erzählte sie Fiona von den Ereignissen im Dorf. Doch sie war nicht richtig bei der Sache und schaute immer wieder zum Atelier hinüber. Warum ging es Mattia heute nicht gut? War der Grund dafür seine berufliche Krise oder seine Beziehung zu Sophia?

Spontan wandte sie sich an Fiona.

»Wie war das eigentlich, als meine Großmutter und Mattia hier ankamen?«

Fiona lachte auf und erzählte bereitwillig: »Das ist ungefähr siebzehn Jahre her. Und es war schlichtweg *die* Sensation. Ich war gerade zwanzig geworden und hatte ein Jahr zuvor geheiratet. Zuerst hörten wir nur, dass eine Signora aus Rom mit ihrem Sohn angekommen sei und das Anwesen hier übernommen hätte.«

Fiona drehte die Tasse in ihrer Hand, bevor sie weitersprach.

»Das Anwesen wurde hergerichtet. Im Atelier hat Sophia für Mattia sogar ein Bad einbauen lassen. Dann engagierte sie Marta und Ovide für Haushalt und Garten. Von ihnen erfuhren wir, dass sie ein Liebespaar waren, sich oft küssten, viel lachten und sehr zärtlich miteinander umgingen. Wochenlang wurde im Ort von nichts anderem gesprochen. Gerade die Männer zeigten sich empört. Eine alte Frau, wie sie Sophia nannten, und ein so junger Mann? Was brachten diese Städter für unmoralische Sitten in unsere Provinz?

Dann hieß es, die beiden seien öfter verreist, der junge Mann sei Maler. Da waren zwar schon drei oder vier Jahre vergangen, doch die Leute hatten sich immer noch nicht beruhigt. Marta und Ovide blieben damals ihre einzigen Kontaktpersonen, die beiden brauchten dringend Geld, mussten sich aber oft im Ort Vorwürfe gefallen lassen, dass sie für ›diese Leute‹ arbeiteten. Wenn ich daran denke, Giuliana«, fuhr Fiona mit ihrer Erzählung fort, »damals hat sogar Monsignore Julianus, der Vorgänger unseres jetzigen Pfarrers, von der Kanzel gewettert, dieses Paar lebe in Sünde, gegen die Natur des Menschen und ohne Gott. Sie brächten lockere Sitten in den Ort, und man müsse sie meiden. Gott wolle es so.«

»Und dann?«

»Dann kam die nächste Sensation. Sophia Fabiani hatte eine Firma gegründet und verkaufte Delikatessen wie Olivenpesto an namhafte Geschäfte und Restaurants. Marta erzählte es allen. Als Sophia so erfolgreich wurde, dass sie dringend Mitarbeiterinnen suchte, hängte sie im Ort Zettel auf. Aber unsere Männer rissen sie wieder ab und verboten ihren Frauen, sich bei Sophia zu melden. Doch als Erste kam Marcella, die Frau unseres Bürgermeisters, zu Sophia. Ihr Mann konnte ihr nichts verbieten, denn er hatte schon damals eine Geliebte, also gab er nach. Das wussten wir natürlich alle. Durch Marcella wurde der Bann gebrochen, andere Frauen bewarben sich bei Sophia, unter anderem auch ich und Leontina. Sie hat drei Töchter, und ihr Mann ist mit seinem Weingut nicht sehr erfolgreich, also gab er nach, da sie das Geld brauchten.«

Fiona stellte ihre Tasse auf das Tablett zurück. »Meine Pause ist zu Ende, also lassen Sie mich nur noch schnell sagen, wie sehr wir Ihre Großmutter bewundern. Aber ich denke, das wissen Sie bereits. Sie hat uns so viel beigebracht! Sophia erklärte uns, dass wir Rechte haben, zum Beispiel das Recht, *nein* zu unseren Männern zu sagen, das Recht, über unseren Körper zu bestimmen. Zu unserem großen Idol wurde Sophia aber erst, als sie einen Streik der Arbeiterinnen aus der Konservenfabrik im Nachbarort organisierte. Diese mussten unter menschenunwürdigen Bedingungen arbeiten und bekamen oft keinen Lohn. Sophia kämpfte für sie, und dem Besitzer blieb nichts anderes übrig, als auf die Forderungen der Frauen einzugehen. Seit dieser Zeit bewundern wir alle Sophia.«

Fiona erhob sich rasch und ging nach einem kurzen Gruß zurück in die Manufaktur.

Giuliana aber saß noch lange am Tisch. Sophia hatte für die Fabrikarbeiterinnen gekämpft – sie half den Frauen, wann immer sie von ihnen gebraucht wurde, doch die eigene Tochter hatte sie im Stich gelassen. Giuliana konnte das einfach nicht vergessen. Langsam erhob sie sich, griff nach dem Tablett und ging zum Haus.

7

Mattia schenkte sich Wein nach. Er trank zu viel, das wusste er, doch dass Sophia ihn, wenn sie da war, deshalb ständig gängelte, ihn warnte, er ruiniere seine Gesundheit, ging ihm auf die Nerven. Er war nicht ihr Sohn, verdammt noch mal, er war ihr Mann. Oder auch das nicht mehr?

Hastig trank er das Glas fast aus, stellte es ab und griff nach einem Brief, den er bereits vor einem Monat erhalten hatte. Er stammte von dem Galeristen Leonardo aus Florenz. Seit drei Jahren hatten sie keinen Kontakt mehr gehabt, doch jetzt fragte Leonardo nach, ob Mattia nicht ein paar Gemälde für ihn hätte.

»Wie geht es dir, Mattia, warum kommst Du nicht in die Galerie, so wie früher?«, fragte Leonardo in seinem Brief. Jeden Donnerstag war Mattia nach Florenz zu ihm gefahren, und sie hatten stundenlang inspirierende Gespräche geführt. Doch dann hatte Mattia die Besuche eingestellt. Er konnte nicht zugeben, wie wenig er nur noch zustande brachte. Er fuhr auch nicht mehr nach Mailand, in die Galerie al Duomo, in der er früher viele Bilder verkauft hatte.

Bis vor einigen Jahren war sein Leben interessant gewesen, doch dann hatte er sich nach und nach zurückgezogen. Mattia fühlte sich leer und ausgebrannt.

Er wandte sich vom Tisch ab und sah durchs Fenster, hinüber zu Giuliana, die allein unter dem Pinienbaum saß. Sie war offenbar tief in Gedanken und spürte nicht, dass er sie beobachtete. Sie war so jung und natürlich und hatte keine Ahnung, wie stark die Wirkung ihrer Schönheit war. Gerade das Unbewusste in ihren Bewegungen und in ihrem Lächeln zog ihn unwiderstehlich an.

War er verliebt in sie? Mattia verneinte rasch die Frage, aber er war besessen von ihr, er musste sie malen: das Gesicht mit den hohen Wangenknochen, die Augen, die im Sonnenlicht schimmerten wie dunkle Bernsteine, den vollen Mund und das rötliche Haar, von einer Art, die schon Botticelli und Tizian zu ihren unsterblichen Werken inspiriert hatte.

Mit Hilfe dieser jungen Frau würde er seine Krise überwinden. Er war sich sicher. Ein, zwei Porträts wollte er von ihr malen. Er hatte sie noch nicht gefragt, denn es war bestimmt klug, vorher mit Sophia darüber zu sprechen. Würde es sie verletzen, dass er ihre junge, schöne Enkelin malen wollte? Sophia war so sensibel geworden, sie sehnte sich nach seiner Bestätigung, dass sie immer noch eine schöne Frau war.

Aber konnte er ihr diese Bestätigung geben? Sie war noch attraktiv, aber auch noch für ihn?

Jetzt spürte Giuliana seinen Blick. Sie erhob sich rasch, winkte ihm kurz zu und ging mit dem Tablett hinüber zum Wohnhaus. Er sah ihr nach, bis sie hinter den Zypressen verschwunden war.

Sophia verstand ihn nicht. Glaubte sie wirklich, dass ihm ihre Gesellschaft noch genug war, so wie in den ersten Jahren, als sie nur sich selbst brauchten, als ihre Liebe zum Leben ausreichte?

Früher war er schon mal in den Ort geradelt und hatte sich in die Bar gesetzt, um die Zeitung zu lesen und einen Espresso zu trinken. Doch dann spürte er die leichte Verachtung der Männer und war sich sicher, sie spotteten über ihn, den erfolglosen Maler, der sich von einer älteren

Frau aushalten ließ. So hatte er bald auch diese liebgewonnene Gewohnheit aufgegeben.

Sophia hatte geahnt, warum er nicht mehr in den Ort fuhr, hatte aber nur darüber gelacht, ihn geküsst und war ihm zärtlich durch die Haare gefahren. Wir haben uns, hatte sie gesagt, und das ist die Hauptsache …

Wir haben uns … Nein, Sophia, das reicht nicht mehr, ich will so nicht mehr weitermachen. Ich *kann* so nicht weitermachen. Sophia, verstehe mich …

Mit zitternder Hand hob er sein Glas.

*

Am nächsten Tag fuhr Giuliana abermals ins Dorf. Das große Porträt des Duce schmückte immer noch die Fassade des Rathauses. Sie bog in die Via Centrale ein, die seit dem Vortag Via Benito Mussolini hieß, und fuhr direkt zum Postamt am Ende der Straße. Nachdem sie ihren Brief an Paula aufgegeben hatte, schob sie das Rad zurück zur Piazza, vorbei am Gemüsegeschäft, dem Metzger mit den opulenten Schinken im Schaufenster, der Tabaccheria und der kleinen Bar. Davor saßen ältere Männer, lasen ihre Zeitung und tranken Espresso.

Zurück auf dem Platz, schaute Giuliana noch rasch bei Maria hinein.

»Wollen Sie ein Stück Nusskuchen?«, bot diese ihr an, doch Giuliana lehnte ab. »Danke, ich habe keinen Hunger, das macht sicher die Hitze.«

Maria hörte ihr gar nicht zu. Sie schob die Gardine am Schaufenster vorsichtig zur Seite und sah hinaus.

»Sehen Sie die Frau da drüben? Es ist Ricarda, die Frau des alten Rechtsanwalts, sie betrügt ihren Mann.«

»Woher wissen Sie das?«

»Weil ich sie beobachtet habe. Vorgestern bin ich ihr heimlich gefolgt, als sie zu dem kleinen Bach hinunterging, und dort hat sie sich mit Ermano getroffen, unserem Vizebürgermeister. Sie küssten sich.«

»Ich denke, das geht niemanden etwas an«, antwortete Giuliana ablehnend.

»Doch, natürlich, man muss wissen, was im Ort passiert.«

Giuliana schüttelte nur stumm den Kopf und verabschiedete sich rasch.

Während sie nach Hause radelte, überlegte sie, warum sich Maria so sehr für das Leben anderer Leute interessierte, dass sie ihnen sogar nachschlich und sie beobachtete. War ihr eigenes Leben zu leer?

Zu Hause sprang Giuliana vom Fahrrad und lehnte es an die Hauswand. Sie war hergekommen, um Genaueres über die Vergangenheit ihrer Familie zu erfahren und nach ein paar Tagen wieder abzufahren. Aber jetzt gefiel es ihr hier von Tag zu Tag besser. Die Besuche im Dorf, die Arbeit in der Manufaktur, das große Anwesen *Casa Sophia* … Sie fing an, sich hier zu Hause zu fühlen.

Doch wie sollte es weitergehen?

*

»Ich habe schon auf Sie gewartet«, empfing Mattia Giuliana, als sie das Atelier betrat. »Sie kommen heute sehr spät.« Giuliana bemerkte die leere Weinflasche auf dem Tisch, daneben ein halbvolles Glas. Eine innere Stimme warnte Giuliana. Doch sie spürte, dass Mattia unglücklich war, daher blieb sie. Vielleicht konnte sie irgendetwas

Tröstliches sagen, das ihn aufmunterte und vom Trinken abhielt.

»Es tut mir leid, heute habe ich keine Limonade für Sie. Möchten Sie ein Glas Wein?«

Giuliana lehnte mit einem Kopfschütteln ab. »Nein danke, ich habe auch nicht viel Zeit, heute Abend kommt ja Sophia zurück. Marta ist schon weg, und ich will einen Gemüseeintopf kochen.«

»Ich … ich möchte Sie … malen«, begann Mattia, der sie nicht aus den Augen ließ. Er leerte hastig sein Glas, doch als er es auf den Tisch zurückstellen wollte, zitterte seine Hand so sehr, dass es auf den Boden fiel und zerbrach. Mattia kümmerte sich nicht um die Scherben und griff nach einem Zeichenblock. »Ich skizziere zuerst«, erklärte er.

»Ich denke, ich gehe jetzt, weil ich mit dem Gemüseeintopf …« Mit diesen Worten ging Giuliana auf die Tür zu, verstummte jedoch abrupt, denn Mattia stellte sich ihr in den Weg und ließ sie nicht vorbei. Giuliana stand dicht vor ihm, ihre Gesichter berührten sich fast, und dann küsste Mattia sie auf die Wange, ein keuscher Kuss, nichts weiter. Gleich darauf jedoch bewegte er seinen Kopf leicht und küsste sie auf den Mund. Giuliana erstarrte. Sie wollte fort, aber sie konnte sich nicht rühren, denn Mattia hatte seinen rechten Arm plötzlich ganz fest um ihre Taille gelegt und presste sie an sich. Sie versuchte, ihren Kopf fortzudrehen, und dann spürte sie seine Hand, die in den kleinen Ausschnitt ihrer Bluse glitt und ihre Brüste streichelte.

Jetzt kam Leben in Giuliana.

»Sind Sie verrückt geworden?«, keuchte sie atemlos und befreite sich mit aller Macht aus seinem festen Griff, lief zur Tür und stürmte hinaus. Bei den Zypressen blieb sie stehen, atmete tief durch und ordnete ihre Haare. Dann rannte sie weiter bis zum Haus, durch die Hintertür in die Küche und hinauf in ihr Zimmer. Sie stürzte ans Waschbecken und spülte sich den Mund aus, der heute zum ersten Mal geküsst worden war. Von dem Mann, der zu ihrer Großmutter gehörte und den Sophia liebte.

Sie musste sofort abreisen, zurück nach Rom. Aber sollte sie zuvor Sophia von Mattias Übergriff erzählen? Mattia war betrunken gewesen, und er hatte ihre Brüste berührt.

Oder war sie etwa selbst schuld, hatte sie ihn provoziert? Ihr Großvater hatte ihr immer eindringlich ein züchtiges Benehmen ans Herz gelegt.

»Du bist ein schönes Mädchen, du musst den Männern zurückhaltend begegnen. Wie leicht kann man dich sonst für eine *puttana* halten.« Giuliana hatte darüber nur den Kopf geschüttelt, ihr Großvater war eben noch alten Vorstellungen verhaftet, die heute nicht mehr galten. Aber jetzt war sie sich nicht mehr so sicher. Offenbar hatte Mattia ihre täglichen Besuche gründlich missverstanden. Wie konnte sie nur so naiv gewesen sein?

8

Sophia kam erst in der Nacht zurück, und als Giuliana am nächsten Morgen die Küche betrat, war sie erleichtert, dass Mattia bereits das Haus verlassen hatte.

»Marta hat mir schon erzählt, dass Carlo Cavriargi gefallen ist«, sagte Sophia nach einer herzlichen Begrüßung bedauernd. Marta und sie unterhielten sich noch einen Moment über die Familie Cavriargi, bis Marta erklärte, sie helfe jetzt Ovide hinten im Garten, und die Küche durch die Hintertür verließ.

»Wie war es auf den Märkten?«, fragte Giuliana nach einer kleinen Pause.

»Wir haben gut verkauft. Beatrice aber hat die ganze Zeit den Lastwagen bewacht, sie schlief sogar nachts im Führerhäuschen. Ich glaube, er wäre uns sonst vor unseren Augen gestohlen worden.«

Sophia sah schlecht aus, sie war blass, und tiefe Ringe zeichneten sich unter ihren Augen ab. Die Anstrengungen dieser zehn Tage hatten ihre Spuren hinterlassen.

Giuliana schwieg und brach ein Stück Weißbrot ab. Sie hatte Sophia gegenüber ein schlechtes Gewissen, wusste aber im Grunde nicht, warum. Sie hatte nichts Unrechtes getan. Es war Mattia, der sie belästigt hatte. Aber blieb nicht das Resultat das gleiche? Sophia war hintergangen worden. Und vielleicht hatte sie ihn doch provoziert und trug ebenfalls Schuld.

»Nun erzähl mir mal, was noch so los war.« Sophia musste ihre Frage wiederholen, bevor Giuliana aus ihren Gedanken hochfuhr. »Von der Versammlung mit Manfredo Valli hat mir Marta übrigens schon in allen Details berichtet«, setzte Sophia noch hinzu.

»Ich war jeden Tag bei Maria«, fing Giuliana zögernd an. »Sie meinte, dass viele Frauen der Manufaktur fernbleiben, weil du dich zu offen gegen Mussolini aussprichst. Sie haben Angst vor Konsequenzen.«

Sophia stellte ihre Tasse so heftig ab, dass es klirrte. »Kann sich Maria nicht endlich einmal nur um ihr eigenes Leben kümmern?« Sie war wütend, doch dann atmete sie tief durch und sprach in ruhigem Ton weiter. »Ich habe dir gesagt, dass es drei feste Mitarbeiterinnen gibt, Fiona, Marcella und Leontina. Die anderen fünfzehn wechseln sich ab. Viele junge Frauen, die zu Hause Landwirtschaft betreiben, müssen ihre Männer jetzt ersetzen, das weißt du bereits. Es gibt auch sicher welche, die wegbleiben, weil sie Angst haben. Ich akzeptiere das.

Ich bin kein politischer Mensch, Giuliana, aber ich habe mich immer gegen den Faschismus ausgesprochen, egal, in welchem Land er sich zeigt. Deutschland, Italien, wo auch immer. Und das werde ich weiterhin tun, daran kann mich auch ein Manfredo Valli nicht hindern.«

»Aber es ist gefährlich.«

Sophia lachte auf. »Ach was, ich bin eine alte Frau, die ihren Mund nicht halten kann.« Damit beendete sie das Thema. »Ich war heute früh schon drüben und habe gehört, dass Marcella krank ist«, fuhr sie fort. »Ich will am Nachmittag in den Ort fahren und sie besuchen. Es wäre schön, wenn du währenddessen in der Manufaktur helfen könntest, es sind nur drei Frauen da.«

»Natürlich«, versicherte Giuliana ihr rasch, »das mache ich gern.«

*

Am nächsten Nachmittag kniete Giuliana auf dem Boden und pumpte mit einem quietschenden Geräusch die Reifen des Fahrrads auf. Plötzlich stand Mattia hinter ihr.

»Ich möchte Sie um Entschuldigung bitten«, fing er unsicher an, »können Sie mir verzeihen? Ich habe mich wirklich schlecht benommen. Aber vielleicht lassen Sie als Grund dafür gelten, dass ich betrunken war.«

Giuliana richtete sich langsam auf. »Sie müssen mit Sophia sprechen, *sie* muss Ihnen verzeihen. Und das sollten Sie möglichst bald tun, denn durch jeden Tag, den Sie warten, bekommt Ihr Geständnis mehr Gewicht.«

Giuliana klemmte die Luftpumpe wieder ans Rad und schob es in Richtung des Olivenhains.

»Ich werde von hier fortgehen«, sagte Mattia plötzlich, der ihr gefolgt war. »Ich habe endlich die Kraft, es zu tun.«

Erschrocken blieb Giuliana stehen. »Meinetwegen?«

»Nein. Aber ich muss gehen. Und ich werde heute Abend mit Sophia sprechen. Den Kuss werde ich nicht erwähnen.«

»Sie wollen es ihr verschweigen?«

»Ich möchte Sophia nicht noch mehr verletzen Und letztendlich hatte das, was passiert ist, ja keine Bedeutung. Wenn Sie es ihr sagen, dann hat es auch für Sie Folgen. Es wird immer zwischen Ihnen und Sophia stehen und Ihre neue Beziehung sehr erschweren. Bitte denken Sie daran. Ich kann Sie nicht hindern, es Sophia zu erzählen, ich kann Sie nur bitten, es nicht zu tun. Vor allem Sophia zuliebe.«

Giuliana spielte abwesend mit der Fahrradklingel. Mattia klang sehr überzeugend. Warum Sophia noch mehr verletzen? Heute Abend würde Mattia sie verlassen, und Giuliana empfand jetzt schon tiefes Mitleid mit ihr.

»Wohin werden Sie gehen?«, fragte sie nach einer Pause.

Mattia zuckte mit den Schultern. »Ich weiß nicht, irgendwohin. Ich habe noch Ersparnisse, eigenes Geld«, fügte er ein wenig ironisch hinzu. »Erst einmal nach Florenz, dann werde ich weitersehen.«

Er streckte Giuliana seine Hand hin. »Ciao, und bitte verzeihen Sie mir.«

»Also werden wir uns nicht mehr sehen?«, fragte sie, als sie seine Hand nahm und er sie fest drückte.

»Ich denke nicht, es ist besser so.«

Stumm sahen sie sich an. »Ich werde die Nachmittage mit Ihnen vermissen«, sagte Mattia dann. »Sie haben mir das Gefühl gegeben, noch eine künstlerische Zukunft zu haben, und dafür danke ich Ihnen.«

Giuliana spürte, wie ihr die Röte ins Gesicht stieg. »Ja«, antwortete sie verlegen, »ich fand unsere Gespräche auch sehr schön, ich werde sie ebenfalls vermissen. Schade, dass es so gekommen ist.«

»Ja, schade. Also, noch einmal … Ciao und alles Gute.«

»Danke, Mattia, Ihnen auch.«

Mattia wandte sich rasch ab, und Giuliana sah ihm nach, wie er mit schnellen Schritten zum Atelier lief. Er hatte eine Entscheidung getroffen, und das schien ihm neue Energie zu geben.

Langsam schob Giuliana das Rad auf den Weg und schwang sich in den Sattel. Sie sah nicht zurück, sondern fuhr ohne Ziel drauflos. Sie dachte nicht an Sophias Warnung, nicht über einsame Wege zu fahren, sondern radelte immer weiter, vorbei an halb zerfallenen Häusern, an Zypressen und Pinien. Sie fuhr schnell und atmete tief die warme Luft des Nachmittags ein, horchte, hörte das Bellen eines Hundes in der Ferne und fuhr immer weiter, an dem Mohnfeld vorbei, bis zu den Hügeln und Weinbergen, die sie von ihrem Fenster aus gesehen hatte. Auf der schmalen Straße kam ihr ein junger Mann entgegen, ebenfalls auf einem Rad, der sie anlachte, tief seine Mütze zog und zur Begrüßung seine Klingel scheppern ließ, ein Geräusch, das noch nachhallte, auch als er längst schon verschwunden war.

Wie schön das Land war und wie friedlich es schien! Giuliana dachte an den jungen Carlo und die vielen anderen Männer, die auf dem Feld der Ehre für den Duce sterben mussten. Wie sollte es bloß weitergehen? Mit Italien, mit ihr, mit ihrer Großmutter, der einzigen Verbindung zu ihrer eigenen Vergangenheit?

Bevor Sophia abfuhr, hatte es zwischen ihnen eine behutsame Annäherung gegeben. Hatte Mattia recht, dass sie diese Annäherung mit einem Geständnis über den Kuss zerstören würde? War es überhaupt noch wichtig, jetzt, da Mattia ging?

Er war der Mann, von dem sie ihren ersten Kuss bekommen hatte … Sie war entsetzt gewesen, weil er zu Sophia gehörte und weil er betrunken gewesen war. Wie schön aber musste es sein, von einem Mann geküsst zu werden, den man liebte! Würde sie jemals die Liebe erleben?

Als Giuliana schließlich umdrehte und langsam zurück zur *Casa Sophia* fuhr, fühlte sie sich einsamer als jemals zuvor.

In der *Casa* ging sie in die Küche und goss sich ein Glas Wasser ein. Kurz darauf kam Sophia und ließ sich auf einen Stuhl fallen.

»Marcella wird für ein paar Wochen ausfallen. Sie hat

eine Angina. Ich weiß nicht, wie es ohne sie gehen soll. Marcella bearbeitet die Aufträge und macht die gesamte Post, verwaltet die Einteilung der Arbeiterinnen und diese ganzen Dinge, für die ich überhaupt kein Händchen habe.«

»Ich könnte das übernehmen«, antwortete Giuliana zögernd.

»Das freut mich.« Sophia sah sie liebevoll und abwesend zugleich an. »Danke, das wäre eine große Hilfe. Aber überlege es dir, bevor du dich endgültig entscheidest.«

Sophia war nervös, und Giuliana spürte es.

Heute Abend würde Mattia mit ihr reden. Sophia stand eine der schwersten Stunden ihres Lebens bevor. Sollte sie ihr einen Wink geben, sie warnen?

Doch dann verwarf Giuliana diesen Gedanken wieder. Sie durfte sich nicht einmischen. Aber sie griff spontan nach Sophias Hand und drückte sie fest. »Ich werde dir helfen«, versprach sie.

Sophia dankte ihr mit einem zerstreuten Lächeln. Dann erhob sie sich und verließ die Küche. Auch Giuliana stand auf und sah ihr nach.

Ihre Großmutter ging aufrecht und schnell, ihr weiter, altmodischer Rock wehte ihr um die Beine, und an den Füßen trug sie bequeme Halbschuhe.

*

Mattia hatte Sophia um ein Gespräch gebeten. Als sie das Atelier betrat, erhob er sich sofort, griff nach ihrer Hand und legte seine Wange dagegen. Lange verharrten sie so und lauschten dem Gesang der Zikaden.

»Komm, lass uns nach draußen gehen«, schlug Sophia

mit brüchiger Stimme vor. Zusammen verließen sie das Atelier, gingen schweigend bis zum Tor und hinaus auf den Weg. Irgendwann griff Mattia wieder nach Sophias Hand. Von der Seite beobachtete Sophia ihn, sein Gesicht, so vertraut, geliebt und jetzt für immer verloren. Denn Sophia ahnte, warum er sie sprechen wollte. Die Entfremdung zwischen ihnen war in den vergangenen Monaten allzu deutlich zu spüren gewesen.

Sie fröstelte, und ihr Magen krampfte sich zusammen. Jetzt war die Stunde da, vor der sie sich immer gefürchtet hatte. In dem Moment drückte Mattia fest ihre Hand.

»Du willst gehen, nicht wahr?« Sophia konnte die Ungewissheit nicht mehr ertragen. »Ist es Giuliana, hast du dich in sie verliebt?«

Mattia schüttelte den Kopf. »Wie kommst du darauf?«

»Nun, sie ist jung, sie ist schön. Sie hat dich jeden Tag besucht, wie mir Marta erzählt hat. Welcher Mann kann schon der Verführung der Jugend, glatter Haut und einem straffen Körper widerstehen? Ich war ja bereits achtundvierzig, als wir uns damals begegnet sind. – Ich war schon alt«, fügte Sophia nach einer Pause mit Bitterkeit hinzu.

»Unsinn, du warst jung und schön ...« Mattia hielt inne, und Sophia wusste, dass er den Satz schon in dem Moment bereute, als er ihn aussprach.

»Ja«, antwortete sie langsam, »ja, ich *war* schön, du hast es gesagt. Jetzt bin ich eine alte Frau.« Sie vermochte nicht weiterzusprechen, blieb stehen und entzog ihm ihre Hand. Sie spürte, dass in diesem einen Satz bereits die ganze Wahrheit für seine Zukunft lag. Seine Zukunft ohne sie.

»Ich habe immer gewusst, dass es einmal so kommen

wird. So kommen *muss.*« Sophia versuchte, ihrer Stimme einen festen Klang zu geben, sie wollte kein Mitleid, sie wollte seine Liebe, und wenn sie seine Liebe nicht mehr bekam, wollte sie, dass er ging.

Bevor er antworten konnte, sprach sie weiter, damit er nicht Dinge sagte, die sie noch mehr verletzen würden. »Ich will nichts hören über gegenseitige Achtung, über die Erinnerung an unsere Liebe, bitte sag so etwas nicht. Und biete mir nicht Freundschaft statt Liebe an. Auch das will ich nicht, das könnte ich nicht ertragen.«

Doch Mattia blieb stumm und sah nur hinauf in den Himmel, an dem die Sterne funkelten.

»Heute ist der Tag gekommen.« Sophias Stimme war nur noch ein Flüstern.

»Welcher Tag?«

»Der Tag, an dem ich dich gehen lassen muss, an dem ich dich loslassen werde.«

Mattia widersprach nicht, er umarmte sie nicht, und er versicherte auch nicht, dass er sie doch liebe, nur sie. Und da erkannte sie mit ganzer Klarheit, er hatte sich entschieden, jede Hoffnung war unsinnig.

Sie spürte, wie sich jeder Muskel schmerzhaft zusammenzog, als sie auf seine Antwort wartete.

»Ja, Sophia.« Seine Stimme klang fest und entschlossen. »Ich werde weggehen.«

»Wohin, Mattia, wohin willst du gehen?« Sophias Wunsch, in diesem gefürchteten Moment souverän bleiben zu können, erfüllte sich nicht. Sie begann zu schluchzen und umklammerte seinen Oberkörper. Doch Mattia löste sich vorsichtig und wandte sich von ihr ab. Er konnte ihre Tränen nicht sehen und ihren Kummer nicht ertragen.

»Ich weiß es noch nicht, ich habe keine Ahnung.«

Wieder umarmte sie ihn.

Er befreite sich erneut aus Sophias verzweifeltem Griff, und dann gingen sie schweigend den Weg zurück, stießen das Tor auf und durchquerten den Olivenhain. Zwischen den Zypressen blieb Mattia stehen.

»Ich schlafe heute Nacht im Atelier, ich denke, es ist besser so.«

Aber er ging nicht, er zögerte, und da legte Sophia den Kopf an seine Schulter wie so oft in den Jahren ihres Zusammenlebens. Sie atmete seinen vertrauten Geruch ein und spürte seine Haare an ihren Wangen.

Doch dann löste er sich, drehte sich um und verschwand, nur noch ein Schatten, der sich in der Dunkelheit aufzulösen schien.

*

In jener Nacht sehnte sich Sophia nach ihm, schmerzvoller als jemals zuvor. Sie hatten sich schon lange nicht mehr geliebt. Trotzdem wartete sie auf ihn und wusste doch, dass es vergeblich war. Sie horchte nach unten, aber es blieb still. Mattia kam nicht.

Bevor die Sonne aufging, erhob sie sich und zog ihr schönstes Kleid an. Es war altmodisch im Schnitt, aber es hatte ihr immer sehr gut gestanden, und es gefiel Mattia. Es hatte die langgezogene Taille der Mode der 1920er Jahre und einen schmalen, wadenlangen Rock, der oberhalb des Knies in Falten aufsprang. Sie hatte es vor zwölf Jahren in Florenz gekauft und es nur selten getragen. Sophia hatte nie Wert auf Eleganz gelegt.

Sophia bürstete sich rasch die Haare und fasste sie zu

einem Knoten im Nacken zusammen. Dann trat sie dicht vor den Spiegel. Es war das erste Mal seit langer Zeit, dass sie sich einer genauen Prüfung unterzog, und sie erschrak. Bis jetzt hatte sie nicht bemerkt, wie viele graue Haare sich durch das Blond zogen, und mit Entsetzen erkannte sie die Falten um die Augen und ihren Mund. Hastig wühlte sie die Schubladen der Kommode durch, irgendwo musste sie doch noch einen Lippenstift haben! Aber sie konnte ihn nicht finden. Mutlos ließ sie die Arme sinken. Sollte sie wirklich zu Mattia gehen? Warum? Um ihm beim Packen zuzusehen? Sie setzte sich aufs Bett und wartete, ob Mattia doch noch zu ihr kam. Als es hell wurde und der Tag anbrach, erhob sie sich und schlich die Treppe hinunter, öffnete die Haustür und lief den Kiesweg entlang zum Atelier. Sicher schlief Mattia noch, er war immer ein Langschläfer gewesen. Aber wenn er sie heute verließ, sollte er sie so in Erinnerung behalten: Sophia Fabiani, nicht mehr jung, aber immer noch attraktiv. Sophia, die vor Jahren als eine der schönsten Frauen der römischen Gesellschaft galt.

»Mattia?«

Die Tür zum Atelier stand offen, und Sophia betrat leise den hinteren Teil des großen Raums. Das Bett schien unbenutzt, die Schranktür stand offen, aber nur wenige Sachen von Mattia fehlten. Sophia schluchzte auf. Wie besessen lief sie durchs Atelier. Alle Bilder standen an ihrem Platz, keines fehlte, nichts war verändert. Er hatte nichts mitgenommen. Auch nicht das Foto, das sie beide vor zwanzig Jahren auf der Piazza della Rotonda vor dem Pantheon zeigte. Ein junger Straßenfotograf hatte sie so lange verfolgt, bis sie sich fotografieren ließen. Mattia lachte sie auf dem Foto zärtlich an und hatte den Arm um ihre Schulter gelegt. Es war ein Moment des Glücks gewesen, ein Glück, das ewig halten sollte und doch jetzt zu Ende gegangen war.

Aber wusste sie das nicht schon damals? Es konnte nicht gutgehen, ein junger Mann von dreiundzwanzig und eine Frau von achtundvierzig Jahren. Sophia griff nach dem Foto und sah es lange an. Sie spürte nicht, dass sie weinte, während sie an der Wand entlang zu Boden glitt, dort sitzen blieb und mit tränenblinden Augen auf das Bild starrte. Mattia hatte es hiergelassen, so wie er sein Leben mit Sophia zurückließ, es einfach abstreifte.

Aber er hatte auch seine Bilder zurückgelassen. Bedeutete das, er kam zurück? Irgendwann?

»Mattia«, flüsterte sie, »Mattia, erinnere dich … Erinnere dich an unsere erste Zeit, die Monate, nichts anderes zählte mehr, nur wir beide …«

9

Rom, 1919

Sophia lief durch die Wohnung und zerrte die schwarzen Tücher von den dunklen schweren Möbeln. Sie konnte den Anblick nicht mehr ertragen. Drei Jahre waren seit Angelos Tod vergangen, und immer noch herrschte schweigende Trauer in der Wohnung – Alessandro Bastiani wollte es so.

Anschließend ging Sophia in ihr Zimmer und betrachtete sich im Spiegel. Konnte man es ihr ansehen? Konnte man erkennen, wie sie auflebte? Eine strahlende Frau sah ihr aus dem Spiegel entgegen, Müdigkeit und Trauer waren aus ihrem Gesicht verschwunden.

Sie war achtundvierzig Jahre alt und hatte sich nie so jung gefühlt wie an diesem schönen Junitag. Sie öffnete die Fenster weit und sog tief die Wärme des frühen Nachmittags ein.

Sophia Bastiani war verliebt. Niemals hatte sie geglaubt, einmal so empfinden zu können. Jetzt erlebte sie das, was sie sich als junges Mädchen erträumt hatte, die große, die einzige Liebe. In einem Alter, in dem andere Frauen Großmütter wurden, die Taille verschwand und die Haare grau wurden.

Das hatte Mattia Alesi bewirkt, er hatte sie dem Leben zurückgegeben. Er war dreiundzwanzig Jahre alt und Lehrer an der Akademie der Schönen Künste. Er betreute einen Kurs für Frauen der Gesellschaft und brachte ihnen das Malen bei – oder versuchte es zumindest.

Überredet von ihrer Freundin Greta, nahm Sophia an dem Kurs teil und konnte es zuerst nicht glauben, dass *sie* es war, die er am letzten Kurstag zu einem Kaffee einlud. Aus diesem ersten Mal wurden viele Verabredungen in kleinen, versteckt liegenden Lokalen, oder sie fuhren hinaus ans Meer, wo sie stundenlang Hand in Hand am Strand entlangliefen und sich küssten. Immer wieder. Nie zuvor hatte Sophia so viel Zärtlichkeit genossen.

Sie lächelte sich im Spiegel an. Sie hätte nicht geglaubt, nach Angelos Tod noch einmal glücklich sein zu können.

Es läutete heftig und durchdringend an der Wohnungstür, doch Sophia beachtete es nicht, bis ihr einfiel, dass Elena, das Dienstmädchen, ihren freien Tag hatte. So ging Sophia zur Eingangstür und öffnete.

Es war Greta Giordano, ihre beste Freundin. »Unten stand die Haustür offen, so bin ich gleich hochgekommen«, erklärte sie, stellte sich auf die Zehenspitzen und sah über Sophias Schulter in die Wohnung.

»Suchst du jemanden?«, fragte Sophia befremdet.

»Nein, nein.« Greta schüttelte den Kopf. »Ich habe auch nicht viel Zeit, ich bin nur schnell vorbeigekommen, um …«

»Um was?«

»Ich wollte dir nur sagen, dass ganz Rom über dich und deinen jungen Liebhaber spricht. Es ist *das* Gesprächsthema, der Skandal des Jahres! Armer Alessandro, seine Frau hat eine billige Affäre mit ihrem Zeichenlehrer, einem Niemand. Und ausgerechnet ich war es, die dir geraten hat, an der Akademie einen Kurs zu besuchen, das werde ich mir Alessandros wegen niemals verzeihen können.«

»Ich denke«, sagte Sophia und versuchte, ruhig zu bleiben, »du verschwindest am besten wieder.«

Doch als sie die Tür schließen wollte, stellte Greta ihren Fuß dazwischen. »Ich will dir nur noch eines sagen: Du hast nie in die gehobene Gesellschaft gepasst, auch wenn du dich noch so sehr bemüht hast.«

»Greta«, sagte Sophia ruhig, »ich habe mich nie darum bemüht. Und jetzt geh.« Sie schloss mit Nachdruck die Wohnungstür. In diesem Moment ahnte sie schon, dass sie ihre »beste Freundin« nie mehr sehen würde.

Innen lehnte sie sich mit zitternden Knien gegen die Tür. Sie versuchte, tief einzuatmen und sich zu beruhigen. Greta hatte erreicht, dass sie sich schuldig fühlte. Sie war nichts wert, sie war eine ältere Frau, die sich und ihren Mann zum Gespött der Gesellschaft gemacht hatte.

Aus dem Herrenzimmer hörte sie die dumpfen Schläge der Standuhr. Es war zwei, und um vier Uhr war sie mit Mattia verabredet.

Spontan lief sie in die Kammer neben der Küche, holte einen Koffer heraus, ging in ihr Zimmer und packte. Sie legte Kleider in den Koffer, Schuhe, Wäsche, ein paar Bücher. Zuletzt holte sie aus der obersten Schublade ihrer Frisierkommode das alte, in Leder gebundene Kochbuch ihrer Mutter. Sie hatte es Sophia bei der Hochzeit feierlich überreicht, doch kein einziges Mal hatte die Tochter es auch nur geöffnet. Kurz presste Sophia es an die Brust, bevor sie das Buch zwischen die Kleider schob. Ihre Bewegungen waren ruhig, bestimmt und ohne Angst.

Dann trat sie an ihren Schreibtisch, nahm ein Blatt Papier und schrieb:

Lieber Alessandro,
heute verlasse ich Dich und diese Wohnung, die mir nie ein Zuhause wurde. Ich gehe zu einem anderen Mann,

und ich beende unsere Ehe, die von Anfang an nur ein Fiasko gewesen ist. Es tut mir leid, dass ich Dich in einen Skandal verwickle, und ich hoffe, Du kannst mir deswegen jemals verzeihen, ich weiß, wie viel Dir die Meinung der Leute und der Gesellschaft bedeutet. Aber ich bereue meinen Entschluss nicht.
Sophia

Sie ging ins Herrenzimmer und legte den kurzen Brief auf Alessandros Schreibtisch, dann versuchte sie noch, ihren Ehering abzuziehen, doch in der Eile löste er sich nicht von ihrem Finger.

Sophia holte den Koffer aus ihrem Zimmer, nahm ein Foto von Angelo von der Konsole, steckte es in ihre Handtasche und verließ die Wohnung. Sie warf keinen Blick mehr zurück.

Als sie vor der Kirche Santa Maria in Trastevere aus dem Bus stieg, sah sie von weitem Mattia, der auf sie wartete, und als er auf sie zukam und seine Arme sie fest umschlossen, wusste sie, sie hatte die richtige Entscheidung getroffen.

*

Sophia war noch nie bei Mattia zu Hause gewesen, und so war sie verlegen, als er mit ihr die Treppe hinaufging und die Tür zu seinem Zimmer aufschloss.

»Das Bad teile ich mir mit den Mietern aus dem ersten Stock«, erzählte er, »es liegt direkt gegenüber.«

Auch Mattia schien nervös, er stellte Sophias Koffer auf den Boden, während sie sich in dem Raum umsah. Eine Kochnische, ein breites Bett mit einer orientalischen Decke und vielen Kissen, am Fenster die Staffelei und auf dem Boden Farbtöpfe, Pinsel und Leinwand. In einer Nische unter der schrägen Wand stand ein alter Holztisch mit zwei dazu passenden Stühlen. Der Raum gefiel Sophia auf Anhieb. Sie fühlte sich dort sofort wohl. Stumm wandte sie sich Mattia zu, der ihren Blick schweigend erwiderte. Dann zog er sie sanft an sich, und sie legte den Kopf an seine Schulter.

Langsam, fast unbeholfen, entkleidete Mattia sie, seine Hände zitterten, während er sie bedächtig zum Bett führte.

»Wie schön du bist«, flüsterte er, als auch er nackt neben ihr lag und sie sich streichelten.

Sophia hatte noch nie wirklich geliebt, und sie kannte die absolute Hingabe an einen Mann nicht. Sie verbarg ihr Gesicht an seiner Brust, spürte die Wärme seiner Haut, atmete seinen Geruch ein. Langsam umspielte er mit seinem Finger ihre Brustwarzen, die unter seiner Berührung hart wurden, und dieses Gefühl war so köstlich, dass sie aufseufzte. Als seine Lippen über ihren Körper wanderten, spürte sie einen nie gekannten Genuss. Es gab nur sie beide, nur diesen Moment, dieses Gefühl. Sie liebten einander, ohne Scham und ohne Angst. Und es war richtig so.

Der Nachmittag ging in den Abend über, aber sie merkten es nicht. In der Nacht ließ sie ihre Hände erneut sanft über seinen Körper gleiten, bis hin zu seinem Geschlecht. Da stöhnte er auf und hob sie über sich, und wieder liebten sie sich, bis das Rufen von Kindern und Schritte im Treppenhaus sie unerbittlich in den nächsten Tag zogen.

»Wir haben uns, nichts sonst zählt«, flüsterte Mattia Sophia zu, als er sich erhob, da es energisch klopfte und

Feodora gereizt durch die Tür rief, wann Mattia endlich gedenke, die Miete zu bezahlen.

*

Die drei Jahre, die Sophia mit Mattia in Rom lebte, waren aufregend und wunderbar. Jeden Morgen, wenn sie erwachte, war sie glücklich.

Im ersten Jahr kamen täglich Briefe von früheren Bekannten, ehemaligen Freunden und auch wildfremden Menschen, die Sophia als eine Frau beschimpften, die die Unantastbarkeit der Ehe in den Dreck zog und die Würde der Frau mit Füßen trat. Man spottete über sie, eine Frau im Alter einer Großmutter, die sich einem jungen Mann an den Hals warf und sich dadurch lächerlich machte, die die Tradition und Werte der Gesellschaft und der Kirche verspottete. Einige der Briefschreiber nannten sie sogar *puttana*, Hure.

Aber es kamen auch andere Briefe – von Frauen, die Sophia ihre Bewunderung aussprachen und ihr schrieben, sie mache ihnen Mut für ihr eigenes Leben.

Der Skandal um Sophia traf auch Mattia mit ganzer Härte. Er verlor seine Stelle an der Akademie, seine Familie stellte ihn vor die Wahl, sich für sie oder für seine Geliebte zu entscheiden. Er blieb bei Sophia, und das bedeutete, er konnte auf keine Versöhnung mit seinen Eltern hoffen und auch kein Erbe erwarten.

Da ihre finanzielle Situation bedrohlich wurde, bot Sophia der Hausbesitzerin an, ihr den Haushalt zu führen und ihre Gesellschafterin zu werden. Feodora, ehemals ein begehrtes Malermodell und eine hochbezahlte Hure, war sechsundachtzig Jahre alt, schminkte sich noch jeden

Tag und ließ sich die Haare tiefschwarz färben. Sie trug stets altmodische Seidenkleider und ihre Perlenketten, da sie, wie sie sagte, ja nicht wissen könne, ob es nicht der letzte Tag ihres Lebens sei. Sie wolle in Eleganz und Schönheit sterben.

Feodora war exzentrisch und launisch. Boshaft und quälerisch in ihrer Einsamkeit. Selbst ihre Tochter wollte mit ihr nichts zu tun haben, nur die kleine Enkelin Chiara erschien manchmal zu Besuch, dann kam das Mädchen auch zu ihnen hoch und sah Mattia beim Malen über die Schulter.

Sophia lebte für die Abende und Nächte mit Mattia. Sie hatten sich und ihre Liebe, und das war alles, was zählte.

»Ich werde dich mein ganzes Leben lang lieben ...« Wie oft hatte Sophia diesen Satz in den Nächten gehört. »Sophia, ich möchte immer für dich da sein, immer und immer und immer und immer ...« Da lachten sie beide und küssten sich und glaubten an die Ewigkeit ihrer Liebe.

»Du bist mein Leben«, sagte Mattia.

10

Casa Sophia, 1940

Du bist mein Leben …

Mit einem Aufschluchzen presste Sophia ihren Kopf auf die Knie.

»Sophia!« Die erschrockene Stimme von Giuliana riss sie aus ihrer Verzweiflung, ließ sie die Augen öffnen und den Kopf heben.

»Er ist fort«, flüsterte sie.

Giuliana setzte sich vorsichtig neben ihre Großmutter auf den Boden und griff nach ihrer Hand. »Was hat er dir gesagt?«

»Die Zeit ist gegen mich«, antwortete Sophia leise. »Ich bin alt geworden, während Mattia einen großen Teil seines Lebens noch vor sich hat.«

Giuliana ahnte, wie verzweifelt Sophia sein musste. Der Mann, für den sie alles geopfert hatte, hatte sie jetzt verlassen. »Ich werde dir einen Kaffee machen.« Sie sprang wieder auf die Füße. »Ich bin gleich wieder da.«

Sophia reagierte kaum, sie sah nicht hoch, bis Giuliana mit einem Tablett zurückkam und es auf den Boden stellte. Der Duft des frischen Kaffees erfüllte den Raum.

»Ich habe auch einen kleinen Hefezopf mitgebracht, Marta hat ihn gestern gebacken.«

Giuliana brach ein Stück von dem Gebäck ab und legte es auf die Untertasse. Wortlos nahm Sophia die Tasse entgegen, trank einen Schluck, doch das Gebäckstück rührte sie nicht an.

»Ich habe nicht erwartet, dass es so weh tut«, sagte sie tonlos.

Giuliana setzte sich wieder auf den Boden. So verharrten sie schweigend, bis Giuliana nach dem Foto von Mattia und Sophia griff, das neben Sophia auf dem Boden lag.

»Wann war das?«

»Ich weiß nicht genau, ich denke, ein, zwei Monate nachdem ich zu Mattia gezogen war. Ich hatte mich für ihn entschieden. Eine so große Liebe kann man im Leben nur einmal haben. Und wenn sie zu Ende ist, wenn man sie verliert, ist es wie … sterben.«

»Wolltest du niemals zurück zu Großvater und zu –«

Sophia schüttelte hastig den Kopf. »Nein, niemals. Mattia und ich, ich und Mattia, wir waren eins. Und jetzt … Jetzt ist er gegangen.«

Giuliana trank einen Schluck von dem heißen Kaffee. Dann legte sie das gerahmte Bild von Sophia und Mattia auf den Boden zurück. Sie dachte an den Brief ihres Großvaters, doch sie entschied sich, ihn nicht zu erwähnen. Noch nicht.

Sophia sprach über Mattia und dann über ihren geliebten Angelo, an den sie noch jeden Tag dachte. Und dann wieder über Mattia. Plötzlich wandte sie sich Giuliana zu, die stumm geblieben war.

»Du verurteilst mich, nicht wahr?«

»Ich weiß es nicht«, gab Giuliana zögernd zu. »Es tut mir unendlich leid, dass Mattia dich verlassen hat … nur …«

»Nur?«

Giuliana erhob sich langsam. Sie wollte nichts sagen, was Sophia verletzen könnte, nicht ausgerechnet jetzt.

Auch Sophia stand auf.

»Sprich ruhig aus, was du denkst«, forderte sie Giuliana in ruhigem Ton auf, »irgendwann musst du es sagen.«

Es dauerte lange, bis Giuliana ihr die Frage stellte. »Du redest nur von Mattia. Und von Angelo. Hast du außer diesen beiden denn niemanden geliebt?«

Sophia antwortete nicht sofort, sondern wandte ihr Gesicht ab. So sprach Giuliana weiter aus, was sie beschäftigte, seit sie in der *Casa* angekommen war.

»Als du Großvater verlassen hast, hast du nicht nur ihn im Stich gelassen.«

Es dauerte einen Moment, bis Sophia antwortete: »Du meinst, auch deine Mutter, nicht wahr?«

»Ja, so ist es. Auf deinem Kamin im Haus drüben stehen nur Fotos von Angelo, kein einziges von Gina. Warum existiert sie für dich nicht?«

Sophia schwieg. Dann sagte sie plötzlich: »Giuliana, die Geschichte ist viel komplizierter, als du dir vorstellst. Ich will nicht darüber sprechen. Zumindest nicht jetzt.«

Giuliana nahm abrupt das Tablett vom Boden hoch und lief nach draußen, während ihr die Tränen über das Gesicht liefen.

Doch dann drehte sie sich um und blieb in der offenen Tür des Ateliers stehen. Sie hatte sich vorgenommen, ruhig zu bleiben, Sophia in ihrem Kummer nicht anzugreifen, doch jetzt brach es aus ihr heraus: »Du bist für die Frauen hier ein Vorbild, sie bewundern dich und brauchen dich. Doch dein eigenes Kind, das dich vor Jahren gebraucht hätte, das hast du vergessen und die Enkelin gleich dazu.« Giuliana wurde von ihren Gefühlen überwältigt, sie ließ das Tablett fallen, das scheppernd auf dem Boden aufschlug, und rannte zwischen den Zypressen hindurch in die Küche des Hauses. Ihr Mund war trocken, und sie umklammerte voller Verzweiflung die Tischkante. Sie hatte sich von ihren Gefühlen hinreißen lassen, und es hatte nichts gebracht. Ihre Fragen waren immer noch unbeantwortet.

Da hörte sie Sophias Schritte hinter sich und drehte sich langsam zu ihr um. Ihre Großmutter lehnte im Türrahmen und verschränkte die Arme vor der Brust.

»Warum bist du dann gekommen? Um mir Vorwürfe zu machen?« Ihre Stimme klang ruhig und beherrscht.

Giuliana atmete tief durch.

»Nein, ich wollte dich kennenlernen, von dir hören, was damals passiert ist. Großvater hat sich darüber immer nur in Schweigen gehüllt.«

»Und jetzt bist du enttäuscht, weil ich nicht bereue, meine Familie verlassen zu haben. Ich bereue es nicht, Giuliana. Niemals. Du bist noch sehr jung, du hast die Liebe noch nicht kennengelernt, die einmalige Liebe, die nicht danach fragt, wen du verletzt, ob es richtig ist, was du tust, oder moralisch verwerflich, ob die Menschen dein Verhalten gutheißen oder verurteilen. Wenn du diese Liebe kennenlernst, ist dir alles egal, nichts spielt mehr eine Rolle, du willst nur mit dem Menschen zusammen sein, den du liebst. Gleichgültig, welchen Preis du dafür bezahlst. Und, Giuliana, du kannst zufrieden sein, ich habe einen hohen Preis bezahlt. Heute hat Mattia mich verlassen, weil ich alt werde. Das ist das Grausamste an der Geschichte.«

Sophias Stimme war leise geworden, und mit einer müden Geste strich sie sich die Haare aus der Stirn. Giuliana fühlte sich beschämt durch die Worte ihrer Großmutter.

»Es … es tut mir leid«, stammelte sie, »bitte entschuldige, ich bin zu weit gegangen. Ich habe nicht das Recht, dich zu verurteilen. Und ja, es stimmt, ich kenne die Liebe nicht«, fügte sie hinzu. »Trotzdem kann ich nachempfinden, was du fühlst. Aber du musst mich auch verstehen …«

Ein versöhnliches Lächeln glitt über das Gesicht ihrer Großmutter. »Ja, das tue ich, besser, als du denkst. Aber eines Tages wirst du die Liebe kennenlernen, und dann wirst du Verständnis haben für das, was ich tat. Das hoffe ich zumindest. Und ich wünsche mir für dich, dass du niemals eine Entscheidung treffen musst, wie ich sie getroffen habe. Du bist noch sehr jung, für dich gibt es nur Recht oder Unrecht, Schwarz oder Weiß, Gut oder Böse. Aber so ist das Leben nicht. Und Menschen machen Fehler, es gibt Dinge, die kann man nicht ungeschehen machen. Aber«, fügte sie leise hinzu, »wie ich eben angedeutet habe: Du weißt noch nicht alles, du kennst noch nicht die ganze Wahrheit. Die werde ich dir ein anderes Mal erzählen, jetzt kann ich es nicht. Aber ich will dir schon so viel sagen, dein Großvater hat mich verletzt, wie keine Frau verletzt werden sollte.« Sie sprach nicht weiter, obwohl Giuliana sie fragend ansah. »Ich denke, für heute ist es genug, ich gehe jetzt in die Manufaktur.«

Giuliana nickte fast unmerklich und folgte Sophia ein paar Schritte, blieb dann aber im Türrahmen stehen. Ihre Hände zitterten noch, und ihr Herzschlag wollte sich nicht beruhigen. Sie beobachtete Sophia, die ihre Schultern straffte, als sie vor der Tür zum Atelier ankam, kurz zögerte, dann aber weiterging und den Weg zur Manufaktur einschlug.

Giuliana lief hinters Haus, holte das Fahrrad, schob es durch den Olivenhain bis zur Mauer und schwang sich in den Sattel. Sie musste sich jetzt bewegen, sich ablenken und darüber nachdenken, was gerade passiert war.

Sie fuhr Richtung San Gimignano ein und hetzte in einem waghalsigen Tempo die Straße entlang. Doch nach einer Weile verlangsamte sie ihre halsbrecherische Fahrt, kehrte um und fuhr zur *Casa Sophia* zurück.

Sie hatte eine Entscheidung getroffen.

*

Sophia schloss die Tür zur Manufaktur auf. Stickige Hitze empfing sie, deshalb öffnete sie die Fenster und lauschte auf die Glocken der Kirche von Campodoglio. Der Sonntagsgottesdienst war zu Ende.

Sie sah sich in dem großen Raum um, voller Stolz auf das, was sie erfolgreich aufgebaut hatte.

Dann ging sie in den hinteren Teil des Raumes und blieb vor einem kleinen Tisch unter dem letzten Fenster stehen. Mehrere Korbflaschen standen darauf, daneben lagen üppige Büschel Estragon aus dem Kräutergarten. Morgen wollte sie ein Rezept für Estragonessig ausprobieren und in diese Korbflaschen füllen. Doch ob sie künftig überhaupt noch etwas verkaufen konnte? Wer hatte in Zeiten des Krieges Interesse an Delikatessen, wenn es ums Überleben ging?

Sophia betrat ihr Büro, die Tür ließ sie offen. Dies war ihr Zimmer, in das sie sich an den Arbeitstagen zurückzog, wenn es ihr im großen Raum mit den fünfzehn Frauen zu laut wurde. Sie setzte sich an ihren Schreibtisch und schloss die Schublade auf. Ganz hinten gab es ein Geheimfach, das nur sie kannte. Sophia griff an den Boden der Schublade, zog die Klappe zurück und holte das in Leder gebundene Buch heraus. Mit einem nachdenklichen Lächeln fuhr sie über die zerfledderten Kanten. Sophia erinnerte sich, wie ihre Mutter ihr dieses Buch feierlich in die Hand gedrückt und ihr viel Freude damit gewünscht hatte. Doch sie hatte es nur achtlos in einer Schublade der Kommode verschwinden lassen und nie mehr herausgeholt. In den langen Jahren ihrer Ehe hatte sie keine Möglichkeit gesehen, auch nur einmal für längere Zeit die Küche zu betreten, in der die österreichische Köchin Marie herrschte. Sie war zu schüchtern gewesen, um in das »Reich« dieser älteren Frau einzudringen und die Rezepte ihrer Mutter auszuprobieren. An dem Tag, als sie Alessandro verließ, nahm sie das Buch mit, weil es ihrer Mutter viel bedeutete. Niemals hätte sie gedacht, dass darin der Grundstein einer Karriere für sie liegen könnte. Doch hier waren sie sorgfältig aufgezeichnet: die Rezepte für das Olivenpesto, die Artischockencreme, für Feigenmarmelade, in Essig und Zimt eingelegte Birnen, die sich in den Restaurants so großer Beliebtheit erfreuten. Wenn Mama das wüsste … Sophia lächelte bei dem Gedanken an ihre Mutter. Wäre sie stolz auf sie gewesen? Nein, ihre Mutter hätte sich ihrer geschämt, weil sie ihre Familie verließ, um in Sünde mit einem jungen Mann zu leben. Es war gut, dass ihre Eltern damals bereits tot waren und den Skandal um ihre einzige Tochter nicht miterleben mussten.

Sophia schlug das Buch auf und blätterte bis zur Seite zehn. Sie kannte jede Seite, jedes Rezept auswendig.

Olivenpesto … Man nehme … In verschnörkelter Schrift hatte ihre Großmutter ihr geheimes Rezept aufgeschrieben.

Sophia dachte daran, wie beschwerlich es am Anfang

gewesen war und wie oft sie erwogen hatte, aufzugeben. Häufig wurde sie in den Geschäften belächelt oder barsch abgewiesen, als sie anfangs noch selbst ihr Pesto anbot. Ihr erster Kunde war der Inhaber der *Osteria del Monte* gewesen, der nach einer Verkostung so begeistert war, dass er ihr alle Gläser abkaufte, die sie in einer Tasche auf dem Gepäckträger des Fahrrads mit sich führte. Das war der Durchbruch.

Mattia hatte dann die Idee mit ihrem Logo *Sophia a Casa* gehabt, ein vertrauenerweckender Name, der zugleich neugierig machte.

Mit einem nachdenklichen Seufzer verstaute Sophia das Buch wieder in dem Geheimfach, schloss die Schublade und zog den Schlüssel ab. Sie hatte geglaubt, das Lesen der Rezepte könne sie ablenken, doch nun musste sie feststellen, dass sie zu müde dazu war und zu verzweifelt.

Sophia stützte sich mit den Ellbogen auf dem Schreibtisch ab und barg ihr Gesicht in den Händen. Ihre Erschöpfung ließ sie kraft- und willenlos werden.

Wo war Mattia, vermisste er sie bereits, vermisste er seine Bilder, sein Atelier?

Wann hatte er aufgehört, sie zu lieben? Wo wollte er hin, was waren seine Pläne?

»Wie lange sitzt du schon da?«

Sophia fuhr hoch. Sie hatte nicht einmal gemerkt, dass ihr Kopf auf den Schreibtisch gesunken war und sie geweint hatte. Rasch fuhr sie mit der Hand über das Gesicht und ordnete ihre Haare.

Im Türrahmen stand Beatrice.

»Waren wir verabredet? Heute ist Sonntag, Beatrice.«

Sophia stand auf und wollte das Büro verlassen, doch Beatrice stellte sich ihr in den Weg.

»Mattia ist mit dem ersten Bus nach Florenz gefahren, er trug eine große Tasche über der Schulter, die alte Rosalia hat's gesehen. Darum wollte ich nachschauen, ob es dir gutgeht.«

»Ja, es geht mir gut«, versicherte Sophia, ein wenig gereizt. Sie wollte mit Beatrice nicht über persönliche Dinge sprechen. Sophia fühlte sich oft durch sie bedrängt und beobachtet, dabei versuchte Beatrice nur, ihr auf ungeschickte Weise ihre Liebe zu beweisen.

»Kann ich bei dir bleiben? Bitte.« Beatrice stand ganz nahe vor ihr und berührte ihren nackten Arm. »Wie schön du aussiehst in diesem roten Kleid«, sagte sie bewundernd. »Warum trägst du es heute?«

»Warum nicht?«, antwortete Sophia. »Bitte, Beatrice, lass mich durch.«

»Du hast geweint«, stellte Beatrice mitleidig fest, »sicher ist dieser Kerl schuld. Er ist eben wie alle Männer, grausam und ohne Gefühl, wann begreifst du das endlich?«

Sophia erschrak über die Härte, die sich auf dem Gesicht von Beatrice zeigte. »Ich habe zu tun, also bitte …«

»Wieso hast du uns so viele Jahre nicht erzählt, dass du eine Enkelin hast? Wo ist deine Tochter?«

»Sie ist tot«, antwortete Sophia kurz angebunden. »Genau wie mein Sohn Angelo. Aber ich schulde euch keine Rechenschaft.«

»Das ist schon in Ordnung«, antwortete Beatrice nach einer kleinen Pause. »Du warst immer für uns da und …«

»Und?«

Sophia wartete, denn sie sah, dass Beatrice mit den Worten kämpfte.

»Wenn Mattia dich heute verlassen hat, ich meine …

für immer, dann weißt du, dass ich für dich da sein werde, Sophia. Ich … ich liebe dich …«

Die Stimme von Beatrice klang ungewohnt weich, und auf ihrem Gesicht lag ein Lächeln, als sie die Hand hob und Sophia leicht über die Wange strich. Sophia wich ihr aus. Sie erschrak über die Liebeserklärung, doch sie wollte Beatrice nicht verletzen, auch wenn die Berührung ihren Widerwillen erregte.

»Danke, das ist lieb von dir, Beatrice, aber ich komme schon allein zurecht.«

Sophia ging durch den großen Raum zur Tür. »Entschuldige, Beatrice, aber ich muss ins Haus zurück.«

Beatrice war ihr langsam gefolgt. »Sophia, du weißt, ich bin immer für dich da.«

»Ja, Beatrice, das weiß ich doch. Wir sehen uns dann morgen.«

Beatrice entfernte sich nur zögernd, immer wieder drehte sie sich um und sah zu Sophia zurück, die noch stehen geblieben war. Erst als sie verschwunden war, löste sich Sophia von der Tür und ging langsam zum Wohnhaus.

Vor dem offenen Fenster des Ateliers blieb sie stehen, in der unsinnigen Hoffnung, Mattia würde sie hier erwarten.

Doch er war nicht da, und Sophia wusste, er würde nicht mehr zurückkommen.

11

Rom, 1940

Als Mattia in Rom ausstieg, drängten sich am gegenüberliegenden Gleis uniformierte Soldaten neben einem ankommenden Zug. Die Waggons waren mit Blumen geschmückt, und die Männer wurden von weinenden Frauen und verstörten Kindern begleitet. Aus dem Lautsprecher hörte man die italienische Hymne und danach eine Stimme, die den tapferen Helden Glück wünschte, da sie jetzt für ihr Vaterland in den Krieg zogen. Mattia blieb betroffen stehen und wartete, bis sich der Zug langsam in Bewegung setzte und die Halle verließ. Erst hier wurde ihm in aller Deutlichkeit bewusst, was der Kriegseintritt Italiens für die Menschen bedeutete.

Nachdem er am Morgen mit dem Bus in Florenz angekommen war, war er als Erstes zur Galerie Leonardo gegangen, doch sie hatte noch geschlossen. Es war auch besser so, entschied Mattia dann in Gedanken. Was hätte er seinem Freund sagen sollen? Dass er in den letzten drei Jahren nichts mehr zustande gebracht hatte, dass er ein Versager war und vor einigen Stunden einer Frau, die ihn liebte, das Herz gebrochen hatte?

Also war er durch Florenz gelaufen, hatte irgendwo einen Kaffee getrunken und immer wieder an Sophia gedacht. Was machte sie jetzt, war sie sehr verzweifelt, würde Giuliana sie trösten können?

Gegen Mittag war er zum Bahnhof zurückgekehrt und spontan in den bereitstehenden Zug nach Rom gestiegen.

Jetzt stand er hier und fragte sich, ob das eine gute Idee gewesen war, denn wohin sollte er gehen, an wen sich wenden? Siebzehn Jahre war er nicht mehr in Rom gewesen, er besaß hier keine Freunde mehr, denn auch sie hatten sich damals von ihm abgewandt, als seine Affäre mit Sophia bekannt und zum großen Skandal wurde.

So lief er einfach drauflos, immer weiter, quer durch Rom, bis er vor der Akademie der Schönen Künste stand, an der er einst als großes Malertalent galt und eine feste Stelle als Lehrer hatte.

War es das wert gewesen? Alles zu verlieren, die berufliche Sicherheit, seine Freunde, die Familie? Er war allein, und noch nie hatte er es so schmerzlich empfunden wie an diesem Nachmittag. Die Stadt war halbleer, viele Menschen hatten Rom offensichtlich verlassen, in der Hoffnung, auf dem Land sicherer zu sein, die Straßen wirkten breiter als früher, denn nur wenige Autos waren nicht von der Regierung beschlagnahmt worden.

Mattia ließ sich treiben, fand sich schließlich auf der Piazza di Spagna wieder. Spontan sprang er auf den Bus nach Trastevere auf und fuhr über den Tiber bis zur Endhaltestelle an der Piazza Maria Maggiore. Hier kannte er sich aus, und die Gegend erinnerte ihn an eine schöne Zeit in seinem Leben. Nichts schien sich verändert zu haben. Wieder lief er ohne bestimmtes Ziel weiter, bis er vor der kleinen Kirche Eglesia di Madre Maria stand. Ohne zu zögern, ging er die Stufen hoch und zog die schwere Holztür auf. Seine Schritte hallten in der Stille des kalten Raums auf dem Steinboden. Er liebte diese kleine Kirche aus dem sechzehnten Jahrhundert mit den acht Nischen, in denen das Leben der Mutter Maria in Gemälden dargestellt war.

Kurz nachdem Sophia zu ihm gezogen war, ging er mit ihr hierher, um ihr diese alten Gemälde zu zeigen. Die Farben waren verblasst, und der Putz blätterte ab, doch jedes Mal beeindruckten ihn die Schönheit und die Innigkeit, die diese alten Gemälde ausstrahlten. Der sie geschaffen hatte, war ein Genie, gestand Mattia dem unbekannten Maler des sechzehnten Jahrhunderts zu.

Langsam schritt er die Nischen ab, bis er einem Impuls folgte und zum Altar ging. Ein großer Strauß weißer Rosen stand auf der Spitzendecke, die bis zum Boden hing. Zwei Leuchter mit abgebrannten Kerzen rahmten den Strauß rechts und links ein.

Mattia blieb stehen. Hier, vor diesem Altar in der leeren Kirche, hatte er sich damals impulsiv vor Sophia niedergekniet.

»Willst du, Sophia, mich zu deinem Ehemann nehmen, mich lieben und ehren, in guten wie in schlechten Zeiten, bis dass der Tod uns scheidet?«

Mattia presste die Lippen zusammen und ballte die Fäuste in seinen Taschen. Ja, das hatte er sie gefragt. Niemals würde er den Blick vergessen, mit dem sie ihn ansah, als er sich wieder erhob und ihre Hände nahm. Ihre Augen, der Schimmer auf ihrem Gesicht, der Lichtstrahl, der ihr Haar leuchten ließ. Wie schön sie gewesen war, überwältigend schön. Er würde sie niemals vergessen, Sophia, die Frau, die er so sehr geliebt hatte und vielleicht immer noch liebte.

Trotzdem war er gegangen.

»Ja, ich will«, hatte sie damals geflüstert. Doch als sie die Kirche verließen, verwirrt über die Gefühle, die sie vor dem Altar überwältigt hatten, sagte sie zu ihm: »Es war ein Spiel, und das weißt du auch. Denn wir werden niemals heiraten können, und eines Tages wirst du froh darüber sein, dass du frei bist und mich verlassen kannst. Vielleicht in einem Moment, in dem du noch jung bist, ich aber schon alt sein werde, und das wirst du nicht ertragen können. Dazu liebst du mich zu sehr.«

Er hatte ihr heftig widersprochen. »Ich werde dich immer lieben, selbst wenn deine Haare eines Tages grau sind oder ich dich im Rollstuhl schiebe, ich –«

Da hatte sie ihm über die Wange gestrichen. »Ach Mattia, sei still, bitte, sei still.«

Sie hatte es geahnt, mehr noch, sie hatte es gewusst. Eines Tages wirst du mich verlassen … Und heute war er gegangen. War es die Zeit, die ihre Liebe erlöschen ließ? War es Sophias Art, ihn oft wie einen Sohn zu behandeln und nicht wie ihren Mann? Er hatte sich in die Rolle des Sohnes ganz gut eingefügt. Sophia war es nicht bewusst gewesen, und er hatte geschwiegen, vielleicht weil es bequemer war.

Er liebte Sophia immer noch, ihre Beziehung hatte sich in diesen zwanzig Jahren vertieft – aber auch verändert. Die Leidenschaft, die sexuelle Anziehung existierte für ihn nicht mehr, doch andere, wichtige Gefühle hatten sie ersetzt.

Er dachte an Giuliana und daran, wie er sie geküsst hatte. Er hatte den Kuss mit zu viel Alkoholgenuss begründet, der Rotwein hatte ihm die Hemmungen genommen. Niemals sonst hätte er die Barriere zwischen sich und Giuliana überschritten.

Doch fast schmerzhaft erinnerte er sich an ihr junges Gesicht, die Wangen von der Hitze gerötet, an die weiche Haut ihrer festen Brüste, die zarten Brustwarzen, die er kurz berührt hatte, bevor sie ihn von sich stieß. Eigentlich hatte er sie ja nur malen wollen, redete er sich ein, aber gegen ihre Schönheit war er machtlos gewesen.

Vielleicht war er auch ein wenig in sie verliebt gewesen, denn sie hatte ihm so aufmerksam zugehört, seine Bilder bewundert und ihm das Gefühl gegeben, eine Zukunft zu haben, wieder erfolgreich malen zu können. Sie hatte ihn ernst genommen, während Sophia ihm nur tröstend durch die Haare fuhr.

Vorbei. Er war gegangen, und das war die richtige Entscheidung gewesen. Er durfte sie nicht mehr in Frage stellen.

Mattia ging den Mittelgang zum Ausgang zurück. Dort blieb er stehen und warf noch einen letzten Blick auf den Altar mit den beiden heruntergebrannten Kerzen und den weißen, leicht verwelkten Rosen.

Rasch verließ er die Kirche, sprang die Stufen hinunter und blieb auf der Piazza stehen.

Das Café gegenüber kannte er nicht, es schien neu zu sein. Es war vollbesetzt, und Mattia nahm sich vor, später dort einen Espresso zu trinken. Aber zuerst musste er möglichst schnell ein Zimmer finden, das wenig kostete und in dem er arbeiten konnte.

Mattia schlenderte weiter, während er sich interessiert umsah. Er erinnerte sich, dass es vor zwanzig Jahren hier einige preiswerte Pensionen gab, in denen Künstler gelebt hatten. Doch dann bog er in die Via Garibaldi ein, in der er mit Sophia gewohnt hatte. Nichts schien sich verändert zu haben, über der Straße hingen Bettwäsche und Kleidungsstücke auf quergespannten Wäscheleinen, und vor den Häusern standen Stühle, auf denen alte Männer in der Sonne saßen und ihre Pfeife rauchten. Mattia ging vorbei, grüßte, und sie grüßten freundlich zurück und sahen ihm neugierig nach. Einer von ihnen saß auf einem verschlissenen roten Samtsofa vor seinem baufälligen Haus. Er grinste Mattia mit zahnlosem Mund an, und Mattia hob die Hand und winkte ihm zu. Er beschleunigte seine Schritte, bis er vor Feodoras Haus ankam. Er wusste, dass sie es ihrer Enkelin Chiara vererbt hatte. Mattia erinnerte sich noch gut an das zwölfjährige Mädchen, das manchmal zu ihm ins Atelier hochkam, um ihm beim Malen zuzusehen. Er blickte an der Fassade empor. Der Putz blätterte ab, es gab keine Fensterläden mehr, doch in diesem Moment erkannte er, wie gern er in diesem Haus gelebt hatte.

»Suchen Sie jemanden?« Eine junge Frau mit einem Kind an der Hand erschien in der Haustür.

»Nein, ich bin nur stehen geblieben, weil ich hier einmal gewohnt habe.«

Auf dem hübschen Gesicht der jungen Frau zeigte sich ein langsames Begreifen, während sie ihren Blick über ihn wandern ließ. »Natürlich, Sie sind Mattia, der Maler.«

Mattia nickte, und als sie ihn erwartungsvoll aus großen dunklen Augen ansah und ihn anlächelte, erkannte er auch sie. »Und Sie sind Feodoras Enkelin, das kleine dünne Mädchen.«

Chiara lachte ihn an. »Ja, genau. Mir gehört das Haus jetzt, meine Großmutter hat es mir damals vererbt, erinnern Sie sich?«

»Ja, natürlich.«

»Wohnen Sie wieder in Rom? Sie sind doch damals mit Sophia in die Toskana in das Haus meiner Großmutter gezogen. Ist Sophia auch hier?«

Mattia schüttelte den Kopf. »Nein, ich bin allein. Ehrlich gestanden, suche ich eine Wohnung. Ich kann aber nicht viel Miete bezahlen«, setzte er hinzu. Es war immer besser, gleich mit der Wahrheit herauszurücken.

»Sie wollen nach Rom zurück? Sie sind ein seltsamer Typ. Die meisten verlassen im Moment die Hauptstadt, wenn sie die Möglichkeit haben.«

Mattia zuckte die Schultern.

»Wir können jedoch nicht fort, mein Mann ist eingezogen worden«, klagte Chiara, »ich bin jetzt allein mit meinem Sohn.« Während sie sprach, fuhr sie zärtlich durch den dunklen Wuschelkopf des kleinen Jungen neben ihr. »Das ist Umberto«, stellte sie ihn Mattia vor.

»Ciao, Umberto«, begrüßte Mattia ihn freundlich und hielt ihm die Hand hin. Doch der Kleine versteckte sich scheu hinter seiner Mutter, beobachtete ihn aber neugierig.

»Ich fürchte mich«, gestand Chiara, »die Gegend ist unsicher geworden. Überall tauchen die Schwarzhemden auf, zerstören Geschäfte und schlagen mutwillig Fensterscheiben ein. Vor ein paar Tagen haben sie Pietro, den Besitzer der Buchhandlung, zusammengeschlagen und dann abtransportiert. Er hat heimlich kommunistische Flugblätter verteilt und sie in seinem Keller gelagert. Jeder ist verunsichert und lebt in Angst. Also wäre ich sehr froh, wenn ein Mann im Haus ist. Wenn Sie wollen, können Sie wieder oben im Atelier einziehen«, schlug sie vor. »Es stehen zwar einige alte Möbel dort, und eine Vorratskammer habe ich auch eingerichtet, aber das können wir ja alles ausräumen. Kommen Sie.«

Ohne seine Antwort abzuwarten, ging sie ins Haus und stieg die Treppe hinauf, gefolgt von dem kleinen Umberto. Mattia schloss sich an. Er konnte sein Glück kaum fassen. Oben öffnete Chiara die Tür zum Atelier. Mit einem Blick erkannte Mattia, dass das alte gestreifte Sofa noch an seinem Platz stand, und er sah auch sofort, dass hinter dem wackligen Wandschirm noch das breite Bett existierte.

»Hier, hinter diesem Vorhang habe ich eine Vorratskammer eingerichtet, Nudeln, getrocknete Tomaten und Gläser mit eingelegten Gurken. Aber diesen alten Tisch, die gestapelten Stühle und die Kommode, die können wir rausräumen.«

»Nein, lassen Sie es so. Ich werde nur ein wenig aufräumen und umstellen«, schlug Mattia vor. Als er sich umsah, entdeckte er seine alte Staffelei, halb verborgen durch den Vorhang am Fenster. »Mein Gott, Sie haben sogar meine Staffelei aufbewahrt, das ist ja wunderbar!«

»Ja, ich konnte mich nicht entschließen, sie wegzuwerfen, als ich mit meinem Mann in dieses Haus einzog.«

»Ich freue mich, wieder hier zu sein«, sagte Mattia strahlend.

»Und ich bin froh, dass Sie da sind«, bekannte die junge Frau. »Das mit der Miete regeln wir schon irgendwie, machen Sie sich keine Sorgen. Wenn Sie möchten, kommen Sie später zum Abendessen runter. Sie müssen mir alles erzählen, über sich, über Sophia, was sie jetzt so macht, und über das Haus in der Toskana. Ich kenne es nicht, meine Großmutter hat nur einige Monate dort mit irgendeinem ihrer Liebhaber verbracht.«

Ein breites Lächeln glitt über ihr Gesicht. Sie sahen sich an, und Mattia erwiderte das Lächeln. »Im ersten Stock lebt Matilda«, erzählte Chiara dann, »eine Norwegerin, sie ist Fotografin. Sie ist sicher auch froh, einen Mann im Haus zu haben. Aber jetzt muss ich runter, ich habe Nudelwasser aufgestellt.« Im nächsten Moment blieb sie noch einmal zögernd stehen. »Haben Sie eigentlich keinen Stellungsbefehl bekommen?«

»Nein, mein Jahrgang wurde nicht einberufen.«

»Na, da haben Sie aber Glück gehabt«, war Chiaras Kommentar, bevor sie die Tür hinter sich und dem kleinen Umberto schloss.

Mit einem erleichterten Seufzer ließ Mattia seine große Leinentasche von der Schulter gleiten. Diese Wohnung barg nur gute Erinnerungen, hier konnte er aufatmen und sich frei fühlen. Er würde Sophia schreiben, dass er wieder in Rom war. Er wollte malen, er brauchte nicht viel zum Leben. Eine Leinwand, Farben, ein wenig zu essen, dann war er glücklich. Und er wollte mit dem Trinken aufhören. Er wusste, hier würde es funktionieren, hier brauchte er den Alkohol nicht mehr.

Mattia ließ sich auf den Hocker fallen. Er horchte nach unten, auf die Geräusche des Hauses, ein Wasserhahn lief, jemand lachte laut und etwas schrill, dann klapperten Töpfe und Pfannen, das war sicher Chiara in der Küche im Erdgeschoss. Wie hellhörig das Haus war!

Nach einer Weile erhob sich Mattia, trat ans Fenster und blickte in den kleinen Innenhof hinunter. Ein vertrauter Ausblick auf alte Pappeln, deren Blätter in der Sonne glänzten, mehrere Katzen, die sich wohlig streckten und ihr Fell putzten. Es war wie vor zwanzig Jahren, damals, als Sophia und er sich über alle Regeln der Gesellschaft hinweggesetzt hatten. Damals, als er mit ihr glücklich gewesen war.

Doch es hatte nicht für die Ewigkeit gereicht.

12

Casa Sophia, 1940

Am Morgen klopfte Giuliana an die Tür von Sophias Zimmer. Tags zuvor schon hatte sie die Entscheidung getroffen, ihr Alessandros Brief zu geben.

Sophia öffnete sofort.

»Komm rein«, forderte sie Giuliana auf. Sie trug einen alten, geblümten Morgenrock aus Baumwolle, oft gewaschen und ein wenig verblasst. In der Hand hielt sie ihre Haarbürste.

»Willst du dich setzen?«

Giuliana folgte der Aufforderung und ließ sich auf dem einzigen Stuhl nieder, der vor dem Fenster stand. Sophia setzte sich auf ihr Bett.

»Ich möchte noch einmal um Entschuldigung bitten«, begann Giuliana.

»Aber das hast du doch schon getan.«

Giuliana sah auf den Brief in ihren Händen. »Du bist zu Ginas Beerdigung gekommen, nicht wahr?«

Sophia ließ ihre Hand mit der Bürste sinken. »Wie kommst du darauf?«, war ihre Gegenfrage.

»Damals erschien eine Frau mit einem Hut und einem schwarzen Schleier, der ihr Gesicht verbarg. Ich dachte, nein, ich *hoffte* immer, dass du wenigstens an ihrem Tod Anteil genommen hast.«

Sophia sah lange auf ihre Hände, bis sie den Blick hob und Giuliana direkt in die Augen sah. »Nein, Giuliana«, antwortete sie leise, »das war nicht ich.«

»Hattest du nicht erfahren, dass deine Tochter bei einem tödlichen Unfall ums Leben gekommen war?«

Sophia schwieg kurz, bevor sie antwortete: »Doch, Alessandro hat mir an meine frühere Adresse in Rom ein Telegramm geschickt, man hat es an mich weitergeleitet.«

»Und trotzdem bist du nicht gekommen?«

»Giuliana, was erwartest du von mir? Ich habe dir gesagt, es gibt Dinge, über die ich im Moment nicht reden kann, nicht reden *will.*«

»Hat es damit zu tun, dass Großvater dich so verletzt hat?«

»Ja, das hat es.«

»Du willst es mir aber nicht sagen?« Giuliana ließ nicht locker.

»Für alles im Leben gibt es den richtigen Zeitpunkt, auch für ein Gespräch«, erwiderte Sophia ruhig.

Als Giuliana enttäuscht schwieg, fragte Sophia sie: »Deine Eltern sind zusammen in den Tod gestürzt, aber es gab keine Doppelbeerdigung, oder?«

»Nein, die Familie meines Vaters holte ihn nach Turin und ließ ihn dort im Familiengrab der Angelinis beerdigen.«

»Hast du dich gut mit ihm verstanden?«

Giuliana zuckte mit den Schultern. »Es geht.«

»Und sonst? Wie war deine Beziehung zu deinen Eltern? Magst du mir darüber etwas erzählen?«

»Nein.« Giuliana reagierte heftig und sprang vom Stuhl auf.

»Entschuldige, ich wollte dich nicht bedrängen.« Auch Sophia erhob sich. »Es wird Zeit, ich muss mich anziehen. Was ist das, ein Brief?«, fragte sie noch, als sie sah, wie Giuliana das Kuvert in ihrer Hand drehte und wendete.

Nach einem kurzen Zögern hielt Giuliana ihr den Brief hin.

»Er ist für dich«, erklärte sie. Wortlos nahm Sophia ihn entgegen und zog ihn aus dem Kuvert. Nachdem sie ihn auseinandergefaltet hatte, wurde sie blass, und ihre Hand zitterte. Während sie ihn las, ging Giuliana leise aus dem Zimmer und schloss die Tür hinter sich. Sie stieg die Treppe hinunter und verließ das Haus.

Ziellos lief sie durch den Olivenhain, blieb dann stehen und sah zu den silbrig glänzenden Blättern hinauf. Sie hatte etwas Kostbares weggegeben, etwas, das sie als Erinnerung bewahren wollte, doch auch wenn Sophia Alessandro gehasst, ihn abgelehnt und verlassen hatte, war dennoch sie es, an die er in den letzten Momenten seines Lebens gedacht hatte. Es war richtig, ihr den Brief zu geben, entschied sie in Gedanken und setzte sich an den Tisch unter der Pinie.

Die Welt schien stillzustehen.

Oben im Haus las Sophia die letzten Zeilen Alessandros, die er an sie, seine Ehefrau, geschrieben hatte.

Aus der Manufaktur hörte man Fiona lachen, eine der Frauen antwortete, dann war nur noch das Summen der Bienen und das Zirpen der Grillen zu hören.

Giuliana sah sich um und atmete tief ein; es war schön hier, längst hatte sie die *Casa Sophia* in ihr Herz geschlossen. Sie konnte noch bleiben, ein paar Wochen vielleicht. Das Ehepaar Winter versorgte ihre Wohnung, und Paula fühlte sich auf dem Weingut ihrer Familie wohl, das hatte sie ihr vor einigen Tagen telegrafiert.

Aber war es auch Sophias Wunsch, dass sie blieb?

Nach einer Weile kam Sophia aus dem Haus und setzte sich zu Giuliana an den Tisch. Sie trug jetzt ein braunes Baumwollkleid und hatte die Haare achtlos im Nacken mit einer Spange zusammengenommen.

»Danke, Giuliana, dass du ihn mir gegeben hast. Ich kann mir vorstellen, dass es dir schwergefallen ist. Weißt du, auch ich wurde in den letzten Jahren versöhnlicher und dachte mehrmals daran, deinem Großvater zu schreiben, aber ich habe es immer wieder verschoben. Als ich die Todesanzeige las, bedauerte ich das sehr. Mein Angebot gilt übrigens noch«, fuhr sie leise fort, »überlege dir, Giuliana, ob du nicht bleiben willst. Ich brauche dringend jemanden, und ich würde dich für deine Arbeit bezahlen.«

Giuliana nickte langsam. »Ja, ich überlege es mir. Ich habe Angst, nach Rom zurückzukehren.«

»Dann bleib, bitte.« Sophia erhob sich. »Ich muss in die Manufaktur.« Giuliana sah ihr nach, bis Sophia vor der Tür stehen blieb und sich zu ihr umdrehte.

Giuliana ahnte nicht, wie groß Sophias Angst vor der Einsamkeit war, jetzt, da Mattia gegangen war. Niemand wusste, wie sehr auch die Angst vor dem Alter Sophia in vielen Nächten bedrängte. Alt zu sein, keine Kraft mehr zu haben, allein zu sein. War das nicht das Schlimmste?

Giuliana war so lebendig, so erwartungsvoll – einfach jung. Und plötzlich erkannte Sophia, wie sehr sie Giuliana brauchte. Ihre Jugend tat ihr gut, half ihr, die Angst und die Einsamkeit zu überwinden.

»Bitte, Giuliana, bleibe noch«, flüsterte sie.

Langsam wandte sie sich ab und öffnete die Tür zur Manufaktur.

Und während sie inständig hoffte, dass ihre Enkelin bleiben würde, dachte Giuliana an Sophias Worte, die sich tief in ihr Gedächtnis eingegraben hatten: »Du kennst noch nicht die ganze Wahrheit … Dein Großvater hat mich verletzt, wie keine Frau verletzt werden sollte …«

Giulianas Gefühle für Sophia waren widersprüchlich. Sie bewunderte in ihr die Frau, die mit Hilfe des Kochbuchs der Großmutter eine erfolgreiche Firma aufgebaut hatte und den Frauen von Campodoglio Selbstwertgefühl gab. Wie viel Kraft musste beides gekostet haben! Auch Sophias Mut, ihre Entscheidungen gegen jede gesellschaftliche Regel zu treffen, imponierte Giuliana. Doch sie konnte in ihr nicht die Großmutter finden, der sie sich verbunden fühlte, zu groß war die Verletzung, die sie ihrer Mutter Gina und dadurch auch ihr angetan hatte.

Für einen schmerzlichen Moment dachte sie an ihre Mutter, an ihr Zuhause und an die Kälte, in der sie aufgewachsen war. Wäre Gina ihr eine bessere Mutter gewesen, wenn sie von ihrer eigenen Mutter mehr Liebe bekommen hätte?

TEIL II

13

Campodoglio, Ende September 1943

Die Tür zur Kirche stand weit offen. Giuliana konnte die Bankreihen mit den vielen Menschen sehen, die mit gesenkten Köpfen beteten. Einen Augenblick lang verharrte sie und horchte auf den vollen Klang der Orgel. Die Einwohner von Campodoglio hatten sich in der Kirche versammelt, in der Hoffnung, dort Trost zu finden. Pater Antonio hielt den Gottesdienst ab und betete für die Gefallenen und für das Ende des Krieges.

Giuliana schob ihr Fahrrad über die Piazza, die seit Mussolinis Absetzung durch den Faschistischen Großrat am 23. Juli wieder Piazza Centrale hieß. Wie alle anderen hatte sie am Morgen tiefes Entsetzen gepackt, als im Radio die Meldung durchgegeben wurde, die auch die Titelseite des *Corriere della Sera* zierte:

… Truppen der deutschen Wehrmacht und der SS auf dem Vormarsch in die Toskana …

Schreckensmeldungen kamen täglich, die Städte wurden bombardiert, die Gestapo verbreitete im zerstörten Rom Angst und Schrecken, Mailand lag in Trümmern. Was kam noch alles auf sie zu?, fragten sich die Leute ängstlich und warfen furchtsame Blicke zum Himmel, seit auch einige Städte in der Toskana von den Alliierten bombardiert worden waren.

Giuliana hielt vor der *Panetteria Cortesi* und warf einen kurzen Blick hinein.

»Ciao, Maria! Ich habe es leider eilig, ich war nur

schnell bei der Post, meinen Brief an die Winters aufgeben, hoffentlich bekommen sie ihn. Nach dem großen Angriff ging ja nichts durch, kein Telegramm, kein Anruf.«

Maria und Giuliana waren Freundinnen geworden. Giuliana hatte ihr von Paula erzählt und wie groß ihre Sorge um sie gewesen war, als Frascati von amerikanischen Bombern angegriffen wurde. Es hatte viele Tote gegeben. Erst nach einigen Tagen hatte Giuliana endlich ein erlösendes Telegramm von Paula bekommen, es sei verheerend gewesen, doch ihrer Familie und ihr sei nichts passiert.

»Hast du auch an Paula geschrieben?«, wollte Maria daher jetzt neugierig wissen.

»Nein, nur den Winters. In ihrem letzten Brief berichteten sie von Verdunkelung, Sperrstunde, knapper werdenden Lebensmitteln und von Plünderern, die in die zerstörten Häuser eindringen, auch wenn es die UNPA gibt.«

»Was ist das?«

»Das sind die Luftangriffsschutztruppen in den Städten. Aber die können auch nicht überall sein.«

»Das ist ja furchtbar. Hast du keine Angst, dass jemand in deine Wohnung einbricht?«

»Nein, nein. Unser Haus ist ja nicht zerbombt worden. Und für Sicherheit sorgen die Mieter und die anderen Eigentümer, sie wechseln sich mit Nachtwachen ab«, antwortete Giuliana. »Die Winters bleiben auf alle Fälle in Rom. Aber jetzt muss ich nach Hause, ciao, Maria.«

Giulianas größte Sorge galt im Moment Sophia. Heute Nacht fuhr sie mit Fiona, Marcella und Leontina auf ihre Abschiedsreise, wie sie es nannte. Begleitet wurden sie wieder von Beatrice.

Die zehntägige Tour war im Voraus genau geplant, und die Termine waren festgelegt worden. Die Frauen belieferten gute Kunden, meist kleine Osterias in Landgasthäusern, in denen sie auch übernachten würden.

Giuliana wusste, dass sowohl Marcellas als auch Leontinas Mann ihren Frauen die Reise strikt verboten hatten, und trotzdem begleiteten sie Sophia. Sie hatten zusammen schweren Herzens beschlossen, die Manufaktur bis auf weiteres zu schließen, es gab immer weniger Kunden. Außerdem mussten sie stets einige Zutaten für die Herstellung ihrer Produkte zukaufen, bekamen sie aber jetzt nicht mehr.

Nachdenklich schob Giuliana ihr Rad am Schulhaus vorbei. Das Schild *Unser Duce liebt die Kinder* war inzwischen abgenommen worden. Einen Moment lang blieb sie stehen und erinnerte sich an den Nachmittag, als Manfredo Valli vor dem Rathaus seine Antrittsrede gehalten und große Säuberungsaktionen angekündigt hatte. Valli hielt Wort, er und seine Männer spürten Leute in der Umgebung auf, die heimlich für die Resistenza arbeiteten, oder auch solche, die sich öffentlich gegen den Faschismus aussprachen. Manfredo Valli hatte seit diesem Tag vor drei Jahren Angst und Schrecken im Ort verbreitet.

Gerade als Giuliana aufs Rad steigen wollte, fuhr Dottore Pacelli an ihr vorbei, winkte ihr zu und hielt mit quietschenden Reifen vor seinem großen Haus, das er zu einer kleinen Klinik umfunktioniert hatte. Als Arzt durfte er sein Auto behalten, während viele Bauern, die ihre Lastwagen hatten abgeben müssen, ihre alten Fuhrwerke aus den Scheunen holten und damit ihre Ernte einbrachten. So hörte man jetzt wieder oft Pferdegetrappel auf dem Kopfsteinpflaster des Ortes.

Kurze Zeit später bog Giuliana schwungvoll in den Weg zur *Casa Sophia* ein. Dort angekommen, schob sie das Rad durch den Obstgarten und den Olivenhain bis zum Haus.

»Sophia?«

Sie erhielt keine Antwort, daher stellte Giuliana ihr Fahrrad an der Wand ab und lief in die Manufaktur hinüber. Die Tür stand offen, und als sie sich umsah, entdeckte sie Sophia in ihrem kleinen Büro, das Gesicht in den Händen verborgen.

Giuliana blieb zögernd stehen. Durfte sie Sophia stören? Sicher wollte sie allein sein. So leise, wie sie gekommen war, ging Giuliana zurück ins Haus und in die Küche. Hier setzte sie sich an den Tisch und wartete.

Vor drei Jahren, nachdem Mattia sie verlassen hatte, war Sophia für mehrere Wochen verschwunden. Sie holte eines Morgens den Lastwagen aus der Scheune und fuhr fort. In der Küche lag ein Zettel auf dem Tisch, man solle sich keine Sorgen um sie machen. Vier Wochen später kehrte sie zurück, sie war am Meer gewesen. Doch kein Wort kam über ihre Lippen, selbst als sie ihre Arbeit in der Manufaktur wieder aufnahm.

Dann begann sie, Frauen zu besuchen, deren Männer oder Söhne an der Front oder bereits gefallen waren. Sophia tröstete sie, weinte mit ihnen und hielt sie in ihrem Schmerz in den Armen. Sie erzählte Giuliana, dass sie nach Angelos Tod dadurch Trost gefunden habe, in einer Armenküche der Pfarrei zu arbeiten und mit den Alten und Einsamen zu sprechen.

»Damals habe ich begriffen, dass ich nicht allein und auch nicht die Einzige bin, die einen geliebten Menschen verloren hat.«

Mehr erzählte Sophia nicht über die Vergangenheit. Giulianas Fragen blieben ohne Antwort und schienen im Laufe der Kriegsjahre auch an Bedeutung zu verlieren. Einige Male war Giuliana versucht gewesen, nach Rom zurückzukehren. Doch Sophia schien ihr Zögern, ihre Unentschlossenheit jedes Mal zu spüren. An einem dieser Tage legte sie plötzlich den Arm um Giulianas Schultern, bedankte sich für ihre Mitarbeit in der Manufaktur und betonte, wie sehr sie ihre Enkelin brauche, nicht nur als Mitarbeiterin.

Sophia brauchte sie, und das gab für Giuliana den Ausschlag.

In Rom wartete niemand auf sie.

Manchmal, wenn sie mit Sophia in der Manufaktur arbeitete, trafen sich ihre Blicke, und sie lächelten einander zu. Es waren kurze Momente der Vertrautheit, die sich im Laufe der Zeit jedoch nicht vertieften. Vergeblich wartete Giuliana auf das starke Gefühl familiärer Verbundenheit zwischen ihnen beiden. War so etwas nur ein Mythos?

Jetzt hörte sie Sophia über den Kiesweg kommen und sah ihr entgegen, als sie die Küche durch die Hintertür betrat.

Sophia war in den drei Jahren gealtert, das Grau in ihrem blonden Haar überwog, und um ihre schönen dunklen Augen zogen sich Falten, die sich vertieften, wenn sie lächelte. Trotzdem war Sophia mit einundsiebzig immer noch eine attraktive Frau. Sie schob ihre Haare im Nacken zusammen und begrüßte Giuliana.

»Ich werde versuchen, noch ein wenig zu schlafen, bevor Leontina mich heute Nacht abholt.«

»Ihr könnt nicht fahren«, erklärte Giuliana und versuchte, ruhig und beherrscht zu bleiben. »Die Deutschen rücken in die Toskana vor, hast du das nicht gehört? Es ist zu gefährlich für euch. Du bringst auch Leontina in Gefahr, schließlich hat sie drei halbwüchsige Töchter und –«

»Sie kann selbst entscheiden«, unterbrach Sophia sie kurz angebunden. »Und sie will bei dieser Abschiedsfahrt dabei sein. Wer weiß, wann wir wieder produzieren und liefern können.«

»Leontina fährt nur dir zuliebe mit, genau wie Marcella und Fiona. Du riskierst nicht nur dein Leben, sondern auch das Leben deiner Mitarbeiterinnen, Beatrice eingeschlossen«, fügte Giuliana noch hinzu, in dem Wissen, dass Sophia Beatrice nur zu ihrem Schutz mitnahm.

»Es ist alles geplant, und wir fahren. Basta!«, erklärte Sophia abweisend. »Marta und Ovide werden in dieser Zeit hier wohnen, damit du nicht allein bist. Du musst nur dafür sorgen, dass das Tor in der Mauer immer abgeschlossen ist. Und vor allem, fahr nicht mehr so leichtsinnig durch die Gegend, das ist zu gefährlich.«

»Ach ja, und was machst du?«, fragte Giuliana heftig.

»Uns passiert nichts. Wir übernachten in den Gasthöfen unserer Kunden, die inzwischen unsere Freunde geworden sind, sie erwarten uns. Und in zehn Tagen sind wir wieder hier.«

Sophia wandte sich zur Tür, doch dann kam sie zurück und umarmte Giuliana, die sich ebenfalls erhoben hatte.

»Ich habe eine Bitte …« Sophia zögerte, als sie Giuliana wieder losließ. »Ich habe Mario von der *Osteria del Monte* eine Lieferung versprochen, bis auf weiteres die letzte. Das Paket für ihn liegt in der Manufaktur. Er wartet nächsten Freitagvormittag darauf. Wenn du willst, bringe ihm das Paket. Zur *Osteria* nimmst du die Straße nach Florenz, sie ist befahren, daher denke ich, da kann dir nichts passieren. Aber nur, wenn du wirklich willst.«

»Natürlich übernehme ich die Lieferung, Sophia, das ist kein Problem«, beteuerte Giuliana.

»Danke.« Sophia lächelte flüchtig und strich sich mit einer müden Geste die Haare aus der Stirn.

»Es wird schon alles gutgehen«, versicherte Giuliana tröstend, »du wirst sehen. Bald können wir die Manufaktur wieder eröffnen.«

Sophia straffte die Schultern und lächelte Giuliana jetzt offener an. »Du hast recht, es kann alles wieder gut werden. Weißt du was?« Spontan trat sie an den Geschirrschrank und nahm zwei Gläser heraus. Dann holte sie eine Flasche Chianti, öffnete sie und füllte die Gläser. »Worauf wollen wir trinken, was meinst du?«

»Dass ihr wohlbehalten nach Hause zurückkommt und … auf eine friedliche und gute Zukunft«, antwortete Giuliana sofort.

»Ja, auf die Zukunft.« Das Lächeln in Sophias Gesicht erlosch.

Giuliana war den Tränen nahe, sie hatte offensichtlich mit ihrem Trinkspruch bei Sophia einen Nerv getroffen. Ob sie bei dem Wort »Zukunft« nur noch an ihr Alter dachte? Ob sie fürchtete, selbst keine Zukunft mehr zu haben?

Spontan griff sie nach Sophias Hand und drückte sie, doch diese entzog sie ihr sofort.

»Manchmal denke ich«, sagte sie unvermittelt, ohne Giuliana anzusehen, »dass ich zu egoistisch gewesen bin, als ich Alessandro damals verlassen habe.«

Giuliana schwieg überrascht.

»Du hast dich für deine Liebe entschieden«, antwortete sie schließlich. »Hast du nicht gesagt, man muss alles dafür riskieren?«

Sophia zuckte vage mit den Schultern.

»Ja, das ist schon richtig. Ich bin mir jedoch inzwischen sicher, dass auch Alessandro mit mir nicht glücklich war, allerdings …«

»Was meinst du?« Giuliana hielt den Atem an. War das der Moment, auf den sie schon so lange wartete?

»Weißt du, Giuliana, ich bin müde. Aber ich denke, die Zeit ist da, dir die Wahrheit zu erzählen. Wir reden, wenn ich zurückkomme, einverstanden?«

Giuliana konnte nur nicken, enttäuscht, dass Sophia wieder nur eine Andeutung machte, aber nichts aussprach.

Mit einem hastig gemurmelten Gutenachtgruß verließ Sophia die Küche. Giuliana hörte sie die Treppe nach oben gehen und die Tür zu ihrem Zimmer schließen.

Lange blieb Giuliana sitzen und horchte, ob Sophia vielleicht noch einmal herunterkam. Aber es blieb still.

*

Es war spät, als Giuliana am nächsten Morgen aufstand und in die Küche ging. Marta war noch nicht da, sie wollte erst am Nachmittag mit Ovide kommen.

In der Nacht hatte Giuliana gehört, wie sich Sophia aus dem Haus schlich und durch den Garten lief, wo hinter der Mauer Leontina mit dem Lkw auf sie wartete.

Jetzt kochte Giuliana einen Kaffee und setzte sich an den Tisch. Als sie ihre Tasse abstellte, entdeckte sie einen Zettel mit einer kurzen, hastig geschriebenen Nachricht von Sophia.

Sollte mir etwas passieren, habe ich für Dich Unterlagen in meinem Schreibtisch in der Manufaktur hinterlegt. Es ist mein Testament und ein Brief an Dich.
Sophia

Giuliana ließ die Hand mit der Nachricht sinken. Sie war zutiefst erschrocken. Sophia war sich offensichtlich der Gefahr bewusst, in die sie und die Frauen sich begaben. Und zwar so sehr, dass sie mit dem Allerschlimmsten rechnete, dem Tod.

Die Deutschen durchkämmten die Toskana, um Partisanen aufzuspüren, sie in Lager zu schicken oder sie sofort zu erschießen.

Und mittendrin war Sophia.

*

Giuliana wartete vergeblich auf Marta und Ovide. Erst am zweiten Tag nach Sophias Abreise erschien Fabio, Ovides Bruder. Er erzählte, dass sein Neffe schwer verwundet mit einem Transport in Florenz angekommen sei.

»Er liegt dort im Lazarett, und Marta und Ovide sind hingefahren, um bei ihm zu sein. Wenn es ihm bessergeht, wollen sie ihn nach Hause holen oder zu Dottore Pacelli in die Klinik bringen. Aber ich komme täglich, um nach Ihnen zu sehen.«

»Was genau ist Francesco denn passiert?«

»Eine Granate hat ihn erwischt, er hat ein Bein und einen Arm verloren«, antwortete Fabio, während er sich mit seinem Jackenärmel die Tränen aus den Augen wischte.

»Das ist ja entsetzlich.« Giuliana war tief getroffen. Sie

kannte den Neunzehnjährigen gut, er hatte in den vergangenen Jahren bei der Olivenernte mitgeholfen. Sie griff nach Fabios Hand und drückte sie voller Mitleid.

»Sagen Sie Marta und Ovide, dass ich an sie denke. Sie sollen sich bloß keine Sorgen um mich machen. Ich komme allein zurecht«, versicherte sie ihm. »Voriges Jahr hat Sophia auf die Mauer rund um das Anwesen Stacheldraht setzen lassen. Das Tor zur Straße ist aus Schmiedeeisen und lässt sich nicht mehr von außen öffnen.«

»Ja, aber vergessen Sie nie, das kleine Tor hinten in der Mauer abzuschließen«, ermahnte Fabio sie noch, bevor er sich auf den Heimweg machte. »Ich habe kein gutes Gefühl, Sie hier allein zu lassen. Was machen Sie, wenn plötzlich Faschisten oder deutsche Soldaten auftauchen?«

»Da könnten Ovide und Marta auch nicht helfen. Es ist schon in Ordnung, Fabio. Grüßen Sie die beiden von mir. Wenn ich irgendetwas für sie tun kann, lassen Sie es mich wissen. Ich würde ihnen gern helfen.«

Fabio nickte zögernd, und Giuliana begleitete ihn noch bis zum Tor in der Mauer, das sie hinter ihm verschloss.

Es war still, und tiefer Frieden lag über der *Casa Sophia.*

14

Am Nachmittag des nächsten Tages kam Maria mit einem Apfelkuchen in die *Casa Sophia*. Zusammen setzten sie sich an den Tisch unter die Pinie.

»Genieße ihn, Giuliana. Wer weiß, ob es nicht unser letzter ist.«

»Wie meinst du das? Glaubst du, Campodoglio wird von den Deutschen überfallen oder die Alliierten werfen Bomben?«

»Nein«, sagte Maria. »Ich habe dir doch erzählt, dass ich kaum mehr Zutaten bekomme, selbst wenn ich die überhöhten Preise zahlen könnte. Mehl, Eier, Butter, von Mandeln ganz zu schweigen. Kennst du den Bauern Alfredo Sacchi?«

Giuliana schüttelte den Kopf. »Nein, was ist mit ihm?«

»Seine Frau trägt jetzt einen Nerzmantel, und in ihrer Wohnstube liegen Teppiche aus Persien. Die Städter kommen in Scharen aufs Land, und wenn sie kein Geld haben, tauschen sie ihre Wertsachen gegen Lebensmittel ein. Schmuck, Silber, teures Porzellan. Die Erträge seines Hofes verkauft Alfredo nur noch zu Spitzenpreisen oder tauscht sie ein. Ich weiß also nicht, wie es mit der *panetteria* weitergehen soll«, klagte Maria.

»Denk nur von einem Tag zum anderen«, schlug Giuliana ihr vor.

»Du hast recht, aber trotzdem mache ich mir Gedanken über die Zukunft. Ich bin sechsundzwanzig und nicht verheiratet. Ich bin einsam, Giuliana! Ich möchte von einem Mann umarmt werden, der mir sagt, dass alles gut wird. Kennst du das Gefühl denn nicht?«

»Doch, natürlich«, antwortete Giuliana nach einer kleinen Pause. »Aber jetzt sind doch viele Frauen allein, ihre Männer sind fort oder sogar gefallen. Es gibt viele Witwen, auch hier im Ort.«

»Ja, aber sie waren wenigstens einmal verheiratet, und die meisten haben Kinder. Aber ich bin eine alte Jungfer«, klagte Maria.

Tröstend griff Giuliana über den Tisch nach der Hand ihrer Freundin.

»Weißt du, ich hätte damals Pasquale heiraten sollen«, brach es aus Maria heraus.

»Wen?«

»Pasquale. Damals war ich neunzehn, als meine Eltern sich mit seinen Eltern absprachen.«

»Und du?«

»Ich wollte ihn nicht, obwohl Pasquale kein hässlicher Mann ist. Inzwischen ist er verheiratet und von hier fortgegangen. Er war der Sohn des Metzgers und trug immer seine blutige Schürze, wenn er in die *panetteria* kam«, erzählte Maria weiter, »er brachte frisches Fleisch mit, um mir und meiner Familie eine Freude zu machen. Mein Vater mochte ihn. Meine Mutter regte sich furchtbar auf, weil ich ihn ablehnte. Sie sagte, man muss den Mann heiraten, den man kriegen kann. Und Flausen solle ich mir aus dem Kopf schlagen.«

»Warum hast du mir das nie erzählt?« Giuliana war überrascht. Maria zuckte die Schultern. »Ich weiß nicht. Ich wollte mich immer verlieben, aber meine Eltern haben es nicht verstanden, und dann kam ja der große Erbstreit.«

Giuliana wusste, dass der ganze Ort gegen Maria gewesen war, als sie das Erbe ihrer Großmutter, die *panetteria*, übernahm, anstatt sie ihren Eltern zu überlassen. »Maria hat ihren Eltern keinen Respekt entgegengebracht und sie verjagt«, hieß es damals im Ort.

»Und du?«, wollte Maria wissen. »Wie viele Verehrer hast du in Rom gehabt?«

»Mein Großvater und ich lebten sehr zurückgezogen«, wich Giuliana der Frage aus. »Ich habe außerdem mit siebzehn das Abitur gemacht und nur gelernt. Ich hatte ein Ziel: Lehrerin zu werden.«

»Bist du nie ausgegangen?«

»Doch, Großvater und ich gingen in die Oper, zu einigen Veranstaltungen, und manchmal lud er zu Hauskonzerten ein. Mein Großvater spielte wunderbar Klavier, im Gegensatz zu mir. Ich lernte es zwar, aber über Mittelmäßigkeit bin ich nie hinausgekommen.«

Maria interessierte sich weniger für Giulianas Klavierspiel. »Und? Gab es viele Verehrer?«

»Ach, Maria, lassen wir das doch. Es ist so lange her.« Giuliana hatte keine Lust, von den jungen Männern zu erzählen, die ihr Einladungen oder Blumen geschickt hatten, während sie nur ihre Ziele verfolgte: einen Beruf und Selbständigkeit.

Sie war damals überrascht und auch gerührt gewesen, dass ihr konservativ denkender Großvater sie in ihren Plänen unterstützte. Erst in der letzten Zeit war ihr klargeworden, dass er das tat, um sie noch nicht so bald zu verlieren, denn eine frühe Heirat hätte bedeutet, dass sie ihn verließ.

Gefangen in ihren Gedanken, aßen die beiden jungen Frauen ihren Apfelkuchen.

Es war selten, dass Maria zu Giuliana in die *Casa Sophia* kam, denn Sophia waren ihre Besuche nicht recht, auch wenn sie nichts sagte. Sicher war es Marias Interesse am Leben anderer Leute, das Sophia missfiel. »Hast du keine Angst, so ganz allein hier in der *Casa?*«, wollte Maria noch wissen, während sie sich bereits erhob. Marias *panetteria* war zwischen ein und drei Uhr geschlossen, und jetzt war es halb drei, sie musste zurück.

»Nein, nein, ich komme zurecht. Also dann, ciao.« Sie wartete, bis Maria ihr Fahrrad genommen hatte, dann stellte sie die Teller auf das Tablett und ging damit gedankenverloren ins Haus.

Maria hatte von ihrer Einsamkeit gesprochen, von dem Wunsch, von einem Mann in den Arm genommen zu werden. Empfand sie das nicht auch? Sehnsucht nach der großen Liebe, so wie Sophia sie beschrieb? Doch gleich darauf waren ihre Gedanken wieder einmal bei den Frauen. Dem Plan nach würden sie heute in der Nähe von Arrezzo in einem idyllischen Landgasthaus ankommen, dessen Osteria immer noch sehr gut besucht war und in dem sie mehrere Nächte bleiben konnten. Von dort aus fuhren sie zu weiteren Kunden in der Nähe.

Giuliana hielt die beiden Kuchenteller unter den laufenden Wasserhahn, so dass sie Maria zuerst nicht hörte, die plötzlich wieder an der Hintertür stand.

»Was ist passiert?«, fragte sie erschrocken.

Maria wies hinter sich. »Aus dem Obstgarten habe ich eigenartige Geräusche gehört«, flüsterte sie.

»Was für Geräusche?«

»Ich weiß es nicht, ein Röcheln, es klang …« – sie suchte nach den richtigen Worten –, »… als ob jemand große Schmerzen hätte.«

»Wir werden nachsehen«, entschied Giuliana beherzt. »Vielleicht ist es ein verletztes Tier.«

»Ich weiß nicht …« Maria zögerte und beobachtete überrascht, wie Giuliana aus der Küchenkammer ein Gewehr holte.

»Komm«, forderte sie Maria auf. »Wo hast du das Geräusch gehört?«

»Du hast ein Gewehr?«, staunte Maria. »Kannst du denn damit schießen?«

Giuliana nickte. »Ja, Sophia hat es mir beigebracht, damit ich mich besser schützen kann.«

Maria starrte Giuliana an. »Das hast du mir gar nicht erzählt.«

»Es war nicht wichtig«, erklärte Giuliana. »Ich kann mir nämlich nicht vorstellen, auf jemanden zu schießen, nicht einmal auf ein Tier. Und jetzt komm.«

»Aber wenn du nicht damit schießen willst, warum nimmst du es dann mit?« Maria beschäftigte der Gedanke, dass ihre Freundin schießen gelernt hatte, ohne ihr davon zu erzählen, offensichtlich immer noch.

»Ich nehme es nur für alle Fälle mit«, antwortete Giuliana ungeduldig. Zusammen verließen sie das Haus, Maria hielt sich jedoch etwas hinter Giuliana.

»Da drüben, an der Mauer, bei den Brombeersträuchern.« Sie zeigte zum Obstgarten und konnte kaum das Zittern in ihrer Stimme verbergen.

»Jetzt beruhige dich«, redete Giuliana ihr gut zu, aber auch ihr Herz pochte laut. Kurz darauf blieben sie stehen.

»Hörst du's?«, flüsterte Maria und packte Giuliana am Arm. Die beiden jungen Frauen lauschten angestrengt, doch alles war still, nichts rührte sich.

»Vielleicht ist das Tier inzwischen gestorben«, sagte Giuliana und ließ erleichtert das Gewehr sinken. Niemals würde sie auf ein Tier schießen können, auch wenn man es dadurch von seiner Qual erlöste.

In dem Moment hörte sie es, ein leises, qualvolles Stöhnen. Es klang unheimlich in der Stille des Nachmittags, Maria hatte nicht übertrieben. Stumm sahen sie sich an.

»Das ist kein Tier«, flüsterte Giuliana. Ihr Mund war trocken, und ihre Knie knickten fast ein.

Da sah sie durch das hochgewachsene Gras etwas Graues schimmern. Giuliana senkte das Gewehr und bog damit das hohe Gras auseinander.

Voller Angst schrie Maria auf. »Ein Soldat, ein Deutscher!«

Der Mann lag zusammengekrümmt im Gras, schmutzig, mit Staub bedeckt, die Stirn mit Blut verkrustet.

»Ein Feind«, flüsterte Maria.

Giulianas Hand zitterte, als sie das Gewehr hob und den Mann anherrschte, aufzustehen. Aber er bewegte sich nicht, sondern starrte sie nur aus leeren Augen an.

»Er kann nicht aufstehen, siehst du das nicht? Er ist zu schwach, und er versteht dich sicher nicht einmal.«

Giuliana ließ das Gewehr wieder sinken.

»Ich weiß, Maria, aber was sollen wir denn machen?«

»Wasser«, flüsterte der Mann.

»Er spricht italienisch.« Maria sah sich um. »Glaubst du, er ist allein?«

»Er hat Durst.« Giuliana ging auf Marias Frage nicht ein. Fieberhaft überlegte sie. Sie hatten die Pflicht, Manfredo Valli zu verständigen. Doch konnten sie das tun? Ihm diesen hilflosen Mann ausliefern? Giuliana sah sich um.

»Er scheint allein zu sein, Maria. Wir werden ihn ins

Atelier bringen«, entschied sie sich gegen jede Vernunft. »Das liegt am nächsten.«

Maria zögerte. »Ich weiß nicht, Giuliana, wenn das herauskommt, werden wir bestraft.«

Immer noch sahen beide auf den Mann im Gras.

»Er ist nicht nur ein Feind«, entschied Giuliana. »Er ist ein Mensch, der unsere Hilfe braucht.«

»Das ist gefährlich für uns«, wandte Maria ein und sah sich ängstlich um. »Wir wissen zudem immer noch nicht, ob er allein ist.«

Doch Giuliana achtete nicht auf ihren Einwand.

»Wir werden Ihnen helfen. Wenn Sie mich verstehen, nicken Sie«, sagte sie betont langsam. Erwartungsvoll starrten sie auf ihn hinunter, bis er mit einem kurzen Nicken reagierte und sie beide ansah.

Maria widersprach nicht, als Giuliana sie energisch aufforderte, mit anzupacken. Sie beugte sich zu dem Soldaten hinunter und griff unter seine rechte Schulter, während Giuliana ihn am linken Arm hochzog.

»Sind Sie verletzt?«

Der Deutsche schüttelte kaum merklich den Kopf. Also zogen sie den Geschwächten, dessen Knie immer wieder einknickten, bis zum Atelier. Giuliana nahm den Schlüssel vom Haken neben dem geschlossenen Fensterladen und öffnete die Tür. In der stickigen Dunkelheit schleppten sie ihn in den hinteren Teil des Raumes und ließen ihn aufs Bett sinken.

»Wasser, bitte …«, flüsterte der Deutsche noch einmal.

»Hol ihm Wasser, Maria, dahinten ist das Waschbecken, Gläser stehen daneben.« Rasch fand sich Maria in der Dämmerung des Raumes zurecht. Sie kam mit einem gefüllten Glas zurück.

»Heb seinen Kopf hoch«, wies Giuliana sie an, und dann setzte sie das Glas an die vor Trockenheit aufgesprungenen und blutigen Lippen.

»Sind Sie allein? Wo ist Ihre Truppe?«

»Allein«, flüsterte er und trank gierig von dem Wasser.

»Wir müssen ihm die Uniform ausziehen und sie verschwinden lassen«, dachte Giuliana laut nach. »Außerdem werden wir ihn waschen. Er sieht furchtbar aus, komm, hilf mir, zieh ihm die Schuhe aus und dann –«

»Was?« Maria wich einen Schritt zurück. »Ihm die Uniform ausziehen? Niemals.«

Giuliana zitterte vor Nervosität. Sie hatten ihn hereingeholt und sich dadurch selbst in Gefahr gebracht. Dieser Soldat schien tagelang unterwegs gewesen zu sein. Betroffen ließ sie ihre Arme sinken. Er musste ein Deserteur sein. Und sicher verfolgten ihn die Deutschen und erschossen ihn, wenn sie ihn fanden. Vielleicht auch sie und Maria, weil sie ihn aufgenommen hatten.

Giuliana spürte, wie ihr der Schweiß über den Rücken lief und panische Angst ihr die Luft abschnürte.

»Jetzt hilf mir, schnell!«, fuhr sie Maria an. »Wir müssen ihm unbedingt die Uniform ausziehen.«

Mit großer Kraftanstrengung widmete sie sich zuerst den Stiefeln.

»Mein Gott, alles voller Blut!«, rief Maria entsetzt. Als Giuliana ihm die Wollsocken von den Füßen ziehen wollte, blieben sie an blutigen Blasen kleben. Wieder stöhnte der Soldat auf.

Vorsichtig löste Giuliana die Socken, und dann zogen die beiden Frauen ihm die Uniformjacke und danach das Hemd aus. Dann zögerten beide und sahen sich an.

»Er kann die Hose nicht anlassen, sie würde ihn verraten.«

»Er soll sie selbst ausziehen«, flüsterte Maria.

»Wir werden erst einmal seinen Oberkörper waschen«, schlug Giuliana vor. Sie ließ Wasser in eine Emailleschüssel fließen und kehrte mit einem Stück Seife und einem Schwamm zum Bett zurück. Vorsichtig strich sie mit einem Tuch über das bärtige Gesicht des Deutschen und wusch den Oberkörper mit dem Schwamm ab, während sie zwischendurch immer wieder das Wasser in der Schüssel erneuerte. Das getrocknete Blut auf der Stirn löste sich, und die Verletzung erwies sich als kleine Schramme. Die verschwitzten und verfilzten Haare löste Maria mit Seifenschaum, und Giuliana fuhr ihm anschließend mit Mattias Bürste durch die nassen blonden Haare.

»Wohnt hier eigentlich jemand?«, fragte Maria. Sie war während ihrer vorsichtigen Tätigkeiten wieder zur Besinnung gekommen und staunte nun über die vollständige Ausstattung des Badezimmers.

»Das war Mattias Wohnung«, erklärte Giuliana nur kurz. Nachdem er weggegangen war, hatte Sophia nichts verändert.

Immer wieder sank der Kopf des jungen Mannes auf das Kissen zurück. Einen Moment lang sahen sie schweigend auf ihn hinunter, ehe Giuliana eingehend seine Füße betrachtete.

»Sie bluten, und die Blasen sind eitrig, kein Wunder, dass er nicht mehr laufen kann.«

Sanft fuhr Giuliana mit einem sauberen Handtuch über die Füße des Mannes und reinigte sie vorsichtig. »Wir müssen sie verbinden, hol drüben im Haus den

Verbandskasten. Er steht in der Kammer neben der Küche!«

Widerspruchslos folgte Maria den Anweisungen ihrer Freundin. Vorsichtig öffnete sie die Tür einen Spaltbreit und schlüpfte hinaus. Währenddessen hob Giuliana erneut den Kopf des Soldaten an, löste den Verschluss seiner Kette mit der Identifikationsnummer und ließ sie rasch in die Tasche ihres Rockes gleiten. Wieder verlangte der Mann nach Wasser, und noch einmal setzte sie ein volles Glas an seine Lippen. Endlich hatte er genug, und Giuliana cremte ihm vorsichtig die aufgesprungenen Lippen ein.

»Hören Sie mich?«, fragte sie und beugte sich über ihn. Er antwortete mit einem schwachen Nicken. »Sie müssen Ihre Hose ausziehen, nichts darf Sie verraten. Ich gebe Ihnen andere Sachen zum Anziehen. Verstehen Sie mich? Können Sie mir Ihren Namen nennen?« Wieder nickte er leicht und flüsterte: »Claus von Welser.« Claus von Welser, was für ein schöner Name!, dachte Giuliana.

Nervös und angespannt horchte sie gleich darauf wieder nach draußen. Panik ergriff sie. Maria war vielleicht schon festgehalten worden und das Atelier von deutschen Soldaten umzingelt!

Als sie schnelle Schritte hörte, erschrak sie so sehr, dass ihr die Cremedose aus der Hand fiel und scheppernd auf dem Boden aufschlug. Erleichtert seufzte sie auf, weil es nur Maria war, die wieder hereinhuschte. Blass und außer Atem stellte sie den Verbandskasten auf das breite Bett. Doch sie hatte noch etwas mitgebracht, den Einkaufskorb aus Sophias Küche. Daraus zog sie ein paar Scheiben Brot und Schinken hervor.

»Er wird Hunger haben.« Maria und Giuliana lächelten einander an, Verbündete in einer gefährlichen Mission.

Sie behandelten die Blasen, und Maria legte anschließend den Verband an, während Giuliana bereits Mattias Schrank öffnete und Wäsche, eine lange Leinenhose und ein Hemd herausholte. Dazu leichte Schuhe und Socken. Es war alles noch da.

»Er ist eingeschlafen«, wisperte Maria.

»Wir legen ihm die Sachen aufs Bett, dann kann er sie später anziehen. Und den Korb stellen wir daneben. Wenn er aufwacht, kann er essen und sich umziehen. Hoffentlich schafft er das allein.«

»Hat er gesagt, wie er heißt?«

»Claus«, antwortete Giuliana zögernd. »Er heißt Claus.« Sie kannte zwar seinen vollständigen Namen, doch sie gab ihn nicht preis: Claus von Welser. Wer wusste schon, ob Maria dieses Mal wirklich schweigen konnte.

»Komm, gehen wir.«

Giuliana sah auf den Deutschen hinunter. Seine Wangen zuckten, seine Augenlider flatterten unruhig, und er warf den Kopf hin und her. Fieberhaft überlegte sie, wo sie die Uniform, seine Waffe und die Stiefel verstecken sollte.

»Da kommt jemand!« Marias Stimme war kaum zu vernehmen. Ohne sich zu bewegen, blieben sie am Bett stehen, wagten kaum zu atmen.

Erstarrt horchten sie auf die Schritte, die vor der Tür haltmachten.

»Hallo? Giuliana?«

Giuliana atmete auf. »Das ist Fabio, Ovides Bruder«,

flüsterte sie und lauschte angestrengt auf die Schritte, die sich wieder entfernten. »Er geht zum Haus.« Sie hatte sich auf die Zehenspitzen gestellt und beobachtete ihn durch den breiten Spalt im rissigen Fensterladen. »Er ist allein.«

»Warum helfen Sie mir?«

Erschrocken drehten sich die beiden Frauen um. Der Deutsche hatte die Augen geöffnet und sah Giuliana an.

»Aus Mitleid«, antwortete sie.

»Grazie, danke, aber es ist gefährlich, ich bin –«

»Ja, ich weiß«, unterbrach Giuliana ihn rasch.

»Was machen Sie mit meiner Uniform?«

»Ich verstecke sie, auch Ihre Waffe«, antwortete Giuliana. Er nickte nur leicht, sein Kopf sank wieder zur Seite, und schon schlief er wieder ein.

»Ich gehe raus«, flüsterte Giuliana Maria zu. »Schließ hinter mir ab.« Schnell schob sie sich durch die nur einen Spaltbreit geöffnete Tür und lief durch den Garten zum Haus.

»Ich war drüben in der Manufaktur«, sagte sie zu Fabio, nachdem sie ihn begrüßt hatte, und lächelte ihn an, bemüht um einen harmlosen Ton. »Da habe ich Sie rufen hören.«

»Ich habe mir schon Sorgen gemacht. Das Tor hinten war offen, jeder kann rein, das ist sehr leichtsinnig«, ermahnte Fabio sie. »Mein Bruder meinte, ich soll nach Ihnen sehen und gleich auch die Birnen einsammeln und im Garten –«

»Nein, nein, lassen Sie nur, ich mach das selbst sehr gern, und Maria hilft mir.«

»Maria?« Fabio schob den Hut in den Nacken. »Wieso Maria?«

»Sie besucht mich manchmal, und wir machen das dann zusammen. Danke fürs Angebot.«

»Nun, dann fahre ich wieder«, erklärte Fabio, zuckte mit den Schultern und machte sich auf den Weg durch den Garten. »Wo ist Maria denn?« Suchend sah er sich um.

»In der Manufaktur«, antwortete Giuliana schnell. Fabio nickte bedächtig, er schien angestrengt nachzudenken. Hatte er Verdacht geschöpft, war ihre Nervosität spürbar?

»Nun, hoffentlich bekomme ich von Ovide keine Schelte, weil ich nicht bleibe. Ist auch wirklich alles in Ordnung?«, wollte Fabio wissen.

Giuliana bemühte sich um ein Lächeln, das ihn beruhigen sollte.

»Natürlich, es geht mir wirklich gut. Sind Marta und Ovide noch in Florenz? Wie geht es Francesco?«

»Sie kommen in den nächsten Tagen zurück, ich war gestern in Florenz bei ihnen. Sie wollen ihren Sohn so schnell wie möglich aus dem überfüllten Lazarett hierherholen zu Dottore Pacelli. Denn meinem Neffen geht es leider nicht gut.«

»Das tut mir sehr leid«, antwortete Giuliana mit tiefem Bedauern. »Wenn Sie Marta und Ovide sehen, grüßen Sie die beiden von mir.«

Fabio nickte bedächtig. »Also dann, ciao, Giuliana. Ach ja, ich kann Maria auf meinem Fuhrwerk mitnehmen, das Rad legen wir einfach hintendrauf.«

»Nein, nein, ich muss mit Maria noch etwas besprechen.«

»Es ist nach drei.« So leicht ließ Fabio sich nicht abwimmeln. »Sicher stehen die Leute schon vor ihrer *panetteria*, sie macht doch sonst immer pünktlich auf.«

»Ja, Fabio, aber ich denke, mit dem Fahrrad ist sie schneller unterwegs als auf deinem alten Fuhrwerk.«

Nervös lief Giuliana Fabio noch ein paar Schritte nach, bis er durchs Tor verschwand, rannte dann erleichtert zurück und klopfte an die Tür zum Atelier. Maria machte sofort auf.

»Er ist weg.«

Auf Zehenspitzen schlich Giuliana zum Bett. Claus von Welser schlief tief und fest. Aber wie sollte es weitergehen?

»Lassen wir ihn erst einmal schlafen«, flüsterte sie Maria zu. Sie bückte sich, nahm Stiefel, Jacke, den Gürtel mit der Waffe und das Uniformhemd vom Boden hoch. Als sie sich wieder aufrichtete, griff der junge Mann nach ihrer Hand.

»Gehören diese Kleider Ihrem Mann?«, flüsterte er.

Giuliana schüttelte den Kopf. »Nein. Aber Sie können sie behalten«, versicherte sie ihm.

»Man sucht nach mir«, flüsterte er. »Sie riskieren Ihr Leben, wenn Sie mich verstecken. Ich werde heute Nacht verschwinden.«

»Er ist ein Deserteur?« Erst jetzt begriff Maria die ganze Wahrheit.

»Was glaubst du denn?«, war Giulianas hitzige Gegenfrage.

»Ich weiß es nicht, darüber habe ich noch nicht nachgedacht«, antwortete Maria betroffen. Das verschlimmerte ihre Lage noch, und sie beide wussten es.

Doch dann sah Giuliana nachdenklich auf den Deutschen hinunter, der die Augen geschlossen hielt. Sie sprach langsam, so dass er sie gut verstehen konnte: »Sie können erst fort, wenn Ihre Füße verheilt sind. So kommen Sie nicht weit. Sie müssen sich ruhig halten, sonst erleiden Sie noch eine Blutvergiftung.«

Maria trat ans Bett. Sie konnte den Blick nicht von dem Deutschen lösen.

»Komm jetzt, bitte«, forderte Giuliana ihre Freundin auf. Sie griff nach ihrem Gewehr und nahm auch alle Sachen des Deutschen mit hinaus. Hinter sich zogen sie die Tür zu.

»Du musst abschließen«, warnte Maria sie.

Giuliana schüttelte den Kopf. »Du hast doch gehört, er will nur ein paar Stunden schlafen, und dann –«

»Dann verlässt er uns? Er ist zu schwach und kann mit diesen offenen Blasen an den Fersen doch nicht laufen, wie du selbst gerade gesagt hast.«

»Ich habe es mir gerade anders überlegt. Er muss gehen, Maria. Er wird gesucht! Seine Einheit muss hier irgendwo in der Nähe sein.«

»Trotzdem sollten wir die Tür absperren, er ist dann sicherer. Und heute Nacht kann er auf keinen Fall fort, wohin auch?«

Unentschlossen drehte Giuliana den Schlüssel in ihrer Hand.

»Du hast recht«, antwortete sie. Sie sperrte zweimal ab und steckte den Schlüssel in ihre Tasche. »Wenn er wirklich wegwill, kann er durchs Fenster steigen.«

»Ja, und dann muss er über die Mauer mit dem Stacheldraht klettern und findet sich auf dem Weg nach Campodoglio wieder. Dort läuft er direkt in die Arme von Manfredo Valli«, antwortete Maria.

»Wenn er hierbleibt, kann er ebenfalls gefasst werden, und wir hängen mit drin«, entgegnete Giuliana halbherzig. »Gleichgültig, was er macht, er hat keine Chance«, fügte sie leise hinzu und war selbst erstaunt über die Verzweiflung in ihrer Stimme.

»Warten wir ab, zumindest bis morgen«, schlug Maria vor. »Und nun muss ich mich beeilen, es ist bereits vier Uhr, und die *panetteria* ist immer noch zu.«

»Natürlich, fahr zurück, es darf niemand misstrauisch werden.«

»Wirst du noch einmal zu ihm gehen?«, wollte Maria wissen. Giuliana zuckte mit den Schultern.

»Ich denke nicht. Er soll sich erholen. Ich werde in der Küche sitzen und Wache halten. Notfalls …«

»Notfalls was?«

»Ich weiß es nicht, Maria, ich habe keine Ahnung, wie man einen feindlichen Deserteur verteidigt«, antwortete Giuliana gereizt.

»Warum hast du ihm seine Pistole abgenommen?«

»Nichts darf darauf hinweisen, dass er ein deutscher Soldat ist«, entgegnete Giuliana.

»Und was willst du mit seinen Sachen machen?«

»Mein Gott, Maria, ich denke, ich werde sie erst einmal verstecken.«

»Ich weiß nicht, soll ich nicht doch lieber hierbleiben?«, fragte Maria zögernd, aber Giuliana schüttelte den Kopf.

»Nein, mach die *panetteria* auf, es darf niemand Verdacht schöpfen, vergiss das nicht. Benimm dich, als sei nichts passiert. Ach ja, ich gebe dir einen Schlüssel für das Tor in der Mauer, warte noch.«

Giuliana lief rasch ins Haus und holte einen Schlüssel, den sie Maria in die Hand drückte.

»Ich habe ein schlechtes Gewissen, dich hier allein zu lassen. Wenn deutsche Soldaten kommen, bist du in

Gefahr«, sagte Maria, die immer noch zögerte zu gehen.

»Ich sperre mich im Haus ein«, versprach Giuliana. »Ich habe keine Angst.« Doch das entsprach nicht der Wahrheit. Sie war allein. Allein mit einem deutschen Deserteur, der drüben im Atelier lag und schlief.

*

Maria trat mit aller Kraft in die Pedale, wagte kaum, nach rechts und links zu blicken, aus Angst, plötzlich deutsche Soldaten hinter den Büschen auftauchen zu sehen. Nur nicht daran denken, einfach weiterradeln, schärfte sie sich ein und war zutiefst erleichtert, als die ersten Häuser von Campodoglio auftauchten. Schnell sprang sie vom Rad und schob es über die Piazza auf die *panetteria* zu.

Die alte Rosalia stand ungeduldig und sichtlich schlecht gelaunt davor und schimpfte mit Maria, dass sie eine alte Frau so lange warten ließ.

»Wo warst du denn, du hättest schon vor über einer Stunde öffnen müssen!«

»Tut mir leid«, murmelte Maria, öffnete die Tür und betrat zusammen mit Rosalia den Raum. Zerstreut gab sie der alten Frau ihr Brot, wortlos nahm sie das Geld.

Mit einem mürrischen Gruß verließ Rosalia den Laden. Maria ging rasch in die Backstube, um sich ihre weiße Schürze überzuziehen. Unablässig dachte sie an den Deutschen. Wie er sie angesehen hatte … Diesen Blick konnte sie nicht vergessen. Auch als sie ihm die Füße verband, hatte er aus seinen tiefblauen Augen nur sie, Maria, angeschaut.

»Hallo?«, rief eine barsche Männerstimme aus dem Laden.

»Ich komme schon!« Eilig verknotete sie das Band der Schürze und lief nach vorn. Hinter der Theke stand Manfredo Valli.

15

Mit der Nacht kam die Angst.

Giuliana blieb unten im Wohnzimmer. Sie kauerte auf dem Sofa, eingehüllt in eine warme Decke, neben sich das Gewehr, geladen und griffbereit. Würde sie in Gefahr auf einen Menschen schießen können? Um einen Fremden zu verteidigen, dessen Anwesenheit sie selbst in Lebensgefahr brachte? Wie auch immer, sie hatte richtig gehandelt, sie bereute es nicht, ihn aufgenommen zu haben.

Immer wieder fielen ihr vor Müdigkeit die Augen zu, aber schon nach kurzer Zeit fuhr sie erneut hoch. War da nicht ein Geräusch, flüsternde Stimmen, schleichende Schritte? Das Klicken, das Entsichern einer Waffe? Unsinn, sagte sie sich. Die Deutschen würden sich nicht anschleichen, sondern das Anwesen stürmen. Aber was dann? Nur nicht daran denken, nur nicht …

Giuliana fröstelte. Sie schälte sich aus ihrer Decke und schlich in die Küche. In der Hintertür gab es in Augenhöhe ein kleines Guckloch. Sie presste das Gesicht dagegen und versuchte angestrengt, etwas zu erkennen. Nichts regte sich, alles war ruhig, in Dunkelheit gehüllt.

Fast hoffte Giuliana in diesem Moment, dass der junge Mann am nächsten Morgen verschwunden sein würde, ehe seine Verfolger eintrafen. Doch durfte sie ihm überhaupt wünschen, dass er es bis nach Florenz schaffte oder, besser noch, über die Grenze in die Schweiz? Er war ein Deutscher. Schlagzeilen fielen ihr ein: die Gestapo in Rom … die Gestapo in Mailand … Verhaftungen … Erschießungen …

Giuliana ging zurück ins Wohnzimmer, hüllte sich erneut in die Decke, setzte sich mit angezogenen Beinen aufs Sofa und umschlang sie mit ihren Armen. Was würde Sophia zu all dem sagen, was ihre Enkelin hier tat? Die Antwort kannte Giuliana: Sophia würde keinen feindlichen Soldaten schützen. Aber sie musste ja auch nicht davon erfahren. In ein paar Tagen würde es Claus von Welser bessergehen; bevor Sophia zurückkam, war er fort. Ihre Furcht entstand nur durch die Gespenster der Nacht.

Giuliana hatte eine klare Entscheidung getroffen, als sie den Deutschen aufnahm, und sie stand dazu. Erneut schlug sie ihre Decke zur Seite und tastete im Halbdunkel nach der Identifikationsmarke mit den vielen Zahlen auf Vorder- und Rückseite. Was bedeuteten sie? Registernummer? Nummer seiner Kompanie? Dann groß eine 0, war das seine Blutgruppe? Die anderen Zahlen konnte sie nicht genau erkennen. 10-5-15? War das sein Geburtsdatum? Er hatte ihr seinen Namen genannt, Claus von Welser. Und in Gedanken entschied sie, was in ihrer Macht stand, würde sie für ihn tun. Denn er war ein junger Mann, der Hilfe brauchte und dessen Lächeln ihr Herz berührt hatte.

*

Als es endlich hell wurde, quälte sie sich vom Sofa hoch und ging in die Küche, öffnete die Hintertür und sah hinüber zum Atelier. Die Stille des frühen Morgens war im Gegensatz zu der in der Nacht voller Frieden.

Giuliana ging nach oben ins Badezimmer und spritzte sich kaltes Wasser in ihr übermüdetes Gesicht. Dann hob sie den Kopf und sah sich im Spiegel an. »Giuliana, du bist wahnsinnig«, murmelte sie.

Nein, er brauchte sie, und sie half ihm. Das war alles.

Nachdem sie sich rasch fertig gemacht hatte, kochte sie Kaffee und stellte die Kanne sowie eine Tasse auf das Tablett, legte Brot, Butter, Trauben und Birnen dazu.

In der Nacht hatte sie sich noch gewünscht, dass der Mann am Morgen verschwunden wäre, doch als sie jetzt mit dem Tablett durch den Garten huschte, hoffte sie inständig und gegen jede Vernunft, Claus von Welser möge noch da sein. Sie klopfte mehrmals leise an die Tür, sah sich um und schloss dann rasch auf.

Claus saß auf der Kante des Bettes und sah ihr unsicher entgegen. Er trug die Hose und das Leinenhemd, aber nicht die leichten Schuhe, denn wegen der dicken Verbände, die Maria ihm angelegt hatte, passte er nicht hinein. Mit einem Blick erkannte Giuliana, dass er alles gegessen hatte, was Maria ihm am Tag zuvor hingestellt hatte. Auch jetzt verschlang er gierig das Brot und das Obst. Giuliana sah ihm dabei zu. Als nichts mehr übrig geblieben war, fragte sie ihn: »Wo kommen Sie her? Wie weit sind Sie gelaufen?«

»Ich weiß es nicht, wir hatten den Befehl, ein bestimmtes Gebiet der Toskana zu besetzen und dort Partisanen in einem Dorf aufzuspüren. Wir sollten alle Einwohner erschießen, alle – auch die Kinder«, fügte er leise hinzu. »Das konnte ich nicht.«

Giuliana unterdrückte den starken Impuls, sich neben ihn zu setzen und seine Hand zu drücken oder ihm tröstend über die Wange zu streichen. »Das muss entsetzlich sein«, sagte sie. »Wie lange sind Sie schon unterwegs?« Nun nahm sie doch neben ihm Platz.

Er dachte angestrengt nach und zuckte mit den Schultern. »Ich habe keine Ahnung, ich bin einfach nur gelaufen, gerannt und gerannt … Es war Nacht, dann wieder Tag, noch mal Nacht, wieder Tag, bis ich hierherkam. Ich weiß es nicht …« Noch einmal überlegte er, dann hob er hilflos die Hände und ließ sie wieder fallen. Sie zitterten jetzt so stark, dass er nicht mehr nach der Tasse greifen konnte. So umschloss sie mit ihren Fingern seine Hand und führte die Tasse zu seinem Mund. Hastig schlürfte er den heißen Kaffee. Danach fiel er wieder erschöpft auf das Bett zurück.

»Danke«, flüsterte er. »Danke für alles, aber in der nächsten Nacht werde ich verschwinden. Es ist besser so.«

»Nein, nein, nicht bevor Ihre Füße verheilt sind. Mit diesen Blasen und Abschürfungen haben Sie keine Chance. Später, wenn meine Freundin da ist, machen wir Ihnen neue Verbände. Ich denke, es dauert zwei, drei Tage, bis die Blasen verheilt sind.«

Claus schloss bereits wieder die Augen, und Giuliana dachte, er sei eingeschlafen, doch dann fing er leise an zu sprechen. Er unterbrach sich immer wieder, suchte nach den richtigen Worten, wollte sie offensichtlich überzeugen, dass er nicht zu den Mördern gehörte, nicht zu den grausamen Schergen Hitlers, er sei anders, sie müsse ihm glauben.

Doch glaubte sie das nicht schon längst?

Er machte eine kurze Pause, doch dann erzählte er weiter, von seiner Familie, seiner Kindheit, seinem Literaturstudium in München, hastig, schnell, als wolle er das alles loswerden.

Er vertraut mir, schoss es Giuliana durch den Kopf. Spürte er, dass sie bereit war, viel für ihn zu riskieren? Oder war er so verzweifelt, so ohne Hoffnung, lebend davonzukommen, dass er einfach reden musste?

»Als wir diesen Befehl bekamen, konnte ich nicht mehr. Ich wollte einfach nur weg ... Doch ich habe die Orientierung verloren«, setzte er nach einer Pause hinzu. »Vor dem Krieg war ich einmal hier, in der Toskana, ich habe Freunde, die in Florenz leben, aber jetzt sind sie in Amerika.« Plötzlich begann er zu weinen. Scheu griff Giuliana nach seiner Hand. »Wieso sprechen Sie so gut Italienisch?«, flüsterte sie.

»Mein Onkel ist mit einer Italienerin verheiratet, sie hat mir die Sprache beigebracht. Ich liebe euer Land und eure Städte, vor allem Rom. Ich war oft dort. Kennen Sie das Caffé Greco?«

Giuliana lächelte. »Ja, ich komme aus Rom«, erzählte sie, »und natürlich kenne ich das Café. Ich glaube, alle Deutschen gehen dorthin, weil schon Goethe dort seinen Kaffee getrunken hat.«

»Auch Heinrich Heine, mein Lieblingsdichter.« Claus verstummte, und Giuliana machte schon Anstalten, vorsichtig aufzustehen, um ihn schlafen zu lassen.

»Wie heißen Sie?«, flüsterte er in dem Moment.

»Giuliana«, sagte sie. »Giuliana Angelini.«

»Was für ein schöner Name!« Jetzt lächelte er. »Und, Giuliana Angelini, wollen Sie nach Rom zurück?«

»Vielleicht, irgendwann, ich denke schon«, antwortete sie zögernd. »Eigentlich ist Rom meine Heimat. Doch der Krieg hat alles verändert. Ich kam hierher, um meine Großmutter zu besuchen, und bin geblieben. Das war vor drei Jahren.«

Drei Jahre, schoss es ihr durch den Kopf. Würde es noch das Rom ihrer Kindheit und Jugend sein, wenn sie zurückkehrte?

Würde es die Schule noch geben, oder hatten Bomben

das alte Kloster zerstört? Wie ging es Schwester Angela, der Leiterin? Giuliana dachte an die Wohnung ihres Großvaters, in der sie zehn glückliche Jahre mit ihm gelebt hatte.

Würde es das Albertina's noch geben, in das sie so oft gegangen waren? Die Spanische Treppe, die sie hochlief, wenn sie nach Hause wollte, die Piazza Trinità dei Monti, die sie überqueren musste, um in ihre Straße einzubiegen? Würde es noch die vielen kleinen Bars geben, in denen man seinen Espresso trank und in denen sich Giuliana während ihrer Ausbildung oft mit Freundinnen getroffen hatte?

Erinnerungen, Erlebnisse, verbunden mit der Stadt ihrer Kindheit und Jugend. Rom, *ihre* Stadt.

»Woran denken Sie?«, fragte Claus, und sie schreckte aus ihren Erinnerungen hoch.

»Ach, an Rom«, erklärte sie rasch. »Aber auch an meine Großmutter und das Haus hier, ich weiß irgendwie nicht mehr genau, wo ich hingehöre ...«

»Heute«, sagte Claus, »heute gehörst du hierher, genau an diesen Ort.« Giulianas Herz klopfte, sie war überrascht über das plötzliche Du, es klang so vertraut, es gab ein Gefühl von Zusammengehörigkeit. Sie lächelten sich an, und Giuliana saß ganz still, in Schweigen versunken, bis er sie sanft an sich zog. Eng aneinandergeschmiegt verharrten sie und sprachen nicht. Dann nahm Claus ihre Hand, zog sie an seine Lippen und hauchte einen Kuss auf die Innenseite.

»Danke, danke für alles.«

Viele Jahre später würde sie immer noch an diesen Moment denken, an diesen zarten Kuss und an seinen Blick, aus dem Ernst und tiefe Verzweiflung sprachen.

»Ich werde es nicht schaffen«, sagte er ruhig, »doch ich bin glücklich, dich getroffen zu haben.« Mit einer traurigen Geste strich er ihr zart über die Wange. »Vergiss mich nicht, bitte, vergiss niemals diesen Augenblick. Ich werde nicht überleben, und ich denke, du weißt es. Aber wir haben diesen Moment.«

Da nahm sie sein Gesicht zwischen ihre Hände und küsste ihn sanft auf beide Wangen. Ruhig, zärtlich, als seien sie seit langem ein Liebespaar.

Fühlte sich so Liebe an? Zärtlichkeit, verbunden mit Schmerz und Verlustangst?

Er könnte bleiben, sie konnte ihn verstecken, vielleicht sogar vor Sophia … Doch Giuliana begriff, je länger er blieb, desto quälender würde die Angst werden, dass er entdeckt wurde. Sei es von den Faschisten, von Manfredo Vallis Männern oder von den Deutschen. Sie vergaß ganz, dass sie auch ihr eigenes Leben aufs Spiel setzte, wenn sie ihn weiterhin schützte.

Am frühen Nachmittag kam Maria angeradelt, winkte Giuliana zu, die unter dem Pinienbaum saß, warf ihr Rad ins Gras und lief auf sie zu.

»Und? Ist er noch da?«

»Er schläft die meiste Zeit«, antwortete Giuliana mit einem Nicken und legte dabei ihren Zeigefinger auf die Lippen.

»Gehen wir dann heute nicht zu ihm?« Maria konnte ihre Enttäuschung kaum verbergen.

»Er wird sicher bis heute Abend, wenn nicht bis morgen früh durchschlafen, ich denke, er kann sich jetzt endlich entspannen«, antwortete Giuliana.

»Nun, vielleicht ist es sogar ganz gut, wenn ich heute

pünktlich nach dem Mittag wieder öffne«, sagte Maria zögernd. »Gestern habe ich mich sehr erschrocken.«

»Warum?«

»Manfredo Valli kam in meinen Laden.«

»Und?« Giuliana erschrak, als Maria diesen Namen erwähnte.

»Er wollte ein Brot kaufen.«

Sie sahen sich an und brachen in prustendes Gelächter aus, bis sie nach Atem rangen.

Doch das Lachen klang selbst in ihren eigenen Ohren falsch, denn sie versuchten damit lediglich verzweifelt, die Angst zu vertreiben.

*

Am nächsten Mittag brachte Giuliana Claus von Welser Polenta mit Speck ins Atelier. Als sie es betrat, ließ sie die Tür weit offen, so dass Helligkeit und Luft in den stickigen Raum gelangen konnten.

Claus war wach. Er lag auch nicht auf dem Bett, sondern er war aufgestanden und sah sich die Bilder von Mattia an.

»Die sind gut, wirklich gut, soweit ich das im Dämmerlicht erkennen kann. Wer hat sie gemalt?«

»Der Freund meiner Großmutter. Er lebt mittlerweile in Rom. Sein Name ist Mattia. Aber willst du dich nicht wieder hinlegen?«

»Jaja … sofort. Und wo ist deine Großmutter?«

»Sie ist …« Giuliana zögerte. »Sie ist verreist und kommt in ein paar Tagen zurück.«

»Und wer ist bei dir? Bist du ganz allein?«

Sollte sie die Wahrheit sagen? Dass niemand sie beschützte, falls … Falls was?, dachte sie. Dann sah sie Claus an, der sie beobachtete.

»Jeden Tag kommt jemand«, erklärte sie, »nicht nur meine Freundin Maria, sondern auch Fabio und andere. Und jetzt solltest du dich wieder hinlegen«, wechselte sie rasch das Thema.

»Ich kann doch nicht Tag und Nacht nur schlafen, ich fühle mich ausgeruht.«

»Ja, aber deine Füße sind noch nicht abgeheilt, so schnell geht das nicht«, ermahnte Giuliana ihn. Sie sah zu, wie Claus eines der Bilder hochhob und damit zur Tür ging, um es im Licht anzusehen.

»Das hier ist besonders schön.« Er wandte sich lächelnd Giuliana zu.

»Es ist auch mein Lieblingsbild«, sagte sie erstaunt. »Mattia hat es mir sogar geschenkt.« Das Bild, das Claus in Händen hielt, war »Das Haus unter den Zypressen«.

»Es ist schön«, sagte sie leise, »dass es dir auch so gefällt wie mir.«

Claus brachte das Bild vorsichtig wieder an seinen Platz, dann setzte er sich aufs Bett und aß hastig die Polenta, während Giuliana ihn beobachtete.

»Ich habe immer noch solchen Hunger.« Es klang wie eine Entschuldigung.

»Du sollst auch essen«, erwiderte sie, »damit du wieder zu Kräften kommst. Du hast deinen Bart abrasiert?«, fragte sie dann, hob ihre Hand und strich ihm scheu über die glatte Wange. »Wäre es nicht besser gewesen, ihn wachsen zu lassen? Wir hätten ihn und deine Haare sogar schwarz färben können, damit …«

Jetzt lächelte er sie an und griff nach ihrer Hand.

»Danke, dass du dir so viele Gedanken um mich machst.«

Sie saßen nebeneinander, bis Claus das Tablett auf den Boden stellte und ihr sein Gesicht zuwandte. Mit seinen Lippen berührte er ihren Mund und verschloss ihn mit einem zärtlichen Kuss.

»Amore mio«, flüsterte er, dann fiel er in seine Muttersprache, doch Giuliana verstand ihn, auch ohne Deutsch zu können. »Ich liebe dich, ich möchte dich nie wieder verlassen, niemals …«

*

Um vierzehn Uhr kam Maria. Sie sperrte das Tor auf, warf ihr Fahrrad ins Gras und lief rasch und lautlos zum Atelier. Heute trug sie ein ausgeschnittenes dunkelblaues Kleid mit einem Maiglöckchenmuster. Es stand ihr gut und betonte ihre Figur. Würde es Claus gefallen? Sie konnte es kaum erwarten, ihn wiederzusehen. Ging es ihm genauso? Sein Blick hatte doch alles gesagt, sie musste nicht zweifeln, oder doch? Hoffentlich war Giuliana nicht bei ihm, so dass *sie* heute mit Claus allein sein konnte. In den Händen hielt sie einen Teller mit einem kleinen Kuchen. Würde er sich darüber freuen? Erwartete er sie bereits ungeduldig?

Die Tür vom Atelier war nur angelehnt, und Claus lag auf dem Bett, als sie hereinkam. Plötzlich war Maria verlegen und wusste nicht, was sie sagen sollte.

»Die … die Tür war nicht verschlossen«, stammelte sie deshalb. »Warum nicht?«

»Ich weiß nicht«, antwortete Claus. »Wir haben es vergessen.«

»Wir?« Irgendetwas in der Stimme des Deutschen ließ Maria aufhorchen. »Haben Sie geschlafen?«, fragte sie weiter. »Ich wollte Sie nicht wecken.«

»Nein, Giuliana war hier und ist gerade erst gegangen.«

»Ach ja? Wie lange war sie denn da?«, fragte Maria. Claus schien ihre Frage nicht gehört zu haben.

»Nun, ich habe Ihnen einen Apfelkuchen gebacken.« Sie ließ sich vorsichtig auf der Kante des Bettes nieder und stellte den Teller neben sich. »Ich habe ihn schon in Stücke geschnitten, wollen Sie probieren?«

»Danke, gern, das ist sehr lieb von Ihnen. Aber ich möchte noch ein wenig warten, denn ich habe gerade erst Polenta gegessen.«

»Ich heiße übrigens Maria, Maria Cortesi«, platzte sie heraus. Sie war verlegen und wusste nicht so recht, was sie sagen sollte, da der Deutsche schwieg. Doch dann lächelte er sie an und stellte sich ebenfalls vor.

»Ist Giuliana oft hier?«, fragte Maria gespannt.

Claus setzte sich auf und lehnte sich gegen die Kissen. »Nein, ich schlafe ja die meiste Zeit«, sagte er ausweichend.

Er sagt mir nicht die Wahrheit, schoss es Maria durch den Kopf, und heftige Eifersucht ergriff sie. Sie legte ihre Hand aufs Bett, ganz nahe an die des Deutschen, in der Hoffnung, er würde danach greifen.

»Ich führe eine *panetteria* im Ort«, erzählte sie. »Sie gehört mir.« Doch Claus hatte bereits wieder die Augen geschlossen, und sein Kopf fiel ein wenig zur Seite.

»Also, dann gehe ich mal zu Giuliana.« Unentschlossen erhob sich Maria. »Wir kommen ja später, um Ihren Verband zu erneuern.«

»Ja, das ist lieb von euch.« Er lächelte ihr zu, griff jetzt nach ihrer Hand und drückte sie leicht. »Danke, danke auch Ihnen für Ihre Hilfe.«

Maria dachte fieberhaft nach, was sie noch sagen könnte, denn jetzt wollte sie doch unbedingt bleiben. Vielleicht nahm er ja noch einmal ihre Hand? »Ich möchte später in Rom eine *panetteria* eröffnen«, plapperte sie drauflos.

Claus lächelte. »Rom ist eine wunderbare Stadt, ich war schon oft dort. Nach Museen- und Kirchenbesuchen habe ich dann gern im Caffé Greco gesessen. Wenn Sie in Rom sind und dort einen Espresso trinken, denken Sie an mich.« Seine Stimme klang traurig, und wieder schloss er die Augen.

»Ja, das mache ich«, versprach Maria rasch. Dann sah sie, dass Claus wieder eingeschlafen war, und so verließ sie leise das Atelier und ging hinüber ins Haus.

Maria fand ihre Freundin in der Küche. Giuliana spülte Geschirr. »Ciao, Maria, was für ein schönes Kleid«, sagte sie mit einem zerstreuten Lächeln. »Ein seltener Anblick, du einmal nicht in Hosen.«

Maria strich verlegen über das Kleid. »Weißt du, meine Hosen und Blusen sind gerade in der Wäsche, also bleibt mir nichts anderes übrig, als Kleider anzuziehen.«

»Ja, warum auch nicht?« Giuliana sah kurz hoch, während sie weiterspülte. »Es steht dir gut.«

»Danke.«

»Setz dich doch«, forderte Giuliana ihre Freundin auf, während sie jetzt anfing, das Geschirr abzutrocknen. Doch Maria blieb stehen und beobachtete Giuliana unsicher.

»Die Tür zum Atelier stand auf, deshalb war ich kurz

bei ihm und habe ihm einen Apfelkuchen gebracht«, erzählte sie dann. »Warum hast du nicht abgesperrt? Das hatten wir doch beschlossen.«

»Stimmt, aber jetzt habe ich ihm den Schlüssel gegeben. Er kann selbst entscheiden, wann er die Tür auflassen und wann er sie absperren will.«

Maria atmete tief durch. »Ach so, du und Claus, ihr beide habt das beschlossen?« Der Ton ihrer Stimme war schärfer als gewollt.

Giuliana hob erstaunt den Kopf. »Maria, was soll das? Die Tür bleibt offen, wenn er es will. Ich möchte ihn nicht einsperren.«

»Du willst wohl, dass er nachts zu dir kommt?«, fragte Maria, schwächte ihre eifersüchtige Frage jedoch mit einem kleinen Lachen ab.

»Ach Maria, so ein Unsinn. Komm, lass uns einen Kaffee trinken, und dann gehen wir zusammen hinüber, um die Verbände zu erneuern.«

Als sie später im Atelier waren, verfolgte Claus mit seinen Augen jede Bewegung von Giuliana, und Maria blieb nicht verborgen, dass die zärtlichen Blicke des Deutschen ihrer Freundin galten. War es nur eine Illusion gewesen, dass er sie begehrend angesehen hatte, als sie ihm zum ersten Mal die Füße verband? Hatte sie sich getäuscht, als sie glaubte, sein Interesse gelte ihr? Vor einer Stunde erst hatte er ihre Hand ergriffen und ihr von Rom erzählt. War das alles ohne Bedeutung?

Rasch und geschickt behandelten sie die Blasen an Claus' Füßen.

»Mit diesen Verbänden passt du in die Schuhe«, erklärte Giuliana. »Aber es ist besser, du verhältst dich noch ruhig.«

»Du duzt ihn?«, fragte Maria, als sie das Atelier verließen. Tiefe Röte überzog Giulianas Gesicht.

»Ja, ich habe es ihm vorgeschlagen«, erklärte sie hastig. »Eine förmliche Anrede ist in dieser Situation wirklich überflüssig. Du kannst das doch auch machen«, schlug sie Maria rasch vor, die sie misstrauisch beobachtete. »Seine Füße verheilen gut, nicht wahr?«, wechselte sie dann das Thema, um ihre Verlegenheit zu überspielen.

»Aber es kann noch Tage dauern, bis er wieder gehen kann«, behauptete Maria.

Giuliana wandte ihr Gesicht ab, damit Maria die Tränen nicht sah, die ihr in die Augen schossen.

»Maria«, sagte sie leise, »du weißt, dass er gehen muss. Und ich denke, er hat auch wieder genug Kraft dazu.«

»Er ist bereits seit zwei Tagen hier, und wer sagt denn, dass die Deutschen ihn überhaupt noch suchen?«

Dieser Gedanke war Giuliana auch schon gekommen. Wären sie nicht längst hier aufgetaucht, wenn sie Claus in dieser Gegend vermuten würden?

Während des Gesprächs gingen sie langsam zum Tor in der Mauer.

»Aber Sophia kommt am Samstag zurück, und was dann?«

Maria griff nach Giulianas Arm. »Ich habe mir alles genau überlegt. *Ich* werde ihn verstecken!«

Giuliana lachte nervös auf. »Maria, dein Haus steht direkt an der Piazza, und du weißt, die alte Rosalia schläft nachts nicht, sondern sitzt auch dann am Fenster. Ihr entgeht nichts. Wie willst du ihn überhaupt in dein Haus bringen? Auf deinem Rad? Und wie lange willst du ihn verstecken? Bis der Krieg vorbei ist?«

»Hast du eine bessere Idee?«, verteidigte sich Maria.

»Hier in der *Casa Sophia* gibt es weder Speicher noch Keller und auch keine geheimen Kammern.«

»Im Atelier ist er relativ sicher«, widersprach Giuliana. »Wenn die Deutschen oder die Faschisten nach ihm suchen, kann er durch das rückwärtige Fenster steigen, das habe ich dir schon gesagt.«

»Und dann? Dann nimmt man ihn auf der Straße fest.«

»Maria!«, rief Giuliana verzweifelt. »Letztendlich muss er selbst entscheiden, wann er gehen will und wann er dazu in der Lage ist.«

Maria bückte sich und nahm ihr Fahrrad hoch.

»Weißt du«, sagte sie mit abgewandtem Gesicht, »vorhin im Atelier, da ...« Sie zögerte für einen Augenblick. »Da habt ihr euch so angesehen ... Ist etwas zwischen euch?« Jetzt sah sie Giuliana direkt in die Augen.

»Wie kommst du denn darauf?«, fragte Giuliana verlegen.

»Es ist nur so ein Gefühl«, behauptete Maria.

Giuliana antwortete nicht sofort. Sie dachte an den Kuss, den sie noch auf den Lippen spürte.

»Wir müssen zusammenhalten, Maria«, sagte sie dann. »Wir sollten nur daran denken, wie wir ihm helfen können. Wir dürfen uns nicht streiten.«

»Das tun wir doch nicht. Ich will nur wissen, ob etwas zwischen euch vorgefallen ist, das ist alles«, antwortete Maria bissig, schob ihr Rad ein paar Schritte weiter und blieb dann wieder stehen. »Weißt du«, brach es aus ihr heraus, »als wir ihn gefunden haben, da hat er mich so angesehen, aber –«

»Lass den Unsinn, Maria«, unterbrach Giuliana sie hastig. Plötzlich erkannte sie, dass Maria eifersüchtig auf sie war – und dass sich die Freundin Hoffnungen gemacht hatte. Warum sonst trug sie heute das tief ausgeschnittene Kleid? Und warum hatte sie, Giuliana, das nicht sofort erkannt?

»Bitte«, beschwor sie nun Maria, um das Gespräch rasch zu beenden. »Du musst in die *panetteria* zurück. Sicher warten schon Kunden auf dich. Sie werden misstrauisch werden.«

Einen Moment lang zögerte Maria und warf ihrer Freundin einen unsicheren Blick zu. »Du hast recht«, sagte sie dann. »Ich muss zurück. Am Freitagvormittag holen die Santinis ihre Hochzeitstorte ab. Ihr Sohn ist auf Heimaturlaub und heiratet an diesem Tag. Ich weiß noch gar nicht, wie ich das alles schaffen soll.«

»Am Freitag?« Giuliana war betroffen. »Da muss ich für Sophia eine Lieferung mit dem Rad ausfahren. Der Wirt der *Osteria del Monte* wartet auf mich«, erklärte sie beunruhigt. »Das bedeutet, dass Claus allein sein wird. Falls er dann noch da ist«, fügte sie hinzu.

Maria dachte nach, doch dann schlug sie vor: »Wenn du morgens wegmusst, werde ich auf alle Fälle herkommen.«

»Und die Torte?«

»Die kriege ich schon irgendwie hin.« Maria machte noch immer keine Anstalten, loszufahren, sondern drehte nervös an ihrer Fahrradklingel. »Ich will es jetzt wissen, gibt es etwas, das du mir verschweigst?«, stieß sie schließlich hervor.

Giuliana lachte auf. »Bitte, Maria, lass das jetzt und fahr zurück.«

»Na gut«, war Marias unwillige Antwort. »Gehst du gleich noch einmal zu ihm?«, wollte sie noch wissen. Ihre Stimme klang angespannt, und ihre Augen beobachteten Giuliana scharf.

»Nein, er soll sich ausruhen. Je schneller er zu Kräften kommt, desto besser. Ich bleibe drüben im Haus«, versicherte Giuliana ihr. »Also, mach's gut, und schließ von draußen das Tor ab.«

»Ja, natürlich«, antwortete Maria hastig. »Ich wollte nur, dass du mir die Wahrheit sagst, das ist alles. Weil wir ehrlich miteinander umgehen sollten.«

»Schon gut, Maria, das tun wir doch.« Rasch drehte sich Giuliana um und ging den Weg zurück.

»Wir haben ihn zusammen gefunden!«, rief Maria ihr nach. »Auch ich bin ein Risiko eingegangen, als wir ihn versteckten, vergiss das nicht.«

Giuliana wandte sich noch einmal um. »Natürlich vergesse ich das nicht, Maria. Ciao.«

Maria sah ihr nach. »Sie geht zu ihm«, murmelte sie. Schon wollte sie ihr Fahrrad ins Gras werfen und ihrer Freundin nachlaufen, als sie sah, wie Giuliana am Atelier vorbeiging und den Weg zum Haus einschlug.

16

Giuliana stand in der Küche am Herd und kochte eine Minestrone. Von hier aus hatte sie zwischen den Zypressen hindurch das Atelier im Blick. Ihre Nerven waren angespannt, sie lauschte nach draußen, versuchte, zwischen den Bäumen etwas zu erkennen, was auf Gefahr hinwies.

Sie musste unbedingt ruhiger werden.

Es wurde dunkel, und Giuliana zog den Topf mit der Suppe vom Herd, holte einen Löffel aus der Schublade und ging damit hinüber zum Atelier. Claus schlief nicht mehr, er saß auf dem Bett, vornübergebeugt, die Arme auf den Knien abgestützt. Als sie kam, stand er sofort auf.

»Endlich, ich habe schon sehnsüchtig auf dich gewartet.«

»Du hast vorhin geschlafen, da wollte ich dich nicht stören.«

»Der Schlaf hat mir gutgetan. Ist deine Freundin weg?«

Giuliana setzte sich ganz nahe neben ihn aufs Bett.

»Ja, sie ist gegangen. Ich habe dir eine Minestrone gekocht.« Sie sah zu, wie er die Suppe hastig aus dem Topf löffelte. Sein Hunger schien unstillbar zu sein.

»Claus«, begann sie nach einer Weile, »hast du, nachdem du deine Einheit verlassen hast, das Gefühl gehabt, verfolgt zu werden?«

»Zuerst schon«, bekannte er, »ich bin einfach nur gelaufen und gelaufen, immer in der furchtbaren Angst, sie holen mich ein. Irgendwann war es dann Nacht, und ich versteckte mich in einem Heuschober. Als am Morgen der Bauer kam, rannte ich fort, bevor er mich entdecken konnte. Ich hatte jedes Gefühl für Zeit verloren und keine Ahnung, wo ich war … bis ich hier zusammenbrach.«

»So haben wir jetzt gar keinen Anhaltspunkt, aus welcher Richtung deine Truppe kommen wird.«

»Ja, leider«, antwortete er, schloss die Augen und schien nachzudenken, schüttelte dann aber den Kopf und sagte: »Ich kann mich an nichts erinnern, an keinen Ort, nichts Markantes. Es tut mir leid.« Er griff nach Giulianas Hand. »Wann kommt deine Großmutter zurück?«

»Am Samstag«, antwortete Giuliana zögernd.

»Bleib heute Nacht bei mir, bitte«, flüsterte er plötzlich und zog Giuliana an sich. Doch sie löste sich aus seiner Umarmung, sprang schnell auf, nahm den leeren Topf und floh zur Tür. Auch Claus war aufgesprungen und folgte ihr.

»Kommst du später wieder?« Er griff um sie herum und legte seine Hand auf die Türklinke. »Bitte!«

»Ich …«

»Bitte«, wiederholte er drängend.

»Vielleicht.«

»Wann?«

»Um zehn«, antwortete sie aufs Geratewohl. »Die Uhr der Kirche von Campodoglio schlägt laut, du kannst sie hören. Kurz vor der Verdunkelung.«

*

Es war Abend, und Maria war noch einmal zurückgekehrt. Leise schloss sie die Tür in der Mauer auf, zwängte sich mit ihrem Rad durch den schmalen Spalt, bemüht, kein

Geräusch zu machen, und bewegte sich lautlos weiter. Sie trug eine lange schwarze Hose und einen dunklen Pullover, um nicht gesehen zu werden. Zielstrebig lief sie durch die Obstbäume und spähte zum Atelier, doch sie konnte nichts erkennen. Daher schlich sie weiter bis in den Olivenhain. Sie presste sich kurz gegen den knorrigen Stamm des ältesten Baumes und huschte dann zur Pinie. Von hier aus hatte sie das Atelier genau im Blick. Doch nichts rührte sich dort, es brannte kein Licht, kein Laut war zu hören bis auf das laute Zirpen der Grillen.

Drüben im Haus sah Maria das erleuchtete Schlafzimmer im ersten Stock, Giulianas Zimmer. Doch auch dort schien alles ruhig zu sein. Maria wartete. Irgendwann schlug die Kirche von Campodoglio neun Mal. Maria verharrte noch für eine Weile, aber nichts geschah. Da löste sie sich von dem Baumstamm, huschte zurück zum Tor und verließ die *Casa Sophia.*

Ihr Verdacht schien unbegründet.

*

Neun … es schlug neun Uhr. Giuliana lauschte auf die dumpfen Schläge der Wanduhr im Wohnzimmer. Sollte sie wirklich noch eine Stunde warten? Warum eigentlich, es gab keinen Grund dafür. Sie hatte sich entschieden. Sie wollte bei ihm sein, die Nacht mit ihm verbringen.

Giuliana hatte ihre Haare gewaschen, die sie zum ersten Mal offen trug, seit Claus hier war. Jetzt öffnete sie den Schrank. Ein Kleid, zwei praktische Röcke, mehrere Blusen, Strickjacken und ein Pullover. Doch dann griff sie nach dem Kleid, das sie damals in Rom noch rasch in den Koffer gepackt hatte, das weiße Spitzenkleid von Simonetta Scalia. Giuliana strich nachdenklich über das kühle, glatte Leinen und die zarte Spitze, bevor sie hineinschlüpfte. Heute würde sie es zum ersten Mal tragen. Dann ging sie in das Zimmer ihrer Großmutter hinüber und betrachtete sich fast feierlich im Spiegel. Sogar im trüben Licht der Deckenlampe konnte man erkennen, wie gut ihr das Kleid stand.

Doch dann wurde sie unsicher. Das Kleid war ausgefallen und extravagant. Was würde Claus dazu sagen, wenn sie plötzlich so aufgeputzt zu ihm kam? Würde sie ihm gefallen?

Zum ersten Mal würde sie heute die Nacht mit einem Mann verbringen. Sie dachte an Sophias Worte, als sie über ihre Liebe zu Mattia sprach. Sinngemäß hatte sie gesagt: *Wenn du der Liebe begegnest, fragst du nicht danach, ob die Menschen dein Verhalten gutheißen, das spielt keine Rolle. Du willst nur mit dem Menschen zusammen sein, den du liebst, egal, welchen Preis du dafür zahlst.*

Jetzt empfand Giuliana genauso. Sie liebte einen Deutschen, einen Feind. Sie riskierte alles für ihn. So wie Sophia damals für Mattia.

Denn nichts war mehr von Bedeutung, nichts zählte, nur die kommenden Stunden mit Claus.

Giuliana lief die Treppe hinunter und in den stillen Garten. Für einen kurzen Moment blieb sie stehen – hatte sie das leise Quietschen des Tors hinten gehört? Sie lauschte angespannt, doch nichts regte sich, sie musste sich getäuscht haben. Sie lief weiter zum Atelier und klopfte leise an die Tür. Sofort wurde von innen geöffnet, und Claus stand vor ihr.

»Komm«, flüsterte Giuliana, »komm mit mir.« Sie nahm ihn bei der Hand und ging mit ihm zurück zum

Haus. Schweigend folgte er ihr die Treppe hinauf in ihr Schlafzimmer.

Giuliana hatte überall Kerzen aufgestellt, und in deren Schimmer sahen sie sich stumm an. Claus' Wangen waren noch eingefallen, und sein Gesicht war blass, doch in seinen Augen lag Zärtlichkeit und der Wunsch, sie zu lieben.

»Wie schön du bist«, flüsterte er, »so wunderschön. Du siehst aus wie eine Braut.«

»Deine Braut«, flüsterte sie zurück. »Und heute will ich deine Frau werden.«

Ihre Stimme klang ruhig, ihre Ängste waren verflogen.

Claus legte seine Arme sanft um ihren Körper, seine Hände strichen zart über ihren Rücken und blieben auf ihren Hüften liegen.

»Ich liebe dich, Giuliana, ich liebe dich so sehr …« Ein tiefes Glücksgefühl überwältigte Giuliana.

»Ich liebe dich auch, ich werde dich immer lieben«, flüsterte sie leidenschaftlich und bedeckte sein Gesicht mit vielen zärtlichen Küssen.

Diese Nacht war ihre Nacht, und doch weinte sie, weil sie wusste, dass es für sie keine Zukunft gab. Da umschloss Claus ihr Gesicht mit seinen Händen und küsste sie. In diesem Moment gehörte er ihr, und das war mehr, als sie sich erträumt hatte.

*

Als Maria am nächsten Mittag kam, saß Giuliana in der Küche, trank Kaffee und hörte Radio. Sie bemerkte die Freundin nicht einmal. Claus hatte sich noch vor dem Morgengrauen leise aus dem Himmelbett gestohlen und war ins Atelier zurückgekehrt. Gestern hatte sie noch geglaubt, wenn sie nur diese eine Nacht mit ihm haben könne, wäre das genug für den Rest ihres Lebens. Doch jetzt wollte sie mehr, jetzt konnte sie sich nicht mit einer Nacht zufriedengeben, die bald nur noch Erinnerung sein würde. Giuliana schwankte zwischen dem Gefühl des unglaublichen Glücks, Claus zu lieben und wiedergeliebt zu werden, und dem schrecklichen Wissen, ihn bald zu verlieren. Selbst wenn ihn die Deutschen nicht mehr suchen sollten, so kam doch Sophia bald zurück.

Wie wird es sein, wenn er gegangen ist … Wie wird es sein, wenn er mich allein zurückgelassen hat … Wie wird das Leben ohne ihn sein … Unaufhörlich kreisten diese Gedanken in ihrem Kopf. Wie konnte es weitergehen ohne ihn? Wie sollte sie jemals wieder glücklich sein, ohne ihn?

Sie beachtete Maria nicht, die sich jetzt einen Stuhl an den Tisch zog und Giuliana misstrauisch anschaute.

»Wieso bist du nicht bei ihm?«, fragte Maria. Sie spürte, dass sich etwas verändert hatte.

»Er will schlafen. Aber wieso bist *du* um diese Zeit überhaupt schon hier?«, stellte Giuliana die Gegenfrage. »Es ist erst ein Uhr.«

Maria gab keine Antwort, sie verfolgte jede Bewegung Giulianas, und alle Freundlichkeit war aus ihrem Gesicht gewichen.

»Magst du Kaffee?«, fragte Giuliana scheinbar gelassen.

Maria nickte schweigend. »Du warst heute Nacht bei ihm, stimmt's?«

»Wie kommst du darauf?« Giuliana erschrak, versuchte jedoch, ruhig zu bleiben. Dadurch verunsichert, sprang Maria auf, drehte sich schweigend um und rannte zwischen den Zypressen hindurch zum Atelier.

Giuliana folgte ihr. Da hörte sie Fabio rufen, der vor dem verschlossenen Tor stand.

»Vorsicht!«, rief sie Maria leise nach. »Fabio ist da, geh nicht ins Atelier, mach ihm auf.«

Auch Maria sah jetzt Fabio, der ungeduldig am Tor rüttelte, bis sie zu ihm lief und ihm öffnete.

»Ich habe laut gerufen, aber niemand kommt«, beklagte er sich, sichtlich verärgert, weil er hatte warten müssen. »Wieso bist du überhaupt schon wieder hier, Maria?«

»Soll das ein Verhör werden?«, antwortete Maria gereizt. »Das Gleiche könnte ich dich fragen: Wieso kommst du schon wieder her?«

»Ich sehe nach Giuliana«, erklärte Fabio. »Das habe ich Ovide versprochen.« Er ging auf Giuliana zu, die vor dem Atelier stehen geblieben war. Maria folgte ihm.

»Siehst du, das mache ich auch, ich sehe nach Giuliana.«

»Du hast die *panetteria* schon wieder geschlossen, was denkst du dir dabei?«

»Ich sagte doch, ich schaue nach Giuliana.«

»Das musst du nicht, kümmere du dich lieber um dein Geschäft. Die Leute brauchen ihr Brot und stehen vor verschlossener Tür.«

»Maria wollte gerade gehen, Fabio«, erklärte Giuliana begütigend, um einem Streit zuvorzukommen.

»Nein, das wollte ich nicht. Ich lasse mir von Fabio nicht vorschreiben, was ich tun soll«, brauste Maria auf.

Fabio musterte die beiden jungen Frauen. Ihre Nervosität war unübersehbar. Maria zupfte an dem rotgeblümten Kleid herum, das sie heute trug, und Giuliana wich seinem Blick aus. »Fabio, danke, dass Sie gekommen sind, aber es ist alles in Ordnung«, versicherte sie ihm nun. »Und es ist sehr lieb von Maria, dass sie sich Sorgen um mich macht.«

»Das ist jetzt nicht mehr nötig. Ich habe mit Ovide gesprochen. Er meint, ich soll hierbleiben, bis Sophia zurückkommt, und im Atelier schlafen. Tagsüber werde ich mich um den Garten kümmern, der hat es dringend nötig. So sind Sie nicht allein, Giuliana. Meine Sachen habe ich gleich mitgebracht.«

Erst jetzt sah Giuliana die Tasche, die Fabio in der Hand trug. Ohne auf eine Antwort zu warten, ging Fabio aufs Atelier zu.

»Nein!« Giuliana hatte sich gefangen. Sie stellte sich ihm in den Weg. »Zurzeit wohne ich darin, da fühle ich mich sicherer«, erklärte sie und sah ihm fest in die Augen. »Deshalb liegen dort meine ganzen persönlichen Sachen, ich möchte nicht, dass Sie da reingehen.«

»Gut, dann wohne ich im Haus.« Achselzuckend wandte er sich in die andere Richtung.

»Fabio, nein.«

Er blieb stehen und drehte sich zu Giuliana um.

»Ich bin schon seit einigen Tagen hier allein« – ihre Stimme klang ruhig und bestimmt –, »dann brauche ich die restliche Zeit auch keinen Schutz mehr.«

»Aber Sophia hat Ovide und Marta schon im Voraus dafür bezahlt, dass sie die zehn Tage hier sind, also möchten sie, dass ich wenigstens die letzten –«

»Ich sagte doch, ich brauche jetzt auch niemanden mehr«, unterbrach ihn Giuliana. »Aber danke, dass Sie vorbeigekommen sind.«

»Und der Garten?«

»Um den kümmere ich mich. Ciao, Fabio.«

Giulianas ruhige und bestimmte Haltung veranlasste ihn, sich zu verabschieden, wenn auch nur zögernd. Ihre Ablehnung kränkte ihn sichtlich.

»Ovide wird's nicht recht sein«, murrte er noch.

»Sagen Sie ihm, es war *mir* nicht recht, dann wird er es verstehen.«

Fabio quittierte ihre Antwort mit einem Kopfschütteln.

»Ich gehe dann auch wieder, ciao, Giuliana«, sagte Maria.

Sie und Giuliana nickten sich zu, und Maria machte sich auf den Weg zum Tor. Giuliana folgte ihr, und auch Fabio schloss sich ihnen brummig an.

»Warum trägst du eigentlich so ein elegantes Kleid? Gibt's was zu feiern?«

»Ich habe es Giuliana gezeigt, ich wollte wissen, was sie dazu sagt, schließlich kommt sie aus Rom und versteht etwas von Mode.«

»Das ist ja ganz was Neues. Du willst Eleganz nach Campodoglio bringen? Ausgerechnet du, die immer in Männerhosen herumläuft und die Leute provoziert?«, höhnte Fabio. Er hatte seine Niederlage noch nicht verkraftet.

»Ja, jetzt versuche ich es eben mit Eleganz.«

Fabio lachte spöttisch auf. Man sollte den Frauen ihre Launen lassen, das war immer noch das Beste. Nur nicht über sie nachdenken, das brachte einen Mann nur zum Wahnsinn, er hatte es schon immer so gehalten. Sie erreichten das Tor, Maria nahm ihr Fahrrad, und beide verließen das Anwesen. Draußen griff Fabio nach seinem Rad, das an der Mauer lehnte. Giuliana rief den beiden einen Abschiedsgruß nach, ehe sie das Tor abschloss.

Dann wartete sie, ob Fabio nicht doch wieder zurückkam, aber als einige Zeit vergangen war, lehnte sie sich mit einem Seufzer erleichtert gegen das Tor.

*

Einsilbig fuhr Maria neben Fabio den Weg entlang. Auch er schwieg zuerst, versuchte dann aber, sie auszufragen.

»Warum ist deine *panetteria* in letzter Zeit so oft geschlossen? Du vergisst wohl, dass du keinen Lehrling mehr hast, seit Giuseppe an der Front ist? Niemand kann für dich im Laden einspringen.«

»Lass mich in Ruhe, Fabio, das geht dich nichts an. Ich muss schließlich herumfahren und schauen, bei welchem Bauern ich noch Zutaten bekomme.«

Sie fuhr jetzt hinter Fabio, um weiteren Fragen auszuweichen. Ihre Gedanken waren bei Claus, wie meist in diesen Tagen.

Sie hatte ihm vom ersten Moment an gefallen, das hatte sie gespürt, als er sie ansah.

Was aber war mit Giuliana, drängte die sich etwa zwischen sie? Die Gelegenheit dazu gab es, denn schließlich konnte Giuliana jederzeit zu Claus ins Atelier gehen, während sie an ihre *panetteria* gebunden war und sich von Fabio und den anderen dumm anreden lassen musste, wenn sie nicht ganz pünktlich zurückkam.

»Ciao, Fabio«, verabschiedete sie sich von ihm, als sie in den Ort hineinfuhren. Vor der verschlossenen Tür ihrer *panetteria* stand bereits wieder die alte Rosalia, die ihrem Unmut über die Verspätung laut Ausdruck verlieh. Wortlos öffnete Maria die Tür und ließ sie in das stickige Ladenlokal eintreten.

»Du bist oft weg«, stellte die Alte fest, »pass nur auf,

Manfredo Valli hat schon nach dir gefragt und wollte wissen, wohin du immer unterwegs bist.«

Maria erschrak.

»Ich habe nicht gesagt, dass du in die *Casa Sophia* fährst«, flüsterte Rosalia ihr lauernd zu, obwohl sie allein im Raum waren. »Aber du solltest nicht dauernd zusperren, du bekommst Ärger. Denke an meine Warnung, Maria.«

Maria sah ihr durchs Fenster nach, wie sie in ihrem schwarzen Wollrock und mit dem Tuch über den Schultern die Straße überquerte. Sie war zutiefst erschrocken über Rosalias Worte.

War sie ins Visier von Manfredo Valli geraten?

*

Die Zeit bis zu Sophias Rückkehr wurde knapp.

Giuliana und Claus lagen am Abend im Himmelbett und sprachen alle Möglichkeiten seiner weiteren Flucht durch. Sie versuchten, ruhig und besonnen zu bleiben und Gefühle außer Acht zu lassen. Doch sie waren verzweifelt, denn die Stunde der Trennung kam unerbittlich näher.

»Meine Füße sind weitgehend abgeheilt, und ich bin ausgeruht, also werde ich gehen, bevor deine Großmutter am Samstag zurückkommt.«

Giuliana nickte. »Wann genau sie kommt, weiß ich nicht.«

»Dann werde ich an diesem Tag noch vor Morgengrauen fort sein.«

»Morgen muss ich eine Lieferung zur *Osteria del Monte* bringen. Uns bleibt also nur noch diese Nacht.«

Verzweifelt klammerten sie sich aneinander. In der Dunkelheit erzählten sie einander flüsternd von ihrer Vergangenheit und ihren Familien. Sie hatten das große Bedürfnis, dem anderen alles über sich zu erzählen.

Claus schwärmte von heißen Sommertagen an einem See in der Nähe von München, von blühenden Wiesen, über die er als Kind mit seiner gleichaltrigen Freundin lief, die Hitze unter den nackten Füßen spürend. Er erzählte von verschneiten Weihnachtstagen, einem duftenden Tannenbaum mit Kerzen und bunten Kugeln, von Zimtsternen und Butterplätzchen und von der Christmette im Dom von München.

»Es kann sein, dass es verregnete Sommer gab und Winter, in denen kein Schnee fiel«, sagte er und beugte sich über Giuliana. »Aber in der Erinnerung bleiben nur die schönen Momente.« Zärtlich griff er nach Giulianas Hand, die die ganze Zeit über geschwiegen hatte. Doch dann begann auch sie zu reden, sie sprach leise und mit brüchiger Stimme. Sie erzählte von Angst und von dem brennenden Wunsch, von ihrer Mutter Gina geliebt zu werden.

»Eigentlich bin ich deswegen hierhergekommen, ich wollte die Wahrheit über die Beziehung meiner Mutter zu ihrer Mutter erfahren. Aber sehr bald ist mir klargeworden, dass meine Großmutter ihrer Tochter keine Gefühle entgegengebracht hat und meine Mutter deshalb auch keine Liebe an mich weitergeben konnte. Aber warum nur?«

Während Claus schwieg und ihr Gesicht, ihren Hals und ihre Brüste mit zärtlichen Küssen bedeckte, erzählte sie stockend weiter. Davon, wie sie als Kind nach dem Unterricht vor der Schule stand und nicht abgeholt wurde. So musste sie den weiten Weg allein gehen, immer in panischer Angst, sich in der großen Stadt zu verlaufen. Sie war überzeugt, ihre Mutter hätte es nicht einmal bemerkt. Gina war besessen gewesen von ihrem Sport, dem Bergsteigen, jeden Tag ging sie in die Räume des Alpenvereins, um zu trainieren, bis zu acht Stunden täglich. »Weißt du«, erzählte Giuliana, »meine Eltern hatten einen Lehrer, der sie hart rannahm. Am Barren, an Ringen, an einer Kletterwand. Dazu mindestens zwei Stunden Gymnastik, Muskeltraining und Seilspringen, das tat meine Mutter dann zu Hause. Sie war ehrgeizig, sie wollte Rekorde brechen, berühmt werden, das große Geld verdienen. Darüber hat sie mich, ihre kleine Tochter, vergessen.« Giuliana setzte sich in der Dunkelheit auf und sah auf Claus hinunter. Er zog sie über sich, bis ihr Gesicht auf seiner Brust lag.

»Und dein Vater?«, fragte er leise, während seine Hände über ihren Rücken glitten und sie unter seiner Berührung erschauerte. »War er auch so lieblos wie deine Mutter?«

»Er war mit Geldverdienen beschäftigt. Die Reisen in die Schweiz und die Klettertouren, oft auch mit Bergführer, verschlangen Unsummen. Später habe ich von meinem Großvater erfahren, dass er meiner Mutter jeden Monat eine hohe Summe aufs Konto überwies, um mir eine Privatschule zu finanzieren, doch das Geld nahmen sie für sich selbst. Außer diesen Überweisungen gab es zehn Jahre keinen Kontakt zwischen ihr und ihrem Vater. Am schlimmsten jedoch war die Zeit, wenn sie in die Schweiz zum Klettern fuhren. Eine Nachbarin passte dann auf mich auf, doch nachts ließ sie mich allein und sperrte mich in der Wohnung ein. Auch wenn ich laut rief, kam sie nicht.«

»Warum hast du das nicht deiner Mutter erzählt?«

Giuliana lag jetzt wieder neben Claus, den Kopf an seine Brust geschmiegt. »Ich war überzeugt, meiner Mutter sei es gleichgültig, also schwieg ich.«

Giuliana weinte, und Claus zog sie noch näher zu sich, streichelte und küsste sie, bis ihre Tränen wieder versiegten. Es war das erste Mal, dass sie mit jemandem über ihre Kindheit sprach.

Lange blieben sie so beieinander liegen, still, jeder auf den Atem des anderen horchend.

»Ich bleibe morgen nicht lange fort«, flüsterte Giuliana. »Wirst du noch da sein, wenn ich wiederkomme?« Doch Claus schwieg und strich ihr nur zärtlich durch ihre langen Haare. Angst schnürte ihr die Kehle zu.

*

Die Zypressen hoben sich dunkel gegen den fahler werdenden Himmel ab, an dem die Sterne langsam verblassten.

Schweigend gingen Claus und Giuliana zurück ins Atelier. Giuliana fröstelte und hatte das Gefühl, Fieber zu haben. War das ihre Angst wegen der bevorstehenden Trennung? Oder wurde sie krank? Sie hatte schon während der Nacht gehustet und einen stechenden Schmerz in der Brust gespürt.

Abrupt blieb sie stehen. »Ich will dich nicht verlieren«, flüsterte sie in die Stille des Morgens. Sie unterdrückte ein Schluchzen, und ihre Verzweiflung presste ihr das Herz zusammen.

»Wir werden uns nicht verlieren! Unsere Liebe kann uns niemand – hörst du? –, *niemand* jemals nehmen.«

Zärtlich strich Claus Giuliana die Haare aus dem Gesicht und küsste sie auf ihre geschlossenen Augenlider, unter denen die Tränen hervorquollen. »Ich liebe dich so sehr«, flüsterte er. »Ti amo … ti amo … Ich liebe dich, ich liebe dich.« Claus fiel in seine Muttersprache, und er sagte noch viele Dinge, die sie nicht verstand, doch deren Sinn Giuliana erahnen konnte.

»Ich komme gegen Mittag zurück«, murmelte sie an ihn geschmiegt, obwohl sie wusste, dass Maria bald hier sein würde. »Wir haben dann noch den Rest des Tages und eigentlich auch noch die nächste Nacht und –«

»Ich muss fort sein, bevor deine Großmutter zurückkommt«, unterbrach Claus sie, »und das weißt du auch. Wo hast du meine Uniform und die anderen Sachen versteckt? Wenn ich weg bin, darf niemand sie finden, das bringt dich in große Gefahr.«

»Ich habe sie in einen Kartoffelsack gesteckt, und nachher nehme ich ihn mit. Ich weiß genau, wo ich ihn verstecken kann, du musst dir darüber keine Sorgen machen«, versprach sie ihm. »Aber bitte sei noch da, wenn ich zurückkomme. Es reicht, wenn du morgen ganz früh gehst. Sophia wird sicher erst am Abend wieder da sein. Oder du bleibst ganz, und ich rede mit meiner Großmutter.«

Claus lächelte nur und sah an ihr vorbei. Sein Blick verlor sich, und er schien sich bereits von ihr zu entfernen.

»Weißt du, Giuliana, vielleicht schaffe ich es ja, und dann werden wir uns treffen, in Rom, im Caffé Greco, versprich es mir.«

»Natürlich werden wir uns treffen«, versicherte Giuliana und unterdrückte ein verzweifeltes Schluchzen. »Aber versprich mir, dass du noch hier sein wirst, wenn ich zurückkomme.«

Doch wieder antwortete Claus nicht darauf.

Sie standen immer noch vor der Tür des Ateliers und konnten sich nicht trennen. Plötzlich zog Claus Giuliana heftig an sich. »Komm«, flüsterte er, »bleib noch bei mir.«

Giuliana gab freudig nach.

17

Maria war früh aufgestanden, früher als sonst. Trotzdem hatte sie nicht alles geschafft, was sie sich vorgenommen hatte, und so legte sie ein frisches Tuch über den aufgegangenen Hefeteig und stellte ihn in die Vorratskammer hinter der Backstube. Anschließend brachte sie rasch die frischen Brote und das Hefegebäck in den Laden.

Gestern hatte ihr Luciana, eine Bäuerin aus der Gegend, überraschend Eier, Mehl und Butter gebracht. Sie wollte ihre Erzeugnisse nicht länger an den Händler verkaufen, der die Hotels belieferte, die von den Deutschen als Quartier beschlagnahmt wurden. So verkaufte sie Maria alles, was sie brauchte.

Jetzt stand eine zweistöckige Hochzeitstorte aus Biskuitteig, gefüllt mit Buttercreme, vor Maria auf dem Tisch. Aus einem Rest rosafarbenem Marzipan hatte sie eine Rose geformt. Maria legte sie auf die Torte, die mit einem weißen Zuckerguss überzogen war. Sie würde noch ein paar Rosenblätter darauf streuen und ein Seidenband mit einer Schleife darum legen. »Viel Glück!«, stand darauf. Marias Blick blieb daran hängen, und sie verspürte unwillkürlich Neid. Albertina würde morgen eine verheiratete Frau sein, sie bekam ein großes Fest, ein weißes Kleid, in dem man sie bewundern würde, und eine Hochzeitsnacht mit einem Mann, der sie liebte. Warum waren es immer die anderen, die heirateten, warum nicht sie, Maria? War sie es denn nicht wert, einen Mann zu bekommen, der ihr gefiel? Im Ort wäre sie dann eine geachtete Ehefrau und nicht einfach nur Maria mit ihrer *panetteria*.

Maria lief rasch hinauf in ihre Wohnung und zog die Arbeitskleidung aus. Nackt stand sie vor dem Spiegel. Auch sie war begehrenswert, stellte sie fest, die großen Brüste vielleicht ein wenig zu schwer, doch gut geformt, und ihre runden Hüften schienen dazu gemacht, dass ein Mann sie umschlang. Maria streichelte ihre Brüste, bis ihre Brustwarzen hart wurden, sie strich sich über den weichen Bauch und über die Innenseite ihrer Schenkel und seufzte tief auf. Wie wunderbar musste es sein, von einem Mann berührt zu werden! Von einem Mann wie Claus …

Er begehrte sie, er hatte sich in sie verliebt, so wie sie sich in ihn. Sie hatte es an seinen Blicken gesehen, da war sie sich ganz sicher. Liebe auf den ersten Blick, die gab es, sie hatte schon oft darüber gelesen.

Einige Male war sie mit Claus allein gewesen, zwar immer nur kurz, wenn Giuliana im Haus war, aber dann hatte Claus gleich ihre Nähe gesucht. Er erzählte ihr von Rom, vom Caffé Greco. War das nicht ein Hinweis, dass er sie dort später treffen wollte?

Oder täuschte sie sich, und es war doch etwas zwischen Giuliana und ihm? Giuliana war schön, viel schöner als sie, Maria, und welcher Mann würde ihr widerstehen können? Maria dachte an die Blicke, die Claus Giuliana zugeworfen hatte, voller Liebe und Zärtlichkeit. Blicke, die eigentlich ihr gelten sollten, nachdem er am ersten Tag nur sie, Maria, angesehen hatte.

Sie musste endlich Gewissheit haben. Rasch schlüpfte Maria in ihr einfaches Baumwollkleid, das sie beim Fahren auf dem Rad nicht behindern würde, denn sie musste sich beeilen. Sie wollte ganz früh in der *Casa Sophia* sein, zu einer Zeit, wenn noch niemand mit ihr rechnete.

Schnell lief sie wieder nach unten, verließ das Haus und hängte einen Zettel an die Glastür. *Komme etwas später.*

Sie schwang sich aufs Fahrrad und hetzte los. Es war bereits kurz vor sieben Uhr, und Maria verwünschte ihren Ofen, der immer häufiger streikte, nicht mehr so schnell erhitzte und die Backdauer nicht genau kalkulierbar machte.

Endlich kam sie an und öffnete leise das schmiedeeiserne Tor. Um jedes Geräusch zu vermeiden, legte sie ihr Fahrrad vorsichtig ins Gras. Dann schlich sie mit pochendem Herzen weiter und verbarg sich hinter dem Stamm der Pinie. Die Sonne schien schon hell und warf ihre Strahlen direkt auf das Atelier. Es lag verlassen da, und nichts rührte sich. Waren ihr Misstrauen und ihre Eifersucht unberechtigt gewesen?

Sie wollte nicht so schnell aufgeben. Vorsichtig schlich sie näher und drückte sich gegen die Tür. Zunächst war alles ruhig, doch dann hörte sie ein Flüstern, ein verhaltenes Lachen. Schwindel ergriff sie, und sie spürte ihren Herzschlag plötzlich im ganzen Körper.

Konnte es wirklich sein, dass Giuliana sie belogen hatte, sie, ihre beste Freundin?

Dass sie sich dem Mann an den Hals warf, in den Maria sich verliebt hatte?

Maria stellte sich auf die Zehenspitzen, presste ihr Gesicht an den Fensterladen und sah durch die breite Ritze im Holz direkt hinein. Die Morgensonne begünstigte ihr Vorhaben, ein Strahl fiel bis in den hinteren Teil des Raums. Maria erstarrte. Kälte zog in ihr Herz, Wut und Hass stiegen in ihr hoch.

Auf dem Bett lagen Claus und Giuliana. Langsam kosteten sie ihre Leidenschaft aus, tauschten Zärtlichkeiten und lange Küsse, als gäbe es weder Krieg noch Verfolgung.

Wie in Trance lief Maria zu ihrem Fahrrad zurück, schob es durch das Tor und auf den Weg. Verraten. Die beiden hatten sie verraten. Dieser Gedanke nahm Maria jeden Halt. Fast wünschte sie, sie hätte die Szene im Atelier gar nicht gesehen. Die beiden Menschen, die sie am meisten liebte, hatten ihr das angetan. Sie hatten ihr Vertrauen missbraucht, sie hatten ihre Liebe mit Füßen getreten, sie gedemütigt. Verraten … verraten … Marias Gedanken kreisten nur noch um dieses Wort.

»Wieso, Giuliana?«, murmelte sie. »Wieso hast du ihn mir weggenommen? Mir das angetan? Mir, deiner besten Freundin?«

Diese Demütigung konnte sie nicht ertragen, sie nicht einfach hinnehmen. Die beiden mussten für ihren furchtbaren Verrat büßen.

18

Giuliana radelte im Stehen auf der geraden Straße nach Florenz. Ihr einziger Gedanke war, so schnell wie möglich wieder in der *Casa Sophia* zu sein. Dazu kam, dass sie sich krank fühlte. Zudem war sie mit dem Gefühl einer unbestimmten Angst losgefahren. Maria war nicht gekommen. Arbeitete sie noch an der Torte? So konnte niemand Claus warnen, wenn Gefahr drohte.

Giuliana fühlte sich müde und zerschlagen. Und so schnell sie auch radelte, sie hatte das Gefühl, die Straße nehme kein Ende. Ihr rann der Schweiß über den Rücken, und sie spürte, dass das Fieber stieg. Oder waren es nur ihre Nerven, die allmählich versagten?

Die Straße lag einsam vor ihr, ein endloses Band, gesäumt von Pappeln und Zypressen. Giuliana verlangsamte keuchend ihre Fahrt. Suchend sah sie sich um, bis sie eine tiefe Böschung neben der Straße entdeckte. Sie bremste scharf, sprang vom Rad, lehnte es an einen Baum und nahm den braunen Kartoffelsack von ihrem hinteren Gepäckträger, der die Sachen von Claus enthielt. Hier unten, neben der Straße, weit von der *Casa Sophia* entfernt, würde sie ihn verstecken. Sie kletterte den kleinen Abhang hinunter und schaufelte mit ihren Händen hastig eine Mulde unter einem Strauch. Wenn sie den Sack hineinlegte und mit Erde und Laub bedeckte, würde ihn niemand finden. Vorher überprüfte sie rasch die Uniform und die anderen Sachen noch einmal, ob wirklich nichts daran auf Claus von Welsers Identität hinwies. Seine Identifikationsmarke hatte sie unter ihrer Matratze im Schlafzimmer versteckt, sie konnte sich einfach nicht von ihr trennen. Rasch tastete sie auch die Uniformjacke ab, den Blick immer auf die Straße gerichtet. Als sie die Jacke gerade in den Sack zurückstopfen wollte, spürte sie durch den Stoff hindurch einen harten kleinen Gegenstand in der Innentasche. Neugierig griff sie hinein und zog ein Medaillon heraus. Auf Druck schnappte es sofort auf. Es enthielt das Foto einer jungen, hübschen Frau. Langsam ließ Giuliana die Hand sinken. Mechanisch schob sie die Jacke in den Sack zurück, zog das Band zu und versteckte ihn unter dem flachen Gestrüpp, den welken Blättern und der aufgeworfenen Erde. Dann kletterte sie hastig die Böschung wieder hoch, erleichtert, dass niemand sie entdeckt hatte. Einsam dehnte sich die Straße vor ihr aus. Ihre Hand umklammerte fest das goldene Medaillon.

Giuliana setzte sich erschöpft neben ihrem Fahrrad auf den Boden. Zuerst empfand sie gar nichts, erst nach und nach ließ sie die Gefühle zu und spürte dann eine tiefe Enttäuschung, ein bitteres Erwachen.

Ti amo, hatte er gesagt, und sie hatte ihm geglaubt. Ti amo …

Als er mit ihr zusammen war, als sie seine Geliebte wurde, als sie alles für ihn riskierte, hatte er da verdrängt, dass in Deutschland eine Frau auf ihn wartete? Mit zitternden Händen ließ sie das Medaillon noch einmal aufschnappen. Auf dem kleinen Foto konnte man helles Haar und ein offenes Lächeln erkennen.

War sie zu naiv gewesen? Wie konnte sie annehmen, dass ein Mann wie Claus von Welser keine Frau oder Verlobte besaß? Er hatte gelebt, bevor er eingezogen wurde, er hatte studiert, eine Frau geliebt, mit der er vielleicht sogar verheiratet war.

Claus schien das Medaillon nicht zu vermissen, er hatte

nicht danach gefragt, als sie seine Uniform nahm und ihm sagte, sie würde sie verschwinden lassen.

Nein, nein! Giuliana presste das Medaillon fest in ihrer Hand zusammen, es konnte nicht sein, es *durfte* einfach nicht sein, dass er eine andere liebte und sich mit ihr nur ein paar schöne Stunden gemacht hatte.

Lange starrte sie auf das goldene Medaillon, konnte den Blick nicht davon lösen, während die wirrsten Gedanken durch ihren Kopf rasten. Doch dann, nach einem plötzlichen Entschluss, hängte sie sich die dünne Goldkette mit dem Schmuck um den Hals. Wenn sie in die *Casa* zurückkam, würde sie Claus das Medaillon geben und ihn fragen, wer diese Frau war.

Giuliana hob erst ihren Kopf, als eine hartnäckige Fahrradklingel sie aufhorchen ließ. Auf der anderen Seite hielt ein alter Mann und stieg vom Rad.

»Wollen Sie nach Florenz?«

Giuliana schüttelte den Kopf. »Nein, ich will nur zum Landgasthaus del Monte.«

»Kehren Sie um, so schnell Sie können! Da vorn sperren Deutsche mit Panzern die Straße ab. Florenz ist in deutscher Hand, überall Soldaten! Ich habe gehört, sie wollen die Brücken sprengen. Als ich die Sperren von weitem gesehen habe, bin ich sofort umgekehrt, und das sollten Sie auch tun. Beeilen Sie sich, rasch … und viel Glück!«

Er stieg wieder auf und radelte beherzt in die Richtung, aus der Giuliana gekommen war. Angst schnürte ihr die Kehle zu. Ihre Zunge war bleiern und ihr Mund ausgetrocknet, sie konnte geradezu spüren, wie ihr Fieber weiter stieg.

Sie stieg auf – Sophia würde verstehen, dass sie nicht

anders gekonnt hatte – und fuhr zurück. Doch die Beine wurden ihr schwer, und sie hatte das Gefühl, die *Casa Sophia* nie mehr zu erreichen.

Verzweifelt radelte Giuliana weiter. Tränen liefen ihr jetzt übers Gesicht, und sie wollte nur eines: Sie wollte zu Claus, wollte von ihm umarmt werden, wollte, dass er ihr sagte, die Frau im Medaillon sei seine Mutter oder seine Schwester. Die Kräfte verließen sie, kaum konnte sie mehr in die Pedale treten. Der Schweiß rann ihr in die Augen, und so stieg sie ab, um einen Moment zu verschnaufen und die Augen zu schließen. Als Giuliana sie wieder öffnete, stieß sie einen entsetzten Laut aus. Am Horizont tauchte ein großer Konvoi von Panzern und Lastwagen mit deutscher Fahne auf. Giuliana rutschte mit ihrem Fahrrad die Böschung an der Straße hinunter und duckte sich unter einen niedrigen Strauch. Sie wagte nicht hochzusehen, denn der Konvoi kam beängstigend schnell näher, schon hörte sie das dumpfe Brummen der Motoren. Mit beiden Händen hielt sie sich die Ohren zu und schloss die Augen. Nach einer Weile nahm sie zögernd die Hände herunter und wagte einen Blick hoch auf die einsame Straße, auf der sich die Hitze spiegelte. Der Konvoi war nicht mehr zu sehen.

Schwer atmend kämpfte sich Giuliana die kleine Böschung wieder hoch, nahm ihr Rad und fuhr weiter, bis sie endlich in den Weg nach Campodoglio einbiegen konnte. Erst da bemerkte sie, dass sie das Paket für die *Osteria del Monte* verloren hatte. Gleichgültig, sie war in Sicherheit, nichts sonst war von Bedeutung. Ein heftiger Hustenanfall zwang sie abzusteigen, ein Keuchen, ein Schmerz, der ihr durch die Brust fuhr. Aber sie musste doch weiter, nach Hause! Wie sollte sie Claus sonst helfen können, gerade jetzt, da es offensichtlich in der ganzen Gegend von Deutschen wimmelte? Sie musste ihn warnen. Er durfte nicht fortgehen, sie musste ihn weiterhin verstecken! Irgendetwas würde ihr schon einfallen, versuchte sie, sich zu trösten. Er musste sich die Haare färben, schwarz, wenn nötig mit den Kohlefarben von Mattia, das sollte gehen.

Giuliana stieg wieder auf und radelte weiter, sie wusste selbst nicht, woher sie die Kräfte nahm.

Kurz vor Campodoglio begegnete sie der alten Bäuerin Luisa.

»Ciao, Giuliana!«, rief die Alte ihr zu.

»Ciao, Luisa!«, rief sie zurück.

»Hast du es schon gehört? Die Deutschen sind überall.«

»Ja, ich habe ihre Panzer auf der Straße nach Florenz gesehen, ich bin ihnen gerade noch entkommen.« Giuliana bremste und stieg dann ab.

»Nein, die Panzer meine ich nicht. Das Gebiet um Campodoglio ist abgeriegelt, ein deutscher Trupp durchkämmt die Gegend nach Partisanen, und angeblich suchen sie auch einen deutschen Deserteur.«

Luisa musste verblüfft feststellen, dass sich Giuliana ohne Gruß aufs Rad schwang und wortlos davonfuhr.

*

Als die ersten Häuser von Campodoglio in Sicht kamen, stöhnte Giuliana vor Erleichterung auf. Vom Dorf aus konnte sie den Weg zur *Casa Sophia* nehmen und würde in einer Viertelstunde zu Hause sein.

Doch es war still im Dorf, ungewöhnlich still. Giuliana

entdeckte nur die alte Rosalia und winkte ihr zu, aber die drehte sich sofort um und verschwand in ihrem Haus. Es musste etwas passiert sein, Giuliana spürte es.

»Claus, bitte sei noch da«, flüsterte sie, »ich komme, wir schaffen es, gemeinsam schaffen wir es …«

Keuchend fuhr sie die letzten Meter über die Piazza bis zur *panetteria.* Dort sprang sie vom Rad, um rasch nachzusehen, ob Maria, wie besprochen, in die *Casa Sophia* gefahren war.

Die Tür war verschlossen, und es hing auch kein Schild daran.

»Maria?«, rief sie, doch alles blieb ruhig. Giuliana trat ganz nahe ans Schaufenster und presste ihr Gesicht gegen die Scheibe. Was sie sah, erschreckte sie zutiefst: Die Torte lag zerstört auf dem Boden.

»Maria! Mach auf.« Mit den Fäusten schlug Giuliana gegen die Tür. Hatte sich im Verkaufsraum der *panetteria* nicht etwas bewegt, ein Schatten, der sich schnell wieder duckte? Hatte sie nicht auch ein Geräusch gehört? Giuliana erschrak erneut. War Maria vielleicht etwas zugestoßen, hatte man die *panetteria* überfallen, oder war sie durchsucht worden, weil Maria sich verdächtig gemacht hatte?

Doch dann ließ Giuliana langsam die Hand sinken, denn plötzlich ahnte sie die Wahrheit: Maria selbst hatte die Torte auf den Boden geschleudert, aus Enttäuschung und aus Wut. Maria musste erkannt haben, dass Claus und sie sich liebten.

Giuliana wandte sich ab, stieg wieder aufs Rad und raste, so schnell sie konnte, zur *Casa Sophia.*

Als sie sich dem Tor in der Mauer näherte, stieß sie einen erstaunten Schrei aus: Auf dem Weg stand der Lkw von Sophia! Die fünf Frauen sprangen gerade herunter und blieben stehen, als sie Giuliana kommen sahen.

Sie wirkten erschöpft, übermüdet und waren bedeckt vom Staub der Landstraßen. Stumm sahen sie ihr entgegen. Eine Bedrohung ging von ihnen aus, die Giuliana nicht kannte, die sie von ihnen nicht erwartet hätte. Sie sprang vom Rad und ging auf die Frauen zu. Vor innerer Anspannung bekam sie fast keine Luft mehr.

»Wieso kommt ihr schon heute?« Ihre Stimme sollte ruhig klingen, herzlich, doch es kam nur ein Flüstern über ihre Lippen.

»Wir haben unsere Reise abgebrochen und uns die letzte Nacht gespart«, antwortete Fiona schließlich.

»Überall sind Deutsche, ich hatte große Angst um euch. Ist denn alles gutgegangen?«

Niemand antwortete. Die Arme vor der Brust verschränkt, sahen die Frauen ihr in feindseligem Schweigen entgegen. Es war schließlich Sophia, die auf sie zukam.

»Wir hatten großes Glück«, antwortete sie kurz angebunden. »Deutsche haben uns heute Nacht auf dem Heimweg kontrolliert. Stundenlang hat man uns ausgefragt und den leeren Lastwagen untersucht. Sie nahmen uns die drei Gewehre ab. Nur weil Fiona sie überzeugen konnte, wir hätten die Waffen aus Angst vor Übergriffen bei uns, ließen sie uns weiterfahren. Das Gewehr, das Beatrice unten am Boden befestigt hatte, fanden sie glücklicherweise nicht.«

Giuliana schwieg. Sie sah Sophia an, deren Gesicht durchscheinend blass war. Unter ihren Augen lagen tiefe Schatten, die Angst und die Strapazen der letzten Tage hatten ihre Spuren hinterlassen.

»Wir müssen mit dir sprechen«, erklärte Beatrice jetzt

kurz angebunden und baute sich neben Sophia auf. »Als wir durch das Dorf gefahren sind, stellte sich uns Maria in den Weg, hielt den Lastwagen an und behauptete, du hättest diesen deutschen Deserteur versteckt, nach dem gesucht wird. Und das schon seit Tagen. Stimmt das?«

»Wie kommt Maria denn darauf?« Giuliana versuchte, ruhig zu bleiben, sie sah Beatrice fest in die hellen, kalten Augen. Sie musste Zeit gewinnen, versuchen, die Frauen zu überzeugen, dass Maria log.

»Maria war unterwegs, um bei Manfredo Valli Meldung zu machen. Sie fand, das sei ihre Pflicht.« Sophia sprach jetzt weiter. »Doch er war nicht da, offenbar ist er mit seinen Männern bei einem Einsatz. Als sie uns kommen sah, hielt sie stattdessen uns an. Also, Giuliana, hast du uns etwas zu sagen?«

»Ihr kennt doch Maria, wie oft hat sie schon Gerüchte in die Welt gesetzt.« Giuliana wusste, sie durfte jetzt keine Schwäche zeigen. Sie musste darauf beharren, wie unglaubwürdig Maria schon immer gewesen war.

Doch wie hatte sie selbst ihr nur vertrauen, sie mit einbeziehen können, anstatt ihr nicht schon am ersten Morgen einfach zu sagen, der Deutsche sei in der Nacht verschwunden?

Sie hatte einen Fehler begangen, der sich nun furchtbar rächte.

»Also, hast du uns etwas zu sagen?«, hörte sie die müde Stimme von Sophia, die auf ihre Ausflüchte nicht einging.

»Nichts. Gar nichts. Maria lügt.« Giulianas Stimme klang ruhig, aufrecht stand sie vor ihnen und erwiderte gelassen den Blick der Frauen. Spürten sie, dass sie nicht die Wahrheit sagte?

»Nun, wenn das so ist …« Sophia wandte sich den Frauen zu. »Giuliana hat recht, auf Marias Geschichten ist kein Verlass. Ich denke, wir beruhigen uns wieder.«

»Wir kommen mit in die *Casa*, wir wollen wissen, wer hier lügt«, verlangte Beatrice.

»Beatrice, wir sind müde. Ich denke, Giuliana würde so etwas niemals tun.«

Giuliana dachte an Maria. Sie versteckte sich, bis sie wusste, was in der *Casa* passiert war. Sicher ahnte sie, dass ihre Aussage Claus das Leben kosten würde. Beatrice würde ihn erschießen, wenn man ihn fand. Und was würden die Frauen dann mit ihr machen? Sie beschimpfen und bespucken? Sie der Polizei übergeben?

Stumm sah sie die Frauen an, die übermüdet vor ihr standen und abwarteten.

»Wir sehen nach«, entschied Fiona. »Und vergewissern uns, ob Maria gelogen hat.«

»Ob *sie* gelogen hat«, verbesserte Beatrice mit Blick in Giulianas Richtung. Diese spürte ihre Feindseligkeit, aber auch die Unsicherheit der anderen vier Frauen, die stumm zusahen, wie Beatrice jetzt rasch unter den Wagen kroch und mit dem Gewehr, das die Deutschen nicht gefunden hatten, wieder hervorkam.

Giuliana fühlte nichts. Es ist so weit, mehr konnte sie nicht denken. Der Moment, den sie gefürchtet hatte, war da.

Sie hatte mit den Deutschen gerechnet, sich immer wieder ausgemalt, wie sie die *Casa* stürmen würden, doch von Sophia und den Frauen beschuldigt zu werden, traf sie völlig unvorbereitet. Würde Sophia sie verstehen können? Ein Seitenblick auf Sophias verschlossenes Gesicht, und sie begriff, nein, ihre Großmutter würde in diesem

Fall kein Verständnis haben. Sophia fing ihren Blick auf, und ihr Gesichtsausdruck signalisierte Ablehnung und Misstrauen.

»Wir verteilen uns und durchsuchen den Garten, das Atelier, die Manufaktur und das Haus«, befahl Beatrice. »Du setzt dich auf die Bank«, sagte sie barsch zu Giuliana, »so dass wir dich im Blick haben. Marcella passt auf dich auf.«

Marcella begleitete Giuliana zur Sitzgruppe unter dem Pinienbaum, drückte sie in einen Korbstuhl und ließ ihre Hand auf ihrer Schulter liegen. Schweigend beobachteten sie, wie sich die Frauen verteilten und alles durchsuchten. Ruhe lag über dem Anwesen, nur das Summen von Insekten erfüllte die Mittagsstille. Beatrice und Fiona kamen kurz darauf mit einem Schulterzucken aus dem Haus.

»Im Haus ist niemand!«, rief Fiona Sophia zu, die, begleitet von Leontina, aus der Manufaktur trat.

»Es gibt ja keinen Speicher und keinen Keller, es ist schwierig, hier jemanden zu verstecken«, hörte Giuliana Fiona sagen.

»Auch in der Manufaktur ist niemand«, erklärte Sophia ruhig.

Doch dann gingen Fiona und Beatrice auf das Atelier zu. Versteinert sah Giuliana ihnen nach, fieberhaft suchte sie nach einer Möglichkeit, die beiden aufzuhalten. Sollte sie sich zur Wahrheit bekennen und die Frauen um ihr Verständnis anflehen? Waren sie nicht alle schon einmal verliebt gewesen und hatten aus Liebe Unsinniges oder sogar Rechtswidriges getan? Ließ die Liebe nicht alles vergessen, was man als richtig empfand?

Marcellas Hand lag schwer auf Giulianas Schulter, wie

ein eiserner Griff, aus dem sie sich nicht befreien konnte. »Jetzt fängt es auch noch an zu regnen«, beklagte sich Marcella und sah in den Himmel, über den Gewitterwolken zogen. »Wann ist der Zirkus hier endlich vorbei? Ich habe Maria sowieso nicht geglaubt, sie schien ziemlich verwirrt, voller Hass auf dich. Habt ihr euch gestritten? Hast du sie gekränkt?«

Giuliana hörte nicht zu. Jeder Muskel, jeder Nerv in ihr zog sich zusammen. Beatrice und Fiona standen vor der Tür zum Atelier und warteten auf Sophia, die nach dem Schlüssel griff, der am Haken neben dem Fensterladen hing. Wieso … wieso hing er dort? Bedeutete es, dass Claus nicht mehr hier war?

Leontina stellte sich nun auch neben Giuliana und beobachtete die drei Frauen, die das Atelier betraten. Kein Schrei, kein Schuss …

»Hier ist niemand!«

Im ersten Moment empfand Giuliana ein Gefühl von Glück und tiefer Erleichterung. Claus war fort, er hatte das Atelier verlassen. Doch dann spürte sie den grausamen Schmerz, ihn verloren zu haben. Er hatte es riskiert, aufgegriffen und vor ein Kriegsgericht gestellt zu werden, um sie zu schützen.

Fiona kam als Erste wieder heraus. »Ich hab es ja gleich gesagt, Maria hat gelogen, wie schon so oft.«

Marcella hatte Giulianas Schulter losgelassen und wandte sich an sie. »Wir müssen uns bei dir entschuldigen.« Versöhnlich streckte sie Giuliana die Hand entgegen. »Wie konnten wir nur eine Sekunde an dir zweifeln, schließlich bist du Sophias Enkelin. Bitte, verzeih uns.«

»Ja, verzeih uns«, bekräftigten die anderen nacheinander. Jede umarmte Giuliana. Die Frauen sahen völlig erschöpft aus. Sie glaubten ihr, hatten keine Ahnung, dass Giulianas Tränen, die jetzt zu fließen begannen, tatsächlich einem Deutschen galten. Wo war er, hatte man ihn aufgegriffen, ihn bereits erschossen? Sie blieb zurück, ihr Leben leer und sinnlos ohne ihn. Alles, was ihr von ihm geblieben war, waren seine Identifikationsmarke und … ein Medaillon mit dem Foto einer anderen Frau.

Alle überhörten das Brummen des Motors, keine von ihnen sah anfangs die deutschen Soldaten kommen, die sich plötzlich auf dem Anwesen verteilten und Sprengsätze warfen. Erst die Detonation, das Krachen, ließ die Frauen auseinanderfahren.

»Es brennt!«, schrie Marcella.

»Soldaten!«, gellte Fionas Ruf durch den Olivenhain.

»Ins Haus, schnell!« Sophia reagierte als Erste, und die Frauen rannten um ihr Leben durch die Zypressen zum Haus. Nur Giuliana blieb wie erstarrt stehen. Deutsche Soldaten! Hatten sie Claus gefunden und aus ihm die Wahrheit herausgepresst, wo er sich versteckt hatte und wer ihm half?

Sie vermochte sich nicht zu bewegen, sie sah die Manufaktur lichterloh in Flammen aufgehen, sah zuckende Flammen, die sich durch das Holzdach fraßen und in Sekundenschnelle auf das Atelier übergriffen.

Sie konnte wegen des Rauchs kaum mehr atmen. Sophia, Marcella und Fiona, alle waren bereits verschwunden, nur sie stand noch allein da, allein inmitten des Infernos. Giuliana starrte auf die brennende Manufaktur. Ihr wurde schwindlig, sie spürte, wie ihre Beine nachgaben. Da wurde sie grob an den Füßen gepackt, so dass sie stürzte. Sie sah das Gesicht eines Soldaten über sich, er drückte sie fest auf den Boden und schob sich auf sie, zerrte an ihrem Kleid. Sie spürte sein Gewicht, spürte, wie er mit den Knien ihre Beine brutal auseinanderdrückte. Giuliana spuckte ihm ins Gesicht und warf den Kopf hin und her. Sie schrie auf, rief um Hilfe, versuchte mit aller Kraft, ihn von sich zu stoßen. Doch er presste ihre Arme so fest neben ihren Kopf, dass sie sich nicht mehr wehren konnte. Deshalb versuchte sie, ihre Knie hochzuziehen und sich gegen ihn zu stemmen. Vergeblich. Und niemand half, niemand kam. Giuliana schluchzte auf, doch plötzlich krachte ein Schuss direkt an ihrem Ohr. Der Soldat bäumte sich auf, sein Gesicht verzerrte sich, die Augen weiteten sich in tiefem Erstaunen. Er öffnete den Mund – und brach auf Giuliana zusammen. Mit einem Schluchzen wälzte sie ihn von sich fort. Überall war sein Blut, an ihrem zerrissenen Kleid, an den Händen, auf ihrem Gesicht, ihrem Hals, ihrem Körper.

Als sie wimmernd hochsah, blickte sie in die Augen von Beatrice. Sie hielt das Gewehr noch in der Hand, stieß den Deutschen jetzt damit an und stellte lakonisch fest, nun könne er keine Frauen mehr vergewaltigen und keine Bomben mehr legen, dieser angeblich unbesiegbare Herrenmensch in seiner Uniform.

Beatrice drehte sich um, während Giuliana auf Knien von dem toten Soldaten fortrutschte und sich erbrach. Schwankend erhob sie sich, keuchend und hustend versuchte sie, sich in dem Rauch zurechtzufinden. Nur mit Mühe stolperte sie voran, durch den Olivenhain bis zu den Zypressen. Vor dem Haus standen Sophia, Marcella und Fiona – und ringsum Soldaten. Sophia löste sich aus der Gruppe, sie hatte sich ihr helles Tuch vom Kopf gerissen, schwenkte es und sagte laut zu den Soldaten, sie würden sich ergeben.

Die Deutschen zögerten, sie sprachen leise miteinander, ohne die Frauen aus den Augen zu lassen. Giuliana verharrte unbemerkt zwischen den Zypressen, und da sah sie, wie ein Soldat, der ein wenig abseitsstand, sein Gewehr hob und auf Sophia zielte. Doch direkt dahinter schlich sich Beatrice an, riss ihr Gewehr hoch und zielte auf den Rücken des Soldaten. Sie schoss, doch in dieser Sekunde machte der Soldat einen Schritt zur Seite – und der Schuss traf Sophia.

Sophia taumelte, presste ihre Hände gegen den Oberkörper und sackte in sich zusammen. Ihre Augen weiteten sich vor Schreck, ihr Mund öffnete sich zu einem lautlosen Schrei.

»Sophia«, brach es aus Giuliana heraus. »Sophia!«, schrie sie noch einmal und rannte zu ihrer Großmutter, die regungslos am Boden lag, während Marcella, Fiona und Leontina einen Kreis um sie bildeten. Beatrice blieb abseits stehen, weiß im Gesicht, dann taumelte sie und sank auf die Knie.

Sie hörten den Jeep nicht, der auf das Anwesen raste und aus dem ein deutscher Offizier sprang, der den Befehl zum sofortigen Rückzug schrie. Die Soldaten sammelten sich und marschierten geordnet zum Tor in der Mauer, hinter dem ihr Lastwagen stand. Jetzt kam Beatrice wieder hoch, sie stieß die Frauen zur Seite, nahm den Körper von Sophia auf und trug ihn durch den Garten. Giuliana wurde schwarz vor Augen, als sie versuchte, sich ebenfalls zu erheben. Der Boden unter ihr zog sich zurück, und sie fiel, fiel in ein dunkles Loch. Sie spürte nicht, wie man auch sie hochhob und forttrug, vorsichtig auf den Lastwagen legte, eine Decke über sie breitete und sie im strömenden Regen über den holprigen Weg ins Dorf brachte. Irgendwann erlangte sie kurz das Bewusstsein zurück, und sie sah in die toten Augen von Sophia Fabiani. Doch dann sank sie wieder in ihre Ohnmacht, während ein Regenguss auf den Lastwagen niederprasselte und der Wind den Rauch der brennenden *Casa* hinter ihnen hertrieb.

19

Campodoglio, drei Wochen später

Blinzelnd schlug Giuliana die Augen auf und schützte sie mit der Hand gegen die grelle Helligkeit. Mit der Zunge fuhr sie sich langsam über die ausgetrockneten Lippen.

»Durst«, flüsterte sie. Ihre Stimme war nur ein Krächzen. Sie versuchte, sich aufzurichten, doch sie konnte kaum ihren Kopf heben, und mit einem leichten Aufstöhnen ließ sie ihn auf das Kissen zurücksinken.

Der Fußboden knarrte, eilige Schritte kamen näher, und jemand griff beruhigend nach ihrer Hand.

»Schnell, Antonia, hol den Dottore, er ist unten in seiner Praxis.«

Dottore, Praxis?

»Wo bin ich?«, flüsterte Giuliana. Warum war es so schwer, den Kopf zu heben?

»Giuliana, erkennen Sie mich? Ich bin es, Renata Pacelli. Keine Sorge, Sie sind hier bei uns, bei meinem Mann und mir. Gleich ist er da, einen Moment noch. Es wird alles gut«, fügte die Frau tröstend hinzu.

Giulianas Kopf war zur Seite gesunken, fast war sie wieder eingeschlafen, als jemand eine kühle Hand auf ihre Stirn legte. Mühsam schlug sie die Augen auf und sah in das Gesicht von Dottore Pacelli, der sich über sie beugte und sie mit einem aufmunternden Kopfnicken anlächelte.

»Meine Frau macht Ihnen eine kräftige Hühnerbrühe.

In ein paar Tagen können Sie sicher wieder aufstehen, doch jetzt …«

»Sophia«, murmelte Giuliana und schaffte es, sich aufzurichten. »Ich erinnere mich …« Plötzlich stand die Szene klar vor ihrem inneren Auge. Beatrice hatte Sophia erschossen, als sie den Soldaten treffen wollte, der auf sie angelegt hatte. Beatrice wollte Sophia das Leben retten und hatte sie doch getötet.

Giuliana fiel zurück in die Kissen und schloss erneut die Augen. Eine weitere Erinnerung kam zurück. Sie dachte an Claus. Was war aus ihm geworden, wie war er aus der *Casa Sophia* entkommen? Und vor allem: Lebte er noch?

»Ich weiß es wieder«, murmelte sie. »Die Frauen haben den Deutschen gesucht, Maria hat gesagt, ich habe ihn versteckt.«

»Sie hatten niemanden versteckt, Giuliana. Maria hat Sie fälschlich beschuldigt, den Deserteur versteckt zu haben.«

Im nächsten Moment spürte Giuliana, wie jemand sie leicht hochzog und ihr mehrere Kissen unter den Kopf schob. Jetzt war sie ganz wach. Sie brachte sogar ein schiefes Lächeln für die Frau des Doktors zustande, die sie mit der Suppe fütterte.

»Danke. Jetzt erinnere ich mich an alles. Die Deutschen haben Brandsätze geworfen, und alles ist abgebrannt.«

»Nein, das Haus steht immerhin noch, es hat nichts abbekommen, denn ein starker Platzregen setzte ein.«

»War … war Sophia sofort tot?«

»Ja. Der Soldat hat sie mit einem einzigen Schuss getötet. Aber ich denke, das ist für heute genug erzählt. Schlafen Sie sich erst einmal gesund.«

Es war nicht der Soldat, wollte Giuliana dem Arzt widersprechen, es war doch Beatrice! Hat das denn niemand gesehen? Beatrice hat sie erschossen ... Doch sie schwieg, es war besser so.

»Hat man ... hat man den Deserteur gefasst?«

»Wir haben nichts davon gehört«, antwortete Signora Pacelli.

»Also ist er entkommen?«, flüsterte Giuliana.

»Sie ist noch ziemlich wirr im Kopf«, hörte Giuliana die Frau des Arztes ihrem Mann zuflüstern. »Wir wissen nichts von einem Deserteur«, sagte sie dann betont munter zu Giuliana, »nur, dass Sie keinen versteckt hatten. Jetzt essen Sie schön, damit Sie wieder zu Kräften kommen.«

»Wissen Sie, warum Sie hier sind?« Dottore Pacelli beugte sich über sie, und Giuliana schüttelte den Kopf. »Sie sind seit fast drei Wochen in meinem Krankenhaus, denn Sie hatten eine schwere Lungenentzündung. Wir dachten schon, Sie schaffen es nicht. Ich habe kein Penicillin. Es wird knapp und steht nur noch den verwundeten Soldaten in den Lazaretten zur Verfügung. Aber« – er griff tröstend nach ihrer Hand, die wie leblos auf der Bettdecke lag – »Sie sind stark, Sie haben die Krankheit auch so überlebt. Sie brauchen noch einige Zeit, und dann könnten Sie in die *Casa Sophia* zurückgehen, falls Sie wollen.«

Den letzten Satz hörte Giuliana nicht mehr, sie war bereits wieder eingeschlafen.

In den nächsten Tagen wechselten sich Fiona und Marcella mit kurzen Besuchen bei ihr ab. Als Giuliana wieder mehr Anteil nahm und ihr nicht dauernd die Augen zufielen, ergriff Fiona ihre Hand und erzählte leise: »Wir haben damals Sophia in den Saal der Kirche gebracht und sie dort aufgebahrt. Monsignore Antonio war damit einverstanden. Alle Frauen hielten abwechselnd die Totenwache. Dann ließen wir sie auf dem Friedhof an einem besonders schönen Platz begraben.«

Die Erzählung regte Giuliana so sehr auf, dass sie zu weinen anfing und Fiona bald darauf das Zimmer verließ.

Erst einige Tage später berichtete sie, dass Maria noch an jenem verhängnisvollen Tag verschwunden sei.

»Während wir auf unserer Reise waren, scheint sie sich ja seltsam verhalten zu haben«, urteilte Fiona.

»Wie meinst du das?«, fragte Giuliana, deren Herz sofort zu rasen anfing.

»Sie schloss die *panetteria*, wann es ihr gerade passte, hielt sich nicht an ihre üblichen Öffnungszeiten. Es fiel sogar Manfredo Valli auf, und er sprach sie darauf an, Rosalia hat's gesehen. Und Fabio erzählte im Ort, dass sie dich oft besucht hat. Ihr wart doch eng befreundet, wieso hat sie bloß einen so schweren Verdacht gegen dich geäußert?«

»Wir haben uns am Tag vor eurer Rückkehr gestritten«, erläuterte Giuliana nach kurzem Zögern, aber es entsprach ja der Wahrheit.

»Nun, das erklärt vieles. Weißt du, jeder im Ort kennt Maria, ihre Wutanfälle, ihre Art, zu intrigieren und den Leuten nachzuspionieren. Damit hat sie schon viel Unruhe gestiftet. Deshalb wurde sie auch zur Außenseiterin. Jeder zog sich von ihr zurück.«

»Ich dachte, das sei wegen des Erbstreits damals gewesen.«

»Das auch. Aber vor allem war sie intrigant und rachsüchtig«, stellte Fiona fest. »Wie es scheint, hat *sie* die

Soldaten in die *Casa Sophia* geschickt. Rosalia hat gesehen, wie sie mit einem Koffer ihr Haus verließ. Gerade als sie ihre Tür schloss, raste ein Lastwagen mit deutschen Soldaten in den Ort, bremste direkt vor ihr, und die Männer wechselten ein paar Worte mit Maria.«

Kerzengerade richtete sich Giuliana im Bett auf. Tiefes Entsetzen packte sie. War Maria tatsächlich so weit gegangen?

»Und damit du auch das weißt: Beatrice ist ebenfalls verschwunden. Die Gerüchte verdichten sich, dass sie die gesuchte Partigiana ist, also kommt sie wohl nicht zurück. Manfredo Valli würde sie sofort verhaften.«

In diesem Moment trat Dottore Pacelli ins Zimmer und bat Fiona zu gehen, die Patientin brauche dringend Ruhe, die Viertelstunde für Besuche sei überschritten.

Am nächsten Tag kam wieder Marcella vorbei, und Giuliana hatte das Gefühl, von ihr genau beobachtet zu werden.

»Fabio meinte, du und Maria hättet euch seltsam benommen, als er das letzte Mal in die *Casa Sophia* kam. Du wolltest auch auf keinen Fall, dass er dort bleibt. Warum denn nicht?«, forschte sie nach.

»Ich bin müde, Marcella.« Giuliana schloss die Augen und schwieg. »Weißt du«, antwortete sie dann leise, »ich wollte einfach nicht, dass er bei mir bleibt, ich mag ihn nicht. Ich hatte auch keine Angst, allein zu sein. Es war mir genug, wenn Maria täglich kurz zu mir kam. Doch dann hatten wir am letzten Tag vor eurer Rückkehr einen furchtbaren Streit.«

»Worum ging es denn?« Marcella beobachtete sie weiterhin.

»Ach, Marcella, ich weiß es nicht mehr, wirklich. Es ist

inzwischen so viel passiert! Muss ich mich jetzt auch noch verteidigen?«

Sofort erhob sich Marcella und griff nach ihrer Hand. »Um Himmels willen, nein! Das geht mich auch nichts an. Es tut mir leid, wirklich. Ich wollte dich nicht aufregen.«

Doch Giuliana merkte, dass die beiden Frauen sie bei ihren Besuchen nicht aus den Augen ließen. Auch Leontina, die vorbeikam, registrierte jedes ihrer Worte genau.

Noch immer war Giuliana von der Krankheit geschwächt, sie weinte viel, und wenn sie die Augen schloss, sah sie das Gesicht von Claus vor sich. Wie er sie angeschaut hatte, wie er lächelte …

Meist aber lag sie mit offenen Augen da und starrte in den kleinen Raum, in dem es nichts zu entdecken gab. Das Bett, der Holztisch mit einem Kreuz darüber, ein einziger Stuhl und ein schmaler, eintüriger Schrank. Neben der Zimmertür gab es an der Wand ein Waschbecken, abgeschirmt durch einen geblümten Chintzvorhang.

Nach einer weiteren Woche im Krankenhaus stellte Fiona ihr zögernd eine Frage. »Was soll ich mit dem Kleid machen, das du damals getragen hast? Es ist voller Blut von diesem … diesem deutschen Soldaten.«

»Wirf es weg, bitte«, antwortete Giuliana rasch.

»Das tue ich gern. Nach allem, was du durchgemacht hast … und dann noch der Soldat, der … Wir bedauern dich so.« Fiona griff nach Giulianas Hand und drückte sie fest. Aber wieder war ihr Blick so forschend, dass Giuliana sofort ihr Gesicht abwandte.

»Du hast ein Medaillon um den Hals getragen«, sagte Fiona schließlich. »Die Frau des Doktors gab es mir zusammen mit den Kleidern. Ich bringe es dir das nächste Mal mit.«

»Danke.« Giulianas Gesicht überzog eine tiefe Röte. An das Schmuckstück hatte sie gar nicht mehr gedacht.

»Wer ist die Frau in dem Medaillon?«, wollte Fiona wissen. »Du hast es vorher noch nie getragen.«

»Es gehörte Sophia«, antwortete Giuliana nach einer kleinen Pause, »sie hat es mir gegeben, kurz bevor sie mit euch weggefahren ist.«

Zu Giulianas Erleichterung drang Fiona nicht länger in sie und schlug stattdessen vor, Wäsche und etwas zum Anziehen aus der *Casa Sophia* für sie zu holen und ins Krankenhaus zu bringen.

»Bitte leg das Medaillon einfach in mein Zimmer im Haus«, bat Giuliana Fiona.

Als sie endlich aufstehen durfte, stellte sie den Stuhl ans Fenster und sah in den Garten mit seinen hohen Steinmauern hinunter. Ein gepflasterter Weg zog sich durch Gemüse-und Blumenbeete. Auf einer Bank saßen zwei verwundete Soldaten, einer mit einem Kopfverband, der andere hatte seine Krücken neben die Bank gestellt, ihm fehlte ein Bein. Leise unterhielten sie sich, und als sie Giuliana oben am Fenster sahen, winkten sie ihr zu. Auf der zweiten Bank saß ein blasses, dünnes Kind.

»Wer ist das Mädchen?«, wollte Giuliana von Renata Pacelli wissen, die gerade ihr Zimmer betrat.

»Das ist Eva, sie hat Tuberkulose und wohl nicht mehr lange zu leben«, antwortete Renata bekümmert. »Sie bekommt selten Besuch. Ihr Vater ist Tagelöhner auf einem großen Hof, und die Mutter betreibt eine eigene kleine Landwirtschaft. Manche Jahre lässt sie sich zusätzlich noch als Saisonarbeiterin anheuern. Sie arbeitet dann in den weit entfernten Reisfeldern, und so lange sind ihre Eltern bei den Kindern.«

Als Giuliana zum ersten Mal ihr Zimmer verlassen durfte, ging sie die Treppe hinunter und in den Garten. Das Schicksal des kleinen Mädchens ging ihr nicht aus dem Kopf, und tiefes Mitleid ergriff sie. Eva war immer allein, ohne ihre Eltern, obwohl sie doch bald sterben musste. Ein einsames kleines Mädchen – war sie das nicht selbst auch einmal gewesen?

»Darf ich mich zu dir setzen?«, fragte sie das Kind.

»Ich habe dich schon oft oben am Fenster gesehen. Einmal habe ich dir gewunken«, erzählte Eva ungezwungen.

»Das habe ich nicht gesehen«, antwortete Giuliana bedauernd. »Tut mir leid.«

»Du siehst immer so traurig aus.« Das Mädchen griff nach ihrer Hand. »Bist du sehr krank?«

Giuliana schüttelte den Kopf. »Jetzt nicht mehr.«

»Ich werde sterben«, erklärte Eva ruhig. »Aber ich habe keine Angst, denn ich gehe in den Himmel zur Mutter Maria.«

Die Ruhe, mit der das Kind seinem Tod entgegensah, machte Giuliana tief betroffen. Warum war das Sterben für ein zehnjähriges Kind so leicht?

Die Frage ging ihr nicht aus dem Kopf und beschäftigte sie in der darauffolgenden Nacht, in der sie sich schlaflos im Bett herumwälzte.

Am nächsten Morgen ging Giuliana in den Garten, aber Eva war nicht da.

»Ihr ging es die ganze Nacht über sehr schlecht, sie hatte entsetzliche Hustenanfälle und hat viel Blut erbrochen«, erzählte der Dottore, als Giuliana ihn nach der Kleinen fragte.

»Darf ich zu ihr?«, bat sie, und er erlaubte es ihr. »Nicht

zu lange«, schärfte er ihr jedoch ein. Da holte Giuliana aus Pacellis Bücherschrank einige Bücher, darunter *Pinocchio*, das war als Kind ihr Lieblingsbuch gewesen. Damit ging sie in das Zimmer von Eva, die bleich und still in ihrem Bett lag. Vorsichtig griff Giuliana nach ihrer Hand und drückte sie.

»Ich besuche dich«, flüsterte sie ihr zu. »Und wenn du willst, lese ich dir etwas vor.«

Eva lächelte und öffnete kurz die Augen. Da zog sich Giuliana einen Stuhl heran und fing zu lesen an.

Als es Eva wieder ein wenig besserging, hielten sie sich viele Stunden zusammen im Garten auf. Mit geröteten Wangen und atemlos vor Spannung hörte das Kind zu, wenn Giuliana las. Die Geschichte von Pinocchio gefiel ihr sehr gut, immer wieder musste Giuliana von vorn anfangen, bis Eva jede Zeile auswendig kannte und mitsprach, wenn Giuliana vorlas.

»Es ist schön, dass Sie sich um Eva kümmern«, lobte der Dottore. »Meine Frau und Schwester Antonia haben leider keine Zeit dazu. Mit Ihnen zusammen zu sein, ist für Eva eine große Freude – wahrscheinlich die letzte«, ergänzte er bedauernd.

»Es ist auch für mich sehr tröstlich«, bekannte Giuliana. Und das entsprach der Wahrheit. Sie selbst zog Trost und Freude aus den Stunden mit dem Kind. Erst jetzt erkannte sie, wie tief ihre Trauer um Claus und wie groß ihre Ratlosigkeit war. Wie sollte es weitergehen? Manchmal war sie versucht, an Paula zu schreiben und sie zu bitten, nach Campodoglio zu kommen, doch dann unterließ sie es. Es wäre in dieser Zeit für Paula zu gefährlich gewesen, hierherzureisen.

Als Fiona sie wieder einmal besuchte, kam Giuliana gerade aus dem Garten zurück und legte sich erschöpft ein wenig hin. Fiona nahm auf dem Stuhl Platz und rückte ihn ganz nahe an das Bett.

»Wir alle vermissen Sophia, vielleicht tröstet dich das in deinem Schmerz ein wenig. Der Dottore hat uns erzählt, dass du viel weinst.«

Nachdem Fiona gegangen war, liefen Giuliana sofort wieder die Tränen über die Wangen. Sie schloss die Augen und sah Beatrice vor sich, wie sie das Gewehr anlegte, auf den Soldaten zielte und Sophia traf. Immer wieder durchlebte Giuliana diesen Moment, in dem ihre Großmutter zusammenbrach.

Doch dann dachte sie an Claus, seinen Gesichtsausdruck, als sie in ihrem weißen Kleid vor ihm stand.

»Deine Braut«, hatte sie geflüstert. »Und heute will ich deine Frau werden …«

Giuliana schluchzte auf und presste ihr Gesicht in das Kissen. Beschämt gestand sie sich ein, dass der Verlust von Claus für sie schmerzlicher war als der Tod von Sophia.

»Claus«, flüsterte sie. »Ich liebe dich, immer und immer …«

Die Liebe zu ihm war zu einem Teil ihres Lebens geworden, sie würde ihn nie vergessen. Doch lebte er noch, oder war er auf der Flucht erschossen worden? Und falls er noch am Leben war, würde er nach dem Krieg dann zu ihr zurückkehren – oder zu der Frau, deren Bild er im Medaillon bei sich getragen hatte?

*

Nur langsam erholte sich Giuliana. Sie fürchtete den Moment ihrer Rückkehr in die *Casa Sophia*, und so nahm sie das Angebot der Pacellis an, noch ein paar Wochen in einem kleinen Gästezimmer zu wohnen. Da sei sie auch besser aufgehoben, als allein in dem Haus mit all seinen Erinnerungen, hatte der Dottore gesagt. Es sei zudem zu gefährlich, als Frau dort allein zu wohnen, solange die Deutschen die Toskana besetzt hielten.

Doch dann erreichte Campodoglio eine so furchtbare Nachricht, dass die Ereignisse rund um die *Casa Sophia* dagegen in den Hintergrund traten. Neue Spekulationen beschäftigten Fiona, Leontina und Marcella, und ihre Neugier bezüglich Marias Verrat ließ nach.

Zuerst war es nur ein Gerücht, dann wurde es bestätigt: Deutsche Soldaten hatten das geheime Versteck der Partisanen aufgespürt und alle hundertfünfzig Männer und Frauen erschossen. Die Angehörigen der Resistenza hatten sich in ein altes, zum Teil zerstörtes Weingut zurückgezogen, nicht sehr weit entfernt von Campodoglio. Einer der Partisanen sagte noch kurz vor seiner Erschießung aus, dass die gesuchte Partigiana, beteiligt an Überfällen und auch Morden an Faschisten, Beatrice Corena sei.

*

Evas Tod kurz vor Weihnachten ging Giuliana näher, als sie geglaubt hatte. In den zwei Monaten, die sie jetzt schon bei den Pacellis wohnte, hatte sie sich intensiv um das Kind gekümmert, dem es von Tag zu Tag schlechtergegangen war. Wieder weinte sie viel und vermochte sich kaum zu beruhigen.

An Weihnachten wollte Monsignore Antonio ein kleines Fest in der Aula des Schulhauses veranstalten, und Giuliana half wie die anderen Frauen bei den Vorbereitungen mit. Sie backte mit Marta einige Kuchen, auch wenn Rosinen, Mandeln und Orangeat fehlten.

»Ich habe gehört«, erzählte Marta, »in den Städten herrscht so großer Hunger, dass man Brote mit Sägemehl backt.«

Es wurde auch über Maria gesprochen. Niemand wusste, wohin sie gegangen war, irgendjemand behauptete, sie hielte sich in Rom auf. Die *Panetteria Cortesi* blieb geschlossen, Gras wuchs vor der Eingangstür, und das verstaubte Schaufenster bekam Sprünge, als der Ball eines Kindes dagegen flog. Ein paar Häuser weiter hatte ein alter Bäcker aus der Gegend einen neuen Laden eröffnet, doch sein Brot schmeckte nicht so gut wie das von Maria.

Während der Vorbereitungen für die Weihnachtsfeier fühlte sich Giuliana oft erschöpft und kämpfte in der Küche bei den verschiedenen Gerüchen gegen eine latente Übelkeit an. Zwei Abende vor dem vierundzwanzigsten Dezember konnte sie nicht mehr. Sie ließ sich auf einen Stuhl fallen. Ihr war schwindlig, und der Schweiß lief ihr den Rücken hinunter.

»Mir geht es nicht so gut«, erklärte sie, als Fiona sie besorgt ansah.

»Du bist auch so blass, Giuliana, ruh dich mal aus, wir machen allein weiter. Mit einer Lungenentzündung ist einfach nicht zu spaßen, kein Wunder, dass es dir noch nicht gutgeht.«

So verbrachte Giuliana den letzten Tag vor der großen Feier im Bett, erleichtert, sich schonen zu können.

Am vierundzwanzigsten Dezember aber erhob sie sich, um an dem Fest teilzunehmen.

*

Viele der Männer waren auf Heimaturlaub und saßen still auf ihren Stühlen. Der Schein der Kerzen beleuchtete ihre ausgezehrten Gesichter, und Pater Antonio betete mit ihnen, dass der Krieg bald zu Ende sein möge und sie wohlbehalten für immer nach Hause zurückkehren konnten. Der Pater hatte mit den Kindern auch ein Krippenspiel einstudiert, und als er erfuhr, dass Giuliana Klavier spielen konnte, bat er sie, ein paar Lieder auf dem alten Klavier der Schule zu spielen.

»Ich weiß nicht … ich habe seit mindestens sechs Jahren nicht mehr am Klavier gesessen«, hatte sie zögernd geantwortet, doch dann gab sie nach.

Sie spielte an diesem Abend ein paar heitere Operettenmelodien, dann einige Kinderlieder und als Abschluss »Stille Nacht, heilige Nacht«.

Und während sich die Menschen an den Händen hielten und mitsangen, liefen ihnen die Tränen über die Wangen.

20

Anfang Januar traf Giuliana die Entscheidung, in die *Casa Sophia* zurückzukehren. Ein Hauch von Frühling lag bereits in der Luft, und ihr würde es guttun, wieder allein zu sein, erklärte sie Dottore Pacelli. Der Zeitpunkt dafür sei genau richtig, sie sei wieder ganz gesund. Und im Übrigen könne sie ja jederzeit mit dem Rad in den Ort kommen.

Der Arzt, Fiona und Marcella versuchten, Giuliana von ihrem Vorsatz abzubringen. Es sei zu gefährlich, allein in der *Casa Sophia* zu wohnen, doch Giuliana blieb dabei, sie war des Krankenhauses überdrüssig.

Ovide holte sie mit seinem Fuhrwerk ab. Als er den weiteren Weg über die Straße nahm, wunderte sie sich zunächst, doch sobald er vor dem Gartentor hielt und sie von dort aus über den Weg zu Sophias Haus ging, erkannte sie seine Feinfühligkeit. Aus dieser Perspektive sah das Haus unter den Zypressen friedlich und malerisch aus wie immer, nichts deutete auf die Zerstörung des restlichen Anwesens hin.

Marta erwartete sie in der Diele. Im Wohnzimmer brannte ein Feuer im Kamin, und wohlige Wärme empfing Giuliana. Es duftete nach Martas Lammbraten mit Rosmarin, alles wirkte anheimelnd und friedlich. Während des Essens erklärte Ovide, er habe im November noch die Birnen und Äpfel geerntet und das Esszimmer als Vorratskammer eingerichtet.

Die beiden erzählten auch von ihrem Sohn Francesco, den nachts Alpträume quälten und der nicht vergessen konnte, wie die Granate neben ihm einschlug, ihm das

Bein und den Arm wegriss, und er seinen Freund sterben sah.

»Überall Blut, schluchzt er immer, wenn er schreiend aufwacht.« Marta weinte, und auch Ovide wischte sich die Tränen aus den Augen.

Nach dem Essen begleitete Marta Giuliana nach oben. Sie stellte ihre Tasche auf den Stuhl und fragte, ob sie noch etwas brauche – sichtlich besorgt, dass Giuliana allein im Haus bleiben wollte.

»Wenigstens kann doch Fiona zu Ihnen ziehen«, schlug sie vor. Doch Giuliana lehnte ab, sie hatte das Bedürfnis nach Ruhe und Einsamkeit.

»Danke, danke für alles.« Giuliana umarmte die kleine Frau, die durch ihren Kummer um den einzigen Sohn schmal und blass geworden war. Die runden, lebhaften Augen waren verquollen vom vielen Weinen, und durch die schwarzen Haare, auf die Marta so stolz gewesen war, zogen sich graue Strähnen.

Sobald Marta das Zimmer verlassen hatte, ließ sich Giuliana langsam aufs Bett fallen. Sie strich mit ihrer Hand über die Decke, sie sah hinauf zu den kleinen Putten, die auf sie herunterlächelten. Nichts hatte sich hier im Haus verändert, und doch war alles anders geworden.

*

Am nächsten Tag regnete es.

Zusammen mit Ovide ging Giuliana durch die Zypressen und blieb stumm vor Entsetzen stehen. Die Flammen hatten auf die alten Olivenbäume übergegriffen, aus den schwarzen Baumstümpfen reckten sich kahle Zweige in den grauen Himmel. Das Dach des Ateliers war teilweise eingestürzt, die Wände vom Brand schwarz, und die Tür hatte Ovide mit einem braunen Kartoffelsack verhängt.

»Sehen Sie, der hintere Teil des Hains steht noch, der Regenguss hat damals Schlimmeres verhindert«, bemerkte Ovide. »Auch der Obstgarten blieb vom Feuer verschont.«

Giuliana konnte nur nicken, sie brachte kein Wort heraus. Sie hatte sich die Verwüstung nicht so schlimm vorgestellt. Von der Manufaktur war nur noch ein Berg Schutt und schwarze Steine geblieben.

Sie dachte plötzlich an Sophias Nachricht, die sie auf dem Küchentisch gefunden hatte, nachdem diese damals abgefahren war.

»Meine Großmutter hatte in ihrem Schreibtisch in der Manufaktur einen Brief für mich hinterlegt«, murmelte sie. »Jetzt werde ich nie mehr erfahren, was sie mir sagen wollte.«

Ovide griff nach ihrem Arm. »Lassen Sie uns zurückgehen. Kommt Zeit, kommt Rat. Wenn der Krieg vorbei ist, können die Männer die Manufaktur wieder aufbauen.«

»Ja«, flüsterte Giuliana, »wenn der Krieg vorbei ist.«

Doch dann ging sie auf das Atelier zu und schob den Kartoffelsack zur Seite.

»Aufpassen, da dürfen Sie nicht hinein!«, rief Ovide ihr nach, aber sie stolperte bereits ins Innere. Alles war schwarz verkohlt, und auch die Bilder waren vom Feuer und Wasser zerstört.

»Kommen Sie raus, Giuliana, wenn das Dach weiter einbricht …«

Sie hörte nicht auf die warnende Stimme Ovides, sondern bahnte sich einen Weg durch Schutt, Steine und verkohlte Bilder. Inmitten der Verwüstung blieb sie stehen und sah sich um. Gab es etwas, das sie an Claus erinnern würde? Hatte er, für andere nicht zu bemerken, irgendetwas für sie hinterlassen? Ein Zeichen, das nur sie erkennen konnte? Doch es gab nichts außer Zerstörung. Mattias Tisch war verkohlt und auf einer Seite zusammengebrochen. Doch als Giuliana in die Knie ging, entdeckte sie unter dem Schutt die Ecke eines goldenen Bilderrahmens. Vorsichtig zog sie daran, bis sie ein Gemälde in der Hand hielt.

Es war »Das Haus unter den Zypressen«.

Ovide stand noch unschlüssig vor dem Atelier, als Giuliana herauskam, das Bild an sich gepresst.

»Es ist unversehrt, es hat den Angriff überstanden«, strahlte sie – und fing gleich darauf zu weinen an.

Angesichts ihrer Tränen wusste Ovide nicht, wie er reagieren sollte, und schob verlegen seinen Hut in den Nacken. Da kam der erlösende Ruf von Marta, sie warte mit dem Mittagessen auf sie.

Beim Essen erwähnte Marta, dass sie an Mattia Alesi einen Brief geschrieben habe, um ihn über Sophias Tod zu informieren.

»Woher haben Sie seine Adresse?«, wunderte sich Giuliana. »Sie lag auf dem Tisch in Sophias Zimmer. Das war doch in Ordnung, oder?«

»Natürlich, Marta.«

»Er hat eine Beileidskarte an Sie geschrieben, sie liegt draußen auf der Kommode«, fügte Marta noch hinzu. »Wir können übrigens zweimal in der Woche hierherkommen und alles in Ordnung bringen«, wechselte sie dann das Thema. »Ihnen geht es noch nicht gut, und wir brauchten das Geld ... Die Medikamente für Francesco sind teuer, und wir haben uns schon hoch verschuldet.«

Doch mit dem größten Bedauern musste Giuliana ihnen sagen, dass sie sie nicht bezahlen konnte. Von den Erlösen aus der letzten Fahrt der Frauen war nach den ersten Reparaturen auf dem Gelände schon nichts mehr übrig. Und ihre wenigen eigenen Ersparnisse waren für ihre Rückkehr nach Rom bestimmt.

Als die beiden am Nachmittag mit ihren Fahrrädern aufbrachen, ging Giuliana noch mit ans Tor, verschloss es hinter den beiden und winkte ihnen nach. Dann lief sie zurück ins stille, leere Haus. Lange starrte sie durch das Küchenfenster in den strömenden Regen.

Sie hatte allein sein wollen, doch jetzt fühlte sie sich nur entsetzlich einsam. Fast bedauerte sie ihre Entscheidung, in die *Casa* zurückgegangen zu sein. Sie redete sich ein, nur müde von der Arbeit bei Dottore Pacelli zu sein, sie hatte ihm schließlich zuletzt viel geholfen. Vielleicht hatte sie sich einfach nicht lange genug erholt nach ihrer schweren Lungenentzündung. Die unbestimmte Übelkeit hatte auch noch nicht nachgelassen. So raffte sie sich zwei Tage später auf und fuhr ins Dorf zu Dottore Pacelli.

Schweigend hörte ihr der Arzt zu, als sie ihm ihre Symptome schilderte.

Nach der Untersuchung wartete sie auf seine Diagnose. Doch Dottore Pacelli legte ihr zunächst nur die Hand auf die Schulter.

»Kommen Sie, setzen Sie sich in den bequemen Sessel hier.« Befremdet ließ sich Giuliana in den tiefen Ledersessel sinken.

»Ich denke, das Beste ist, ich schicke Sie umgehend zu Selina.«

»Selina, die Hebamme?« Fragend sah Giuliana Dottore Pacelli an, der nur schweigend nickte. Langsam, ganz langsam begriff sie die Wahrheit, die sie schon längst allein hätte erkennen können. »Ich bin schwanger, nicht wahr?«

Dottore Pacelli nickte mehrmals.

»Ja, Giuliana. Sie sind bereits Anfang des vierten Monats.«

Als Giuliana vor Entsetzen leicht aufstöhnte, strich er ihr beruhigend über den Arm.

»Sie sind nicht verheiratet, aber deswegen sollten Sie sich nicht schämen. Durch den Krieg haben sich jahrelange Wertvorstellungen verschoben. Ist Ihr Verlobter an der Front?«, fragte er vorsichtig, während Giuliana schweigend auf ihre Hände hinuntersah.

Sie konnte nicht sprechen, nichts denken, lähmendes Entsetzen hatte sie gepackt. Sie schüttelte schweigend den Kopf.

»Ist er gefallen?«

Giuliana nickte. »Ich denke, er ist tot«, flüsterte sie.

»Tot? Wissen Sie das genau? Wenn es so ist, muss sich seine Familie um Sie kümmern. Sie brauchen das nicht allein durchzustehen.« Als Giuliana weiterhin schwieg, griff er nach ihrer Hand. »Wenn Sie mir etwas anvertrauen wollen, Sie wissen ja, ich bin an meine Schweigepflicht gebunden.«

Als Giuliana abermals den Kopf schüttelte und ein verzweifeltes Schluchzen unterdrückte, stand er auf.

»Na gut, Sie wissen, wo Sie mich finden können. Aber ich würde Sie gern zu Selina schicken, sie wird sich dann um Sie kümmern.«

Auch Giuliana erhob sich langsam.

»Danke, Dottore«, sagte sie tonlos und verabschiedete sich hastig.

»Bitte, gehen Sie zu Selina«, schärfte er ihr noch ein. »Ich werde sie gleich benachrichtigen, dass Sie kommen.«

Als er Giuliana hinausbegleitete, schloss sich rasch eine Tür. Giuliana erschrak. Hatte Renata Pacelli vielleicht gelauscht? Sie wusste, dass die Frau des Arztes fast genauso neugierig war wie Maria.

Wie betäubt stand sie auf der Straße. Sie konnte sich kaum rühren, dachte dann jedoch nach. Wenn sie jetzt zu Selina fuhr, würden ihr viele Augen folgen, und schnell hätte sich herumgesprochen, dass Sophias Enkelin die Hebamme besuchte. Man würde darüber tuscheln, vielleicht sogar nachrechnen, und es war nur eine Frage der Zeit, bis der ganze Ort ihr Geheimnis kannte. Nein, zu Selina würde sie jetzt bestimmt nicht gehen.

*

In den nächsten Wochen blieb Giuliana zu Hause. Die Übelkeit verschwand allmählich, aber ihre Erschöpfung blieb. Sie schrieb an Paula einen langen Brief, in dem sie erwähnte, sie sei schwanger, aber von Claus von Welser berichtete sie nichts. Niemand wusste, ob Briefe womöglich geöffnet wurden. Erst nachdem sie den Umschlag geschlossen hatte, wurde ihr klar, dass sie nicht zum Postamt ins Dorf fahren konnte. Denn als sie sich am Morgen vor den Spiegel gestellt und sich von der Seite betrachtet hatte, war die Rundung ihres Bauches schon gut zu erkennen gewesen.

Ratlos ließ sich Giuliana aufs Bett fallen. Sie musste

doch dringend in den Ort, Einkäufe machen und zur Post! Wie sollte es weitergehen?

Sollte sie nach Rom zurückkehren? In die Hauptstadt, die nicht zur Ruhe kam, wo Angst vor neuen Bombenangriffen und Hunger herrschte, wo der Strom ausfiel und Plünderer durch die Straßen zogen? Sollte sie da ihr Kind bekommen?

Vielleicht könnte sie auch nach Frascati fahren, das wäre eine Möglichkeit. Aber Paulas Familie war ihr fremd, fremder als die Leute hier im Ort.

Doch wenn sie hierblieb, musste sie sich zu ihrer Schwangerschaft bekennen. Giuliana ging in die Küche, öffnete die Hintertür weit und holte tief Luft. Sie musste eine Entscheidung treffen und versuchen, das Richtige zu tun, für sich und das Kind.

Sie setzte sich an den Tisch und strich gedankenverloren über die gelbe Wachstuchdecke mit den großen roten Tupfen. Marta hatte sie Sophia im vergangenen Jahr zum Geburtstag geschenkt, und so lag die Decke seither auf diesem Tisch. Giuliana erinnerte sich noch gut an den Tag, niemals hätte sie gedacht, dass es Sophias letzter Geburtstag sein würde.

Auch die nächsten zwei Wochen vergingen. Dann traf Giuliana eine Entscheidung. Sie konnte sich hier nicht länger verstecken, sie musste in den Ort. Doch vor allem musste sie zu Dottore Pacelli und zu Selina. Jetzt ging es nicht mehr nur um sie, sondern vor allem um ihr Kind. Claus' Kind. Sie musste dafür sorgen, dass die Schwangerschaft gut verlief und das Baby nicht gefährdet war. Sie wollte noch zwei, drei Tage warten und dann zu Selina fahren. Und dafür würde sie ihre ganze Kraft brauchen.

Am Nachmittag hörte sie, wie Fiona laut nach ihr rief. Giuliana zögerte, doch Fiona hätte sich Sorgen gemacht, wenn sie nicht öffnete, und so warf sie sich eine leichte Decke über, die ihren Bauch verbarg, bevor sie durch den Garten zum Tor lief. Fiona war allerdings nicht allein, Leontina und Marcella begleiteten sie.

Als Giuliana das Tor in der Mauer aufschloss, bemerkte sie die diskreten Blicke auf ihren Bauch. Hatte Renata Pacelli Andeutungen gemacht?

»Wir haben Kaffee mitgebracht«, erklärte Marcella, »richtigen, keinen Ersatz.«

»Komm, wir kümmern uns um alles.« Fürsorglich fasste Leontina Giuliana unter und ging mit ihr zum Tisch unter der Pinie. »Du kannst dich so lange schonen.«

Giulianas Herz klopfte, sie ahnte, aus welchem Grund die Frauen hier waren. Sie setzte sich in einen Korbstuhl und atmete tief durch. Sie hatte sich bereits eine Geschichte ausgedacht, die sie dem Dottore und der Hebamme erzählen wollte. Sie sei mehrmals in Florenz gewesen und habe in einem Café einen jungen Soldaten auf Heimaturlaub kennengelernt. Während Sophia mit den Frauen unterwegs gewesen war, habe sie ihn noch einmal getroffen, bevor er zurück an die Front musste. Und an dem Tag, als die Frauen zurückkamen, sei sie unterwegs gewesen, um seine Schwester zu besuchen, und habe dabei erfahren, dass er gefallen sei.

Diese Geschichte würde sie jetzt auch den Frauen erzählen. Wer sollte ihr das Gegenteil beweisen?

Man würde sie natürlich verachten, weil sie sich vor der Ehe einem Mann hingegeben hatte, aber das spielte keine Rolle, die Hauptsache war, dass nichts auf den gesuchten Deserteur hinwies.

Als die Frauen mit einem Tablett, den Tassen und der Kaffeekanne aus dem Haus kamen und sich zu ihr setzten, war Giuliana ruhig geworden, bereit, ihre Geschichte zu erzählen.

»Weißt du«, begann Marcella, die Älteste der drei, »wir wollen nicht lange herumreden. Wir wissen, dass du schwanger bist.«

»Woher?«

Die Frauen warfen sich rasche Blicke zu. »Nun … Renata Pacelli machte so eine Andeutung, doch wir haben es uns bereits an Weihnachten gedacht, man sah es dir an. Du hattest damals schon zugenommen, obwohl du vorher so lange krank warst.«

»Also, ganz unvorbereitet traf es uns nicht«, fiel Fiona ihr ins Wort. »Aber weil du geschwiegen hast, wollten wir dich nicht mit Fragen bestürmen. Es ist schön, ein Kind zu bekommen, auch wenn es … wenn es …« Hier stockte Fiona.

»… wenn es das Ergebnis eines so furchtbaren Erlebnisses ist«, beendete Leontina den Satz für sie.

»Was meint ihr?« Giuliana sah verständnislos von einer zur anderen.

»Nun, du musst dich nicht schämen, du kannst ja nichts dafür. Er hat dich vergewaltigt, wir haben es gesehen.«

Marcella stand auf, setzte sich auf die Armlehne von Giulianas Sessel und griff nach ihrer Hand. »Es muss so schrecklich für dich gewesen sein! Wir verstehen, dass du dich schämst und nicht über dieses furchtbare Ereignis sprechen willst, aber ein Kind wächst in dir, und du musst dich mit der Realität auseinandersetzen. Dottore Pacelli –«

»Er hat mit euch geredet? Ich verstehe nicht …« Giuliana fuhr hoch. »Er ist doch an seine Schweigepflicht gebunden!«

»Wir waren bei ihm«, mischte sich jetzt Leontina ins Gespräch. »Wir haben ihm erzählt, was damals passiert ist. Wie wir vor dem Haus standen und uns die Soldaten in Schach hielten. Wir haben dich schreien hören, und durch den Rauch hindurch sahen wir diesen Soldaten, der dir –«

»Er hat dich vergewaltigt«, unterbrach sie Marcella. »Beatrice hat ihn zwar erschossen, aber es war offensichtlich schon zu spät. Und wir verstehen auch, dass du mit dem Dottore nicht darüber reden wolltest, also sind wir an deiner Stelle zu ihm gegangen. Er lässt dich grüßen. Er bedauert nur, dass du dich ihm nicht schon früher anvertraut hast. Dann hätte es doch Mittel und Wege gegeben, um … die Schwangerschaft abzubrechen, damit du dieses Kind nicht austragen musst.«

Giuliana atmete durch. Sie schloss die Augen und versuchte fieberhaft, ihre Gedanken zu ordnen. Es gab eine Hoffnung für sie, eine Lösung, so einfach und naheliegend … Darum also hatten die Frauen bei ihren Besuchen im Krankenhaus sie nicht aus den Augen gelassen! Weil sie darauf warteten, dass Giuliana sich einer von ihnen anvertraute.

Sollte sie jetzt dementieren und ihnen ihre Geschichte mit dem jungen Mann aus Florenz erzählen?

»Du trägst das Kind eines Deutschen aus«, hörte sie Marcella sagen. »Das wird dir auch Ablehnung einbringen, da bin ich mir sicher. Du wirst die Frau sein, die das Kind eines Feindes zur Welt brachte, wie es gezeugt wurde, vergessen sie. Deshalb schickt dir der Dottore in den nächsten Tagen Selina, so musst du nicht in den Ort kommen.«

Jetzt fuhr Giuliana hoch. »Ich brauche kein Mitleid, und ich fahre auch zu den Untersuchungen zu Selina«, bestimmte sie. Sie hatte sich in Sekundenschnelle entschieden, die Version der Frauen anzunehmen. Es war die Rettung für sie.

»Nun, wir sind immer für dich da, das weißt du«, sagte Marcella und küsste sie zum Abschied. »Wir werden regelmäßig nach dir sehen, denn eigentlich solltest du jetzt erst recht nicht allein hier leben.«

Auch Fiona umarmte sie herzlich und drückte sie fest an sich. Dann nahm sie ihr die Decke von den Schultern, drehte und wendete Giuliana und begutachtete ihren Bauch.

»Ein Kind – kann es etwas Schöneres geben? Vielleicht vergisst du eines Tages, in welchem Moment es entstanden ist, und kannst es lieben.«

Nachdem Giuliana die Frauen bis zum Tor begleitet hatte, kehrte sie langsam ins Haus zurück, stieg die Treppe hinauf und streckte sich auf dem Himmelbett aus. War es richtig, dass sie ihnen nicht widersprochen hatte? Wäre die Geschichte mit dem jungen Mann aus Florenz nicht besser gewesen? Schließlich gab es zwei Frauen, die wussten, dass die Sache mit der Vergewaltigung eine Lüge war: Beatrice, die gesehen hatte, wie sie den Soldaten abwehrte, und die ihn rechtzeitig erschoss, und Maria, die die Geschichte eines deutschen Deserteurs erzählen konnte, mit dem sich Giuliana, die Enkelin von Sophia Fabiani, eingelassen hatte.

Aber letztendlich war Giuliana überzeugt davon, dass Maria nicht mehr zurückkam. Und Beatrice war die gesuchte Partigiana, auch sie kehrte sicher nicht mehr zurück.

Im Moment schien sich alles zum Guten zu wenden, und zum ersten Mal seit Wochen konnte Giuliana beruhigt sein und das Glück annehmen, das ein Kind von Claus für sie bedeutete.

21

Casa Sophia, 1944–1947

Giulianas Schwangerschaft verlief ohne Komplikationen. Sie arbeitete bis zum neunten Monat im Garten, erntete Erdbeeren, die sie zusammen mit Marta zu Marmelade einkochte. Ovide und Marta kamen inzwischen einmal in der Woche, da Giuliana in Sophias Kommode noch einen dicken Packen Lire gefunden hatte. Doch oft saß sie auch allein auf der kleinen Terrasse und dachte an Claus. Vielleicht stand er eines Tages plötzlich vor ihr, gesund und strahlend. Doch sie wusste im Grunde, was wahrscheinlicher war: Claus von Welser war gefasst und als Vaterlandsflüchtling und Deserteur vors Kriegsgericht gestellt worden. Wenn man ihn nicht sogar sofort erschossen hatte. Oder die Faschisten hatten ihn festgenommen. Selbst wenn er ihnen entkommen war oder sich verstecken konnte, würde er nach dem Krieg sicher zu der Frau zurückkehren, deren Foto er in dem Medaillon bei sich getragen hatte. Eine Frau, die in Deutschland auf ihn wartete. Zu Giuliana würde er den Weg nicht wiederfinden. Sie musste sich damit abfinden und ihn vergessen.

Wenn Giulianas Sehnsucht unerträglich wurde, holte sie aus ihrem Schrank das weiße Spitzenkleid, ihr »Brautkleid«, setzte sich damit aufs Bett und verbarg ihr Gesicht darin. Lange konnte sie so sitzen und an Claus denken.

Manchmal zog sie auch ihre Kommode auf, in der sie

seine Identifikationsmarke und das Medaillon versteckt hatte.

Und gelegentlich ging sie in Sophias Zimmer, öffnete ihren Kleiderschrank und strich über die wenigen Kleidungsstücke. Sophia hatte nicht viel besessen, ein paar Röcke, Pullis und Blusen. Zwei geblümte Baumwollkleider, die sie oft und gern getragen hatte. Das rote Kleid hatte man ihr angezogen, als sie in den Sarg gelegt wurde.

Im Zimmer ihrer Großmutter befand sich auch sonst nicht viel. In einem Regal standen einige Bücher über Malerei, dann noch ein paar Romane und eine in Leder gebundene Ausgabe der *Göttlichen Komödie* von Dante. Außerdem ein Album, bezogen mit verblichenem rotem Samt. Es enthielt nur wenige Fotos.

Sophia als kleines Kind, auf einem Sofa stehend, in einem Spitzenkleid, unter dem ein langes Unterhöschen hervorlugte.

Ein Foto von Sophias Eltern, aufgenommen im Jahr 1868, ernst und würdevoll sahen sie in die Kamera.

Auf der letzten Seite hatte Sophia ein großes Foto eingeklebt, das Mattia in einer Gruppe von Frauen zeigte, die ihr Abschlussdiplom für einen Malkurs in die Kamera hielten und strahlend lächelten. Mattias Gesicht jedoch war einer einzigen Teilnehmerin zugewandt, und sein Lächeln galt ihr: Sophia Fabiani.

Doch dann entdeckte Giuliana noch ein zweites Album, es enthielt Fotos von Angelo. Angelo als Baby, Angelo als Kleinkind, Angelo am ersten Schultag in seiner Uniform. Das letzte Foto in dieser Sammlung war eine Aufnahme des toten Angelos, aufgebahrt im offenen Sarg, umgeben von einem Meer weißer Lilien.

Heftig schlug Giuliana das Album zu. Genau wie bei

Sophias Fotogalerie auf dem Kaminsims gab es auch hier kein einziges Foto von Gina, Sophias Tochter. Von ihr hatte sie nichts mitgenommen, als sie ihren Mann verließ, gar nichts.

»Warum nicht, Sophia?«, murmelte Giuliana.

Enttäuscht schob sie das Album zurück ins Regal. Der Brief, den ihre Großmutter ihr geschrieben hatte, lag jetzt unter den Trümmern der zerstörten Manufaktur. Warum hatte sie nicht offen mit ihr gesprochen, bevor sie ging, warum diese Geheimnistuerei? Was war denn so furchtbar, dass Sophia es ihr nicht sagen, sondern nur schreiben konnte?

Du kennst nicht die ganze Wahrheit … Dein Großvater hat mich so tief verletzt, wie keine Frau verletzt werden sollte … Soviel sich Giuliana auch den Kopf zerbrach, sie konnte die rätselhaften Worte nicht mit Sinn füllen. Drei Jahre hatten sie und Sophia zusammengelebt, doch niemals in aller Offenheit über die Vergangenheit gesprochen.

Nur noch ein einziges Mal hatte Sophia die Jahre in Rom erwähnt, doch es war Mattia gewesen, über den sie sprach.

»Mattia war für mich der Sohn, den ich verlor, und der Mann, nach dem ich mich immer gesehnt hatte …«

*

Als am Morgen des 20. Juni 1944 die Sonne hinter der *Casa Sophia* aufging, die Schatten der Nacht vertrieb und das Land mit zartem Rot überzog, brachte Giuliana eine Tochter zur Welt und gab ihr den Namen Aurora, die Morgenröte.

Niemals hätte sie in der angsterfüllten Zeit der Schwangerschaft gedacht, dass sie so glücklich sein würde, wenn sie ihr Neugeborenes in den Armen hielt.

»Du wirst deinen Vater nicht kennenlernen«, flüsterte sie der Kleinen zu, »doch du kannst stolz auf ihn sein. Meine kleine Aurora, ich werde dir von ihm erzählen. Von ihm und unserer kurzen Liebe, die ich niemals vergessen kann. Ich habe nicht einmal ein Foto von ihm, doch ich werde ihn dir beschreiben. Er war groß, schlank und hatte die schönsten blauen Augen, in die ich jemals geblickt habe.«

Giuliana spürte, wie ihr die Tränen über die Wangen liefen, und wie so oft stellte sie sich die bange Frage, ob Claus wohl doch die Flucht gelungen war. Wohin war er dann gegangen? Versteckte er sich irgendwo? Tief in ihrem Herzen existierte gegen alle Vernunft ein Funken Hoffnung, ihn eines Tages wiederzusehen.

*

In den nächsten Monaten lebte Giuliana nur für sich und die Kleine. Marta und Ovide umsorgten sie, wenn sie da waren, und auch Marcella und Fiona besuchten sie fast täglich. Fiona, die selbst keine Kinder hatte, war ganz vernarrt in Aurora.

»Sie hat so süße, blonde Härchen, vielleicht werden sie rötlich, wie deine«, mutmaßte sie.

Manchmal fuhr Giuliana in den Ort, dann passte Fiona auf Aurora auf. In Campodoglio schlug Giuliana jedoch jedes Mal eine Welle der Ablehnung entgegen, und sie erinnerte sich an die Worte von Marcella: »Du wirst die Frau sein, die das Kind eines Feindes zur Welt brachte, wie es gezeugt wurde, vergessen sie.«

Einzig Dottore Pacelli versicherte Giuliana bei jedem ihrer Besuche, wie sehr er sie und ihren Mut bewundere, und sprach ihr seine Hochachtung aus. Mit keinem Wort ließ er sie spüren, dass sie eine »uneheliche« Mutter war, die das Kind eines Deutschen bekommen hatte. Er bot ihr an, jederzeit wieder bei ihm arbeiten zu können, wenn Aurora etwas größer sei oder ihr in der *Casa Sophia* die Decke auf den Kopf fiel und sie sich allein fühlte. Doch Einsamkeit gab es für Giuliana nicht mehr, denn sie hatte ja ihr Kind.

So verflog die Zeit. In den Nächten konnte Giuliana allerdings oft keinen Schlaf finden, und dann setzte sie sich auf die Terrasse und verfolgte mit ihren Blicken die Scheinwerfer, die den Himmel absuchten, und lauschte auf das dumpfe Dröhnen der Flugzeuge. Wo mochte Claus sein? Auch wenn sie versuchte, die Gedanken an ihn zu verdrängen, wurde sie oft von tiefer Verzweiflung und Sehnsucht nach ihm gepackt. Dann legte sie den Kopf auf ihre Knie und weinte hemmungslos, bis sie sich wieder beruhigte, ins Haus ging und Aurora zu sich ins Himmelbett holte.

*

An Weihnachten blieb Giuliana dieses Mal allein in der *Casa*, sie schlug die Einladung von Pater Antonio aus. Stattdessen drehte sie den Radioapparat an und lauschte der Papstmesse auf dem Petersplatz, die in die ganze Welt übertragen wurde. Eine Stunde des Friedens mitten im Krieg, ein Augenblick, in dem deutsche, italienische und die Soldaten der Alliierten Mächte sich auf dem Petersplatz versammelten.

In diesem Moment erfasste Giuliana ein tiefes Heimweh nach Rom, ihrer Stadt, ihrer Heimat. Sie wollte zurück in ihre Wohnung, in der sie mit dem Großvater gelebt hatte, in der sie glücklich gewesen war und die ihr Geborgenheit gegeben hatte.

Paula hatte ein kleines Päckchen geschickt, schon vor zwei Monaten abgeschickt, es enthielt ein selbstgehäkeltes rosafarbenes Jäckchen und eine kleine Mütze, mit einem langen, rosafarbenen Satinband. »Für unseren kleinen Schatz«, schrieb Paula dazu. »Hoffentlich können wir uns bald in die Arme schließen.«

»Das wünsche ich mir auch, Paula«, flüsterte Giuliana, »ich glaube, nichts wünsche ich mir mehr.«

*

Eines Nachmittags besuchte Marcella sie. Sie weinte vor Wut und Enttäuschung, weil ihr Mann seine Geliebte doch nicht aufgeben wollte.

»Er hatte mir versprochen, mit ihr Schluss zu machen!«

Giuliana versuchte, sie zu trösten, doch sie ahnte, wie schmerzlich der neuerliche Betrug ihres Mannes für die Vierundfünfzigjährige sein musste.

»Aber ich werde mich in die Arbeit stürzen«, entschied Marcella dann unter Tränen. »Im Frühjahr sollten wir versuchen, die Manufaktur aufzubauen. Irgendwann *muss* doch wieder ein normales Leben möglich sein.«

Um Marcella über ihren Kummer hinwegzuhelfen, lud Giuliana sie, Fiona und Leontina öfter ein, über den Wiederaufbau der Manufaktur zu beraten. Es wurden Pläne geschmiedet, überlegt, wie der Aufbau umzusetzen sei und ob man Sophias Rezepte auch ohne deren geheimes Rezeptbuch nachkochen konnte.

»Vor allem brauchen wir dann auch wieder Kunden«, war Leontinas realistischer Einwurf.

»Die bekommen wir schon.« Fiona blieb optimistisch, und sei es nur, um Marcella, sich und Leontina eine Perspektive für die Zukunft zu geben.

*

An einem windigen, kalten Frühlingstag kam Fiona in aller Eile angeradelt.

»Beatrice ist wieder da!«, verkündete sie aufgeregt. »Angeblich lebt sie bei Verwandten hier ganz in der Nähe. Sara Ancetti hat sie gesehen, sie wirke recht verwirrt, meinte sie.«

»Aber sie wird doch gesucht!« Giuliana reagierte entsetzt auf die Neuigkeit.

»Ich weiß nicht, vielleicht hat sich Sara ja auch geirrt.«

Nachdem sich Fiona nach ihrem kurzen Besuch wieder verabschiedet hatte, lief Giuliana unruhig durchs Haus. Sie spürte, wie Angst in ihr aufstieg. Würden die Schrecken der Vergangenheit sie wieder einholen?

Die nächsten Tage blieb sie zu Hause, doch als Fiona das nächste Mal vorbeikam, bat sie sie, für eine Weile auf Aurora aufzupassen. Giuliana wollte zum Friedhof, um schnell ein paar Blumen auf Sophias Grab zu legen.

Es war ein feuchter, nebliger Aprilnachmittag, als sie aufs Rad stieg. Sie fuhr eilig gegen den Nieselregen an, den ein leichter Wind ihr ins Gesicht blies.

Vor der Mauer des Friedhofs sprang sie vom Rad und schob es über den Kiesweg. Marcella, Leontina und Fiona hatten Sophia einen großen Engel aus weißem Stein meißeln lassen, und wie immer lagen frische Blumen auf dem

Grab. Giuliana legte ihre Margeriten dazu. Bei dem Anblick stieg eine Erinnerung in ihr auf, an jene rosafarbenen Margeriten, die nach dem Tod ihres Großvaters gebracht worden waren. Nie hatte sie erfahren, wer ihm damit einen letzten Gruß geschickt hatte.

Giuliana setzte sich auf die steinerne Umrandung und fuhr nachdenklich mit ihren Fingern durch die feuchte Erde. Was hätte ihr Großvater dazu gesagt, dass sie zu Sophia in die Toskana gefahren war? Schon lange hatte sie nicht mehr an ihn gedacht. Wie hätte er sich wohl ihrer Schwangerschaft gegenüber verhalten? Hätte er zu ihr gestanden? Giuliana schossen die Tränen in die Augen.

»Ich vermisse dich«, flüsterte sie, »ich möchte meinen Kopf an deine Schulter legen und hören, dass alles gut wird.« Sie wischte sich die Tränen ab, beugte sich hinunter und klaubte gedankenverloren ein paar Steine aus der Erde.

Da hörte sie in der Stille das leise Knirschen der Kieselsteine auf dem Weg. Sie hob den Blick und erkannte ein Stück entfernt Beatrice, die sich über ein Grab beugte und sie nicht zu sehen schien. Giuliana erfasste ein Schauer, und plötzliche Angst schnürte ihr die Kehle zu. Es stimmte also, Beatrice lebte noch. Es war nicht nur ein Gerücht, der übliche Dorfklatsch, sie war da.

Hastig hob Giuliana ihr Rad vom Boden auf und schob es zum Ausgang. Die kühle Stille des Friedhofs, der leichte Nieselregen und die Abgeschiedenheit ließen sie auf einmal frösteln, und sie war erleichtert, dass Beatrice mit dem Grab beschäftigt schien und sie offenbar nicht gesehen hatte. Sobald sie den Friedhof verlassen hatte, stieg sie aufs Rad und fuhr Richtung *Casa Sophia*.

Da rissen die Wolken auf, und die Sonne kam heraus. Giuliana atmete die Frühlingsluft ein und hielt für einen Moment ihr Gesicht der warmen Sonne entgegen, doch ihr Unbehagen wuchs, und es wurde Angst daraus. Beatrice war eine Bedrohung, sie konnte ihr Geheimnis auffliegen lassen. Wieso kam sie zurück? Sie musste doch wissen, dass sie gesucht wurde. Sie wirke verwirrt, hatte man im Dorf erzählt – vielleicht hatte sie die Ereignisse in der *Casa Sophia* vergessen oder verdrängt, da sie mit ihrer Schuld nicht leben konnte?

Zutiefst beunruhigt, stellte Giuliana an der *Casa* ihr Fahrrad ab, während sie auf die helle Stimme von Fiona lauschte, die ein Kinderlied sang.

»Aurora ist gerade aufgewacht!«, rief sie Giuliana von der Terrasse aus entgegen. »Gut, dass du da bist, ich muss schnell nach Hause, meine Eltern warten schon auf mich.«

»Danke, Fiona, dass du auf meine Kleine aufgepasst hast. Tut mir leid, dass ich mich verspätet habe.«

Fiona verabschiedete sich rasch, und Giuliana beugte sich über den Kinderwagen, holte ihre Tochter heraus, küsste sie auf die rosigen Wangen und flüsterte ihr zärtliche Worte ins Ohr.

Sie hörte, wie Fiona das Tor hinten an der Mauer zuschlug und der Motor des Lastwagens laut aufbrummte. Giuliana schüttelte lächelnd den Kopf – Fiona brauste immer noch mit dem alten Kasten durch die Gegend.

Es war ein stiller Nachmittag, und Giuliana schob sich mit einer Hand einen Korbstuhl zurecht.

»Mein Schatz, wir holen jetzt für dich etwas zu essen und setzen uns damit hier in den Sessel, was meinst du?«, sagte sie zu ihrer Tochter. Aurora antwortete ihr mit fröhlichem Gebrabbel. Da vernahm Giuliana ein Geräusch hinter sich und drehte sich erschrocken um.

Beatrice.

Giuliana erschrak zutiefst, doch sie ließ sich nichts anmerken und grüßte freundlich.

»Du scheinheilige Hure!«, war deren Antwort, und sie beobachtete jede Bewegung von Giuliana lauernd. Giulianas Herz raste, und instinktiv machte sie einen kleinen Schritt rückwärts auf die offene Terrassentür zu.

»Du Hure!«, wiederholte Beatrice mit ruhiger, kalter Stimme. »Du Nazihure! Die anderen Frauen kannst du täuschen, aber mich nicht. Ich weiß, dass Maria damals die Wahrheit gesagt hat.«

»Beatrice, was soll das? Das ist alles schon so lange her.« Giuliana gab ihrer Stimme einen versöhnlichen Klang, denn es schien, als könne jedes barsche Wort eine Katastrophe auslösen. Fest presste sie Aurora an sich, auf die sich die Angst der Mutter übertrug. Leise fing die Kleine an zu weinen.

»Kriegsverbrechen verjähren nicht«, erklärte Beatrice. Ihr flackernder, unruhiger Blick jagte Giuliana zusätzliche Angst ein. Die Haare hingen Beatrice wirr in die Stirn, und auf dem Gesicht zeigte sich eine krankhafte Blässe.

»Ich habe damals sofort erkannt, dass ein Mann im Atelier gewesen sein musste. Am Rasierpinsel hing noch Schaum, und das Waschbecken war benutzt.«

Giuliana wagte einen zweiten vorsichtigen Schritt zurück, und sie versuchte, Beatrice abzulenken.

»Seit wann bist du wieder in Campodoglio?«

Sie musste es schaffen, mit Aurora in die Küche zu kommen, bevor … bevor *was?*

Was hatte Beatrice vor? Warum war sie zu ihr gekommen?

Beatrice beantwortete ihre Frage nicht, so redete Giuliana schnell weiter: »Ich habe dich schon auf dem Friedhof gesehen, warum bist du mir gefolgt? Willst du einen Kaffee?«

Ruhig bleiben, keine Angst zeigen, tu so, als sei ihr Besuch ganz normal.

»Von einer Hure nehme ich keinen Kaffee.« Beatrice spuckte vor Giuliana auf den Boden.

Wieder ein kleiner Schritt nach hinten, nur ein paar Zentimeter, die sie von Beatrice entfernten.

Sprich mit ihr, sprich weiter, lass dir keine Angst anmerken, hämmerte Giuliana sich ein. Doch was konnte sie schon sagen angesichts von so viel Feindseligkeit?

Wieder ein Schritt, unbemerkt von Beatrice – oder doch nicht?

»Flucht nutzt dir nichts«, erklärte diese auch schon höhnisch. »Du wirst deine Strafe bekommen. Aber zuerst wirst du gestehen.«

Giuliana erstarrte, sie konnte kaum noch atmen, sich nicht bewegen.

Beatrice holte aus ihrer Tasche, die sie umgehängt trug, einen Revolver. »Ich habe dich noch nie gemocht, und ich kann es nach wie vor nicht glauben, dass du Sophias Enkelin bist.«

»Bitte, Beatrice, was soll das? Was willst du von mir? Was soll ich denn gestehen?«

Doch Giuliana wusste genau, was Beatrice wollte.

»Ich sagte doch schon«, fuhr Beatrice ungerührt fort und hob die Hand mit dem Revolver, »dass ich dich durchschaut habe. Alle glauben, dass wir dich wegen dieses Deserteurs fälschlich verdächtigt haben und dass dieser deutsche Soldat dich vergewaltigt hat.« Bei jedem Wort kam Beatrice einen Schritt näher. Sie lachte hart auf, und Giuliana rann ein Schauer über den Rücken. Entsetzen schnürte ihr die Kehle zu. Sie umschlang Aurora noch fester, die jetzt ganz still geworden war, als spüre sie die tödliche Gefahr, in der sie sich befanden. *Aurora – nichts sonst zählte, sie musste Aurora in Sicherheit bringen.*

»Ich kenne die Wahrheit.« Beatrice ließ sich Zeit, sie genoss Giulianas Angst, sie genoss diesen Moment der Macht. »Ich habe genau gesehen, dass der Soldat dir nur den Rock hochgerissen und deine Beine auseinandergeschoben hat, aber –«

»Aber«, unterbrach Giuliana sie, »du hast ihn erschossen, also hast du mir doch geholfen.« *Ruhig bleiben, freundlich sein, ihrer Aggression keine neue Nahrung geben.*

»Ich habe ihn erschossen, weil er ein Deutscher war, ein Feind. Das hatte mit dir nichts zu tun.«

Eiseskälte durchströmte Giuliana, als sie das Klicken der Waffe hörte und Beatrice direkt auf ihre Stirn zielte.

Da schluchzte Giuliana in Todesangst auf. »Bitte, Beatrice, lass mich meine Tochter in Sicherheit bringen«, flehte sie. »Wenn du es nicht für mich machst, dann tue es für Sophia, bitte!«

»Lass Sophia aus dem Spiel!«, schrie Beatrice plötzlich auf. »Hörst du, lass sie aus dem Spiel! Das hat nichts mit deiner Großmutter zu tun, gar nichts ...« Ihre Stimme überschlug sich fast.

»Maria hatte recht« – Beatrice stieß ein scharfes Keuchen aus, bevor sie weitersprach –, »du hast einen deutschen Deserteur versteckt, und zwar im Atelier. Ich habe den Rasierpinsel gesehen, an dem noch Schaum hing, mir kannst du nichts vormachen. Das Kind ist von ihm, einem Feigling, der seine Kameraden im Stich ließ.«

»Weißt du …«, setzte Giuliana an und machte einen Schritt zurück, *noch einen, und dann bist du im Haus, nur einen noch … nicht stolpern, nicht stolpern …*

»Keine Bewegung!«

»Beatrice, bitte, lass uns reden. Du wirst mich dann sicher verstehen, komm, setzen wir uns und …«

Beatrice antwortete nicht. Unbeweglich blieb sie stehen, starr hielt sie den Revolver auf Giuliana gerichtet. Dann machte sie mit der Hand eine kleine Bewegung und richtete die Waffe auf Aurora.

»Die Deutschen haben ein ganzes Dorf hier in der Nähe zerstört und alle Bewohner, auch die Kinder, getötet. Da ist es nur gerecht, dass dafür das Kind eines deutschen Verbrechers sterben muss. Auge um Auge, Zahn um Zahn …«

Ohne nachzudenken, drehte sich Giuliana mit einem Ruck zur Seite, um Aurora aus der Schusslinie zu bringen. Als Beatrice' Blick für einen Moment unstet umherirrte, machte Giuliana wieder einen Schritt zur Tür. Doch da wandte sich Beatrice ihr wieder blitzschnell zu, die Pistole direkt auf sie gerichtet.

»Beatrice, bald ist der Krieg vorbei, und wir haben Frieden.«

Beatrice lachte höhnisch auf. »Das glaubst auch nur du! Überall lauern die Feinde, überall sind die Deutschen, sie kreisen uns ein, und wenn wir sie nicht töten, töten sie uns.«

Wieder war der Revolver auf Giulianas Kopf gerichtet.

Ich schaffe es nicht, ich schaffe es nicht …

Giulianas Knie zitterten. Aurora wurde ihr schwer auf

dem Arm. War jetzt der Moment ihres Todes gekommen? Musste sie jetzt für ihre Liebe bezahlen? Aber nicht Aurora, nicht ihr Kind … Wie konnte sie Beatrice zur Vernunft bringen? Nein, sie würde es nicht schaffen … niemand konnte das. Nur Sophia, sie war die Einzige gewesen, die mit Beatrice umgehen konnte. Sophia …

Und da wusste sie plötzlich, wie sie Beatrice zu treffen vermochte.

»Weißt du, Beatrice« – Giulianas Stimme versagte fast, als sie Beatrice fest in die Augen sah, die jetzt wieder starr auf sie gerichtet waren –, »auch ich kenne ein Geheimnis. Dein Geheimnis.« Giuliana versuchte, ihrer Stimme einen festen Klang zu geben, das Zittern zu unterdrücken.

»Und was soll das sein?« Beatrice lachte höhnisch auf. Doch in ihrem Gesicht wechselte der Ausdruck von Hass zu großer Unruhe.

»Auch ich habe an jenem Nachmittag etwas gesehen: dich, Beatrice, dich, wie du Sophia erschossen hast. Es war nicht dieser Soldat, wie alle glauben. Er stand vor Sophia, richtete sein Gewehr auf sie und machte in dem Moment einen kleinen Schritt zur Seite, als du auf ihn geschossen hast. Doch du hast nicht ihn, sondern Sophia getroffen. Du, Beatrice, du hast sie ermordet. Ermordet!«, wiederholte Giuliana, als sie sah, wie sich erst Unsicherheit, dann Entsetzten auf Beatrice' Gesicht zeigten, wie sie taumelte und die Hand mit dem Revolver sinken ließ.

»Das ist nicht wahr, das ist nicht wahr!«, schrie sie immer wieder. »Das ist nicht wahr …« Jetzt stammelte sie es nur noch. »Es war dieser Soldat, er.«

»Nein«, widersprach Giuliana hart. »*Du* hast sie erschossen, und du weißt es auch.«

Beatrice schrie auf und sackte in die Knie. Diese eine

Sekunde nutzte Giuliana. Sie machte einen großen Schritt rückwärts durch die offene Terrassentür, noch einen, und dann war sie im Wohnzimmer, warf die Tür zu und verriegelte sie mit einer Hand. Sie kniete sich mit Aurora auf den Boden und kroch aus dem Wohnzimmer hinaus in die Diele.

Doch Beatrice schoss nicht durch die Tür, nichts bewegte sich, alles blieb still.

Lange kauerte Giuliana am Boden, zitternd presste sie ihre Tochter an sich, und dann fing sie an zu weinen, konnte nicht mehr aufhören, bis Aurora verängstigt mit lautem Schreien in ihr Schluchzen einfiel.

Wann genau Giuliana den Motor des alten Lastwagens hörte, wusste sie später nicht mehr. Sie vernahm auch lautes Rufen, bis endlich in ihr Bewusstsein drang, dass draußen Leute ums Haus liefen. Sie hörte Stimmen von allen Seiten, und jemand schlug mit Fäusten gegen die Hintertür der Küche.

Da kam endlich Leben in Giuliana. Sie zog sich an der Wand hoch, presste Aurora, die immer noch schrie, fest an sich, ging in die Küche und öffnete. Fiona schloss sie schluchzend in die Arme und stammelte immer wieder, *sie* sei es gewesen, die vergessen habe, das Tor in der Mauer zu schließen.

»Mein Gott, ich habe mir solche Sorgen gemacht! Die Frau vom alten Vincenzo hat Beatrice wie eine Furie den Weg von der *Casa* heraufkommen sehen!« Auch Marcella tauchte jetzt auf und viele andere, und sie umarmten Giuliana und erzählten, dass das ganze Dorf auf den Beinen sei.

Fiona war außer sich und ließ sich auf einen Küchenstuhl fallen. »Dem Himmel sei Dank, dass euch nichts passiert ist! Was wollte sie von dir? Worüber habt ihr geredet?«

Giuliana schüttelte nur stumm den Kopf und zuckte immer wieder mit den Schultern. Sie hörte Fiona wie unbeteiligt zu, bis diese endlich mit einer schockierenden Neuigkeit herausrückte: Beatrice hatte sich am Grab von Sophia erschossen, und die Tochter von Giuseppe, die auf das Grab ihrer Mutter gerade Blumen pflanzte, musste es mit ansehen. Jeder im Ort sei entsetzt, aber Beatrice sei eben verrückt gewesen.

»Kannst du dir das erklären? Weißt du, warum sie sich erschossen hat? Hat sie etwas zu dir gesagt – oder war sie etwa gar nicht hier?«

»Ich weiß es nicht.« Endlich hatte Giuliana ihre Sprache wiedergefunden. »Ich weiß es wirklich nicht, sie war hier, aber sie wollte nichts Besonderes. Ich habe keine Ahnung.«

In einem Sekundenbruchteil hatte Giuliana beschlossen, ihr Wissen über Beatrice nicht preiszugeben. Sie wollte deren Tragödie nicht zum Mittelpunkt des Dorfklatsches machen.

Sie würde schweigen. In Beatrice' Vorstellung hatten seit ihrer Kindheit nur Gewalt, Armut und Angst existiert. Sie konnte sich nur durch Gewalt ausdrücken. Und niemand hatte einen Weg zu ihr gefunden, niemand – nur Sophia.

Und Beatrice hatte diesen einzigen Menschen, den auch sie liebte, erschossen.

22

Giuliana hielt die Hände von Aurora und half ihr so bei den ersten zaghaften Gehversuchen hinten im Garten, nahe den Brombeersträuchern.

»Giuliana!«, rief Marta und bedeutete ihr mit einem aufgeregten Winken, schnell zum Haus zu kommen.

Giuliana hob ihre Tochter hoch und lief durch den Garten zu Marta.

»Gerade kam es im Radio, komm schnell, es gibt einen Sonderbericht!«

»Was ist denn los, Marta?«

»Schnell … Giuliana, komm!«

Giuliana lief mit Aurora auf dem Arm in die Küche. Marta hatte das Radio auf höchste Lautstärke gestellt.

»Hörst du es?«, schrie sie Giuliana zu.

»Marta, ich bin doch nicht taub. Du erschrickst Aurora, siehst du, jetzt weint sie.«

»Aber hör doch endlich, Giuliana, der Krieg ist sicher jetzt vorbei!«

Die Stimme des Radiosprechers überschlug sich fast, während er das Ende des Faschismus proklamierte. Marta und Giuliana näherten sich in ungläubigem Schweigen dem Radio auf dem Küchenbord. Aurora hatte aufgehört zu weinen, und die Stimme des Sprechers drang durch die Stille des Hauses und hinaus in den Garten: »Heute, am 27. April 1945, wurde Benito Mussolini zusammen mit seiner Geliebten Clara Petacci auf der Flucht in die Schweiz in Dongo am Comer See von Partisanen erkannt und erschossen.«

Ovide war leise durch die Hintertür hereingekommen.

Seinen alten Hut drehte er in den Händen, und schweigend sahen sie sich an.

War jetzt alles vorbei? Krieg, Angst, Hunger und Tod?

Marta, Giuliana und Ovide fassten sich stumm bei den Händen und nickten einander zu, doch sie waren wie erstarrt, und Freude stellte sich nicht ein.

Als Giuliana drei Tage später zur Post fuhr, um einen Brief an Paula aufzugeben, schwenkte Leo, der Besitzer der *Tabacceria*, eine Zeitung in der Hand, umringt von Leuten, denen er die neueste Schlagzeile der Sonderausgabe laut vorlas: »Adolf Hitler ist tot! Heute Morgen beging der deutsche Führer in der Reichskanzlei Selbstmord!«

Am 8. Mai 1945 läuteten die Kirchen den Frieden ein, und tagelang wurde im Dorf gefeiert. Viele Menschen aus den nächstliegenden Orten kamen nach Campodoglio. Frauen saßen mit ihren Säuglingen auf der Straße, Kinder spielten ausgelassen, die alten Männer nahmen ihr Bocciaspiel wieder auf, und die alte Rosalia bereitete mit anderen Frauen einen Riesentopf Aquacotta zu, eine Suppe, die sie schon früher zu Festtagen gekocht hatte. Ihr Rezept bestand aus Fleischbrühe, Ei, Gemüse und Olivenöl. Darüber wurde schmackhafter Pecorino gerieben, und es gab geröstetes Brot dazu. Mehrere Weinbauern brachten Chianti für alle. Nach der Suppe gab es ein Spanferkel mit Kräutern, das der reiche Bauer Vincenzo gespendet hatte, und die Menschen tanzten, lachten und feierten zwei Tage lang.

Giuliana versuchte, das Erlebnis mit Beatrice zu vergessen, doch sie konnte es nicht. Sie war erschöpft, es schien, als habe diese dramatische Konfrontation ihre letzte Kraft aufgebraucht. Sie lebte plötzlich in unbestimmter Angst und ging keinen Abend ins Bett, bevor sie nicht mehrmals kontrolliert hatte, ob auch alle Türen abgeschlossen und gesichert waren. Sie schlief bei brennendem Licht und wachte dennoch nachts oft schweißgebadet auf.

Beatrice ist tot, sagte sie sich immer wieder, und der Krieg ist vorbei. Weder sie noch die Deutschen können mir jetzt noch etwas antun.

Doch ein unbestimmtes, quälendes Gefühl blieb.

*

Einige Wochen später schrieb Giuliana in einem Brief an Paula, sie überlege, nach Rom zurückzukehren. *Was ist mit dir? Kommst du auch zurück?*

Doch Paula antwortete, dass ihr Vater im Alter von zweiundneunzig Jahren gestorben sei und ihre Mutter sie jetzt brauche. Sie sei die einzige Tochter, und ihre Mutter habe sie deshalb gebeten, noch bei ihr zu bleiben.

Aber ich komme so schnell, wie es geht, nach Rom zurück, hieß es weiter in dem Brief, *denn auch Du brauchst mich. Aber Giuliana, bleibe noch auf dem Land, da bist Du mit deiner kleinen Tochter besser aufgehoben. In Rom herrschen Chaos, Gewalt und Hunger. Aber ich freue mich schon sehr, Dich und die Kleine irgendwann in die Arme zu schließen, ich kann es kaum erwarten.*

So ging das Jahr zu Ende, und Giulianas Unruhe ließ nicht nach.

Am Nachmittag des 31. Dezember lief Giuliana durch den Obstgarten bis zu der Stelle hinter den Brombeersträuchern, an der Claus von Welser damals erschöpft zusammengebrochen war. Dort ließ sie sich auf die Knie nieder und dachte an jenen sonnigen, stillen Nachmittag, als Maria und sie ihn gefunden hatten. Der Krieg war vorbei, doch ihre Hoffnung, Claus von Welser käme eines Tages zurück, hatte sich nicht erfüllt.

Giuliana krümmte sich zusammen, ließ ihren Kopf auf die Knie sinken und ließ ihren Tränen freien Lauf.

*

Ende Januar kamen Marcella, Fiona und Leontina zu ihr.

»Wir haben einen Plan«, erklärten sie, »wir können mit dem Aufbau der Manufaktur beginnen.«

»Aber ich habe kein Geld«, wandte Giuliana ein, doch da lächelten sich die Frauen zu und erklärten, Marcella habe ihren untreuen Mann unter Druck gesetzt, ihnen ein Darlehen der Gemeinde zur Verfügung zu stellen. »Als Bürgermeister kann er das«, fügte Marcella befriedigt hinzu. »Das gibt es für Unternehmer, die hier Arbeitsplätze schaffen. Die Gemeinde hat vor kurzem Land verkauft und vergibt aus dem Erlös die Darlehen. Mein Mann hat sich für uns eingesetzt – einsetzen *müssen*«, betonte Marcella. »Er hat ein schlechtes Gewissen, da er seine Geliebte nicht aufgeben will. Er möchte beide Frauen, mich im Haus und seine Geliebte für schöne Stunden, aber irgendwann werde ich Sophias Rat befolgen und ihn verlassen.«

Giuliana, die wieder einmal an den Schreibtisch in Sophias zerstörtem Büro gedacht hatte, als das Gespräch auf die Manufaktur kam, erzählte den Frauen, dass Sophia dort einige wichtige Dokumente für sie hinterlegt hatte. »Sie betreffen meine, also *unsere* Vergangenheit«, erklärte sie. »Wenn wir uns jetzt an den Wiederaufbau machen – glaubt ihr, der Schreibtisch könnte den Einsturz überstanden haben?«

»Das kann gut sein«, meinte Leontina, »er war aus Olivenholz und sehr stabil.«

Da es bereits frühlingshaft warm war, kamen die fünfzehn Frauen aus Sophias engerem Kreis der Arbeiterinnen gleich am nächsten Tag in die *Casa* und fingen mit der Arbeit an.

»Wir werden die Trümmer mit Fabios Hilfe entfernen und auf dem Lastwagen abtransportieren. Anschließend engagieren wir für die Maurerarbeiten eine Baufirma«, erläuterte Marcella die ersten Schritte.

Giuliana half eifrig mit, in der Hoffnung, Sophias Schreibtisch könne tatsächlich unversehrt geborgen werden. Sie wusste, dass Sophia darin auch das Rezeptbuch aufbewahrt hatte, die Basis, um die Firma *Sophia a Casa* neu erstehen zu lassen. Sophia hatte die Rezepte selbst ihren engsten Mitarbeiterinnen nicht im Detail preisgegeben.

Auch die gesamte Kundenliste mit Adressen und wichtigen Anmerkungen hatte Sophia in ihrem Schreibtisch aufbewahrt. Ohne diese Informationen würden die Frauen ganz von vorn anfangen müssen.

Noch während der ersten Arbeitsphase des Wiederaufbaus erhielt Giuliana von Paula einen Brief, in dem stand, sie sei spontan mit ihrem Bruder für einen Tag nach Rom gefahren. Er habe eine Kiste Wein ins Hotel Hassler geliefert, und sie sei schnell in der Wohnung gewesen, hätte mit den Winters Kaffee getrunken und die Post bei Miranda, der neuen Portiersfrau, abgeholt.

Offensichtlich hatte dort seit einigen Wochen ein Brief für Giuliana gelegen, den Paula jetzt mitschickte. Erstaunt musterte Giuliana das Kuvert und las den Absender: Luca Berardi.

Giuliana ließ den Umschlag sinken. Das konnte doch nicht wahr sein! Luca, der hübsche junge Mann, der ihr nach ihrer Ankunft in Florenz den Ruß aus dem Gesicht gewischt hatte? »Giuliana«, hatte er ihr als Letztes zugerufen, »Giuliana, ich liebe dich, bleib mir treu …«

Und dieser Luca Berardi schrieb ihr nach fast sechs Jahren einen Brief? Sie konnte es kaum glauben. Woher kannte er überhaupt ihre Adresse in Rom? Ungeduldig riss sie das Kuvert auf.

Liebe Giuliana Angelini,
ich hoffe, Sie erinnern sich noch an mich, an unser Zusammentreffen am Bahnhof von Florenz! Sie standen so traumverloren an der Bushaltestelle, Ihr schönes Gesicht mit Ruß verschmiert … Als ich aus dem Taxi stieg, sah ich nur Sie, und diesen Moment konnte ich nicht vergessen.
Während des Krieges arbeitete ich als Arzt im Lazarett, und oft erinnerte ich mich an Sie, an Ihr Lächeln, mit dem Sie mir in der Bahnhofshalle ein letztes Lebewohl zuwinkten. Sie haben damals so ängstlich ausgesehen, und ich hätte Sie gern in die Arme genommen und nie mehr losgelassen.
Ich lebe jetzt wieder in Rom und habe Ihre Adresse herausgefunden, da ich Ihren Namen nicht vergessen hatte. Es sind fast sechs Jahre seit diesem Moment vergangen, und ich kann nur hoffen, dass auch Sie sich an mich erin-

nern. Falls ja, wäre ich sehr glücklich, wenn Sie mir antworten würden und wir uns vielleicht treffen könnten.
Es grüßt Sie aus tiefstem Herzen
Luca Berardi

Luca. Sie hatte nicht erwartet, noch einmal von ihm zu hören. Giuliana lief die Treppe hinauf in ihr Zimmer und wühlte die Kommode durch. Aus dem hintersten Winkel einer Schublade zog sie das weiße Taschentuch heraus, mit dem er ihr damals die Rußflecken aus dem Gesicht gestrichen hatte. Eine zärtliche Geste in einem besonderen Moment. Hätte sie sonst das Taschentuch aufgehoben?

Am nächsten Tag beantwortete sie den Brief und schickte ihn an seine Adresse. Sie schrieb ihm, sie lebe zurzeit noch in der Nähe von Florenz, plane aber, nach Rom zurückzukehren. Den genauen Zeitpunkt ließ sie offen, auch antwortete sie nicht auf die Frage, ob sie ihn treffen wollte. Sie wusste es einfach nicht.

Lucas Antwort traf eine Woche später ein. Er erzählte von seiner Arbeit als Internist in einem Krankenhaus in Rom, von seinem großen Traum, bald Oberarzt zu werden. Giuliana schrieb zurück, wie schön es in der Toskana sei, aber dass sie trotzdem hoffe, bald nach Rom zurückzukehren.

In Wahrheit zögerte Giuliana und wog in Gedanken das Für und Wider ihrer Rückkehr ab. Dann entschied sie, die Arbeiten an der Manufaktur abzuwarten. Leider kamen sie nicht so schnell mit dem Abtragen der Trümmer voran wie gehofft. Aber in der ganzen Zeit gab Giuliana die Hoffnung nicht auf, dass sich der wichtige Brief ihrer Großmutter doch noch fand.

Und tatsächlich wurde ihre Geduld eines Tages belohnt. Die Frauen jubelten, als der Schreibtisch unter den Trümmern sichtbar wurde und sie ihn langsam mit Stemmeisen herausheben konnten. Kurz darauf barg Giuliana aus dem Möbelstück tatsächlich ein großes Kuvert und das kostbare Rezeptbuch von Sophia. Sie nahm beides an sich, kletterte über die Trümmer und zog sich in die *Casa Sophia* zurück. Mit zitternden Händen und voller Ungeduld zerrte sie an dem Umschlag. Er enthielt Sophias detailliertes Testament – aber es gab keinen Brief an sie.

Tiefe Enttäuschung bemächtigte sich Giulianas.

Sie hatte nicht erwartet, dass Sophia ihr die *Casa* vererbte, schließlich hatte sie, Giuliana, immer betont, dass sie eines Tages nach Rom zurückkehren wolle. Aber dass es diesen Brief nun doch nicht gab, erfüllte sie mit Leere und auch mit Wut. Sophia hatte ihr Versprechen nicht gehalten.

Zutiefst enttäuscht bat sie eine Stunde später Marcella, Fiona und Leontina zu sich. Die von den Aufräumarbeiten völlig verschmutzten Frauen nahmen auf dem verschlissenen Seidensofa im Wohnraum Platz. Giuliana setzte sich auf einen Stuhl an den Tisch und teilte ihnen den Inhalt des Testaments mit. Sophia hatte verfügt, dass sie drei, als ihre engsten Mitarbeiterinnen, die zusammen mit ihr die Manufaktur aufgebaut hatten, diese zu gleichen Teilen erben sollten. Nicht nur das Gebäude, sondern auch die eingetragene Firma mit dem Logo: *Sophia a Casa*. Das Rezeptbuch aber, das Sophia so sorgfältig gehütet hatte, vererbte sie Fiona.

Die Frauen waren für einen Moment sprachlos. Dann aber hoben sie gerührt ihre Hände zum Himmel und bedankten sich mit einem Blick nach oben bei Sophia. Doch als ihre Freude allmählich abebbte, sahen sie sich betreten an.

»Aber wieso bist du nicht die Erbin, Giuliana?«

Giuliana zuckte mit den Schultern. »Mit der Manufaktur hatte ich doch im Grunde nichts zu tun. Ihr erbt übrigens auch den Obstgarten und den Olivenhain – oder das, was noch davon übrig ist.«

»Und das Haus?«, wollte Fiona wissen. »Das ist doch sicher dein Erbe.«

Giuliana verneinte. »Das bekommt Mattia, ich werde ihm noch heute einen Brief schreiben. Das ist richtig so«, fügte sie rasch hinzu, als sich die Frauen verständnislose Blicke zuwarfen. »Sophia und er kamen vor über zwanzig Jahren hierher und haben die *Casa Sophia* zusammen aufgebaut, das Haus renoviert und glückliche Jahre hier verbracht. Es ist nur gerecht, wenn Mattia es erbt.«

»Nein, ist es nicht!«, widersprach Fiona heftig. »Das hätten wir von Sophia nicht erwartet, schließlich bist du ihre Enkelin.«

»Es ist gut so, wie es ist«, sagte Giuliana ruhig. »Ich freue mich für euch, denn mit der Manufaktur hat Sophia euch finanzielle Unabhängigkeit gesichert. Mir hingegen gehört eine Wohnung in Rom, das wird sich Sophia alles genau überlegt haben. Mattia hat ein Recht auf dieses Erbe.«

»Was wirst du tun, wenn Mattia zurückkommt und die *Casa Sophia* übernimmt?« Fiona war tief betroffen.

»Gar nichts, ich werde sowieso irgendwann nach Rom zurückgehen.« Giuliana war ganz ruhig geworden.

War es nicht ein Hinweis des Schicksals? Durch Sophias Testament war ihr die Entscheidung nun endgültig abgenommen worden.

23

Rom, März 1947

Mattia lief die Treppe zur Eglesia di Madre Maria hoch, zog die schwere Holztür auf und betrat leise den hohen Raum. Er tauchte seine Finger in das Weihwasserbecken und bekreuzigte sich rasch. Das kühle Halbdunkel, die Stille in der alten Kirche gaben ihm wie immer ein Gefühl der Geborgenheit und der Ruhe.

Mattia war kein praktizierender Katholik, doch er liebte diesen Ort, der Erinnerungen für ihn barg und an den er mehrmals in der Woche kam, um nachzudenken. Außer ihm saßen nur ein paar alte Frauen in den ersten Reihen und beteten, die schwarzen Spitzenschleier tief in die Stirn gezogen.

Mattia setzte sich in die letzte Reihe und holte Giulianas Brief aus seiner Jackentasche, den er seit zwei Wochen mit sich herumtrug.

Er war überwältigt gewesen, als er ihn las. Niemals hatte er damit gerechnet, das Haus zu erben. Wieso er – und nicht Sophias Enkelin? Hatte Sophia geahnt, wie sehr er die Toskana vermissen würde, die Landschaft, in der das Licht so unvergleichlich war, dass man es nicht beschreiben, sondern nur malen konnte? Sie hatte es ihm vererbt, als Zeichen ihrer Liebe, weit über den Tod hinaus.

Giuliana hatte noch geschrieben, dass sie wieder nach Rom zurückgehen würde, und ihre Adresse dazugelegt, für den Fall, dass es noch Fragen gäbe.

Ich hoffe, es geht Ihnen gut. Damit endete Giulianas Brief.

Es ging ihm gut, wenn man bedachte, dass er den Krieg in Rom überstanden hatte. Während der letzten Jahre hatte er von seinen Ersparnissen mehr schlecht als recht gelebt, bis er an einer Abendschule eine Stelle als Zeichenlehrer bekam, die ihn einigermaßen über Wasser hielt.

Mattia lehnte sich in der harten Holzbank zurück, schloss die Augen und ertastete mit seiner Hand den zweiten Brief, der in seiner Jackentasche steckte. Er hatte ihn am gestrigen Tag erreicht und ihn in fieberhafte Aufregung versetzt.

In den vergangenen Monaten hatte er mehrere Porträts von Sophia aus dem Gedächtnis gemalt, aus Sorge, sie sonst zu verlieren … An viele Einzelheiten konnte er sich nämlich schon nicht mehr erinnern. Wie hatte sie ausgesehen, wenn sie den Kopf leicht zur Seite wandte, wenn sie sich durch die Haare strich? Doch ihr Lächeln, die Zärtlichkeit, mit der sie ihn ansah – das behielt er für immer in seiner Erinnerung. Und so hatte er sie auch gemalt. Das Gesicht ihm zugewandt, ihre großen dunklen Augen auf ihn gerichtet, ihr geheimnisvolles Lächeln, das nur ihm galt. Diese drei Porträts waren gut geworden, er wusste es. So hatte er an Leonardo in Florenz geschrieben, ob er vielleicht Interesse an neuen Bildern von ihm habe.

Mattia hatte nicht erwartet, dass Leonardo ihm so schnell antworten würde. Er berichtete, er habe seine Galerie Anfang 1946 wieder eröffnet und verkaufe mehr Bilder als in den Jahren vor dem Krieg. Leonardo schlug ihm vor, ihm möglichst bald die Gemälde zu schicken.

Doch Mattia hatte eine andere Entscheidung getroffen. Er würde die Bilder nicht schicken, sondern selbst nach Florenz bringen. Tiefe Freude erfasste ihn, als er sich nun erhob und die Kirche verließ. An der Eingangstür blieb er stehen und sah sich noch einmal um. Er spürte, dass er diese kleine Kirche nicht mehr betreten würde, sie gehörte zu seiner Vergangenheit, zu dem Leben, das er endlich abschließen konnte.

Mattia lief die Stufen hinunter, überquerte die Piazza mit der kleinen Bar auf der anderen Seite und schlenderte noch einmal die schmale Via Garibaldi entlang. Er grüßte den Alten auf seinem roten Samtsofa, der immer noch lebte, beugte sich zu den Katzen hinunter, die sich auf der Straße sonnten, und streichelte sie.

Als er im Haus die Treppe hinaufstieg, hörte er in der Küche Chiara lachen und mit Geschirr klappern, und er lauschte kurz auf das Klavierspiel des neuen Mieters im ersten Stock. Matilda war vor einem Jahr nach Norwegen zurückgegangen.

In seiner Wohnung setzte er sich auf seinen Hocker, direkt der Staffelei gegenüber. Dort stand eines der drei Gemälde von Sophia. Lange saß er davor und sah es an.

Er war jetzt achtundvierzig Jahre alt, jung genug, um noch einmal von vorn anzufangen, wie viele andere Leute auch, die nach dem Krieg ganz neu beginnen mussten.

Mattia straffte seinen Körper, atmete tief durch, strich mit dem Zeigefinger leicht über das Porträt von Sophia und lächelte ihr zu.

24

Casa Sophia, März 1947

Giuliana bereitete sich auf ihre Abreise nach Rom vor. Einen Nachmittag verbrachte sie damit, mit Aurora durch den Garten zu gehen, ihr die Frühlingsblumen zu zeigen und so Abschied von der *Casa Sophia* zu nehmen, die für sie zum Schicksal geworden war. *Casa Sophia* … Wäre sie geblieben, wenn Sophia ihr das Anwesen vererbt hätte?

Nein, entschied sie in Gedanken, die Zeit hier war vorbei.

Am letzten Abend veranstalteten Fiona und Leontina ein Abschiedsfest für Giuliana. Fabio hatte Lampions organisiert und sie an Schnüren von Baum zu Baum gehängt. Leise schaukelten sie im leichten Abendwind und warfen ihr schummriges Licht über eine lange Tafel. Neben den Frauen saß Dottore Pacelli mit seiner Frau Renata, Ovide und Marta hatten ihren Sohn Francesco in einem Rollstuhl an den Tisch geschoben, und auch Pater Antonio hatte es sich nicht nehmen lassen, zu kommen. Ebenso wie die alte Rosalia, die neben Fabio saß. Sie hatte einen riesigen Topf Minestrone mitgebracht, und Fiona hatte einen Berg Nudeln mit Pilzsauce nach einem Rezept von Sophia gekocht.

Am späten Abend ging Giuliana in das Zimmer ihrer Großmutter. Sie öffnete den Schrank, strich wie schon so oft über die wenigen Kleidungsstücke. Sie hatte Mattia geschrieben, dass sie im Haus nichts verändert habe. Er müsse dann entscheiden, was mit Sophias persönlichen Sachen, den Bildern, den Fotos und auch den Möbeln passieren sollte.

Als sie noch einmal die Schublade der Kommode aufzog, griff sie nachdenklich nach dem kleinen Schmuckkasten von Sophia und öffnete ihn. Nur ein einziges Mal, gleich nach Sophias Tod, hatte sie ihn geöffnet und einen kurzen Blick hineingeworfen, denn sie wusste ja, was er enthielt: die zweireihige Korallenkette, kleine Perlohrringe und ein goldenes Armband. Es waren Geschenke von Mattia, wie Sophia ihr erzählt hatte. Zum ersten Mal griff Giuliana jetzt hinein und hob die Kette hoch. Da sah sie, dass sich zwischen den Korallen ein schmaler Ring verheddert hatte. Sie löste ihn heraus und betrachtete ihn genauer, drehte und wendete ihn in ihrer Hand. Es war Sophias Ehering mit dem eingravierten Datum ihres Hochzeitstages: 8. August 1892.

Während Giuliana ihn über ihren Ringfinger zog, entdeckte sie den schmalen Schnitt, mit dem er durchtrennt war. Es schien ihr wie ein Symbol. Sophia war der Ehering zu eng geworden.

Sie legte ihn zurück in den Kasten, doch als sie die Schublade geschlossen hatte, zögerte sie, öffnete sie erneut und nahm den Ring an sich.

*

Am nächsten Morgen holte Dottore Pacelli Giuliana mit seinem Auto an der *Casa Sophia* ab. Er hatte vorgeschlagen, sie zum Bahnhof in Florenz zu bringen.

Nachdem Giulianas Koffer und ein Korb mit Lebensmitteln verstaut war, legte sie noch vorsichtig das verpackte Bild »Das Haus unter den Zypressen« auf den Rücksitz neben Aurora.

Giuliana steckte ihren Kopf durchs Fenster und winkte den Frauen zu, die sich vor dem Tor versammelt hatten und ihr nachriefen, sie doch ja bald zu besuchen.

Am Bahnhof warf Giuliana einen Blick auf die Haltestelle des Busses nach Campodoglio, an der sie damals gestanden hatte. Hier hatte alles begonnen, als Maria Cortesi mit ihrem Lieferwagen anhielt und sie zur *Casa Sophia* mitnahm.

Doch hier hatte auch Luca Berardi sie angesprochen, ein junger Mann, den sie demnächst nach sechs Jahren in Rom wiedertreffen würde.

Sie musste an die Zukunft denken, für sich planen und auch für Aurora. Sie war dazu bereit, bereit, nach Hause zu kommen, denn Rom war ihr Zuhause, nie hatte sie es so stark empfunden wie in diesem Moment ihrer Rückkehr.

TEIL

III

25

Rom, Mai 1947

Zuerst schien es ein Tag wie jeder andere zu sein, doch es lag etwas Neues, Aufregendes in der Luft, als sich Giuliana am Mittag von ihren Schülerinnen verabschiedete und das Schulhaus verließ.

Die Mutter Oberin hatte ihr nach ihrer Rückkehr die Möglichkeit gegeben, für eine schwangere Kollegin einzuspringen und so bis Ende des Schuljahres unterrichten zu können. Dies war eine große Erleichterung für Giuliana gewesen, deren finanzielle Reserven aus der Erbschaft ihres Großvaters bereits stark zusammengeschrumpft waren.

Jetzt löste sie das Band, das ihre Haare im Nacken streng zusammenhielt, und fuhr rasch mit der Hand durch ihre Locken, bevor sie sich auf ihr altes Rad schwang, das sie von ihrem Großvater zum fünfzehnten Geburtstag geschenkt bekommen hatte. Auch das Kleid, das sie trug, hatte noch ihr Großvater für sie gekauft. Es war gestreift, mit weißem Kragen und einem Rock, der oberhalb der Knie in Falten aufsprang. Es war sehr elegant und brachte ihre schlanke Figur gut zur Geltung. Sie trug es, weil sie sich heute mit Luca Berardi traf.

Seit über zwei Monaten war Giuliana nun zurück, und sie war glücklich, diese Entscheidung getroffen zu haben. Auch Paula war nur einen Tag nach ihr in die Stadt zurückgekehrt. Natürlich hatte sie behauptet, die Hauptstadt sei nun einmal ihre Heimat, und deshalb habe sie es in Frascati einfach nicht länger ausgehalten, doch Giuliana wusste, sie kam nur ihretwegen. Paula, *ihre* Paula, der Giuliana so tiefes Vertrauen entgegenbrachte wie sonst niemandem. Nie war zwischen Sophia und ihr so viel Nähe entstanden, wie es zwischen ihr und Paula gab. Und ohne Paulas Hilfe wäre es tatsächlich schwierig geworden. Sie kümmerte sich um Aurora, während Giuliana unterrichtete, und verzichtete sogar auf jegliches Gehalt. In der Klosterschule verdiente Giuliana sehr wenig, erst ab September würde sie eine neue, gutbezahlte Stelle antreten.

»Ich brauche kein Geld von dir«, hatte Paula abgewehrt, »du weißt doch, ich bin am elterlichen Weingut beteiligt, das reicht.«

Für die dreijährige Aurora bedeutete der Umzug nach Rom eine große Umstellung. In der ersten Zeit fand sie sich in der Wohnung nicht zurecht, sie fürchtete sich nachts, so dass Giuliana sie jeden Abend zu sich ins Bett holte. Aurora vermisste den Garten, Marta, Ovide und auch Fiona, die viel Zeit mit ihr verbracht hatte. Erst jetzt, nach zwei Monaten, hatte sie sich eingelebt.

Aurora war immer ein wenig schüchtern gewesen, doch zu Paula fasste sie schnell großes Zutrauen. Sie ging mit ihr auf den Wochenmarkt und folgte ihr in der Wohnung auf Schritt und Tritt.

»Ihr fehlen andere Kinder«, erklärte Paula, »schade, dass hier im Haus keine wohnen, da müssen wir uns etwas überlegen.« Doch bis dahin hatte Aurora erst einmal tierische Freunde gefunden: die weißen Pudel des Ehepaars Winter. Mit ihnen spielte sie viele Stunden und begleitete die Winters und die Hunde oft in den Park Villa Borghese. Jedes Mal kam sie begeistert zurück und erzählte Paula und ihrer Mutter, was die Pudel im Park alles angestellt hatten.

Giuliana fühlte sich erleichtert, dass es Aurora in der Stadt immer besser gefiel. Jetzt, so entschied sie, war der richtige Zeitpunkt gekommen, um endlich Luca zu treffen. Sie mochte gar nicht genauer darüber nachdenken, was sie sich davon erwartete. Sie hatte einfach Lust auf ein Rendezvous, wollte sich mit einem Mann treffen, sich unterhalten, ein wenig flirten und sich endlich wieder jung und hübsch fühlen. Mehr nicht.

Für ihre Verabredung hatte sie den Platz vor dem Pantheon vorgeschlagen, denn er lag in der Nähe ihrer Schule. Sie war spät dran, als sie auf der Piazza della Rotonda atemlos vom Rad sprang. Zuerst entdeckte sie Luca nicht, doch dann sah sie, wie ein junger Mann zwischen eine Gruppe amerikanischer Touristen geriet und sich suchend umblickte. Sie hätte ihn fast nicht erkannt, denn er trug einen eleganten Strohhut und eine kleine, runde Brille. Giulianas Herz klopfte, während sie ihn beobachtete, und sie lächelte über seine Unruhe, die sie selbst ebenfalls empfand. Rasch zog sie aus ihrer Tasche sein weißes Taschentuch, das er ihr damals vor dem Bahnhof in Florenz in die Hand gedrückt hatte, und stellte sich auf die Zehenspitzen.

»Luca!«, rief sie über die Köpfe der Amerikaner hinweg und schwenkte das Taschentuch. Jetzt erst sah er sie, lachte ihr zu und drängelte sich durch die Gruppe. Und dann stand er vor ihr. Stumm lächelten sie sich an.

»Sechs Jahre«, sagte er. »Sechs Jahre, bis ich Sie endlich wiedersehe. Ist das mein Tuch?«, fragte er erstaunt, als Giuliana es in ihre Tasche schob. »Sie haben es behalten, also haben Sie in den sechs Jahren auch an mich gedacht!«

Sollte sie ihm sagen, dass es ohne Bedeutung war? Dass sie ihn eigentlich vergessen hatte? Erst als sein Brief sie erreichte, hatte sie sich an den Moment am Bahnhof und an sein Taschentuch erinnert, das unbeachtet in einer Schublade der Kommode gelegen hatte.

»Haben Sie Hunger?«, wollte er jetzt wissen. »Es ist zwar schon drei Uhr, aber ich habe heute noch nichts gegessen.«

»Ja, ich habe auch Hunger.«

»Wunderbar, dann kommen Sie.« Luca drehte sich um. »Wir können zu Fuß hingehen. Ich kenne eine kleine Osteria mit einem Innenhof, vom Krankenhaus aus gehe ich dort öfter essen. Wollen Sie?«

»Gern.« Lächelnd nickte sie ihm zu.

»Darf ich?« Er nahm ihr Rad und schob es, während sie sich leicht bei ihm einhängte.

»Ganz Rom ist auf Rädern unterwegs«, stellte er unwillig fest, als er einem Radfahrer ausweichen musste.

»Ja, natürlich, wer kann sich schon ein Auto leisten?«, war Giulianas Antwort, doch als sie Luca einen Seitenblick zuwarf, erkannte sie, dass er zu den wohlhabenden Leuten gehörte, die eines besaßen.

Sie überquerten die Piazza und bogen in eine Seitenstraße ein, bis sie vor der Osteria *Da Pippo* ankamen. Luca lehnte das Rad gegen die Mauer, und Giuliana schloss es ab.

»Hoffentlich wird es nicht gestohlen, sonst weiß ich nicht, wie ich jeden Tag zur Arbeit kommen soll.«

Der Wirt der kleinen Osteria begrüßte Luca mit großer Geste und führte sie in den Innenhof, in dem unter schattigen Bäumen nur sechs Tische standen. Sie nahmen an dem einzigen leeren Tisch Platz, und der Wirt brachte sofort eine Karaffe mit Wasser, eine kleinere mit Weißwein und einen Korb mit duftendem frischem Brot. Luca bestellte Ossobuco, und Giuliana entschied sich für ein Risotto con carciofi. Sie fühlte sich unbehaglich unter Lucas forschenden Blicken. Er schwieg und wusste offenbar nicht recht, wie er ein Gespräch beginnen sollte.

»Damals trugen Sie noch keine Brille, oder täusche ich mich?«, fragte sie schließlich, um das Schweigen zu beenden.

Sofort nahm Luca die Brille ab. »Nein, die habe ich noch nicht lange, ich muss sie auch nicht immer aufsetzen.«

Giuliana unterdrückte ein Lächeln über seine Eitelkeit und versicherte, sie stehe ihm gut.

Während sie auf das Essen warteten, sah Giuliana sich um. »Schön ist es hier, so friedlich, als hätte es nie einen Krieg gegeben.«

»Ich mag diese Osteria auch«, bestätigte Luca ein wenig steif. Er besaß nicht mehr die Spontaneität, die Unbefangenheit, die sie damals so überwältigt hatte, doch schließlich lagen sechs schreckliche Jahre dazwischen, die auch sie verändert hatten.

Als der Wirt die Gerichte vor ihnen auf den Tisch gestellt hatte, wandte sich Luca Giuliana mit einem offenen Lächeln zu.

»Buon appetito«, wünschte er ihr. »Ich freue mich so sehr, dass wir uns endlich treffen!« Er griff nach seinem Glas. »Salute.«

Während des Essens erzählte Giuliana, dass sie als Lehrerin arbeitete, und Luca berichtete über seine Tätigkeit im Krankenhaus und die veralteten technischen Geräte dort.

»Aber nun sind Sie wieder dran«, unterbrach er sich schließlich selbst. »Wie geht es Ihnen, seit Sie wieder zurück sind? Sie hatten geschrieben, dass Sie drei Jahre in der Toskana gelebt haben. Damals wollten Sie eigentlich nur Ihre Großmutter besuchen, ich erinnere mich noch sehr gut daran. Wie geht es ihr?«

»Sie ist tot«, erklärte Giuliana. »Sie wurde bei einem Überfall der Deutschen erschossen. Bitte haben Sie Verständnis, dass ich nicht darüber sprechen möchte«, fügte sie ruhig hinzu.

»Es tut mir leid, dass ich gefragt habe«, bedauerte Luca und widmete sich seinem Ossobuco. Doch gleich darauf fragte er weiter: »Leben Sie hier in Rom bei Ihren Eltern?«

Giuliana schüttelte den Kopf.

»Nein, auch sie sind tot, vor vielen Jahren bei einem Unfall ums Leben gekommen.«

Luca legte bestürzt sein Besteck auf den Tisch. »Das ist ja schrecklich!«

»Es ist lange her, und jetzt geht es mir gut, wirklich.«

Dann erzählte sie ihm von ihrem verstorbenen Großvater und von Paula, die er engagiert hatte, als er seine Enkelin zu sich holte. Auch berichtete sie Luca, dass sie zwei Tage zuvor einen Arbeitsvertrag unterschrieben hatte, über den sie sich unglaublich freute.

»Ab September werde ich Leiterin einer neuen Schule. Ich kann es noch gar nicht glauben!«

»Das hört sich gut an.«

»Ich habe mich um diese Stelle nicht einmal beworben, ich bekam sie durch Empfehlung von Schwester Angela, der Leiterin der Klosterschule, an der ich zurzeit noch unterrichte.«

»Ist die neue Stelle auch an einer Klosterschule?«

Giuliana schüttelte den Kopf. »Nein, es ist ein soziales Projekt der bekannten Modeschöpferin Simonetta Scalia. Eine Schule für junge Mädchen unehelicher Herkunft, um genau zu sein.«

»Ja, davon habe ich gelesen. Signora Scalia gibt ihnen die Chance, eine gute Ausbildung zu erhalten. In dem Artikel stand, dass sie sich schon vor dem Krieg für uneheliche Mütter eingesetzt hat. Ich ...« Luca schwieg, und Giuliana sah ihn fragend an, bis er nach einer Pause weitersprach. »Ich würde mir wünschen, dass es mehr Stiftungen gäbe, die sich um andere Menschen kümmern. Der Krieg hat so viel Elend hinterlassen – Familien leben auf der Straße, Kinder sterben an Infektionskrankheiten, weil ihre Eltern kein Geld für ärztliche Versorgung und Medikamente haben. Aber« – Luca lächelte Giuliana an – »ich freue mich natürlich für Sie. Das klingt sehr gut. Wie ist diese Signora Scalia? Ihre Affären füllen seit Jahrzehnten die Boulevardblätter, das weiß ich von meiner Mutter.« Er lachte.

»Ich kenne sie noch nicht«, antwortete Giuliana. »Sie hat den Vertrag auf Empfehlung von Schwester Angela unterschrieben. Die beiden arbeiten schon viele Jahre in der Stiftung von Signora Scalia zusammen.«

»Das wird für Sie eine Herausforderung werden, die Leitung einer Schule zu übernehmen, es scheint keine leichte Aufgabe zu sein.«

»Ja, das stimmt«, gab Giuliana zu. »Und ich erinnere mich noch an meine eigene Schulzeit und an die erste Lehrerin, vor der wir Mädchen uns alle gefürchtet hatten. Ich möchte, dass sich meine Schülerinnen gern an mich erinnern, auch noch, wenn sie erwachsen sind. Ich will ihnen etwas Bleibendes mitgeben, nicht nur Bildung und Erziehung, sondern auch Vertrauen ins Leben, Freude am Lernen, Neugierde auf die Zukunft, Selbstbewusstsein.«

Luca hörte ihr konzentriert zu, während er den Rest des Ossobucos aß.

»Sie sind eine große Idealistin, das ist schön. Solch einen Einsatz für Kinder findet man selten. Sicher werden Sie auch einmal eine sehr gute Mutter sein.«

Jetzt lachte Giuliana etwas unsicher und versuchte, rasch das Thema zu wechseln, indem sie fragte: »Woher kennen Sie diese Osteria? Sie hat einen wirklich zauberhaften Innenhof.«

»Viele Ärzte vom Krankenhaus kommen hierher«, erzählte Luca, während er seinen Teller in die Mitte des Tisches schob. »Man trifft Kollegen, kann sich austauschen. Und Sie? Wohin gehen Sie normalerweise?«, wollte er dann wissen.

Giuliana zuckte die Achseln. »Ich bin ja noch nicht lange wieder in Rom«, erklärte sie. »Ich musste mich erst in der Stadt und in meinem neuen Leben hier zurechtfinden.«

»Ja, nach dem Krieg fällt es nicht leicht, in ein normales Leben zurückzukehren. Die Arbeit im Krankenhaus hat mir dabei sehr geholfen. Ich liebe meinen Beruf. Für andere Menschen da zu sein, zu helfen – das gibt mir eine große Befriedigung. Sehen Sie, da geht es mir genauso wie Ihnen.«

Sie lächelten sich zu. Giuliana entspannte sich wieder und war froh, sich mit Luca getroffen zu haben.

»Ich möchte alles über Sie wissen«, sagte Luca spontan, nachdem der Wirt den Tisch abgedeckt und den Rest Wein in beide Gläser gefüllt hatte. »Erzählen Sie mir von den letzten Jahren. Aber nur, wenn Sie möchten«, fügte er rasch hinzu.

»Warum nicht?« Giuliana überlegte einen Moment lang, und dann beschrieb sie die *Casa Sophia*, die Manufaktur, sie berichtete über Campodoglio und auch kurz von dem Angriff der deutschen Soldaten, bei dem ihre Großmutter ums Leben kam.

Nur über Aurora sprach sie nicht. Sie kannte Luca noch nicht gut genug, und sie konnte nicht einschätzen, wie er auf ein uneheliches Kind reagieren würde. Unverständnis und eine ablehnende Haltung hätte sie nicht verkraftet.

Sie blieben lange sitzen. Die anderen Gäste waren längst gegangen, und zwei Kellner richteten die Tische bereits für das Abendessen, als Luca auf seine Armbanduhr sah und sich erschrocken entschuldigte, er müsse leider zurück ins Krankenhaus. »Die Pflicht ruft.«

Vor der Osteria schloss Giuliana ihr Rad auf, und als sie wieder hochsah, hatte sie das Gefühl, Luca überlege, ob er sich mit ihr noch einmal treffen sollte. Und wie war es mit ihr?

Doch da beugte sich Luca rasch zu ihr und hauchte ihr einen Kuss auf die Wange. »Es war schön, Sie zu sehen. Endlich!« Dann schlug er eine Verabredung für den übernächsten Tag vor, einem Samstag.

»Treffen wir uns auf der Piazza di Spagna, bis dorthin habe ich es nicht weit«, antwortete Giuliana.

»Wenn Sie wollen, gern, aber ich kann Sie auch zu Hause abholen.«

Doch Giuliana wehrte rasch ab. »Nein, nein, sagen wir, auf der Piazza di Spagna. Also, bis Samstag dann.«

Giuliana fuhr los. Sie drehte sich nicht mehr um, hatte aber das Gefühl, Luca sehe ihr nach.

War sie enttäuscht? Aber was hatte sie erwartet? Fehlte ihr das Strahlen, das Unwiderstehliche, mit dem Luca sie damals für einen Moment so überwältigt hatte?

Heute hatte sie einen eleganten jungen Mann erlebt, der eine höfliche, interessierte Konversation führte, doch wenig von sich preisgab.

Von Paula wusste sie, dass Luca der einzige Sohn einer sehr wohlhabenden Familie war. »Seine Mutter ist eine Marquesa di Montalto und sein Vater ein reicher Unternehmer. Während des Krieges haben sie übrigens in der Schweiz gelebt«, hatte Paula ihr erzählt.

Luca gefiel ihr ohne Zweifel, und warum sollte sie sich nicht mit einem jungen Mann treffen, der sich für sie interessierte?

Während sie nach Hause radelte, erinnerte sie sich ganz plötzlich an den Moment im Atelier der *Casa Sophia*, als Claus ihre Hände nahm, sie herumdrehte und auf die Innenflächen einen zarten Kuss hauchte.

Vier Jahre waren vergangen. Sie war nach Rom zurückgekehrt, und sie musste einen neuen Anfang wagen. Vielleicht war sie ja auch bereit für eine neue Beziehung, warum nicht? Sicher war es das Beste, sich jetzt nicht so viele Gedanken zu machen, sondern einfach alles auf sich zukommen zu lassen.

*

»Paula?«

Giuliana rief in die Stille der Wohnung hinein, sobald sie die Eingangstür aufgeschlossen hatte.

»Im Herrenzimmer!«, schallte es von Paula zurück.

Giuliana war erstaunt, denn dieser Raum, in dem ihr Großvater gestorben war, wurde auch nach ihrer Rückkehr von beiden Frauen immer noch gemieden. Sie ging rasch durch die offene Tür ins Zimmer und entdeckte Paula in dem begehbaren Schrank. »Um Himmels willen, was machst du denn da?«

Paula tauchte aus der kleinen Kammer auf. »Ich habe gedacht, es ist endlich mal an der Zeit, dass wir hier ausräumen.«

»Und wo ist Aurora?«

»Die Winters sind mit ihr und den Pudeln in den Park gegangen, in einer Stunde sind sie zurück.«

»Schade«, antwortete Giuliana enttäuscht. »Ich wollte mich mit Aurora ans Klavier setzen und herausbekommen, ob sie Freude daran hat, ein paar Töne zu spielen.«

»Ist das nicht zu früh?«

»Ich weiß nicht … Die Mutter Oberin sagte heute, mit Musikerziehung könne man nicht früh genug anfangen. Außerdem habe ich Sehnsucht nach ihr.«

Bei dem Essen mit Luca hatte sie ihm ihre Tochter verschwiegen. Aurora dadurch geradezu verleugnet, so kam es ihr jetzt vor. Doch sie hatte zugleich das Gefühl gehabt, Aurora und auch sich selbst schützen zu müssen.

Paulas Stimme riss sie aus ihren Gedanken.

»Das kannst du ja morgen noch tun. Jetzt aber erzähle, wie war deine Verabredung?« Paula war neugierig und wischte sich die staubigen Hände an der Schürze ab.

»Luca und ich treffen uns übermorgen wieder.« Giuliana blieb einsilbig.

»Das ist doch wunderbar, oder nicht?« Paula sah sie forschend an.

Giuliana zuckte mit den Schultern. »Ich weiß nicht, Paula, eigentlich möchte ich jetzt nicht darüber reden.«

»Das ist in Ordnung, Liebes«, erwiderte Paula betont

munter, doch Giuliana spürte, dass sie über ihre Reaktion ein wenig gekränkt war.

»Also, bis Aurora zurück ist, fange ich mit den Heftkorrekturen an, oder soll ich dir helfen?«

Paula schüttelte den Kopf. »Nein, mach du nur deine Korrekturen.«

Aber als Giuliana an der Tür stand, rief Paula ihr nach: »Weißt du, Giuliana, solange du einen großen blonden Deutschen nicht vergessen kannst, bist du nicht offen für eine neue Beziehung. Pass auf und mach dir deine Zukunft nicht kaputt.«

»So ein Unsinn.« Giuliana reagierte ungewohnt heftig. »Ich treffe mich mit Luca Berardi, aber keiner von uns beiden denkt deshalb gleich an eine gemeinsame Zukunft.«

Rasch ging sie in ihr Zimmer, verärgert über Paulas Bemerkung.

In gereizter Stimmung setzte sich Giuliana an ihren Schreibtisch und zog die Schulhefte aus der Mappe. Doch noch während sie das erste Heft aufklappte, erkannte sie, dass Paula recht hatte. Aber wie sollte sie Claus von Welser auch vergessen können, wenn sie jeden Morgen in Auroras Gesicht sein Lächeln entdeckte und ihre ernsten, forschenden Augen das tiefe Blau *seiner* Augen hatten? Giuliana stützte die Ellbogen auf dem Tisch ab und barg ihr Gesicht in den Händen. Das Unerträglichste war die Ungewissheit, ob Claus von Welser noch am Leben war. Selbst die Vorstellung, er lebe jetzt mit der Frau zusammen, deren Foto er in dem Medaillon bei sich getragen hatte, war nicht so schmerzlich wie der Gedanke, er sei auf der Flucht erschossen worden.

Unruhig erhob sich Giuliana wieder, ihr fehlte die

Konzentration, um zu arbeiten, und so ging sie zurück ins Herrenzimmer.

»Ich wollte dich gerade rufen«, sagte Paula. »Ich bin fertig mit dem Ausräumen. Außer alten Bildern war nichts Wichtiges darin, hier, das ist das letzte Bild.«

Paula lehnte es gegen den Schreibtisch und zog das weiße Tuch ab. »Ein beeindruckendes Porträt«, stellte sie fest.

Giuliana stieß einen erstaunten Schrei aus. »Das ist Sophia, als sie jung war! Ich bin mir ganz sicher.«

Paula ging auf Abstand, kniff die Augen zusammen und begutachtete das Bild. »Eine schöne Frau.«

»Das war sie auch noch, als ich zu ihr kam«, erklärte Giuliana. Auf dem Gemälde trug die junge Sophia ein schulterfreies Abendkleid aus cremefarbener Spitze. Ihre blonden Haare waren kunstvoll hochgesteckt, und um ihren Hals lag eine vierreihige Perlenkette.

»Da unten in der rechten Ecke steht das Datum, siehst du?« Giuliana beugte sich vor. »Der Name des Malers und dann … 30. Juli 1892. Sicher war es eine Auftragsarbeit meines Großvaters. Er hat sie kurz vor der Hochzeit malen lassen.«

»Warum hatte er es nicht aufgehängt, sondern in dem Schrank zwischen den anderen Bildern versteckt?«, fragte sich Paula, während Giuliana nur stumm das Gemälde betrachtete.

»Er wird es abgehängt haben«, antwortete sie schließlich, »als er mich zu sich holte.«

Dein Großvater hat mich so verletzt, wie keine Frau verletzt werden sollte … Wie oft dachte Giuliana an diesen Satz von Sophia, für den sie keine Erklärung fand!

»Wie auch immer, es ist jedenfalls ein wunderschönes

Porträt. Willst du es aufhängen?« In Paula erwachte Energie. »Vielleicht über der Konsole, dem Eingang gegenüber. Wo das hässliche Stillleben hing.«

Giuliana lächelte. »Ja, das wäre eine Möglichkeit.«

Direkt nach ihrer Rückkehr hatten Paula und sie Bilder und ein Rokokosofa mit Hilfe eines Leiterwagens auf den Schwarzmarkt hinter dem Parlament gebracht. Dort hatten sie alles gegen Haushaltsartikel und Nahrungsmittel eingetauscht. Für Aurora fanden sie sogar kleine weiße Schuhe mit Riemchen und einer rosafarbenen Schleife darauf.

»Aber«, wandte sie dann ein, »vielleicht wäre es Sophia nicht recht, dass wir dieses Gemälde von ihr aufhängen. Schließlich wurde sie dafür in ein Abendkleid gezwängt, ihre Haare kunstvoll frisiert, beides symbolisch für das eingeengte Leben, das sie nach ihrer Eheschließung geführt und gehasst hat.«

»Mach dir nicht so viele Gedanken, Giuliana. Das Bild ist wunderschön. Es zeigt deine Großmutter, und es passt sehr gut über die Konsole, wie dafür gemacht.«

»Also, in Ordnung.« Giuliana gab nach. Die beiden Frauen nahmen das Bild hoch und trugen es in den Flur.

»Der Rahmen ist wirklich schwer«, stellte Paula fest, während Giuliana einen Küchenstuhl holte, darauf kletterte und das Bild an die Stelle des Stilllebens hängte.

»Ein guter Platz dafür«, sagte Paula, und Giuliana stimmte zu.

Als Giuliana an diesem Abend in ihr Zimmer ging, blieb sie vor ihrer Kommode stehen, über der »Das Haus unter den Zypressen« seinen Platz gefunden hatte. Jeden Morgen fiel ihr erster Blick darauf, und vor dem Einschlafen galt ihm ihr letzter. Es hielt die Erinnerung wach an jenen heißen Sommernachmittag, als sie neben Claus im Atelier gestanden hatte und er das Bild in das Licht hob, das durch die offene Tür hereinfiel.

»Das hier ist das schönste«, hatte er gesagt und sie angelächelt.

War es dieser Moment gewesen, in dem sie ihre Liebe zueinander erkannten, wissend, dass es keine Hoffnung gab?

*

In den nächsten beiden Wochen verbrachte Giuliana viel Zeit mit Luca, und manchmal erkannte sie in ihm den unkonventionellen jungen Mann vom Bahnhof in Florenz wieder. Die Verunsicherung vom ersten Treffen war verflogen.

»Lass uns Touristen spielen«, hatte Luca ihr vorgeschlagen, als sie sich auf der Piazza di Spagna getroffen hatten. Ein Fotoapparat hing ihm um den Hals, und untergehakt liefen sie stundenlang durch die Hauptstadt. Giuliana war schon lange nicht mehr in einer Kirche oder in einem Museum gewesen, und an der Fontana di Trevi oder Berninis Fontana dei Fiumi lief sie seit Jahren vorbei, ohne ihre Schönheit wahrzunehmen.

Luca holte sie danach fast täglich an der Schule ab, und gemeinsam eroberten sie ihre Heimatstadt neu. Doch Giuliana entdeckte auch eine neue Leichtigkeit, eine Freude daran, mit einem Mann zusammen zu sein, die sie bis jetzt nicht gekannt hatte. Einmal fuhr er an der Schule mit einem Motorroller vor, und sie setzte sich auf den Rücksitz, umfasste seine Taille, legte nach einiger Zeit ihre Wange an seinen Rücken, während sie um das Kolosseum fuhren und er oft den Kopf wandte, um sie anzulächeln. Ein anderes Mal ließen sie sich mit einer Pferdekutsche durch Rom fahren, genossen den warmen Abend und winkten den Leuten zu, die stehen blieben und ihnen nachsahen.

An den Abenden, die sie in kleinen Restaurants oder am Strand in Ostia verbrachten, erzählte Giuliana Luca immer wieder mal ausführlich von ihrer Großmutter und der Manufaktur und beschrieb die Schönheit der Landschaft rings um die *Casa Sophia.*

Doch niemals sprach sie über Aurora. Sie hatte eine tiefe Scheu davor, da sie Lucas Reaktion nicht einschätzen konnte. Wie würde er ihrer Tochter ablehnend gegenüberstehen? Das hätte sie nicht ertragen können. Also schwieg sie und verschob jedes Gespräch darüber auf unbestimmte Zeit.

»Je länger du damit wartest, desto schwieriger wird es«, warnte Paula sie. Doch Giuliana genoss die Tage mit Luca und überging jede Warnung.

Als sie eines Abends oben auf dem Pincio standen und auf Rom hinuntersahen, zog Luca sie an sich und küsste sie. Seine Lippen fühlten sich warm und angenehm an, und so gab Giuliana seiner Umarmung nach und erwiderte den Kuss.

An dem Tag, als sie sich genau seit zwei Monaten trafen, nahm Giuliana Lucas Einladung in seine Wohnung an. Sie lag im obersten Stockwerk eines alten Palazzos in der Via Nationale. Luca führte Giuliana durch die Räume auf seine Dachterrasse, von der aus man einen weiten Blick über die Dächer Roms hatte. Während er in der Küche Wein und Gläser holte, lehnte sich Giuliana gegen die Balustrade und hob ihr Gesicht dem warmen Abendwind entgegen. War sie glücklich? Würde sie heute mit

Luca schlafen? Das stand schließlich hinter seiner Einladung.

Doch als Luca hinter sie trat, sie auf den Nacken küsste und seine Hände über ihren Körper gleiten ließ, war jeder Zweifel wie weggeblasen. Sie wollte die Nacht mit ihm verbringen. Nicht nachdenken, nur diesen Augenblick, diese Stunden genießen.

»Ti amo«, flüsterte er. »Ti amo!«

Da wandte Giuliana ihr Gesicht ab und sah in den dunklen Himmel hinauf, an dem die Sterne glitzerten.

»Ti amo …« Das hatte auch Claus gesagt. »Ich werde dich immer lieben … unsere Liebe wird ein Teil unseres Lebens sein.«

Als Luca sie jetzt an sich zog und sie den Kopf an seine Schulter legte, vermochte sie ihm nicht zu sagen, dass auch sie ihn liebe.

26

Als Giuliana am Nachmittag die Schule verließ und zu Fuß nach Hause ging, hatte sie das Gefühl, verfolgt zu werden. Sie drehte sich um, konnte jedoch niemanden entdecken. Also ging sie langsam weiter, und an der Spanischen Treppe kaufte sie einen großen Strauß Buschrosen.

»Haben Sie rosafarbene Margeriten?«, fragte sie die Blumenfrau plötzlich. Doch die schüttelte den Kopf.

»Rosafarbene Margeriten? Die habe ich noch nie gesehen, aber außerhalb von Rom gibt es einen Bauern, der züchtet einfache Blumen in den verrücktesten Farben. Wo sein Hof genau liegt, weiß ich allerdings nicht.«

Giuliana bedankte sich und ging die Treppe hoch. Auf der Piazza Trinità dei Monti blieb sie stehen, sah sich abermals vorsichtig um und wartete für eine Weile. Doch niemand folgte ihr, sie musste sich geirrt haben. Wer sollte es auch sein?

In der Wohnung war es still, denn Paula war mit Aurora einkaufen gegangen. Giuliana arrangierte die Blumen in einer Vase und stellte sie auf die Konsole unter Sophias Gemälde. Sie sah zu ihrer Großmutter hoch und sprach in Gedanken mit ihr. *Du hast so großen Mut bewiesen und getan, was dir richtig schien. Und ich? Ich bin feige. Ich verschweige Luca mein Kind, und den Frauen von Campodoglio habe ich auch nie die Wahrheit gesagt.*

Aber die Frauen hätten sie nicht verstehen können. In ihren Augen hätte sich Giuliana mit einem Feind eingelassen, ja letztendlich würden sie sie sogar für Sophias Tod verantwortlich gemacht haben.

Aber mit Luca war es etwas anderes, sie musste ihm über kurz oder lang von Aurora erzählen.

*

»Eine elegante Signora wartet vor der Schule auf Sie.« Letitia hatte am Mittag ans Lehrerzimmer geklopft, und nachdem sie Giuliana die Botschaft überbracht hatte, machte die Zehnjährige einen kleinen Knicks und fragte, ob sie der Signora etwas ausrichten solle.

»Nein danke, ich spreche selbst mit ihr.«

Giuliana wunderte sich. Wer könnte das sein? Sie verließ das Schulgebäude und sah sich suchend um. Da kam eine weißhaarige Dame auf sie zu.

»Signorina Fabiani?«

Als Giuliana bejahte, stellte sie sich vor.

»Ich bin Margherita Berardi, Lucas Mutter. Haben Sie einen Moment Zeit? Ich würde mich gern mit Ihnen unterhalten. Wollen wir in die Bar dort drüben gehen?«

Giuliana nickte stumm, und während sie die schmale, von Platanen gesäumte Straße überquerten, warf sie Lucas Mutter einen verstohlenen Blick zu. Sie war groß, sehr schlank und trug ein elegantes dunkelblaues Kleid, passend dazu weiße Handschuhe und eine weiße Tasche aus geflochtenem Leder.

In der winzigen Bar bestellten sie bei dem Wirt an der Theke zwei Kaffee und nahmen dann an dem einzigen kleinen Tisch am Fenster Platz. Es roch nach kaltem Rauch, und es zog, da die Tür und die Fenster weit offen standen.

Sie warteten schweigend, bis der Wirt die kleinen braunen Tassen vor sie auf den Tisch stellte.

»Was kann ich für Sie tun?«, fragte Giuliana dann höflich, während sie vergeblich versuchte, ihren Herzschlag zu beruhigen. »Luca ist doch in Zürich, oder?«

Luca war zwei Tage zuvor zu einem Ärztekongress in die Schweiz abgereist und wollte eine Woche bleiben.

»Ja, natürlich. Nun, ich will nicht lange herumreden.« Margherita machte eine wirkungsvolle Pause und nahm einen winzigen Schluck ihres heißen Kaffees. »Sehen Sie, Signorina Fabiani, ich erinnere mich noch sehr gut an den Skandal, als Ihre Großmutter ihren Ehemann wegen eines jungen Mannes verließ. Ich war damals zwar noch ein junges Mädchen, aber ich erinnere mich daran, weil es fast« – Margherita lächelte ein wenig ironisch – »ein Jahrhundertskandal war. Ihr Großvater zog sich damals ganz zurück. Er verstand es meisterlich, dem Klatsch keine weiteren Angriffspunkte zu bieten.«

Sie schwieg, trank wieder einen Schluck Kaffee und stellte die Tasse mit einer graziösen Handbewegung auf den Unterteller zurück.

»Sie wollen mit mir über meinen Großvater reden?«, fragte Giuliana erstaunt.

»Nein, natürlich nicht. Ich will damit nur sagen, dass Sie offenbar das Talent geerbt haben, Ihr Privatleben zu schützen und wichtige Dinge zu verschweigen.«

»Was meinen Sie?« Giuliana versuchte, ruhig zu bleiben, und sah Margherita fest in die dunklen Augen, aus denen jetzt jedes Lächeln verschwunden war.

»Als Luca damals aus Florenz zurückkam, erzählte er uns von einem schönen jungen Mädchen, das er am Bahnhof getroffen hatte. Für uns war es eine Schwärmerei, die wir nicht ernst nahmen. Er war zu jener Zeit ein temperamentvoller und für meinen Geschmack zu unkonventioneller junger Mann. Doch der Krieg, die Jahre, die er als Arzt im Lazarett gearbeitet hat, haben ihn verändert. Er ist ernsthafter geworden, und sein großes Ziel ist es, Oberarzt zu werden. Dazu braucht er eine Frau an seiner Seite, die über einen tadellosen Ruf verfügt und die repräsentieren kann. Eine Frau«, fügte Margherita hinzu, »wie seine Verlobte Caterina Crivelli.«

Giuliana spürte, wie alles Blut aus ihrem Gesicht wich. Sie brauchte einen Moment, bis sie begriff, was Margherita Berardi ihr gerade gesagt hatte.

»Ach, Sie wissen es gar nicht? Das tut mir aber leid«, sagte Margherita Berardi in liebenswürdigem Ton. Giuliana konnte zunächst nur stumm den Kopf schütteln.

»Das glaube ich nicht«, fuhr sie dann heftig auf, »Luca hätte mir erzählt, dass er verlobt ist.«

»Ach, wirklich? Sind *Sie* denn in jeder Hinsicht ehrlich zu ihm?«

Giuliana biss sich auf die Lippen, doch bevor sie etwas erwidern konnte, sprach Lucas Mutter bereits weiter: »Mein Sohn will Karriere machen, und in der Position des Oberarztes wird er von vielen Neidern umgeben sein. Man wird nach einer Schwachstelle in seinem Leben suchen und …«

»Diese Schwachstelle wäre ich, das meinen Sie doch, oder?«

»Ja, das meine ich, und mein Mann sieht das ganz genauso. Ich persönlich finde es unverantwortlich, dass Sie eine Beziehung mit meinem Sohn eingegangen sind, ohne ihm Ihre Vergangenheit zu beichten.«

»Ich soll Luca etwas *beichten?*« In Giuliana erwachte die Wut. »Was meinen Sie damit?«

»Signorina Angelini, ich bitte Sie. Sie haben bereits ein

bewegtes Leben hinter sich. Sie haben ein uneheliches Kind. Glauben Sie nicht, dass Luca ein Recht darauf hat, das zu erfahren?«

Giuliana dachte daran, wie sie in den letzten Tagen das Gefühl gehabt hatte, verfolgt zu werden.

»Haben Sie jemanden auf mich angesetzt? Einen Detektiv?«

»Aber nein, das hat unsere Familie nicht nötig. Ein paar Anrufe im Büro Ihrer Schule, und ich erfuhr, was ich wissen wollte. Im Übrigen werden Sie durch Ihre Stelle als Leiterin dieses … Wohltätigkeitsprojekts für die Kinder ›gefallener Frauen‹ ebenfalls in den Fokus der Gesellschaft geraten. Man wird Ihre Vergangenheit in die Öffentlichkeit ziehen, mutmaßen, wer der Vater Ihres Kindes ist, und dafür haben wir nun gar kein Verständnis. Unsere Familie ist noch nie mit einem Skandal in Verbindung gebracht worden. Vor seiner Abreise in die Schweiz hat Luca noch von seiner möglichen Beförderung zum Oberarzt erfahren. Deshalb wollte ich Sie heute sprechen.«

»Sie möchten mir nahelegen, aus seinem Leben zu verschwinden, und das möglichst noch, bevor er aus der Schweiz zurückkommt. Ist es das, was Sie sich vorstellen?«

»Wenn Sie es schon so deutlich ausdrücken: Ja, das möchte ich.«

Bevor Lucas Mutter weitersprechen konnte, sprang Giuliana vom Stuhl auf. »Ich denke, Sie haben alles gesagt, Signora. Aber ich glaube Ihnen nicht, dass Luca verlobt ist. Und wann ich ihm meine Vergangenheit *beichte*, wie Sie es nennen, überlassen Sie bitte mir. Auf Wiedersehen.«

Giuliana floh aus der kleinen Bar, rannte über die Straße und holte ihr Fahrrad vom Schulhof. Ohne noch einen Blick zurückzuwerfen, bog sie um die Ecke und fuhr nach Hause.

Noch niemals war sie so gedemütigt worden wie gerade eben von Margherita Berardi. Indirekt hatte Lucas Mutter sie als »gefallene Frau« bezeichnet. In ihren Augen war ein uneheliches Kind ein Makel, ja sogar der Beweis für einen unsoliden Lebenswandel.

Giuliana war zutiefst verletzt. Es war das erste Mal, dass sie und ihre Tochter Aurora mit gesellschaftlicher Ablehnung konfrontiert wurden, und sie hätte nicht geglaubt, dass es sie so schmerzlich treffen würde. Schlagartig wurde ihr klar, Aurora würde es schwerer haben als die Töchter aus den guten italienischen Familien, aus Familien, wie die Berardis es waren. Aurora würde lernen müssen, mit Ablehnung umzugehen. Aber konnte *sie* es? Sie war eine Schwachstelle, eine Belastung für einen Mann, der Karriere machen wollte. So hatte Margherita Berardi es ausgedrückt.

Während Giuliana wie blind durch die Stadt radelte, Autos hinter ihr herhupten und Passanten sie beschimpften, stellte sie sich die Frage, wie weit Margheritas Erziehung Luca geprägt haben mochte. War deren Einfluss zu groß, als dass er ihr ohne Vorurteile entgegentreten konnte?

*

Abgekämpft und völlig erhitzt hielt Giuliana mit quietschenden Bremsen vor dem Haus. Wie so oft stand die Eingangstür weit offen, da Miranda, die neue Portiersfrau, durchlüftete, wie sie immer erklärte. Verärgert schob

Giuliana ihr Fahrrad durch den Eingang, trug es die paar Stufen hinunter in den Innenhof, stellte es im Ständer ab und verschloss es. Dann lief sie nach oben in die Wohnung. Dort warf sie ihre Mappe und den Schlüssel auf die Konsole.

»Paula?«

»Küche«, antwortete die vertraute Stimme. Paula saß mit Aurora am Tisch, die gerade Polenta mit Kirschkompott aß.

Giuliana küsste ihre Tochter und fuhr ihr zärtlich durch die roten Locken. Dann ließ sie sich auf einen Stuhl fallen.

»Mama, magst du?« Aurora hielt ihr mit wackligem Löffel Kompott hin, doch bevor er Giuliana erreichte, tropfte Saft auf das weiße Tischtuch, und das Mädchen fing erschrocken an zu weinen.

»Ach, Schatz, das macht doch nichts.« Giuliana hob sie auf ihren Schoß und küsste sie, bis die Tränen versiegten und sie das Schniefen aufgab.

»Sie ist müde«, erklärte Paula. »Wir waren heute auf der Hadriansbrücke bei dem Eisverkäufer, der nur dienstags da ist. Wir mussten ewig in der Hitze anstehen. Aber« – sie wechselte das Thema – »was ist mit dir? Du siehst ja furchtbar aus. Ist etwas passiert?« Paula warf ihr einen besorgten Blick zu.

»Psst«, machte Giuliana und wies mit dem Kopf auf Aurora.

Zart strich sie ihr noch einmal über den Kopf, und die Kleine lehnte ihn, den Daumen im Mund, an ihre Brust. »Sie schläft sicher gleich ein«, flüsterte Giuliana.

»Weißt du«, griff sie leise das Gespräch wieder auf, sobald Aurora die Augen geschlossen hatte, »ich erfuhr heute, dass Luca verlobt ist.«

»Was? Wer sagt denn so was?«

Giuliana berichtete flüsternd von ihrem Gespräch mit Margherita Berardi.

»Das muss doch nicht stimmen«, sagte Paula, Aurora immer im Blick. »Andererseits darfst du nicht vergessen, dass du ihm auch einiges verschwiegen hast.«

»Paula, ich wollte, dass wir uns erst einmal richtig kennenlernen. Es war alles so neu für mich! Sich zu amüsieren, mit einem Mann auszugehen, ans Meer zu fahren … alles eben. Und ich wollte unsere Beziehung nicht gleich in den ersten Wochen mit Geständnissen aus der Vergangenheit belasten.«

»Das verstehe ich«, stimmte ihr Paula zu. »Du musst abwarten, bis Luca zurückkommt, und dann sprichst du mit ihm. Es wird sich alles klären. Nur über eines solltest du dir bis dahin im Klaren sein: Was willst *du?* Willst du eine ernsthafte Beziehung mit ihm oder –«

»Kann es die überhaupt noch geben?«, unterbrach Giuliana sie nachdenklich. »Er will Karriere machen, und folglich passe ich nicht in sein Leben, schon gar nicht in seine Familie. Seine Mutter hat mir unmissverständlich klargemacht, dass sie mich als nicht gesellschaftsfähig eingestuft haben. Ein vernichtendes Urteil«, fügte Giuliana ein wenig spöttisch hinzu. Sie wollte nicht zugeben, wie sehr Lucas Mutter sie getroffen hatte.

»Ach, Unsinn, du weißt ja noch gar nicht, wie Luca darüber denkt. Er liebt dich doch. Also warte jetzt erst einmal ab.«

»Du magst recht haben, aber ich bin fast überzeugt davon, dass er sich letztendlich dem Wunsch seiner Mutter unterwerfen wird. Sie macht auf mich einen sehr dominanten Eindruck.«

»Aber *du*, Giuliana, bist die Frau, die er liebt, die ihm das gibt, was er sich wünscht. Vergiss das nicht! Auch du kannst deine Macht als Frau ausspielen.«

»Ach Paula«, seufzte Giuliana resigniert, »das will ich doch gar nicht. Warum soll ich mit dieser Frau um Luca kämpfen? Mutter gegen Geliebte? Ist es das wert?«

»Das musst du wissen«, erklärte Paula abschließend, immer noch flüsternd. »Diese Entscheidung kannst nur du allein treffen. Die Frage ist, was erwartest du?«

»Respekt«, antwortete Giuliana und verbarg ihr Gesicht in den Locken ihrer Tochter, damit Paula die Tränen nicht sah, die ihr in die Augen stiegen.

Doch Paula spürte, was in ihr vorging, und drückte schweigend ihre Hand.

»Ich bringe Aurora ins Bett«, sagte Giuliana schließlich. »Weißt du, Paula«, fügte sie hinzu, als sie schon an der Tür stand, »heute habe ich erst wirklich erkannt, was Simonetta Scalia leistet. Sie versucht, die Gesellschaft zu verändern, alleinstehenden Frauen mit einem unehelichen Kind Mut zu machen und diesen Kindern eine Zukunft zu geben. Ich kann es kaum erwarten, sie kennenzulernen. Sie muss eine ganz außergewöhnliche Frau sein.«

27

Das nächste Treffen mit Luca fand drei Tage nach seiner Rückkehr in der Osteria *Da Pippo* statt. Doch er verspätete sich, und so saß Giuliana allein unter den schattigen Bäumen im Innenhof. Nur ein einziger weiterer Tisch war besetzt, die anderen Gäste blieben im Lokal, da es extrem heiß war und der Schatten der Bäume nur wenig Abkühlung brachte. Giuliana achtete nicht darauf, sie war nervös und dachte nur daran, was sie heute mit Luca besprechen wollte. Sicher hatte ihm seine Mutter erzählt, dass sie Giuliana getroffen hatte. Aber wie hatte Luca darauf reagiert?

Zuerst würde sie ihm ein Foto von Aurora zeigen. Die Kleine war ein außergewöhnlich hübsches Kind, und während er das Foto betrachtete, würde sie ihm von den schönen blauen Augen ihrer Tochter erzählen, ihrem Lächeln und von ihrer überbordenden Fantasie. Dass sie ein liebes Mädchen war, wenn auch plötzlich zu unglaublichen Wutanfällen fähig.

Verstohlen zog Giuliana das Foto aus ihrer Tasche. Sollte sie es auf den Tisch legen? Es war noch in der *Casa Sophia* aufgenommen worden, kurz bevor sie nach Rom zurückkehrten. Aurora saß, gegen Kissen gelehnt, auf dem Himmelbett und starrte in die Standkamera. Der Fotograf hatte ihr versprochen, dass ein weißer Vogel herausfliegen würde, wenn sie ganz stillhielt und lächelte, doch sie hatte nur misstrauisch in die Kamera gesehen, denn sie hatte ihm nicht geglaubt.

Viele Dinge, Kleinigkeiten, liebenswerte Angewohnheiten von Aurora fielen Giuliana ein, von denen sie erzählen wollte. Wie immer, wenn sie an ihre Tochter dachte, wurde sie sofort von einer tiefen Sehnsucht nach ihr erfasst.

Doch was sollte sie Luca über den Vater sagen, über den Mann, den sie geliebt hatte?

In Gedanken versunken blickte sie hoch, und da stand Luca in der Tür zum Innenhof und sah zu ihr herüber. Als er auf sie zukam, bemühte er sich um ein Lächeln, doch Giuliana bemerkte sofort die Veränderung. Seine Energie, die Lebendigkeit und auch seine gewohnte Liebenswürdigkeit schienen ihn verlassen zu haben.

»Es tut mir leid, dass ich mich verspätet habe.«

»Das macht nichts«, versicherte Giuliana.

Sie bestellten bei dem freundlichen Wirt und warteten schweigend, bis er den Wein, einen Korb mit Weißbrot und eine Flasche Olivenöl auf den Tisch gestellt hatte. Giuliana hatte das Foto ihrer Tochter schnell wieder in ihrer Tasche verschwinden lassen. Als sie Lucas Gesichtsausdruck sah, wusste sie sofort, dass es keine gute Idee war, es ihm als Erstes zu zeigen.

»Es ist heiß«, bemerkte Luca und lockerte seine Krawatte. »Wir hatten heute Morgen im Krankenhaus viel zu tun, viele Leute wurden mit Kreislaufproblemen eingeliefert. Darum habe ich mich verspätet, und leider muss ich auch schon bald wieder zurück.«

Luca brach ein Stück vom Brot ab und tunkte es nervös in Olivenöl, das er auf einen kleinen Teller gegossen hatte.

Giuliana antwortete nicht.

»Der Chefarzt und der Vorstand warten auf mich, das habe ich vorher nicht gewusst«, setzte Luca erneut an und beschäftigte sich intensiv mit dem Brot.

Schweigend beobachtete Giuliana ihn. Er verhielt sich anders als sonst, war reserviert und schien extrem nervös. Das Gespräch würde nicht so verlaufen, wie sie es sich gewünscht hatte.

»Es ist mir sehr unangenehm, dass meine Mutter während meiner Abwesenheit mit dir gesprochen hat. Dafür bitte ich um Entschuldigung.«

»Dafür kannst du doch nichts. Aber, Luca, sag mir eins, hat sie die Wahrheit gesagt, bist du verlobt?«

»Ich weiß nicht, wie ich es dir erklären soll …« Luca zögerte und brach ein weiteres Stück Brot ab.

»Sag mir einfach die Wahrheit«, bat Giuliana spröde.

»Nun, meine Mutter hat nicht so unrecht. Caterina und ich kennen uns schon sehr lange, sie ist die Tochter der engsten Freunde meiner Eltern, und beide Familien haben schon vor Jahren entschieden, dass wir heiraten sollen. Nach Meinung unserer Eltern passt alles. Caterina und ich haben uns auch immer sehr gut verstanden, wir spielen zusammen Tennis, kennen die gleichen Leute und –«

»Liebst du sie, willst du sie heiraten?«, unterbrach Giuliana ihn.

»Wir haben uns immer gut verstanden, das sagte ich dir doch gerade«, antwortete Luca gereizt. »Wir sind Freunde, mehr nicht. Ich zumindest war dieser Meinung. Aber ich wusste auch nicht, dass meine Familie ihr während des Krieges Hoffnungen auf eine Heirat mit mir gemacht hatte. Sie ist wohl schon lange in mich verliebt, auch das wusste ich nicht.«

»Und dann?«

Der Wirt brachte das Essen, für Luca wieder ein Ossobuco und einen Salat für Giuliana. Während er servierte und den Wein einschenkte, schwiegen Luca und Giuliana, und erst als sich Pippo vom Tisch entfernt hatte, antwortete Luca.

»Ich habe ihr niemals einen Antrag gemacht, aber irgendwie gehen alle davon aus, dass wir eines Tages heiraten werden. Doch ich hatte mich in ein Mädchen mit rotblonden Haaren verliebt, das verträumt am Bahnhof von Florenz stand und das ich nach dem Krieg unbedingt wiedersehen musste, denn …« Luca sprach nicht weiter, sondern spielte nervös mit den Brotkrümeln.

»Denn?«, wiederholte Giuliana, als er schwieg.

»Denn du bist es, der ich einen Antrag machen wollte, Giuliana. Aber leider …« Wieder machte er eine Pause.

»Aber leider? Nun mach es doch nicht so spannend«, sagte sie, während ihre Kehle wie zugeschnürt war und ihr Herz schneller schlug.

»Leider«, antwortete Luca und strich mit der Hand die Brösel vom Tisch, »habe ich durch meine Mutter erfahren müssen, dass du mich nicht hinreichend über deine Vergangenheit informiert hast. Das hat mich sehr getroffen.«

Schweigend stocherte Giuliana mit der Gabel in ihrem Salat herum. Dann legte sie sie entschlossen auf den Tisch.

»Meine Vergangenheit? Luca, ich bin siebenundzwanzig Jahre alt, und ich habe dir erzählt, dass es vor dir einen einzigen Mann gegeben hat. Nennst du so etwas Vergangenheit? Es klingt sehr anrüchig, wie du das sagst.«

»Du hast ein Kind von ihm, hast ihn aber nicht geheiratet! Warum nicht?«

»Der Krieg hat uns auseinandergebracht«, antwortete Giuliana leise.

Luca schlang hastig das Ossobuco hinunter und trank seinen Wein aus.

Giuliana drehte ihr volles Glas in den Händen, bis sie den Blick hob und Luca ansah. Sie spürte, dass auch er unglücklich war.

»Ich verstehe, dass du verletzt bist, weil ich es dir verschwiegen habe. Ich wollte diese ersten Wochen mit dir einfach nur genießen«, erklärte sie.

»Giuliana, es geht hier um Vertrauen. Das ist das einzig Wichtige.«

»Konnte ich dir denn vertrauen?«, war Giulianas Gegenfrage. »Du hast mir nichts von Caterina erzählt. Ist das nicht auch ein Vertrauensbruch? Schließlich geht deine Familie davon aus, dass du sie heiraten wirst.«

Luca schwieg und nestelte nervös an seiner Krawatte. Spontan griff Giuliana nach seiner Hand. »Bitte, Luca, sieh mich an. Was ist mit Caterina?«

»Fangen wir doch erst einmal bei dir an«, antwortete er kühl. »Hast du diesen Mann geliebt?«

Giuliana zog ihre Hand zurück. »Natürlich habe ich ihn geliebt, hätte ich sonst ein Kind von ihm? Glaubst du, ich bin eine Frau, die eine flüchtige Affäre hat? Traust du mir das zu? Oder ist das vielleicht die Meinung deiner Mutter?«

»Was ist mit dem Mann? Wie lautet sein Name, und wo ist er jetzt?«

»Ich weiß nicht einmal, ob er noch lebt. Ich fürchte, er ist erschossen worden.«

»Bei welchem Regiment war er denn? Wieso hast du es nicht erfahren? Was ist mit seiner Familie, kümmert sie sich nicht um dich? Hat er dich verlassen, oder wolltest du ihn nicht heiraten?« Die Fragen prasselten nur so auf sie ein.

»Luca, ich will nicht darüber reden.«

Sie spürte, dass sie ihn kränkte, doch sie wollte ihre Bemerkung nicht abschwächen. Die Aggressivität, die hinter jeder seiner Fragen stand, war nicht zu überhören gewesen und hatte sie verletzt.

Luca nahm den Rest Brot aus dem Korb, tunkte es hastig in die Sauce des Ossobucos und schob es in den Mund.

»Siehst du«, sagte er mit vollem Mund, »du verschweigst mir immer noch wichtige Dinge aus deinem Leben. Aber mir nimmst du es übel, dass ich dir nichts von meiner Freundschaft mit Caterina erzählt habe. Diese Beziehung ist nicht annähernd so gravierend wie deine. Schließlich hast du ein Kind von diesem Mann.«

Giulianas Herz klopfte heftig und ließ sich nicht beruhigen. Wieso hatte sie angenommen, Luca würde souverän damit umgehen, dass sie ein Kind hatte? Wieso nur hatte sie sich vorgestellt, dass er an Fotos von Aurora interessiert sei, an Erzählungen über ihr Kind? Dass er sie bitten würde, ihre Tochter kennenlernen zu dürfen? Er verletzte sie durch sein Desinteresse, sie und indirekt auch Aurora.

»Deine Mutter hat mir erzählt, dass du die Chance hast, Oberarzt zu werden. Da brauchst du eine gesellschaftsfähige Frau an deiner Seite, nicht wahr?«

Luca schwieg und zuckte mit den Schultern.

»Wo ist Caterina Crivelli jetzt?« Giuliana bemühte sich, ihre Fassung zu wahren und mit neutraler Stimme zu sprechen.

»Vor dem Krieg begann sie ein Studium in Oxford, in diesem Sommer macht sie ihren Abschluss. Dann kommt sie nach Rom zurück.«

Giuliana spürte, wie sie plötzlich ganz ruhig wurde.

»Dann ist sie genau die Richtige, um an der Seite eines Oberarztes zu glänzen.«

»Giuliana, bitte.«

»Es ist doch so. Luca, bleiben wir realistisch. Ich passe nicht in dein Leben, und du wirst mir zuliebe nicht auf deine Karriere verzichten.«

»Giuliana, du hast mir nie gesagt, dass du mich liebst. Warum nicht? Liebst du diesen anderen noch? Ich muss es wissen!«, beschwor er sie.

»Hör zu«, sagte sie leise, »nimm den Posten an, das ist wichtig für dich, darauf hast du lange hingearbeitet. Damals am Bahnhof von Florenz, das war ein außergewöhnlicher Moment. Vielleicht hast du die Erinnerung daran und an mich einfach gebraucht, um dich in den Jahren des Krieges daran zu klammern. Sie gab dir Hoffnung auf eine Zukunft. Doch es war eine Illusion«, sagte sie leise.

»Nein«, widersprach Luca heftig. »Du kannst jetzt nicht behaupten, unsere Beziehung beruhe nur auf einer verklärten Erinnerung.«

»Ich weiß es nicht, Luca, vielleicht haben wir beide aus einer Illusion Realität werden lassen, die aber letztendlich unserem Leben nicht standhalten kann. Sie war nicht stark genug«, fügte sie hinzu. Luca schenkte sich Wein nach und trank das Glas sofort wieder aus. Mit einer heftigen Bewegung stellte er es auf den Tisch zurück.

»Ich weiß nicht, was ich dazu sagen soll«, antwortete er tonlos.

Während Pippo die Teller abräumte, blieben sie stumm. Giuliana sah, wie Luca immer wieder nervös auf seine Armbanduhr sah.

»Entschuldige, Giuliana, es tut mir sehr leid, aber ich muss gehen.«

»Gut, dann gehen wir.«

»Wir können ja heute Abend weiterreden, wenn du willst.«

»Ich glaube, es ist alles gesagt«, erwiderte Giuliana leise.

Vor der Osteria standen sie sich schweigend gegenüber.

Luca wandte den Blick ab, doch Giuliana hatte in seinen Augen Unsicherheit und Ratlosigkeit erkannt.

»Geh zurück ins Krankenhaus – und nimm den Posten an. Und dann heirate Caterina. So überwirfst du dich auch nicht mit deiner Familie. Eine Frau mit Vergangenheit wäre das nicht wert«, setzte sie spöttisch hinzu und erschrak vor sich selbst. Wie konnte sie so hart reagieren?

»So ein Unsinn!«, rief Luca aus. »Weißt du«, sagte er leise, »wenn du mir jetzt und hier sagen kannst, dass du mich liebst, nur mich und nicht den Vater deines Kindes, dann wird alles gut werden. Aber das muss ich wissen.«

»Luca, die Antwort habe ich dir bereits gegeben.«

»Ich habe es geahnt«, flüsterte er. »Ich habe es immer irgendwie geahnt.«

Sie blieben stumm voreinander stehen, keiner fand die richtigen Worte.

»So schnell ist es also zu Ende?«, fragte Luca schließlich mit brüchiger Stimme. »Wenn meine Mutter nicht mit dir gesprochen hätte –«

»Das hätte nichts geändert«, unterbrach Giuliana ihn. »Ich denke, es hat unsere Trennung nur beschleunigt, mehr nicht.«

Sie stellte sich auf die Zehenspitzen und küsste ihn. »Ciao«, flüsterte sie. »Du wirst ein gutes Leben haben, und du triffst die richtige Entscheidung. Du wirst Oberarzt und vielleicht auch Chefarzt werden und sehr glücklich sein.« Zärtlich strich sie Luca über die Wange. »Damals, Luca, am Bahnhof, das war ein Augenblick der Poesie, behalten wir ihn so in Erinnerung.«

Luca wandte sein Gesicht ab, er wirkte trotzig und verschlossen.

Langsam drehte Giuliana sich um. »Ciao«, sagte sie noch einmal, »und alles Gute.« Dann überquerte sie die Straße.

»Hast du nicht dein Fahrrad vergessen?«, rief ihr Luca plötzlich nach. Sie sah kurz zurück und schüttelte den Kopf. »Ich bin heute zu Fuß gekommen, danke.«

Dann begann sie zu laufen, immer schneller, die kleine Straße entlang, bis sie an einer schattigen Piazza stehen blieb und sich gegen die Mauer eines Hauses lehnte, die sich angenehm kühl im Rücken anfühlte.

Giuliana empfand in diesem Moment nichts, gar nichts. Kein Bedauern, keinen Trennungsschmerz, nichts.

Nach einer Weile löste sie sich von der Mauer und lief ziellos durch die Stadt, stieg schließlich in einen Bus, fuhr zum Forum Romanum und ging über die Via dei Fori Imperiali zum Eingang. Dort setzte sich auf einen der alten Steine, streichelte die Katzen, die ihr um die Beine strichen, und beobachtete die Touristen, die sich durch die Überreste der römischen Antike führen ließen.

Giuliana atmete die heiße Luft ein und lauschte auf die

Stimme des italienischen Fremdenführers, der in schlechtem Englisch den Amerikanern die Geschichte des alten Roms näherbrachte. Die Gruppe entfernte sich, doch Giuliana blieb sitzen. Sie spürte die Sonne auf ihrer Haut prickeln, und es schien ihr, als fiele langsam eine Last von ihr ab.

28

Also, machen Sie sich ein paar schöne Tage, während ich mit Ihrer Klasse unterwegs bin.« Mit diesen freundlichen Worten verabschiedete sich Schwester Angela von Giuliana.

Sie begleitete die Mädchen auf eine Klassenfahrt in ein Kloster in der Nähe von Rom. Dort sollten die Zehnjährigen vier Tage der inneren Einkehr mit Gebeten verbringen, aber auch im Obstgarten des Klosters helfen und in der Küche das Brotbacken lernen.

Schwester Angela gab Giuliana in diesen vier Tagen frei, denn sie wollte mit Paula auf das Weingut von deren Familie fahren. Paulas Mutter ging es nach dem Tod ihres Mannes endlich wieder besser, und sie wollte ihren neunzigsten Geburtstag in großer Gesellschaft feiern. Auch Giuliana war mit Aurora herzlich eingeladen.

»Es werden viele Kinder dort sein«, hatte Paula angekündigt, »das Haus ist voll, die ganze Familie kommt. Wir feiern drei Tage lang!«

Als Giuliana nach Hause kam, hatte die Portiersfrau wieder einmal die Haustür offen gelassen. Verärgert stieg Giuliana die Treppen nach oben. Sie holte bereits den Schlüssel aus ihrer Tasche, als sie das weiße Kuvert sah, das direkt vor der Tür lag. Giuliana nahm es hoch und drehte es um, aber es stand kein Absender darauf. Ungeduldig riss sie es auf.

Ich muss mit Dir reden. Ich habe schon ein paar Mal versucht, Dich anzusprechen, doch in den nächsten Tagen werde ich es tun.

Keine Anrede, keine Unterschrift, nichts. Ein Zettel, herausgerissen aus einem linierten Notizkalender, die Schrift unordentlich und kaum leserlich.

Giuliana warf einen Blick über das Geländer ins Treppenhaus, doch sie sah niemanden. Sie schloss die Tür auf und betrat ihre Wohnung. Zu ihrer eigenen Überraschung blieb sie ruhig, obwohl das Gefühl, verfolgt zu werden, das sich in den letzten Tagen immer wieder eingestellt hatte, durch das Schreiben neue Nahrung erhielt. Instinktiv spürte sie, dass die Person, die diesen Zettel hinterlassen hatte, nicht wirklich gefährlich war. Oder täuschte ihr Gefühl sie?

Sie hörte Geräusche aus der Küche. Rasch steckte sie den Zettel in die Handtasche, bevor sie eintrat.

»Hast du schon gepackt?«, wollte sie nach einer kurzen Begrüßung von Paula wissen.

»Setz dich«, forderte Paula sie auf. Nachdem Giuliana verwundert Platz genommen hatte, erzählte Paula, dass ein Signore Tozzi angerufen habe und Giuliana ausrichten ließ, sie solle sich in den nächsten Tagen bereithalten. Simonetta Scalia sei kurz in Rom und wolle sie sprechen – wann genau, würde Giuliana noch erfahren.

»Das gibt es doch nicht, ausgerechnet jetzt! Ich werde Signore Tozzi anrufen und ihm sagen, es geht nicht.«

»Das tust du nicht, Giuliana! Es geht um deine Existenz, also bleiben wir alle hier.«

»Nein, auf keinen Fall, du musst zum Geburtstag deiner Mutter fahren«, protestierte Giuliana.

Nach einigem Hin und Her einigten sie sich, dass Paula fahren und Aurora mitnehmen würde, während Giuliana sich für Simonetta Scalia zur Verfügung hielt.

*

Wie immer lag Aurora abends im Bett ihrer Mutter. Sie schlief fast schon, und während ihr Giuliana leise erzählte, dass sie am nächsten Tag mit Paula auf Reisen ging, schmiegte sich die Dreijährige an Giulianas warmen Körper und seufzte leise auf.

»Es wird dir gefallen, meine Süße«, flüsterte Giuliana ihr ins Ohr. »Es gibt dort kleine Katzen, mit denen du spielen kannst, auch einen großen Sandkasten und eine Schaukel. Ach ja, und viele Kinder werden da sein, du bist also nicht allein.« Giuliana seufzte leise und zog Aurora noch enger an sich. »Ich werde dich vermissen! Aber Paula passt ja auf dich auf, so wie sie schon auf mich aufgepasst hat, als ich zu Großvater kam.«

Sie küsste die schlafende Aurora immer und immer wieder auf die runde rosige Wange, während ihr Tränen in die Augen stiegen. Unvermittelt dachte sie an Luca, dem sie von Aurora hatte erzählen wollen – und der schließlich nicht einmal gefragt hatte, wie der Name ihrer Tochter lautete und wie alt sie war.

*

Paulas Schwager holte sie und Aurora am nächsten Morgen ab. Nach ihrer Abfahrt lief Giuliana unruhig durch die stille Wohnung, blieb mal hier, mal dort stehen, ging in die Küche, zurück in ihr Zimmer und holte aus ihrer Handtasche den Zettel und las ihn immer wieder.

Am Tag zuvor hatte sie noch keine Bedrohung darin gesehen, doch heute belastete sie diese kurze Notiz. Wer suchte ein Gespräch mit ihr? Wer folgte ihr heimlich und machte doch keine Anstalten, sie anzusprechen? Sie hatte Paula nichts von dieser Nachricht erzählt und auch nicht von ihrem Gefühl, verfolgt zu werden. Paula wäre dann mit Sicherheit in Rom geblieben, und das wollte Giuliana nicht. Paula freute sich so sehr auf das große Familienfest, und auch für Aurora würden es schöne Tage werden – die frische Landluft, die Kinder, die Natur und die Katzen, auf die Aurora schon so neugierig gewesen war.

Den ganzen Tag über blieb Giuliana zu Hause, da sie den Anruf von Signore Tozzi nicht verpassen wollte. Gleichzeitig beschäftigte sie sich in Gedanken mit ihrem Verfolger. Stand er unten auf der Straße und wartete auf sie? Oder schlich er sogar durchs Treppenhaus?

Am Abend klingelte sie bei den Winters, weil sie fragen wollte, ob sich bei ihnen jemand über sie erkundigt hatte. Lucy Winter öffnete in ihrem geblümten Morgenmantel aus Everglace, den sie kaum mehr ausziehen wollte, da man diesen neuen Stoff aus Amerika nicht bügeln musste. Sie dachte kurz nach, schüttelte dann den Kopf und zog Giuliana für einen kleinen Plausch zu sich in die Wohnung. Vor dem Krieg war das Ehepaar Winter nur mit Paula befreundet gewesen, doch in den Kriegsjahren hatten die Winters und Giuliana einander Briefe geschrieben, und daraus war eine Freundschaft entstanden. Mittlerweise war Lucy geradezu verrückt nach ihrem »kleinen Darling« Aurora. Sie und ihr Mann fragten nicht nach dem Vater des Kindes, sondern sie bewunderten die junge Mutter, »die so tapfer ihren Weg ging«, wie Lucy es nannte.

Am nächsten Tag öffnete Giuliana fast jede Stunde die Eingangstür, weil sie wissen wollte, ob wieder eine Nachricht davorlag. Immer vergebens. Und auch das Telefon klingelte erst am Abend. Giuliana stand gerade mit einem Teller Nudeln in der Küche, sie hatte sich damit auf den Balkon setzen wollen. Doch nun stellte sie den Teller rasch ab und lief in den Flur. Sie zögerte für einen Moment, bevor sie an den Apparat ging. Würde Signore Tozzi sie nicht tagsüber aus dem Büro anrufen?

Langsam nahm sie den Hörer ab. »Hallo?«

»Giuliana, ich bin es, Fiona. Es tut mir leid, dass ich so spät noch anrufe, aber ich habe drei Stunden im Postamt auf die Verbindung nach Rom warten müssen.«

Giuliana musste sich zusammenreißen, um ihre Erleichterung nicht allzu deutlich werden zu lassen. Zugleich war sie überrascht. Es war das erste Mal, dass jemand aus Campodoglio sie anrief. »Was ist los, Fiona, ist etwas passiert?«

»Nein, nein«, antwortete Fiona rasch. »Mattia ist hier gewesen, er kam vorgestern kurz vorbei und begrüßte uns. Er wohnt im Moment bei einem Freund, einem Galeristen in Florenz. Er weiß noch nicht, ob er in Sophias Haus ziehen soll. Das Verrückte ist ja, dass Marcella es kaufen will.«

»Marcella?«, fragte Giuliana verwundert.

»Ja, stell dir vor, sie hat jetzt endlich ihren Mann verlassen, das ist *die* Sensation im Ort. Er kann zu seiner langjährigen Geliebten gehen, ihr ist es inzwischen egal. Es ist hier das erste Mal, dass eine Frau aus ihrer Ehe ausbricht. Und das passiert ausgerechnet unserem Bürgermeister.«

Fiona kicherte schadenfroh, bevor sie weitererzählte: »Die Bauarbeiten an der Manufaktur sind bald abgeschlossen, ist das nicht schön? Du kommst doch zu der Eröffnung? Deshalb rufe ich eigentlich an, die große Feier ist am zweiten September, ich hoffe, du kannst?«

»Ja«, antwortete Giuliana. »Wenn es geht, komme ich natürlich gern.«

»Und bring auf alle Fälle Aurora mit«, bat Fiona.

Doch Giuliana wusste, dass sie sich eine Ausrede ausdenken würde, denn sie wollte nicht mehr zurück in die *Casa Sophia*. Die Zeit dort gehörte zu ihrer Vergangenheit, und die Erinnerungen an Claus von Welser würden zu schmerzlich sein.

»Ach ja, beinahe hätte ich es vergessen: Marcella meinte, ich soll dir davon erzählen, auch wenn es schon einige Zeit zurückliegt und vielleicht überhaupt nicht wichtig ist. Aber wenn ich schon mit dir rede, kann ich es dir auch sagen.«

»Was denn?«

»Ein junger Mann war da, der angeblich aus Argentinien kam. Er fragte nach dir. Er sah ziemlich merkwürdig aus, trug einen breitkrempigen Strohhut und hatte die ganze Zeit eine große Sonnenbrille auf.«

Giuliana schoss der Gedanke durch den Kopf, dass jemand sie von der *Casa Sophia* aus bis nach Rom verfolgt und ihr den Zettel vor die Tür gelegt haben könnte.

»Wann war das denn?«, fragte sie nach.

»Ich weiß nicht genau, es ist vielleicht einen Monat her. Wir sahen ihn vom Fenster der Manufaktur aus, als er durch das Tor in der Mauer kam. Es steht jetzt immer offen, und wir haben auch schon ein Schild dort aufgestellt, für Kunden aus Campodoglio. Weißt du, wir produzieren inzwischen Pesto und einige andere Sachen, auch wenn die Aufbauarbeiten noch nicht ganz abgeschlossen sind und –«

»Was war denn nun mit dem Mann?«, unterbrach Giuliana nervös Fionas Redefluss.

»Also, er blieb zwischen dem Atelier und den Olivenbäumen stehen und sah sich um. Wir dachten, er findet den Weg zur Manufaktur nicht, und deshalb ging ich ihm entgegen.«

»Und dann?« Giulianas Puls ging schneller, und sie lehnte sich gegen die Wand, da ihr die Knie versagten.

»Marcella kam mir nach, und wir begrüßten ihn. Da erzählte er uns, dass er aus Argentinien käme und im Moment Freunde in Florenz besuche. Er sprach recht gut Italienisch, aber Marcella meinte, er habe einen deutschen Akzent, sie war sich allerdings nicht sicher. Ich fand, es war ein englischer Akzent, aber wir sprechen ja beide weder Deutsch noch Englisch.«

Giuliana brachte kaum ein Wort heraus. Claus! Es musste Claus gewesen sein. Er wollte sich bei den Frauen sicher nicht als Deutscher zu erkennen geben, doch wieso Argentinien?

Aber es konnte auch ein Zufall sein, irgendein Tourist, der in Campodoglio von der Manufaktur gehört hatte. Mach dir keine allzu großen Hoffnungen, schärfte sie sich ein. Doch ihr Herz wollte sich nicht beruhigen.

»Also, er behauptete«, erzählte Fiona weiter, »dich kurz vor dem Krieg in Florenz kennengelernt zu haben, als er damals ebenfalls seine Freunde besuchte. Aber das kann nicht sein, er muss gelogen haben, denn du bist erst Anfang des Krieges in die *Casa* gekommen. Als wir ihm sagten, dass du nicht mehr hier lebst, wollte er deine Adresse haben.«

Vor Giulianas Augen drehte sich alles, und sie sank auf das Empiresofa, das direkt neben dem Telefon an der Wand stand.

»Und?«, flüsterte sie. »Habt ihr sie ihm gegeben?«

»Nein, natürlich nicht, was denkst du von uns? Marcella hat ihm sofort erklärt, du hättest geheiratet und lebst mit deinem Ehemann und einem Kind in Mailand, mehr wüssten wir nicht, da wir keinen Kontakt mehr zu dir hätten. Er schien sehr enttäuscht zu sein.«

»Und dann?« Giuliana konnte kaum noch sprechen.

»Als er sich verabschiedete, hat er noch gesagt, dass er zurück nach Argentinien fahre. Sein Schiff ginge am nächsten Tag von Genua aus. Wirklich, irgendetwas stimmte nicht mit ihm, das war ganz klar. Oder hast du eine Ahnung, wer das gewesen sein könnte?«

Fiona war misstrauisch, Giuliana hörte es an ihrer Stimme. Konnte es sein, dass das damalige Gerücht, sie habe einen Deserteur versteckt, wieder aufgeflammt oder sogar nie ganz erloschen war?

»Nein, keine Ahnung.« Giuliana war überrascht, wie ruhig ihre Stimme auf einmal klang. »Vielleicht war es ein interessierter Kunde, der irgendwie an meinen Namen als Sophias Enkelin gekommen ist. Aber warum habt ihr ihn nicht nach seinem Namen gefragt?«

»Daran haben wir, ehrlich gestanden, nicht gedacht. War das falsch?«

Fionas Misstrauen war keinesfalls ausgeräumt, Giuliana wog daher weiterhin jedes Wort vorsichtig ab.

»Nein, Fiona. Es war richtig, dass ihr nichts preisgegeben habt. Und ich habe keine Ahnung, wer das gewesen sein könnte.«

»Eben«, antwortete Fiona nach einer kleinen Pause.

Giuliana blieb stumm, sie konnte weiter nichts sagen.

»Bist du noch dran?«, rief Fiona in den Hörer. »Also, ich muss Schluss machen, das Gespräch wird zu teuer. Ciao, Giuliana.«

»Ciao.« Langsam hängte Giuliana ein. In ihrem Kopf liefen die Gedanken kreuz und quer. Es musste Claus gewesen sein! Wer sonst hätte sich nach ihr erkundigen sollen? Aber warum sprach er von Argentinien? War ihm damals die Flucht gelungen, und er war wirklich dort gewesen?

»Claus«, flüsterte sie, »mein Gott, Claus …«

Sicher hatte er die Geschichte, dass sie verheiratet war, geglaubt. Warum auch nicht, immerhin waren seit damals vier Jahre vergangen.

Wieso war sie bloß schon im März nach Rom zurückgekehrt? Warum?

Giuliana lief in ihr Zimmer und zog die oberste Schublade der Kommode auf. Dort lag das Medaillon zusammen mit der Identifikationsmarke in einer Schachtel, die mit schwarzem Samt ausgekleidet war. Sie waren das Einzige, das ihr und ihrer Tochter von Claus blieb.

Giuliana kramte das Medaillon heraus und ließ es aufschnappen. Wer war diese geheimnisvolle Frau? Wenn er sie liebte oder sogar mit ihr verheiratet war, warum kam er in die *Casa Sophia* zurück, um sie, Giuliana, zu suchen?

Dann griff sie nach der Identifikationsmarke, warf sich damit aufs Bett, presste sie fest an die Brust und ließ ihren Tränen freien Lauf.

Vier Monate. Sie konnte es nicht fassen, wollte nicht wahrhaben, dass sie Claus jetzt für immer verloren hatte und Aurora ihren Vater nie kennenlernen würde.

29

Am nächsten Morgen rief Signore Tozzi endlich an. »Haben Sie heute Mittag um zwölf Uhr dreißig Zeit? Signora Scalia muss um vierzehn Uhr bereits wieder den Zug nach Paris nehmen. Zwischen zwei Terminen möchte sie Sie jedoch kurz kennenlernen, geht das?«

»Natürlich«, erwiderte Giuliana, die wusste, dass diese Frage rein rhetorisch war.

Vor dem Spiegel versuchte sie, die Spuren der durchweinten Nacht auszulöschen. Sie drückte Eisbeutel auf die verquollenen Augen und durchsuchte ihre Kommode, bis sie das kleine Töpfchen mit Rouge fand, mit dessen Hilfe sie ihrem blassen Gesicht einen Anschein von Frische zu geben hoffte.

Dann machte sie sich auf den Weg in die Via Condotti. Ihre Gedanken wollten sich weiterhin nur um Claus drehen – aber sie zwang sich, sich auf das bevorstehende Gespräch zu konzentrieren. Schließlich hatte sie diesem Treffen schon seit langem entgegengefiebert. Von Paula wusste sie, dass Simonetta Scalia im Jahr 1918, kurz nach dem Ersten Weltkrieg, ihren Modesalon in Rom eröffnet hatte, doch jetzt hauptsächlich in Paris lebte.

Als Giuliana jetzt das luxuriös eingerichtete Geschäft in der Via Condotti betrat, kam Simonetta Scalia die geschwungene Treppe herunter und begrüßte sie mit einem herzlichen Lächeln. Ihre selbstverständliche Eleganz und ihre souveräne Art beeindruckten und verunsicherten Giuliana, die ihr mit verweinten Augen und zu stark getönten Wangen gegenüberstand. Simonetta trug ein graues Seidenkostüm und einen passenden Turban, der ihr immer noch schönes Gesicht schmeichelnd umschloss.

»Guten Tag, ich freue mich, dass wir uns endlich treffen, Signorina Fabiani. Leider bin ich bereits auf dem Sprung, ich muss nach Paris zurück«, sagte Simonetta bedauernd, während sie die steile Treppe leichtfüßig wieder hochlief und Giuliana bedeutete, ihr zu folgen. »Aber in zehn Tagen bin ich zurück. Dann können wir uns endlich näher kennenlernen.«

Im ersten Stock bot sie Giuliana Platz an. »Sie tragen ein hübsches Kleid«, bemerkte Simonetta, als sie sich setzten.

»Danke! Ich mag es auch sehr, obwohl es schon einige Jahre alt ist.« Giuliana trug das gestreifte Kleid, das sie auch zu ihrer ersten Verabredung mit Luca angezogen hatte.

»Schöne Kleider verlieren niemals ihre Eleganz«, erklärte Simonetta, bevor sie ihr rasch ihre Assistentin Aurelia vorstellte, die Giuliana mit freundlicher Distanz begrüßte. Dann schenkte sie aus einer Silberkanne Kaffee in kleine, hauchdünne Porzellantassen ein. Währenddessen erzählte Simonetta Giuliana, dass die Schülerinnen schon in der Schneiderei gewesen seien und sich alle auf ihre Schuluniform freuten. »Sie besteht aus dem üblichen Blazer, Faltenrock und weißer Bluse. Und wenn sie die Schule verlassen, tragen sie Baskenmützen.«

Simonettas herzliche Art nahm Giuliana jede Unsicherheit, die sie angesichts des Luxus, der sie umgab, empfand. Die Modeschöpferin, die in der Öffentlichkeit als kühl und abweisend galt, erzählte beim Kaffee ungezwungen von Paris, ihrer großen Modenschau und von Christian

Dior. »Haben Sie gewusst, dass man ihm vorwirft, mit seiner Ligne Corolle eine Rückentwicklung zu weiblich betonter Mode kreiert zu haben? Und das in einer Zeit, in der Frauen sich emanzipieren wollen!«

Giuliana hatte das natürlich nicht gewusst, auch wenn sie den Namen Christian Dior kannte.

»Entschuldigen Sie! Wir Modeleute bilden uns immer ein, wir seien der Nabel der Welt«, sagte Simonetta mit einem selbstironischen Lächeln.

Dann kam sie auf Giulianas Stelle zu sprechen.

»Schwester Angela hat Sie mir wärmstens empfohlen, obwohl Sie ja noch nicht lange bei ihr tätig sind.«

»Das stimmt«, bestätigte Giuliana. Seit sie den Vertrag unterschrieben hatte, war ihr genau dies und viele Dinge mehr durch den Kopf gegangen.

»Sie bieten mir die Stelle als Leiterin an. Gibt es nicht andere Lehrerinnen, die wesentlich mehr Berufserfahrung vorweisen können?« Giuliana stellte ihre Tasse auf den Unterteller zurück und sah Simonetta direkt in die Augen.

Simonetta antwortete nicht sofort, und Giuliana erschrak. Hatte sie sich mit ihrer Skepsis an den eigenen Fähigkeiten jetzt selbst geschadet?

»Sie bekommen einen Stellvertreter zur Seite, der sich um alle geschäftlichen Angelegenheiten kümmern wird. Und Sie arbeiten mit einer sehr guten Erzieherin zusammen. Es wird alles gutgehen, davon bin ich überzeugt.«

»Ja, aber …« Giuliana wollte jetzt alle eigenen Bedenken ausgeräumt sehen, doch Simonetta unterbrach sie.

»Ich habe lange gesucht, aber Sie sind die Richtige, Giuliana. Glauben Sie an sich. Sie müssen nur bereit sein, diese Position auszufüllen. Sie sind jung, intelligent und haben kein leichtes Leben hinter sich, das hat Sie geprägt und reif werden lassen. Außerdem sind Sie eine alleinstehende Mutter, das wird Ihnen das Vertrauen der anderen Mütter einbringen, und dies ist ein ganz wichtiger Punkt.«

»Woher wissen Sie das alles?«

»Von Schwester Angela, wir haben lange über Sie gesprochen. Und auf das Urteil der Schwester vertraue ich blind. Worauf Sie allerdings gefasst sein müssen, ist, dass Ihr Privatleben durch die Zeitungen geht. Sie haben Schwester Angela nichts über den Vater Ihres Kindes erzählt, das müssen Sie auch nicht tun, niemand zwingt Sie dazu. Sie sollten sich so verhalten, wie es Ihnen richtig erscheint. Leider hat meine Stiftung auch sehr viel negative Kritik ausgelöst. Damit müssen Sie rechnen, aber Schwester Angela meinte, Sie seien eine mutige Frau, die zu ihren Entscheidungen steht. Das ist doch so, oder?«

Simonetta sah sie forschend an. Giuliana dachte an die Berardis und ihre Geringschätzung ihr gegenüber.

»Ja«, sagte sie und erwiderte entschlossen den Blick. »Ja, natürlich.«

Simonetta lehnte sich in ihrem Stuhl zurück. »Das freut mich, Giuliana, Sie ahnen gar nicht, wie sehr.« Sie lächelte und fuhr dann fort: »Schwester Angela erzählte mir, dass Sie nach Schließung der Schule zu Kriegsbeginn in die Toskana gegangen und erst vor einigen Monaten nach Rom zurückgekehrt sind. Darf ich fragen, was Sie damals in diese Gegend verschlagen hat?«

»Ich habe meine Großmutter Sophia Fabiani dort besucht. Ich hatte bis kurz zuvor nicht gewusst, wo sie lebt beziehungsweise dass sie überhaupt noch lebt. Aber im Nachlass meines Großvaters fand ich dann ihre Adresse.«

»Vor Jahren habe ich Sophia Fabiani in meiner Stiftung für uneheliche Mütter kennengelernt. Damals wurde sie von allen Leuten aufs heftigste bemitleidet, weil ihr Sohn gerade an Krebs gestorben war. Wie geht es ihr denn jetzt?«

»Sie ist tot. Sie wurde 1943 bei einem Überfall der Deutschen erschossen«, erzählte Giuliana.

»Das tut mir leid.« Eine Pause entstand. Unten im Geschäft hörte man Aurelias Stimme, die sich mit einer Kundin über die neuesten Trends unterhielt.

»Schwester Angela erzählte mir, dass Ihre Tochter drei Jahre alt ist, dann ist sie wohl in der Toskana geboren?«, nahm Simonetta Scalia das Gespräch schließlich wieder auf.

Giuliana nickte. »Ja«, antwortete sie zögernd. Sie spürte, wie Simonetta sie beobachtete und vielleicht auch darauf wartete, dass sie ihr doch etwas über den Vater ihrer Tochter verriet. Doch als Giuliana beharrlich schwieg, schien Simonetta dies zu akzeptieren.

»Und wie heißt sie?«, wollte die Modeschöpferin dann aber noch wissen.

»Aurora.«

»Was für ein schöner Name!«

»Signora, Ihr Chauffeur ist da, Sie müssen sich beeilen, sonst verpassen Sie den Zug!«, rief Aurelia von unten herauf.

Sofort erhob sich Simonetta. »Es tut mir leid, aber Sie hören, ich muss los. Wie schon gesagt, wir werden uns in Zukunft öfter sehen. Das Haus, das ich gekauft habe, muss von Grund auf renoviert und saniert werden, bis daraus die Schule wird, wie ich sie mir vorstelle. Ich hoffe, der Umbau wird im September fertig sein.«

Auch Giuliana war aufgestanden, und zusammen gingen sie die Treppe hinunter. Unten sah Simonetta Giuliana noch einmal forschend an.

»Geht es Ihnen nicht gut? Entschuldigen Sie meine Neugier, aber mir ist sofort aufgefallen, wie blass Sie sind.« Giuliana stiegen sofort wieder Tränen in die Augen.

»Nicht besonders, aber es wird schon wieder«, versicherte sie.

»Passen Sie auf sich auf. Ich freue mich auf unser nächstes Treffen und auf eine gute Zusammenarbeit. Wenn Sie möchten, schauen Sie sich ein wenig um. Leider kommt die Kollektion für den Herbst erst in einigen Wochen in den Verkauf. Was Sie hier noch sehen, ist der Rest der Sommerkollektion.«

Simonetta verabschiedete sich und folgte dem Chauffeur, der ungeduldig an der offenen Eingangstür stand. Giuliana beobachtete durch das Schaufenster, wie die Modeschöpferin graziös in den Fond der Limousine stieg.

Aurelia, gekleidet in ein schlichtes schwarzes Kleid, nickte Giuliana freundlich zu, bevor sie mit der Kundin in den hinteren Bereich zu den Umkleidekabinen ging. So hatte Giuliana Gelegenheit, sich noch rasch in dem luxuriösen Raum umzusehen. Ein weicher Teppichboden, elegante graziöse Stilmöbel, Seidentapeten. Ein helles Sofa mit geschwungenen Füßen und in die Wände eingelassene Kleiderstangen. Giulianas Blick fiel auf die große Schaufensterpuppe, auf der ein zartgelbes Organzakleid mit weiten Ärmeln und enganliegendem Oberteil dekoriert war. Tief beeindruckt fuhr Giuliana einmal mit den Fingern über den weiten Rock.

Überall standen Vasen, gefüllt mit gelben Rosen, passend zu den Pastellfarben der Einrichtung.

Doch auf einem runden Tisch, der etwas abseitsstand, entdeckte Giuliana einen großen Strauß rosafarbener Margeriten.

30

Am nächsten Vormittag erhielt sie ein Telegramm von Paula.

Kann ich mit Aurora noch vier Tage länger bleiben? –
Aurora spielt mit den vielen Kindern und den Katzen –
ihr geht es sehr gut –
leider keine Telefonverbindung

Giuliana telegrafierte umgehend zurück, dass es natürlich in Ordnung sei, wenn sie länger blieben. Für sie selbst begann nach vier freien Tagen heute wieder der Schulalltag, der mit einer Abschlussfeier am fünften August beendet sein würde. Bis zum zwanzigsten September, dem Unterrichtsbeginn in Simonetta Scalias Schule, hatte sie also einige Wochen Ferien. Sollte sie da nicht mit Paula und Aurora ein paar Tage ans Meer fahren? Das täte ihnen sicher gut. Aber würde das Geld dafür reichen? Während Giuliana darüber nachdachte, saß sie in der Küche und aß Rührei. Beim Anblick des Eiergerichts dachte sie plötzlich an Martas öliges Omelett, das sie am ersten Morgen in der *Casa Sophia* zubereitet hatte. Abrupt legte Giuliana ihre Gabel auf den Tisch und barg ihr Gesicht in den Händen. Alles, was sie tat oder dachte, führte zur *Casa Sophia* zurück, und vor allem ließen sie die Gedanken an Claus von Welser nicht mehr los.

Sie hatte ihn verloren, und die Liebe zu ihm würde endgültig Vergangenheit sein.

Aber wenn er es gewesen war, der in der *Casa Sophia* nach ihr gesucht hatte, lebte er noch, und das war ein großer Trost. Doch das reichte nicht aus, um glücklich zu sein.

*

Als Giuliana am nächsten Tag aus der Schule kam und die Wohnungstür aufschloss, hielt sie abrupt inne. Es war nichts Konkretes, sie hatte nur plötzlich das Gefühl, dass jemand in der Wohnung gewesen war. Unten hatte wieder die Haustür offen gestanden, und in der Portiersloge hing der Hauptschlüssel zu allen Wohnungen. Wie leicht konnte jemand den Schlüssel nehmen, eine Wohnungstür aufschließen und ihn schnell wieder nach unten bringen! Miranda würde es in der Küche ihrer Souterrainwohnung nicht einmal bemerken.

Giuliana wagte kaum zu atmen, während sie in der offenen Wohnungstür stehen blieb. Ein Knarren des Parkettbodens, ein Geräusch von der Straße – alles versetzte sie in Angst. Sollte sie die Polizei rufen? Oder die Winters bitten, mit ihr zusammen nachzusehen?

»Hallo?«, rief sie, doch niemand antwortete. Langsam ging sie den Gang entlang, ließ aber die Tür offen und drehte sich immer wieder zu ihr um. Der Fluchtweg …

In den acht Räumen konnte sich überall jemand versteckt halten. In welchem sollte sie anfangen zu suchen? Irgendwo lauerte Gefahr, sie spürte es. Doch dann stieß sie energisch mit dem Fuß die angelehnte Küchentür auf. Nichts.

Stille lag über der Wohnung. Das einzige Geräusch war ihr eigener Herzschlag.

»Hallo?«, rief sie noch einmal, den Rücken fest gegen den Türrahmen gelehnt.

Ihr Blick wanderte langsam durch die Küche, über den

Herd, die geschlossene Balkontür bis … Auf dem Tisch stand ein Karton.

Giuliana schluckte, ihr Mund war ausgetrocknet. Der Raum, der Tisch, die hell gekachelten Wände, die Balkontür – alles drehte sich um sie. Sie selbst hatte den Karton nicht dort abgestellt, und er hatte auch noch nicht dagestanden, als sie die Wohnung um elf Uhr verließ. Ihr Gefühl, dass jemand in der Wohnung gewesen sein musste, hatte sie nicht getäuscht.

Lange verharrte sie, lauschte auf ihren Herzschlag, ehe sie es wagte, die paar Schritte zu machen, die sie vom Tisch trennten. Mit beiden Händen griff sie nach dem Karton, zerrte daran, bis sich der Deckel endlich öffnete. Sie starrte hinein. Darin lag auf einer kleinen Spitzendecke ein Kuchen.

Maria Cortesis Nusskuchen.

Giuliana hörte Schritte hinter sich, und mit einem Schrei fuhr sie herum. Miranda stand dicht hinter ihr.

»Ich hoffe, Sie haben nichts dagegen, dass ich Ihrer Freundin die Wohnung aufgeschlossen habe. Sie sagte, sie sei mit Ihnen verabredet gewesen, und da Sie nicht gekommen sind, wollte sie Ihnen den Kuchen in die Wohnung stellen, um Ihnen eine Freude zu machen. Wir sind dann zusammen wieder rausgegangen.«

Giuliana ließ sich auf einen Stuhl fallen. »Ich verbiete Ihnen« – ihre Stimme war nur ein leises Flüstern –, »noch einmal irgendjemanden in meine Wohnung zu lassen, ist das klar? Wie kommen Sie überhaupt dazu, so eigenmächtig zu handeln?«

»Das tut mir jetzt auch leid«, gestand Miranda. »Aber Ihre Freundin war einfach so nett und …«

Als sie Giulianas Wut und auch die Angst auf ihrem

Gesicht erkannte, verabschiedete sie sich hastig und rannte fast aus der Wohnung.

Giuliana packte den Karton und warf ihn mitsamt dem Kuchen in den Abfalleimer.

*

Giuliana konnte nicht schlafen. Schweißgebadet schreckte sie während der Nacht immer wieder hoch.

Maria ist nicht Beatrice, schärfte sie sich ein. Doch sie kam nicht zur Ruhe, und kaum drang die Morgendämmerung durch das offene Fenster, machte sie sich hastig fertig und lief durch das stille Haus nach unten zur Souterrainwohnung. Mit beiden Fäusten schlug sie gegen die Tür, bis Miranda verschlafen öffnete.

»Entschuldigen Sie die frühe Störung, doch ich muss etwas wissen.« Bevor Miranda reagieren konnte, sprach Giuliana schnell weiter: »Als Sie mit der Frau nach oben gingen, hat sie erwähnt, wo sie wohnt oder arbeitet? Hat sie irgendetwas gesagt?«

Miranda überlegte. »Ja«, antwortete sie dann. »Sie erzählte, dass es hier oberhalb von Rom etwas kühler sei als in der Straße, in der sie arbeitet.«

»Hat sie gesagt, wo das ist?«

»Moment, ja, ich erinnere mich. Sie sagte, dass viele Touristen bei ihr kaufen, da sie in der Nähe des Petersplatzes ihre Konditorei hat.«

»Wo denn genau, Signora Miranda? Bitte, es ist dringend!«

»In der Via della Conciliazione, die *felice pasticceria*«, erzählte die Hausmeisterin, stolz auf ihr gutes Gedächtnis.

»Danke, Miranda.«

Giuliana stürzte aus dem Haus. Trotz des frühen Morgens war es schon sehr warm, als sie durch die Stadt lief, um Maria Cortesi zur Rede zu stellen.

*

Die *felice pasticceria* war noch geschlossen. Giuliana hämmerte mit den Fäusten gegen die Tür, doch es rührte sich nichts.

»Mach auf, Maria, ich weiß, dass du da drin bist!«, rief sie, aber niemand öffnete.

Da ließ sich Giuliana auf dem Gehsteig nieder und lehnte sich mit dem Rücken gegen die Tür. Sie würde warten, gleichgültig, wie lange es dauerte. Irgendwann musste Maria öffnen.

Giuliana besaß schon bald kein Gefühl mehr dafür, wie lange sie dort kauerte, sie ignorierte die Blicke der Passanten und achtete auch nicht auf die Frau, die gegenüber aus dem Milchladen trat, die Arme vor ihren gewaltigen Brüsten verschränkte und sie beobachtete.

»Suchen Sie Maria?«, rief sie schließlich über die Straße. »Die hat ihren Laden verkauft und ist weg, heute Morgen ganz früh ist sie abgefahren.«

Giuliana erhob sich langsam. Entsetzen und Enttäuschung machten sie fast bewegungsunfähig. Maria war wieder fort, spurlos verschwunden, so wie damals.

Wie in Trance ging Giuliana zurück. Der Schweiß lief ihr über den Rücken, ihr Kleid klebte am Körper, und die jetzt drückende Hitze nahm ihr den Atem. Ihre Gedanken kreisten unablässig umeinander. Sollte sie zur Polizei gehen? Doch was konnte sie schon sagen? Ihre ehemalige

Freundin, die mit ihr einen deutschen Deserteur versteckt und sie aus Eifersucht verraten hatte, sei in Rom aufgetaucht und habe einen Kuchen in ihre Wohnung gestellt?

Die Polizisten würden sie für verrückt erklären.

Erschöpft schleppte sich Giuliana bis zu ihrem Haus.

Wieder stand die Eingangstür offen. Miranda lernte einfach nicht dazu, obwohl sich bereits viele Mieter beschwert hatten.

Stille herrschte im Treppenhaus, als Giuliana hinaufstieg und dabei bereits ihren Schlüssel aus der Tasche kramte. Als sie schließlich den Blick hob, zuckte sie verstört zusammen.

Maria Cortesi kauerte auf der Fußmatte, fast genauso wie Giuliana noch vor einer Stunde vor der *pasticceria* auf dem Boden gesessen hatte. Obwohl sie Maria hatte zur Rede stellen wollen, bekam Giuliana jetzt, als sie ihr so unvermittelt gegenüberstand, kaum einen Ton heraus.

»Was willst du?«, fragte sie endlich und blieb auf der vorletzten Stufe stehen.

»Mit dir reden, das habe ich dir doch geschrieben. Und ich habe nur noch wenig Zeit, ich gehe weg.«

Maria erhob sich. Mit einem Blick sah Giuliana, dass sie fülliger geworden war und das großblumige Kleid ihre Figur noch betonte. Die krausen Haare hatte sie im Nacken zusammengebunden. Auf ihrem Gesicht lag Müdigkeit, und die braunen Augen hatten ihren Glanz verloren.

»Du gehst aus Rom fort?«, wiederholte Giuliana, während sie fieberhaft überlegte, ob sie Maria in die Wohnung lassen sollte. »Eine Konditorei hier in Rom war doch immer dein Traum.«

»Manchmal werden aus Träumen Alpträume.« Bitterkeit sprach aus Marias Stimme. Sie seufzte schwer auf, bevor sie hinzufügte: »Ich war einsam hier, Giuliana. Und jetzt fahre ich zurück zu meinen Eltern nach San Gimignano. Sie sind alt, und sie haben mir angeboten, ihre Bäckerei zu übernehmen.«

»Schön, dass du dich mit deiner Familie ausgesöhnt hast.«

Giuliana stieg die letzte Stufe hoch und stand nun mit Maria vor ihrer Wohnung. Ihre einstige Freundin sah sie erwartungsvoll an, aber Giuliana zögerte immer noch. Doch ein weiterer Blick in Marias müdes, resigniertes Gesicht veranlasste sie, die Wohnung aufzusperren und Maria hereinzubitten. Ihre Angst war verflogen.

Vor dem Gemälde im Flur blieb Maria stehen. »Ist das Sophia?« Giuliana nickte, und Maria sprach hastig weiter: »Das sieht man sofort, das Bild ist so realistisch gemalt. Es … es tut mir leid, dass sie … als ich … Inzwischen kommt mir alles so unwirklich vor.«

Maria holte ein Taschentuch aus ihrer schwarzen Lacktasche, wischte sich kurz übers Gesicht und drehte es dann nervös in ihren Händen. »Meine Eltern haben mir erzählt, was damals passiert ist.«

»Was meinst du?«

»Nun, dass die Soldaten die *Casa* überfielen und Sophia getötet wurde.«

»Komm, lass uns ins Wohnzimmer gehen«, forderte Giuliana Maria auf, als deren Stimme versagte und ihr Tränen in die Augen schossen. Giuliana ging voraus und öffnete die Tür, sie ließ Maria eintreten, bot ihr einen Platz an und öffnete die Fenster.

»Magst du einen Kaffee?«

Maria schien Giulianas Frage nicht zu hören. Sie ließ

sich auf dem Rand des Sofas nieder und fing sofort wieder an zu reden.

»Ich war in Claus verliebt, und ich dachte, er liebt mich auch. Doch dann habe ich euch auf dem Bett gesehen, wie ihr … und …«

»Und?«

Maria sah nicht auf, sondern zerrte weiterhin an ihrem Taschentuch. »Ich habe mich von euch beiden betrogen gefühlt, ich wollte Rache«, flüsterte sie. »Einfach nur Rache.«

»Einfach nur Rache«, wiederholte Giuliana. »Du hast mein Leben und das von Claus aufs Spiel gesetzt!«

Maria nickte und starrte auf das Taschentuch in ihren Händen, das sie immer wieder zerknüllte und auseinanderzog.

»Maria, du hast mit deiner Eifersucht das Leben von Menschen in Gefahr gebracht, war dir das denn nicht klar?«

»Das kann ich dir heute nicht mehr beantworten«, flüsterte Maria. »Ich war damals wie von Sinnen. Nachdem ich die Frauen zur *Casa Sophia* geschickt hatte, wollte ich nur noch weg und warf schnell ein paar Sachen in meinen Koffer. Als du an die Tür geklopft hast, versteckte ich mich, aber kaum warst du gegangen, nahm ich meinen Koffer und verließ die *panetteria.* Da raste ein Lastwagen mit deutschen Soldaten auf die Piazza und bremste direkt neben mir. Sie fragten nach dem Weg nach San Gimignano, aber stattdessen erzählte ich ihnen, ein deutscher Deserteur werde in der *Casa Sophia* versteckt, und erklärte ihnen den Weg dorthin. Kurz danach hielt ein Jeep mit deutschen Offizieren. Sie hatten den Lastwagen mit den Soldaten aus den Augen verloren. Ohne nachzudenken, schickte ich sie ebenfalls zur *Casa*. Der Offizier fluchte, offenbar hatten die Soldaten sich nicht an seinen Befehl gehalten. Ich sah den Jeep noch in den Weg zur *Casa* einbiegen. Dann lief ich los, immer weiter, den ganzen Tag. Irgendwann gegen Abend griff mich ein Krankentransporter auf, und ich konnte bis kurz vor Rom mitfahren.«

Marias Stimme erstarb, und sie hielt die Augen gesenkt. Es hatte so geklungen, als habe sie sich tagelang auf dieses Geständnis vorbereitet und jedes Wort, jeden Satz auswendig gelernt.

Giuliana antwortete nicht sofort, sie beobachtete die ehemalige Freundin nachdenklich. Ein gealtertes Mädchen, dachte sie und empfand in diesem Moment Mitleid. Alles an Maria, der Ausdruck ihres Gesichts, das nervöse Zerren an dem Taschentuch, ihr auswendig gelerntes Geständnis – all dies zeigte Giuliana, wie sehr die andere litt.

»Willst du jetzt einen Kaffee? Er wird dir guttun.«

»Danke, aber ich müsste eigentlich schon längst weg sein. Ich bin froh, dass du noch rechtzeitig gekommen bist und ich dir alles sagen konnte.«

Giuliana sah Maria fest in die Augen. »Warum hast du mich in der letzten Zeit verfolgt? Das hat mir Angst gemacht«, fügte sie nach einer kleinen Pause hinzu.

»Das wollte ich nicht. Ich habe dich vor drei Wochen durch Zufall gesehen, unten an der Spanischen Treppe. Ich war mal wieder im Caffé Greco, da habe ich …« Sie sprach nicht weiter. Aber Giuliana ahnte, was Maria ihr nicht sagen konnte: Sie hatte gehofft, Claus von Welser dort zu treffen.

Langsam setzte sich Giuliana neben Maria auf das Sofa. Sie dachte an die Jahre in der *Casa*, an ihre Besuche in der *Panetteria Cortesi* und die Zeit, die Maria und sie zusammen verbracht hatten. Sie hatten über alles sprechen können und waren sehr vertraut miteinander gewesen. Bis zu dem Tag des Verrats.

Als Giuliana ihre ehemalige Freundin von der Seite ansah, den gesenkten Kopf, den traurigen Zug um den Mund, die Resignation, die von ihr ausging, wusste sie, dass es für Maria keine glückliche Zukunft mehr geben konnte. Erneut ergriff tiefes Mitleid Giuliana. Gleichgültig, was damals gewesen war.

»Claus hat unser Leben für immer verändert«, sagte sie und nahm Marias Hand. Da ließ Maria den Kopf auf Giulianas Schulter sinken und weinte.

»Ich habe dich vermisst«, schluchzte sie, »und als ich dich hier in Rom sah, war ich so glücklich! Doch dann wusste ich nicht, wie du reagieren würdest. Ich war wie besessen von der Idee, mit dir zu reden, doch ich wagte es lange nicht. Und so folgte ich dir manchmal. Einmal, als ich vor deinem Haus stand, kam eine ältere Frau mit einem kleinen Mädchen heraus. Ich ging den beiden in den Park Villa Borghese nach und weiter bis zum Eisstand an der Hadriansbrücke. Die Kleine ist seine Tochter, nicht wahr?«, flüsterte sie nach einer kurzen Pause. »Sie sieht ihm so ähnlich.«

Giuliana nickte langsam.

»Siehst du, Giuliana, du hast alles, du lebst in dieser schönen Wohnung, hast eine Tochter von ihm, und du gehst mit einem gutaussehenden Mann aus.«

»Auch das weißt du?«

Zum ersten Mal bekamen Marias Augen wieder Glanz, und sie lächelte forsch. »Ja, ich bin euch auch gefolgt. Das hast du nicht erwartet, nicht wahr? Manchmal hast du dich umgedreht, aber du konntest mich nicht entdecken. Ihr habt in einem kleinen Restaurant gegessen.«

»Ich habe dich tatsächlich nicht gesehen«, bestätigte Giuliana. »Aber du hast ja schon immer den Leuten nachspionieren können, ohne dass sie etwas gemerkt haben.«

Maria gab keine Antwort, sondern hielt ihren Kopf gesenkt, bis sie dann doch aufsah und Giuliana die Frage stellte: »Was ist damals passiert, war Claus noch da, als …«

»Nein, er war fort«, antwortete Giuliana vorsichtig. »Mehr weiß ich nicht.«

»Hoffentlich ist er durchgekommen«, flüsterte Maria leise. »Es tut mir alles so leid, wirklich«, schluchzte sie.

Giuliana beobachtete Maria nachdenklich. »Maria«, sagte sie langsam, »ich denke, du musst lernen, zu vergessen. Du kannst die Vergangenheit nicht ungeschehen machen. Es war Krieg, eine Zeit, die viele Menschen verändert hat, die Gefühle weckte, von denen wir nicht wussten, dass wir sie überhaupt haben. Es war eine Ausnahmesituation.«

»Weißt du«, flüsterte Maria mit erstickter Stimme, »niemals würde ich heute noch so handeln. Und ich versuche ja auch, zu vergessen und in die Zukunft zu blicken, Giuliana. Aber ich weiß nicht, ob mir das gelingt. Denn was kann schmerzlicher sein als die Worte *zu spät?* Es ist zu spät, um etwas zum Guten zu verändern, zu spät, um selbst glücklich zu werden. Denn das Schlimmste ist, dass ich mir selbst niemals verzeihen kann. Egal, wie viele Jahre noch vergehen werden.«

»Du musst versuchen, dir zu verzeihen, sonst kannst du nicht weiterleben, Maria.« Zögernd griff Giuliana jetzt doch nach der Hand der einstigen Freundin. Es hatte keinen Sinn, nach so langer Zeit immer noch unversöhnlich zu bleiben. Trug Maria nicht selbst schwer genug an ihrer Schuld?

Nach einer Weile stand Giuliana vom Sessel auf, und auch Maria erhob sich. Schweigend verharrten sie voreinander. In Marias Augen las Giuliana tiefe Qual und die flehende Bitte, ihr zu verzeihen.

Da nahm sie Maria sanft in den Arm und drückte sie an sich. »Du musst lernen, zu vergessen. Ich hoffe, es gelingt dir.«

*

In den nächsten Tagen dachte Giuliana sehr viel an Maria.

Wie jung sie beide gewesen waren, wie naiv! Sie erinnerte sich, wie sie im Schatten der Pinie gesessen hatten, Kuchen aßen und sich erzählten, wie sie sich die Zukunft vorstellten. Die Liebe hatte darin eine große Rolle gespielt.

Würde Maria nun jemals wieder glücklich werden oder zumindest vergessen können?

Am Nachmittag lief Giuliana unruhig durch den Flur, öffnete Türen und schloss sie wieder. Plötzlich fand sie die Geborgenheit nicht mehr, die ihr die Wohnung über Jahre gegeben hatte.

Zuletzt öffnete sie die Tür zum Musikzimmer, trat ein, durchquerte es und öffnete das Fenster.

Giuliana erinnerte sich an die Hauskonzerte und an die Abende, an denen ihr Großvater auf dem Flügel gespielt hatte, nur für sie. Nachdem er sie zu sich geholt hatte, ging er an einem der ersten Abende mit ihr in dieses Zimmer. Sie saß auf dem Sofa, und er hob den Deckel des Flügels, nahm den goldbedruckten Schoner von den Tasten und setzte sich auf den Hocker davor. Das erste Stück, das er spielte, war *Für Elise* von Beethoven. Giuliana war tief beeindruckt, wollte, dass ihr Großvater es ihr immer wieder vorspielte. Als sie elf Jahre alt war, engagierte Alessandro eine Lehrerin, damit seine Enkelin ebenfalls Klavierspielen lernte. Doch Giuliana war zu ungeduldig gewesen, um täglich ihre Fingerübungen zu machen, sie wollte gleich Erfolge sehen und so spielen können wie ihr Großvater. Es war ihr nie gelungen; über ein Mittelmaß war sie nicht hinausgekommen.

Langsam setzte sie sich jetzt auf den Hocker und klappte den Flügel auf. Ihre Finger glitten spielerisch über die Tasten, eine Mischung aus allem, woran sie sich erinnerte. Chopin, Liszt ... Doch dann spielte sie das Lied, das sie an jenem Weihnachtsfest bei der Feier von Pater Antonio gespielt hatte.

Ein Jahr später hatte sie mit Aurora vor dem Radio gesessen und gehört, wie amerikanische, englische und deutsche Soldaten es auf dem Petersplatz sangen.

Stille Nacht, heilige Nacht stieg es jetzt in den heißen Sommertag auf.

31

Giuliana saß an ihrem Schreibtisch und korrigierte Schulhefte. Als das Telefon läutete, sprang sie auf und lief rasch in den Flur. Vielleicht rief Paula von einem Postamt aus an.

Doch es war nicht Paula, sondern ein Mann.

»Hier ist Signore Ponti«, sagte er. »Erinnern Sie sich an mich? Ihr Großvater hat im Jahr 1938 seine Kanzlei an mich verkauft.«

»Ja, natürlich erinnere ich mich«, antwortete Giuliana lebhaft. »Sie waren Großvaters engster Mitarbeiter.«

»So ist es. Signorina Fabiani, ich bin in Eile, wir bauen hier endlich die Kanzlei um. Alles wird modernisiert. Um es kurz zu machen, im Safe Ihres Großvaters lagen noch einige Unterlagen und Dokumente. Ich würde sie Ihnen gern per Boten schicken, in Ordnung?«

»Ja, natürlich«, antwortete Giuliana.

Schon wenig später klingelte ein junger Bote und überreichte ihr ein Kuvert.

Langsam ging sie damit den Flur entlang und blieb unwillkürlich vor dem Herrenzimmer stehen. Kühle Stille empfing sie darin, und es war Giuliana, als spüre sie immer noch die Anwesenheit Alessandro Fabianis in diesem Raum. Sie setzte sich an seinen Schreibtisch und öffnete den Umschlag.

Es enthielt Alessandros Testament, das sie bereits kannte und das Giuliana zur Erbin der Wohnung machte. Doch außerdem zog Giuliana ein schmales, ledergebundenes Buch hervor. *Familienbuch* stand in verschnörkelter Schrift darauf, und es enthielt alle Geburts-, Heirats- und

Sterbeurkunden der Familie Fabiani seit dem achtzehnten Jahrhundert. Neugierig blätterte sie die vergilbten Urkunden durch, bis sie eine fand, die noch nicht so abgegriffen aussah.

Giuliana brauchte lange, bis sie verstand, was sie hier sah.

Geburtsschein

Vorname und Familienname: Gina Pinelli
Tochter von: Alessandro Fabiani und Viola Pinelli
geboren am 17. Mai 1903
Rom, den 18. Mai 1903

Gleich hinter der Geburtsurkunde lag eine Adoptionsurkunde. Noch am selben Tag, als Gina Pinelli zur Welt gekommen war, hatte Alessandro Fabiani sie als seine leibliche Tochter adoptiert.

Giuliana war, als sterbe jede Empfindung in ihr. Sie war belogen worden, jahrelang, von dem Mann, den sie liebte und verehrte!

Doch dann wurde ihr langsam bewusst, dass ihr Großvater ihr gegenüber keinen Grund für eine Erklärung gesehen hatte. Giuliana war das Kind seiner leiblichen Tochter Gina, und nach deren Tod holte er seine Enkeltochter zu sich. Aus Pflichtbewusstsein und Verantwortungsgefühl.

Und Sophia? Jetzt war Giuliana klar, was diese gemeint hatte, als sie sagte, Alessandro habe sie so sehr verletzt, wie keine Frau verletzt werden sollte.

Giuliana erhob sich wie betäubt, verließ das Herrenzimmer und sank im Flur auf das Empiresofa, mit Blick auf Sophias Gemälde.

»Du hast gezögert, mir die Wahrheit zu erzählen, weil du mich schützen wolltest, richtig? Du hast gespürt, wie sehr ich meinen Großvater geliebt habe, und hast deshalb geschwiegen. Bis zu einem Zeitpunkt, von dem du annahmst, jetzt könnte ich die Wahrheit verkraften, war es so?«, flüsterte sie zu dem Bild hoch.

Es gab keine Blutsverwandtschaft zwischen Sophia und ihr, und doch war ihre Beziehung eng gewesen. Das erkannte Giuliana erst in diesem Augenblick. Sie erinnerte sich an den Moment, als sie Sophia den Brief ihres Großvaters gegeben hatte. Da war zum ersten Mal echte Nähe zwischen ihnen entstanden. Und es hatte im Laufe der drei Jahre viele Gespräche, wissende Blicke, ein inniges Lächeln und manchmal auch eine vertraute Berührung gegeben.

Jetzt schluchzte Giuliana auf und barg den Kopf auf ihren Knien. Sie aber hatte Sophia verraten, als sie einen deutschen Deserteur in der *Casa Sophia* versteckte. Trug sie nicht eine Mitschuld an der Katastrophe, die Maria durch ihren Verrat ausgelöst hatte?

Sie erhob sich und ging zurück ins Herrenzimmer. Neben dem Schreibtisch blieb sie stehen und blätterte noch einmal langsam durch das Familienbuch. Sie hatte nicht gewusst, dass es existierte. Wieder nahm sie die Geburtsurkunde hoch. Viola Pinelli.

Da sah sie, dass mit einer Klammer ein Bogen Papier angeheftet war, durchscheinend dünn, fast wie Seidenpapier.

Giuliana nahm ihn ab und faltete ihn auseinander. Es war ein Brief, schwer lesbar, da die Buchstaben von der Rückseite durchschimmerten und das Papier zerknittert war.

Giuliana legte ihn auf den Schreibtisch und glättete ihn mit der Hand.

13. September 1930

Lieber Vater,
ich sitze in der Berghütte, und in einer Stunde, kurz vor Morgengrauen, beginnen wir mit dem Aufstieg.
Ich bin unruhig, wie ich es von mir nicht kenne. Sonst fiebere ich dem Aufstieg entgegen, den Stunden im Berg. Es gibt kein schöneres Gefühl, als oben auf dem Gipfel zu stehen, den eisigen Wind zu spüren oder die absolute Stille zu erleben, das Kreisen eines Adlers zu beobachten und ganz bei sich selbst zu sein. Diese Freude, diese Euphorie, das sind die Momente, für die ich lebe. Und Fabrizio geht es genauso. Während des Aufstiegs sind wir aufeinander angewiesen, wir reden nicht, doch wir fühlen uns zutiefst verbunden, vertrauen einander. Wir kennen uns, kennen unsere Körper, spüren, was der andere empfindet, bis zu welcher Grenze der Belastbarkeit er gehen kann.
Doch jetzt bleibt mir nur noch wenig Zeit. Ich schreibe Dir hastig und versuche doch, meine Gefühle klar auszudrücken. Du bekommst diesen Brief ja nur, wenn mir etwas passiert ist, und darum schreibe ich Dir ganz offen. Ich konnte Dir lange Zeit einfach nicht verzeihen, dass Du mich in all den Jahren in dem Glauben gelassen hast, ich sei Deine Adoptivtochter. Solange ich annahm, ich sei ein adoptiertes Kind, konnte ich akzeptieren, dass Ihr beide, Sophia und Du, Angelo, Euer leibliches Kind, mehr geliebt habt als mich. Es schien mir ganz normal zu sein. Aber als im Zusammenhang mit meiner Hochzeit herauskam, dass Du mein leiblicher Vater bist und sogar ver-

sucht hast, das Familienbuch vor mir zu verbergen, um diese Wahrheit zu vertuschen, brach für mich eine Welt zusammen. War Dir Dein Ruf als integrer Anwalt und Familienvater so viel wichtiger als ich?
Immer wieder habe ich mich seither gefragt, warum Du Angelo mir vorgezogen hast, ich war doch auch Dein Kind. Warum? War er so viel liebenswerter als ich? War ich nicht hübsch genug, war ich Dir zu aufsässig, zu wild? Nach der Entdeckung, dass ich Deine leibliche Tochter bin, habe ich Dich so intensiv gehasst, wie ich die Jahre zuvor um Deine Liebe bettelte (das ist mir erst jetzt klargeworden). Und ich gebe zu, ich und auch Fabrizio konnten unsere Schadenfreude nicht unterdrücken, als ausgerechnet Du zum Mittelpunkt eines Skandals wurdest, als Sophia Dich verließ.
Aber dann suchte ich doch die Aussöhnung mit Dir. Du bist bei meiner Geburt bereit gewesen, die Verantwortung für mich zu übernehmen, Du hast mir Deinen guten Namen gegeben und mich in ein teures Internat geschickt, hast meine Liebe zum Bergsteigen finanziert und auch unterstützt. Als mir das endlich klarwurde, machte ich einen ersten Schritt auf Dich zu, doch Du hast lange gebraucht, um auch mir wieder entgegenzukommen. Ich freue mich, dass Du uns im vergangenen Jahr eingeladen hast. Zwar bist du reserviert geblieben, hast aber großes Interesse an Giuliana gezeigt und Dich lange mit ihr unterhalten. Das hat mich beruhigt und mich auch ein wenig beschämt; ich habe Dich zu hart verurteilt. Das tut mir leid, und dafür möchte ich um Entschuldigung bitten.
Jetzt, an diesem Morgen, bitte ich zudem: Sollten wir nicht mehr zurückkommen, nimm Deine Enkelin zu Dir. Diesen Brief werde ich dem Hüttenwirt anvertrauen, be-

vor wir aufbrechen. Wenn der Berg uns besiegen sollte, wird er ihn Dir zukommen lassen.
In Liebe (ja, so kann ich es jetzt sagen)
Gina

Giulianas Hand fuhr immer wieder glättend über das dünne Papier, ohne dass sie es realisierte. Der dreizehnte September 1930, an dem dieser Brief geschrieben wurde, war der Todestag ihrer Eltern.

*

Giuliana verharrte viele Stunden bewegungslos auf dem Stuhl vor Alessandros Schreibtisch. Es wurde dunkel, es wurde Nacht. Erst dann konnte sie sich dazu aufraffen, noch einmal alle seine Papiere und Dokumente durchzusehen. Gab es nicht doch irgendwo einen Hinweis auf diese Viola Pinelli? Gleichzeitig stiegen Erinnerungen an ihre Mutter auf, von der sie sich nie wirklich geliebt gefühlt hatte.

Offensichtlich war Gina nur ganz lebendig und glücklich gewesen, wenn sie ihr Leben in einer Felswand aufs Spiel setzte. Und ihrem Vater war es ebenso gegangen.

An ihn besaß Giuliana kaum Erinnerungen. Manchmal hatte sie ihn in seinem Geschäft besucht, wenn er im Hinterzimmer Krawatten mit Motiven von den Sehenswürdigkeiten Roms bemalte, ein Verkaufsschlager bei den Touristen.

Dann kreisten Giulianas Gedanken wieder um den Brief. Hatte Alessandro seine uneheliche Tochter doch geliebt, wie es Gina kurz vor ihrem Tod erkannte? Wer war Ginas Mutter, war *sie* seine große Liebe gewesen oder nur eine Affäre? Und war es dieser Viola schwergefallen, die Tochter wegzugeben, sie nicht mehr sehen zu dürfen, vielleicht sogar beobachten zu müssen, wie eine andere Frau ihr Kind großzog? Oder gab sie es leichten Herzens fort, war das Kind ihr lästig?

»Viola Pinelli«, flüsterte Giuliana. »Wer zum Teufel bist du gewesen?«

32

Rom, 1894–1902

Gegrüßet seist du, Maria,
voll der Gnade,
der Herr ist mit dir.
Du bist gebenedeit unter den Frauen,
und gebenedeit ist die Frucht deines Leibes,
Jesus …

Das fahle Licht des frühen Morgens fiel durch die Fenster der Klosterkapelle. Mit gesenktem Kopf, die Arme aufgestützt und die Hände gefaltet, kniete Viola auf der harten Bank.

Heilige Maria, Mutter Gottes, bitte für uns Sünder, jetzt und in der Stunde unseres Todes. Amen.

Fünfzig Ave-Maria, das war die Strafe für eine schwere Lüge, wie Schwester Anna es bezeichnete. Viola hatte behauptet, den Gang eins im Kloster gewischt zu haben, doch die Schwester hatte nachgeprüft und festgestellt, dass der Boden nicht sauber war. Die Nonnen bestraften Viola immer besonders hart und überwachten sie strenger als die anderen Schülerinnen.

Das Pensionat »Unsere Heilige Mutter Maria« war eine Schule, in der Mädchen aus guten Familien Haushaltsführung und Allgemeinbildung erlernten. Viola aber war einer der Wohlfahrtsfälle, und jedes der anderen Mädchen wusste es. Sie wurde ausgegrenzt, sie musste nach dem Unterricht auf den Knien über die Steinböden der langen Gänge rutschen, den Wassereimer neben sich, und sie schrubben. Ihr Bett stand nicht im Schlafsaal bei den anderen Mädchen, sondern ihr war eine kleine Kammer hinter dem Speicher zugewiesen worden. Sie durfte zwar an den Unterrichtsstunden teilnehmen und trug auch das gleiche schwarze Kleid und schwarze Strümpfe wie alle anderen, doch jede wusste, dass Viola aus dem Armenviertel San Lorenzo kam. Die Mädchen aus den guten Familien ignorierten sie und nahmen sie nicht in ihren Kreis auf.

Viola war in ärmlichsten Verhältnissen aufgewachsen. Ihr Vater saß wegen eines Raubüberfalls im Gefängnis, und wie ihre beiden älteren Brüder zu Geld kamen, »solltest du lieber nicht wissen«, wie ihre Mutter betonte, als Viola einmal nachfragte. Doch die Mutter erreichte es, dass ihre einzige Tochter von den Nonnen aufgenommen wurde, die zuerst große Bedenken gegen dieses trotzige Mädchen aus zwielichtigen Verhältnissen gehabt hatten.

Viola hasste das Kloster, obwohl sie wusste, es war ihre einzige Chance, von zu Hause fortzukommen. Und so schrubbte sie weiter die Böden und betete ihre Ave-Maria herunter, wohl wissend, dass diese Leidenszeit irgendwann zu Ende gehen würde. Es war immer noch besser, als zu Hause ihrer Mutter helfen und ihre gewalttätigen Brüder bedienen zu müssen.

Mit siebzehn Jahren wurden die Mädchen entlassen, ihre Ausbildung war beendet. Nur diejenigen, die Novizinnen werden wollten, blieben. Die Mutter Oberin legte auch Viola nahe, im Kloster zu bleiben, denn bei ihren Familienverhältnissen habe sie keine Chance auf ein anständiges Leben in der Gesellschaft. Viola wusste zwar noch nicht, wie ihr Leben aussehen sollte, aber eines wusste sie ganz genau: Für das Kloster war sie nicht bestimmt.

Kurz vor dem Abschluss kam ihre Tante Maddalena und holte sie zu sich. Auch dafür hatte ihre Mutter gesorgt, in der Hoffnung, ihrer Tochter so die Chance auf ein besseres Leben zu verschaffen.

»Ich kann jetzt nicht mehr für dich sorgen, Tante Maddalena übernimmt ab sofort die Verantwortung für dich. Weißt du, dein Vater wird aus dem Gefängnis entlassen, und es ist besser, du kommst nicht mehr nach Hause.«

Viola und ihre Mutter waren sich längst fremd geworden, und so war sie erleichtert, dass sie bei Tante Maddalena bleiben durfte.

Doch Maddalena überwachte sie streng und ließ Viola niemals allein auf die Straße gehen.

»Ein anständiges Mädchen kann sehr schnell seinen guten Ruf verlieren«, erklärte sie.

Dennoch führte Viola bei ihr ein gutes Leben. Niemand rügte oder strafte sie, wenn sie laut auflachte oder sie sich im Spiegel ansah und neugierig ihr Gesicht und ihren Körper begutachtete. Sie erzählte ihrer Tante, dass sich die Mädchen im Kloster niemals hatten nackt betrachten dürfen. Es gab keine Spiegel, und wenn sie am Samstagabend badeten, mussten sie unter ein Leinentuch schlüpfen, damit sie ihren Körper nicht sahen.

Bei Maddalena bekam Viola ein eigenes Zimmer mit einem großen weichen Bett, und sie musste nie mehr vor Morgengrauen nüchtern zur Andacht in einer Kapelle knien.

Viola arbeitete im Stoffladen ihrer Tante, der Restposten von großen Firmen und Modehäusern verkaufte. Hier, zwischen den vollgestopften Regalen, entdeckte Viola ihre Leidenschaft für schöne Stoffe. Seide, die sich so wunderbar kühl anfühlte, Satin, über den ihre Hände glitten, Samt, der sich unter dem Druck der Finger veränderte und die Farbe wechselte.

Sie freundete sich mit Stella an, der Tochter von Maddalenas Verkäuferin Luisa, und manchmal durften die beiden Mädchen nachmittags ein Eis essen gehen, aber nur, weil Viola behauptete, Stellas verheiratete Cousine begleite sie.

Während dieser Zeit sah sich Maddalena nach einem geeigneten Ehemann für Viola um.

»Du wirst bald neunzehn Jahre alt. Du bist schön, Viola, also bleibe stets zurückhaltend und gehe Männern aus dem Weg. Du musst auf deinen guten Ruf achten und sehen, dass du dich bald verheiratest.«

Viola wusste, dass ihre Tante den älteren Gemüsehändler Marco im Auge hatte. Er besaß ein eigenes Haus und ein gutgehendes Geschäft.

»Er ist älter als du, zugegeben, aber er kann dir eine abgesicherte Zukunft bieten, und das ist genau das, was eine Frau braucht«, behauptete Maddalena, die selbst nie einen Ehemann gehabt hatte.

Doch auch diese Aussicht für ihr Leben ließ Viola erschauern. Sie sehnte sich nach etwas anderem, nach großen Gefühlen, nach einem schönen Zuhause.

Als Tante Maddalena einmal für fünf Tage fortfahren musste, um einer kranken Freundin beizustehen, bat sie Luisa, Viola in dieser Zeit zu sich zu nehmen und auf sie aufzupassen. Doch Luisa hatte kein Talent als Gouvernante, und als Viola erklärte, sie müsse etwas besorgen, nickte Luisa nur und ließ sie gehen.

Zum ersten Mal schlenderte Viola allein durch die Stadt, und sie nahm sich vor, sich an den Rand des Brunnens Fontana dei Fiumi an der Piazza Navona zu setzen. Nur ganz kurz, schärfte sie sich ein. Doch dann konnte sie sich nicht sattsehen an der Lebendigkeit ihrer Umgebung, den vielen Menschen, der strahlenden Sonne und dem schönen Brunnen. Sie beugte sich zurück und ließ ihre Hand ins Wasser gleiten. Plötzlich verlor sie das Gleichgewicht. Sie schrie kurz auf, doch da hing bereits ihr ganzer Arm im Wasser. Im nächsten Moment zog jemand sie am anderen Arm hoch.

»Vorsicht, beinahe wären Sie in den Brunnen gefallen!« Als sie hochsah und sich hastig bei dem Mann bedankte, lächelte er sie an und schlug ihr vor, sie auf den Schreck hin zu einem Eisbecher einzuladen. Viola wehrte zuerst energisch ab, doch in Wahrheit konnte sie nicht widerstehen. Wie oft schon hatte sie sich vorgestellt, einmal mit einem gutaussehenden Mann in einem Café zu sitzen! Deshalb nahm sie seine Einladung an.

Während sie ihr Eis löffelte, beobachtete sie ihn aus dem Augenwinkel heraus. Sie bemerkte die Eleganz, mit der er gekleidet war, das schön geschnittene Gesicht und die langen Beine, die er übereinanderschlug.

Er sah nicht mehr besonders jung aus, war sicher schon um die vierzig, dachte sie. Aber er hatte gute Manieren und behandelte sie wie eine Dame, obwohl sie nur einen einfachen blauen Rock und eine weiße, schon oft gewaschene Bluse trug. Als er ihre verstohlenen Blicke bemerkte, lächelte er sie an.

»Ich muss Sie immerzu anschauen«, sagte er, »Sie sehen Simonetta Vespucci ähnlich, Sie sind so schön wie sie.«

»Wer ist das?« Viola runzelte die Stirn. »Ich kenne keine Simonetta … wie heißt sie noch mal?«

»Vespucci. Sie galt in der Zeit der Renaissance als schönste Frau von Florenz. Die berühmtesten Künstler haben sie in ihren Gemälden verewigt. Man sagt, sie sei die Geliebte von Sandro Botticelli gewesen, der sie als Venus gemalt hat. Sie haben die gleiche Haarfarbe wie sie, auch die zarte Haut und das fein geschnittene Gesicht.«

Viola war erstaunt und geschmeichelt, auch wenn sie noch niemals etwas von diesem Maler gehört hatte.

Ihr Begleiter erzählte ihr von der Zeit der Renaissance, von den Medici, einer berühmten Familie, und Viola hörte atemlos zu. Zu Hause bei Maddalena wurde nur über Geld gesprochen, ob es zum Leben reichte und ob sich Maddalena die Reparatur des Küchenherds leisten konnte. Ansonsten kannte sie nur die vielen Klagen ihrer Mutter und die trostlosen Erzählungen über ihren Vater, der immer noch im Gefängnis saß, und über die Brüder, die »auf die schiefe Bahn« geraten waren.

Viola hatte nur kurz mit dem Herrn im Café sitzen wollen, doch es wurden fast zwei Stunden daraus.

Glücklich lief Viola anschließend nach Hause. Heute hatte sie eine andere Welt kennengelernt. Sie hatte atemlos einem Mann gelauscht, dessen Worte erahnen ließen, dass das Leben auch aus Schönheit und leidenschaftlicher Liebe bestehen konnte. Und dass sie offenbar einem gutaussehenden Mann mit besten Manieren und Bildung gefiel.

Da Maddalena länger bei ihrer Freundin bleiben musste, weil sich deren Erkrankung als sehr schwer erwies, bekam sie nicht mit, wie sehr sich Viola in dieser Zeit veränderte. Sie war noch schöner geworden, und wenn sie im

Stoffladen allein war, sang sie fröhlich vor sich hin. Die Kundinnen bediente sie mit einem strahlenden Lächeln. Und jeden zweiten Nachmittag ging sie aus – angeblich mit Stella und deren verheirateter Cousine.

Eines Abends jedoch, als Viola nach Hause kam, wartete Maddalena auf sie.

»Du warst nicht mit Stella zusammen«, warf sie ihr vor. »Ich habe bei ihrer Mutter angerufen und erfahren, dass ihr euch seit fast drei Monaten nicht mehr gesehen habt. Und diese angebliche verheiratete Cousine gibt es überhaupt nicht. Viola, hast du mir etwas zu sagen?«

Da erzählte Viola, dass sie sich seit geraumer Zeit mit einem Mann traf.

»Wir lieben uns«, erklärte sie trotzig, »und du kannst es mir nicht verbieten.«

Maddalena war außer sich und versetzte ihrer Nichte eine kräftige Ohrfeige. Doch dann fing sie an zu jammern und gab sich selbst die Schuld. »Ich habe dir einfach zu viel Freiheit gelassen … Du hast doch wohl die Grenze des Anstands nicht überschritten?«

Ihre Nichte schwieg zunächst, doch dann entschied sie sich, die Wahrheit zu sagen, die sich ohnehin nicht mehr lange verbergen lassen würde. Sie erzählte Maddalena von dem Mann, der sie vor drei Monaten auf der Piazza Navona angesprochen hatte und mit dem sie sich seither in einem kleinen Hotel traf.

»Ich habe mit ihm geschlafen«, erklärte sie. Maddalena versetzte ihr eine zweite Ohrfeige, bevor sie die alles entscheidende Frage stellte: »Und? Habt ihr schon von Heirat gesprochen?«

Viola gestand leise, dass er bereits gebunden sei und sie nicht heiraten könne. »Aber er liebt *mich* und nicht seine

Frau«, setzte sie hinzu. »Und um meinen Ruf musst du dir auch keine Sorgen machen, er ist sehr diskret.«

Doch noch während Viola diesen Satz aussprach, erkannte sie plötzlich, dass sein Verhalten nicht in erster Linie ihrem Schutz galt, sondern er vielmehr um seinen eigenen Ruf besorgt war.

»Es ist alles meine Schuld«, jammerte Maddalena, »ich habe nicht genügend auf dich aufgepasst. Was hat dieser Mann dir angetan?«

»Nichts«, antwortete Viola leise, »nichts. Er hat nichts gemacht, was ich nicht auch gewollt habe.«

Trotz aller Drohungen gab Viola den Namen ihres Geliebten nicht preis. »Er liebt mich, das hat er gesagt.«

Maddalena lachte hart auf. »Dieser gewissenlose Kerl, dieser Betrüger, verführt ein unschuldiges junges Mädchen, dafür muss er büßen! Du bist noch minderjährig, ich werde ihn anzeigen!«, tobte sie.

Bevor es jedoch dazu kam, beichtete ihr Viola noch, dass sie schwanger sei, ein Arzt habe es ihr am Tag zuvor bestätigt. »Und«, fügte sie trotzig hinzu, »ich freue mich auf das Kind.«

Doch das entsprach nicht der Wahrheit. Sie sagte ihrer Tante nicht, wie groß ihre Angst war, es ihrem Geliebten zu erzählen, wie sehr die Nachricht über die Schwangerschaft sie in Verzweiflung gestürzt hatte.

Maddalena hob die Hand, um ihrer Nichte eine weitere Ohrfeige zu verpassen, doch dann ließ sie sie wieder sinken und umarmte Viola stumm.

»Armes Kind«, flüsterte sie dann, »mein armes Kind, was musst du jetzt durchmachen! Denn eines ist klar, er wird dieses Kind nicht haben wollen.«

»Das weißt du nicht.« Viola entwand sich der Umarmung. Doch auch sie war sich im Grunde sicher, dass er das Kind nicht akzeptieren würde und dass ihre Beziehung durch die Schwangerschaft ein abruptes Ende fand.

»Komm.« Maddalena nahm sie bei der Hand, und zusammen gingen sie in das kleine Wohnzimmer, das hinter dem Stoffladen lag. Hier setzten sie sich schweigend aufs Sofa, und Maddalena legte den Arm um die Schulter ihrer Nichte.

»Du kannst dieses Kind nicht bekommen«, sagte sie behutsam. »Das musst du einsehen. Aber wir müssen vorsichtig sein, niemand darf etwas erfahren. Viola, kein Mann wird dich noch heiraten, wenn du ein uneheliches Kind hast! Damit zerstörst du deine Zukunft. Ich werde dir helfen und einen Arzt suchen, der den Eingriff vornimmt. Du weißt, die Kirche und das Gesetz verbieten es. Du musst also schweigen, aber wenn es vorbei ist, kannst du aus Rom weggehen und ein neues Leben beginnen.« Viola sah sie mit einem verzeifelten Blick an.

*

Zwei Tage später berichtete Viola ihrer Tante, dass ihr Geliebter die Verantwortung für das Kind übernehmen wolle. Er habe mit seiner Frau gesprochen.

»Sie werden es adoptieren«, berichtete Viola unter Tränen. Sie weinte, weil sie gehofft hatte, er würde seine Frau verlassen, um mit ihr zusammenzuleben.

»Sein Vorschlag klingt vernünftig«, stellte Maddalena ein wenig besänftigt fest. »Er übernimmt die Verantwortung für das Kind, gibt ihm einen ehelichen Namen und dadurch auch eine Zukunft. Und du kannst dennoch neu beginnen.«

Im vierten Schwangerschaftsmonat zog Viola in eine teure Privatklinik, die ihr Geliebter ausgesucht und bezahlt hatte und in der sie fünf Monate später ihre Tochter zur Welt brachte. Eine Stunde gehörte das Neugeborene ihr, eine Stunde war es ihr Kind. Es schlief und fühlte sich in ihren Armen geborgen.

Würde die fremde Frau, die Ehefrau ihres Geliebten, die Kleine lieben und annehmen wie ihr eigenes Kind?

Und er? Würde er an sie, Viola, denken, wenn er seine Tochter ansah? Ein tiefes Schluchzen stieg in ihr auf, und sie presste das kleine Mädchen so fest an sich, dass es aufwachte und den Mund zu einem unwilligen Weinen verzog.

»Ich kann nicht, ich will dich nicht hergeben«, schluchzte Viola laut und weigerte sich, das Kind der Krankenschwester zu übergeben.

»Noch eine Stunde«, flehte sie. »Bitte, nur noch eine Stunde! Oder vielleicht kann ich es doch behalten und es selbst aufziehen. Ich will sehen, wie sie aufwächst, ich will erleben, wie …«

Als die Krankenschwester die Hände noch einmal energisch nach dem Kind ausstreckte, wich ihr Viola geschickt aus.

»Bitte, nur noch eine Stunde …« Doch die Schwester schüttelte unerbittlich den Kopf und sagte, es sei besser so, je schneller sie sich von dem Kind trenne, umso leichter sei es für sie. Außerdem sei alles bereits geregelt und die Adoptionspapiere unterschrieben. »Es gibt kein Zurück«, erklärte sie.

»Sie soll Viola heißen!«, rief Viola der Schwester nach. »Bitte sagen Sie, dass ich möchte, dass sie meinen Vornamen bekommt, Viola. Bitte, Schwester, sagen Sie es ihm …«

Doch die Tür hatte sich schon geschlossen, und Viola weinte verzweifelt in die Kissen, bis Maddalena sie einige Tage später abholte.

»Wo ist sie?«, fragte Viola tonlos.

»Sie ist längst abgeholt worden«, antwortete Maddalena und strich ihrer Nichte mitfühlend die Tränen aus dem Gesicht. »Es ist besser so. Heute glaubst du es nicht, aber eines Tages wirst du erkennen, dass es die beste und einzige Lösung gewesen ist. Glaube mir.«

Zu Hause verfiel Viola in eine tiefe Depression. Sie blieb tagelang im Bett und weinte, sie weigerte sich, zu essen oder zu trinken. Nur wenn es klingelte, hob sie den Kopf, in der unsinnigen Hoffnung, *er* käme, würde sie in die Arme schließen und ihr sagen, er habe sich von seiner Frau getrennt und wolle ab sofort mit ihr und der kleinen Viola zusammenleben.

Maddalena verfolgte mit großer Sorge den Gemütszustand ihrer Nichte, und deshalb machte sie ihr einen Vorschlag.

»Du wirst Rom verlassen«, erklärte sie. »Das ist das Beste.« Sie überließ Viola alle Ersparnisse, die sie für ihr Alter zurückgelegt hatte. »Du gehst nach Paris und wirst dort bei meiner Cousine leben. Sie ist Schneiderin in einem Modehaus und hat angeboten, dich bei sich aufzunehmen. Was du getan hast, war die richtige Entscheidung«, betonte sie noch einmal. »Aber jetzt musst du es vergessen und nach vorn blicken. Frage niemals nach, wie es deiner Tochter geht, versuche niemals, Kontakt zu ihr aufzunehmen, vergiss das Kind und vergiss auch den Mann, denn du, Viola, brauchst eine Zukunft.«

An dem Abend, als Viola den Nachtzug nach Paris nehmen sollte, begleitete Maddalena sie zum Bahnhof, umarmte sie, und kurz vor Abfahrt des Zuges verließ sie ihre geliebte Nichte mit Tränen in den Augen. »Eines Tages wirst du einen anderen Mann finden und mit ihm ein Kind haben.«

Doch da schluchzte Viola auf, denn nach der schwierigen Geburt hatte sie erfahren, dass sie nie mehr schwanger werden konnte und ihre Tochter ihr einziges Kind bleiben würde.

Der Schaffner lief bereits am Zug entlang und warf alle Türen zu, doch Viola konnte sich nicht von der Stadt lösen, in der sie zu Hause war, in der sie ihre erste Liebe erlebt hatte. Sie stand auf dem Bahnsteig mit ihrem kleinen Koffer in der Hand, der ihre wenigen Habseligkeiten enthielt. Das Geld ihrer Tante hatte sie in ihr Unterhemd eingenäht. In ihrer Tasche bewahrte sie ein rosafarbenes Emailledöschen auf, in dem eine blonde Locke ihres Kindes lag.

Als Viola endlich den Koffer hochhob, die Augen blind vor Tränen, stand *er* plötzlich vor ihr, zog sie an sich und küsste sie. Viola schluchzte auf und krallte ihre Finger in die Ärmel seines Mantels. Doch er löste sich von ihr und half ihr die Stufen in den Zug hinauf. Als sie eingestiegen war und der Zug bereits anfuhr, lief er noch neben ihm her und reichte ihr durchs Fenster einen Strauß Blumen.

Während der Zug sein Tempo beschleunigte, presste Viola ihr Gesicht und die Hände gegen die Scheibe. Tränen liefen ihr über die Wangen. Ihr letzter Blick erfasste, wie er einsam und mit gebeugtem Rücken auf dem Bahnsteig stand.

Doch er konnte jetzt zurückgehen in seine schöne Wohnung, zu seiner Frau und der neugeborenen Tochter, die er adoptiert hatte und deren Mutter bei der Geburt angeblich gestorben war. Sie aber war allein.

Weinend ließ sie sich im Abteil auf den Sitz fallen und betrachtete die Blumen, die er ihr in die Hand gedrückt hatte. Es war ein riesiger Strauß rosafarbener Margeriten, und darin steckte eine Karte.

Diese Blumen sind etwas Besonderes, nimm sie als Zeichen unserer Liebe, die auch immer etwas Besonderes sein wird, nicht nur in diesem Leben, sondern über den Tod hinaus, denn so lange werde ich Dich lieben. Und ich spüre, Du empfindest es auch so.
Alessandro

Es war das erste Mal, dass er seine Gefühle ihr gegenüber so deutlich offenbarte.

Doch da straffte Viola die Schultern und wischte sich die Tränen ab. Es waren schöne Worte, betörend wie er selbst, doch sie halfen ihr nicht. Sie musste nach vorn sehen, nicht zurück, sonst würde sie zerbrechen. Nie wieder schwach sein, sondern stark werden, denn sie fuhr in ein neues Leben.

Während der Fahrt blieb sie allein im Abteil, sie rollte sich auf der Bank zusammen und zog ihren Mantel eng um sich. Brauchte sie nicht einen anderen Namen, um sich endgültig von ihrer Vergangenheit lösen zu können? In Gedanken ging sie viele Namen durch, die ihr gefielen, doch es sollte einer sein, der für sie eine persönliche Bedeutung hatte. Sie schloss die Augen und hörte auf das Rattern des Zuges, der sie unerbittlich fort von Rom in eine fremde Stadt, in eine einsame Zukunft brachte. Sie brauchte etwas, was sie aus dem Glück der letzten Monate mitnehmen konnte, etwas, das eine dauerhafte Erinnerung schuf.

Da dachte sie an ihr erstes Treffen mit ihrem Geliebten, bei dem er gesagt hatte, sie sei so schön wie Simonetta Vespucci. Diesen Namen hatte sie sich gemerkt. Simonetta, die schönste Frau von Florenz. Kerzengerade setzte sich Viola auf. Jener heiße Nachmittag auf der Piazza Navona war der schönste Moment ihres damaligen Lebens gewesen, der intensivste und auch der glücklichste.

Simonetta, hatte er gesagt und sie angelächelt. Simonetta ... Es klang wunderbar, verheißungsvoll. So würde sie sich nennen. Doch ein passender Nachname fiel ihr einfach nicht ein.

Als ein grauer Morgen durch das Fenster hereindrang und Viola im ersten Tageslicht nur hässliche schwarze und graue Häuser erkennen konnte, öffnete der Schaffner die Tür und kündigte an, dass der Zug in wenigen Minuten die Endstation Paris erreiche. Da erhob sie sich, streckte sich müde und holte ihren Koffer aus dem Gepäcknetz. Dabei fiel ihr Blick auf eine Reklame an der Wand des Abteils, die Zeichnung einer Frau, die strahlend lächelte und sich die langen Haare bürstete. Darunter stand der Werbespruch: *Täglich hundert Bürstenstriche mit einer Scalia-Bürste. Für Erfolg und Bewunderung.*

Erfolg und Bewunderung. War das nicht genau das, was Viola wollte?

Und so nannte sie sich Simonetta Scalia – ein Name, erschaffen für ihr neues, erfolgreiches Leben.

33

Rom, Juli 1947

Simonetta schreckte aus ihren Gedanken hoch, als ihr Hausmädchen Ginerva direkt vor ihr stand.

»Soll ich Ihre Koffer auspacken, Signora?«, fragte Ginerva erneut, dieses Mal etwas lauter.

»Ja, bitte. Ich glaube, ich bin ein wenig eingenickt.«

»Das ist auch kein Wunder bei dieser Hitze. Wollen Sie nicht lieber ins Haus gehen, statt hier auf der Terrasse zu sitzen?«

Simonetta schüttelte den Kopf. »Nein, Ginerva, es ist so schön hier, so friedlich. Ach ja, und bitte rufen Sie Giuliana Angelini an, und vereinbaren Sie einen Termin mit ihr, am besten morgen oder übermorgen, und zwar hier im Haus, nicht im Geschäft.«

Ginerva verschwand, und Simonetta rief ihr noch nach, ihr doch bitte einen Johannisbeersaft zu bringen.

Dann wandte sie den Kopf und sah hinunter in den kleinen Park ihres Hauses, in dem Mario, der Gärtner, gerade den Rasensprenger aufstellte. Gleich darauf war sie wieder tief in Gedanken versunken, so dass sie die Schritte von Onofrio Protti überhörte, der auf die Terrasse heraustrat. Als er hinter ihr stand und sie zart auf den Hals küsste, schreckte sie hoch.

»Onofrio, warum schleichst du dich so an?«

»Was für eine zärtliche Begrüßung«, spottete er, schob einen Korbsessel nahe an sie heran und setzte sich neben sie.

»Über deinen Erfolg in Paris spricht die ganze Stadt«, sagte er dann.

»Unsinn, die ganze Stadt ist am Meer«, antwortete Simonetta und wandte sich ihm lächelnd zu.

Onofrio Protti war zweiundsiebzig Jahre alt, und jedes Mal, wenn Simonetta ihn ansah, gefiel er ihr. Er war groß und schlank, sein Haar war weiß und betonte die Bräune seines Gesichts und seine dunklen lebhaften Augen.

Lächelnd strich sie ihm jetzt über die Wange. Sofort griff er nach ihrer Hand und zog sie an seine Lippen.

Ginerva brachte eine Flasche in einem silbernen Kübel und zwei Gläser. Onofrio nahm die Flasche heraus, öffnete sie und schenkte den Champagner ein.

»Ich habe ihn mitgebracht, weil es etwas zu feiern gibt«, erklärte er und hob sein Glas. »Salute, auf deinen Erfolg und deine Rückkehr nach Rom.«

Simonetta trank einen winzigen Schluck und stellte das Glas wieder ab.

»Onofrio, ich war gerade einmal zehn Tage fort.«

»Mir kam es wie eine Ewigkeit vor.«

Simonetta lachte. Sie lehnte sich in ihrem Korbsessel zurück und hielt das Gesicht der Sonne entgegen. »Sei nicht kindisch, Onofrio.«

»Es gibt Gerüchte, du willst dein Modehaus verkaufen. Ist da etwas Wahres dran?«

»Es sind Gerüchte, Onofrio. Aber die Idee gefällt mir«, erklärte sie und trank einen weiteren kleinen Schluck. »David Weinberg und seine Finanzgruppe haben mir vorgeschlagen, an sie zu verkaufen.«

»Und was willst du dann machen? Dich um deine Stiftungen und diese neue Schule kümmern?«

»Ja, natürlich, aber nicht so intensiv wie bisher. Ich bin

nicht mehr jung, Onofrio, das erkenne ich daran, dass ich mich oft in Erinnerungen verliere. Meine Vergangenheit kehrt zurück, vor allem die Gefühle, gegen die ich mich lange gewehrt habe. Verlust, Hilflosigkeit, Schmerz, Verzweiflung, auch das Wissen, Fehler gemacht zu haben, die man nie mehr revidieren kann. Einsamkeit«, setzte sie nach einer kleinen Pause hinzu.

»Einsam, du? Ich kann mir nicht vorstellen, dass du jemals einsam gewesen bist.«

»Doch, Onofrio, ich war viele Jahre lang einsam. Gerade in der Zeit, als ich in Paris Karriere gemacht habe.«

»Ich dachte, du warst damals mit David Weinberg zusammen, der dich finanziert hat.« Aus Onofrios Stimme hörte Simonetta einen provozierenden Unterton heraus.

»Was redest du für einen Unsinn«, reagierte sie gereizt. »Kannst du nicht endlich deine kindische Eifersucht aufgeben? Ich habe als Schneiderin in einem kleinen Modehaus angefangen, drei Jahre später war ich die Assistentin des Designers, und fünf Jahre später hatte ich mein eigenes Modehaus, finanziert von David Weinberg und seiner Finanzgruppe. Mehr nicht.«

»Diese Dinge kann man in jedem Magazin über dich nachlesen«, antwortete Onofrio verärgert. »Mich beschäftigt die Frage, ob du mit David Weinberg eine Affäre hattest.«

»Warum willst du das wissen?«

»Warum nicht?« Onofrios Ärger wuchs. »Ich weiß nichts über dich und ihn, auch nicht über den englischen Herzog, den deutschen Schriftsteller …«

»All das ist vorbei«, unterbrach Simonetta ihn scharf. »Es ist mein Leben und meine Vergangenheit. Also, hör auf mit deinen Fragen, Onofrio.«

Simonetta erhob sich, ging zur Balustrade und drehte ihm den Rücken zu.

»Aber den ersten Mann in deinem Leben hast du geliebt«, drang Onofrio weiter in sie. »Alle Frauen lieben den ersten Mann in ihrem Leben.«

»O ja, natürlich. Der Mythos des ersten Mannes«, spottete Simonetta und wandte sich ihm wieder zu. »Sei kein Kindskopf, jede Frau empfindet anders. Und jetzt lass uns das Thema wechseln.«

»Wenn du mir endlich eine Antwort auf diese Frage gibst, höre ich auch auf. Wir sind seit zwölf Jahren zusammen, doch ich weiß immer noch nur wenig von dir«, klagte Onofrio erneut.

»Wenn du es wirklich wissen willst …«, antwortete Simonetta nach einer kleinen Pause, »… er war die Liebe meines Lebens.«

Onofrio schwieg betroffen, und Simonetta spürte, dass sie ihn verletzt hatte. Da ging sie zu ihm, setzte sich wie ein junges Mädchen auf seinen Schoß und legte den Kopf an seine Schulter.

So blieben sie sitzen, bis Onofrio ihr leise noch eine Frage stellte. »Wenn er deine große Liebe war, was bin ich dann für dich?«

»Du?« Simonetta küsste ihn zärtlich auf die Wange. »Du bist die Freude meines Alters.«

*

Giuliana lief zur Via Condotti. Sie musste Aurelia fragen, ob die rosafarbenen Margeriten, die sie bei ihrem letzten Besuch im Geschäft gesehen hatte, für Simonetta eine Bedeutung hatten, und sie wollte sie auch fragen, wo man diese Blumen kaufen konnte. Doch als sie vor dem Geschäft stand, war es geschlossen, und an beiden Schaufenstern waren die Läden heruntergelassen.

Giuliana presste ihr Gesicht gegen die Tür und schlug mit beiden Händen dagegen, bis ein Passant stehen blieb und begütigend auf sie einsprach: »Signora, es sind Ferien, und am ersten September öffnet das Geschäft doch wieder, sehen Sie das Schild nicht?«

Beschämt wandte sich Giuliana von der Tür ab und ließ die Hände sinken.

»Ja, natürlich, jetzt sehe ich es, die Sonne hat mich geblendet.«

Doch ein unbestimmtes Gefühl des Verlustes beschlich Giuliana, als sie sich umdrehte und die Straße langsam wieder zurückging.

34

Simonetta ließ Giuliana durch ihren Chauffeur abholen. Schon als sie durch das schmiedeeiserne Tor fuhren, sah Giuliana, dass der Park nicht besonders groß war und auch das Haus nicht die Ausmaße einer Villa besaß, wie sie es sich vorgestellt hatte. Als Ginerva sie empfing und durch den Wohnraum auf die Terrasse führte, sah sich Giuliana rasch um. Die puristische, geschmackvolle Einrichtung gefiel ihr auf Anhieb. Nichts deutete auf den Reichtum der Modeschöpferin hin.

Giuliana nahm an dem Tisch Platz, der direkt an der Balustrade stand, und bat auf Ginervas Frage hin um einen Kaffee.

»Die Signora lässt sich entschuldigen, sie führt noch ein wichtiges Telefonat und ist gleich bei Ihnen.«

Nervös wartete Giuliana. Sie beobachtete den Gärtner, der mit stoischer Gelassenheit in der Hitze den Rasen bewässerte, kurz zu ihr hochgrüßte und dabei seinen Hut in den Nacken schob.

»Guten Tag, Giuliana.« Jetzt stand Simonetta Scalia freundlich lächelnd vor ihr. Sie trug ein weißes, leichtes Leinenkleid, und ihre rötlichen Haare hatte sie zu einem Knoten im Nacken zusammengefasst.

Ginerva brachte auch ihr einen Kaffee, und die beiden Frauen warteten, bis sie sich wieder zurückgezogen hatte.

»Ich glaube, wir wissen beide, dass dies ein besonderes Treffen ist«, sagte Giuliana zögernd.

Simonetta wirkte überrascht. »Eigentlich bin ich es, die heute die Karten auf den Tisch legen wollte«, antwortete sie schließlich.

»Als ich Sie neulich in Ihrem Geschäft traf, trugen Sie einen Turban, deshalb konnte ich Ihre Haare nicht sehen«, sagte Giuliana, ohne auf Simonettas Einwurf einzugehen. »Aber dann entdeckte ich die rosafarbenen Margeriten, und da fügte sich plötzlich eines zum anderen.« Giuliana hielt inne. Sollte sie über den Moment sprechen, als sie vor der verschlossenen Tür des Geschäfts gestanden und ein Gefühl tiefen Verlustes empfunden hatte? Als habe sie abermals einen Menschen verloren, mit dem sie familiär verbunden war?

Danach war sie in das Archiv einer großen Modezeitung gegangen, hatte alle Artikel über Simonetta Scalia herausgesucht und sich die Fotos genau angesehen. Erst da erkannte sie ihre eigene Ähnlichkeit mit der Modeschöpferin, die tizianfarbenen Haare und die Augen in der Farbe dunklen Bernsteins.

Simonetta hatte ihr Gesicht abgewandt und sah in den Park hinaus, aus dem angenehme Kühle zu ihnen herwehte.

»Mit den Margeriten sandten Sie meinem Großvater nach seinem Tod einen letzten Gruß, nicht wahr?«

Jetzt drehte sich Simonetta ihr wieder zu.

»Ja. Jedes Mal, wenn er mir Blumen schenkte, waren es rosafarbene Margeriten. Es war ein Ritual, ein Zeichen seiner Liebe, bis über den Tod hinaus, wie er immer sagte.«

»Als ich die Geburtsurkunde meiner Mutter fand«, sprach Giuliana weiter, »fragte ich mich, was für ein Mensch diese Viola Pinelli gewesen sein musste, eine Mutter, die ihr Kind weggab. Doch dann wurde mir klar, dass Sie im Jahr 1903 keine Möglichkeit hatten, es zu behalten. Sie trafen eine Entscheidung, um Ihrem Kind eine gute Zukunft zu geben. Das muss sehr schmerzhaft für Sie gewesen sein.«

»Natürlich war es das! In den Jahren danach machte ich die schlimmsten Zweifel durch, ob ich richtig gehandelt hatte. Ich litt unter Depressionen und starken Schuldgefühlen, sagte mir aber immer wieder: Es war richtig so, denn ich hatte keine andere Wahl. Ich wollte Gina eine gute Zukunft ermöglichen, und daher revidierte ich diese Entscheidung auch nicht. Zum Wohl aller Beteiligten, doch glauben Sie mir, Giuliana, es war furchtbar schwer.«

Giuliana schwieg betroffen. »So habe ich es nicht gesehen«, bekannte sie.

»Also« – Simonetta lehnte sich in ihrem Korbstuhl zurück und lächelte Giuliana an –, »Sie haben sicher Fragen an mich, oder? Ich habe Zeit, ich werde beantworten, was ich kann.«

Viele Fragen stürmten auf Giuliana ein, doch dann sprach sie aus, was sie in den letzten Tagen am meisten bewegt hatte: »Wusste Sophia, dass die leibliche Mutter von Gina noch lebt – und dass *Sie* es sind?«

Simonetta schwieg, bevor sie antwortete. »Alessandro und ich waren uns einig, dass sie es niemals erfahren sollte. Alessandro hatte Sophia erzählt, seine Tochter sei das Resultat einer Affäre, und die junge Frau sei bei der Geburt des Kindes gestorben. Ich denke aber, Sophia wusste, dass es eine Lüge war. Ich überließ ihm mein Kind und ging nach Paris, kam erst Jahre später zurück. Ich war in der Zwischenzeit eine bekannte Modeschöpferin geworden, deren Name Simonetta Scalia lautete. Ich kam immer nur für ein paar Tage nach Rom. Ich eröffnete mein Geschäft in der Via Condotti und kümmerte mich um meine Stiftung.«

»Haben Sie meinen Großvater geliebt?«, stellte Giuliana zögernd ihre nächste Frage. Dieses Frage-Antwort-Spiel war schwieriger, als sie gedacht hatte.

»Ja, sehr, und auch er liebte mich.«

»Und Sophia? Hat er sie auch geliebt?«

Simonetta schwieg zuerst. »Ich weiß es nicht«, antwortete sie dann langsam. »Als unsere Liebe anfing, erzählte er mir, er habe damals nur geheiratet, weil es Zeit gewesen sei, eine Familie zu gründen, und er habe sich ein junges Mädchen ausgesucht, das ihm geeignet schien.«

Giuliana schwieg, sie legte ihre Hände auf den Tisch.

»Schwierig, nicht wahr?« Simonetta sah sie ernst an. »Zuerst hat man so viele Fragen, und wenn man sie stellen könnte, ist der Kopf leer.«

Giuliana nickte. »Ja, so ist es.«

Doch dann fing Simonetta an zu erzählen. In die Stille des Nachmittags hinein sprach sie leise über ihre Trennung von Alessandro, den Schmerz, ihr Kind weggeben zu müssen, wenn auch in dem Wissen, die beste Entscheidung getroffen zu haben.

»Ich sah Alessandro erst nach Ende des Ersten Weltkriegs wieder. Neunzehn Jahre waren vergangen, aber wir spürten sofort, dass unsere Liebe nicht erloschen war. Damals hoffte ich noch einmal, er hätte den Mut, sich zu mir zu bekennen, vor allem, da Sophia ihn verlassen hatte. Doch mehr denn je war er auf seinen Ruf als integrer Anwalt bedacht. Er wagte nicht, unsere Beziehung öffentlich zu machen. Enttäuscht und verletzt ging ich nach Paris zurück.«

»Haben Sie in dieser Zeit Ihre Tochter gesehen?«

»Nein, das wollte ich nicht, das habe ich doch gesagt. Ich wollte meine Entscheidung nicht revidieren.«

»Aber vielleicht hätte Gina Sie gebraucht, gerade nachdem Sophia gegangen war?«

»Giuliana, Sie sind eine Illusionistin. Wie hätte das funktionieren sollen? Plötzlich erscheint Ginas leibliche Mutter, nachdem man ihr jahrelang gesagt hatte, sie sei tot? Nein, ich blieb auf Distanz, das war für alle das Beste.«

»So haben Sie Ihre Tochter nie gesehen, nicht gewusst, wie sie aussieht, wie es ihr geht?«

»Doch, ich kannte Fotos von ihr, und durch Alessandro wusste ich, dass sie in dem Schweizer Internat sehr glücklich war. Mehr Informationen wollte ich nicht, ich hätte dann die Distanz zu ihr nicht mehr ertragen können. Ich hatte mich nun einmal entschieden, und dabei blieb ich.«

»Also hat sie bis zu ihrem Tod nie erfahren, dass ihre leibliche Mutter noch lebt?«

»Genauso ist es.«

»Und mich, Ihre Enkelin, wollten Sie auch früher nie kennenlernen.«

Simonetta reagierte zuerst nicht, dann aber sah sie Giuliana an und lächelte.

»Ich habe Sie bei der Beerdigung von Gina gesehen. Ich hatte kein persönliches Verhältnis zu meiner Tochter, doch ihr Tod traf mich tief, und so kam ich aus Paris zur Beerdigung.«

Da erinnerte sich Giuliana. »Ja, natürlich, die Frau mit dem schwarzen Schleier vor dem Gesicht!«

»Stimmt, das war ich. Sie wirkten so hilflos, doch ich sah, wie Alessandro Sie liebevoll an der Hand nahm und Sie an sich zog. Das trieb mir die Tränen in die Augen. Ich kannte diese zarte Seite von ihm nicht. Wahrscheinlich waren Sie die Einzige, die ihn so kennenlernen durfte.«

»Und dann sind Sie wieder abgereist?«

»Ja, noch am selben Tag. Das ist mir sehr schwergefallen. Fast war ich bereit, meine Vorsätze über den Haufen zu werfen und zu Ihnen zu gehen, doch Alessandro bestand auf der Einhaltung unserer Abmachung. Man dürfe das Kind, also Sie, nicht zusätzlich verwirren. Deshalb reiste ich wieder ab.«

Als das Gespräch schließlich auf das Schulprojekt kam, fragte Giuliana, ob Simonetta ihr die Stelle als Leiterin nur geben würde, weil sie ihre Enkelin sei.

»Das hat natürlich auch eine Rolle gespielt«, bekannte Simonetta. »Aber letztendlich war die Empfehlung von Schwester Angela ausschlaggebend. Was soll ich Ihnen sagen, Giuliana, als sie mir Ihren Namen nannte, war ich so überrascht, so überwältigt – ich kann es kaum in Worte fassen. Es erschien mir wie ein Wink des Schicksals. Denn da wurde mir klar, dass der Zeitpunkt gekommen war, mich zur Vergangenheit zu bekennen.«

»Ich war plötzlich so glücklich, Giuliana«, flüsterte Simonetta, »das müssen Sie mir … das musst du mir glauben.«

Giuliana spürte, wie ihr die Tränen in die Augen schossen. »Ich bin …« Sie versuchte, die Heiserkeit in ihrer Stimme zu unterdrücken, doch es gelang ihr nicht, und so atmete sie tief durch und bemühte sich, die Tränen zurückzuhalten. Auch sie war glücklich, sehr glücklich sogar, doch ihr wollten diese Worte nicht über die Lippen kommen.

Wahrscheinlich würde es noch dauern, bis sie eine Beziehung zueinander aufbauen konnten. Die Vergangenheit ließ sich nicht ungeschehen machen, aber sie verband sie stärker, als es ihnen in diesem emotionalen Moment bewusst war. Unsicher sahen sie sich an, und fast wäre Giuliana aufgesprungen, um Simonetta zu umarmen, doch da erschien Ginerva mit frischem Kaffee und kleinen Macarons, die Simonetta aus Paris mitgebracht hatte, und dieser kurze Moment verflog. Dann sprachen sie noch über die rosafarbenen Margeriten und den Blumenladen, den einzigen in Rom, in dem es sie gab, bis Simonetta die Frage stellte, ob Giuliana ein Foto von ihrer Tochter Aurora dabeihabe.

»Nein, leider nicht. Im Moment ist sie noch mit Paula, meiner Haushälterin, in Frascati, aber morgen kommen sie zurück«, antwortete Giuliana.

»Wie sieht sie aus, hat sie …?«

»Ja«, bestätigte Giuliana lächelnd, »ja, sie hat unsere Haarfarbe, aber ihre Augen sind blau wie die ihres Vaters.«

»Die tizianroten Haare haben wir einem irischen Vorfahren zu verdanken, der sich in eine rassige Italienerin verliebte und mit ihr zehn Kinder zeugte, alle rotblond. Leider muss ich bei mir mit der Farbe mittlerweile nachhelfen.« Simonetta lächelte und zuckte bedauernd mit den Schultern.

»Man sieht nicht, dass sie gefärbt sind«, stellte Giuliana fest. »Wenn Sie … wenn du möchtest«, schlug sie dann etwas unsicher vor, »können wir uns treffen, wenn Aurora zurück ist. Also, falls Sie … falls du noch ein paar Tage in Rom bleiben willst.«

»*Du*, Giuliana, bitte sage du.« Spontan griff Simonetta nach ihrer Hand. »Bitte«, wiederholte sie leise, »und ja, ich bleibe in Rom. Ich werde mein Modehaus verkaufen und heiraten«, fügte sie mit einem Lachen hinzu.

»Herzlichen Glückwunsch«, antwortete Giuliana voller Freude. »Wann hast du diesen Entschluss gefasst?«

»Gerade jetzt, in diesem Moment. Ich habe wichtige Entscheidungen in meinem Leben immer spontan getroffen. Ich denke, Giuliana, endlich bin ich in meinem Leben angekommen.«

»Das ist sehr schön«, antwortete Giuliana leise. »Ob ich das auch einmal sagen kann?«

Simonetta drückte ihre Hand, die sie noch fest umschlossen hielt. »Davon bin ich überzeugt.«

Sie blieben noch lange auf der Terrasse sitzen und unterhielten sich, konnten sich kaum trennen. Als sie sich endlich verabschiedeten, umarmte Simonetta ihre Enkelin. Es war eine flüchtige, vorsichtige Berührung, doch Giuliana war glücklich darüber.

»Ich denke, Alessandro hat unsere Tochter Gina geliebt, er konnte mit Gefühlen nur nicht gut umgehen. Wie ich schon sagte, scheinst du die Einzige zu sein, der er sie wirklich zeigen konnte.«

Vor der Haustür stellte Giuliana noch eine letzte Frage: »Als ich elf Jahre alt war, fuhr ich mit meinem Großvater nach Capri, er mietete dort ein Haus, und eine Frau fotografierte uns. Sie hatte ein Tuch eng um den Kopf geschlungen, so dass man ihre Haare nicht sehen konnte. Auch trug sie eine riesige Sonnenbrille, und sie machte ein Foto von meinem Großvater und mir.«

»Das war ich. Diese Tücher waren damals gerade in Mode. Ich weiß bis heute nicht, ob es wirklich ein Zufall war, dass wir uns plötzlich in Capri gegenüberstanden.

Alessandro liebte mich sehr, doch ich konnte die Beziehung im Verborgenen, wie er sie vorgab, nicht mehr ertragen. Ich trennte mich noch am selben Tag von ihm. Ich sah ihn nie wieder.«

*

Als Giuliana ihre Wohnung betreten hatte, ging sie schnurstracks ins Herrenzimmer. Dort stellte sie sich vor das Gemälde ihres Großvaters.

Wie ihn der Künstler darauf verewigt hatte, so hatte Alessandro Bastiani sich selbst sehen wollen. Elegant, distanziert, die dunklen Augen kühl auf den Maler gerichtet, absolut unantastbar, ein Mann, den man bewunderte. Aber auch fürchtete.

Lange blickte Giuliana zu ihm hoch. Ich habe dich immer bewundert, dich niemals in Frage gestellt. Aber du hast auch eine sehr dunkle Seite gehabt und drei Frauen unglücklich gemacht. Und sicher hast du es gewusst.

Viola Pinelli wäre fast an dir zerbrochen. Sie hat dir ihr Kind anvertraut, und was hast du getan? Du hast deine eigene Tochter verleugnet. Wie bitter muss diese Erkenntnis für Gina gewesen sein, als sie deine Lüge enttarnte!

»Arme Gina … arme Mama …«, flüsterte Giuliana. Immer noch starrte sie zu dem Bild empor, setzte ihre innere Abrechnung fort.

Sophia hast du gezwungen, das Kind deiner Geliebten großzuziehen. Hast du nie erkannt, wie unglücklich sie war? Als sie ging, war sie für dich gestorben. Wie konntest du so unversöhnlich sein? Letztendlich hast du sie nur geheiratet, um eine Familie zu gründen. Hat es dich so sehr in deiner Eitelkeit getroffen, dass sie sich in einen anderen Mann verliebte? Wie furchtbar muss dich der Skandal getroffen haben.

Arme Sophia, auch sie war zu bedauern. Giuliana fiel der Moment ein, als sie Sophia gefragt hatte, ob sie die Frau mit dem schwarzen Schleier bei Ginas Beerdigung gewesen sei. »Nein, Giuliana, das war ich nicht«, hatte sie geantwortet. Heute schien es Giuliana so, als habe Sophia gewusst, dass Ginas Mutter noch lebte, und wahrscheinlich wusste sie sogar, wer sie war.

Mich hast du geliebt, wandte sie sich jetzt in Gedanken wieder an ihren Großvater, und als ich erwachsen wurde, hast du mich verwöhnt. Hast du mich vielleicht nur geliebt, weil du *sie* in mir gesehen hast, die Frau, der dein Herz gehörte und zu der du dich nie bekennen konntest?

»Ach, Großvater«, seufzte Giuliana auf.

Doch dann erinnerte sie sich an seine Worte an dem Tag, als er sie zu sich holte: »Ich werde immer für dich da sein, vergiss das nie, Giuliana.«

Und da wusste sie, dass diese Worte ihr, Giuliana, seiner Enkelin, gegolten hatten, ihr allein. Sie war die Einzige, der er seine Liebe zeigen konnte. Simonetta hatte recht gehabt.

35

Casa Sophia

Er war mit dem Bus von Florenz aus gekommen. Es gab eine neue Haltestelle, direkt an der Abbiegung der Straße nach Campodoglio. Dann war er den Weg bis zur *Casa Sophia* zu Fuß gegangen, und nun stand er an dem Tor aus Schmiedeeisen und öffnete es mit seinem Schlüssel.

Es war Sonntagmittag, und von weitem hörte man die Kirchenglocken, ansonsten war die Luft erfüllt vom beständigen Summen der Bienen und dem Zirpen der Grillen.

Mattia ging ein paar Schritte auf dem festgetretenen Weg und blieb dann stehen. Den Blick von hier auf das Haus hatte er immer geliebt. So hatte er es auch gemalt. Das Haus aus den groben, bräunlichen Backsteinen, das flache Dach, die Tür mit dem Rundbogen und die beiden kleinen Fenster … Es schimmerte durch die schlanken Zypressen, und daneben gab es die Wiese mit den Mohnblumen und den rosafarbenen Oleander. Mattia liebte das Farbenspiel von Rot und Rosa, den Kontrast zu dem dunklen Grün der Zypressen.

Das Bild gehörte heute Giuliana. Ihr hatte es so gefallen, dass sie es sogar mit nach Rom genommen hatte, wie sie ihm in dem Brief schrieb, in dem sie ihm auch mitteilte, dass er die *Casa Sophia* geerbt habe.

Mattia lief bis zum Haus und öffnete die Eingangstür. Stickige Luft empfing ihn, daher öffnete er als Erstes die

Hintertür der Küche. Dann stieg er die Treppe hinauf und ging in das Schlafzimmer mit dem breiten Bett, dem dunklen polierten Holzboden und den rosa-weiß gestreiften Tapeten.

Er wollte sich nicht lange hier aufhalten, keine Erinnerungen zulassen. Er würde Marta bitten, Sophias Sachen in Kisten zu verpacken und durch Ovide zu ihm nach Florenz schicken zu lassen.

Heute war Mattia zum letzten Mal hier, und er wollte allein bleiben, darum kam er an einem Sonntag. Er hatte wenig Lust, auf Fiona oder eine der anderen Frauen zu treffen, die ihm nicht verzeihen konnten, dass er Sophia damals verlassen hatte.

Rasch stieg er die Treppe wieder hinunter, die immer noch an der gleichen Stufe knarrte, und ging durch die Hintertür in den Garten.

Er blieb an der Stelle stehen, an der Sophia erschossen worden war. Fiona hatte sie ihm gezeigt, es war nicht weit vom Haus entfernt. Sie sei sofort tot gewesen, auch das hatte sie ihm erzählt.

Wie sollte er an dem Ort leben können, an dem Sophia erschossen worden war?

Mattia setzte sich unter die Pinie. Der Tisch und die alten Korbstühle standen immer noch dort, hatten das Feuer wie durch ein Wunder überstanden. Von hier aus betrachtete er die Ruine des Ateliers mit dem Leinensack vor dem eingestürzten Türrahmen.

Die Frauen wollten es wieder aufbauen lassen, um darin eine Art Verkostungsraum für Kunden einzurichten. Hoffentlich gingen ihre Expansionspläne auch auf, schoss es ihm durch den Kopf.

Er war erleichtert gewesen, als der Kaufvertrag für das

Haus unterschrieben war. Dieses Geld ermöglichte ihm einen Neuanfang.

Im Haus des Galeristen Leonardo hatte er sich davon eine kleine Wohnung mit Balkon gekauft, mit Blick über Florenz. Eine kleine Treppe führte in ein Dachgeschoss, in dem er sein Atelier einrichten konnte.

Die drei Porträts von Sophia standen bereits in Leonardos Galerie. Er zahlte Mattia zudem einen Vorschuss für einige Bilder, die ein reicher Amerikaner bei ihm in Auftrag gegeben hatte: Landschaftsbilder der Toskana.

Zum ersten Mal seit Jahren würde Mattia keine Geldsorgen mehr haben, zum ersten Mal wieder in einer gepflegten Umgebung leben, in einer Wohnung, die ihm gehörte. Er würde arbeiten, sich mit anderen Menschen treffen und auch mit der Galerie in Mailand Kontakt aufnehmen.

Tief atmete Mattia die sonnendurchglühte Luft ein. Er war glücklich. Er schloss die Augen, und erst als er ein Geräusch hörte, öffnete er sie wieder, setzte sich auf und sah in die Richtung des Tors hinten in der Mauer.

Ein schlanker junger Mann kam auf ihn zu.

36

Rom

Mit dem letzten Julitag schien die große Hitzewelle beendet zu sein. Ein Gewitter zog über Rom, heftiger Regen prasselte auf die Stadt herunter und überflutete die Straßen.

Giuliana hatte es gerade noch vor dem großen Regenguss in die Wohnung geschafft. Sie freute sich auf Aurora und Paula, die am nächsten Tag wieder nach Hause kommen würden. Und sie freute sich auf das erste Treffen zwischen Simonetta und Aurora.

»Das ist deine Urgroßmutter«, würde sie zu Aurora sagen. Ein wunderbarer Moment, den Giuliana kaum erwarten konnte.

Aurora hatte Paula, an der die Kleine sehr hing, doch nun würde sie eine leibliche Verwandte dazubekommen, eine Urgroßmutter. Eigentlich konnte man das Ur- weglassen, es klang so alt, und Simonetta war alles andere als das, auch wenn sie ein wenig mit ihren gefärbten Haaren kokettierte. Sie selbst würde mit Simonetta, ihrer Großmutter, zusammenarbeiten, in einem Beruf, durch den sie etwas verändern, etwas bewirken konnte, was auch Aurora einmal zugutekam.

Giuliana lief ins Musikzimmer und spielte, was ihr gerade in den Sinn kam, und als Abschluss einen Wiener Walzer. Forsch und schnell glitten ihre Hände über die Tasten. Aurora, dachte sie, du wirst ein schönes Leben haben, ich freue mich so …

Als sie keine Lust mehr hatte zu spielen, setzte sie sich im Flur auf das Empiresofa. Sie hatte die Post mit heraufgebracht und sah jetzt die Briefe schnell durch.

Zwischen Rechnungen fand sich ein Brief, dessen Absender durch den starken Regen zerlaufen war, so dass Giuliana ihn nicht entziffern konnte.

Erstaunt riss sie den Brief auf.

Liebste Giuliana,
als ich Dich damals verließ, tat ich es, weil ich Dich liebte und Dich nicht weiter in Lebensgefahr bringen wollte. Ich glaubte nicht, dass mir die Flucht gelingen würde, doch tatsächlich schaffte ich es bis Genua, wo ich bei Freunden meiner Eltern Unterschlupf fand. Aus Angst vor Entdeckung gab ich dem Drängen dieser Freunde schließlich nach und schiffte mich unter einem anderen Namen nach Argentinien ein. Dort trat ich eine Stelle als Deutschlehrer auf einer Estancia an, die man nur mit einem Privatflugzeug von Buenos Aires aus erreichen konnte. Ich war für die Erziehung der vier Kinder zuständig, die Deutsch lernen sollten und denen ich eine gewisse Bildung hinsichtlich der deutschen Kultur und ihrer Dichter nahebringen musste. Ein fast unmögliches Unterfangen, das schon daran scheiterte, dass die Halbwüchsigen lieber auf dem Pferd durch die Pampa ritten, als sich in den Räumen des riesigen Hauses aufzuhalten. Ich fühlte mich nicht wohl dort – das weite Land, die Menschen … Es gelang mir nicht, mich heimisch zu fühlen. Heimweh quälte mich, doch vor allem war es die Sehnsucht nach Dir, geliebte Giuliana, die mich nicht losließ. Jeden Abend, wenn ich die Augen schloss, sah ich Dich vor mir, Dein zärtliches Lächeln, mit dem Du in

meinen Armen gelegen hast. Ich erinnerte mich an Deine Zärtlichkeit, an die Liebe, die ich in Deinen Augen erkannte. Ich musste Dich unbedingt wiedersehen. So verließ ich Argentinien wieder und kehrte nach Italien zurück.

Es war ein Schock für mich, als ich von den Frauen in der Manufaktur erfahren musste, dass Du verheiratet bist und mit Deinem Mann in Mailand lebst. Aus Verzweiflung wollte ich mich gleich wieder nach Argentinien einschiffen, doch dann erfuhr ich, dass es meinem Freund in Florenz sehr schlechtgeht, und ich blieb bei ihm.

Aus einem Impuls heraus fuhr ich später noch einmal zur Casa Sophia. Es war Sonntag, die Manufaktur war geschlossen, doch ich traf Mattia, den Mann Deiner Großmutter, in dessen Atelier ich die intensivsten und schönsten Tage meines Lebens verbracht hatte und dessen Kleider ich trug, als ich das Anwesen verließ. Er saß am Tisch unter der Pinie, und als er mich sah, begrüßte er mich und lud mich auf einen Kaffee ein. Wir saßen zusammen, und er erzählte mir, dass er das geerbte Haus verkauft habe und an diesem Tag Abschied von der Casa Sophia und von seiner Vergangenheit nähme.

Er war sehr freundlich und gab mir Deine Adresse in Rom, erstaunt, dass die Frauen mir eine falsche Auskunft gegeben hatten. Dies alles müsse ein Irrtum sein. Er stellte keine weiteren Fragen, er schien ganz mit sich und dem Abschluss seines bisherigen Lebens beschäftigt zu sein.

Zwei Wochen muss ich noch in Florenz bleiben, da mein Freund meine Hilfe braucht. Anschließend fahre ich über Rom nach München zurück. Ich habe mich entschlossen, doch in die Heimat zurückzukehren, und sei es auch nur für kurze Zeit. Meine Mutter kam bei einem Luftangriff

ums Leben, genau in den Stunden, in denen mein Vater nicht zu Hause war. Sicher kannst Du Dir vorstellen, wie groß seine Selbstvorwürfe sind. Immer wieder stellt er sich die Frage, warum sie und nicht er, warum er unterwegs war, während sie bei dem Angriff im Luftschutzkeller erstickte. Ich trauere sehr um meine Mutter und kann mir nicht verzeihen, das Medaillon mit ihrem Foto, das sie mir an die Front mitgab, irgendwo in der Toskana verloren zu haben.
Ich werde am 31. Juli um fünzehn Uhr in Rom ankommen und mit dem Abendzug um neunzehn Uhr die Hauptstadt wieder verlassen.
Ich muss wissen, ob Du mich noch liebst, Giuliana, ich muss Dich sehen, muss Dich in meinen Armen halten und spüren, dass es Dich nicht nur in meiner Erinnerung gibt.
Ich bin um sechzehn Uhr im Caffé Greco, an dem Ort, an dem wir uns treffen wollten, erinnerst Du Dich? Oder war alles nur eine Illusion? Ich muss es wissen!
Wenn Du mich noch liebst, komm, ich warte auf Dich!
Kommst Du nicht, weiß ich, dass unsere Liebe vorbei ist.
Claus

Giuliana ließ die Hand mit dem Brief sinken. Am einunddreißigsten Juli um vier Uhr nachmittags wartete Claus von Welser im Caffé Greco auf sie? Das konnte nicht wahr sein, das war ein Traum, aus dem sie gleich unglücklich erwachen würde.

Doch plötzlich schrak sie aus diesem Gefühl der Unwirklichkeit hoch, und fiebrige Erwartung ergriff sie. Claus würde kommen und wollte sie treffen! Wenn das Maria wüsste, schoss es ihr durch den Kopf. Aber dann zuckte sie zusammen.

Der einunddreißigste Juli, das … das war heute, und es war bereits nach halb sechs!

Giuliana hob das Kuvert hoch und erkannte am Poststempel, dass der Brief drei Wochen unterwegs gewesen war. Jetzt erwachte sie aus ihrer Erstarrung, rannte aus der Wohnung, aber im Hausflur blieb sie abrupt wieder stehen. Das Medaillon! Sie sollte es mitnehmen … doch nein, sie konnte ihm ja sagen, dass sie es aufbewahrt hatte, dass sie geglaubt hatte, das Foto darin sei von seiner Ehefrau.

Sie lief aus dem Haus, die Straße entlang und die Stufen der Spanischen Treppe hinunter, sie stieß mit Leuten zusammen und stürmte ohne ein Wort der Entschuldigung weiter. Der Regen hatte aufgehört, die Straßen dampften vor Feuchtigkeit, doch Giuliana blieb nicht stehen, bis sie keuchend vor dem Caffé Greco stand.

Es war kurz nach achtzehn Uhr, als sie es betrat.

Atemlos, keuchend, verschwitzt stand sie da und sah sich um. Das Café war vollbesetzt, und auch hier zwängte sich Giuliana ohne Rücksicht durch die Tische. Sie suchte jeden Winkel ab, doch er war nicht mehr da.

»Suchen Sie einen freien Tisch? Im Moment ist nichts frei, aber an der Theke können Sie warten, bis –«

Giuliana schüttelte stumm den Kopf und verließ langsam das Café. Grenzenlose Enttäuschung war das Einzige, was sie empfand. Sie war zu spät gekommen.

Da lief ihr ein Kellner nach und sprach sie an: »Sind Sie Giuliana Angelini? Ein Mann hat das für Sie abgegeben, falls Sie doch noch kommen. Eine schöne Frau mit tizianroten Haaren, sagte er, und …«

»Was *und?*«

»Er schrieb Ihnen eine Nachricht auf diese Serviette. Er hatte es eilig.«

Giuliana riss ihm die Papierserviette aus der Hand. »Danke, danke …«

Sie faltete das Papier auseinander und entzifferte die Worte:

Liebste Giuliana,
falls Du doch noch kommst, weißt Du hierdurch zumindest, dass ich Dich nie vergessen konnte und dass ich Dich immer noch liebe.
Ich klammere mich an die Vorstellung,, dass auch Du mich nicht vergessen hast, denn das ist das Einzige, was mir offenbar geblieben ist, meine Erinnerung an Dich und diese kleine Illusion, Du seiest doch noch gekommen …

Alles drehte sich vor ihren Augen, die Menschen, die Via Condotti, das Café. Da spürte sie, wie jemand sie am Arm nahm, und durch den Nebel sah sie das besorgte Gesicht des Kellners vor sich.

»Kann ich Ihnen helfen?«

»Wie spät ist es?«, flüsterte sie.

»Gleich halb sieben.«

Da kam wieder Leben in Giuliana. Sie sah sich um, doch sie konnte kein Taxi entdecken, und der Bus auf der Piazza di Spagna fuhr gerade in Richtung der Stazione Termini ab, als sie an der Haltestelle ankam.

Giuliana glitt auf nassen Blättern aus, die der heftige Regen auf den Boden gedrückt hatte, doch sie fing sich wieder und rannte weiter. Ich muss ihn noch erreichen, der Zug darf nicht abfahren, ich liebe ihn doch auch, es kann nicht zu Ende sein, bevor es einen Anfang gibt, kreiste es unaufhörlich in ihren Gedanken.

Endlich war sie angekommen, lief in die Halle des Bahnhofs, sah sich um und blieb stehen. Durch den Lautsprecher wurde gerade die Abfahrt des Zuges nach München auf Gleis drei angesagt. Da rannte Giuliana durch die Sperre, lief an den Gleisen entlang bis zur Nummer drei. In diesem Moment setzte sich der Zug langsam in Bewegung.

»Nein, halt!«, schrie sie, völlig außer sich. Es konnte doch nicht sein, dass ausgerechnet dieser Zug ohne die übliche Verspätung abfuhr!

Der Zug beschleunigte, und Giuliana lief neben ihm her, boxte sich durch die Leute, die auf dem Bahnsteig standen, dem Zug nachsahen und den Abreisenden winkten.

Viele Fenster waren heruntergelassen, Köpfe reckten sich für einen letzten Blick, einen Abschiedsgruß hinaus.

Und an einem der Fenster sah sie Claus von Welser, der sich weit herausbeugte. Seine blonden Haare leuchteten in der Abendsonne. Sie hätte ihn unter Tausenden erkannt, denn in ihren Gedanken hatte sie ihn immer vor sich gesehen.

»Claus«, rief sie, »Claus!«

Da endeckte auch er sie.

»Giuliana!« Er winkte mit beiden Armen. »Giuliana …« Doch sein Ruf ging im Geräusch des schneller werdenden Zuges unter. Sosehr sich Giuliana auch anstrengte, sie erreichte das Fenster nicht mehr. Dennoch lief sie bis zum Ende des Bahnsteigs, Claus winkte, und sie winkte zurück, bis der Zug um die Kurve gefahren und aus ihrem Blickfeld verschwunden war.

Jetzt erst drehte sie sich langsam um und ging den langen Bahnsteig zurück. Sie erinnerte sich plötzlich an den Augenblick, als sie Claus von Welser an der Hand genommen hatte und mit ihm durch die Zypressen zum Haus gegangen war. Vielleicht war es in diesem Moment gewesen, dass sie beide die tiefe Liebe spürten, die sie nach so kurzer Zeit bereits verbunden hatte.

Mit einem Lächeln verließ Giuliana die Stazione Termini.

Er würde zurückkommen, sie wusste es.

Danksagung

Für ihren unermüdlichen Einsatz und die außergewöhnliche Mitarbeit an diesem Roman bedanke ich mich bei meiner Lektorin Frau Dr. Andrea Müller, die mir darüber hinaus auch mit großem Verständnis und Entgegenkommen geholfen hat, diesen Roman in einer schweren Zeit zu schreiben.

Außerdem gilt mein ganz besonderer Dank:

Meiner Tochter Mirjam, deren Mitarbeit an meinen Büchern mir immer sehr wertvoll ist.

Dr. Herbert Neumaier, der stets bereit ist, mich bei dem Entstehen eines Romans erfolgreich zu unterstützen.

Meinem Sohn David für seinen unerschütterlichen Optimismus.

Katja Maybach

Eine Nacht im November

Roman

Als Sarah die plötzliche Nachricht vom Tod ihrer Mutter erreicht, entschließt sie sich, nach Paris zu fliegen, um endlich das Schweigen zu durchbrechen, das seit Jahren über deren Verschwinden liegt. Schon bei der Beerdigung schlägt Sarah offener Hass entgegen, als eine alte Frau sie als Tochter ›des Nazis‹ bezeichnet. Sarah ist zutiefst getroffen, und ihre Verunsicherung wächst, als sie im Haus ihrer Mutter ein altes Foto aus dem Jahr 1932 entdeckt: Es zeigt ein Liebespaar: Die junge Frau ist ihre Großmutter, und der junge Mann ist ihr Vater. Sarah entschließt sich, in Frankreich zu bleiben, um endlich das Geheimnis ihrer Familie zu lüften.

KNAUR

Katja Maybach

Irgendwann in Marrakesch

Roman

Jahrelang haben sie einander gemieden, nun ist ein Wiedersehen unvermeidlich: Die Schwestern Lauren und Katja werden ans Sterbebett ihres Vaters, eines deutschen Diplomaten, gerufen – nach Marrakesch, in die duftende, lärmende, unwiderstehliche Stadt ihrer Kindheit. Dass Katja als junge Frau die enthüllenden Tagebücher ihrer Mutter veröffentlichte und damit die Karriere des Vaters ruinierte, konnte Lauren ihr nicht verzeihen. Während Lauren sich nun um den todkranken alten Mann kümmert, wird die leidenschaftliche Katja in den Bann Marokkos gezogen. Und findet nicht nur eine große und tragische Liebe, sondern auch den Schlüssel zu ihrer eigenen Vergangenheit …

KNAUR

Ein verschwundenes Kind, ein gefälschtes Gemälde, ein Haus voller Geheimnisse

Katja Maybach

Das Haus ihrer Kindheit

Roman

1946: Als die junge Isla dem Kunsthändler Sir Alistair Flythe ein Gemälde aus dem Besitz ihrer Familie anbietet, hat sie keine andere Wahl. Ihr hochverschuldeter Ehemann gilt als verschollen, seine Gläubiger verfolgen sie. Sie ahnt nicht, dass das Bild eine Fälschung ist und dass Alistair es nur kauft, weil er Isla seit der ersten Begegnung liebt. Noch weniger kann sie ahnen, dass es sechzig Jahre später einer jungen Frau den Weg zu ihren Wurzeln weisen soll.

KNAUR